客乡风月

客家往事三部曲

钟兆云
钟巧云

著

作家出版社

图书在版编目（CIP）数据

客乡风月 / 钟兆云，钟巧云著 . -- 北京：作家出版社，2025. 2.
-- ISBN 978-7-5212-2957-8

Ⅰ. I247.5

中国国家版本馆 CIP 数据核字第 2024KL8611 号

客乡风月

作　　者：钟兆云　　钟巧云
责任编辑：丁文梅
装帧设计：意匠文化·丁奔亮
出版发行：作家出版社有限公司
社　　址：北京农展馆南里 10 号　　邮　　编：100125
电话传真：86-10-65067186（发行中心）
　　　　　86-10-65004079（总编室）
E-mail:zuojia @ zuojia.net.cn
http://www.zuojiachubanshe.com
印　　刷：三河市北燕印装有限公司
成品尺寸：170×240
字　　数：590 千
印　　张：34
版　　次：2025 年 2 月第 1 版
印　　次：2025 年 2 月第 1 次印刷
ISBN　978-7-5212-2957-8
定　　价：86.00 元

作者简介

钟兆云，福建省作协副主席。中学时代发表处女作，迄今已在《人民文学》《中国作家》《解放军文艺》《当代中国史研究》等报刊发表作品及学术论文，出版专著《刘亚楼上将》、《辜鸿铭》（三卷本）、《商道和人道》、《我的国籍我的血》、《海的那头是中国》、《谷文昌：只为百姓梦圆》、《奔跑的中国草》及乡村三部曲等五十余部，两千余万字。参与编剧的长篇电视连续剧曾在中央广播电视总台播出。作品曾入选国家重点图书出版规划项目、中宣部主题出版重点出版物，获首届中国人民解放军图书奖、首届华侨文学奖、2023年度中国好书、2023年文学好书榜年度好书、第十七届精神文明建设"五个一工程"奖等。

钟巧云，闽西客家农民，中国民间文艺家协会会员，福建省作协会员，武平县政协委员，武平县政协文史员，武平县党外知识分子联谊会会员，武平县作协副会长。二十世纪八十年代初中二年级时辍学回家务农，亦耕亦读中痴迷文学至今，在《北京文学》、《光明日报》、香港《大公报》等报刊发表多篇作品。与弟弟钟兆云合著乡村三部曲，并出版个人散文集《一味难尽》。曾获福建省优秀文学作品奖。

钟兆云和农民胞姐以及"客家户口本"

薛 舒

钟兆云是我的同学，2008 年从早春到仲夏，我们一起经历了鲁迅文学院第八届高研班四个半月的学院生活。鲁院的同学来自全国各地，于我而言，北京是隆重而又新鲜的地域，也许我们都曾无数次到达首都，但在北京一住就是小半年，还是第一次。想必兆云与我一样，身在客乡，心中却惦念着他的"客乡"——对，他来自福建闽西，道地一个"客家人"。我从未认识过一个客家人，直到遇上兆云。我们在同一个文学小组里学习、研讨，一起排演节目，也听他用客家话演绎小品，但我从未有机会了解他的故乡，以及那些人、那些事、那些也许与别的地方并无多大区别的烟火人生。直到 2011 年，读到他和他的二姐钟巧云合著的小说《乡亲们》，我忽然发现，在我的人生中，似乎再没有第二个"钟兆云"，让我对福建，对闽西，对武平，甚或对那个叫美溪的村庄，有了具体的认知。

人生大抵如此，大若生老病死，小则一日三餐，可是具体到那个闽西山地里的"美溪"，具体到小说中的"子云"与"子龙"，他们的亲人、邻里，以及省会福州、特区厦门辐射而来的风潮，乃至闽粤交界处的纷争与唇齿相依的日常，我终究读到了某种不一样的真实。而《邻里》，以及《客乡风月》的出世，让我更为确切地看到了于我而言十分遥远的生活，那里的人情世故、风俗传统，以及人们应对生活的态度。

依照创作时间排序，《乡亲们》是三部曲中的"老大"，彼时听到兆云说是与他的农民胞姐巧云合著，着实令我惊讶。再读小说，更是让我佩服不已。文中常常闪现着兆云的幽默与诙谐，巧云的细腻、沉静，以及绵密，也令文字时时透露出女性笔触的特征。在《乡亲们》中，我自忖能找出兆云与巧云和谐灵动而又各自闪光的部分。

三部曲的第二部叫《邻里》，全书由十八个独立的中短篇小说组成，小说中的人们都生活在美溪村，十八个故事也都发生在那个闽西山村，它们各自成章，却相互勾连，灵魂人物便是子云。而子云的弟弟子龙，常常在子云视角的叙事中出现，他是家族中最有出息的那个孩子，他生活在省城福州，却从未忘记故乡闽西，他随时以精神或物质的方式成为子云和家乡亲人们的支持者。

我有理由相信，书中的子龙，就是我的鲁院同学兆云，他符合我印象中的性格，通透、豁达、善良，乃至富有才华。便也随之联想到文中的子云，原型一定非巧云莫属，亦是善良勤劳的女性，同时兼具通达与明理、聪慧与贤良。

十八个故事，自是写下了众多乡亲邻居，男女老少皆有之。从子云和她的家人们，到泥公其人，乃至养猪趣事，也有刘爱英和她的女友们的女性主义初探，以及萍萍糟糕的婚姻生活，和女人之间的私房话……在这些故事中，闽西山村的劳作与声息以"絮絮叨叨"的方式直入读者的想象：他们要种烟叶，他们要做房子，儿女中总有懂事的、孝顺的、忤逆的、运气好的、勇于牺牲自己的；家中也总有婆媳矛盾、姑嫂之争、夫妻反目、重男轻女、分家、合家之类鸟为食亡的纷争，家庭便也因为复杂而显现社会性。那里的人们亦需要在劳作之后赌个牌来消遣，泥脚们改善了生活，女人们也不再满足于坐上麻将桌，"精布娘"也要尝试一下过去独属于男人的业余生活。她们还要探讨如何增进夫妻感情，如何提防男人"走斗"（移情别恋），如何浪漫而又不失分寸地保持相敬如宾抑或平等自由的关系。女人们经历着不同的婚姻生活，便对世间男人有了各种经验，但又只是基于自身的体验，并不完全准确，却也真实。在夫妻关系中，子云显然是一个有主见、理性的女性，她懂得进退，并善待每一个人。她不仅是《邻里》中必须存在的角色，在生活里，我相信，子云这样的女性，亦是家庭与社会的稳定剂，女性的力量恰在于这样一种沉稳和娴静。

美溪村里的人们日子越过越好了，从的确卡，到做房子，再到开小汽车，那是不同的时代。那些故事，更可能是一部改革开放史，亦是农村经济发展史的折射，是社会风俗、人情世故的一面镜子。

而最令我感动的，是开篇的《天平上的亲情》，和压轴篇《父亲在天堂》。一以贯之的子云视角，亲情叙事。我确信写作者在讲述自己的生活时总有某种莫名的羞愧，以及亲人离世的劫痛与不忍，但兆云和巧云依然冷静而全面地铺展着生活。他们不隐瞒父亲重男轻女的封建思想，也不回避在父亲丧事上略显铺张的乡俗风气，他们诚实记录，不美化，也不贬低，坦然而真诚。用兆云在后记中的话说："既不想拔高，也不想丑化，还是尽力纯天然，靠近新写实主义吧。"

文中的子龙问父亲："满，你那些年受了那么多冤枉，是怎么过来的？"

父亲说："只要自己光明磊落，无愧于心就行，人在屋檐下，咬咬牙，头一低就过去了。"

读到这里，我仿佛看见作为子龙的兆云与他的父亲促膝而谈的样子，那句话是怎么说来着？"树头摆得正，唔怕树尾摇。"——这是小说中子龙父亲说的，我相信，亦是兆云和巧云的父亲传递给子女的生活哲理。一方土地的秩序与文明，并非一朝形成，而是家教，是民风，是勤勉的客家人一代代的传承。

三部曲中的最后一部，是长篇小说《客乡风月》，讲述的是赤脚医生荣贞的一生。荣贞是主角，而他的亲人、邻居以及那些到诊所来看病，抑或只是去喝茶聊天打发时日的人们，亦是这部小说里不可或缺的人物，他们在美溪这方土地的人文景观中发出劳作与嬉戏的声音，亦是演绎着爱恨情仇的人生戏剧。小说拆解了荣贞的一生，这是一个有优点也有缺点的人，细节呈现更体现出荣贞作为一个常人的常态。借用乡邻们的疑惑，小说不断提出问题，他是一个好人吗？似乎不完全是。他是一个坏人吗？肯定不是。好吧，他就是一个人。

而小说中的乡亲邻里，大多有着他们的"小确幸"，虽然不断在遭遇挫折，也未必有什么远大的理想、高尚的言行，但你能看到他们在为生活奔忙，同时在努力捕获幸福。什么是幸福？是后院不起火，是门当户对，是十月怀胎，是儿孙绕膝，是家和万事兴，更是那么一点点"奔头"，譬如多赚了一点钱，譬如有一份好工作，哪怕是与邻里之间的和睦相处，亦是他们的"奔头"。

小说中贯穿全文的时代特征常常令我读来唏嘘。譬如那个年代的嫁妆，有闽江牌缝纫机、凤凰牌自行车、上海牌手表，这既让人忍俊不禁，又让记忆瞬间回到童年。再譬如男尊女卑的封建思想遗留，入赘到美溪村的荣贞，一辈子最大的遗憾，是想要一个孙子而终不得。这一切固然已成历史，但记录历史的，不仅仅是史书，还有如同《客乡风月》这般的民间书写。这样的记录，更能让后世感受到落地于生活的时代变迁与进步。

兆云和巧云在写荣贞的故事时，自始至终秉持着人性的角度，每一个人物的出场都表现出鲜明的性格特征。而作为第三人称叙事，文中常常隐含着作者倾向。我在小说中读到的是对一个个社会角色抑或自然生命客观而不赋予美化与修饰的表达，有时是固执而自私的生存之道，有时是互助与惠及他人的乡村道德。时而调侃与戏谑的书写方式，也让我读到了批评与质疑的意味，同时感受到作者对邻里乡亲的爱与懂得，并让一部可读性颇强的小说具备了哲思的效果。

小说终章，荣贞驾鹤西去。葬礼结束回家的路上，有人说：荣贞死了，会行医，能助人，又会比赛讲酸话，七老八十了还能拐到细妹子，一辈子本色做人、风流做事的人，还没在美溪出生呢！

有人接口：这样的人怕是绝种了！

话刚出口，就听得嘿嘿两声笑。

多么熟悉的笑声啊！说话的人面面相觑，又扭头四顾。

彼时天地茫茫，冷月无声。

阅读至此，竟有种毛骨悚然的顿悟，生老病死的意义，就这么来了。

兆云与巧云的"客家往事三部曲"，让我想到《人间喜剧》。巴尔扎克用毕生心血创作了一部由九十多个独立而又有所联系的小说组成的巨著，被称为是一部睥睨千古、包罗万象的百科全书。巴尔扎克的目的固然是研究整个社会，做社会这个历史家的书记，而这部巨著也成为人们研究法国社会风俗的样本，被称为"巴黎户口本"。而兆云和巧云的"客家往事三部曲"，之所以令我读来有此联想，便是这三部大书同样有包罗万象的特征，可以说，它是一部反映闽西乡村民俗风情与世俗生活的地方志，可谓"客家户口本"或"美溪户口本"。我们可以读到那一方土地的世情生态、民间价值以及生命观念。借用《客乡风月》中的一段话，那就是："日子虽然清汤寡水，却也有男耕女织、养儿育女的浮生之趣，在不时萦绕耳畔的笑语欢声中，按着春夏秋冬的时序运行，不急不慢、不温不火地走着……"而来自闽西山村的这一对姐弟作家，便是客家故事的传唱人。

距首次阅读《乡亲们》已过去十四年，在三部大书修订合体再由作家出版社出版的今天，再一次向兆云和巧云表示祝贺。写作是一场苦旅，而兆云和巧云，至今保留着他们最初那颗怀揣文学梦想的心，"互为文学路上的恩人"（兆云语）。在这里，请允许我向这对姐弟作家表达由衷的敬意！

2024 年 9 月 21 日于芳草寓

（作者系中国作协全委会委员、上海市作协副主席）

目 录

附二：访谈

第一章　荣贞和招玉

入赘的赤脚医生

有个问题，让毛泽东时代美溪村的小屁孩们削尖了脑袋：荣贞住溪尾，为什么他的两个哥哥却住溪头的灵岩村？大人们常瞎掰，说某年发大水，小荣贞被冲到溪尾，多亏一对夫妻搭救，为报恩就做了他们的儿子，长大后还娶了这家的女儿，生下二女三男。大人们说话时一脸诡秘，小屁孩们似信非信，也不去深究，管他真假都与我无关，打针时他能手下留情就阿弥陀佛了。

孩子一个比一个机灵，知道逃。班上一男生眼见两位赤脚医生顺着座位往下打针，快轮到自己时，借故方便，以为可逃此一劫。老师也不笨，一眼识破意图，叫几个打完针的学生守在门角头，让其中一人出去放风，"医生走了，到别的班级打了"。得到假情报的学生自鸣得意地回来，刚抵近教室，就被埋伏在门角落的同学像捉特务一样扭住，看到荣贞手举针筒嘿嘿笑着走近，全身筛糠似的发抖，求饶声也变得语无伦次："荣贞大伯，轻、轻……轻一点。"

荣贞故意装出狰狞面目，说："对付你这样的逃兵，下手就是要重一点。"他打针向来都是从很远就往下扎的，小"逃兵"看到这番情景，叫声"妈呀"，差点没晕过去。

赤脚医生班师后，老师当着全班的面，把"逃兵"痛骂一顿，同学们也很是取笑了一番，好长一段时间都冠其名"胆小鬼"。这小子恼羞成怒，归罪于荣贞，一次，见荣贞冒雨来本队行医，就顺手捡了个鸭蛋大的石头对准砸过去。幸亏荣贞的雨伞刚买不久，不然以他的手法之准，就不单是把伞砸烂了，不让荣贞爆头一回才怪。荣贞突遭袭击，沉下脸来呵斥："你是谁家的细鬼子[①]，冇规冇矩[②]，好好的砸我做什么？我一定告诉你家大人和老师，好好管教你！"

小家伙气哼哼地骂道："狗屄个[③]荣贞，绝家头[④]，你下手故意那么狠，扎得我几天都举不起手来，连广播体操都做不好，害得我被体育老师罚跑，回到家又让大人骂。死医生，我才不怕你告状呢，一次是批评，两次三次也是批评，打是皮上过，骂是风吹过，有本事你以后再也不要来这里！"言下之意，只要你敢告我的状，以后见一次砸一次，等着瞧！

荣贞听了，哭笑不得："臭小子报复心真强，狗咬吕洞宾，不识好人心。我给你打针是关心你，你不领情倒也罢了，还要找我报仇！"

理是这个理，可这小子连同当时不少学生就是不理解："我生不生病关你屁事，好好的为什么要扎一针，害得我皮肉痛上好几天！"

那年头，荣贞不知被这伙顽劣的小家伙偷袭过几回，明里背里骂过几次。另外两位赤脚医生也无法幸免，连各自的子女都受到牵连。

待顽皮学生渐次长大，主动上门寻医时，荣贞不失时机地当众挖苦他们，并兼着诉苦。听了自己的不堪历史，他们红着脸道歉，请求原谅。年少时谁没干过几件蠢事？蠢也蠢得天真。

不平常的，是荣贞的故事。群众的眼睛是雪亮的，说他不平常一定有不平常的理由，且慢慢道来。

荣贞的父亲钟维仁和岳父钟秀贤，同族兼同学。秀贤老婆生下三个妹子后患了妇科病，羞于启齿，又无钱医治，致使无法再孕。后来，秀贤好歹用土方子治好了老婆，却又错过了生育时机，她的肚子再也没见隆起过。维仁膝下有三子：元贞、华贞、荣贞。三兄弟之上又有三个妹子：玉香、桂香、菊香。托上天公呆[⑤]的福，六〇年闹饥荒时没饿死他们。

两位老同学聚在一起，秀贤忍不住都要唉声叹气说自己要关灶下门[⑥]了。

---

① 细鬼子：小孩子。
② 冇规冇矩：没规矩。
③ 狗屄个：狗娘养的。
④ 绝家头：全家死光之意。
⑤ 上天公呆：天老爷。
⑥ 关灶下门：意指家里要断烟火。

乡下人没儿子，都是这般说法，意思是说男孩子才是撑门棍。维仁听了，心里也不是滋味，安慰有加："她们三姐妹留下一个招入①，不就可以传香火吗？"

"像我这情况，穷不说，还成分不好，哪个肯进我家门？"最让秀贤忧心忡忡的，倒还不是穷，其实那个时代大家都差七不差八，他发愁的是"四类分子"成分，虽说那帽子是他父亲戴的，却也会影响到下一代。

"成分好也不能当饭吃！你们一家老老实实做人，不怕别人看不到。有些人家子哩②多，还愁他们打光棍呢，求神拜佛盼望招入。放心吧，到时我帮你探探，保准有合适的人。"

维仁说得这么中肯，秀贤只好点点头，但愿有这么好的家运。

美溪山好水好，妹子们像出水芙蓉，前脚接后脚就俏立到了跟前，水灵灵、亮汪汪的。大妹二妹相继让人定了亲。这两个亲家，一家是独子，一家也只有两个儿子，秀贤说不出口让女儿招入，也不愿强拆鸳鸯，只好敲锣打鼓把她们先后礼送出门。

一日晚饭后，一家三口坐在煤油灯下闲聊。秀贤"唉"了一声，对三妹招玉说："招招，爷娭③命歪，只生你们三个妹子。不是我们作践妹子，只是妹子都要嫁出门，所以都希望有个子哩来打开灶下门。如果你愿招入，我们当然最高兴，不愿意也莫强迫自己，你好好想想就是。"说完，又是一声叹息，神情甚是黯然。

秀贤老婆银珍也泪汪汪起来："招啊，你要是出嫁，那我们就孤孤单单没一点快乐了，你要是体谅爷娭就找个家里赖子④多、同意上门的人家。爷娭虽穷，家里也无值钱的东西，但总还是一个家。你嫁出门的话不是也要白手起家吗？何况，现在有钱的没几个，凭我们家的条件，人家有钱又怎么会看上？你细阿姐⑤嫁了个有两兄弟的，还不是照样要分家，老古记⑥讲的没错，'愿做爷娭三朝辛苦女，不做人家一日闲生娓⑦'。"

---

① 招入：招婿。
② 子哩：儿子。也据谐音写作子瑞。
③ 爷娭：父母。
④ 赖子：儿子。
⑤ 细阿姐：姐姐中排序为第二以下的人。
⑥ 老古记：有智慧的古人。
⑦ 生娓：儿媳。也据谐音写作生媚。

还不等招玉开口，银珍又说："你在爷娭身边过，总比在人家那里过好一些，嫁了人遇上分相①的家官家娘②还好，万一遇上难讲的，就一辈子冇春光③了。妹啊妹，你好好考虑考虑啊。"

招玉是个泼辣的妹子，向来敢作敢当，敢想敢说。银珍叽哇完，她立马接过话头："不用考虑，只要有合适的，我愿意招入，但前提一定要人品好。"听多了两个姐姐的婚后投诉，招玉最怕嫁到一个陌生人家，万一也遇上像阿姐那样的公公婆婆，日子该怎样过？父母是生养自己的，不会作践自己，还能全心全意地扶持，在自家地盘上，招赘来的老公也不敢吆五喝六。

招玉如此态度，让秀贤和银珍忐忑的心就有了着落，眼光开始黏着村里村外那些后生哥的身影跑。维仁听后也很高兴，说："只要招玉一决定，就好办多了，我也竖起耳朵听听，帮你们物色物色。"

"其他的我都不嫌，只要身体没缺陷，人品端正就行。"

"那当然，你家招玉在姐妹中最好看也最能干，招老公绝不能马虎。做媒人要负责的，岂能为了一双解放鞋就随便拉郎配？"

"要是能找到你家三公那样扎实④的后生，我就死而无憾了。只是我家招玉太泼辣，不是每个细赖子⑤都喜欢。"秀贤言下之意，十分中意维仁的三儿子荣贞。

头脑灵活的维仁当然听出了这弦外之音，不过，他不能马上暴露自己的心思，眨眨眼，装模作样地说："哈，我家三公算什么？比他好的后生随便都能碰到。"

维仁自晓得了秀贤的心意，心中不觉起了微澜。秀贤家虽说一直和"贫困"两字相依为命，成分也确实不好，但夫妻俩善良热心、勤劳节俭，且心胸宽阔，众所周知，有口皆碑。成分不好的也有好人，成分好的也有恶人，成分能当通行证？要说穷，彼此半斤八两，正如那句俚语，"屎胚⑥和脧⑦有几远？"

---

① 分相：清楚，通情达理。
② 家官家娘：公公婆婆。
③ 冇春光：见不到天日。
④ 扎实：勤劳。
⑤ 细赖子：男青年。
⑥ 屎胚：屁股。
⑦ 脧：男根。

加上秀贤有药书，会用土方子，这就注定邻里乡亲离不了他。其实，他如果见钱眼开，早成富人了。看病收费，天经地义，只要合理，又有谁会有意见呢？即便如他所说，草药是自己上山挖的，没花钱，但总要时间和力气吧，走脚板磨损鞋跟的钱总还是要算的吧。维仁就曾劝秀贤看病收费，但他说："都是邻里乡亲、兄弟梓嫂的，算什么钱，能治好大家的病就是行善积德。大家都不富，再多花个看病钱，日子就不好计划了。"维仁一听，心生敬意，曾想着撺掇老三荣贞陪秀贤上山采药，也好学到点知识，起码以后可以自医。

维仁对秀贤的大事小事甚至心事，不说了如指掌，也是十知八九。他一度产生过让荣贞入赘的想法，但想归想，自尊心使他开不了尊口。他的顾虑不小，一怕人家笑话他"有本事养子哩没本事讨生婳"，二怕老婆不同意，最主要的还是担心荣贞反对，怕他说父母两样心，给两个哥哥都娶了老婆，却要让他入赘人家。因此，这事儿着实让他揪心、纠结。

这次秀贤夫妇既亮心思，维仁瞄准机会，把他们的也是自己的想法拐弯抹角道出。他老婆听后说："他们家虽说穷一点，但两公婆① 勤俭节约，人缘好。招玉虽然泼辣点，倒也勤快，什么农活都不在话下，人也长得靓。至于成分，我不介意，别拿它当回事。老三去他们家，同姓不说，路又近，队里的广播筒一喊都能听到。"不独话里，连心里也一点疙瘩都没有。

事情摆上了桌面，荣贞也不扭捏："我没意见，也省得你们为我的事发愁。至于人家要说什么就让他们说去吧，有什么关系呢！嘴长在人家身上，又没用封条封住，'米姓量，人姓讲'②，好歪都得有人评。"

荣贞和招玉只差一岁，彼此也认识，对她的能干和泼辣不止一次耳闻目睹。心想，只要她身体好，能赚工分，泼辣点不碍事，人太老实了也不行，我堂堂一个男人，难道还镇不住她？再者，如果自己不做上门女婿，父母就多一桩愁心事，就算有妹子看得上我，可婚后连个像样的房间也没有，总不能让新娘子和自己睡那个谷仓一样大的"房间"吧。

维仁想不到儿子的思想这么开通，就问："老三，你不会是一时冲动吧？你要是头脑发热，以后后悔了可不能怪爷娭。你在家里，我们也会给你讨一个，比你条件差的人都不会打光棍，何况你？"

① 两公婆：夫妻俩。
② 米姓量，人姓讲：意思是说，如同米要用米筒量一样，人的嘴巴也是用来说话的。

"我又不是三岁小孩，终身大事岂能当儿戏？你们放心，我去了他们家，也不会忘记你们的养育之恩。你们不要有任何思想负担，也可以把我当作嫁出去的妹子，经常来看，有什么事也要搭信给我。"

维仁听罢，不由得热泪涌流，喉咙哽咽，比起自私自利又鸡肠小肚的老大元贞、老二华贞来，老三荣贞不知有多孝顺呀，看来，这辈子，我是打了好碗保坏碗了。说实话，要不是秀贤家，要不是本村本屋，他现在反悔也来得及。他后来常在老婆面前把老大、老二比着狼狗，还说，早晓得这样，当初就该把这两个大的"嫁"出去，让荣贞留身边。

就这样，出生在溪头的荣贞，择个良辰吉日，不声不响地"嫁"到了溪尾。

荣贞倒插门，丝毫没有其他上门女婿那样受气、受歧视。一来是本村本屋人，二来维仁和秀贤的人缘都叫得响，而且这对老同学多年来也一直互相温暖。自荣贞上门后，秀贤一直视如己出，样样都站在他这边，招玉倒像是娶过来的了，起码在外人眼里是这样。

婚后一年，招玉就生下了一个妹子，取名文招。第二年年尾再生千金，取名文秀。荣贞着了慌，"这招玉不会像她妈那样只生妹子吧？要这样的话可就糟了！"他把这一担心带回了"娘家"。

母亲安慰道："不会不会的，可能她也是一节女一节子①，先前我也一直生妹子，后来就连生你们三兄弟。你不能学歪样作践妹子，生女也有三两福，妹子也是娭哩②身上掉下的一块肉，照样要经过十月怀胎一朝分娩。你要是作践妹子，日后她们长大了，就记恨你，像你三个阿姐那样，到现在还记恨着你爷哩。"想起以前连生三个妹子所受的委屈，想着公公婆婆指桑骂槐、横眉竖眼的情景，她还心酸不已。

听母亲这么一劝，荣贞心里安然了许多。的确，周围不是有许多人家都这样吗，有的夫妻也有一男一女或一女一男间着生，说不定招玉属于一节女一节子的，这生育的事，真不是挑担砍柴可以凭力气的。

招玉果如所料，在后来的七年内连生三个带把的。两家人比赛着高兴，

---

① 一节女一节子：意思是先生女儿后生儿子，几胎皆如此有规律。

② 娭哩：母亲。也按谐音写作娭瑞。

尤其是秀贤和荣贞，整天笑嘻嘻，做事浑身是劲，两百斤的担子在肩也身轻似燕，做得再累，回到家里也要抱一抱宝贝疙瘩，用长满胡须的下巴往小脸上蹭，直惹得小家伙们咯咯地笑。看到儿孙们相继呱呱出世，他们的心里一丝半点的烦恼也没了。荣贞甚至说："有了子哩，累死也甘愿。"

荣贞以文星、文宝、文书为大小三个儿子取名。两家几代都没出个文化人，要想跳出这穷山沟，唯一的出路就是读书，如果没文化，你就是像项羽那样力拔山兮气盖世，像鲁智深那样双手能拔出大柳树，又有何用，哪个会请你去拔山拔树，不是照样英雄没用武之地吗？荣贞心里想，就是卖血，也要让儿子们读上书，只要他们想读。

屋檐下聚了九口人，日子越挤越拮据，荣贞和招玉朝加班夜加班，还是无法和超支脱离关系。秀贤帮着带小孩、做家务，也跟着受累。银珍就更不用说了，得经常下田做事，到了礼拜天，还得陪秀贤上山采草药。大家看他们家子女多，生活太艰苦，就坚决要求秀贤多少收点药费，以贴补家用，说如果不收，他们就不好意思再麻烦他了。秀贤听了很感动，就开始象征性收了一点点。

后来，秀贤在一次上山采草药时不慎坠崖身亡。因为路途远，去帮忙的乡亲说："不如就把他埋在山上，让他看得高望得远。"荣贞坚决不同意，说，就是背，我也要背回来。这样，众乡亲就一齐动手，用带去的柴刀砍了两条竹，做了个竹架，扛回了秀贤。看在秀贤平时善待乡亲的分上，大家把他的后事料理得甚是到位。荣贞也尽了孝道，毫不迟疑地披上麻戴起了孝。唯一不同的是，在他的"马弄头"①上系了条红带子。荣贞是上门女婿，按客家农村风俗，生身父母倘还在世，就要戴那种一片红一片白的马弄头，来人也就一目了然。农村的这些风俗不知是谁规定的，即便披麻戴孝，孝子孝孙也还是有区别的。比如系绳子，嫁出门的妹子系后背，儿媳妇则往前胸系，还得穿麻衣；再如头上戴的白孝布，儿子长些，女婿则短些，等等，不一而足。

秀贤归山不久，银珍又前赴后继地患上了类风湿、神经性头痛、高血压，带三个赛着调皮的小蛮牛越来越显得力不从心。荣贞就想着让正读小学三年级的大女儿文招辍学，回家多个帮手。文招的成绩虽不是拔尖，但回回考试也不差，她也喜欢读书，而且很有信心，稍加把劲，老师就把表扬的词句用在她身

---

① 马弄头：儿子头上戴的孝具。

上。因此，当荣贞要赶她回来带弟弟时，她显得一万个不愿意："老弟他们不是有驰驰①吗，我已带开了一个妹妹。"

"驰驰身体不好，又要放一头水牛，还怎么带三个老弟？我们要出去做工分，你当阿姐的不回来带，难道把他们都关在屋里，你放心、你乐意？"

为了多挣几个工分，银珍曾和荣贞商量，从队里包一头水牛来养。她上山割草，让水牛练粪，练了粪就可以按斤两来换工分，另外，牛尿还可以当作肥料用来浇菜，可谓屙屎捉跳蚤——一举两得。

文招也知道这些是家况实情，但她实在不愿就此离开学校，嘟着嘴想，好吃的轮不到我，坏事就第一个想到我。她不能有异议，荣贞这条"高压线"碰上了就算不死也得脱层皮，之前她曾英勇抗争过，但小脸上重重地落下过巴掌的赏赐。敢怒不敢言久了，便生出沉默如金的脾性，只是，这样的金，她并不想拥有。

文招心里一直记恨着父亲的重男轻女。有事都叫文招文秀，有好吃好喝的，嘿嘿，靠边站吧，谁叫你们是丫头片子。难得太阳从西边出来发次善心，也像打发叫花子一样打发两个女儿。僧多粥少时，任她们馋得眼泪汪汪也枉然，就是哭着满地打滚，也激发不起他的半点仁慈。文招出嫁后，仍咬牙切齿地说："我爷哩对谁都善，就对妹子不好！"

更可气的是，文星大点之后，受着父亲的影响，也不尊重阿姐们，摊上好吃的还爱炫耀，非把别的小孩馋哭才罢。他这习惯，让小孩恨心，也让大人伤脑筋。荣贞就骂过并吓唬过他："以后有东西再拿出去馋人，就都让文宝、文书吃了！"

就是这样的话，荣贞也只是提到儿子。文秀小些，又比较老实，更怕皮肉之苦，就是馋得直吞口水，也不敢有任何异议。文招性子犟，胆也大，敢和父亲驳道理②，当然"农民起义"总归失败，而且败得很惨。招玉偷偷地教她，可她就是屡教不改，过不了几天又和"高压线"碰撞，不自量力地拿自己这枚小鸡蛋往那块大石头上砸。

一天，荣贞带回大队限量发的支农饼，一块掰开三份，分给三个儿子。文星又拿着一小块饼来逗文招，文招气得真想扇他一巴掌，瞅准机会，猛地

---

① 驰驰：奶奶。也写作娭驰。

② 驳道理：据理力争。

上前抢下那小块饼，不由分说地丢进嘴里，嚼都没嚼就一口咽下。文星傻了眼，立马坐到地上号哭打滚。荣贞赶出来问明缘由后，圆睁双目，骂声"猴吃嫲①"，操起门口的一截木棍，就朝文招冲去。文招尖叫一声，拔腿没命地跑。招玉见状，上前死命拖住丈夫："老三，别追了，莫紧②让她跌伤了，那还不是害自己！吃了难道还能叫她吐出来，谁叫文星老是这德行？也该有人整整他，省得以后再生是非。"荣贞这才气哼哼罢了手脚。

后来，招玉过意不去，但凡做客有回礼，有吃的总要事先偷偷地给两个女儿留开，千吩咐万叮嘱要她们守口如瓶。文招、文秀才不做叛徒呢，电影上的叛徒都没好下场，"我们又不是吃屎大的"，她们这样对母亲说。

也亏招玉体恤妹子，要不然，那些年月，姐弟之间也不会平安无事。照文星的德行和文招的泼辣，说不定某天文星胯下那条"小辣椒"就被文招剪割下，喂了家里那只成天呱呱叫的鸭子，省得他老拿那条"小辣椒"气人。

文招十六岁那年，银珍也上天陪秀贤去了。家里缺人手，荣贞又把文秀给叫回了家。文秀比文招幸运些，好歹读完了小学。她上学时，几乎都要带着最小的弟弟文书去。文书在她的座位上常常一坐就到放学。

虽是外来人，荣贞在溪尾却吃香，也受尊重。他把秀贤所传药方加以钻研，为男女老少解除病痛。美溪人几乎众口一词："幸亏荣贞来了，也学会了医病，不然秀贤叔走后，我们有疾有病可就麻烦了。"

的确，那时没电话没摩托，连自行车都是稀罕物，你头再晕、肚再痛、病再重，也得走路去找医生，黄泥路遇上雨天，苦处没法形容，真个得了病不死也得脱层皮。有个做医生的邻居，那个方便呀，三言两语说不完。

二十世纪七十年代，在"深挖洞、广积粮"时，政府部门也广积药材。荣贞被光荣相中，先是受派去各地采购中草药，后在部队医院待过一段时间，这样又认识了不少医生，处处留心的他自然学到不少知识，中西结合，医术更上一层楼。荣贞从部队医院回来时，仗着部队的过硬介绍和本身也算过硬的医学本领，本来可留县医院的，但经不起招玉的相思之苦（后来才知老婆是怕他在外变心），心里头也想着和老婆孩子热炕头，再加上大队书记大打感情牌，就

---

① 猴吃嫲：女馋猫。

② 莫紧：别弄不好。

听从安排，回到本大队做上了赤脚医生。

说起"赤脚医生"这个名号，少年时代谁不疑惑？赤脚医生该是光着脚的医生呀！当荣贞他们三个到学校打预防针时，有些同学竟交头接耳起来："不是说赤脚医生吗，怎么又着了鞋，这叫哪门子赤脚医生呀？"路上见到他们，就起哄说："你们根本就不是什么赤脚医生，骗人！"长大些，才知赤脚医生是人民公社时代的特色产物，不领工资，大队只给工分，这才破解了多年来的困惑。

荣贞他们干赤脚医生一直到分田到户，而后从大队医疗室卷铺盖走人。

荣贞当了一遍遍爹，给子女都取"文"字，但对文招和文秀，则并不希望她们成为文化人，只指望她们文静些。女孩家太泼辣了总不好，把老公当出气筒、上房揭瓦的女人他最讨厌，他不愿看到自己的妹子嫁人后，那头老来投诉，那也太没面子了。嫁远一点尚好，一年到头和亲家那边的人也见不了两次面，要是就近嫁了，出趟门、赶回圩都有可能撞上，让人拉着没完没了地诉苦，该多丢人！

当初，荣贞之所以能和泼辣的招玉结婚，一来知道娶妻立业不易，能借鸡生蛋最好，二来浮想之中，自信能制她。招玉几次河东狮吼后，荣贞正色警告："你如果再吼，像老虎嫲①一样，不给我面子，我就两脚一跳走人。"秀贤和银珍也谆谆教诲："妇人家就要有妇人家的样，什么事情都要有分寸，千万别跌老公的股②，男人的面子很重要，太刁的妇人家谁也吃不消。男人是一家之主，是家里的顶梁柱，一定要对老公好。"

荣贞的连唬带吓，兼着岳父母的帮衬，比针药还快见效，招玉日有改进，温柔谦让起来，脱胎换骨，让人叹为观止。一家人的日子虽然清汤寡水，却也有男耕女织、养儿育女的浮生之趣，在不时萦绕耳畔的笑语欢声中，按着春夏秋冬的时序运行，不急不慢、不温不火地走着。

文招私订终身

文招回家"修地球"以来，心灵手巧，又能吃苦耐劳，事事争第一，样样

---

① 老虎嫲：母老虎。

② 别跌老公的股：别让老公丢脸。

不输人，用伟大领袖毛泽东号召的"中华儿女多奇志"和"多快好省"标准来衡量她，也不算浮夸。每年，她都能领一顶斗笠和一张奖状回家，全家人几乎不用再掏钱买雨遮。文星上学时，雨天戴的便是文招的奖品，忒爱炫耀："这是我大阿①奖来的笠麻②，我家里有好几顶呢！"

看到斗笠上那个大大的"奖"字，男女同学都投去羡慕嫉妒恨的目光，回到家，就缠着各自的哥哥姐姐问："文星的阿姐有奖，为什么你们就没有？"

当哥哥姐姐的一时语塞，被缠得不耐烦了，就吼一声："你的同学有奖，你有吗？"看到换成老弟老妹哑口无言了，他们也心安了，理得了，似乎这样就是最好的理由，不是每个人都可以得奖的，如果人手一份，那还算什么奖？

在人民公社，文招平过土地、开过公路、做过水库电站。她和许多刚经风雨的男女社员一样，年轻气盛，身强体壮，在一块建设社会主义，热火朝天，虽苦犹乐。做电站时，有人老爱主动搭讪，隔三岔五找机会靠近。他力气大，人随和，举止颇见教养，虽说不上帅和酷，却总算一表人才，特别是笑的时候，那雪白齐整的牙齿让人看了舒服。文招也乐意和他说话，一来二去，就成了熟人。他自我介绍姓魏名平生，年方二十三，高考时几分之差就只能加入修地球的队伍，父母望子成龙，曾叫他复读，但他考虑家庭负担太重，决定回家助上一臂之力。

文招感觉出了他的喜欢，每次见面，他都远远地就开始笑，那雪白而整齐的牙齿，在太阳下闪着耀眼的光芒，脸上呈现出幸福和愉悦。文招性格虽泼辣，但在那个时代，也不敢太放肆，只能扮淑女装矜持，可在心里，在梦里，却常常和他谈笑风生，眉来眼去，干活时如果一日不见，就怅然若失。

一晚，文招见他拿着一枝桃花求婚，既害羞又奇怪，问："你怎么用桃花向人求婚？"

"像人家那样用发卡用手帕吧，我觉得太平常、太俗气，我就是要和别人不一样。桃花开在春天，如果我有福气和你结婚，就说明我们的婚姻永远像春天一样温暖。春天是播种的季节，也是孕育爱和希望的季节，我认识你是冬天，但自从见面那天起，我心里就装着整个春天。"

---

① 大阿：大姐。依此类推，二姐叫细阿，三姐叫三阿……
② 笠麻：斗笠。

文招被他热忱和优美的语言打动了，幸福地接过灼灼桃花，不由得笑出了声。睡在一旁的文秀听到后，用脚踢醒了她，问："阿姐，你捡到笑包了吗？"

文招一时还收不住笑，好一阵才说："我做了个梦，嗨，真是个美梦。"

"哈哈，日有所思，夜有所梦，你一定是碰上了让你心动的后生哥①，快告诉我，让我也高兴高兴，我快有姐丈了，真好！"文秀翻转身面对文招，黑暗中摇着她的身体催促道。

文招嗔道："什么姐丈姐丈的，八字还没一撇呢。"

"这么说，你真的有心上人了？"文秀又靠前一点，差点没把文招挤下床。她急于知道姐姐的梦中情人，又追问道："快告诉我，是谁？"

"现在还不能告诉你，他说尽快找个媒人来说媒，到时你就晓得了。"

"不行，我现在就想晓得，你快告诉我，他是哪里人，我认不认识，你们是怎样认识的，又是什么时候好上的？"文秀一连几个问号劈头盖脸地砸向文招，还威胁说，"要是不说，我就告诉爷娭，你私订终身，触犯天条，天地不容。"

文秀一向是把父母当天地的，她说，天是严厉的，地是温和的，她惧怕天，喜欢地，累时可以把大地作床，躺在地上舒舒服服睡上一觉，天高不可及，会下雪下雨落冰雹，会响雷会闪电，发怒时还乌云密布，而大地永远都是翠绿的，满山遍野都充满了希望，吃的用的都归于大地的慷慨给予。她虽然也不喜欢甚至有点怨恨父亲，但她能忍，再大的委屈都咬紧牙关不顶撞一句，还劝导文招："得罪爷哩②没好处，出嫁时一样③嫁妆都不置办就跌股④了。"但文招就是狗咬太阳——不知天多高地多厚，回应说："不办就不办，跌也是跌他的股。"

文秀又说："你私订终身，让天帝晓得了，会派天兵天将把你捉回天廷，就像七仙女和董永那样。"

文招嘴里说不怕，其实还是怕的，仿佛已经逾墙钻隙了，虽不担心下猪笼沉塘，也毕竟名声不佳，遂要文秀保密。作为条件，只能泄露天机，把怀

---

① 后生哥：男青年。

② 爷哩：父亲。按谐音也写作爷瑞。

③ 一样：一件。

④ 跌股：丢脸。按谐音也写作跌古、跌鼓。

春少女的心事喁喁私语，还好是面对妹妹，若是外人，不啻是一件件剥去身上衣。

文秀饶有兴趣地听完，道一声："不晓得大人①同不同意？"

"应该会吧，爷哩虽然重男轻女，但其他方面还开明，再说，他父母和爷哩都认识，爷哩还给他们一家看过病呢。"

"这就好了，只是，阿姐你要是嫁了，我会不习惯，我们在这张床上睡了快二十年了，你不在，我会睡不着的。"文秀既为姐姐将有的归宿高兴，又为姐妹的行将分离而伤心。

"呀，你在家也就一二年时间了，妹子人②大了，都会有人来提亲的。"文招说完，亲热地刮了一下文秀的鼻子。

"在这个家生活了二十年，突然要嫁到一个陌生人家，真不晓得会是个什么生活。"文秀对婚姻既向往又担心。

"这有什么办法，谁叫我们是妹子人呢？"

文招见文秀没再回话了，以为她心里难过，就安慰道："其实嫁人也没什么好怕的，家娘、家官要是难讲③，就分开过。两个后生，难道还养不活自己？你怕也得嫁，这是妹子人的必经之路，开始也许不习惯，但慢慢总能适应。"

文秀"嗯"了声，说："睡吧，天光朝晨④还要加班呢，以后的事以后再说吧，先把现在的日子过好。对了，你可别再做美梦了，莫紧又把我笑醒了。"

一个礼拜后的中午，媒人就上门来了。荣贞出诊未回，那天刚好只有招玉和文招、文秀母女仨在家。媒人系本大队自学成才者，彼此熟悉，说话比较轻松，把男方家的情况如实道来。招玉对平生家略有了解，有次缴公粮，刚好和平生母亲一前一后，见还没轮到她们，就坐在谷箩上聊家常。平生母亲生了两个儿子后再生三个妹子，刚好和招玉相反。

媒婆道罢来意，招玉说："子女的婚姻大事，我做不了主，要等她爷哩回来再定，也要文招同意。"

文秀听了，心里说，人家早就相爱了，连做梦都梦到人家送花求婚了，

---

① 大人：父母。

② 妹子人：女孩子。

③ 难讲：不讲理，难对付。

④ 朝晨：早上。

哪会不同意？朝文招抛了个诡秘的眼神。文招立时就羞红了脸。

荣贞回来，招玉就把媒人的话带到，荣贞听了满口答应："那个人家不错，爷娭随便又勤快，赖子也忠厚老实，一表人才。文招没意见吧？"

招玉就告诉荣贞，文招没意见呢。荣贞嘿嘿笑了："那就好，现在婚姻自主，我们不能包办，她自己同意嫁的，以后即使讨食挽筒也不会怨怪大人。"

三天后，媒人又上门来，得到明确的答复后，咧嘴笑了："就晓得你们是不嫌七嫌八的干脆人，更没什么歪刀子①，平生以后一定会像子哩一样对待你们。"做成了一桩媒，就意味着赚到了一双解放鞋，能不高兴？

那时候，有子女到了谈婚论嫁的年龄，家里的门槛三天两头总会留下媒人的脚印，特别是那些善良能干、一表人才的后生和漂亮的妹子，才十六七就有媒人排队上门。即使自由恋爱，也还是要有媒妁之言的，免得引发闲话，被说成抠门、寒酸，连媒人都请不起。如果二三个媒人不约而同上门，做父母的都不知道该听谁的话，该选择哪家，又不敢明确推掉，只好说："等我探分相②了再说。"真是儿媳难讨女难嫁啊！

有些贪小礼的媒人，为了那几块钱和那双解放鞋，总是把对方夸得白璧无瑕。反正媒人只管牵线，不管婚姻质量和生老病死，幸福的生活要靠自己努力创造。若还要顾你婚后的死活，那这个世界还会有媒人的立足之地吗？所以选媒人也须慎重，那种能把人夸上天、能把方说成圆的媒人，多数人也都反感，说"尽好都八点"③。

平生家托的这个媒人，倒也实在，在本大队受信度颇高。她这个媒也好做，都是本大队人，彼此熟悉，加上两家大人都随便，不需多费口舌。如果大人不好说话，就难为媒人了，经常跑了这家跑那家，还要受气听责备。遇上这种情况，耐性不好者，也不再搭理，大不了看破那点财礼。不过，这类业余兼职人员多数都有超强耐性，为了那双解放鞋，或者还有点成人之美的偏执，甘愿忍辱负重。媒人的作用，就是把男女双方的话都传达到，在通信基本靠走脚板的年代，的确不轻松，解放鞋多送一双也应该。

又过了一个星期，媒人和平生，还有平生的大妹，提着东西上门。那年头相亲，都选择夜里，省得人多嘴杂，万一不成功，也不丢人。

---

① 歪刀子：坏心肠。

② 探分相：弄清楚。

③ 尽好都八点：好也好不到哪里去。

荣贞本来就认识平生，招玉却是第一次见，那感觉，正应了那句"丈母娘看女婿，越看越喜欢"。文秀一个照面下来，再观察一会儿平生的言行举止，也觉得姐姐的目光不赖。

平生从箱篮①里拿出一条大前门香烟、一瓶十全大补酒、一包花生、两斤猪肉和肉丸，逐一放到桌上，面带微笑地对荣贞说："叔，我也不晓得你喜欢抽什么烟、喝什么酒，就随便买了，不知合不合你的意？"

荣贞眼睛一亮，惊讶地说："我就喜欢这个牌子的烟酒，可我并没和你爸说过呀。"

平生启齿一笑："真巧，我还担心你不喜欢呢，这真是缘分。"

嘴巴真甜！文秀偷笑，能如此凑巧买对礼物，还不是文招事先向你泄了密！

荣贞对平生的印象，由着这巧合的礼物更增一分好，看着招玉和文招说："你们若没意见，就把东西煮了吧，让他们吃了再回去，心里也热乎点。"

荣贞这么随和、这么友善，早就让平生的心热乎了。

趁气氛和谐之机，媒人对文招说："文招，你把平生带到房间里去谈谈吧，有什么事情当面说清楚，免得以后怪我做媒人的不负责。"媒人也不晓得他们早已相识，所以就亦步亦趋地按着程序推进甜蜜的事业。

文招听了，又红了脸，幸好在夜里，煤油灯下也看不太清楚。她点了下头，点头是最基本的形体语言，她已经点了好几次头了。

人多，两斤猪肉、一斤肉丸，还不够填文星、文宝、文书三个小饿鬼的肚子呢。那时油水不足，肚子里"闹革命"的时候多了去，小哥们闻到荤腥味，必流口水，那吞口水的模样就像吞下了一个香香肉丸。荣贞知道儿子们一个好过一个的肚量，就嘱咐招玉拿些粉干来煮。招玉"嗯"了声，就去准备，对文秀说："你去后面菜地拔几棵萝卜，拔一把三月青菜秧，我去切猪肉。"招玉一向看不惯文秀切的猪肉，直丝，她说切猪肉要切横丝，块不能太大太厚，大了厚了嚼不烂，对胃不好。文秀则说，你切得太小太薄，一块猪肉放到嘴里嚼，根本就到不了胃里，就那么一点点，连塞牙缝都不够。每当有猪肉切时，文秀还是切大块，招玉就撤销了她切猪肉的资格，文秀也乐得轻松。

文秀接受任务后，扫了几个弟弟一眼后说："文星你陪我去！"

---

① 箱篮：一种篾条做成的篮子，上面有个长方形盖子。

文星嚷道："干吗叫我，文宝、文书不是也在吗？"

"我就叫你，因为我是你细阿姐，我乐意叫谁就叫谁，现在我看你最顺眼，所以只叫你。"

文宝、文书听了，冲文星嬉皮笑脸，一副幸灾乐祸样。

文星皱了皱眉："哦，我晓得了，准是下昼①叫你洗了双鞋，你现在就要我报恩，你的量度也太小了吧？"

"我每天都为你们洗衫洗裤、洗臭鞋臭袜，又有几时指示过你，谁叫你报恩了？我现在叫你，只是因为让他们帮姨娅洗锅添柴，你要是认为陪我去比较辛苦，那就在家帮忙好了。"

文星却又怕做那些家务事，太琐碎了，烦！"好，好，好，我去，我陪你这个二小姐去还不行吗？我就晓得你对我最好了，什么事都为我考虑，以后有机会，真要好好报答你。我总算也明白了，也完全理解了'人善被人欺，马善被人骑'这句话了。"

看文星装一副无奈、可怜、郁闷样，文秀不禁笑出了声，道："叫你陪一下，就这么多废话，大家要是都和你一样，就什么话都不用说，专说啰唆怪话了。"

"在这里说啰唆怪话的时间用在做事情上，早就做好了。你们也不怕跌股，让人家听了好意思吗？"招玉边切猪肉边轻声责备他们。

"真是懒尸牯②，看你以后怎样讨老婆，怎样过日子？"文秀接上招玉的话，还白了文星一眼。

"又不是做农活才能活命，现在是什么时代了，还会饿死！凭我这聪明脑袋，哪里会打算作田呢？那一亩三分地就留给你们吧，也省得抢。哼，看你们守住了一份土地，是不是真的就守住了一份希望。你们都作了几十年的田了，日子过得还不是清汤寡水，半月不见一块肉。我就是考不上大学，打死也不作田。"

"你不读书，又不作田，那你喝西北风，难道你还指望爷娭养你一世？"文秀嘀咕道。她真的不敢想象，像文星这么懒的人，不种田还会有什么出息。

"真是妇人之见，难道除了作田，就没有其他门路了？我可以开店，可以

---

① 下昼：下午。

② 懒尸牯：懒虫。女性对应的称呼为懒尸嬷。

做生意呀，总之，无论哪一样都比你们作田好。你说现在一百斤谷子才卖几块钱，除掉肥料、农药、人工钱，就是一减一等于零了。"

见文星说得没完没了，招玉有点生气了："快去，快去，在这里吵得我耳屎都满了！我没进过学堂没文化，说不过你，有本事你最好谋出一条生路，让我也好享享你的福。"一边说，一边举起菜刀把文星给赶了出去。

文星一边"哎呀呀"叫着逃离厨房，一边还在说："哎，你们老人家不是说一刀比人三日死吗，你怎么忘了，又拿菜刀比画我，我是你儿子哎！"

这臭小子，读了几年书，喝了几滴墨水，就开始得理不饶人了。

前往摘菜的路上，文星还煞有介事地对文秀说："好使的牛你们老是牵去用，还要骂我懒尸牯，你们也太没良心了。"没来由地叹了口气，接着又说，"你看你看，头上有的是月光星子①，菜园里又没鬼，还要人家陪，就怕我太轻松。"

文秀生气了，说："你怎么跟妇人家一样，啰唆起来没个完，你嘴巴不累吗，我耳朵都累了！"

文星仰天大笑："哈哈，你承认你们女人啰唆了。"

文秀这才意识到自己说错话了，直到把菜摘回家，也没再和文星斗嘴。

初次见面，男方家带去的东西女方家收了、煮了，就算是同意了。这些东西的花费，男方家是一五一十要记账的，万一婚事告吹，且系女方家悔婚，那就对不起了，得照实退赔。如果是由男方家主动提出中止的，嘿嘿，女方家一分不退，白吃白用。

谈恋爱，一般都是男的到女方家，女方要是主动往男方家跑，那就等流言蜚语一浪一浪汹涌而来吧。男的去女方家都要选择晚上，要是蒙恩住下，也不能赖在温柔之乡，天刚擦亮就得回家，省得被人看见。谈恋爱跟搞地下工作一样，神神秘秘的，到二十世纪八十年代了，也还是传统保守。世俗里的一切手续办完，到了看男方家时，女方也是在夜间约几个闺蜜同去，而且还要一同回家。

文招和平生的婚事，像美溪的流水那样顺当，未遇暗礁，更没有一波三折之后的冲天浪花。荣贞和招玉为人处世随便，不爱计较钱财，说："嫁妹子

---

① 星子：星星。

又不是卖妹子，婿郎①妹子十长九远，只要他们合适②、扎手③做起身家，我们也就放心了。至于聘礼，你们拿得出，我们接得起，一切由你们方便。"人为彩礼狂，我为彩礼愁，听他们这么一说，平生的父母屙尿对壁笑，说找对了好亲家。

小定之后便是大定。文招这边的人吃到了平生送来的饼蛋，才知文招处对象了，说又有喜糖吃了。客家农村的风俗，大定时，男方必须买够女方全队和所有亲朋好友的饼蛋，队里按户分，一家两饼，老一辈的加两个蛋。每户也要给男方家回一个红包，也就两毛钱吧。男方那边，一听说平生的对象是荣贞的长女，就夸平生运气好，找了个医生做泰山，以后全家有个风寒感冒、泻肚发烧，就不用付药费了。邻里乡亲说惯了笑话，平生一家也不会把这话当回事。

美溪村人爱说"生妹子换饼蛋肥锅头，生赖子挂墓头"。说的是，生个女儿，只能换到饼蛋吃，到出嫁时，男方家会送猪肉来，算肥了锅头；而生下儿子，在父母百年归仙后，每年扫墓时会用几张滴了鸡血的草纸挂在墓头上，置办三牲和香火蜡烛、纸钱鞭炮，不致让先人做孤魂野鬼。男尊女卑的时代，要是哪家添了丁，问及性别，生女的就会说换饼蛋吃的，人家一听就明白了，生男的就会说"鼓鼓起的"，人家也就知道了那是有"茶壶嘴"的。更可笑的是，有的妇人得知是个换饼蛋吃的，犹自不信，说："你骗我，我要去年日婆④房间里去看看。"她不亲自验证，你保证加发誓都没用。

平生和文招交往了一年左右，大小手续样样没省，就差结婚请客放鞭炮了。平生家商量好要把文招讨回家，荣贞倒是爽快地答应了，招玉却想让文招再帮一年。荣贞不假思索地说："人家都有了打算，你耽搁人家做什么？妹子大了就是要嫁人的，多帮一年还不是要嫁？将心比心，以后我们也要讨生娓，人家也为难你，你会怎么样？"荣贞这么一说，招玉就不再坚持了。

翌年九月底，文招产下一女。平生乐滋滋的，马上去外公家报喜。荣贞刚和招玉吵完架，生着闷气，听说当了外公，面无表情地说："生个妹子你乐什么，要是我，就把她丢到深潭里喂鱼算了。"

---

①　婿郎：女婿。

②　合适：和睦。

③　扎手：勤快。

④　年日婆：坐月子的女人。

毫无人性的话，让平生听了既惊讶又伤心，悻悻地回到家，又不敢实话告诉文招。文招见他不开心之状，就问："是不是我爷哩一听生了个妹子就不高兴？"

"他第一次当外公，怎会不高兴呢，还要我好好照顾你，坐好月子。"平生说这些话时都觉得别扭，荣贞要是真这么说了，那就不仅仅是文招的福了，宝贝千金也跟着沾福呢！

"那就奇怪了，我看你去的时候还很兴奋，怎么一回来就变了脸色？"

平生搪塞道："回家路上碰到了一个死乌搭瞎 ① 的人，和他吵了几句，可能心情受了影响。你可别多想啊！"

文招初为人母，沉浸在幸福之中，也没想去深究。后来，她从母亲那里听说后，简直不敢相信自己的耳朵，想不到父亲隔了一代还是如此重男轻女，好半晌，才哽咽着说："好在我家娘、家官和平生不会作践妹子，不然我的泪就有的流了！"

招玉安慰道："以前我连生你和文秀，他怕我没儿的命，说如果真是这样，就两脚一跳走人。他就是这么个人，别计较！"言罢，搂着文招的肩说，"不怕，上天会保佑你。"

文招听了母亲的话，心里开朗了许多，是啊，上天一定要保佑我生个儿子，否则，别说父亲作践，婆家的人也肯定不会有好脸色。

天遂人愿，文招后来就连生了两个胖小子，平生笑得嘴都阔了。

荣贞开诊所

改革开放，分田到户的热潮铺天盖地，百姓欢欣鼓舞，笑容满面。终于自由了，不用听队长的喇叭筒出工了，再不用怕队长以权谋私派重活了，做得再多都是自己的了。在队长的压迫下忍气吞声的人们，能不屙尿对壁笑？

田地分了，你队长就是没有脚的螃蟹，再也不能横行了，老百姓再不是球场上的足球让人踢来踢去了，而是锅盖上的米花——熬出来了。有人高兴就会有人愁，百姓是开心了，可队长们却不习惯了，一有空就拿下挂在墙壁上的

---

① 死乌搭瞎：蛮横无理。

喇叭筒左瞧右瞧，上看下看，翻过来覆过去。用嘴吹吹灰尘，用衣袖当抹布，喇叭筒啊喇叭筒，你忠心耿耿跟随这么多年，让我风光无限，可如今你却成了瞎子的眼镜——多余的框框！队长们看着手中感情深厚的喇叭筒，眼前总是浮现出那些神气活现的场面，心里像是打翻了五味瓶。大势已去，他们却坐在八抬大轿上下不来，缅怀那不再的风光岁月。

分田到户不久，大队的合作医疗室也解散了，荣贞回到家里每天和老婆一起做事，有人劝他自己开个诊室，也好方便乡里乡亲。可资金短缺不说，家里田地多，文招已出嫁，文秀刚从学校毕业，能力有限帮不上大忙，三个可传宗接代的毛头小伙还在学校用功，两位老人年老体弱，而招玉没文化，作田经验不丰富，万一管理不当，势必让全家喝西北风。一家八口人啊，大意不得。再说当时生意头脑还没生成，也怕形势不稳，担心被割了资本主义尾巴。

荣贞决定把所有的田都用来种烟。一经商量，招玉挺担心，说都种了烟，一家八口人吃什么呀？

"怕什么？上半年种烟，下半年种谷。我们家一共七亩多田，一亩田差差之^①也有五六百斤谷子吧，七亩多田至少三千斤。如果管理得当，八百斤产量没问题，除了缴征购^②的几百斤，全家人怎么吃也吃不完，还有的卖，饿不着。"

见招玉还在担心，荣贞又劝："你放心，就是借，我也不会让全家饿肚子。"

如此信誓旦旦，招玉怎能不答应？再说当时难借的是钱，借粮就容易多了。

都说三个精布娘^③，抵不过一个傻男子。荣贞的智商在整个生产队是数一数二的，别说他以前当过兵见过世面，就是窝在山沟里，智商也不低于从不开动脑筋思考问题的农妇。招玉晓得他是尊重自己才和自己商量，自己同不同意他也会一意孤行，他是一家之主，有权决定一切，而且，父亲早就说了，荣贞的决定都是正确的，谁也不许阻止。

有招玉的同意，荣贞做起事来就顺理成章了。他也不鲁莽，而先有一番深思熟虑。烤烟是辛苦繁杂的工程，如果自己没烤房，六七亩田的烟就得分

---

① 差差之：再不济。

② 缴征购：交公粮。

③ 精布娘：精明女人。

好几家烤，这样一来，就得把所有的时间都用在下烤上烤上，干烟叶下了烤又要分门别类，然后才能入仓。而自己有烤房的话，两天就可以完成摘烟和上下烤，不用每天都起早摘烟、淋雨。常常是凌晨五点不到就起床，十点了还没完成，偏偏这期间雨水特多，每每都会成为落汤鸡，抵抗力差的容易感冒，摘烟时雨水流进眼里和嘴鼻，既辣又苦。挑着上百斤的湿烟叶，走在泥泞且窄小的田埂上，浑身上下湿淋淋的，风一吹，从头到脚瑟瑟发抖，真是苦不堪言！荣贞考虑周全，健康意识也较强，晓得长期淋雨会造成怎样的后果，现在三个小子要培养，首先应当着重经济，等他们读出来了，自己也可以不种烟，只种些稻子够吃就行。他相信困难只是暂时的，幸福的生活要靠智慧去创造。

他打定主意要建自己的烤烟房，还对招玉说，烤房要做大一点，至少能烤二百杆子烟，自己的烟叶不用愁，还可以接别人的烟叶，这样也就解决了煤钱。

做烤房并非易事，得有资金，也要有材料，而这两样他都缺。但他经过一番分析，觉得也并非难事。

那时烤烟也可以烧柴。有空时，他就和招玉上山砍柴，早早准备好烤烟烧的柴，可省下一些煤钱。当时的煤便宜，一吨也就三四十元。一杆子烟也只几毛钱的杆子费。现在煤要三四百一吨，杆子费也涨到了七八块。一烤烟所花时间要六七天，如果雨水多杆子数也多，不但时间会拖长，烟叶也有可能烤坏。搭烤者就会埋怨主家不该接那么多人的烟叶，只为自己多收入，不顾别人的损失。

荣贞当然有自己的算盘，同时也想把大家的损失降到最小。主意打定，他就抽空和招玉上山砍杂树，把树壳剥了，堆在一旁，材料备够，就在房子不远处的一块菜地挖土基，砌墙脚。砌墙脚的石头也是他们拆自家田埂得来的。连拆了几处，他就后悔死了，前辈们辛辛苦苦把田埂砌得那么好，自己却去拆，真是笨到家了！可那时大家做房子做烤房都是东拆西拆，连路面上的石头都拆，干活时每每看到一个碗头般大的石头都要带回家，为的是省一些钱。

紧锣密鼓中，一间像样的烤房便拔地而起了。那时烤房紧缺，除了生产队原有的两间烤房，大家还没有能力或胆量做烤房，而生产队那两间烤房，又让两个手头比较宽松的人买了去。荣贞当时也想买，可手头五十块钱都没有，一下子从哪儿变出五百块钱来？

头年因为没有烤房，荣贞不敢多种烟。就三亩田的烟，上烤时也很辛苦。

两家烤房，每烤最多只允许一家接纳十杆子烟。有时太阳太大或肥料不足，烟叶黄得快，而烤房又紧张，荣贞和招玉只好把熟了的烟叶摘了，挑到其他生产队的人那里烤。烤房主人看他们这般辛苦，有心"放宽政策"，但荣贞却谢绝说："都是兄弟梓叔，不能对我搞特殊，别影响了大家的关系。"

招玉累得实在不行时，就责问荣贞为什么不接受人家的特殊照顾。

荣贞说："做人不能太自私！"

招玉白他一眼，无语。人太善良就得自己吃亏。

有了烤房，荣贞就把所有的田都种上了烟。那当儿，大家还不敢种太多烟呢，既怕粮食不够吃，又怕没烤房烤。

荣贞却说，有钱还愁饿死吗？下半年统统种谷子，吃得了吗？

荣贞种烟有人帮忙，上下烤时，也有人帮。烤房紧张，有人就在头年冬和他商量，届时帮忙上烤，头年不先商量，怕到了烤烟时就没位置，或不给烤了，真要挑到别处去烤，可就辛苦了。

荣贞说："我做大一点的烤房，就是为了方便大家，也方便自己。都是兄弟梓叔，莫说会给烤烟费，就是不给，我也做了个人情。"

烟农们当然不会把烟叶都挑到一家烤，他们精得很。本队有三间烤房，他们种了烟，三间烤房就都摘些去烤。烤烟是水火生意，谁也不能称师傅，关键时刻一不小心，睡过了头，整座烤房的烟叶就会烤坏，不是青筋烟就是油子叶，这样一来，白辛苦不说，还要出杆子费。如果烟叶分到了三间烤房，你这里烤坏了，还有两家，总不可能三家都烤坏吧？种烟那么辛苦，谁都想把损失降到最小。主家烤坏了烟，心里比谁都难过，还要遭人家的责骂："吃屎大的，好好的烟烤成了油子叶①，一定是做贼去了。""不是做贼，就是和老婆做'生意'做得太累，才会睡死过去！"

荣贞更不是烤烟师傅，再三声明："我不敢担保每次能烤好，但我一定会尽心尽力。因为烤坏了，我的损失要比你们大好多倍，可有时我要去看病人，就难免会出意外，万一烤坏了，我不收大家的烤烟工钱就是。"

大家听了当然没意见。那两家怎有这样的好事？烤坏了也一分不少，人家责备几句还不服，凶巴巴地说："我又没叫你们挑到这里烤，怕我烤坏就拿到自家锅里烤。"

---

① 油子叶：黑烟。

于是，很多人都选择到荣贞这里烤，见他忙，还帮他挑烟，下烤上烤也一齐动手。荣贞要去看病人时，只要说一声，就会有人帮他看火，晚上也是。所以，荣贞的烤烟房从来就不曾出过坏烟。

这些，荣贞都记在心里。结算烤烟工钱时，他只收大家一半的杆子费，这个做法，又让大家高兴得很。大家莫不敬佩，荣贞生活本就拮据却还如此大度，实属不易。

招玉当着老人的面责怪荣贞是败家子，充大款，却遭到父亲秀贤的回击："妇道人家，头发长见识短，鼠目寸光，心胸狭隘，你晓得个屁！以后对荣贞的做法和决定不准有任何不服，他是正确的。"

原本想得到父亲的支持，却白受一顿凶，招玉气恼得很，到底我是你们生的，还是他是你们亲生的，没有我怎么有他？什么事情都围着他转，我倒成了外来人，早晓得这样，我也不招赘。不过，气归气，想归想，这样的话她只能烂在肚里，其实她是很满意荣贞的，能招来这样一个男人，是前世修来的福。再说在父母身边过日子，总比在婆家过日子强，再怎么说也不会受人欺负。既然父亲都认为他是正确的，招玉只好让荣贞去做救世主。不过，她也看出来了，因为丈夫乐于助人，有求必应，邻里乡亲一有机会也会报恩，农活上如果少了大伙的帮助，他们势必更辛苦，人与人之间是应该互相帮助的，这点招玉多少也懂。

荣贞虽然没开诊室，但家里备了药，有空也会去采些草药。那些常见的小病，他几乎都能搞定。

有一次下烤上烤，天气奇热，荣贞像平时热天一样，穿起了背心和短裤。一位三十出头的年轻媳妇在下面接自家的干烟杆时，几个男人笑嘻嘻地说："你一定要抬起头来，眼珠子要瞪大一些，会有惊喜。"

年轻媳妇看着这几个脸带诡笑的男人，不解其意，会有什么惊喜呢？看他们那神色，一定不是什么好事。但自己的干烟又无可奈何地要接，而他们都说累了，不肯再提供帮助。

在接荣贞从上传下的干烟杆时，年轻媳妇不经意间发现他竟没穿内裤，叉开的双腿间，那毛绒绒的家伙正探头探脑。年轻媳妇顿时醒悟过来，原来这就是所谓的惊喜，准确地说，惊的确惊，但喜根本谈不上，哪个年轻女子看到中年男子的东西会感到喜呢？她慌忙闭上双眼退了出去，打死都不再在那边接干烟杆。那些男人又大笑说："一生只看老公的太亏了，多看几个才可饱眼福。"

"求求叔叔伯伯帮忙,我额门①上的汗流进了目珠里,很难受,再待里头要中暑了。"年轻媳妇不好意思道白,只说热得难受。

她这样说,大家当然不信。不过,这天天气奇热,大家也都汗流浃背。荣贞在烤房内下烟,更是汗如雨下,他天气一热就受不了穿长衫长裤之苦,只穿背心和西装短裤,有时连背心都不穿,说可以让老婆少洗一件,又可以省下一些洗衣粉。风吹雨淋,太阳曝晒,他整个都成了黑种人,但他并不在乎。

不管多热,大家都想不到,这家伙会连内裤也不穿。在下烤上烤时发现这个秘密后,每逢烤烟,男人们就故意不帮女人的忙,为的是给她们一个"惊喜"。

秘密广为周知后,有人当面责骂荣贞不检点,他却伸长脖子,理直气壮地大声回骂:"偷看别人隐私,我都不骂你们,你们还责骂我,这是什么天理?哪个规定要穿两件裤的?你们也可以像我一样省啊,我决不干涉!"

他还嘻嘻哈哈地对那些女人说:"你们干吗不乐意看免费的好东西,如果你们让我免费观赏,我保证目珠都不眨一下,可惜你们都小气。"

如是这般,荣贞就被冠上了"节裤子②医生"的绰号。

"节裤子医生"就这样一边作田一边行医,日子倒也过得风生水起,人也累得又老又黑,老婆招玉都心疼不已。

几年后,私家诊室和商店三天两头冒出,开诊室之念在荣贞脑海里灵光一现后,盘踞不去,虽然那时的他还没医治过什么疑难杂症,只会那些常见常发的小病。这些年他和招玉尽心尽意作田耕地,在烟谷上有所收获,但家里嘴巴多,又有三个读书的,生活虽日见日好,可要开个像样的诊室,难度还不小。他心里已有了打算,等三个小子读完后再开不迟。

招玉大姐的儿子卫校毕业后,看到老家这些私家店和诊室,心里不觉也有了开诊室的冲动,却苦于医术不过关,迟迟不敢付诸行动。招玉大姐说:"你想开诊室,为什么不请你舅舅掌舵?"因为荣贞是入赘的,所以招玉外甥就叫他舅舅。这小子一听,大喜过望:"我真笨,怎么就想不到这一点?"马上骑了辆新买的 125 型摩托上门求贤。

荣贞既下不了决心,也下不了面子。在外甥那里打工,让人笑话不说,

---

① 额门:额头。

② 节裤子:内裤。

自己也觉得别扭，就以每年要种很多烟为借口推辞。秀贤却怂恿他答应下来，还说到烤烟时，自己会帮着看火。那时烤烟已用煤球了。荣贞却断然否定："不行，你走路都不端正了，万一跌伤，别人会怎么议论我？"秀贤不是荣贞的生父，荣贞却加了一个心肝对待他，周围的人都说秀贤好福气，招了个胜过亲生儿子的上门女婿。秀贤夫妇也赞同这个说法，他们处处维护荣贞，视如己出，对荣贞的爱远胜招玉。这点众所周知，他们之间那种形同父子的关系令人赞美，也令人羡慕。

外甥三顾茅庐，再三恳求："舅，你就答应了吧，就当我在你面前实习，等实习期过了，你认为我过关了，而你又不想为我掌舵了，想自己开诊室了，我保证不阻拦。"

荣贞思虑再三，用征求的目光看了秀贤一眼，秀贤冲他点点头。

"好吧，那我就先试试。不过，文星文宝刚出来没多久，文书又刚考上大学，我还要种烟，不可能整天待在你那里，诊室没病人时，我得回家看看。如果有病人叫我去看病，我也得去，并且这出诊费也得算我的。"荣贞毫不客气地说。

"可以，可以，只要你肯出山，我一切听你的。"

荣贞就这样给外甥打起了工。外甥给他开了八百块钱的工资，还说如果生意好，工资保证水涨船高，总之不会亏待老舅。

外甥天天用摩托接送荣贞。有荣贞坐诊，病人都来找他，他不在，病人就另请高明。有谁愿意把自己的性命交给一个刚从学校出来的毛头小伙？最多向他买头痛散、虎骨膏、眼药水什么的。大家都不相信生于七十年代末期的这个后生哥，而老一辈的医生心地善良，胆也小，不会为了多赚几个钱而乱开药方。

外甥见荣贞对病人细心周到，深受病人好评，自然也毕恭毕敬起来，一切听他指挥。诊室开张以来，一天比一天热闹，乡邻有病没病都爱往这里跑，遇上流感和传染性痢疾，舅甥俩都忙不过来。荣贞的名气渐渐传开了。有人背后议论，说荣贞给外甥打工，实在是劈了杉树当柴烧，大材小用。有人当面劝说，给外甥打工非长久之计，不如自立门户，一定不会输过种十亩田的烟。

这样的话一多，荣贞心里不禁有点动摇了。

一天，外甥请几个同学喝酒，席间把荣贞介绍给大家认识。本来就好两口的荣贞，听了外甥同学的奉承话，心里着实高兴，对敬酒来者不拒，直喝得脸红脖子粗，大有一醉方休之态。

一个叫小王的同学借着酒胆说："做医生真好，病人不知道价钱，又不知道什么病要配什么药，完全由医生摆布。医生给病人看病，可以多收钱多配药，一天可以治好的也让他们多用几天药，反正又不会吃死人。"

一个叫小林的同学马上接话："这样的话人家就会说你水平低，普普通通的病也要几天。再说，你药费贵，人家不会货比三家呀，这样没有回头客，你做一锤子买卖呀。"

小王说："病人能问到药价吗？就算问到了，用的药也不是同一个药厂生产的，你完全可以说你用的是进口药什么的。要说水平，话是由人说的，好得快你就是用对了药，好得慢你就说你的病比较严重。总之，病人的钱最好赚，赚了也白赚！"

荣贞一听，怒火中烧，差点要把酒杯砸向那坏小子。这家伙简直就是王八蛋，看来什么昧良心的事都敢做，如果做医生，病人准遭殃。小王还在那里高谈阔论如何赚病人的钱，荣贞尽力控制情绪，埋头吃菜喝酒，脸上的笑容早已飘向远方。

外甥一连暗示了好几次，可那位不知天高地厚，也不懂见风使舵的家伙早让酒精烧坏了脑子，一直还在眉飞色舞，自以为是地传授赚钱诀窍。外甥暗暗叫苦，在桌底下连踢对方几脚，并赶紧站起和他碰杯，转移话题："不说这些了，不说这些了，我们喝酒……"

可是，火山终于爆发，荣贞再也无法控制自己，倏地站起来，大喝一声："你让他说，看他还有什么臭屁要放！"

这一声吼，真如风云突变，电闪雷鸣，大家不由自主地看向他。只见他的双眼喷着火，在酒精的作用下显得分外赤红，大家见他气成这样，连气都不敢喘，心里突突跳个不停。

荣贞两眼圆瞪，手指小王："你是做什么的？"

小王志忑地说："我和你外甥卫红是卫校同学，也准备申请开诊室，只是我没那福气，没你这样的舅舅。"

"不要奉承我！我不稀罕你这种人的奉承，你这种人也配做医生？！"荣贞借着酒劲，更仗着自己是长辈，肆无忌惮地用手指点着对方，一脸的鄙视和愤怒。

"舅，你坐下，你醉了！"外甥慌忙上来拉他坐下，并用眼神示意因言惹祸的小王，千万别再发表什么言论。

"滚开！我没醉，再来几杯我都不会趴下。"荣贞猛然推开外甥，"我劝你趁早和这样的人绝交，不然我包你吃亏！"

"说什么呢舅！他真的没那么坏，真是开玩笑而已，你莫多心。"

那几位同学也纷纷站起来对荣贞说：我们同学之间很久都没在一块了，今天凑在一块，一高兴，就什么玩笑都开，口无遮拦，你消消气，我们知道你是一个好医生。

"你们也不要吹捧我，我阅人无数，好人坏人一看就准，这家伙绝对不是善类，你们注意就是！顺便劝你们，做人要对得起良心，千万别赚昧心钱，天在头顶上呢！"

说完，荣贞狠狠地瞪了小王一眼，举起酒杯看着外甥。外甥低下头，他本来就不敢正视荣贞那锐利的目光，现在就更惧怕那双被怒火燃烧着的眼神了。

一口气喝光杯中酒，荣贞马上转身离去，临走，还责备了那对没水平的父母一句："怎么教育的！"

大家面面相觑，心有余悸，食欲全无，酒意大醒，站了好久才重新坐下，用责怪的眼神看着那个"言论家"，你这家伙也真是，说话总不分场合，有长辈在也敢信口开河。

那个"言论家"被荣贞一吼，又让同学瞪眼，也是捏紧拳头过日子——心里憋气，"这老家伙，真是头发上贴膏药——有点毛病，人家帮你想个子①，你却三日不偷——假正经。我就不信了，你做了这么多年的医生，就真没坑过病人？"

在他看来，开诊室的和开商店做生意的，都像烧窑的卖瓦的，一路的货色。

他让荣贞当众指着脑袋骂，已是泥菩萨洗脸——湿（失）了面子，再遭遇讨伐的眼光，一时火冒三丈，豁了出去："你们都瞪我做什么，吊目光②啊？谁再瞪，我就把谁的眼珠子挖出来！"

恶狠狠的话语，逼退了大家的眼神，这家伙一向比较蛮横，做事说话都

---

① 想个子：出点子。
② 吊目光：幸灾乐祸。

不按套路，大家心头都有点怵他。

不欢而散，外甥心里也很憋气。

次日，外甥照常开摩托去接荣贞，荣贞黑着脸问："你能不能和他绝交？"

"舅，多年的同学怎么可以说绝交就绝交？他也就那么一说，就算真做了医生，他也会考虑病人身心健康，不会乱来的。大家都为了赚钱嘛，这世上没有几个像你这样的医生。"

"那你说还要不要良知，为了赚钱就可以把病人的生命当儿戏？你不和他绝交，我就不去了。近墨者黑，你们经常在一块，他一定会带坏你的，我劝你做任何一件事都要三思而后行，千万别怀侥幸心理，尤其是做医生。"

左哄右劝，荣贞就是不动身。"你不和他绝交，跪下求我也没用！"他说得斩钉截铁。

荣贞和外甥相处了数月，发现他也是心术不正之人，每次他开了药方，让他配药，他不是多配一两天的，就是多收一些费用。每次都像模像样地拨弄算盘，但总是会多出几块钱。荣贞心里明镜似的，没人时曾婉言相劝，但他并不收敛。荣贞非常生气，担心这样下去会出事，败坏了自己的声誉，心里早就打了退堂鼓。

外甥抓耳挠腮，见他雷打不动，只好悻悻而归。

打从这事起，荣贞就决心身体力行开诊室，并获得了秀贤的大力支持。

诊室开张后，荣贞就更忙了，他不想放下田地，有时田地里离不开他时，他就请秀贤守着诊室。秀贤头脑不糊涂，小毛小病还能对付。

当乡村医生少不了经常出诊。有时三更半夜都让人叫醒，无论多困，荣贞都会一骨碌爬起来，揉揉双眼，挽起药箱，二话不说就和病人家属一起走。

荣贞经常和秀贤一起研究中草药。他认为秀贤太保守，草药太单一，就尝试着把作用相似的草药搭配在一块，然后以身试药，每次都有可喜的收获。

当然，也有失手的时候。一次，为了让招玉的高烧快退，他背着秀贤多放了一小把退烧草药。招玉喝下两种退烧草药汤不到一刻钟，就有了反应，肚子痛，全身奇痒难受，一个个和湿疹一样的小红点布满全身，痒得她在床上打滚，用力狠抓乱挠，鲜血淋漓。她直喊给她敌敌畏，让她喝死算了。荣贞吓得慌了神，后悔自己太急于事功，如果招玉有个三长两短，他一辈子都不会原谅自己。当时他真这么想，那时他们的关系很融洽。

秀贤安慰他说："不怕，药量过多，导致肠胃负担过重和皮肤过敏，给她打一支止痒针试试。"

荣贞就配了扑尔敏 10mg、维丁胶性钙 2ml，给她注射后，痒果然止了。又给她吃了两粒止痛片，肚子痛也算消了。他这才松了一口气，此后，他就一直小心加谨慎，不给病人下重药量。

一天，有个年轻医生和荣贞一块出诊。晚上回家时突下大雨，黄泥路面很快就烂糊一片。年轻医生骑摩托载荣贞，在一个上坡转弯时，摩托打滑，年轻医生情急之下加大油门，结果两人都重重地摔了下来，而摩托却乘势冲上了坡。年轻医生起身来看荣贞时，却见他在寻找药箱。借着闪电光，年轻医生帮他找到了药箱，并把摔出的药物和器械装好，交到他手里。

荣贞问："都找齐了吗？"

"只要看到了的，我都装进去了。"

"那快点回家，不然等下再下雨，全部药物可都打湿了。"

刚走两步，荣贞就觉得左小腿疼痛难忍，一摸，竟有黏物，知道流血了，自己受伤了，"坏了，我的腿出血了！"

年轻医生忙问："痛吗？伤得重不重？"

"不重，也轻不了，总之很痛，血还在流呢，估计要缝好几针。"

"那你先坐下，我先帮你包好。"年轻医生说着，就要扶荣贞坐下。

"天这么暗，又下雨，你怎么包扎？快扶我上去，到你诊室上药。"

年轻医生把摔成泥猴的人扶到摩托车旁，再来扶满是泥浆的摩托，却怎么也发动不了，一看，摩托车两边的后视镜也摔飞了。

他叹了口气，道："我背你回去吧。"

"我重你瘦，怎么背？"

"试试吧，能背多久就背多久。"

年轻医生说完，不容荣贞再开口，就抢过荣贞的药箱，挂在脖子上，牵过荣贞的双手让他伏在自己的背上。

年轻医生咬着牙把荣贞背回了自己的诊室，清洗完伤口，缝了七针，包扎好后，又把他背了回去。次日一早，年轻医生去出事地寻找摩托车的一些零件时，发现荣贞也在那里寻找。

"荣贞医生，你找什么，是不是钱包丢了？"

"钱包丢了是小事，关键是箱里的药粉瓶不见了！"

"你昨晚刚缝几针，不要命了，什么药粉这么金贵？"

"那是我用草药特制的，仅剩一瓶。"

"我帮你找吧，你别乱走，别跟伤痛过不去！"

在几米远的地方，年轻医生找到了荣贞特制的药粉。

荣贞见药瓶完好无缺，情不自禁地笑了："这是紫苏草和鱼腥草的药粉，是我自制的，对肠胃不好、过敏性皮炎很有效果。我每次出诊都随身带，方便病人。"

"你是从哪本书上看到这两种药可以搭配的？"

"前些年，药物奇缺，大队派我跟医疗队去采草药，一名老医生告诉我的。后来每次拉肚子或皮肤过敏，我就用这种草药，的确很有疗效。我和丈门佬①一番研究，觉得完全可以把这些草药研制成粉末，装进瓶子里，不但方便，保质期也长。后来又研制了几种药粉，疗效都非常好。"

"难怪有人一拉肚子就说你那里有灵丹妙药。"

"鱼腥草是利大肠的，紫苏草也是，平时多吃，包你不得肠癌。"荣贞觉得这位医生心地善良，处事老练，不贪利，值得交往更值得传授，于是就把易记的几种草药用途告诉了他。

"你就不怕我医术比你高明了，抢你的生意？"

"嘿嘿，你早就和我争做了生意，不过，这点我倒不怕，我们都是医生，医生就是要公平竞争，不能怕同行比自己出色，而要多想想病人，做真正受病人敬重的好医生。"

"多谢你这么看重，以后一定以你为榜样，在人品和医术上向你学习。"

"嘿嘿，这就好，不过，我人品并不好，时不时就有探索女人的念头，所以高尚不了。"

"现在改革开放了，高尚的人也会犯低级的错误。你去探索女人，也不会被装进猪笼沉河，或让人杀了大卸八块，不是说搭傍②改革开放，嫖布娘③不用吓吗？你就大胆去探索吧。"

后来荣贞探索女人成功，就说是这位年轻医生给壮的胆。

也就十月怀胎工夫，乡镇办的医疗室来了个满地开花，所谓鸡屎比酱，把私人"小作坊"一下就给比了下去。荣贞的医术毕竟高明些，没像别人那样

---

① 丈门佬：老丈人。

② 搭傍：沾光，指望。

③ 布娘：女人。

关门大吉。他在本村几成独家店，小小诊所求医问药的人经常川流不息。

文书肩负希望

文星高考落榜，荣贞让他复读，他却推三阻四："要过好日子，并不是只有读书这条路。我可以做生意，可以去开店。"

荣贞生气地说："你是那块料吗？"

文星不亢不卑，据理力争："谁一出世就注定是那种料？什么事情还不是边学边做，你以前也只是个作田阿哥，呆呆①不也把你教成了一代名医。"他怕父亲愠怒，适时加上一句赞语。

看人脸色说话是文星的专长。荣贞听了，绷紧的脸果然松弛了许多，想了想说："你不读书，那我也把你培养成医生好了。"仿佛担心遭拒绝，就又补充说"抓周"时，刚满一周岁的文星在床上所摆各种物品中，抓取的正是听筒，可见婴儿时就有此志向和爱好。

文星不辨真伪，说："好啊，我就跟你学医，看你这么吃香喝辣，就试试。"

荣贞想着自己这一手医术可以传下去，心里也着实高兴，次日就开始手把手地教文星打针。几日后，又带他上山采药，回家教他配药。此后出诊，也是上阵父子兵。

白天还好些，夜里被人叫去出诊，就难受了。睡得正香，美梦正酣，却不由分说地被叫起，临时抓瞎，还得走路送上门。一次凌晨时分，一位乡亲打着手电筒寻来，带着哭腔说，十岁小儿发高烧，蹿到了四十度，央求荣贞快去救人，他才这么一根独苗。医者父母心，荣贞比一般人理解病人家属的心情，答应马上出发。文星当时，嘿嘿，正在做梦讨老婆呢。荣贞走到他床前，连叫二三声，他都没醒，倒把文宝、文书叫醒了。看文星还在乐呵呵地傻笑，荣贞皱皱眉，揪了揪他耳朵。文星大叫："新娘子怎么这么凶，竟揪新郎的耳朵，放手，放手，莫让人笑话！"

文宝、文书听了，忍不住大笑："你的耳朵都被'新娘'揪过好几回了，

---

① 呆呆：爷爷。也写作公呆。

早就让人笑话了。"

荣贞也笑了，骂道："想做新郎，就要扎手些，多赚几个钱，不然你拿什么讨老婆，快起来，人家都等急了。"

文星睁开双眼，揉揉被揪红了的耳朵，睡眼蒙眬地问："怎么一下子就天光了？"

文宝笑道："'新娘'都进门了，怎么不天光，快起来喝交杯酒！"

文星一骨碌爬起来，揉了一阵子眼睛，天还未亮，周围还一片黑呢，他就晓得又有紧急任务了。自答应学医以来，他已经陪着父亲半夜执行过几次任务，每次都无可奈何又心怀怨恨，他们病得太不是时候了！挽着药箱跟在大人屁股后，他眼睛不敢睁大，头也不敢转一下。他的想象力在夜晚尤其丰富，月光下，树林中，到处都好像埋伏着鬼魂。一不小心用余光瞄一下光影斑驳、窸窣作响的树丛，别说鸡皮疙瘩大面积立起，连心都要跳出来。每次深一脚浅一脚回到家，他还要气喘、定神好一会儿，才能安下突突狂跳的心。

这次一听病人的住处，文星先倒吸了一口冷气。四五十分钟的路途，要过二三座山林，山林里的怪鸟、新坟旧墓，多得连白天都触目惊心，何况是在夜里！

"真他妈要命！"文星在肚里狠狠骂了句，拿哀怨的眼睛来瞅父亲，见他意定神闲，就知道不可能开恩放过他，咽了咽口水，磨蹭着背起药箱，跟在屁股后出了门，在"哐啷"的关门声中，霎时被吞没在无边的夜色里。

走第一座山林时，文星不知怎的就想到"白须老大"①的传闻，顿觉阴风阵阵袭来，汗毛倒竖，双腿发软。终于，他放下一个阳光男孩的自尊，央求父亲让他走中间。

"怎么，平时大话连篇，现在也迷信有鬼了？"

一听"鬼"字，文星的一颗心就要蹦出胸膛来，差点没把药箱给扔了。

病人家长说："后生哥少走夜路，不奇怪，以前我也害怕走山路。这条山路日里头都很少有人过转②，要不是贪近，我们也可以抄远路的。你若害怕，就走前头吧。"

万一"白须老大"就在前面出现，那我岂不头一个中枪？文星颤声道：

---

① 白须老大：一身雪白的鬼魂。

② 过转：来往。

"不，我在中间走更好。"那一刻，他真的都看不起自己了，胆小鬼！

在千奇百怪的虫鸣和鸟叫声中，走了一段又一段，文星牙齿打战着都问过好几次了："快到了吗？"

"快到了，前面就是。"

被病人家长骗了一次又一次，还是没到。文星真弄不明白，大人们的"快"字，怎么就变成了声声慢？

一路恓惶，目的地总算出现在眼前。终于摆脱了鬼魂和怪鸟的纠缠，面色惨白的文星放下药箱，刚想松一下绷紧的神经，岂料站立不稳，一屁股跌坐在四脚高凳上，人和凳一起摔了个八脚朝天，弄得大家哭笑不得。

"没胆略，正后生^①，胆子小到这般程度，看你以后还怎么吹大炮！"回家路上，见儿子又抖抖索索的，荣贞不无挖苦道。黑暗中看不到他的表情，想来是血色全无，儿子今天这样出洋相，真是丢人。

经这番折磨，前景在文星面前眼花缭乱起来，由怀疑而动摇。当一个人不喜欢一件东西时，总是诸多挑剔。做医生真是桩苦差事，为了所谓的医德，日出日落都得做。上山采药辛苦不说，山高路陡，万一不小心摔死，喂了野猪，岂不白来世一遭？划不来，划不来，我还年轻，人生的滋味还没尝鼎一脔呢！

文星越是斟酌，就越讨厌这一行，决定既下，直接向父亲表态：改行！

"那你想做什么？"荣贞对文星做事三心二意很是生气，"新打屎缸三日样，三日过后看都不看^②，能成就什么大事？"

"天下之大，总有我的容身之地，一个大活人，总不会让尿给憋死吧！"

"眼高手低，阳光大道你不走，我也奈何不得，以后你就会后悔！"荣贞硬邦邦扔下这句话，甩手而去。

"这有什么好后悔的，您放心，我不会走独木桥的，我晓得走独木桥的危险，我一定不会让您失望，一定能在这个世界上闯出自己的一条路！"文星大声地追上一句，见父亲也不回头，知道父亲内心的失望，咬咬牙，狠心说，"我迟早要让你们刮目相看！"

---

① 正后生：正当年轻。

② 新打屎缸三日样，三日过后看都不看：做事没有恒心，三分钟热血。

这年的征兵时间一到，文星看了铺天盖地的动员标语后，心血来潮，就想着应征入伍，还美其名曰这也是"子承父业"。说得曾在部队医院好歹待过几年的荣贞，也跟着说服做母亲的。文星体检合格，有幸戴着大红花当上了解放军。

一晃三年，文星退伍回家，在供销社做事。文秀已然出嫁，老公是邻村人，姓曾。文秀比文招文静且乖巧，从小不顶撞父母，对父母的指示坚决执行，哪怕父亲错怪了她也坚决"痛改前非"。荣贞很难找到理由挑刺儿，等她到出嫁年龄，也就不再凶她了。让招玉意外的是，文秀出嫁时，荣贞竟多办了三样嫁妆。一台缝纫机，闽江牌的，厂址在福州；一辆单车，凤凰牌，上海出产；还有一块手表，也产自上海。这三样嫁妆，髦得合时，为许多女孩梦寐以求。为此，文招又生了父亲一肚子气，当面说他两样心。荣贞说此一时彼一时，情况不同，你前几年嫁，家里没几个闲钱，再爱也只能爱在心里。文招对这样的解释当然不满意。

文宝高中还没毕业，就不想读了，说是怕教死了老师，怕影响了同学。他在家里做不惯，就跟着本大队人去那个叫经济特区的深圳打工了。荣贞气极："有这么好的机会让你们读，一个个都不争气，打工打工，'工'字上出头是'土'，下出头是'干'，不努力读书，老大徒伤悲啊！"

一家人剥谷壳吃皇粮的最后希望就落在文书身上了，荣贞抽了个空和文书关起门来交心，说："你不能向两个哥哥学习，一定要为我争一口气。你要是不好好读书，以后考不上大学，也就和我们一样没出息，捏泥团。你也知道，农民很辛苦，一年到头做生做死也换不来几个钱，遇上天灾，就亏到家了。只要你肯读，家里的事你都可以不做，我累死了也甘愿。"

文书翻着白眼说："您要是累死了，我考上了大学谁来供？"

荣贞一怔，却没生气，含笑道："只要你想读、肯读、读得出，我就累不死，再怎样也要留下一口气看你大学读完、光宗耀祖。"

文书好不感动，眼角含泪，说："爸，您放心，我一定努力努力再努力，一定争口气！"

文书高三那年，荣贞的个体诊室已有起色。五十出头的他，像牛牯①一样吃得多做得来，也还是像往常那样，天气一热，就穿背心或无袖的上衣和短

---

① 牛牯：公牛。

裤。人家笑他："现在不用布票了，还这么省？"

他说："成习惯了，穿短的凉快。"

人家忍不住又笑："现在日子好过了，不用省来为老婆做节裤了。"

他也笑说："那也可以省下打酒喝。"

荣贞对文书充满了信心，见他一有空就手不释卷，心里头有说不出的高兴，对他自是百依百顺，只要他开了口要买的，就想方设法予以满足，哪怕借钱，也在所不惜。

一次，文书参加体育运动，球鞋坏了，想买双新的。荣贞刚购完药物，身上已捉襟见肘。文书从母亲那里得知后，开不了口。荣贞见他闷闷不乐，就问为何不开心。文书吞吞吐吐一说，荣贞不加思索地说："这算什么问题，你爸大钱都能借，几个小钱哪在话下！"言罢，马上出门借钱。

高中最后一个学期，荣贞让文书吃好睡好，家里的事情虽多且乱，都不让文书插手，只叫他抓紧复习功课。

一个星期天，正值农忙，荣贞一早起来就去犁田。秧苗很快就超龄，他要借人家的牛来犁田。招玉自然要去帮忙，一早起来先把锅洗净，放了几勺水，生起柴火，吩咐文书起来煮饭。文书满口应承，但等招玉回来，锅里却还只是几勺水，灶膛里冷冰冰的，公猫和母猫正在灶里尽兴玩耍，就大喊一声："文书，文书，你怎么还在睡，就不担心我们饿死吗？"

文书头天晚上复习功课到凌晨时分，正当年的小伙，觉又睡得香，一不小心就睡过了头。被叫醒后，暗叫糟糕，一骨碌爬起来，脸也没洗，急急生灶。招玉一旁催促："你动作利索点，等下你爸归来还没饭吃，会骂死你的，我先去洗衫裤了。"

"放心吧，等你洗完衫裤回来保证有饭吃。"

一大锅饭煮熟后，文书照葫芦画瓢，罩了一钵子饭，洗好锅后再放下去蒸，一边看书一边添柴。陶醉在书海里的他，只顾添柴不知添水，把一口锅烧得彤红。招玉回家闻到焦味，急急打开锅盖，只见白花花的米饭变了色，气得跺脚大骂："你这个书呆子，只看书不干活，肚子不饿，我们天子一光[①]就下田，都做三个多钟头了，你爷哩用牛[②]多辛苦，这下饭烧煳了，我们喝粥汤还

---

① 天子一光：天刚亮。
② 用牛：犁田。

怎么干活？"

　　文书一看锅红得冒火，吓傻了眼，手忙脚乱地舀了一勺水倒进锅里。铁锅马上发出哐哐声，冒出滚滚浓烟。招玉见状，更加气恼："吃屎大的，锅头坏了你去买！"没有厨房常识的文书，不晓得锅烧红了是不能马上放冷水的，要等它冷却后才可以洗刷再用。

　　荣贞犁田回来，听招玉说后，饿得肚皮接后背的他也有点生气，但马上又忍下了，说："算了，莫骂了，他这么用功，我们饿点也值得，反正现在不用听广播筒赶出工了，迟就迟点吧，一日的活分到两天做就不会累了。"说话都有气无力的。肚子饿得咕咕直叫，就舀了两碗粥汤灌下，先让胃"工作"。招玉轻轻叹了口气，另外量了一升米，重新生火做饭。

　　俗话说："三月没个闲娭毑①，六月没个闲公呆②。"农忙时节，上了年纪的老人也得帮忙分摊些事，累或饿得手脚发软是常事。在缺乏油水的年代，每天从天亮做到天黑，日里不够夜来凑，有时累得真是蛇入屎胚都懒帮③，而荣贞却还要给人看病，想眯上十分钟往往都难如愿。特别是半夜，时不时就被请去出诊。他睡眠严重不足，有时头还没完全落稳枕头，呼噜声已起，天上打雷都不知道。

　　说来好笑，有次荣贞没洗漱就上床了，睡死过去。一只老鼠饿得发慌，把他脚跟上咸津津的茧子给啃掉了。荣贞发现原来厚厚的茧子不见了，非常奇怪，问招玉："招子嫲，你是不是一月没吃肉，趁我睡着了，把我的脚茧子割下煮来吃了？"

　　招玉骂道："你以为我闲得要死还是饿得要死？我就是一百年不吃肉，也不会打那个鬼主意，一看到你那脚茧子，我都恶心得吃不下饭。"

　　招玉和人说起这事，还忍不住笑得泪水涌流："真没见过这么死睡的人，那么厚的脚茧子被老鼠啃掉了也没醒。"

　　有人当面笑话荣贞："你说你睡目④一般都光着身子，老鼠饿得连脚茧子都咬，干吗就不咬你那一条衰雕⑤？这老鼠也太没目光了吧！"

---

① 娭毑：奶奶。
② 公呆：爷爷。
③ 蛇入屎胚都懒帮：蛇钻进屁眼都懒得拔出来，形容极度劳累、困乏。帮，拔。
④ 睡目：睡觉。
⑤ 衰雕：男根。

荣贞也不恼，笑道："老鼠怎会没有目光，晓得不能把人家的宝贝啃掉，一个男人没了宝贝，人生岂不废了，又岂能再给它提供脚茧子？"

"那只老鼠八成是公的。"有人打趣道。

大家听了，齐声大笑。这事一时成为美溪村的经典笑话。后来男人们互相提醒，睡觉时再怎么着也要穿短裤，不然被饿急了的老鼠咬了或啃了"衰雕"，那可不是闹着玩儿的。

家庭成员中，文书得到荣贞宽恕的时候最多。那次严重的"失职"要是换成他人，准保要被骂个狗血喷头。其实，文书当时也是掂着猪下水过独木桥——提心吊胆，失职到这般程度，又无知至此，肯定是黄羊跑到虎穴里——凶多吉少，没承想父亲连一句重话都没有。

同样的故事，换了一个主角，遭遇就大不一样。

文宝还在上高中时的某年暑假，中了暑，无法和家人一起下田劳作。招玉早饭出门时吩咐他，十二点前煮好饭菜，等大家回到家就有的吃。文宝也哼哼唧唧地答应了，谁知又吐又泻，浑身上下连捉狗蚤①的劲都没有，躺在床上还以为在荡秋千。

十二点多，招玉一身疲惫地回到家，原以为可以吃了饭休息一会儿，却见饭桌上没摆碗筷，转身进厨房打开锅盖，锅里也空空如也。她冲进文宝房间，张口就骂："叫你煮食，你怎么让猫公进了灶里②？"

文宝躺在床上，懒洋洋地说："我实在没力气。"

饿得肚皮接后背、累得手脚发软头晕腰痛的家人，顿时一个个像池塘里的蛤蟆，叫起来没完，把文宝骂得不敢还嘴。就是在招玉不辞辛苦煮好了饭菜让大家吃上了，也还是把责备的语言向文宝劈头盖脸地砸去。

荣贞也是余怒未消，边嚼边骂："你就这么不吃苦，连这点小毛病都受不了？我们五点不到就开始下田做水③，回家吃了早饭又马上出门，在日头④下甲死命做⑤，连伸腰的时间都没有。要是都像你这么懒，大家喝西北风啊！就这

① 狗蚤：跳蚤。

② 让猫公进了灶里：意指冷灶。

③ 下田做水：下地干活。

④ 日头：太阳。

⑤ 甲死命做：拼死拼活干。

么泻几次，就连煮饭的力气都没了？我泻了一整天，屙屎都跟屙尿一样了，还要去犁田呢！农村里头，哪有这么娇气的？泻……"

"爸，还要不要让人吃饭呀，再说我都要吐了，吃饭时不说这些恶心的话行吗？再说，二哥确实是病了嘛。"文书边说边放下碗，装出一副恶心欲吐之状。

荣贞听罢，赶紧打住。当然，劝说荣贞，非文书莫属，家庭其他成员既没那个胆，也没那个资格，连招玉也概莫能外。

有一次，文招从山涧里挑水回来，倒水时不小心把水缸撞坏了，厨房立时如水漫金山。荣贞见状，马上破口大骂。那时文招都二十岁了，天天和母亲一起加班加点，累死累活，可因为性别角色，还是常常招来父亲不屑的态度。

招玉过意不去，上前劝说，结果救火踢倒煤油罐——火上浇油。

文招气不过，大胆回了一句："我又不是故意的！"

荣贞厉声呵斥："我看你就是故意的，你以为就你辛苦，我就轻闲？不说诊所那些事，家里的苦水①哪样少了我？你再有气也不能砸在水缸上！做什么事都是腔撞胸②，小心一点不就没事了？你自己想想，家里被你打坏了多少东西？现在水缸打坏了，拿你去卖，换个水缸归来。"

这最后一句本是气话，可在文招听来，却是真话。我一个大活人，又勤劳能干，年年被评为先进，难道还不如一个水缸？她心里憋屈得很，很想和父亲驳个昏天黑地，论个是非曲直。这样的父亲，世上少有，看妹子不顺眼，鸡蛋里挑骨头，我又何必尊重他？

但是，招玉抛过来的眼神分明是：你要是再说一句，他火气头上一定会把你赶出家门。

已然被这阵势吓白了脸的文秀，也死命拉住她的衫袖，低声央求："阿姐，好汉不吃眼前亏，少说两句不亏本。"

那一回，父女像错贴的门神——反（翻）了脸。

自文星当兵、文宝打工后，文书成了家里唯一的希望，更是荣贞心中唯一的希望，哪里舍得骂他呢？家里又有哪个敢骂他，他的靠山可是家委书记呢！

---

① 苦水：重活。

② 腔撞胸：意为非常急。

文书高考结束回到家，荣贞就急不可待地问，考得怎样？一听文书说自我感觉良好，荣贞高兴极了，天天都等着通知书来，那份心情，比文书还急十分。

千呼万唤中终于接到了一纸通知。荣贞笑容灿烂，做梦都笑，那份激动，不亚于第一个儿子出世。清华大学的门不是想入就入的，我们美溪村①只有文书才有资格，真是山沟沟里飞出了金凤凰！他心里犹如灌下了两碗糖水，喝的苦瓜汤也觉得是蜂蜜，说起话来也似广东人唱京剧——南腔北调了。

他和招玉商量，过了年，得多种两亩田的烟，文书读大学不能让他太寒酸，家里再怎么省，也要让他过好一些。招玉说："我只管做，你说什么都随你。"

夫妻俩就开始节衣缩食、增收节支计划了。文星和文宝也表示一同助力。于是，荣贞管文书的生活费，文星、文宝则管学费。

文星其时已交了个女朋友，是本镇的，还在保密状态，想等关系确定了再告知父母，他也晓得父亲现在一门心思要让弟弟完成学业，其他的事激不起他的兴趣。

过了年祭祠堂，荣贞对招玉说："今年我们再紧张也要多捐点，你看，到目前为止，文书是全村第一个考上名牌大学的，这就是每年祭祠堂时我们多捐钱的福报。"

招玉说："这些事你做主，你说什么我都不反对，我跟背②。"

第二年祭墓时，荣贞又多捐了一份钱，在祭祠堂时还忙前忙后帮助料理。

其实，自文星一来世，荣贞在祭祖这件事上，就在原有的份上加了一分热情。

文星结婚生女

文书行将毕业那年，文星才把恋爱之事如实相告。招玉听了高兴，说："你有了女朋友，干吗不早告诉我们，早让我们高兴？"

---

① 美溪村：当时已由大队改为村了。
② 跟背：跟着走。

文星说:"那时关系还没确定,不敢告诉你们。"

荣贞问女方是哪里人,家里有几个兄弟姐妹,父母多大了,是做什么的,还有祖父祖母吗?最关键的是,她上代有没有遗传病?

文星想说,你这是在查户口呀,怎么问得这般细?但话到唇边,还是强行咽了下去,一一作答:"她是灵岩人,是个麦尾嫲①,家中有四姐妹,两个哥哥一个阿姐,爷哩在镇上开副食店,她在店里帮忙,娭哩没文化,在家里作了两亩田。上面还有公呆娭驰②,快八十了,还健康得很,会帮忙做事。"想了想,又补充说,她的两个哥哥都是大学生,阿姐去年刚嫁,老公是个包工头,有钱,是外地人。

荣贞一本正经地说:"人家有钱没钱与我无关,讨生娓就要讨个上代没遗传病的。靓不靓也无关紧要,只要身体没缺陷,能吃会做、懂世情道理就行。人靓不好吃,命靓吃唔动③,好种传三代,歪种传十代,如果上代有遗传病,再好的人家也不行,这关系到后代子孙,这事搞摊不得④,你一定要探分相。"

文星不高兴了:"讨老婆也要问人家上代有没有遗传病,我好像没听人说过呢!"

"你晓得个屁,我是医生,我不晓得谁晓得?你以为是个女的就可以找来做老婆?"

见荣贞又要开始训人,招玉忙岔开话问:"那细妹子叫什么名字,今年几岁了?"这才缓和了气氛。

"她叫王考秀,今年二十三,读了初中,人勤快,嘴巴甜,至于相貌,带出去保证不会吓人。她爷娭还想让她招入,说如果她肯招入,以后那个店就是她的。"

招玉不解:"有二个子哩还要妹子招入,他们就不怕买来老鼠咬鸡笼⑤吗?"

"她两个哥哥肯定是在外面发展了,她爷娭过不惯大城市的生活,身边没

---

① 麦尾嫲:幺女。

② 公呆娭驰:爷爷、奶奶。

③ 人靓不好吃,命靓吃唔动:人再漂亮也不能当饭吃,命好才吃不完。

④ 搞摊不得:大意不得。

⑤ 买来老鼠咬鸡笼:引狼入室之意。

子哩又怕老了无人照顾，因此一直拐①她招入。她也动了心，但我绝不会同意，我不能跌了你们的股②。"

文星这句话不觉伤了荣贞的自尊心，脸上顿时乌云密布。文星当时还未想到，父亲也是入赘别人家的，继续说："我对她爷娭说，反正在本镇，走路都不过一个钟头，以后不想住在大城市就和我们一起住，我也会把你们当爷娭一样看待，半份婿郎半份子，有用的婿郎原个子③。他们听了就说由她，她当然听我的，我对她说，你不想作田也没关系，以后结了婚，等我有能力了，也开个店，让你做老板娘。"

"臭小子，你想开店就开店吗，你的本钱和人脉呢？说大话就不怕人家笑你白日做梦！"

"哈，世上无难事，一切都可以从零开始，放心，我保证要让她坐柜台，不过，还得您老人家支持，人脉是不用愁的，到时，您在那里坐几日，人脉就来了。"

"想得天真，我不用看病人了？"

"看病人不碍事，到时贴张纸条在门口，告知去向，他们就会找到店里，这又是一股人脉。"显然，文星早就有了打算，因此，说起来胸有成竹，神采飞扬。

"好了，不说那无踪无影的事了，还是说你的婚事吧，现在怎么办，托哪个媒人去提亲？"

"用不着托媒人，我们是自由恋爱的，何必再花那个钱。"末了，文星又说，现在是新时代了，不需媒妁之言。

"这会让人笑话的，会说我们家不成体统，连个媒人都请不起，再说她家里也会有想法。"

招玉接口说："是啊是啊，再穷也不能省那点媒人走脚板的钱。"

"我早就探了她爷娭的口气，他们一个比一个开通，说只要我对考秀好，一切都可以免，不用费那神。"

真要那样就太开通了！荣贞想，我都够开通了，从不为难亲家，想不到还有比我更开通的，结亲就要结这样的亲，好来往，不拘小节，目光长远。

---

① 拐：哄。

② 跌了你们的股：丢了你们的脸。

③ 有用的婿郎原个子：孝顺的女婿跟儿子一样。

农村的礼节繁多，不是这样就那样，有人把嫁女当作发财致富的途径，要男家出这钱加那钱。今日钱明日财，根本不去想，女儿嫁过去是永久的，是要帮着负担的，亲家之间是要往来的。嫁女时不明事理，妹子嫁过去后亲家间就隔了一堵墙。更有甚者，有人把妹子家比着屎缸，把女方的父母比着狗，狗寻屎缸，意思就是做父母的有团肉在亲家那里，不可能不去，而亲家把儿媳讨回了家，却可以不再上门。当然，如果当时不曾为难亲家，那就另当别论，有什么好事歪事做时，也会来往。

荣贞急着想去认识一下这般大气的未来亲家，更想见见未来儿媳，早点把她娶回家，为钟家传承香火。文星听后一脸诧异："您去见人家？这不太好吧，哪有您现在去的道理？"

"怎么，怕我不够分量，还是怕我吓着了人家？"荣贞收起了笑脸。

"不是，不是，谁不知您是重量级人物，只是这点小事劳驾您，我都受宠若惊了，何况考秀？"文星又开始拍马屁了，这个马屁精啊！

"我去就显得更有诚意。"荣贞坚持要去。

文星情知无法阻挡，眼珠一转，顺水推舟："我们家相亲，名医老大出动，多有面子！好，爸，您一定要去，为儿子争光、为未来的生娓争光！"

荣贞也不管文星的话是真心还是曲意，嘿嘿笑着，他可不怕别人怎么议论，儿子相亲连个媒人连个陪阵①的人都没有，会不会做人，早已家喻户晓。不是说移风易俗嘛，我当爹的做陪阵，特别又特别。

荣贞走进卧室翻开通书，选了个祈福结亲的日子，出来对文星说："这月十九的日子很好，就这天暗晡②去吧！"

文星说："她爸说了，相亲是件喜事，就该光明正大，不要夜晡头③去，一定要日里头④去。"

"日里头他们不是要看店嘛，夜晡头大家都有空啊。"招玉说。

"她爸说了，除了圩日，什么时候去都可以，他关一日店门不要紧。"

招玉又说："那你爸也不顾病人了？"她考虑最多的不是病人，而是那份收入。

---

① 陪阵：陪伴。

② 暗晡：晚上。

③ 夜晡头：夜里。

④ 日头里：也叫日里头，白天。

"哎呀，人家病了难受自然就会去其他诊室看，这个不用你担心。文星的婚姻大事要紧，说好了日里头就日里头。"

荣贞说话就像锯木板，一锯两块，招玉不再多嘴，所有大事都要这当家公公说了算。

到十九这天，荣贞亲自张罗见面礼。除了烟酒、水果、肉、糖，还有自家种的花生，末了又从柜台上拿了两盒蛤蚧精，说这给考秀的爷爷、奶奶吃。文星借了辆单车，载着父亲出发了。

考秀家早早就准备好了。前一天就把桌凳擦得雪白，地也扫得一尘不染，该收拾的都收拾好了，让人一进屋就感到舒坦。以往家里来人，考秀的父亲王开富都是用自家种的茶招待，今天上门亲家①来，他破例从店里拿了盒铁观音。王开富中等身材，浓眉大眼，圆脸，头偏大，当门两颗金牙显眼得很。他豪爽，说话干脆，不拘小节，热情周到："坐，坐，坐，辛苦了！哎呀，提那么多东西做什么？我早就跟文星说了，结亲不是结怨，不必在乎那些礼节，随便最好。"

刚才单车一停，荣贞忽然感到一丝不自在，儿子相亲，从来都是兄弟姐妹或朋友陪衬，由媒人领着去的，父亲带儿子去相亲，在方圆十里怕还是头一个呢。正这么不轻不重地被一种情绪堵着，未来亲家的话让他释怀："你看，我家考秀多有面子，我们多有面子，连大名鼎鼎的医生都出动了，哪家嫁妹子有这种荣幸！"

荣贞嘿嘿一笑，马上进入角色："听文星说你一家都是好人，我就感到高兴，就想尽快来认识认识。"

开富说："早就听过你的大名，就是无缘相识，上天牵线让我们成为亲家，真是太好了。"

说话间，文星已帮着把泡好的茶水端上。

开富见荣贞东张西望，就猜到了他的心事，说："考秀去店里了，很快就回来。"

荣贞这才安心落座，喝茶聊天。从开富的言谈举止间，他觉得这门亲事是上天照顾的，初次见面就那么投机。考秀果然很快就回来了，初见之下，荣

_____

① 上门亲家：准亲家。

贞更觉得上天不薄，赐给他这么一个漂亮又有礼貌的儿媳。

考秀的奶奶一个劲地夸考秀勤快又懂事、大方且不失矜持，还说："要不是本镇人，要不是文星那么优秀，我们真舍不得考秀出嫁。"

"就是，就是，换作我，这么懂事的妹子也会舍不得。"荣贞说罢，不由得瞧一眼文星，心里说，不错，你这臭小子，竟然有人夸你优秀。

人家是老丈人看女婿越看越喜欢，荣贞是公公看儿媳妇越看越欢喜，他暗下决心，要尽快把考秀迎进门。

回家把想法和招玉一透露，招玉说："好是好，只是文书还没毕业，他读大学花了不少钱，今要讨的话，又要花一笔钱。讨生娓再随便，该花的还得花，该做的还得做，人家养了二十多年的妹子，将心比心，我们也不能亏待人家。"

荣贞转头看着她，略带嘲弄："咦，你也会说良心话？平时精算得跟铁公鸡一样，在讨生娓①这件事上反而大度起来了。"

"鬼喔个②，我很小气吗？"招玉被喜事填满了脑子，对荣贞的嘲笑毫不介意。

"你不小气，只是精算。"荣贞又冷嘲热讽一句，接着嘿嘿一乐，"我就要当官了。"

招玉不解："你当官？你当什么官？你要是能当官，带子鸡嫲③都有衫裤着④了。"

"家官不是官吗？"荣贞喜上眉梢，看来今后喜事将接连不断。

征得文星同意，荣贞就紧锣密鼓地张罗婚事了：五月节小定，中秋节大定，大定后看人家，国庆节迎亲。

开富一直说无须繁文缛节，荣贞却坚持要，还说："你嫁女我讨亲，都不能落下把柄让人家议论。该做的还得做，不然人家说我小气。讨生娓连饼蛋都不发给你们这边的人吃，哪能行？结婚一辈子就一次，一定要办得正规、隆重，我们做父母的也安心一些。别人都那么重视，我们又怎能随便呢？"

开富也就不再坚持了，他为人处世，也和荣贞一样，如吊车干活——拿得起放得下。

---

① 讨生娓：娶儿媳。
② 鬼喔个：讲鬼话。
③ 带子鸡嫲：带着小鸡的母鸡。
④ 有衫裤着：有衣服穿。

之所以选择国庆办喜酒，荣贞的解释是："这天是全国共同庆祝的节日，全国人民都来庆祝你们的婚事，祝你们白头到老，幸福美满，早生贵子，多好！"

文星本来是选元旦的，他认为元旦最好，新的一年开始时，他和考秀也开始过新生活。但人家是家委书记，这么慎重地决定了，就不要违抗，尤其是在他这么兴奋时，别泼冷水。

国庆在翘首盼望中转眼就到。这天，荣贞家自然是喜气洋洋，高朋满座。考秀的嫁妆之丰厚，令人瞠目结舌，羡慕嫉妒恨，有人甚至夸张地说"开富嫁女好比皇帝嫁女"，又说"荣贞讨了个富家女做生娓"，还说"他们两家结亲是金钵对银钵"。当时，荣贞也只能算银钵。

一对新人在声声祝福里乐得合不拢嘴，甜甜美美，荣贞和招玉一整天也是眉开眼笑。长子成亲，无疑是件大喜事，荣贞自己不会说什么好话，往年大年初一都常常鬼话连篇，但他喜欢听祝福和拜年的话，那可是最好听的。

一个月后，荣贞找文星单独谈话："过完年后得给我生个孙子，后年让我亲手在祠堂里挂灯笼！"

文星明白，如果过了年添个男丁，父亲后年就有资格买两个大红灯笼挂祠堂，如果生个丫头片子，嘿嘿，父亲就嘿不来了。他也知道，父亲重男轻女的思想随着年龄的增长而增长，每年祭祠堂时，看到人家添了男丁挂大红灯笼，他的眼里全是羡慕与期待。在生育方面，文星觉得自己好比火车的轮子——任重而道远，其他方面倒可以努力争取，但这样的事靠努力能行吗，我也不能信誓旦旦地让父亲放心且开心。当然，让父亲亲手挂上灯笼，也是他的愿望，在家里做东，请大家喝添丁酒，也是两家人的心愿。

年前修祠堂，荣贞捐钱最多，粜了五百斤谷子捐了三百元啊。谷贱伤农，四十多块钱一百斤的谷子也没那么多来粜，他就卖了一伙鸡条子^①，才凑齐那个数。招玉得知，一顿抢白："真是个擦粉上吊——死要面子的主！祠堂是大家的，捐钱随人，爱捐多少就多少，按鸭子头^②，我们家最多只需捐一百四十元，你捐两百也够多了，够有面子了吧。"

"妇人家懂个屁，是你当家还是我当家？"荣贞板起了脸，凶巴巴的。

---

① 鸡条子：一斤左右的鸡。
② 按鸭子头：照人头。

招玉见他这副德行，气得哭了起来，边哭边数落："做什么事你都死要面子，谷和鸡我也花了不少心血，我想卖了谷子为自己做一身的确卡，可一直都盼不到，你总是自作主张。以后，田里的事你去做吧，鸡鸭也你去喂吧。"

荣贞说："可以呀，这些我也会做，那你就替人看病吧。"

招玉顿时就哑巴了，荣贞却不罢休，嚷道："捐都捐出去了，你还鬼喔般^①有什么用，有本事你去退回来。"

招玉哪有这个胆啊，真有那个胆把钱要回来，荣贞不赏她几巴掌才怪，她是断然不敢在众人面前丢他面子的。

荣贞见招玉暗自垂泪状，心里到底还是涌起了一丝内疚，大家共同努力的成果却让他一人做了主，商量都不跟她商量，连一斤猪肉也不买给她吃，也确实过分了些。但转而一想，猪肉和的确卡可以再努力，迟早能实现，只是时间问题，而祠堂修建则不经常。这样想时，便又心安理得起来，内疚感也荡然无存。后来，他一直自夸有先见之明，再艰苦也捐了最多的钱，名字刻在最前面，后代子孙最先看到的肯定是那个叫钟荣贞的大名。

文星自然知道父亲的心事，但如果一件顺其自然的事被刻意添上各种枷锁，反而失了滋味。计划生育政策严防死守，一对农村夫妻只能生两个，超生者要受处罚，如果逃计生，工作组便天天来家，勒令家中交人，不然就搬物，往往连床铺和锅碗瓢盆都不落下。更令妇孺愤怒的是，还要捅房子，用一根晒衫裤的竹竿把瓦片捅毁，有时竟连楼板都拆。基层执行政策过了头、歪了样、变了味。

日出而作，日落而息，文星在考秀身上种上了瓜果。从招玉那里得知，荣贞高兴地嘿嘿两声，说："我快有孙子了，过了年祭祠堂也有资格挂灯笼了，也可以请族人喝酒了！"那高兴劲，不逊于看到文书的清华大学录取通知书。他还对招玉说："今年我们要节省一些了，你多养几只鸡鸭，考秀的月子你一定要照顾好，得好好犒劳犒劳她给我们添孙子。"

"孙子，孙子，你现在满脑子都是孙子，要是妹子呢？你也莫高兴得太早了！"

"当然是孙子，我钟荣贞一向行善积德，救死扶伤，上天怎会亏待我？你看，文书是头一个考上名牌大学的，上天也肯定会赐我一个孙子的。"

---

① 鬼喔般：鬼哭狼嚎般。

看他那份劲儿，招玉和文星都不再泼冷水，心里默念阿弥陀佛。

荣贞要文星让考秀多吃营养品，多吃对胎儿有益的食品。他反复强调，养子不如养胎，娘肚子里养好了的小孩儿，出生后好带，身体也棒。考秀听话，文星叫吃什么就吃什么，她的胃口也好，啥都不嫌，觉得自己是世界上最幸福的人，公公婆婆待她比亲生妹子都好，文星的好更不消说。

预产期转眼就到。荣贞吩咐文星这几天一定不能久离考秀身边，叫招玉干活也别太久，他自己也尽量不出诊，只在家里坐诊。

到分娩时分，荣贞把一条高丽参交给招玉："你抓紧把这参蒸了，万一考秀没力气了，伺候她喝下去，我去叫接生婆。"

荣贞把接生婆请进门，不想家里有人等着他，说母亲头痛得厉害，请他去看。荣贞说："我快做公呆了，不能离家，最好把你娭哩送来。"那时生孩子都在家里，接生婆是本村人，经过培训，接生无数，经验丰富，不过，生孩子到底有风险，万一遇上不测，接生婆的经验再丰富，也解决不了问题，医生才是主要的。但来人说老母亲又肥又大，他没有单车，相隔又远，实在背不动，只有央求荣贞辛苦一趟。看来人眼泪汪汪，荣贞就动了恻隐之心，很少见到这样的孝子，辛苦一趟是应该的，于是吩咐招玉："孙子出了世，先抱到阳台上见天，然后再放鞭炮。"农村有个风俗，小孩落地后，包好抱去见了天，算是壮了胆避了邪，过后有人来看，就什么都不怕了。

"晓得晓得，你不就是想尽快看你的大胖孙子吗？"招玉是做了几遍母亲的人，听过不少这样的话，比男人更晓得。

荣贞又说："胞衣留下，到时杀一只雌鸡蒸胞衣，吃了可治胃病。"

接生婆一旁说："你放心，头胎子，没那么快，现在才开一点点，估计要下昼五六点才能出生。"

荣贞就安心去出诊了。看完病人急着回家，半路又碰见一个叫秋香的熟人，可怜兮兮地说，老公胃痛得厉害，一会儿在床上打滚，一会儿跟猴子拜天一样，子女又不在家，她一人无法把他送来，她正愁没有飞天的手段，把荣贞快些请去，早些解决老公病痛，不想路上巧遇，真是上天有眼。说话时，她高兴得掉了泪，好像荣贞肯定会答应。荣贞没办法，只好又跟着她出诊。

荣贞踏着暮色往家赶时，路上已听到噼里啪啦的鞭炮声。嘿，肯定是生孙子了，嘿，升级做爷爷了！他乐得嘿嘿起来，口水流下来都用舌头舔了进去，三步并作两步小跑起来。气喘吁吁地进了家门，得知考秀生的是女儿，犹自不信，亲手来解婴儿的褡裢，一看，那张写满期待的脸瞬间拉得老长，也嘿不起来了，把褡裢递给招玉，低声嘀咕："真个膣逼嫲^①，浪费我一条参，早晓得这样，还不如自家蒸了吃。"

招玉小声责备道："你这人就是作践妹子，当年我连生两个妹子，就连房间都不进，好在后来连生三个赖子，不然就得看你的脸色过日子了。"

荣贞不假思索地说："你要是不生赖子，我早就叫你滚蛋了。"

招玉难得强硬起来："真是诈癫吃马屎^②，要滚蛋也是你滚蛋。"说罢撇下他，抱着婴儿去了考秀房。

荣贞被老婆呛口，才醒悟过来，这是人家的地盘，该滚蛋的确实是自己，看来，做上门女婿最亏的是永远不能对人家说滚蛋。

欢欢喜喜一场空，自从孙女出世，荣贞的脸上就难见笑容了，也难听到他那带着欢乐和调皮的嘿嘿声了。本来已准备好钱，要为"孙子"做满月的，这下就让文星自行解决了。招玉偷偷地把平时积攒下的几百元交到文星手里，文星心里一酸，眼眶一片潮湿，竟有拥抱母亲的冲动，没文化的母亲比有文化的父亲开通，这也许就是感同身受的同情吧！

招玉安慰像是做错了事的儿子和儿媳："现在是头胎，还可以生一胎，说不定下一胎就是赖子了。不过，生女也有三两福，你们是新时代的后生，更不能作践妹子，赖子妹子都是宝，都是娘身上掉下的肉。如果不是计划生育严，多生二三胎肯定会有赖子，很多人都是一节女一节子的。"

天不遂人愿，考秀两年后再生，又缺了个把。荣贞郁闷，要文星和考秀逃计生，他们不同意，拿接生婆的话来堵父亲，"下胎再生还是妹子"。计生队来人催结扎时，考秀毫不犹豫地去了。荣贞为此整整一年都不理她。

那几年，所有的事情都不能让荣贞开心，他的开心果就是孙子！

祠堂转火

祠堂修好了，选个日子要重新点火，美溪村叫祠堂转火。到了这天，所

---

① 膣逼嫲：丫头片子。
② 诈癫吃马屎：装疯卖傻。

有族人家里都要请客，亲朋好友纷至沓来，哪家哪户没有几桌客呢。有的人家头天就开始炸粄子，来客多的，粄子都要两箩来包。脑子灵活者，还提前几天去外姓人家借桌凳和餐具，不然到了这天，八成就被别人借走了。客人一多，吃饭就伤脑筋了。更好笑的是，外姓人到了那天，桌凳都让人借了去，连他们自己也只好拿着碗筷站着吃。

祠堂转火时，嫁出门的妹子也都得花钱。娘家兄弟多且分家多的，妹子的头就大了，每个灶头起码都得一块布裤料。那时做裤的布料都裁好了，一般都是四尺九，有些老人没看过裁好的裤料，打开见不方整，就骂："哪个缺德鬼，不乐意就不要来，要来就拿好点的布，能拿这种裁坏了的布来糊弄人吗？"

有的家族人丁兴旺，上代几兄弟，下代十多兄弟，枝繁叶茂，却搞得嫁出门的女儿头昏脑涨愁心愁肺，一咬牙花掉全家一个月的生活费，还只能剪到爆丝布①。有人少不得同情那些娘家人口多的妹子："祠堂转火，害得你们像是被贼偷了回。"对方赶紧诉苦说："谁说不是呢，好在祠堂转火不是扛菩萨打醮②每年一次，不然我们拼死拼活也会苦死。"

这天，娘家人如去妹子那儿，就要给妹子上红，大门和厨房都得有布施，厨房布二尺九，大门一般是三尺九或四尺九。所谓上红，当然是红的，上红的东西一个礼拜后才可取下。普遍用红洋布较便宜，稍好些，是红花或红格子的棉布。娘家有钱又爱面子的，则送红被或红毡，赚取了妹子的笑脸，也赚来了左邻右舍们的一番热议：看，某某的外家③多好，几舍爽④，几思谅⑤妹子？羡慕之余，暗叹自己没个有钱又"舍爽"的娘家或丈母娘家。

那些上厨房的红布，很多女人都用来做手套或围裙，个别也用来做短裤。在那节衣缩食的年代，就是巴掌大的布料都要利用起来。

自然，荣贞家也来了不少裤料，的确良、的确卡、自灵祥、花呢布、爆丝布等等不一而足。考秀的父母给两个外孙女买了小人车，给考秀和文星各买一套西装。考秀的哥哥和姐姐则每人给她汇去两百元，供两个小外甥女买玩具。这又让大家羡慕了好半年："大方，真是大方！我们油盐都吃得冤枉，他

---

① 爆丝布：双手一掰就动辄开裂的那种劣质布料。

② 扛菩萨打醮：客家地区的一种风俗。

③ 外家：娘家。

④ 几舍爽：多大方。

⑤ 几思谅：很体谅。

们还有闲钱来给细人子买玩具，真是人比人气死人！"

荣贞要家里人各自选块好布做衣服。文星选了块花呢布做裤，考秀则看不上。招玉劝她一定要选一块做裤，裤和富相差不远，大家买裤料的意思就是冲着这。

好布都选去做裤了，爆丝布则弃之如敝屣。荣贞家的爆丝布是侄女和其他四门六亲送来的，他想了想，把这些爆丝布捆好，请裁缝师傅缝成一整块，用来做打谷铺。荣贞如是这般，马上有不少人仿效，爆丝布就起到了作用，变废为宝了。

祠堂转火那天，荣贞家的亲戚朋友比任何一家都多，大概算下来，至少六七桌，粄子炸了两斗米，够回客人，但家里却只有一张圆桌和一张四方桌，还差四五桌，借也无处借了，怎么办？有个朋友听后说："不用愁，这事我来解决。"到了那天，他就用拖拉机给荣贞带来了五桌，凳和餐具也一并捎带来了，回去时又"突突突"地带了回去。招玉说了几句多谢，荣贞说："朋友跟兄弟一样，不用说多谢。"朋友说："就是就是，要多谢还算是朋友吗？"

祭祠堂和祭墓是每年少不了的一项大事。祭墓是一个房头一个房头祭，祭祠堂是整个族人同祭。添了男丁的，不但在祭祠堂时要挂大红灯笼，要买酒肉、香烟，还要捐钱，多少不限，由你方便；在祭墓时还要做东，不过，这就单请同房的兄弟，也就三五桌吧，赴宴的人多少也会出点钱，五元十元不等。

眼看又到了祭祠堂的时候，荣贞甚为沮丧："这年祭祠堂挂灯笼又没我的份。"

招玉安慰道："还有机会，三个子哩，总会给你机会的。"

荣贞听了，觉得有理，按政策，文星和文宝可以生两个，文书生一个，一共五个，概率总是有的吧。这样一想，又觉得眼前的一切都美好起来，餐桌上的酒菜皆系美味佳肴了。

祭祠堂意义重大，自然也热闹。这天，大房二房三房的人都接踵而至，也有的一比，这不单是一家一家地比，而是一房一房地比。叽叽喳喳的，都在议论哪房捐的钱多，香纸蜡烛、鞭炮有多大，灯笼有多大、多漂亮。吃饭时，大家接二连三向房长叔公敬酒。荣贞父亲家比招玉家的辈分小了两辈，因此，他刚入赘招玉家时，曾遭到几个乡亲的嘲笑："瞎目狗，连姑婆都敢屌[①]！"荣

---

① 屌：操。

贞不甘示弱地笑骂："我连你老婆都敢屌！"荣贞做了上门姑父，辈分自然就跟着大了，吃饭时，大家都向他敬酒。秀贤在世时是房长叔公，这一过世，荣贞便接替升格了。看到年龄比自己大两轮但辈分小两辈的人来敬酒，他都不好意思了，说："不要叫辈分，叫名字吧，我哪好意思当叔公？"

招玉更是面红耳赤："算了算了，别叫我婆婆了，你们大我二三十岁呢，就叫我招子嫲吧。"

敬酒之人却是万分的较真："平时怎么叫都可以，但这一天必须按辈分叫，不能没个规矩，不然后辈又怎么认识叔公叔婆。来，我敬你们叔公叔婆，祝你们健康长寿，子孙满堂，平安幸福！"说完，为表诚意，一仰脖子，滴酒不存。

敬酒者轮番上阵，荣贞乐不可支，见人家饮尽杯中酒，也要跟着干掉，尽管敬酒者请他们随意，可他哪是个随意之人？招玉在旁，用脚狠命踢他，见并无反应，又低声劝道："不要喝太多，来敬酒的人多，你哪里受得了，很快就会喝倒的。"

荣贞一瞪牛眼，喝道："倒下就倒下，今朝日子①倒下也抵得②，天光日子③能站起来怕什么？喝，这么高兴这么隆重的日子，一定要喝尽兴。来，大家一起来！"言罢起身，把酒杯高高举起，做了个碰杯的动作，然后仰头喝了个底朝天。十几桌人见状，也都全体起立，会酒者一饮而尽，酒量差的只抿一口表示意到。

一来二去，眼见荣贞已有几分酒意，大家便私底下商量："不能一个一个敬了，再敬，他肯定又得醉。"于是，就一桌派一个代表去敬。

每年的祭墓和祭祠堂，荣贞都一醉方休。他说，这两天不喝醉还等什么时候？大家后来都晓得他这两天不醉不行，如恰逢身体不适，只好都去别的诊所，谁愿意让一个醉鬼来摆布自己的生命？

荣贞遭人家笑话时，总是大大方方地回应："一年三百六十五日，都和病鬼打交道，只有喝醉了，才可以做酒鬼，安安心心、舒舒服服睡个够。"

祠堂修好后，征得大家同意，就近找了个专门打扫和管理的本家。这人死了老婆，两个妹子都出嫁了，一人过得百无聊赖，给他个事做正好可以充实

---

① 今朝日子：今天。

② 抵得：值得。

③ 天光日子：明天。

一下。

国有国法，家有家规，祠堂有祠堂的规定，未上寿者①和不得好死者②不得进祠堂上香火。如此遵守几年后，一位五十九岁的男人得脑溢血而死，膝下三子都是不好惹的主，一定要让其灵牌送进祠堂上香火，还说，当时修祠堂父亲多捐了钱，又帮了忙，完全有资格进祠堂入香火。孝子孝孙披麻戴孝，亲朋好友举着香炉火烛，要送加了黑框的照片灵牌和灵屋去祠堂，管事者在门口坚决拦下。

三子皆横眉竖目，吆喝道："再拦就把你揍死了陪葬！谁说我爷哩没上六十，闰年闰月算起来，都六十多了。"

管事怎么也想不到，他们还来这一种算法。

管事的辈分和死者平辈，但岁数大了十五岁，这三个家伙得叫他伯伯，可他们读书时就最怕写"礼节"两字。曾有人骂他们最没礼貌，他们满不在乎地回应，油都没来吃，哪有闲钱买"礼帽"？对眼前这个看管祠堂的孤老头子，他们就更不用礼貌了。

"大家当时都同意了的事，就要遵守，当时你爷哩也是表过决的，现在你们就是把我打死，我也要阻拦！"

三兄弟当然不会把他打死陪葬，只是蛮横地上前，七手八脚，又拖又推把他弄出祠堂门，招呼后面的队伍蜂拥而上，做完一切后，把灵屋烧了，拍拍手，扬长而去。

管事气不过，跑去报告荣贞。荣贞听了，甚是生气，按辈分死者得叫他叔叔，他的三个儿子得叫他公公，他们怎么就没规矩，怎么就目无尊长，怎么可以坏了祠堂规定？这规定又不是针对某一人某一家的。他当下表示，抽个空叫大家坐一坐，商量对策。

管事说："规矩已破，看来是商量不出好办法了，我看要不就顺其自然吧。国务院的规定都不时变更。大家都捐了钱的，现在的人做事死乌得很③，哪管什么辈分，爷娭都可以不敬重。"

"哼，后生子人越来越不讲理了！"荣贞虽然气愤，却也没好主意，只是坚持把大家召集起来开个会。

_____

① 未上寿者：没活过六十岁的人。

② 不得好死者：吃药、上吊、得恶病而死者。

③ 死乌得很：无理得很。

几个辈分高且有声望的人商量来商量去，也得不出个子丑寅卯来。如果坚持原则，势必得罪人，也没人敢出面阻拦，人家也会说："谁谁谁都可以进，为什么我们家的就不可以？"

"算了，人家要破规矩，我们也无能为力，就放宽政策吧。"说话者叫钟荣生，小荣贞一辈，大荣贞十岁，也认为不用再墨守成规。

荣贞不悦："要是不守规矩，以后就乱套了，添女丁的也会跑去祠堂挂灯笼，那样的话，成何体统？"

有人立马附和："是啊，如果这样，真不敢想象会乱成什么样子！"

"哎呀，人家想挂就挂吧，生男生女都是后代，现在计划生育这么严，男孩女孩都是宝，没有女的又哪有男？再高尚再伟大的人都是从"狗嬷肚子"①里出来的！"一个年龄小却和荣贞平辈的男人说，他思想开明，看不惯荣贞的封建思想。

"妇人家屙尿屙不上壁，怎可和男的一样，不行，女丁绝不能挂灯笼！"

"什么时代了，还这样区分？！再好的龙子也是妇人家那里来的，我们的确不能用老眼光、老风俗来约束人了，弄不好会造反。"又一个同辈兄弟说。

荣贞眉头一皱，瓮声瓮气地说："那就让他们破了一个又一个规矩？"

"要是有人不守规矩，又那么刁，你能拿他法治吗？"钟荣生反问。

"反正这规矩能守多久就多久，这些年估计还没人敢这样做。以后真有人无法无天，我们也老了，不管他们了，说不定那时我都向阎王报到了。"荣贞言罢，不无伤感地叹了口气。

像是传染似的，就见一阵接一阵的叹气，也不知谁在说："破了这个规矩后，以后老的嫩的，短命子短命嬷，好死歪死，都要去祠堂进香火了，也没人再拦了。"

此后，进祠堂的寿者年龄虽然从宽了，但添女丁挂灯笼倒还未见，只是添女丁也有资格做头②了。不过，这已是二十一世纪的事，先行一步的是本镇赖姓人家。有人乐观地估计，说不定到了二十二世纪，添女丁也可以挂灯笼了，如今的生活日新月异，政策都时时变呢！

---

① 狗嬷肚子：娘肚子。

② 做头：做东。

失望接二连三

文星和考秀生了两个妹子，又不听荣贞的话逃计生，还私自做了绝育手术，惹得荣贞大光其火："这臭小子，没本事还不听话，害得我没资格挂灯笼，成心让我伤心！"

招玉说："你这人的思想真是守旧，他们都看得破，你着什么急，你还有几年活头？生男生女是两个人的花树①，并不是本事不本事的问题，你认为扛担作樵②啊，想几多③就几多，你闹④什么呀？"

不管怎么劝，荣贞就是难以开心，也不去亲家那里走动了，亲家来了，也爱理不理，有时还故意出诊。文星和考秀心里不安，觉得对不起他，尽量不去计较，还故意找话题逗他乐，他却不太理睬。孙女叫了爷爷，他也爱应不应，反正前面二三句他是故意不应的。文星和考秀教女儿一直叫，荣贞被叫得实在烦时，还会对她们吼一句："叫什么叫，你们要是多一点，第一句我就应了。"他心情好或过意不去时，也会从喉咙里回应一句。几年莫不如此，文星和考秀由失望而生怨恨，一气之下就听了开富的话，住到他们家去了。

开富的生意越做越红火，店里人手不够，招了一个小工。文星有过在供销社工作的经验，知道"顾客就是上帝"的真义，受命采购回来，就在店里帮忙。文星也确是生意精，头脑灵活，本性善良，宽宏大量，能说会道，风趣幽默，礼貌周到，开富夫妇把他当儿子看待。他的细心，更让开富自叹弗如，大小顾客被文星哄得一次次往店里跑，开富对他是百分百的放心。

文星一忙，不觉半年都没回家，荣贞心里又舍不得了，很想听孙女喊爷爷，却又碍于面子，死命忍着不说出来。招玉舍不得孙女，就经常下城相见，时不时还带些好吃的东西回来，在荣贞面前绘声绘色说孙女有多可爱，叫奶奶的声音有多甜多好听，还说店里的生意有多好，开富一家对孙女有多宝贝。荣贞听了招玉的话，却又硬下了心肠，说："膣逼嫲喊得再好我也不想听，偏偏

---

① 花树：意指夫妻两个人的基因问题。

② 扛担作樵：挑担砍树。

③ 几多：多少。

④ 闹：伤心。

就少了那一点。"又说，"生意再好，也是帮别人忙，赚了再多也不是自己的，最多给点工钱。没出息的家伙，吃了几年杂优，就吃不惯七八一三〇了。"

招玉一时蒙了，说这些怎么说到谷子上去了，这老鬼真奇怪，难道脑子有问题了？招玉担心他想孙子想疯了，下次下城时，就把这个话和自己的担心说给文星听。

耕过田的人一听就明白荣贞的意思，杂优米很软，七八一三〇却是硬米，这话分明是骂文星在吃软饭。文星听了既好气又好笑，想不到父亲还这么聪明，能说出这么有哲理、寓意深长的话。他不生气，也劝母亲莫和他一般见识。招玉想，如果跟他计较，天天都有的骂，自两个孙女出世，这老鬼就变了性情，动不动就骂她，好像没让他抱孙子是她的错。

文星、考秀做了结扎，命中无儿已成定局，荣贞就把希望寄托在次子文宝身上。

草木枯荣，花开花落。

当文宝把深圳打工时认识的广东妹带回家时，荣贞又开始高兴起来。他仿佛看到孙子张开一双小手向他扑来，嗲声嗲气地叫着爷爷，并用稚嫩的小手拔他猪毛一样硬的胡须。荣贞压抑了很久的心情开朗起来，脸上重现笑容，口中嘿嘿声发自肺腑。

广东妹长相不错，看起来很健康，声音也甜，且大大方方，人也勤快。荣贞就不再像查户口那样问七问八，更不管什么出身，档次不档次了，只要能给他生孙子，其他的一切都不是问题。

文宝瞅准个没旁人的时机，偷偷地问："爸，您怎么问都不问一句就同意了，是不是不关心我的婚事？"

"嘿嘿，我相信你不会看错人，你喜欢上的妹子，差差之都八点 ①，我能有什么意见，如果我不同意，到这种地步了，你会丢下她？丢下我还差不多，就像你老伯哩 ②。"一想到文星一家子都半年多了还不回家，荣贞又是一肚子的气。

"爸，我们本来准备五一结婚的，可钱不够，她已经有身上 ③ 了，她爸妈

---

① 差差之都八点：差也差不到哪里去。

② 老伯哩：哥哥。

③ 有身上：有身孕。

虽然说可以一切从简，但是该置办的还得置办，该付的还得付。结婚一辈子就一次，办得太寒酸了也会跌您的股^①。我们商量了一下，决定先把肚里的孩子流掉，把婚事推到明年五一。"文宝说完这些，故意叹了一口大气，眼睛却有意无意地瞟一眼荣贞。

文宝非常清楚，想孙心切的父亲是不会同意把已有的身孕，不，应该是已成形的孙子打掉的，"孙子"在他心里、脑子里已然根深蒂固，怎么舍得打掉呢！

果不出所料，荣贞大声地说："不行，绝对不能打掉，这样对身体不好，没钱就要打掉肚子里的细人子，你是怎么想的，怎能这样不负责？五一就五一，不能再拖了，钱的问题我会解决，你搞定你丈门佬、丈门娭^②那边就行。"

文宝暗笑，不是说姜是老的辣吗，他怎么就上了我的圈套呢？

荣贞家办喜事当然是隆重热闹的，何况这回讨的是外省妹子，更不能让外省人说福建这边的坏话。文宝老婆姓李名玉，那天她娘家来了两桌，对福建这边的一切都满意，席间还议论说，福建人办酒席真排场，样数多，又是大碗公^③。

闽粤交界，两省人走动得勤，故事就越积越多。广东人常说福建吃饱广东吃巧。广东人做好事，碗头小，还没装满，样数也比福建人少。福建人热情豪爽，客人回去时，还有红包和回礼。李玉娘家人说，李玉算是嫁对了。拿美溪这边的话说，李玉是个现蛋鸭嫲^④，结婚时都有五个多月的身孕了，荣贞掰着指头过日子，等着孙子来见面。

盼星星，盼月亮，李玉腰有点痛了。文宝心疼妻子，安全意识也强，要送她到医院。他的高中同学开着工具车，把他们夫妻和招玉一起送到了医院。刚下车，李玉就破了羊水，文宝赶紧掏出荣贞抄给的名字，去找熟悉的医生。

荣贞急着想见孙子，在家里怎么也静不下来，也紧跟着赶到医院，和招玉、文宝一起坐在门口长板凳上等候佳音。好半响，护士笑眯眯地出来，告诉他们千金出世。荣贞刚才还堆满期待和自信的笑脸，刹那乌云密布，心中电闪

---

① 跌您的股：丢你的人。

② 丈门佬、丈门娭：岳父、岳母。

③ 大碗公：菜样多，碗头又大。

④ 现蛋鸭嫲：结婚时已怀上别人孩子的女人。

雷鸣，站立不稳，重新跌坐在凳上，捏在手里的大红包也掉在了地上。

文宝看出了父亲的难过和失望，蹲在他的面前，愧疚地说："爸，对不起，让您失望了。"语气之低沉，像是做错了事的忏悔者。

招玉捡起地上的红包，牵起文宝，说："莫这样，这么多人都看着呢。给，这是你爸给李玉的营养钱，月子里营养好了，以后就会生赖子，还有机会，莫闹①。"话是对文宝说的，更是对荣贞说的。

招玉强行塞过的红包，却被儿子递还给了荣贞，一同传递的还有让人心碎的话："这钱我没资格拿，等生了赖子再给吧。"

荣贞也不言语，拿过红包，起身拔腿就走。他已无心再待医院，不想听那些恭喜的话，生了个丫头片子值得恭喜吗？养到二十多岁，又出嫁了，为别人做牛做马、传宗接代去了，那也叫喜？

服侍李玉坐月子，招玉累得瘦了几斤肉头，荣贞却跟局外人似的。招玉有时忙不过来，忍不住叫荣贞帮手，他从鼻孔里哼声"没空"，多说一个字也像要了命。他是没有心情，要是赐给他一个孙子，那"没空"两字就不是对招玉，而是对病人说的了。

每次见招玉杀鸡，他能躲则躲。以前杀鸡，都是他动手的。招玉胆小，不敢割鸡脖子，想叫他帮忙，他一口回绝："阿弥陀佛，我现在不杀生了。"

招玉没法，只好叫左邻右舍来代劳。如是这般二三次，又觉得太麻烦，这不是三五回的事，这是常事啊，总不能每回都使唤别人。她只好硬着头皮割鸡，头一次闭上眼睛割，却伤了自家的手，人血和鸡血一齐滴在碗里，赶紧放下扑棱挣扎的鸡，在烂屋角寻了个蜘蛛网按住伤口，再撕下一块烂布条缠住。家里养了个医生，伤了手却不敢找他解决，归根结底就是你们不合作在先。

文宝见母亲伤了手，告诉父亲给她清洗伤口再包扎好，荣贞却装作没听到。招玉微叹了一口气，对文宝说："这点小事不碍事，以前上岭②割芦萁③三天两头总伤手，都是把刚长出的嫩芦萁塞进嘴里嚼一嚼，敷在伤口上止血，再从身上撕一块烂布条缠住。"

文宝见母亲田里地里家里忙个团团转，还要受父亲的气，心里过意不去，生怕累坏了母亲，便尽量帮忙，有时连小孩的尿片屎片都自己洗。这样，总算

① 莫闹：莫伤心。

② 上岭：上山。

③ 芦萁：一种柴草。

有一点点空隙让招玉喘息。

文宝不觉就讨厌了父亲那阴沉的脸色，四十天一过，就提出把李玉带到她娘家那里，招玉说："在家多住一些时日吧，把身子养好些再说。"

文宝和荣贞打了个招呼，也没听到回答，便不再理睬，只对母亲千叮嘱万叮嘱，要她千万别太辛苦，得注意身体。

招玉连说放心，可文宝心里又怎能放心。他们这一走，父亲肯定又会给母亲气受了，肯定会说儿子没本事，尽让老婆生丫头，肯定会说是这个家的遗传基因作怪。

文宝和李玉带着小宝贝走时，荣贞窝在诊室里也不出来见一见、送一送。招玉塞给文宝一个红包，说："手心手背都是肉，你嫂子生小孩时，我也是这么给的，李玉莫嫌就是。"

文宝不好意思受领，说："家里养的鸡都让李玉吃了，我们都给不了钱，您再给红包，我心里就更过意不去了。"

招玉生气了："一家人说这话做什么，这不见外了吗？"

文宝非常清楚，这点钱是母亲平时省吃俭用、辛辛苦苦卖菜积攒下的，他们兄弟姐妹平时也没给她钱，过年时才给个几十元作压岁钱。

文宝和李玉走后，很少回家，有一年春节也在李玉娘家过。眼不见为净，彼此的日子都更快乐。

制造矛盾、炮制隔膜是人类的天性，改不了，亲人间也免不了。

那些年，即使实行一胎半的计生政策，福建这头也要间隔四周年才可以生，不然就得罚款说话，广东那头就宽松些。李玉未曾放环，很快又有喜了。文宝在信中告诉姐姐文招，叫她不要跟父亲说，文招答应只告诉母亲一人。可招玉哪是个藏得住事的人，一高兴就没能守住秘密。荣贞冰窖一般的心里，透进久违的一线阳光和暖意。

瓜熟蒂落，却又不见把，文宝的心里也感到不自在了，该怎么向家中那位当权长老交代？他在信中又要文招保密。文招充满同情又夸张地回信说，犯包庇罪，罪加一等，让父亲晓得了，今后还想不想我①回娘家！

文招回娘家报喜，不，对荣贞来说，称报忧报愁才对。招玉听后，也犯

① 想不想我：让不让我。

了愁，拿不定主意要不要告诉荣贞。

荣贞见母女俩躲在房里嘀咕半天，就猜到有什么事，轻步轻脚来到房门前，猛地推开门，铁青着脸问："俩子娭[①]在搞什么反革命勾当，就不怕抓去批斗？"

母女俩吓了一大跳，招玉嚷道："我们在拉家常，能搞什么反革命勾当，你莫乱扣帽子好不好？"

"把我当傻瓜，你们还嫩了点。文招一入门，看她的脸色，我就晓得有事瞒着我，你们逃得了我的法眼？不说实话，等我查出来，有你们好果子吃！"

"告诉你可以，但你不能骂人，更不能三天不吃饭、四日不起床。"招玉说罢，昂首又接一句，"你不答应，我就不说。"

荣贞一听，如大难临头，意识到此事非同小可，看招玉那凝重的脸色，比死了亲戚还严重、还伤心。他急于知道事情真相，答应不发火，也不自虐。

"李玉又生了一个妹子，文星写信告诉文招说……"

招玉还没说完，就被荣贞喝止："住嘴，我不想听这样的衰事！"说完狠狠地"嘭"地关门，转身进诊室后，又是"哐啷"一声关门，埋头抽起烟来。人家有心事喝闷酒，他有心事抽闷烟，一支接一支，一刻不消停，整个诊室霎时就乌烟瘴气起来。

文招和招玉面面相觑，愁心愁肺。隔了半晌，招玉叹了一口气，说："你爸就是这德行，不过也难怪，他这么爱面子，一直希望祭祠堂时能亲手把灯笼挂上，可总是看人家挂，上天怎么就不开眼呢？文星、文宝都是这个样，莫说你爸，我都有点难过了。"

文招连声安慰母亲，心里又何尝是滋味，父亲那么想抱孙子，可孙子就是躲着不出来。还好自己是妹子，嫁出了门，要是做他的儿子或儿媳，不为他生孙子，就得一辈子看他脸色过日子了，何时是个尽头？

招玉嘱咐文招写信时把自己的话带到，叫文宝照顾好李玉，一不能刺激她，二不能让她受凉，如果月子里受了风寒，以后身体可有的苦受了。文招听了心里备感欣慰，母亲就是母亲，大字不识，却有容乃大。

文招回家时，硬着头皮，万般不情愿地进屋向父亲告辞，见父亲一点反应都没有，也就知趣地出门。谁知，才走几步，就被喊住："等一下，我有话跟你说。"

---

① 俩子娭：母女俩。

文招一时愣住了，这可是开天辟地头一回啊！父亲从来就不看重她，在那累死累活的人民公社年代，父亲几乎没有主动和她说几句话。她转过身来，看着一脸戚容的父亲，一时手足无措。

　　"文招，你回信时，把我的意思写进去，就说把这个妹子送人，如果不送人，就随母姓，入广东户口。这样，他们就可以再生一个，说不定下一个就是希望了。"

　　在记忆中，父亲还是第一次这么亲切地叫自己的名字，这么亲切地和自己说话，父亲除了爱孙心切，又有什么错呢？文招眼眶不由得一热，道："好，我写，放心吧。"

　　一路上，文招仍思绪万千。多么感人的一声"文招"啊，多少年没听父亲喊过了啊，在平生面前，父亲都不曾这样开过金口，连"哎哎"这样没名没姓的过问也都稀罕，平生都笑她是不是父母在路上捡到的。回家和平生一说，平生轻轻一皱眉，感慨万端："你爸重男轻女的思想太深了，冇掌①哩！在他心里，喜事都成衰事了，莫讲是他生娲，连嫁出门的妹子没生个子哩，他都会不高兴，真是世上少有！"

　　从文招信中知道父亲的想法后，文宝困惑无比，好一段时间都闷闷不乐。李玉和她父母见他这般模样，就一直追问。文宝只好出示信件，心里忐忑不安，不知他们看后会怎么想，会不会骂父亲老封建，我该怎么解释？文宝是担着苦瓜忘本——没谱了。二丫是十五出生的，小时，他就多次听大人们说过男怕初一女怕十五，男的初一出生，女的在十五这天出生，就会很不好带，遇上此类情况，一般都会过房。文宝想，如果父亲晓得这个妹子出生在十五，肯定更会让她姓母性，更会坚持让她入广东户口了。唉！

　　文宝正低头想事，一声"太好了"把他惊醒，这声音来自老丈人呢。他惊讶地抬起头来，只见老丈人扬着信，走前几步说："文宝，你爸和我想到一块去了，我先前不敢说出来，怕你们不同意，这下亲家提出来了，就再好不过了。文宝、李玉，你们的意思呢？"

　　文宝看着李玉，眼里含着一切由她作主之意。李玉说："我看行，姓什么都是我们的女儿，与别人无关。"谁都听出来了，这里的"别人"所指。

　　李母看出了女儿内心的不快，就适时教育一句："老人家的想法不同，你

---

① 冇掌：没救。

公公出生在旧社会，重男轻女也正常，其实每个人都多少有一点，你阿爸也一样，不信你问他。"

"不用问，是真的。如果你阿妈不生个子哩给我，我八成会休了她，莫说老封建，就是你们心里也希望能生一个子哩，不是吗？文宝你敢说你不想，敢说你现在没有一点点遗憾？"

文宝笑了笑，算是认可了。李玉心里其实也一样，也希望肚子争气，为文宝家生个带把的，大家高兴，自己也开心，自己在钟家的地位也就响叮当了。

既然大家没意见，这个妹子就姓李了，取名念香。"香"和"乡"同音，李玉父亲说尽管她跟母姓，也是广东户口，但毕竟是钟姓人的骨血，是福建人的骨血，不能忘本，要让她时刻念着家乡。

原本棘手、怕伤感情的难题，没想到处理得如此顺利，皆大欢喜。文宝高兴之余，深深感动于岳父母的大度。李玉自再度怀孕到分娩、坐月子，就一直由岳父母照顾，他只播了种，天天在公司上班，哪有时间和精力照顾呢。让二丫姓李，入广东户口，甚至说二丫是广东人，都可以说是天经地义，福建的爷爷奶奶连二丫的面长面短都还不知呢！

文宝和李玉遵旨并答应再生，荣贞心里才高兴了一点。他让文招回信时告诉文宝，下一次无论生男生女，一切费用都由他负责，只要他还有能力，只要他还活着。

文宝惭愧地对李玉说："老人家这么固执，又要辛苦你了。"

"说什么呢，是我肚子不争气，也不能怪你爸，他们这代人大都这样。"

文宝听了，心安了许多。他想，如果大哥大嫂生有儿子该多好，父亲就不会强人所难了，现在两兄弟生了四个妹子，父亲怎么会高兴得起来？平时忙着，也许想不到这些，但每年一次的祭祠堂、扫墓，可就要了他的命。如果说以前他每次喝醉是因为高兴，那么这几年来他喝醉就是伤心失望了。将心比心，看到那么多人兴高采烈、接二连三地挂灯笼，他又怎一个伤心了得？

"我就怕再生又是个妹子，这样就更对不起老人家了。"李玉担心若如此，还势必加重自己的负担，总不可能一直生下去吧，总不可能真的就让老人家负担小孩的一切费用吧。

文宝也担心，李玉每次怀孕，反应都特别强烈，胃口又差，真怕她受不了。李玉临盆之际，文宝都是掂着猪下水过独木桥——提心吊胆。生了两个女儿后，李玉体质大不如前，他真不想让她再受苦，可她说，不听阿爸的，他会更伤心，也会更怨恨你的。

快过年了，荣贞让文招招呼文宝一家回家团聚。上一个年，文宝是在广东过的；文星带考秀几个回家吃了顿饭后，又折返丈人家了；文书虽放假回来，但今日同学来，明日去同学那，很少在家。看到家家户户都热热闹闹、喜气洋洋，自家却冷清得很，荣贞不觉心酸起来。人啊，就是个矛盾动物，热闹时嫌烦，清静时又埋怨鬼都不上门，人越老就越这样。

文宝收信后，眉开眼笑地对李玉说："老爷子下了道圣旨，让我们一阵子爷[1] 回去过年呢。"

李玉也开心，叮嘱文宝多买些东西带回家，孝敬老人。

文宝说："要就多买些广东特产吧，还可以分发左邻右舍。最主要的是，把两个小家伙打扮得漂漂亮亮，一定要教爱香[2] 多叫几声呆呆。"

一入年阶[3]，荣贞就在心里盼望三个儿子回来。文星把年料先送回了家，店里有的，家里用得着的，他都在年阶前送了回来，好几箱呢。招玉看了喜形于色，年年买年货，都是她用肩头扛回家的，这回清闲多了。她问文星一共多少钱，文星说，一分都不要，你们只要负责猪肉、鸡鸭就行。招玉更是高兴，还是有儿子好啊！

在和儿子拉呱时，招玉说，我打算二十八炸粄子，今年大家都回来了，得多炸一斗米，你两个弟弟都是粄客[4]，走时也让他们多带一些，可就是怕炸粄子时忙不过来，你爸又不会来帮我做这个。招玉言下之意，是希望考秀回来帮忙做粄子，有她做帮手，就轻松多了。可文星说，过年前那些天，店里的生意最好，一家人都忙不过来，还专门请了一个小工帮忙呢。招玉听了，就不敢提要求了。

那时候过年，美溪一带，家家户户都会炸几斗米的粄子，一到腊月二十三四，空气里都弥漫着炸粄子的油香味。有人担心一到腊月二十六七，碾米粉要排队，所以往往提前几天。炸粄子是客家农村过年不可少的一道美食，也是项大工程。全村就一个碾米厂，大家都箩挑肩扛，扎堆碾米粉的话，都要

---

① 一阵子爷：一家人。

② 爱香：文宝大女儿。

③ 年阶：腊月二十五一过。

④ 粄客：嗜好吃粄子的人。

半夜喊天光①。

一斗米须配五六斤糖，白糖和黄糖掺杂。黄糖放沸水锅里熬，熬好后将糖水倒进米粉中使劲搓，雪白的米粉均匀地蘸着糖水变黄，再做成一个个丸子状，倒入沸腾的油锅里。一般都要炸上半个时辰，这样可存放到五月节。

炸粄子，一两个人是忙不过来的。米粉团一凉，硬了就不好做，所以得趁热，越热越好做。糯米放多了，粄子也不好炸，太软，经常抱成一团，搞得掌勺之人手忙脚乱往往还救不了场。几斗米的粄子，需要炸上一整天。做粄子的人，哪个不手酸背痛？大人浸米时，怕做粄子的会叫少浸，爱吃粄子的则希望多浸。

炸那么多的粄子，一是给来客的回礼，二是自家吃。粄子炸得多，也是富裕的象征。大家坐一块，七嘴八舌中就互相打听对方炸了几斗米。元宵过后下田干活，有人还经常带粄子当点心。到了三四月，有人不时会开玩笑问别家的小孩，你家还有粄子吗？若小孩幸福中又带炫耀地回答有，大人往往接着又问，还有几尿缸？那时粄子多，每家每户都用水缸装，大人戏弄小孩时就故意把水缸说成尿缸。聪明的小孩子会说，不是尿缸，是水缸。笨些或小些的孩子，就不晓得那是水缸了，往往就会顺着大人的话说还有一尿缸。

每年炸粄子，招玉就头痛，一天都在油锅前，双眼都被油熏得生痛。有那么两年，荣贞专门请人来家帮助炸粄子、烧红烧肉，招玉轻松了许多。可这毕竟不是长久之计，老使唤人家，也担心别人说闲话，招玉无奈，只好又亲力亲为了。

文星知道母亲的难处，就说："粄子可以迟点炸，等文宝、文书回来帮您。"

招玉轻轻叹了口气，说："也只能这样了，我一个人实在没有三只手。"又问文星，"你买了多少糖？"

文星说："黄糖二十斤，白糖五斤，不够我改天再送些回来。"

"够了，够了，这都四五斗米的糖额了。"

文宝一家和文书都是腊月二十七回到家的，第二天就开始炸粄子。文宝还以为回到家就有粄子吃呢，两年没吃上，实在太想解馋了。招玉瞄他一眼，笑了笑，就把人家送来尝鲜的一碗粄子，端来递到他手里，道声："粄客，吃呀。"

---

① 半夜喊天光：意即半夜起床当作天亮了。

文宝、文书大快朵颐，几个小孩也都抢着吃，咔嚓咔嚓像小老鼠一样咬得欢。

这个春节，荣贞家前所未有地热闹起来，光那四个孙女，打打闹闹、哭哭笑笑的就够戏台。荣贞看在眼里，既开心又怅然，心想，她们中哪怕有一个是孙子，我死了也甘心。

两年后，李玉又做了一遍妈妈。这下连文宝都偷偷流了泪，李玉也伤心。他们不是自己接受不了，而是觉得想尽孝又无能为力，早知又是妹子，他们是决不会再要的。何况李玉这次生孩子，差点连命都丢了。坐月子的女人不能流泪，文宝就一直哄她，叫她别想太多，说妹子更贴心，长大了不但可以换饼吃，还会提酒买烟孝敬父母。

荣贞得知情况，失望到了极点，个个都生妹子，该衰！他们是怎么讨老婆的，真想让我没孙子见面啊！荣贞狠狠地骂着文星、文宝，一气之下，真想把家里的锅头、水缸都砸个稀巴烂。

"冇气透、冇气透[①]，气死我了，气死我了！这下股跌大哩[②]，还怎么出去见人？人家不偷笑才怪！"荣贞出了厨房，气哼哼地在禾坪里转来转去，连不知好歹围过来叽叽喳喳的鸡鸭，都成了取笑他的阶级敌人，他都想一脚踢死。

招玉实在看不下去了，软声细语地劝说："你不要这样行不行？莫说还有一个希望，就是没希望了，也不能这样。周围冇赖子[③]的也不少，哪个做公呆的会像你一样？妹子人就不可以打开灶下门吗，就不会为我们养老送终挂墓头吗？"挂墓头就是每年祭墓时，割了鸡，让鸡血滴在草纸上，带到墓前挂在祖上的墓头，客家农村特别看重这一点。

"你晓得个屁！妹子人最终都是要嫁人的，养到二十多岁就嫁了，来时买两斤水果给你吃，就千晓得万晓得[④]；去了她家煮两个臭蛋给你吃，你就觉得自家很幸福了。如果是赖子，不出门都有的吃，给你的东西又岂是水果比得上的？"

"道理我也晓得，但这有什么办法呢，生都生了，总不能把她们一巴掌拍死。我不是也为爷嬭打开了灶下门吗，不是也招了你这位贤婿为他们尽孝，为

---

① 冇气透、冇气透：有苦难言。

② 股跌大哩：面子丢大了。

③ 冇赖子：没儿子。

④ 千晓得万晓得：千孝顺万孝顺。

他们传宗接代养老送终吗？以后她们也可以招入的呀。"

"想得天真，真个冇脑屎①，你不是说计划生育严吗，大家都只能生一二个，就是有两个子哩，又哪家舍得让他招入，你以为像我们那代人兄弟多？"

"这不对那不行，那你说怎么办？"招玉实在无话可劝了。

"送人，再生！"荣贞似乎早有打算，气呼呼地下达命令。

"送人？这种话你也说得出口，你以为他们会听你的？听文宝说李玉这次大出血，险些都送命了，你说她还能再生吗？"

"不能生就离婚，再讨一个，非得给我生个孙子！"

荣贞扔下这句话，不容招玉再说，就黑着脸走进诊室，一屁股坐在长凳上，一支接一支地抽起烟来。两个儿子换来五个孙女，这让他实在难以接受，他越想越觉得他们是招玉这边的基因，好田种好亩，歪田生歪秧，要是遗传了我那边的基因，怎会老生妹子？我两个哥哥生了七子，七子又都有子，而我，咳，一定是招玉家的运气和基因问题作怪。

越想越憋气，越想越懊丧，突然，他想到了招玉的话，不是还有文书吗？文书一定是样样都为我争气的人，像当年考清华大学一样，也许只有他才能让我如愿。一定是这样，绝对是这样！联想至此，他内心即将熄灭的希望又被点燃了，这是最后的希望，上天啊，菩萨啊，列祖列宗啊，保佑保佑我吧！从来都不迷信的人，这时也祈求起上天和菩萨来了。

绝　望

文书有女朋友了！这个消息让荣贞像垂死之人给打了一支强心针，起死回生。兴奋中，他马上修书一封，无比关切地询问一切。在此之前，他极少写信，是个纸上懒汉。文书的两个哥哥，就从没收到过父亲的片言只语，有什么事都是没读过多少书的文招、文秀两姐妹，勉为其难地写信转告，哪怕是错字连篇，词不达意，也是家书抵万金。

文书很快就回了信，说女朋友晓梅是省城人，独生女，家里条件不错，父亲是厅级干部，母亲是大学教授，她自己毕业于北京大学，有份好工作。未

---

① 冇脑屎：没脑子。

曾料到，荣贞马上持反对态度，理由言之凿凿：独生女娇生惯养，条件好的就更难伺候，稍有不顺就会发小姐脾气，而且，听说福州女懒惰、强势，又会花钱。

荣贞心中其实还有个小九九，她是独生女，且不说以后她父母有病有灾完全要靠文书夫妻，负担太重，而且文书娶了她后，也不能经常回家，过年时就会在她家过，这样，我岂不是为别人生了一个儿子？

没想到的是，自己最宠爱、最骄傲，也最听话的文书，竟也背道而驰，南辕北辙了。心痛加气恼，忍不住骂了句拗豹子①。招玉和大家都劝他别干预太多，他们都相爱两年了，怎么忍心又怎么有办法拆散他们，做父母的拼死拼活，还不是为了让子女过上幸福生活？你要是棒打鸳鸯，只能适得其反，让他痛苦，和你隔肠隔肚，你顺着他了，成全他了，他反而会感激你。

荣贞有点气急败坏地吼道："一个个都是乌头虫子②，都不把我放在眼里啊！我辛辛苦苦把他们养大，送他们入学堂，尽量让他们吃好着好，想不到现在脚骨硬了，翅膀硬了，一个一个却和我离心离德，不晓得他们读书读到哪去了？"

发火归发火，在权衡利弊后，还是做了让步。大家的劝导大同小异：同意了，他们会经常回来，一家人还可以开开心心；不同意，他们反而更不回来，这样的话，棒打鸳鸯不成，还真是为别人养儿子呢。

既获恩准，文书和晓梅就商定在这年的十月二号结婚。到了九月下旬，文书带着也请好了婚假的晓梅，提前几天回老家。新房已粉刷、布置一新。听说文书要娶个厅长、教授的女儿回家，大家都争相来看，似乎她与众不同，是仙女下凡。一睹准新娘尊容后，大家背后就少不了一串议论：文书的老婆这么漂亮，条件又这么好，以后要升官发财还不容易吗？有人也说，荣贞对升官发财都不太在意，最在意的是能给他生个孙子。

晓梅想多享受几年两人世界后再考虑生育，但想尽快升级做外公外婆的父母不同意，荣贞更是反对。晓梅只好答应一年半后考虑，文书却说："我们乡下是不说半半北北③的，一年就一年，两年就两年，不能含含糊糊。"

晓梅说："那就两年。"

---

① 拗豹子：忤逆子。

② 乌头虫子：不识好的人。

③ 半半北北：一半一半。

文书摇摇头："我是家长，你得听我的。"

晓梅撇撇嘴："刚结婚就摆大男子主义，拿家长的名号来镇压我。"

文书粲然一笑："我不镇压你，那你得听爸妈的，爸妈说的你总得听吧？"

晓梅装出一副委屈和害怕状："你这人狡猾透了，想装好人。官大一级压死人，你又让国家干部来镇压我。"

"娘子在上，不是小生心肠硬，拿厅长来镇压你，实在是小小文书不管事啊！"

文书无奈的样子让晓梅笑了起来："文书虽小，却是我老公，别伤心，我不听大厅长的，听你小文书的还不行吗？"

文书高兴极了，连说："行，太好了！"边说边靠近晓梅，动作无比亲昵，"那就趁热打铁、马上动手？"

"去！哪有这样急的？"晓梅怕文书纠缠，借口上洗手间，逃离他身边。

两个月后的一个早晨，晓梅起床刷牙时，突感胃里泛酸，肚子里翻江倒海起来，顷刻嗷嗷而吐。文书听到声响马上爬起来，进室一看晓梅痛苦的脸色，吓慌了，大喊："妈，妈，快来呀，晓梅怎么了？"

晓梅妈一听文书叫得急，放下锅铲马上过来，见晓梅吐得厉害，就笑了起来："好事，好事。"

文书被弄得一头雾水："人家吐得这样厉害，还说是好事？"

"傻瓜，你快做爸爸了。"

"啊，真的？我真的快做爸爸了？"

"当然是真的，真是书呆子！没见过，难道听都没听过？"晓梅妈笑骂。

文书高兴得抱着晓梅猛亲一口："老婆万岁！老婆万岁！"

晓梅嗔怪道："妈在场呢！"不待母亲反应过来，又接着嚷道，"妈，什么味呀？"说着又要呕吐。

"糟了糟了，外孙没出世就先让我废了一口锅。"晓梅妈适才听文书叫得急，忘关煤气了，结果可想而知。

晓梅爸出差回来，得知喜讯，也乐得在客厅里转了好几圈，郑重其事地对晓梅妈交代："从今开始，你得把晓梅照顾好，饮食上得下功夫！"

晓梅妈难得幽默起来："厅长大人下了命令，我哪敢不听？你放心，保证把你的小公主照顾好。"

瓜熟蒂落，晓梅的生产过程颇为顺利，但如何传信给老家，却让文书备感艰难。又不是一个带把的，这对远方思孙心切的父亲来说，该是个怎样的打击啊！文书一直拖，但又不敢对岳父母说出实情，怕他们对父亲有看法。

一日，晓梅爸问女儿，为什么还不把喜事告诉文书的爸妈？晓梅被问急了，无奈地说出实情。晓梅爸一听就来气："什么时代了，还这么守旧？男女还不是一个样！你不是说文书老家装电话了吗，你打电话，我来告诉他。"

晓梅说："我不知道电话号码，等文书出差回来你问他。"

"真是岂有此理！"晓梅爸还在生闷气。

文书回家，晓梅爸就问他老家的电话。文书知道他的意图后，说："爸，我已经打电话告诉家里了，我爸也没有不高兴的，还叮嘱我把晓梅照顾好呢。"瞒过岳父后，文书就责备晓梅不该揭父亲之短，晓梅却说："我只把你爸的封建思想告诉了我爸，没说别的，放心，家丑我不会外扬。"

"这就对了，不愧是同一条绳上的蚂蚱。"

文书其实压根没把生女儿的消息告诉父亲，他是担心岳父万一真打电话诘问，荣贞的反应会引发一场没有硝烟的战争，弄得不好收拾。父亲好歹也是名医，而且还是房长叔公，在村里村外都吃得开，走哪儿都受欢迎，只因为儿子生育上本事欠缺，才让他心灰意冷、言语变质，进而导致光辉形象受损。本村本屋的兄弟梓叔、叔婆伯娓想来完全可以理解，同一个等级的人，思想能相差多少，兴许他们的心里还无比同情呢，但在省城担任领导工作的岳父就不一样了，他如何能体会民间疾苦呢！

"孩子满月时请你爸妈来，我们亲家之间也可认识认识、了解了解。"晓梅爸说。

"到时再说吧，村里村外的病人都找我爸，估计他也抽不开身。"文书先灭了岳父的念头，还说母亲从未出过远门，怕坐车，连坐自行车都吐。

晓梅爸就不多说，也不再要求认识亲家了，在不太接地气的人看来，农村人的确事多。

文书没料到，父亲会在电话中问及晓梅是否有身孕，他一时支吾着不敢说实话，心想，迟一日让父亲知道真相，就可以迟一日让他受刺激，迟一日看到希望破灭总是好事吧。得让父亲高兴，他只好说，可能有了。

荣贞嘿嘿两声后说："再过一个月就过年了，旧年子①你们没回来过年，今

---

① 旧年子：去年。

年一定得回来。"

文书犯愁了，怎么办？孩子才三个月呀，又不忍心让她断奶，让晓梅母女留在省城过年，不仅情理上说不过去，也让四个老人不高兴，回去让父亲知道真相，还不被他骂死，他自己还不伤心绝望？我被骂几句不足惜，晓梅受委屈怎么办？连着几天，文书睡不香吃不香，心事重重，又不敢唉声不敢叹气，还得强装欢颜。

他的反常让枕边人看出来了，就问："难道你也不高兴我生了个女儿？"

文书忙说："怎么会呢，你看我像不开明的人吗？男孩女孩都是宝，你别多心。"

"是不是你爸那个老封建头子给你压力了？有事别瞒我，你不是说我们是同一条绳上的蚂蚱，还有什么事不能跟我说的呢？"

文书经不起如此软磨硬泡，就把父亲要他们回家过年的事和盘托出，也说了自己的担心。

"回去就回去，瞒得了一时瞒不了一世，我就不信他会把我赶出家门。你放心，无论你爸怎样对我们母女，我都不计较，反正又不是长期和他住一块，几天的时间，相信我可以一忍过去。"

文书开玩笑说："那要不要先实习几天，我模仿我爸的样子先给你脸色看？"

"那倒不必，这样的话到时我可能会忍受不住火山爆发，人的忍耐总是有限度的。"

尽管晓梅说得那么诚恳那么大度，但文书还是担心。她从小在宠爱中长大，何时受过别人的气？而父亲对什么事都看得破，唯独对孙辈的性别角色计较得清清楚楚，看不破，一旦得知真相，该是如何失望，不，那该是绝望啊！文书想都不敢多想。父亲是个善人，救死扶伤不说，还从未做过亏心事，可上天为什么对他如此不公？三个儿子六个孙女啊，相信任何一个老人都会有遗憾的！因为没有孙子，父亲永远失去了在祠堂挂灯笼的机会。文书也为父亲难过，他相信，如果可能，父亲是愿意用寿年来换取这个机会的。

晓梅听文书这一说，不觉心生同情，道："为了老人欢心，过上开心的春节，可不可以骗他说是个孙子？"

文书苦笑不已："你不晓得，在这事上，农村人非亲眼看见才会相信，我爸更是异类。要是骗他，让他发现了，我们仨都会被他扫地出门的。我可不敢，也不忍心骗他，算了，什么都不要去想，到时受点委屈吧，我们做好思想准备就是。"

晓梅嘟哝着说:"我早就做好准备了,谁叫我肚子不争气呢。"

年关过后,小夫妻忐忑不安地回了家。一看文书怀里的襁褓,招玉眉开眼笑,上前接过来,亲热地连叫几声"宝贝",还略带责备地说:"怎么有宝贝了也不告诉我们,也好让我们捎几只鸡公给晓梅补身子呀。"

晓梅说:"这边捎鸡太麻烦了,城里也可买到家养的土鸡。"

文书接口说:"这过年的,我们回来吃还不是一样。"

招玉端详着婴儿那张眉清目秀、红扑扑的小脸蛋,悄声问文书:"赖还是妹①?"

文书脸一红,说:"不好意思,又给家里增添了一朵金花。"

招玉听清楚了,心里不由得一酸,这上天也真会作弄人,这下老头子又该怨恨了,又该喝闷酒了。

荣贞闻声而至,狐疑地看着眼前情景,知道不可能是为了给自己惊喜,虎着脸,责问文书:"为什么骗我?"

文书强作镇定,硬着头皮说:"因为又是个孙女,怕您伤心,就想……"

"就想蒙混过关?你过得了关吗,难道你们也可以再生?"荣贞怒目圆睁,就差点没说出"滚蛋"的话。

晓梅像个罪人一样,站在他面前,语声柔和:"爸,您别生气,是我不好,让您失望了,要骂您就骂我吧。"

荣贞心里说,岂止是失望,我是绝望了,可我敢骂你吗?你是高干子女、千金小姐呀,是我家文书攀的高枝呀!荣贞真是伤心欲绝,他所祈祷的百分之一的希望,这下全归于零。他怨,可能怨天吗?他恨,可该恨谁呢?他委屈,我就想有个可以延续一家香火的孙子,这有错吗,这自私吗?为什么连这一丁点儿的希望,都让我等了一年又一年,从老大开始望眼欲穿,到老二身上心如刀绞,再在老三那里无情破灭!我一个行善积德的医生,得罪天还是得罪地了,得罪菩萨还是得罪鬼神了,得罪自己的祖先还是得罪招玉的先人了,要这样惩罚我?他嘴哆嗦着,却一句话都说不出来,只感急火攻心,转身回头,不料眼前一黑,一个趔趄,差点摔倒在地。

"爸!"文书惊叫一声,一个箭步上前扶住,才未致父亲倒下,接着小心

---

① 赖还是妹:生的是儿子还是女儿。

翼翼地搀扶他进屋。

荣贞在床上躺了小半天，越想越委屈，越想越难受，又无处发泄，泪眼婆娑中，目光落在了柜橱上那个大肚瓷瓮里。瓮中装有十斤白酒，浸了不少补药，他平日里困顿或心烦时，总不忘借助此君。起身后，他把瓷瓮高高举起，仰脖咕噜咕噜喝起来。因为喝得急，连呛好几口，却不把瓷瓮放下，边咳边喝。

正在门口寻思如何与父亲交流的文书，听得屋内的咳嗽声，连忙推门进来，一看他这种喝法，急忙上前拦下："爸，您别这样，这样我会很难过的。是我不争气，是我没本事，您有火就冲我发吧，千万不要想不开！"文书说话时动了感情，泪水在眼眶里直打转。

荣贞看了文书一眼，轻叹一口气，放下酒瓶，仰头躺在床上。无论文书好说歹说，他硬是不回一句。

他更愿意醉。醉了比醒着舒服，没烦恼。他不想看到这群貌似孝顺却令他威风一再扫地的子孙们。

得知文书娶回的厅长女儿也没给荣贞添个带把的，邻里乡亲的同情不言而喻。孙女六个，孙子归零，这样的境遇，对那个时代的人莫不是一种严格的煎熬。

荣贞的热心是不消说的，总乐于为乡亲分忧解愁，无论吵架相打，战火烧得有多旺，只要他一出现，火势就会从大到小最后熄灭。说大家怕他也是真的，大人们还把他当成吓唬小孩的最好法宝，要是小家伙闹脾气，就说："再闹，就叫荣贞公公来！"怕打针的小家伙们，在哽咽着抽搐几下后，果然偃旗息鼓。

大年初一，趁大家不注意，荣贞又喝了个不省人事。病人来了，见状也只好叹气，另求高明。

整整一天，荣贞才睁开眼睛，看到床前的子女和邻居，油然想起伤心事，就又闭上双眼，他实在不想醒来。邻居们看见他紧闭的双眼滚下了几滴泪珠，就纷纷劝说："荣贞叔，不要再去想那么多了，生男生女又不是上岭作樵①，是命中注定的，有生育总比没生育好，妹子赖子都一样，妹子很多也有出息，赖

---

① 上岭作樵：上山砍柴。

子冇用①也枉然。子孙们远路迢迢回来过团圆年，您伤心只会让大家也跟着难过，快别想那么多了。""是啊，荣贞叔，越想越闹心，没孙子的又不单是您，我们组就有七八户呢。"

安慰人的话哪个不会说，要是换了你们，你们哪个不会伤心死？哼，你们商量好了成心来气我！荣贞心里有气，懒得搭腔。

一连几天，荣贞都病恹恹的萎靡不振，躺在床上不想见人，病人来了也不起来，"我自身都难保了，还怎么给你看病？"

以前那么努力，那么拼命，是想为子孙们铺好一条路，现在希望破灭了，这条路也就没有必要再铺。连香火都没了，赚那么多钱又有何用？躺在床上的荣贞，翻来覆去，睡了醒，醒了想，越想越伤感，越想越不通，禁不住老泪纵横，"老天为什么就要作弄我，我可没做错什么事呀，招子嫲的爷嬭也是好心人呀，怎么就让我们关了灶下门呢？"不行，我不甘心，考秀和李玉都已经结了扎，不可能再生了，也不可能叫他们离婚，而晓梅刚生一个，又是干部子女，离了不愁嫁不出去，这样自己也不会太过意不去。

荣贞调整心绪后，趁晓梅和招玉、哥哥嫂嫂们拉家常时，把文书单独唤到房里，直通通地说："你要是还认我做爷哩，就和她离婚，我拿五万元做补偿。"

文书瞪大眼睛，惊讶地看着父亲，不相信这话出自他的口中。

"她要是愿意，我多拿一些也可以，把这些年省吃俭用攒下来的所有积蓄拿出来都可以。"

文书在连吸几口冷气后，猛然打断父亲的话："拿五百万、五千万我也不会离婚！爸，您不要太守旧了，现在男孩女孩都是宝！"

"宝个屁，给人家白养二十几年，还得倒贴嫁妆，冇用②的话，时不时来看望一下，有用的话，半年一年都不来一次。"

"爸，我人在外头工作，又成家了，也不能经常回来看望你们。您一向都深明大义，这几年怎么就变得这么不通情理了？这可不是我心目中的好爷哩呀！我在晓梅爸妈面前一直都说您怎么好怎么好，您现在要我和她离婚，理由就是她生了个女儿，这让我怎么面对世人？"文书的热血往脑门奔涌，像火一

---

① 冇用：不孝。

② 有用：孝顺。

样把他灼热，他感到自己快要燃烧了，但他极力按捺住这股火情，尽可能平心静气。

"你要是不离，以后就不要再进这个家门，也不要再认我这个爷哩。"

"爸，您要这么说，我也无可奈何，只能冒犯了。总之，我不会丢下她们母女不管的，我得对得起自己的良心！"

文书不由得心如刀绞，自古忠孝不能两全，一方是生养自己的父亲，从小到大都倍加呵护，一方是自己钟爱的妻子和女儿，天啊，我该怎么办？很少流泪的文书，出门后躲在卫生间不由得泪水涌流。面对这样一道横亘在眼前的难题，他感到迷茫无助。

文书不敢把父亲要他离婚的事和晓梅说，只说父亲希望他们再生一个，哪怕是罚款开除都不在乎，说只要有人，就不愁养不活。晓梅不由得皱起了眉头："真是老封建、老脑筋，用大炮轰看来都不行！"

夫妻俩原本是定下年初六回省城的，可心情不佳，年初四就提早动身了。走时，荣贞也懒得和他们说一句，更别说看一眼、抱一下襁褓中的小孙女了，连压岁钱都是招玉代给的。

文书晓梅提前回来，晓梅父母就知道他们不受欢迎。听晓梅轻描淡写地说了一通后，晓梅父亲气愤地说："都什么时代了，还这么老封建，女孩就不是人吗？怎么可以这样？！"看他气得全身发抖，文书想，要是把父亲逼他离婚另娶的事说出来，说不定他会马上动身，上门理论呢！

晓梅妈毕竟是教授，语气倒还温和："乡下人嘛，这也没什么奇怪，思想守旧。我们要是在乡下，兴许也会这样。你也别生气，只要文书的思想不和他爸一样就行。文书他爸要是欢迎，他们就常回去看看，要是不欢迎，这儿就是他们的家。"说罢，转身看着文书，语重心长起来，"文书，我们相信你，不会和你爸一般见识，更不会做对不起晓梅的事！"

"爸，妈，我对晓梅说过，无论荆棘丛生，无论刮风下雨落冰雹，今生今世我都要牵着她的手，开开心心地一起变老，除非她不要我了，除非你们不要我这女婿了！"

文书的慷慨陈词，令一家子都感动，晓梅更是甜蜜得跟初恋一般。

荣贞见五万块钱搭上自己的死活都无法遂愿，就彻底地绝望了。他觉得生活对他实在太残忍了，生活在他眼中变得毫无诗意，更无快乐可言，满腹的雄心壮志也如泥牛入海。

文星和文宝带给的失望，叠上文书带来的绝望，压得他萎靡不振。几天不见，大家就觉得他老了十岁，像个病入膏肓的老人。原先那个精神焕发、谈笑风生的荣贞，哪里去了？

荣贞当自己死了

"荣贞叔，又到祭墓和祭祠堂的时候了，旧年子添丁的比较多，可能会比往年热闹些，您又有的累了。"一个名叫钟明的男人说。他看到每年祭祠堂，大事小事都要荣贞安排，大家一有什么问题都是找他，照大家的话说，"一到祭祠堂那天，屙尿不出都找荣贞"，虽然这体现了尊重，但确实也是烦心事。

荣贞以前心情好，特别是文书考上大学、分配在省城工作那几年，对大伙的事尽心尽力，忙了一整天也不觉得累。可现在心情糟透，有时连洗个澡也觉得烦和累，很多时候连脚都不洗就上床睡了，渐渐纵容得一个礼拜都不想洗澡了，而往日一天不洗都觉得浑身痒痒得难受。听钟明说完，他眼皮也没抬，懒洋洋地挥了挥手："你转告一下大家，就说我没资格，也没心情再理祠堂的事了，到了那天我也不再参加。以后祭墓和祭祠堂这样的事，你们也别再来找我了，就当我死了，没我这个人！"

钟明同情无边，咽了咽口水，道："这怎么行，这样的活动没有叔公您参加，有什么意思？荣贞叔，您也不要想太多了，日子还得过下去，可不能因为这事就……"本来，他已想好"要死要活"这词了，可话在唇边打了一个转，紧急改成了"作践自己"。

没承想，就是这委婉的说法，荣贞也没有领情，一顿抢白道："你也不要在吊扇底下说话——自个儿凉爽，你有两个孙子，当然会说安慰话，心里也乐意，你可不要来笑话我。"

话都到这份上了，钟明还能说什么呢，闹了个大红脸讪讪而去。

这些时日，荣贞把那些频频吹向耳边的安慰和劝说，不管是言不由衷还是真心实意，都当作了风凉话。这些人，哪个不是嘴里一套肚里一套，你们背地里笑我"绝孙"，我凭什么还要给你们好脸色？！

那时，有儿有孙的人，在无儿无孙的人面前，说话都要小心三分，一不留神就会伤害到他们，让他们已然失衡的心理更添阴影。

钟明找到本族其他几个较有威望的人，钟荣生、钟贵荣、钟德昌等，他们的辈分虽小荣贞一辈，年纪却长，对这样的事也热心，说话温和谦让，因此深得大家的拥戴。

钟荣生和荣贞一向投机，每次上他家都会说："阿哥来了，快泡茶。"

荣贞嘿嘿一笑："有规有矩，叔哩①面前也敢自称阿哥，不喊叔哩倒也罢了，还敢指示叔哩泡茶，自来水有的是。"边说边故意板起脸孔。

钟荣生笑嘻嘻地说："叔哩老弟，好烟发一支来抽。"

荣贞随手就把一包白狼扔到他面前："抽吧，不怕得肺癌，就作力②。抽，好烟我有的是，不怕你烟念③再大。"

钟荣生十年前曾得过肺结核，医嘱戒烟。戒了两年后，身体一好，忍不住人家有意无意的唆使和在他面前肆无忌惮的吞云吐雾，又抽上了，结果烟瘾更大了，一天至少两包，好在有退休金支撑。他说没烟抽的日子，简直像是暗室里穿针——难过。荣贞笑他不怕死，他说："少活几年早投胎，保佑你百岁命，以后你就是我侄哩④了。"

他们虽然经常互相挖苦，互相嘲笑，但正经起来，完全可以推心置腹，连夫妻间的私密都可以拿来交流。

荣贞走不开，钟荣生就经常上诊所喝茶聊天。一日不见，荣贞便觉空落落的。荣贞每有不愉快之事就跟他说，一经他的安慰加开导，心情便会开朗起来。可现在，就是皇帝的话，他也无法"奉旨"了。任何一个人把世上所有美好言语说尽，都抵消不了他此生注定"绝孙"的痛苦，他的开心，他的快乐，他的雄心，唯有孙子可以维系。

钟荣生说："谁说你没有孙子，文招和文秀的子哩不就是你的孙子？只要你不戴有色眼镜去看他们，他们同样会孝敬你，他们身上也流着你的血液，你是医生，难道连这个也不懂？"

"这个不同，不同啊，他们毕竟不和我同姓，孙子前面毕竟还带着个外字。"

荣贞对家孙、外孙的界限划分得犹如楚河汉界，说上天讲下地，家孙、

① 叔哩：叔叔。
② 作力：使劲。
③ 烟念：烟瘾。
④ 侄哩：侄子。

外孙就是有区别的，不能相提并论。他深入骨髓的偏见，任谁都无法动摇、感化，即便吕洞宾下凡当说客也无济于事。

所以，这次钟明一说完，钟荣生就说："算了，荣贞说话向来一是一二是二，大家就不要再去强求了。他这个人什么都好，什么都看得开，就是这方面雷打不动，水泼不进。上天也真是作弄人，像他这么好的人，怎会落个没孙子的命呢！"感慨之中，同情如缕。

钟德昌想了想，说："我也认为以后祭墓和祭祠堂请不到他了，再要他来主持工作，等于在他的伤口上撒一把盐，还是让他眼不见为净吧。其他方面倒是可以叫上他一起热闹，把他的注意力分散分散。"

钟贵荣说："那也要等他想开一点的时候，这一年半载，他的心病可治不好。"

大家就都认为，应该尊重荣贞，不再请求他主持祠堂事务，让他自疗伤口。

这年，美溪村的祭墓、祭祠堂，荣贞一分钱也没捐，招玉只好代他捐了。

仪式上，不明就里的人少不得要问，怎么不见荣贞叔公的身影？钟荣生几个代为主事者不好明告，只好推说他身体不好。大家就显得几分失落。聚餐时，有人举着酒杯，说要去敬叔公，旁人就说："那要去他家里敬，别忘了叫上我。"有人还说："唉，荣贞叔公不在，再好的酒也像白开水一样。"

这年，当然还是荣贞的名字排前头。第二年，就换成文星了。文星是荣贞的长子，捐钱也是最多的，人家捐钱以十，他却以百捐。

钟荣生和文星平辈，文星叫他老伯①。一日下城赴圩，钟荣生又去了文星店里，说起祭祠堂和祭墓的事，也说了荣贞卸任和不再参与的事，文星说："我爸的脑子太死板，转不过弯来，没办法，不过说起来也难怪，怪我们三兄弟没本事，有时我觉得自己是罪人，至少在他面前是。他的面子和里子，都被我们剥夺、损坏了！"说完，重重地一叹。

钟荣生理解他的感受，说："文星，你也不必太自责，这也是件没办法的事，如果可以努力实现，你们三兄弟谁不会努力？"

"我是后生子人，倒是想得开，只是我爸怎么也迈不过这个坎。想到他的

---

① 老伯：老哥。

难过，也真是太对不起他了。"

"他都对你们那样了，你还处处替他着想，也真难为你了。"

"当时是有点生气，但睡不着时把枕头垫高些，把所有的事都想了想，理了理，就觉得我爸挺可怜。唉！上天为什么不睁开眼看个分相①，我们能生一个孙子给他，也就不至于让他走入绝境，跌进深谷。"

无语，叹息。

过了好一会儿，文星重新开了口："老伯，你就把这点钱带回去吧，今年我也抽不开身，就不参加了，你帮我和大家说一声，行吗？"说完，就去柜台的抽屉里点了三百元大钞，递到钟荣生手里。

钟荣生忙说："不用这么多吧，大家都是几十元的。"

"家里人赚钱比较难，不要计较那么多，再说按人头给，我这也不多。文宝、文书在外头，我替他们付吧。"

"你要钱就从抽屉里拿，你丈门佬不会有看法？"钟荣生看着一旁忙碌的考秀，压低嗓门问。

"不会，他对我完全放心，把我当子哩看，说以后这店就是我和考秀的，由我们负责打理。"

"难得有这么好的丈门佬，你可要把他当爷哩看。"

"这个自然，女婿半个子嘛，我早就想好了，日后一定尽到应尽的孝心。"

钟荣生又问："什么时候回去看过你爸？"

"两个月前。回去了伤心，不回去心里总惦记，两个小妖精又不敢带回去，我妈倒是经常来见两个孙女。你有空，多和我爸说笑，多开导开导他。"

"我一日不去脚底下就痒痒的，你爸一日不见我，等两天见了就说，你还健在呀，我以为你都不在了呢！"说完笑笑。

"你们说惯了笑话就是好，说什么都不会计较。"

"是呀，人生在世，就几十年的活头，何必那么认真呢。有些人一句话说得不好，就臭着脸，有什么意思呀，下回还会有人跟他开玩笑吗，只好做臭屎鸡②了。做人开朗一些，有说有笑的，多开心。"

说说笑笑地又过了一刻钟，钟荣生起身说："我得回去了，你去忙吧，看

① 分相：清楚。
② 臭屎鸡：无人理睬之人。

考秀忙得团团转，我再耽误你时间，她都会责怪我了。"

"吃了饭再回去吧！"文星真心挽留。

考秀见他要走，也停下手中活，上前招呼："在这吃了饭再回吧，很方便的。"

钟荣生连连摆手："下回吧，你们这么热情，不愁我不来骗酒喝。"

钟荣生从文星店里回来，家都不回，直接去了荣贞家传话，还说："文星很想带着孙女回来，但又觉得无颜见你，好难过。"

荣贞的脸上毫无表情，只从喉咙里哼了一声，算是反应。

钟荣生添油加醋地说："文星一边说，一边难过得流了泪。"

荣贞听罢，紧绷的脸部神经最终还是松弛了许多，良久才开口说："以后你见了他，就告诉他，从现在开始，我什么都不管了，管也没用。他们一个个脚骨都硬了，不用我做来给他们吃了。我也想明白了，我还有几年活头，想这些有什么用，又改变不了现实，只有让自家行尸走肉般过日子。我现在最重要的是上山采药，多抽时间研究草药，多救治病人。"

"这就对了，日子总要过下去，如果你心里一直装着那些烦心事，总迈不过这个坎，哪能开心起来？以前吃了那么多苦、受了那么多累，还能苦中作乐，如今吃用唔自愁①了，反而闹生闹死②，值得吗？他们都看得开，你何必作践自己？你叫这个离婚，叫那个再娶，有可能吗，何必去做那个歪人③，还不是自损形象？别多想了，开开心心把剩下的日子过下去才是硬道理。"

荣贞又是无语，半晌才说："趁现在还能走，我们去北京游一转④好吗？"他曾经做梦都想去北京，做梦都想登上长城做一回好汉。

"好是好，就是现在太热，我最怕中暑了，过了中秋再去行吗？"钟荣生也早就有此想，老婆在世时就想去，可就是一直没个伴。

钟荣生是退休教师，刮风下雨都有钱拿，加上子女们给的营养费和压岁钱，在信用社都存了好几万。知情人笑话他，一个男的不嫖不赌，也不错用一分钱，后世肯定是做牛做马的料。他不恼，也不争辩，笑笑说，人一老就什么毛病都来，存点钱，等有病时可以减轻子女们的负担。老婆走后第三年，他生

---

① 唔自愁：不用愁。

② 闹生闹死：烦恼重重。

③ 歪人：坏人。

④ 游一转：旅游一圈。

病住院，子女们怕辛苦怕麻烦，商量着给他请了个保姆。他先是拒绝治疗，继而闹绝食。子女们不明就里，问原因，他圆瞪双目："你们也是有子女的人了，不怕他们日后学样①？我辛辛苦苦生养你们，难道就是为了给我请保姆？"子女们心里满是愧疚，于是轮流服侍，他这才眉开眼笑起来，病去如抽丝。出院后，他郑重表态，万一哪天再生病住院，子女们可以不出钱，但得服侍，不能只请护工了事，养儿防病防老，如果不是想享受天伦之乐，还生养子女做什么，进养老院岂不更轻松？钱无法摆平一切，金钱永远无法与亲情画等号。

累积着这些年的遭际，荣贞觉得很没面子，做人很失败，大有看破红尘的况味。以前为了五个子女，经常萝卜干、青菜干、豆腐芋②当下酒菜，更多的时候，为了节省时间，从田里回到家，用煮熟了的青菜干泡上一大碗汤，胡乱喝几碗粥就又马上下田。有时还用白糖拌粥，三下五除二解决一餐。到紧工时，这样的日子周而复始，如出一辙。三四月烟叶上烤、下烤时，那每每百多斤的担子，压着他瘦弱的肩膀，行走在泥泞的田坎路，不亚于走钢丝绳哪！想到为了让三兄弟日后有出息，竟不惜虐待母女仨，为了儿子们吃好穿好，自己一年也总有几个月不穿长衫长裤，为的是省下那半块布，可是……

荣贞不愿多想下去，无论受什么苦、受什么累，自己都是心甘情愿的，只是结果让他瞠目结舌，忍不住就对钟荣生说："我死都不甘心哪！"

荣贞不再主持祠堂和祭墓的工作后，也从未再出现在这样的场合，生活似乎平静了许多。可有谁知道呢，生活总是一波未平一波又起！

---

① 学样：仿效。

② 豆腐芋：豆腐乳。

第二章　秋香

苦命女人秋香

秋香老公三古头死后，儿子和儿媳不贤不孝，时常指桑骂槐，挑三拣四，无论她做得再好，都会被他们从鸡蛋里挑出骨头来。她心灰意冷，三天两头以泪洗面，一日，趁他们不在家，找到一瓶农药，眼睛一闭，咕咚咕咚一饮而尽，一会儿肚子就翻江倒海起来，呻吟声越来越大。出诊回家的荣贞，刚好路过，听到异样声，不由分说推门而进，看到秋香捂住肚子呻吟，再看地上的瓶子，心想这傻女人坏事了！捡来一看，才松了口气，大字不识的秋香喝下的是丁草胺①，而且还是去年没用完的，已经过期了。

荣贞马上舀了一大勺水，强行灌进秋香嘴里，一边骂道："想死就要拿甲胺磷，丁草胺有屁用！"

秋香被冷水灌肚，很快就嗷嗷直吐。荣贞也不嫌脏，有节奏地拍她后背，看她吐得差不多了，协助她漱了口，然后扶她到床上，挂起点滴。眼见她苍白的脸上回了红润，才细言细语问她为什么要寻死。

秋香就把如何受虐之事，竹筒倒豆子般一五一十说出来。声泪俱下的诉说，让荣贞备感生气："生这样的子哩，讨这样的生娒，还不如做孤老算了。"

秋香泪水滂沱，哀哀欲绝。荣贞见她一脸的愁云惨雾，禁不住怜香惜玉起来，握着她的手说："以后你自家珍惜自家，不要死做烂做②，走的已经走了，已经照顾不了你了，你的日子还得过下去，以后有什么困难，可以来找我。"

① 丁草胺：除草剂。
② 死做烂做：拼命干活。

秋香以手掩面，泣不成声："我的命怎么这样苦，四十多就守寡，体弱多病，子哩、生娌又这么不孝，往后日子还怎么过下去？都怪我没文化，连甲胺磷、丁草胺都分不清，死了就解脱了，就什么苦都没了，这死鬼，也不带我一起走。"

　　"鬼话，都说好死不如赖活，你怎么就想到死呢？你看玉玉细婆九十多了，冇子冇女 ①，都还活得有滋有味，你子哩生娌冇用，好歹还有两个妹子孝敬你。"

　　"妹子嫁出门了，也有个家，再孝顺也是来有时归有日。"

　　这话倒是说到荣贞心里去了，他轻叹一声，腾出左手把点滴调慢一些后，关切地问："你打算怎么办，还和他们过下去吗？"

　　"你救了我，不让我死，我就准备自家过，作 ② 它一亩田，种些菜，养头猪，再养一些鸡鸭，相信也饿不死。只是我这身体太不争气，今天这儿不舒服，明天那儿不舒服，不然，我也不必看他们的脸色过日子。"秋香说完这些，泪水不禁又扑簌簌滚落下来。

　　荣贞掏出手帕，为她拭干，然后沉着地说："只要你不再寻死觅活就好办，你的身体我来帮你调理。你现在快到更年期了，平时缺乏营养，过度劳累，加上三古头一走，伤心难过，铁打的身体也经不起耗啊。不过，这不是什么大问题，可以调理，这点包在我身上，包你以后会充满活力，年轻十岁。"荣贞说完，嘿嘿笑了起来。

　　"我哪过意得去呀！一直以来都是你在帮助我们家，三古头那死鬼走之前还欠了你不少药费，我都不晓得什么时候能还上呢……"秋香无奈又内疚，并轻轻地抽出被荣贞握得生疼的手。

　　"父债子还，哪有让你还的道理，抽个空我去问他们，有钱赌博冇钱 ③ 为爷哩付药费，不像话！"

　　秋香慌忙阻止："莫想让他们还，他们要是肯出钱，也就不用欠了。你千万莫找，找了也白找，弄不好那不识相的蛮牛还同你结怨。等我身体好些，帮人做小工还你，我都记着了。"秋香哀求道，说着说着泪水又泉涌而出。

　　"我和你开玩笑的。那些钱不用还了，等我去找三古头时，再让他连本带

---

①　冇子冇女：无后。

②　作：耕种。

③　冇钱：没钱。

利地付。你不用老记在心，那些钱，我少买几次排骨就省下来了，放心，我不会向他们要的。"

荣贞面带微笑地望着秋香。秋香感激地抬起头来，一双泪眼刚好碰着了眼前那真诚、怜惜的目光，红了脸急忙掉转头，心里怦怦地跳。这个一辈子安分守己的女人，除了自己的老公，还从未单独和其他男人这么近距离地相处过呢。

平时看秋香就顺眼的荣贞，这时见眼前的人一片腮红，忍不住春心荡漾。他有点冲动了，一只手都伸出去了，但如遭电击一般，在一个闪念中马上缩回，并强力克制住了，乘人之危算什么？！

中医看病的望闻问切，在荣贞这里成为手、耳、嘴并用。先打脉 ①，后用听筒，边听边问发病的时间和缘由。打脉还好，用听筒就让女人害羞了。当他拿起听筒叫女人撩起上衣时，连中年妇女都感难堪，让老公之外的男人把手伸进自己的胸脯，不管是丰满还是扁平，总是件难为情的事。

荣贞一见女人磨磨蹭蹭，就大声骂道："要命还是要面子？我只是帮你听听，又不是想摸你的老奶菇 ②，你那老奶菇松松垮垮的，你以为我稀罕？告诉你，我要是真想摸，细妹子的都能摸到，快点！"

受这么一奚落，女人们只得撩起上衣，听任他把冷冰冰的听筒伸进滚烫的胸脯。当然，他的手随着听筒的移动也不断地移动，浑水摸鱼那是他的职业病，他可以冠冕堂皇地说，在奶菇边上最能听清楚心音。

不少人曾笑问他："荣贞医生，你老实交代，你到底摸过几多嫩奶菇和老奶菇？"

荣贞一本正经地回骂："酸酸夹夹 ③，我是帮人家听心跳，哪是摸人家的奶菇。"

人家哧哧一笑："可有时人家根本不用听心跳的，你也要用听筒，连皮外伤你也听。"

"那也要听听心跳正常不正常。"

"你不听肯定正常，你把松树皮般的老手伸到人家的奶菇上滑上滑下，正

---

① 打脉：摸脉。
② 奶菇：乳房。
③ 酸酸夹夹：酸溜溜，下流。

常才怪。"

也许是荣贞太"敬业"了,一般年轻女人就害怕找他看病,除非是皮外伤,可以坚持不用听筒。

秋香和荣贞相隔不过千米,有个头痛脑热的,当然找他,一是他的医术高,二是药费便宜,再来还可以赊账。

秋香人虽不胖,一对乳房却有一种傲人的丰满,夏天衣服少,轮廓分明,更是呼之欲出。荣贞早就垂涎三尺,每次见到,目光总是情不自禁地飘向她的胸脯。他曾笑秋香老公有手福,不比他行衰运,遇上了一个壁嬷①。他曾遐想无数次,有朝一日能享享手福,死不足惜,后世做牛投胎也甘愿。

在事关胸脯问题上,农村女人和城市女人的审美恰恰相反。城市女人讲究曲线美,常为胸小而无地自容,农村女人却常以胸器出众而感羞耻,又不要喂孩子了,要那么大做什么,难道想勾引男人?扎堆闲聊时,男人总会笑评哪个女人波涛汹涌,哪个女人左突右陷,哪个女人一马平川,用指钳②都钳不出。"太平公主"们则不以为然,还常常引以为豪地拍着胸脯说:"你看,我的跟男人一个样。"

一些大胆泼辣的女人,也敢当众嘲笑那些专注于女人胸部的男人:"奶菇是肉,猪板油也是肉,想摸就作③两斤猪板油,自你摸④,又不犯法。也可以摸自家屁股,一点风险都没有。"

脸皮厚的男人竟也脸不红心不跳地接招:"猪板油油渍渍的,多恶心,屁股臭烘烘的,有啥好摸头。数来数去还是你的好,香喷喷的!"

秋香因为体型丰满,"胸"涌澎湃,曾落下许多男人或欣赏或觊觎的眼神,也沾上了许多女人,特别是那些"壁嬷"的冷嘲热讽,一度令她羞愧难当。自然生长、自然发育的胸脯,竟也成了一个女人的精神负担。

秋香常患病,有时不得不半夜去找荣贞。老公三古头在世时,几乎每次都陪着,倒不是关心秋香的身体,而是防患于未然。他清楚荣贞的底细,宅心仁厚,对病人童叟无欺,但对女病人过于体贴入微。三古头外表老实,心眼却小过针眼,自家的"专利"和别的男人多说笑几句他都不乐意,又哪里容得她

---

① 壁嬷:胸脯扁平得跟墙壁一样的女人。

② 指钳:钳子。

③ 作:买。

④ 自你摸:由着你摸。

与其他男人独处。和胸围出众成为秋香的精神负担大同小异，秋香的长相标致也成了他的思想负担，生怕稍不留神就会让那些心术不正、虎视眈眈的坏男人像糖一样把她放到嘴里吃掉。虽说荣贞在看病时可以浑水摸鱼，但总不能太放肆，如果自己贪睡贪懒，让秋香单独前往，岂非虎口拔牙险中险？何况半夜里头叫醒，这个酒鬼加色鬼不知会有什么举动，说不定迷迷糊糊中会装疯卖傻把别人老婆当自己老婆呢！总之，三古头一万个不放心秋香半夜找荣贞看病，即便白天，只要有空他不辞辛劳都要做护花使者。

自从文书也得了个丫头又不愿抛妻弃女后，荣贞超级郁闷，精神一出壳，简直无所寄托。本非圣人的他，既无法淡定，更经不起负能量的交锋、纠缠，渐渐就改变了人生观，"老夫聊发少年狂"一经发端，便一发不可收，思想和行动统一着玩世不恭起来。当然，在医术上，他还是认真不马虎的，且还在钻研，因此远近闻名，愈老愈值钱。他把出诊当作散心。时移世易，电话在农村渐渐地普及开来，也不用事事上门请医了，只须拨几个数字，就可通话，听完情况他马上答应出诊，除非诊室里有病人走不开。他勤于出诊的动机，除了那个神圣不可亵渎的救死扶伤的崇高天职，还有一个非常小非常小纯属个人爱好的秘密，可以趁着出诊的便利去找相好。也不知他们是怎么好上的，反正那个女人的老公死后，荣贞就一直接济她，慢慢地，两人都犹如蛤蟆跳到蝎子上——欢乐一时是一时。有人还曾目睹他出诊时，钻进她正在拔草的烟田里亲热。

不知从何时始，荣贞开始对招玉百般挑剔，嫌她的胸脯像墙壁，脸像蔓菌①，脚像柴火棍，手像雕爪②，要说还有利用价值，那就是还可以帮他洗衣服，煮饭菜，仅此而已。细水长流的日子处久了，女人在男人的心目中是越来越没有地位，男人在女人的心目中却反之。心里越看重，越得不到重视，女人的性情和脾气就免不了要失衡。招玉没想到和这男人同甘共苦了几十年，到头来却被伤得体无完肤，一狠心，当天就和他分床，睡前把房门闩上，任他拳打脚踢、棍敲石砸，就是硬下心肠。荣贞一屁股坐在凉凉的石阶上，埋头连抽几支烟后，咬了咬牙，搬了块木板，毅然向烤烟房落脚。夫妻俩从此结怨，互不理睬，招玉也不为他洗衫裤，煮了饭菜自己吃，剩下的拌了糠，"咯咯咯""嘎嘎

---

① 蔓菌：山上一种可吃的草菌，叶面上有许多斑点。
② 雕爪：鸡爪。

嘎"地喂鸡鸭。

荣贞见她这样，鼻腔里哼一声："老妇人家一个，有什么了不起？又不是嫩时①还可以做娇②，刁什么难？不让我进，我还不想进呢，只要我愿意，让我进的地方比比皆是，发廊店的年轻妹子花枝招展正等着孔雀开屏呢，还愁腚子③硬了把裤撑烂？"

当然，荣贞不会像那些没品位的男人那样进发廊，他见多了把性病从发廊带回家的男人，有些还是夫妻俩一同来就诊的。如果自己进发廊，染上尖锐湿疣和梅毒等等可不是小事，颜面尽失更不得了。发廊店只是那些饥不择食又腰包空瘪的饿汉们的快餐店，自己这么有名的人与形形色色的性饥渴者同流合污、沆瀣一气，岂不让人笑掉大牙？周围的寡妇和骚妇多得很，要想得到她们的心和身体还不容易？特别是那些寡妇，死了老公又遭儿子儿媳虐待，正愁没个男人疼，只要我拿一盒蜂王浆，顶多再加一条高丽参，就能让她们乖乖地躺在身下，听任我带她们去神仙谷，何必贼眉鼠眼去发廊，鬼鬼祟祟回家中？

荣贞虽然这样想也这样说，但还是有原则的，对那些有夫之妇，只是远观，连手福也只能在她有病需要用听筒时，于正规操作过程中小小享受。他只关注那些寡妇。经受了那么多苦楚的寡妇，只要有人稍加关心，多半是会在感激和受宠若惊中解放思想，半推半就的。时代在变，贞操观也跟着变，反正如今的女人搭男子再不会被装猪笼沉塘，也永不会上雷公尖了。贞节和面子一样，能值多少钱一斤，既不能当饭吃，也换不来日常生活用品，穷得身上没个刮痧钱，那才冤枉！之所以不去惹那些有夫的罗敷，是怕她们的老公知晓了会来拼命，而寡妇就不同了，子女一般都不干涉母亲的事。俗话说"偷捉鸡都要一把米"，男人搞女人，就像乡下人搞粄子④，没油是脱不了锅的。

牡丹花下死，做鬼也风流。男人的花心观，从古至今，却从来没有变过。

荣贞怀着一种老婆不理自有人理的心态，用接近妇女的天赐良机和大小补品，赢得了村头村尾寡妇的青睐。一时间，便有人在背后议论新产生的桃色新闻，招玉却与天下所有的女人一样，逢事变傻。她还纳闷了，这老家伙，这么久了怎么还心甘情愿睡烤房？

---

① 嫩时：年轻时。
② 做娇：撒娇。
③ 腚子：男根。
④ 搞粄子：一种米汤做成的粄食。

人老心红的荣贞，把相好过的女人比了比，觉得都不如秋香迷人。原先自定清规，为防被人打死在风流床上而不去想有夫之妇的他，竟然不由自主地对秋香浮想联翩，只因为三古头的存在和警惕，平日压抑着自己，连看都不敢多看，担心引起争端和是非。

有一次，秋香胃痛，找上门来。荣贞刚拿起听筒，三古头就从门外匆匆赶来，上气不接下气地问："她就是胃痛，还用听吗？"

荣贞的自尊心受到了莫大损伤，双目一瞪，吼道："你是医生还是我是医生，不听怎么晓得是什么痛，你说胃痛就胃痛，出了医疗事故谁负责？你老婆是人还是猪狗，敢大意吗？"

三古头的短短一个问，换来荣贞一顿语气激烈的抢白，他就闭了嘴，靠在墙壁上闭目养神，一会儿竟起了鼾声。

时值冬日，衣着不少，荣贞趁三古头打瞌睡的当儿，用拇指和食指捏住听筒，肆无忌惮地让其他三个手指尽情享受特殊待遇。听筒随着他的手上下、左右移动，秋香的胸脯都成"移动公司"了。秋香脸红心跳，偷偷躲闪，但他岂能放过，她又哪能躲过他那娴熟的手法？秋香头都不敢抬，心跳加速，脸上滚烫滚烫的。荣贞再有贼胆，再想玩灯下黑的刺激，也得顾忌那个活生生的男人在旁，很快，就一本正经地起来。

"奇怪！"荣贞皱了皱眉。

"怎么了？"秋香问。

荣贞看着秋香："奇怪，心跳很不正常，你还有什么地方不舒服吗？"

"就是胃很痛，现在全身都很热，可能又发烧了。"

"这就对了，难怪心跳不正常，可能是发烧的原因，等下量一量体温。"荣贞说完，恋恋不舍地把手抽了出来，真是送君千里终须一别啊，再刺激，再难舍，也得挪开，总不能把手斩下留那里。

荣贞装模作样地听了秋香的心跳，本来正常的倒被听得不正常了。当他把体温表递到秋香手里叫她夹在腋下时，秋香都不好意思了，心里说，只要你的手抽出来了，我的体温也就正常了。

过了一会儿，荣贞叫她把体温计拿出来，戴上老花镜举到灯泡前认真看了一下，说："三十八度五，轻烧，我开点退烧药，再开点胃药就行了。"

三古头努力睁开双眼，关切地问："发烧不用打针吗？打针好得快。"

荣贞斜睨了他一眼："不是太烧不用打针，吃点药就行，回去你不给她'打针'就行。"

三古头笑了："荣贞叔，你也老酸①，都这样了，还敢'打针'？"

其实，荣贞并没有开退烧药，他心中有数，秋香全身发热是被他害的，她是在发骚，而不是在发烧，那时她刚四十出头呢，俗话说，女四十，如虎狼。

那夜，送秋香夫妇出门后，荣贞青眼到天光②，脑海中不时呈现刚才情景。

那夜，回到家的秋香，又岂能睡着？

那些年，秋香身体频频亮红灯，儿子还在学堂，两个妹子刚出嫁，所有的重担全落三古头一肩，生活非常艰辛，油水严重不足，两月不闻肉味也是常事。家里养的鸡鸭除了过年过节，平时都舍不得吃，卖了缴儿子读书费，还要买化肥、农药，连个鸡蛋都不能轻易落肚，实在太累了，冲上一碗糖开水，夫妻你一口我一口喝了，就觉得来劲了，雄板③了，目珠都光了④。

长年累月的超负荷，一年到头的营养不良，三古头的身体损耗严重，在夫妻生活上也如蜻蜓点水。三古头很懊恼，有时无比期待能像新婚燕尔那样轰轰烈烈大干一场，重享云雨之娱，却总是心有余而力不足，四十出头眼见就要刀枪入库，马放南山。

一次趁诊室没人，三古头硬着头皮，红着脸期期艾艾就说了这事。荣贞让他学喝酒，说酒可强身健体，通筋活血，并要他加强营养，注意劳逸结合，切莫甲死命做⑤，一日的事分到两天做，就有体了⑥。三古头把荣贞的话当圣旨，一切照办，一段时间下来，真觉得雄了起来，白天夜里做事都觉有劲了。

一来二去，荣贞对秋香的病情了如指掌，其实只须秋香口述他就可以对症下药，但职业病和好奇心，却总是让他忍不住想去接触一下秋香的胸脯。他对听筒的作用也很庆幸，有听筒作掩护，嘿嘿，就可以名正言顺去探索了。

乡下人不懂珍惜身体，吃得动走得动就得做，生活越困难就越做，越做身体就越差，死做烂做就把健康做掉了，再后来就把命做掉了。三古头就是这

---

① 老酸：讲下流话。

② 青眼到天光：一夜未眠。

③ 雄板：雄壮。

④ 目珠都光了：眼睛都亮了。

⑤ 甲死命做：蛮干。

⑥ 就有体了：就有好身体了。

样一个人。他身体刚有复原气象，却又开始不分白天黑夜、田里家里地辛勤耕耘。他哪能偷懒呢，刚还清儿子读书时的借款，又为娶儿媳添新债，两年后有了孙子，债台再筑。为还债，他连酒都喝不起了，白糖水都成了奢侈品。有做没吃，有吃也只能吃上一些自产货，要花钱买的，就莫去想了。嫁出门的妹子过意不去，有时回娘家会称上一斤猪肉给父母解馋，人多，结果是越解越馋。要是条件允许，三古头一个人就可以把一头猪消灭进肚。

三古头年届半百，生日还没做，就让阎王给收走了。秋香悲痛欲绝，原本身体就林黛玉似的她，这下连扫地、洗衫煮饭之类的事都得自己来，一动就去了半条命，田里地里更是力不从心，三天两头看病。儿子、儿媳连药费都不付，还经常骂她药钵子。

此情此景，她不寻死又能如何？却有人不愿意她死，还要给她活的光明。

秋香经荣贞调理一段时间，又吃了无偿赠送的补品，体质大有好转，又能正常做事了。儿媳丽花感到奇怪，一日趁她出门，偷偷溜进房间，从一个箱子里翻出几盒脑心舒口服液，气就不打一处来，冲到老公富生面前叫嚷："你看看，你看看，你娭哩多晓得享受，家里欠人一屁股债，她倒好，把营养品藏起来当饭吃，一买就是好几盒！"

富生瞪大眼睛，接过来看了又看，而后说："她平时连个鸡蛋都舍不得吃，不可能这么舍爽①，可能是两个阿姐买的吧，这段时间她不是一直身体不好吗？"

"身体不好？我看她是诈生诈死，想人思谅②，你两个阿姐都三四个月没来了，怎么会买这些贵重的补品给她吃，以前怎么没见她们买？分明是她平时存了钱，不拿出来贴补家用。"

富生一向怕老婆，不敢怒也不敢言，美溪村名列前茅的妻管严。

丽花搜出婆婆私藏补品的罪证后，本就视之为累赘的她，坚决要求分家。秋香一听，泪水打湿了枕头，她不敢说那天喝农药寻死被荣贞救下之事，更不敢解释这是荣贞的心意，寡妇门前是非多，要是让人家晓得了，流言蜚语会把他击垮的，自己是个苦命人，人家怎么说也无关紧要，而他是个有名气的医

---

① 舍爽：舍得，大方。

② 想人思谅：希望人家可怜。

生，又那么热心、善良，可不能害了他。

富生担心和母亲分开过会遭受邻里乡亲指责，企图说服老婆："丽花，伯①刚死不久，姨娅②身体又差，现在就和她分开过，是不是太过分了，不如等……"

"你认为过分，你就跟她过，我死都不跟她一起过了！"丽花呼的一声站起，带起一股强风，把富生的衫裤都掀动了。她怒气冲天，咚咚咚上楼，把楼梯板踏得震天价响，进房后又是"砰"的一声。

整座房子都震动了，瓦缝里、楼隙间的积尘纷纷扬扬掉落，像是一场多年未降的黑雪。秋香和富生不同程度地感受到了地震的威胁。

荣贞听罢秋香的哭诉，更生怜悯之心，除了语言上尽量给予安慰和开导，还给她补品，并送上一些生活资金。

冬日里的秋香，心里暖烘烘的，仔细一想，心里也豁然开朗起来，自己比玉玉细婆少了几十岁，还愁以后的日子不好过吗？就是种菜卖，也能养活自己，分家就分家，我一人做来全家饱，我就不信，我会讨食到你们面前！

秋香答应自家单过，丽花暗自高兴，但又不忘提醒："你想好了吗？可别说是我们逼的，以后人家说什么啰唆怪话，你要出来做证。"

富生心里却不甚情愿，和母亲一块过，他完全可以在农闲时睡到太阳晒屁股，一分开，就再没那个福了，除非病得下不了床。他有时也恨丽花过于绝情，却从不自省自己对如斯绝情的培养和纵容。

火车开到马路上

对荣贞旷日持久的关照，秋香心存感恩。三古头在世时，荣贞这份情谊就与众不同。三古头看病没少花钱，但荣贞只收了一些，后来欠下的，在他死后既不向她追讨，也不让她提起，荣贞说就权当买烟、打酒了。

秋香少不了客气话，荣贞却说："客气什么，邻里乡亲几十年了，互相照应是应该的。你想开了就好，身体好比什么都强，你正后生，往后的日子只会

---

① 伯：父亲。

② 姨娅：母亲。

越过越好。"

秋香只觉眼眶里一片潮湿，调整了一下心绪后说："吃了你送的补品后，明显有精神了，暗晡①睡目不会老醒了，也不老起床小便了，以前一夜晡②要起来好几趟呢。"

"这就好，你把这些补品先吃完，然后再打几天营养针，只要你不再愁闹③，保持好心情，保证会一日比一日雄，保证以后行路④衫尾都能打死狗⑤、老虎尾巴都拖得住。"荣贞说完，嘿嘿地笑了。

"又送补品又给打营养针，这要多少钱啊，你就不怕我还不起吗？"秋香心有不安，一只手在反复地搓弄衣角。

"放心，花不了多少钱，我按批发价给你，手续费都不算。"为了让秋香安心打针，荣贞故意这么说。其实他哪里会收她一分钱呢，他还从口袋里拿出一沓十元左右的零钱塞到她手里，说："诊室里人来人往，你把这些钱先收下，到时我算了账你再当众给我，就不会有人说闲话了。"荣贞只给零钱不给"百老"⑥，是因为像秋香这样的困难户，不太可能有大钞。

荣贞什么都想到了，他的细心和柔情让秋香再次流泪。老公在世时，虽然事事顺着她，重担苦活都任劳任怨，但体己话却难得听到，秋香再烦闷，他也不会逗她开心。

见秋香日见日雄，原先苍白如纸的面色也红润了，见者莫不奇怪。有人开玩笑似的说："以前她总是三日吃药四日打针，老公死了反而来精神了，难道有男人惹乱⑦她真受不了？"

就有人接口道："这有什么奇怪？本来身体就差板⑧，营养又跟不上，日子头⑨在田坎地头做牛做马，夜里又得让男人上身，哪里能好？别看她老公瘦猴似的，听说那方面却很旺，累得半死夜里都爱作业一次。"

---

① 暗晡：夜晚。

② 一夜晡：一晚上。

③ 愁闹：伤心。

④ 行路：走路。

⑤ 衫尾都能打死狗：形容走路风风火火、有力气。

⑥ 百老：百元大钞。

⑦ 惹乱：捣乱，这里指男女情。

⑧ 差板：差劲。

⑨ 日子头：白天。

"你讲来我也不信，每日做生做死，再雄板的人也爬不上去，半年吃不到一块肉，那东西能有精神？"

"这是三古头自己说的。"

"他跟你开玩笑，你也信？"

"三古头是个爱面子怕跌股之人，看他日子头做事就不像个雄板客，夜晡头的'生意'也绝对做不好，能蜻蜓点水就不错了。"

"听说他以前经常买动物腰子吃呢，牛腔①壮阳，狗鞭补肾，他真有那份能耐，还买这些东西干吗？要不是秋香多病，说不定早就寻野食了。"

大家你一言我一语，话题全围绕秋香转。

秋香病恹恹时大家评头论足，现在身体好转、面色红润、看似年轻几岁了，大家又琢磨起来。才半年多工夫，就判若两人，的确令人费解。

世上有花心男必有蠢妇迎合。面对荣贞，贫困如洗的秋香想到的是用身体知恩图报，哪里还会想到什么贞节和礼义廉耻。一切都是水到渠成，谁也没把谁怎么着。

人过中年，招玉就一直想着开铺②。她太讨厌他的呼噜声了，也太怕闻他口中喷出的烟酒气了。她经常被他又吵又熏弄得睡不着，有时真恨不得一脚把他踹下床。荣贞说，你要是和我开铺，我就去吃杂③。招玉只好强忍着和"猪哥"同床共眠。

更年期一过的招玉，让荣贞越来越受不了了。她一不高兴就拒绝荣贞那个依然旺盛的生理需要。几次在招玉身上碰壁后，男人的自尊让荣贞恼火，男人与生俱来的欲望进而让他想七想八，寻找突围之路，他开始把目光和心思放在了本组的寡妇身上。

上回招玉忍无可忍地和肆意作践自己的荣贞大吵一架后，立马分床。荣贞气恼不过两天，就发现其实给了自己许多方便，他可以以出诊为由，在寡妇家过夜，天蒙蒙亮就回家，碰到人就说出诊或说在病人家守夜。反正理由随他编，这样的理由虽不可全信，但也不可不信，患者病情严重，负责任地守在身旁观察，是医者之责，也是常有之事。

---

① 牛腔：牛鞭。

② 开铺：分床睡。

③ 吃杂：找其他女人。

分床后，招玉的耳根倒是清静了，却给了人家方便，秋香就是其中之一。

和荣贞好上后，秋香算是明白了什么叫生活，什么是高质量的性爱。她一下子回到了刚结婚时的日子，一天不见荣贞都不踏实了。

荣贞亦如是，而且冲着美好的生活，还决定在离家几百步远的空地上建栋房子作为诊室。此处交通好，几个村的人到镇里赶圩都要经过，荣贞早就以低价买了地，本来打算留给文星、文宝的，但他们都不愿笑纳。荣贞起先也不想再扩大医疗室，一来担心忙不过来；二来自己毕竟上了年纪；三来，也是最重要的原因，自己已是"绝孙"之人，为谁辛苦为谁忙呢？但秋香的投怀送抱，改变了他的既有看法。在家偷情固然刺激，但几次下来，总觉不便，内心有个阴影，感觉一切都在招玉的监控中。虽然他们已开铺，荣贞在烤房里睡了几夜后，就自己动手在诊室隔壁收拾了一间房，置办了棉被、蚊帐等一床东西，大家笑他跟新婚一样排场。而这房里的新娘，当然只能是秋香。不方便的心思一起，荣贞就又盘算在那里建新房的好处：新房——不，应是新医疗室，建好后，他和秋香近了，秋香来看病或约会不用再经过别人的门口，最关键的是可以脱离招玉的监视。

秋香本来就不错，只是生活把她折磨成药罐子，现在让荣贞调理好了，精神起来了，浑身上下散发着成熟女人的韵味。荣贞心花怒放，觉得钱花得真值。他恨不得把她娶回家，就是不让她做事，也可以将她养得白白胖胖，只是，现在不兴讨小，要是时间可以倒回到解放前，那该多好，现在怎么就要实行一夫一妻制呢？

荣贞和秋香在一起，像是泡在蜜罐里，眼福、手福、口福应享尽享，而以前只能望梅止渴。看到荣贞在自己硕大、洁白的胸脯前流连忘返、口水涟涟，秋香含羞地说："四十多岁的人了，还这么大，真羞死人了。"

荣贞咽了咽口水，目不转睛地看着她说："妇人家没个招牌那还是女人吗？莫听她们的鬼话，乡下女人就是愚蠢，以为有招牌是件坏事，你这算大吗？城里的女人还要用丰胸乳呢，乡下女人以为冇奶菇①是件光荣的事，其实有奶菇才是女人的骄傲！"

荣贞还让秋香看了几回"做女人挺好"的丰胸广告，秋香说："城里的女人就是开放，那些话也说得出口。"

---

① 冇奶菇：乳房扁平。

听了，也看了，秋香安心了，不再为自己的波涛"胸"涌而害臊、烦恼了。

秋香一有空，也情不自禁地往诊室跑了，看到招玉还会主动打声招呼："招子娓，吃哩吗^①？"

招玉见她来了，言语不冷也不热，内心里是不太欢迎的。她最讨厌寡妇，荣贞以前老在大家面前说笑话，说去发廊不如去找寡妇。那天，招玉亲眼见秋香掏出一个小钱包，拿出一些零钱付了药费，却哪里知道这些钱的来历。

一些无聊之人见秋香也有空来荣贞家了，就说："秋香，你怎么也有空来这里玩了？以前除了看病，并不曾见你来这里拉家常的啊。老公当神仙去了，你倒晓得享受了，真是难得。"

秋香大大方方回应："现在我想通了，以前日做夜做，也不见得富裕，反而把身体做坏了。我老公如果不是太爱做，也不至于这么早就走了。现在我一人做来一人吃，还用得着日见天光做到暗吗？命长才能吃到饭，我不会再做傻瓜了。"

秋香心情好了，说话也不再有气无力了，和以前真是判若两人呀！大家甚是奇怪。

秋香和荣贞约定好了，有空就来，也和大家一样说笑，大家回时也回，到了家门口再转回去，这样就不会引起别人的怀疑。招玉睡楼上，等到那时，早就做梦捡钱了。

一日，招玉担水去菜园浇菜，不慎扭伤了腰，痛得厉害。回家路上撞见钟荣生，他见状就笑："叔娓子^②是不是让我叔哩老弟^③压伤的？"钟荣生有点像金庸笔下的周伯通，连称呼都是特别的，辈分年龄一块叫，大家都说他这是鬼叫法，但荣贞高兴，也学他的样，叫荣生老伯侄哩^④。有人说他们是一对老颠牯^⑤。

招玉一听荣生取笑，就皱起眉说："我们早就开铺了，哪还会做那事，都什么年纪了！"

---

① 吃哩么：吃了饭吗。
② 叔娓子：姐姐。
③ 叔哩老弟：比自己年纪小的叔叔，也称老弟叔。
④ 老伯侄哩：比自己年长的侄子。
⑤ 老颠牯：老疯子。

"开铺了？"荣生像是听到了一个大新闻，紧接着说，"你们怎么可以开铺？我叔哩老弟想得着你时，他要上楼多辛苦，上得楼来腿都软了。你们还是睡一起的好，这样既可以互相取暖，又方便些。我老婆还在时，我绝不准她和我开铺，说你睡哪儿我也睡哪儿，这辈子就是要同床共枕。"

"他都把我嫌得没一点好了，说看到我就目珠乌三寸①。再说我也讨厌他打呼噜，闻怕了他的烟酒臭味，得常②青眼到天光。我真不想和他睡一床了，一个人睡多好，翻来翻去都可以，冇人③惹乱，可以一点目到天光④。天气冷时有电热毯，还愁冻坏吗？自由得好，想睡就睡，想起就起，无人干涉！"招玉倒出的都是大实话。

年轻时，荣贞荷尔蒙分泌强烈，经常不顾时段地干扰招玉的作息时间。人家事情还未做完，他却要她上床了。人家急着起床做事了，他又扯着她要求配合工作。招玉配合完，还是得马上起床，顿时就觉得头重脚轻了。更讨厌的是，小家伙还没睡熟，他就急着要，还霸王硬上弓。天气晴朗，他却骗她说下雨、落雪。有一次招玉信了他，陪他多睡了一会儿，起床却发现晴空万里，好在已分田到户了，不然又得面对生产队长的黑脸、扣工分了。招玉对荣贞的这副德行，烦透了，却无可奈何，他却恬不知耻地说，什么事有比那事儿急？儿女们还小时，所有大事都靠荣贞，招玉就像鼓肚的蛤蟆钻喇叭——忍气吞声。荣贞以前有岳父母护着，为这个家添儿育女功劳不小，像个坐家正屋⑤的人，招玉倒像个受气的儿媳。荣贞在热心助人方面特别像老丈人秀贤，"深挖洞，广积粮"备战那阵，当地政府缺乏药源，派荣贞去各地采购中草药，他因此又认识了一些医生，虚心请教，中西结合，医术突飞猛进，一下子就窗户上吹喇叭——名声在外了，招玉更要加一个心肝看待他了，这一忍就是几十年！这些都是众所周知的事，大家也都说招玉忍得值，"像荣贞这么优秀的男人，忍一生世人⑥都抵得"。

人过中年万事休，对一个农村女人来说，什么事都休不了，照样要做，

---

① 目珠乌三寸：看不顺眼之意。

② 得常：经常。

③ 冇人：没人。

④ 一点目到天光：一觉睡到天亮。

⑤ 坐家正屋：不像入赘。

⑥ 一生世人：一辈子。

但就是可以休了性爱。招玉也不知自己的性冷淡肇始于何时，只知绝经后，就像含羞草一样害怕被触碰了，实在无法拒绝合作时，也让荣贞有奸尸般的感觉。荣贞给她调理了好些时候，不知是不是她故意不配合，总不见效，一代名医竟栽在自己的婆娘手里，能不窝火！

这样清汤寡水、风平浪静的日子，过得人心都涣散了。

早就烦透了的招玉，听到丈夫那么多作践自己的鬼话，有的竟然就在大庭广众胡说，她终于反抗了，仅有的利器就是和他分床。这一分，倒给荣贞创造了不少机会。一日到夜忙不停的招玉，吃过晚饭，洗刷完毕就上楼休息，睡着了被人扛到粪坑里都不晓得，又哪里会去管荣贞的什么破事，明天早晨起来还能头脑清醒、手轻脚便，于她就是最幸福的事了。

荣贞后来连自己都觉得有点变态，说话做事令人费解，对大家都好，唯独对招玉相当苛刻，还把"绝孙"的罪名安在她头上。"叔哩老弟你这就不对了，招玉嫲也希望有个孙子见面啊！"荣生为此说了荣贞几次，但荣贞虎着脸回话："老伯倕哩如果想喝我的茶、抽我的烟，最好少在我面前放炮。"

荣生是荣贞最接近的人，他不能劝，还有谁敢劝？

荣贞和哪个寡妇有感觉了，心情好时，也会向荣生炫耀。荣生笑他："又搞上了。"他嘿嘿一笑："没有，还没搞到手，正朝计划前进。"荣生就晓得他其实已得手，只是不好明说。

"小心点啊，莫让人家子女晓得了打断你的脚骨，莫让叔娌子晓得了割下你的衰雕，到时就要像妇人家一样蹲下屙尿了。"

色胆包天的荣贞岂能听得进金玉良言，小心当然会小心，只是他不相信有哪个敢对他下手，本组哪家哪户不曾得过他的恩惠？

荣生也深知他色心难改，所以要招玉别和他分床，但又不好直说。他虽然长她十几岁，但她毕竟辈分高，又是个母的，和她说话不能同荣贞说话那样可以横着竖着。

看到秋香也去荣贞那串门了，尽管他们一副相安无事状，但荣生一眼就看出他们心中有鬼。他想，秋香能够搭上荣贞，好日子坏日子都有的过了，如果"地下工作"做得出色，好日子就长，一旦露馅，不但要担许多骂名，招玉还定然杀上门来讨伐。招玉之所以能忍，完全出于对父母遗命、对荣贞淫威的屈从和依赖，现在父母离世了，子女们都在外成家立业，生活也好了，她还愁什么？荣贞做出这样的事来羞辱她，她还能忍就是脑子不正常了。

荣生还担心，倘若东窗事发，别说招玉，丽花也会把秋香羞死，丽花和招玉一样，可都是不好惹的人物。

丽花跟踪婆婆

秋香的变化已然引起了儿媳丽花的注意。

原先堪称林黛玉山寨版的秋香，如今脱胎换骨一般，不能不引起大家的关注，而且这样的关注都往那个和"野食"联系的方向想。丽花不仅也这么想，还暗中观察，越观察就越明显，婆婆常去荣贞家，以前她几乎是大门不迈、二门不出的，现在则一日不串门都不行。

一日，丽花也跟着去了荣贞那儿。和往常一样，诊室的厅堂已有不少人在那里说膣讲腟①了，男女都有，但像丽花这般年龄的女人就稀缺。丽花怕人笑话，借口最近胃不舒服来拿药，荣贞就给开了几个吗丁啉和雷尼替丁。

虽然那些上了年纪的人见丽花来了故意把荤段子说得更出位，令丽花听了浑身起鸡皮疙瘩，但为了释疑解惑，她还是忍住了。其实，到了那种场所，如果马上拍屁股就走，有人反而会笑她是被黄色笑话撩拨得浑身起火了要回家找老公解决。说黄话不得罪人，更不会犯法，还可以让大家笑得泪涕交流、屁滚尿流，这就让许多人乐此不疲。丽花还不到那个无所谓的年纪，自然羞于为伍。

荣贞是个当仁不让的老手，出口的黄段子曾让大家差点没笑死，但在秋香面前他却忍着，丽花在场，他更要忍，在后辈人面前收敛一些是对的。其他中老年人就不管三七等于几了，该说，该笑，连几个"老油条"都被说得脸红心跳，丽花更是如坐针毡，浑身火烧火燎，要不是报复心和好奇心，侦查工作真想就此罢休。哼，以前总在我面前大骂别人淫，今天某某偷男子，明天某某被男子偷，没想到自己的屁股也不干净。丽花就是要看秋香如何撅屁股，她恨极了秋香那口口声声的逍嫲②，知道这里就包含自己的母亲，她更晓得婆婆是故意骂给她听的。

---

① 说膣讲腟：说男女性事。
② 逍嫲：淫妇。

丽花的父亲是个老实得连天上掉钱都不敢捡的主。有一次下城赴圩，看到地上有张五元纸币，他非常想据为己有，就用脚踩住，东张西望了几分钟，见四下无人，咬着牙鼓起勇气蹲下拾起，然后拔腿就跑，一口气跑了几百米，实在跑不动了，才停下，喘着气回头张望，当确定没人追过来时，才露出灿烂的笑容，小心翼翼地松开搓紧的拳头，见纸币皱巴巴地躺在自己汗津津的手心，着实为自己的勇敢喝了一阵彩。高兴过了头，竟然忘了老婆叫买的盐和洗衣刷子，中午回到家，没盐煮菜，只好跑去人家那里借了一勺。更糟糕的是，他鼓起莫大勇气、冒着生命危险捡到的大钞，连同出门前老婆给他买东西的两元钱，居然一并被老婆没收，连个角儿都不奖励，这让他心里异常失落，无精打采了好几天。

丽花的母亲虽是二手货，却强悍出众。娘家势力大，三哥二弟，外加两个阿姐，都是数一数二的人，野蛮又心狠。丽花母亲生活与众不同，总爱勾三搭四寻求刺激，结婚不久就勾搭上了邻居，事情败露后，让婆家扫地出门，其时已有孕在身，连她自己都不清楚是谁的种。眼见她肚子越鼓越大，娘家人怕出丑，更怕把这个生肖注定属虎的野种生在家里。迷信的说法，肚里的孩子如果肖虎，在娘家落地，势必让娘家连年不顺，甚至招致天灾人祸。依据老传统，如果把孩子生在娘家，那么一定得给娘家上红，上红就是剪一尺九或二尺九的红洋布挂在大门和厨房门上，一人再一个煮熟的红蛋，这样方可确保平安。可，她现在是被婆家扫地出门的人，而老虎，是吃肉饮血的大王，谁不害怕？因此，她就被娘家当作破铜烂铁、鸡毛鸭毛一样低价作售了，更确切一点地说，是买一送二，只不过那时还没有这个时髦的说法。

彼时，丽花的父亲年过三十，人黑得跟松光节①一样，一月不刷牙，三日不洗身，说上几句话就流口水，喷出的气味足可把人熏得像是喝了一斤高粱酒。这副尊容，加上家徒四壁，人又死古老实②，除了一身死力气，再无丁点可人处，生命中的另一半，于他还能不是梦想？他是独子，父母怕断了香火，死后无人祭挂，听了丽花母亲的情况后，像是天上掉馅饼，花了点钱马上请人去说媒，哪里嫌她贞不贞节不节，只要能让儿子完整，延续家中香火就行，就算肚里的种是别人的，进了这个家，就只能跟自家姓。双方一拍即合，于是，

---

① 松光节：有松油的树块。

② 死古老实：老实过头近乎迂。

这只现蛋鸭嬷就有了容身之地。

只是，这只被低价出售、限价收购的花鸭嬷①，哪里看得起眼前这个要钱没钱、要身材没身材、武大郎一般猥琐的男人？她从不把这个还是童子身的男人当老公，心中更无他的位置，嫁给他，只是寻求一个能为世俗光明正大接受的落脚点。他是她的劳动工具，她是他的最高指挥官。他晓得她有野食，但无权也无力制止，只有让她自由活动，顺着她，才可以偶尔被允许行夫妻之道，不然就只有睡柴火间，可怜的男人！

每一个不曾出墙的月份，都是对春花的辜负。她开花频频，结果连连，但除了丽花，另外几个连蛛丝马迹都看不到丈夫的影子。据旁人的火眼金睛分辨甄别，带胎来的男孩是那个邻居的，丽花的姐姐是本队队长的，二哥是本队会计的，丽花才是这个老实头子的种。

难怪他们家一直不缺粮不差油，原来有人在暗中接济呢！淫妇的背后骂声滚滚，周围有个淫妇，的确会使其他女人比男人更是夜不能寝，谁不担心自家男人也着了她的魔法背叛家庭呢？大家莫不从心里讨厌她，排挤她，防着她，也防着老公出轨。

那个老实头子心知肚明，想的却是，孩子像谁都没关系，反正他们总是叫我爸，总是在我面前长大，我死了也只能为我挂墓头。讨厌的是，从她肚里爬出的子女，不论是男是女，都像极了他们真正的父亲。这让不同的播种者都不免尴尬，本乡本土的，抬头不见低头见，见了自己走穴播出的种子，却不敢相认，甚至眼睁睁看着自己的种被人有意打了或指桑骂槐了，却不敢声援，情何以堪？

事情已经昭然若揭，大家一齐鄙视她，怒骂她，作弄她，而她却面无愧色，在孤军作战中还想着把一个个对手打下去。

"我有人要，说明我样样都比你们强。你们躺在大街上都没人稀罕，这才跌股！你们气不过也可以找男人呀，实在找不到就来我家，我老公也不错，他有的是力气，也肯定不会嫌弃你们。你们跟他好了，以后有担子扛不起，就可以找他，我绝不干涉，我大方着呢！"

"你当然大方，不大方能让那么多男人上身？我们宁愿小气，苦死也不在老公以外的男人面前脱裤。"

---

① 花鸭嬷：母鸭。

她不以为耻反以为荣的言行举止，像是石头扔粪坑——引起了公粪（愤）。一传十十传百，她成了一个远近闻名的"臭屎鸡"，跟哪个男人说话，就被那个男人的老婆骂一阵。因此，她也在实战中练就了嘴功，窝藏了一肚子的骂人脏话。为了自卫，为了生存，她必须要有一身的英雄虎胆。不过，她还是防不胜防，不是今天鸡鸭被偷，就是明日菜让人踩了。她像母老虎一样奋不顾身地和暗算者浴血奋战，却被团结一致的暗算者们及其联盟打得鼻青脸肿、狼狈不堪。在这样的场合，老实头子保护不了她，那些占了便宜、爬过她肚皮并播过种的男人更是说不上一句话。她为此伤心，孤立无助中常常流泪到天明，哀鸣人情如纸。

丽花渐及长大，听了母亲的不少风流韵事，气恼异常。母亲狼藉的声名，常令她无地自容。出嫁后，她很少回娘家，深深厌恨着母亲，对老实巴交的父亲，她说不上爱，最多是一丝同情。每当听人家说骂起那些淫妇，丽花心里都很不舒服，觉得她们出口的话，句句都是冲她而来，甚至她听得出她们骂的就是她。虽然性格遗传了母亲，但她一直以来都循规蹈矩，一直到今天，人生的火车轮还不曾越轨到马路上。

"花鸡嬷养花鸡子①"，短短七个字，却像长长的钢刀利剑，直刺她的五脏六腑，刀刀见血，令她痛不欲生。再次听人说起这些事，她都逃之夭夭，像是犯下了滔天大罪。由是这般，她一年不见母亲，都压根儿不想。

因为母亲的影响，丽花在夫家村里也成了可怕的必须防备的人物，仿佛她随时有可能成祸水。公公活着时，丽花在家里自卑得很，有人来家，只要听到那样的话题，她就坐立不安，心跳失调。秋香曾私底下叮嘱儿子富生要注意丽花，预防她学其母歪样。"我们家可是个吃夹青菜也要吹冷了的正经人家"，这是秋香说给富生听的，丽花不是傻子，当然能听出弦外之音。现在，公公离世了，而秋香又迷雾重重，丽花当然不会放过报复之机，她一定要查清真相，为自己出一口压抑多年的恶气。

丽花忍辱负重，耐着性子和大家一起在诊所喝茶聊天。大都是升级做了爷爷辈的人，就她一个后生，的确不自在。她若无其事地对两个嫌疑犯察言观色，但他们一如既往，正常说笑，一点可疑迹象都没有。丽花一无所获，跟着大家散场，一言不发地跟着秋香回家。

---

① 花鸡嬷养花鸡子：品行不正，有其母必有其女。

秋香进了房，洗涮完，"叭"地关了灯，打两个哈欠后就悄无声息了。

爱情常让智者犯愚蠢，偷情却让傻瓜变聪明。

婚外情牵着"地下斗争"，让秋香变得灵活了许多。丽花眼光里流露的气息，以及反常的举动，自然也引起了她的警惕。她提醒自己要小心为妙，不能回到家又马上去和荣贞接头，撇开那些人容易，但家里这个尾巴可就有点麻烦了。这可是同一个屋檐的人呀，自己就在她眼皮底下过日子，一举一动都在她的那双贼眼中，能大意、能放肆吗？

秋香是吃五谷杂粮长大的，丽花当然也不是吃屎大的，比心计，秋香岂是对手？她决心要把事情弄个水落石出，就一定会不辞辛苦当好侦探。

秋香关灯时，她也熄灯诈睡。富生搂住她，把手伸进她肥嘟嘟的胸前，她一下推开。他又强伸进去，她轻声骂道："再耍流氓我把你的狗爪斩断！"

富生一点也不恼，说："斩断了我的手你就得服侍我一生世人。"

"想得天真！"丽花一边骂，一边竖起耳朵听楼下的动静。

富生眯着眼说："睡吧，不要跟踪了，有意思吗？"

"我跟不跟踪关你屁事，我又没叫你跟，你想睡就睡。我不把事情搞个水落石出，决不罢休。她平时老骂人家道①，自家装贞节，老公死没多久就受不了，我看她以后还怎么装，我要替我娭哩报仇雪恨。"丽花压低声，咬牙切齿地说。

"她又没骂你娭哩，你报什么仇？"

"她是没指名点姓骂，但她心里不知骂过多少回，就她那条歪肠子，我会看不透？"

富生张口想再劝，但情况来了，丽花拿手肘碰了碰他，凑近耳边命令他快认真听。

富生就竖耳听了，他分明听到母亲的房门"吱呀"响了一声，很快又"嚓"地响一声。这一开一关的声音，让他心里咯噔了几下，难道母亲生活作风真有问题？继而又自我安慰，说不定她是出去拉大号。这么一想，心里又轻松了些，还念叨着，妈呀妈，你可千万别做出让我难堪的事，你要是不守妇道，让我怎么出去见人？

---

① 道：放荡。

"快起来，和我一起见分晓。"丽花再次下达命令。她要让富生亲身体会，如果不亲眼看见，他是不会相信的，百闻不如一见，那就别让他缺席，以后才不敢老说我爱嚼舌根，搬弄是非。

"别跟踪了，说不定她是去粪坑^①，那么冷，别感冒了，睡吧，天光朝晨^②还要早起上烟土呢，你不累吗？"

"起不起来？不起来你两个月都别想碰我！"丽花用身体威胁老公是个绝招，其他的几乎无效。

富生一听，果然就发了虚，莫说两个月，就是半个月对他来说也是一种煎熬。才二十几岁的他，怎会有那种耐功？

这个妇人家，怎那么无理，什么不好罚偏罚这个？睡在女人身边敢想不敢动，这真是他妈的受活罪，这是哪个女人传下的制服男人狠招，真该捉去批斗！富生一边在心里骂，一边磨蹭着穿上衣裤，不情愿地和丽花一道出了门。

跟踪生养自己的母亲，他感到前所未有的心悸，他觉得自己是一个罪人，母亲含辛茹苦，宝宝贝贝地将自己拉扯大，如果不是为了子女，她不会落下一身病，以前曾发誓要好好孝顺她老人家的，可自从讨了老婆，就轻而易举地把誓言抛在了脑外，而无师自通地成了那种娶了媳妇忘了娘的人。这可都得怪丽花，因为她的固执和心胸狭隘，使他做不成孝子，反而成了逆子。妈呀妈，我对不起你和死去的老爸，可我也是没办法啊，我得和她一起将超超养大呀，我得和她过一辈子呀。富生进而又想，如果自己能尽尽孝道，母亲或许就不会误入歧途，她是缺少温情缺少关心才自甘堕落的。他越想越惭愧，越惭愧脚步就越慢，他是多么地希望母亲是去上厕所而不是和那老男人秘密接头。因为心里有事，富生都落下一段路程了。

丽花反身等了一会，见他还是慢吞吞的，就轻声骂道："脚上捆着大石头吗？这么慢，再慢好戏你就看不到了。"

富生说："我实在困，想睡觉，你去跟踪吧，我回家继续睡，我没吃费神药。"

"睡，睡，睡，早死一年让你睡到够！"丽花连珠炮似的从口中发出这一

---

① 粪坑：厕所。
② 天光朝晨：明早。

句，扯上他又往前走。

呀！母亲真的往那个他最不愿她去的地方走，时不时还左看右看，东瞧瞧西望望，好在黄泥路边有不少杉树，让他们躲过她的张望。富生看到，母亲鬼鬼祟祟的身影很快就到了荣贞的房门口，接着直接推门进去了，显然他们约定好了不闩门。

富生傻了，气急交加，一屁股跌坐在路上。丽花上前用力拉拽他，口口声声说去捉奸。富生哭丧着脸，压低声音说："我求你了，只要你不把这事张扬出去，别说今生，就是后生世人^①我都为你做牛做马。我爸走得早，妈才会做出这种跌股事，以前她也是个公认的良家妇女。"

丽花听出来了，婆婆搭男子是有苦衷，是迫不得已的，而其他女人搭男子就是本性不好，就是淫荡。哼，无论怎么说，做出这种事都是不光彩的，对淫妇一向鄙视和不屑的婆婆，从此将彻底地从这个声讨队伍中开除，她已没有资格发声。

富生痛定思痛，归根结底都是自己的错，母亲太孤单了，太需要关心了，如果膝下有孝顺的儿子和儿媳，她哪能自打嘴巴，自我作践！一时间，富生心里充满了羞愧和自责。他明白，母亲有了这一桩丑事，丽花今后将对她更刻薄，自己的生活中也将多一条不成文的要挟。丽花不是节能灯，她连自家母亲都不尊重，又怎会去尊重没有血统关系的婆婆？富生心里生疼、难受，不知道母亲今后会怎样，目前又该怎样相处，虽然分了家，但天天还是要照面的。

丽花一旁幸灾乐祸地说："哼，有嘴说别人，无嘴说自家，看你以后还怎么做人？"

富生猛然上前抓住丽花的手，用力拉她往回走，口鼻里呼出的粗气似乎都能吹倒她。丽花见他一言不发，心里不免有了几分害怕，担心他回家后会恼羞成怒扇她几巴掌。嫁给她五年了，他从来都没有这样发怒过，他几乎用尽了全身力气，拉，实质上是拖着她，一路跟跟跄跄往回走。丽花要他松手，说不去捉奸了，跟着他走回家，但富生不信，毫不松手。路上，她的鞋带松了，有时左脚踩着了右脚的鞋带，有时右脚踏着了左脚的鞋带，她央求系好了鞋带再走，他也不管，认为她在要花样。

---

① 后生世人：后世、下辈子。

"这下你满意了吧，你又多一个要挟我的砝码了，你又可以以此来讽刺她刻薄她了，是不是？"

富生难得有这样的音量、这样的勇气逼问，丽花不觉心虚，渐渐地有了些不安，看到他怒气冲天，目光带泪，多少也有了点内疚。

"神经病，是又怎么样？她自己不检点，难道还怕人非议？自己人前人后说了人家一箩筐，让别人议论议论又会怎么样？"

丽花被识透心思后虽然有点慌乱，但很快就定下神来，不甘投降认输，必须反败为胜。是又怎么样，难道我还会怕你？你求我的时候多着呢，不但田里地里的事少不了我，家中哪件事少得了我？我发了怒，两脚一跳走人，把个四岁的儿子丢给你，你就会头痛，谁愿意做他的后妈？而我，上午离婚下午就会有人来娶。我的条件比你好一万倍，就因为我是个女的！放开这些不说，我就是为了儿子不走人，那被窝里的"战斗"，少了我你还怎么开展？你是个穷光蛋，要是有百万家财，你就是六七十岁了，也不能打落①你，现在的细妹子贪着呢，只要有钱，越老越好，早死分了家产可以再嫁。你要是没房没车又没钱，傻瓜也不愿嫁个三四十岁的二手男人，"愿嫁六十大款，不嫁二十穷鬼"，那些妹子不是这么说的吗？

丽花庆幸自己是女人，女人最好的资本就是身体。农村男人讨老婆难，讨了老婆谁都会格外珍惜，再想发火都要忍，到老婆生产结束，特别是结扎做了绝育手术才不再担心，她即使要跑，一般也没多少人要了。到了此时，女人的脚根虽然稳在了这个家，但也不怕男人，你有需要时，她可以不配合工作，还可以带上孩子去娘家玩几天，家里不乱成一团麻才怪！秤不离砣，公不离婆，说的就是这个理。

富生就是这么想的，别提"离婚"二字，就是丽花不理睬，他都会难过。丽花才生一个，就提前说了，等第二胎后，要富生去结扎。富生当时就想，这家伙想留一手，怕我以后欺负她，她又可以称刁，因为我没了生育能力，和她散伙后不会有人嫁我，如此就得求着她，事事顺着她。其实，富生压根就不会有离婚这想法，讨了个女人只想和她白头偕老。

这一夜，夫妻俩各怀心事，回到家关了灯躺在床上，翻来覆去睡不着，又都不想说话。

---

① 打落：打击。

富生迷迷糊糊刚入睡，就梦见自己被人指着额头骂："逍嬷的子哩，拗豹子！"他又梦见父亲戴着一顶绿帽子步履蹒跚地向他走来，右手举过头，很有一巴掌就将他扇死的气势，怒目圆睁大声呵斥："富生你还是人吗？你妈做生做死，可连个鸡蛋都舍不得吃，人家给个糖也留给你吃，为了你们，我们落下了一身毛病，你这个有用的东西，我累死走了，你就甘心让她一个人过，你就那么听老婆的话，你要是对你妈好一点，她又怎么会去做那事，我又怎么会戴这顶绿帽子？"他见父亲眼里流了许多血，然后用衫袖擦了一下，说："你们都听着，你妈是出于无奈才和你荣贞叔好的，你荣贞叔以前一直接济我们家，你们要是敢去伤害他们，把这事捅出去，我做鬼都不会放过你们！"

富生吓醒了，满头大汗，浑身像抽筋一样。丽花赶紧拉了一下床头的电灯线，见他这副模样，吓了一跳，忙摇着他问："富生你怎么了，哪里不舒服？我们去找荣贞叔。"

富生泪流满面，泣不成声："我……我……我……"

"我什么我，你是不是撞见鬼了？"见富生还能说话，也还算正常，丽花的担心又不见了，又开始盛气凌人地吼叫了。富生撞见了鬼，还真让她说对了。

"我梦见大家都骂我拗豹子，也梦见伯戴着绿帽子回来骂我，全世界都在指责我们，呜呜……呜呜……"他怕吵醒身边的小儿子，压抑着，捂着嘴巴哭泣。

三古头咽气前，曾握着秋香的手说："香啊，我不能陪着你了，以后你要学会珍惜自己，不要再死做烂做了，如果遇上了合适的，可以跟了他，子哩、生娓我算看透了，他们不可能对你好。我有一个要求，就是你不能走太远，要让我经常看到你，最好找个有钱的，老点都不要紧，没钱对你再好也枉然。我对你虽好，却让你吃尽了苦头。"

秋香泪水滂沱，声嘶力竭："你不能丢下我不管，你走了我可怎么办？呜呜呜……"两双手紧紧地握在一起，舍不得分开，希望能够一生都这样握着。

三古头心里对荣贞是心存感恩的，病重时，他天天都上家为他打针、开药，还免了许多费用，后来的，就欠着了，这是三古头不知道的，他死后也就免了。所以，秋香和荣贞这样好上，三古头即便地下有知，想来也不怪罪，这么近，他可以经常看到秋香，秋香是个好女人，漂亮是不消说的，只是自己无福再享受。

富生清楚地记得，十二岁那年秋天，母亲割了两小捆番薯藤①回来，斩藤时因劳累过度，眼睛一黑，把左手的大拇指和食指切得都能看到骨头了。怕见血的母亲当时就昏倒在地，父亲已多次被她这种情况吓得半死，也吓出了经验，一有这种情况，马上去找荣贞，这事只有他能解决。父亲要他快去喊荣贞，他舍了命跑，怕慢了一点，母亲就会被阎罗王招去。富生是属兔的，跑得快，一到荣贞那，还没站稳，就上气不接下气地说："大，大伯，快……快到我家，我……我妈受伤了，流了很多的血，快去，她已经……已经死……死了。"

富生当时还不晓得昏过去并不代表死了，以前听人说不会说话了就是死了，母亲现在不会说话了，也就是死了，死了，荣贞大伯还能救活。

富生边说边比画，荣贞听出来了，马上提起药箱，小跑着跟着去了他家，马上给秋香打破伤风的针，又亲自为她清洗伤口，挂了点滴，然后把消炎药交给三古头，吩咐一天最少清洗一次，要按时吃药。他把双氧水交到三古头手中时说："用这个洗效果很好。"

看到秋香出了那么多血，脸色苍白，一点生气也没有，像是随时要走的样子，荣贞又交代三古头："尽量让她休息好，别操心了。"三古头点点头，连说："晓得，晓得。"

富生吓得哭了起来，双膝跪在秋香面前："妈，还痛吗？"

秋香虚弱得很，连说话的精神都没有，只是努力地挤出一点笑容，那种笑，绝对比哭更难看。

三古头把准备孵小鸡的蛋，煮了两个给秋香补身子。但秋香只吃一个，强迫富生也吃一个。

秋香在床上只躺了一天，就起床做些不沾水的轻活了。富生看到她用脚踩住衫裤，右手为家人洗衣服，就要上前帮忙，秋香却不让，说："男子人洗衫裤会被人家笑的。"

回想起母亲种种无私的爱，富生就备感内疚，他用近乎哀求的口气对丽花说："丽花，我们也是做爷娓的人了，以后对妈好一点吧，超超都四岁了，他见我们对老人不孝，以后也会学样的。爷娓都爱子女，我们该报恩，而不是跟她怄气、记仇。"

---

① 番薯藤：地瓜藤。

"要报恩也是你报恩，我报什么恩？我又不是她生养的，有什么恩可报，笑话！"

"你虽然不是她生养的，但为了讨①你，她没少花心血，为省下钱给我们结婚用，她连一件的确良都不添，一双解放鞋都舍不得买，上岭作樵、下地除草都打赤脚。"

"那是你们没本事，关我什么事！要说是为了讨我，你们可以不讨呀，我又没强迫你们。早晓得你们苦到这种程度，我就是塞涝漟②也不嫁过来。"

如此蛮横无理，富生心里万分气恼，但还是耐着性子说："我妈就我这个独子，我们让她一个人过，太过分了，将心比心，如果以后我们的子哩、生娒也这样一个心肠，我们也会难过的。养儿防老啊，我们还是合为一家吧。鱼傍鱼，水傍水，彼此之间也有个照应。她身体好的话，还能做很多事，我们出门也放心，超超有人看，回到家又有烧菜热饭等着，几好③！"富生说尽好话，晓之以理，企图打动丽花。

"要合你跟她合，你们本来就是一家，我是外来人，跟她合不来，这生世人④死都不和她合一家了。"

这么决绝的话一出，让富生从脚心凉到了心肺。讨到这种女人做老婆，绝对成不了孝子，能够成为孝子的，最应该感谢的就是生命中的另一半。后来，富生在和人闲聊时话中有话地说："男人要是能讨到一个通情达理的女人，一辈子也就知足了。"丽花听后反唇相讥："你又没那个命，要不，你把我离了，再去讨那个通情达理的女人。"富生自此就不敢再开这种玩笑了。当大家笑他是祖传的"妻管严"时，他红着脸说："也不是我们家的男人怕老婆，只是我们家的女人不怕男人而已。"

既然合成一家无从商量，那家丑不外扬总可以吧？但丽花说，这个要看你们的表现和我的心情。这可是一道解释权归出题人的大难题，富生对破题一点信心都没有，只好在心里浩叹，并再次觉得女人通情达理至关重要。

---

① 讨：娶。
② 塞涝漟：堵水坝。
③ 几好：多好。
④ 这生世人：这辈子。

得水的鱼被曝了光

荣贞得了秋香，简直如鱼得水，其他寡妇那边就再无兴趣了。两人都有相好恨晚之意，有一日不见如隔三秋之味，他们恨不能光明正大，每晚都只能瞒天过海、暗度陈仓，由此带来的惊险和刺激自然也难以言说。

一次事毕，荣贞说自己又回到了年轻时，功力倍增，嘿嘿笑完，还一本正经地说："如果不是怕压坏你，真想在你上面睡到天亮，你的身体比席梦思更富有弹性。"

秋香笑骂："老色鬼！"

他们的平安无事，并不表明别人都是瞎子，丽花和富生就是知情者，只不过做了独眼龙。

一天，富生肚子不舒服，起早床去了三趟茅厕。刚回到家，秋香也接踵而至，富生就问："你这么早去哪儿了？"

秋香是个不要心计的人，但跟了荣贞后，也多了个心眼。她哪里知道富生是明知故问，只说："这些日子养成了习惯，经常早起要去趟粪坑。"

"有什么问题吗，要不叫荣贞叔给看看？总是这样多辛苦，热天还好，要是到了冬天也这样，就容易感冒。你找他看看吧，药费我会付。"末了，富生又加一句，"以后注意点，莫让人说你去做贼了。"

秋香"嗯"了声，便心慌慌地进房，坐在床沿上想心事。难道被他们发现了？可我一直都是很小心的啊，但富生刚才的眼神确实有点怪，里头包含着许多成分，连他的口气也带着水分。如果事情泄露了，又怎么可能这么安静？富生不指责，丽花还不得跳出来用双手比画着自己的脸来羞我？不可能被发现的，可能是我多心了，丽花不是善良之辈，绝对没有那么好的心肠包容我。秋香七思八想，直到天子大光，才调整好心绪，煮饭洗衣，忙里忙外。

丽花晓得秋香的行踪后而装聋作哑，听之任之，固然有富生的哀求，更重要的是因为秋香身上有利可图。秋香口袋里有些钱了，时常会给超超买东买西，连超超梦寐以求的玩具车，也给丽花钱了，说自己不会买，让丽花带他去挑。超超的鞋子、衫裤、书包，她也给买了，让他全副武装、焕然一新进了幼儿园。收电费的来了，秋香还会把富生的电费一并交了。他们迟回家，秋香煮好饭菜让他们一进门就有吃，不时还帮他们洗衣服、扫地、带孩子。她自家就种了两亩田，身体一好，很快就做完了，地里的菜吃不完，就摘回家给富生一家。丽花如此不劳而获，心里不禁产生了一丝感激，看秋香也不那么讨厌了，一天还主动对富生说："看在她爱孙子的分上，我就不揭发她了。"富生连说这就对了。

丽花的雅量当然是有度的，如果哪天秋香对超超不好，或又成药罐子要人照顾了，她是绝不可能有好脸色的。她有把柄在自己手里，要是敢对我不好，我就有武器对付。出了这档子事，她还敢在我面前装贞女称刁吗，还可以以大压小吗？现在不是旧社会了，完全可以倒过来以小欺老。

荣贞问过秋香："你来我这里，有冇人①发现，你家子哩、生娒晓得吗？"

秋香让她放心，说："我一直很小心，和大家一起回家后，都要看清楚没人了再转回来，再暗的天我都不用电筒，朝晨回去时我都是从粪坑里出去的，这样人家看到了也不会有别的怀疑。"停了一会，她反问道："哎，你这么久都不和招子嫲说话，她不起疑心？"

"她和我早就没感情了，早就开铺了，她都不要我了，和她睡一起还有末个搭煞②？后生③时她老拿身体来整我，我都被她整怕了。现在到死不和她说话我都不愁了，有了你，少活十年我都甘愿。"

以前金风玉露未相逢时，荣贞曾跟钟荣生说，如果能和秋香睡上一夜，死了也甘愿。现在和她睡了快两年了，却从甘愿死变成了甘愿减寿。男人就是这副德行，得到了，连玩笑也跟着打折扣。

"我发现你们跟仇人一样，这样几冇搭煞④，天天生活在一起，却连话都不想说，要是我，肯定受不了。"

"不要说她了，说起她我的心情就会变糟，倒胃口。唉，要是一开始就认识你，和你结婚就好了！"

"鬼话，我小你快二三十呢，再早认识，也不可能结婚。"秋香娇笑着。

"这倒也是。不过，让我老时拥有你也是件幸福的事，老天爷对我还算不错。"

---

① 有冇人：有没有人。

② 还有末个搭煞：还有什么意思。

③ 后生：年轻。

④ 几冇搭煞：多没意思。

"都说露水夫妻不长久，我们这样能有多久？"秋香既眷恋又不无担心，她多么希望能和他共度后半生啊，即使维持上十年，也不枉来世一趟。

"我们小心谨慎一些，肯定可以长久。"荣贞也眷恋这神仙的日子，他搂紧秋香说，等那边的新屋子做起来装修好，接头就方便多了。

"还要多久？"

"到过年就能完工了，现在正在搞装修。你也莫老担心，我们过一天算一天，快乐一日是一日，总之，我希望和你走到老了，后生世人我还要找到你。"

"如果有后生世人，我也一定等你来找。"秋香真心实意地说。他就是大她二十、三十，她也不嫌弃了，三古头只大她三岁，可有什么用，总让她伤心劳累，一辈子不知幸福为何物。

两人说着无边无际的话，心里头装满了甜蜜和希冀。

梦毕竟是梦，再好再坏，都有破灭之时。

一天半夜，招玉胃痛得厉害，寻思可能是吃了茄子煮青菜干所致。有过两年胃病史的她，知道胃痛如不及时吃药打针，又有可能算蚊帐眼失眠了，乃忍痛穿好衣服下楼就医，却见丈夫房里亮着灯，似乎有什么不对头。

荣贞半夜一般是不开灯的，就是出门解手，都是从床头拿起电筒就去，如果有月亮，连手电都算了，说熟门熟路，闭着眼都能寻到。今晚这是怎么了？招玉感到蹊跷，就把右脸贴紧门，屏住呼吸偷听屋里的动静。不听则可，一听火气就直冲脑门。里面的动静和老家伙的吭哧声，暴露了"地下"活动的内容，不，应该是床上活动。

怒火霎时由脑门烧遍全身，她连胃痛都忘了，握紧拳头挥向房门："嘭嘭嘭！""嘭嘭嘭！"一声紧接一声，一声比一声来得急，来得响。

半夜里这突如其来的声响，把里面正如胶似漆的一对给吓坏了，他们不约而同地意识到，小心经营了快两年的幸福爱巢，可能要毁于一旦了！

出轨于今已然司空见惯。男人的天性便是乐意捕捉这一类的刺激。但这样的事让人发现终究不妙，尤其是老婆，不闹个天翻地覆恐怕不是个正常女人。就算我自己用不着了，也不能慷慨大方地把老公转让，因为老公挪窝，不单是肉体让人享受，重要的是家里兜里的钱财会跑到别的女人口袋，最最危险的，是心也跟着钱走，让这个家迟早更换女主人。

他们停止了动作，也屏住了呼吸，怀着侥幸心理，希望刚才的"嘭嘭"声是个幻觉。不，不可能是错觉，外面的"嘭嘭"声还在持续着要奔向高潮呢，看来这下大难临头了。

荣贞用眼神和手势要秋香赶紧穿好衣服。秋香从未遭遇这种情况，吓得瑟瑟发抖，穿裤子都乱了分寸，总弄出一些声响来。荣贞自己穿好后帮着她，还一边大声地对外吼："你是神经病吗？半夜三更敲人家的门，得了急病就送医院去，我没办法帮你看，我喝多了酒眼睛花着呢！"一边使眼神让秋香快躲进衣橱里。

眼见秋香藏好了身，荣贞故意打了个响亮的哈欠，一边快速整理战场，一边懒洋洋地说："真倒霉，人家睡得正香，又有人来叫，做医生真是太辛苦了。"

外面的讨厌鬼依旧不出声，只是一直用手捶门。荣贞忍不住骂道："急什么急，再急我就不开门了，也不去了，讨厌死了！"

在那种状况下出现这情况，的确烦透了，荣贞如果手里有枪，兴许真会朝门外"嘣叭"一声。

门一开，荣贞傻眼了，还没反应过来，招玉就带着一身火气冲了进来，一把把荣贞推到墙壁边。见床上没人，招玉破口大骂道："逍嬷出来！有本事搭男子就不用藏，就这么一间房，你能藏到天边去？最好自动出来，不然让我找到，一定把你那东西挖出来喂狗。短命嬷，逍嬷，想男人也要找个后生，找个七老八十的能让你过上瘾吗？出来，再不出来我就喊全队的人来，看你以后还有冇膣面目①见人？"

半晌没动静，招玉佯装出门要喊人，荣贞赶紧追上，用手捂住她的嘴，低声央求她别弄得满城风雨。招玉用力拍开他的手，狠心骂道："莫用你那肮脏的手捂我的嘴！"但荣贞用力把她的嘴又捂上，咬牙切齿地说："你要是敢喊人，老子就一脚踢死你！"

招玉用力撕扯，但哪里能挣脱他有力的大手。荣贞连拖带拽把她弄进房间，才松开手，瓮声瓮气地说："鬼喔般做什么？还不是被你逼的！"

"我逼的，我逼你什么了？"招玉走前一步，怒视着他，紧接着又骂，"叫逍嬷出来，不出来让我见识一下，我是不会就此罢休的，最起码要让我见识一下抢我老公的人多靓板②。"一边骂，一边东看西瞅找人，还故意把门板什么

---

① 还有冇膣面目：还有没有脸面。
② 靓板：漂亮。

的弄得吱呀作响。

秋香吓得差点就哭了起来，她也实在忍不住衣橱里的气息，就慢吞吞地钻出身来，羞得无地自容的她，头低得像受斗的地主，恨不得地下裂开一条缝，好让她钻进去，躲避这场必将势如水火的口舌之战。

旧恨对新欢，在半分钟死一般的沉寂后，忽然间电闪雷鸣。

"怪不得自老公死后一直来我家，原来是看中了我家的这条老腔^①！"

招玉边骂边哭，一边还想挥手打人，但被荣贞死劲地拉住了。

荣贞怜惜地看了看秋香，既心疼又好笑，只见她的头发像鸡窝一样凌乱，上衣是上扣搭下扣，下身的的确卡裤则穿反了，两个裤袋露在外面，一副狼狈相比难民还糟。如果不是被招玉的怒火煎烤得慌，他绝对会忍不住笑。连招玉看了秋香的滑稽相都觉好笑，但在这种事情面前，老公让人抢了去，而且就在自己的家里，在自己的眼皮底下做了那么久的"地下勾当"，还能笑出声，不是脑残也肯定是脑子进水了。

"短命嫲，老公一死就受不了了吗？受不了也要走远一点，老鬼都可以做你公呆了，按辈分还是你叔哩呀，你也有面子在他面前脱裤？"

别说再难听的话不能还嘴，就是这个发威的母老虎要动手，要把自己撕了蘸酱油吃，秋香也不能还手。谁叫你做了这事，谁叫你命衰被抓了现行，就是被骂死、打死，她也认了，她得做哑巴，得吃哑巴亏。她低眉垂头，双腿打战，浑身哆嗦，冷汗直冒，嘴唇发白。

荣贞生怕招玉口无遮拦继续骂出那些肮脏话，强压心头怒火，用少有的温和语气说："招子，招子，你莫大吵大闹好不好，这样对大家都不好，有事我们和和气气解决，我向你认错了行不行？天光日子我会和你认真谈一谈，你现在上楼去休息。"言罢，向秋香丢个眼色，"秋香，你也回家去，看你像打摆子似的^②，莫紧倒在我家了，那大家可都说不清了。"

受审中手脚无处安放的犯人，如遇大赦，只要不在招玉面前，她去哪里都可以，哪怕是叫她守粪坑也心甘情愿。荣贞叫她回去，显然是为了保护她，她内心里莫名地涌起一股热流，都这种时候了，他还护着自己，真是有情有义呀！虽然早就想逃，但刚才吓得腿都软了，这当儿都快迈不开步了，经过那个

---

① 这条老腔：这个老鬼。

② 打摆子似的：发抖样。

凶神恶煞的女人身边时，她还躲远了点，生怕被她逮住打耳光、撕脸，心突突突地都快跳出来了。

荣贞和招玉还在激烈争执，但秋香已浑然不顾，逃命似的跌跌撞撞冲向黑暗，脸热辣辣的难受，风吹着她的一头散发，心也散乱着。小跑了一段路，回头见招玉并没有追来，不觉松了一口气，却一下子瘫软在地，直喘粗气。今晚的天幕一点也不见平日的华丽，不，像锅盖般的黑，一如被中途撕裂的情爱现场。萤火虫在她眼前时闪时灭，像是在调戏她；蝈蝈在身边漫无章法地叫着，分明是在嘲弄。好苦命啊！她的眼泪不由自主地夺眶而出，任其流淌泅湿面颊，也不擦拭。整个世界，只有风在安慰她，为她风干这苦涩的泪水，而不让其储存，不让其汹涌漫流。她呆呆地，六神无主地坐着，不知是不是挡住了一只小动物的去路，还是小动物想着找她做伴，和她的脚踝蜻蜓点水般接触后，又倏地爬过，吓了她一大跳，定睛见是小蟾蜍，不觉怒从中来，连你这小东西也敢来吓我、欺负我，你肯定是招玉嬷的帮凶，她一跃而起，追上受惊的小蟾蜍，连踩数脚，然后一脚踢飞。

发泄完，她理了理散乱的云鬓，摸一摸已渐自平息的心跳，迈开略已积攒了些力气的双腿，重新向着那熟悉的来路回归。在既往的苟且中，她总是担心有朝一日事情败露，今天这日子终于来了，痛快淋漓地爆发了，既然迟早要来，早些来早些爆发，纵然让她一溃千里乃至致命，她也认了，也觉得轻松了。这样想罢，就有了两个秋香，一路上打着心战：

"秋香，你以前可是循规蹈矩、三从四德、见不得这等丑事的人，你的定力哪去了？你这样做，对得起死去的三古头，对得起子女吗？"

"老公在时我可从没对不起他，他死了谁给我温暖？子哩白眼狼，生娓自私自利，我被他们逼得都喝农药自杀了！是荣贞救了我，给了我温暖，给了我继续活下去的勇气和快乐，我报恩有错吗？不仅报我的恩，也报三古头欠他的恩。我把火车开到了马路上，是因为死了老公，我并没有拆散人家的家庭，我们完全是两相情愿、两情相悦，触犯了哪个天条？"

凌晨的风，清凉清凉的，带来泥土的气息、菜花的芬芳，也夹着粪坑和一切说不清道不明的味道。哦，又经过那熟悉的粪坑了，秋香不由自主地又折身而进。这次倒不是因为那千篇一律的掩饰，而是确实内急了，再者，刚好借机整理穿戴不整的衣服。

急已解，衣已整，天也就破晓了。出门后的秋香挺直了腰，决计不怕他人的诘问，也不在乎儿子、儿媳的眼光了。

荣贞和招玉刚结婚那阵儿，是一直叫她招子或招玉的。待子女们相继破肚而出，他也想不起什么时候，招玉和招子就变成了招子嫲。招玉对此倒不介意，客家农村，叫女人后面都习惯加个"嫲"，男人后面则加个"古"。几十年了，这招子又突然从荣贞嘴里冒出，招玉愣了一下，一时之间还真不习惯。不过，她也不会再领情了，更不会再上当了。男人嘛，用得着你的时候叫得亲切又肉麻，过后，又是吼吼喝喝，根本不把你放心上。

"不要回去！回去做什么？回去又没男人屌了，干脆让这老家伙屌到你天光①！"一想到这对狗男女色胆包天，居然在自己眼皮底下乱来，招玉就恨上心头。她见秋香要走，立马拦住，她要狠狠地扇她几巴掌。

但她哪是荣贞的对手？他曾经对她开过这样的一句玩笑："要想打，我就是一只手搞腔，还有一只手也可以把你撩上天！"招玉并不怀疑他这功力，更不是真就怕了他，她一忍百忍，是为了家庭的团结和脸面，是为了不让外人笑话。不过说实在话，真要讲打，荣贞就是没那把撩她上天的功力，把她撩倒在地却绰绰有余。

荣贞有心保护秋香，招玉就不可以动她的一根毫发。他死死地抱紧，令招玉有了一种久违的冲动。尽管他是为了保护另一个女人才抱紧她的，意味不同，力度却跟刚结婚时相差无几。

秋香安全撤退后，荣贞马上就松开了手，关上房门，非但没有赔罪认错，反而劈头盖脸质问："你是怎么晓得的，是哪个告诉你的？"他本想说，是不是想我了下楼来和我合适②？但说话一向风趣且沾黄带色的他，当着前来捉奸的老婆的面，却说不出口了。要是他们还有"合适"，他是喜欢开这类玩笑的，可惜今非昔比了。

荣贞问话时脸不红心不跳，倒像是他在审判眼前这个抓了现行的人来路不正、偷鸡摸狗、受人唆使、居心不良。

招玉瞪了他一眼，没好气地说："会有谁说？要不是我胃痛，你们是不是就搞到天光？我胃痛，打你电话却关机。你这个老短命子，也太过分了，怕人

①　天光：天亮。

②　合适：要好，相亲相爱。

113

半夜吵，居然电话关机。好在我还走得，不然我死了、硬了、臭了，都没人知晓。我晓得你巴不得我死，我死了你就偷着乐了，就可以和那个道嬷做长久夫妻了。"招玉说着说着就伤心得流下了泪，觉得胃又在隐隐作痛，连心脏也痛。

荣贞被她的连珠炮射得无处藏身，心里不觉涌起一阵愧疚。这个女人，是和他共过甘苦的，为了给足他面子，她硬是改变了原先泼辣的性格，让那个心上带着刀的字硬是藏在了心底，一日到夜周而复始地不停劳作，对这个家是有不可磨灭贡献的。她把一生一世大方地给了他，而他，糟蹋了她的百媚千娇不说，还与别的女人共度欢娱，真是作死！

心里有了愧疚，荣贞的语气也就变得温和起来，他相信她不是为了捉奸，而是因为胃痛才碰巧撞上的，伸手摸了摸她的胃部，问："现在还痛吗？"

"咦，奇怪，好像不痛了。"招玉见荣贞这么"关心"，心里暖暖的，刚才硬得可以敲死人的语气也软了一些。

看来急火攻心都可以治病了，你还要多谢我们呢，荣贞心里说，但嘴里道出的却是："真不痛了？还是给你吃两粒斯达舒吧。"

"快去拿，现在又有点痛了。"招玉坐在床前的一张独头凳上，右手捂着痛处，每次胃痛她都吃斯达舒。荣贞曾经说过，吃多了斯达舒，容易胃质疏松，但她不管以后，只管当前能尽快解除痛苦，以后的事，到以后再解决，反正身边有个医生。

接过荣贞递来的水，服下药，招玉很快就有了精神，说："上楼睡！"

荣贞嘿嘿笑了笑，客气地说："我睡不惯了，不如你就在这里睡吧，省得上楼了，万一等下又痛了，也方便拿药。"

"鬼才在你这床上睡，你和她刚搞过'鬼事'的床还好意思让我睡？天光日子我把这床上的东西都烧掉，连床都烧掉，不能让你睡楼下了！今后我要监视你，再对你放宽政策，到时你会把家产都送给那个道嬷！"

听招玉这么厉声道来，荣贞顿时又没了耐性，瞬间改变了准备上楼的主意。爱上楼上楼，不上楼就睡这里，那是我的自由，我这床多舒服，我干吗非得睡你那张几十年不变的破床？

他黑下了脸，干脆躺在床上闭了眼，反正知道省惯了的招玉肯定不会把近三千元的床和被毯付之一炬的，他现在担心的是秋香。

招玉一看，气更不打一处来，上前拉扯，他却跟死猪一样纹丝不动。招玉狠狠地在他大腿上拧了几下，说："快送我上楼！"

荣贞慢悠悠地睁开了眼，揶揄道："自己家里还送什么，你又不怕人不怕鬼。"

"哦，人家一走，你又在我面前要威风了，你以为这就算了事了？我改日还要上门去骂她，我要让大家都晓得她是个不折不扣的逍嫂，竟敢上门寻'野食'。我也要让大家都晓得你是个骚牛牯，都这把年纪了，还要去吃'嫩草'。看你们以后出门要不要戴鬼壳[①]！"招玉扔下狠话来。她以前的泼辣劲就出了名的，不过是隐藏了几十年，修炼了几十年，现在再度出山，武功丝毫未废，骂起人来连草稿都不用打。

荣贞稍微舒缓过来的心情，被这么一搅，不觉又恶劣起来，用手指戳着眼前人，一字一顿，毫不含糊地说："你敢把这事说出去，我们之间就算玩完，以后我们就桥归桥路归路，各家吃饭各生火了，上楼！上楼！别在这里吵死人，我要睡目了！"

荣贞下了逐客令，招玉一跺脚，只好气恼地噔噔噔上楼了。

荣贞躺在床上，闭着眼懊恼地想着心事。照这招玉嫂的性子，八成会把这事公之于众。思想再解放，人生观再怎么改变，偷男人搭布娘[②]的事也不能上光荣榜，何况自己也是本村的人头子[③]，还是房长叔公，面子上也确实不好看。可如果顾及面子，往后的日子就会没有色彩，辛苦了大半辈子再不为自己活，剩下的人生还有什么意义？

自从和秋香好上后，荣贞觉得年轻了许多，人老心却不老，切身感受到生活的美好，甚至淡忘了"绝孙"的痛苦和不甘。自古情债难还，红颜难觅，不可兼得，为了秋香，他愿意净身出户。他决心和秋香之间上升到爱情，是以结婚为目的的爱情……他睁着眼睛七思八想，直到晨光破窗。

家庭文攻

一连几天，秋香的身影都没出现，那些平日里有病没病爱聚诊所的人就觉奇怪，怎么可能那么久都不来，现在不是很空闲了吗？拿话问荣贞，荣贞佯

————————

① 鬼壳：面具。

② 布娘：女人。

③ 人头子：人上人。

装不介意，还反问："她爱来不来，我怎么晓得？"心里却想念得紧。但招玉把他当着特务一样给监视起来，她连菜地也不去了，即使要去，也要等病人或闲人在场才动身，又急匆匆返回。她怕荣贞趁无人之际溜之大吉。

这段时间，因为流行性感冒，求诊者多，荣贞天天只能待在家里，又受着监视，连一个电话都不方便打给秋香。他急死了，气恨自己没有孙悟空那样的法术。

一日吃早饭时，招玉面无表情地说："夜晡①，文星俩公婆②，还有文招和文秀俩公婆会来吃夜③，你什么地方都不准去！"

荣贞对她这种命令式的口气很反感，他也意识到了，她是要子女们回来开他的斗争大会，他这个风流人物就要接受群众的声讨和再教育了。他心虚了一阵，又觉得理所当然，生命诚可贵，爱情价更高！再说，是哪个把我逼上梁山的？我也要揭发她，可是，揭发她什么，她又是个循规蹈矩的女人，难道在子女面前揭发她不配合夫妻工作，这也太丢份了。荣贞实在有点遗憾，要是招玉也曾风吹草动过，那么，向她看齐，向她学习，就是最好的答复。

晚饭有酒有肉，有说有笑。接通知后从各处赶回的子女，并不晓得父母的内部矛盾，只当是想他们了，所以也就随心所欲地说笑。酒足饭饱后，女的帮着母亲收拾残汤剩菜，男的就和父亲在厅室里泡茶，顺便问那边做房子的事。

洗涮完毕，几个女的也来到厅堂坐下，招玉特地关上大门，然后开门见山地说："今夜晡请你们回来，是要你们给评评理。"

荣贞心想，批判会开始了。他无法阻止，也不好抽身走人，一走，就更给她机会。他只能静观其变，再行接招。

招玉把那晚以及近两年来秋香勤跑家里的事来了个竹筒倒豆子。冷不防爆出的这桩糗事，让几个子女先是瞪大眼睛，继而浑身不自在，措手不及，早晓得要开群众批斗会，打死也不回来吃这免费的晚餐，晚辈又岂能管上辈的私事？得罪眼前的哪一座大山，于自己都有弊无利，这两个老鬼可都不是好惹的主，更不是墙上挂的节能灯。唉，母亲把晚餐办得这么排场，又是鸡又是鸭

① 夜晡：晚上。
② 俩公婆：夫妻俩。
③ 吃夜：吃晚饭。

116

的，原来是要拉票，自己吃得满嘴油腻，好意思站在她的对立面吗？唉，既来之则安之吧，如果现在找理由开溜，那下次再来，只能吃闭门羹了。

招玉见大家脸露难色，干坐着一言不发，不由得气恼起来："刚刚还有说有笑的，怎么一下子却成了哑巴？我忙了整整一个下昼，又宰鸡又杀鸭，怎么都喂了你们这些白眼狼？"

听她这么一奚落，子女们莫不如坐针毡，脸上发烧，心里喊苦，如果可以，他们都愿意把肚子里的那些美食吐出来还给她，只要不让他们参加这场批斗会。又是一阵难挨的沉默，谁都不想先开这个口，谁都不愿让第一束烈火烧到自己身上，枪打出头鸟，这个危险谁都晓得。

荣贞先前也是很难堪的，毕竟是自己做出了见不得阳光的事，招玉擅作主张把子女招回家开斗争大会，让他颜面尽失，你不仁，我又何必义？当着子女的面，我也不能坐以待毙，他们都是过来人了，怕什么？沉默中，荣贞决定变被动为主动，开始反攻，洗刷罪过，于是把招玉如何讨价还价，如何抓住裤头如何不让进房的事，也来个竹筒倒豆子，继而义愤填膺地说："我是被逼上梁山的，你们也是过来人了，你们说，公婆^①之间连那个事都不做，还是公婆吗？每次想要她，她都张口先要钱，不然就抓紧裤头不让我好过。在她眼里，除了钱还有什么，动老婆都要钱，那还讨什么老婆，干脆去发廊算了！"

"好哇事^②！连这种事也有脸面说出来，也不用戴鬼壳！"荣贞如此爆料，简直把招玉羞死了。是的，别说夫妻间的那种例行公事，就是荣贞声讨的讨价还价做那事都很久没有过了。她一向认为，夫妻之事在别人那里说笑倒不足为奇，纯粹是为了逗乐子，可在自己的子女面前说，就是一件相当丢脸的事了。

"我说的都是事实，好几次，我都给了你五十块钱，事后还挺懊悔，你值这个钱吗？"

"老短命子，你说我都不值五十块钱了，一头鸡公^③都不止五十呢，一个会吃会做、会养鸡养鸭的大活人倒不如一头鸡公，你，你怎么这般恶毒呀！"招玉气得全身发抖，一边回击一边抹泪。

父亲说得确实太过分了，子女们都为母亲打抱不平，但也有人劝说不能

---

① 公婆：夫妻。

② 好哇事：好意思。

③ 鸡公：公鸡。

骂人。

荣贞黑着脸，瓮声瓮气地说："画了面就要做戏①，既然你们的婊哩已把事情在你们做子女的面前摊开，我又何必再刻意去遮掩呢，该说的就说出来，大家都轻松。"

两位女婿原以为只有自己的老婆抓过裤头，原来老岳母也这样，他们倒是十分赞同老岳父的说法，动老婆都要钱，这不是自我作践吗，发廊妹子才是要钱的。岳父的故事竟让他们有几分得意，嘿嘿，这倒是一桩制服女人的办法，你不让进门、上身，就休怪我在外面采摘野花。现在，他们心里开始庆幸不虚此行，也庆幸老婆在场，这对她们实在是一场有教育意义的课，以后，她们必定要放宽政策。

儿女们一面为母亲抱不平，一面又暗笑父亲艳福不浅，都这把年龄了，还能拐②到年轻女子。难怪这老头一年多来精神倍增，充满活力，走起路来衫尾打死狗，吃起饭、喝起酒来三碗不过冈，上岭采药健步如飞，而且又笑容满面、嘿嘿连声了，原来这一切都拜秋香所赐，是秋香代替了"孙子"，带给他无穷的快乐和满足。

几个女人心里直喊糟，有了母亲这个前车之鉴，以后就不能再以"裤带门"事件来要挟老公了，女人再刁也刁不过男人，本来唯独这事可以起到一定的作用，可是，眼前这个可恨的老男人，都差不多黄泥掩脖子了，竟还会因为遭到过了更年期的母亲生理拒绝而投向另一个女人怀抱；更糟糕的是，做母亲的还以此来让自己的男人丢脸，把这事公布在群众大会上。以后，女人还能用什么来要挟老公？再说，父母辈的私生活，又岂是后辈人可以解决的，你们婆说婆有理，公说公有理，谁对谁错，包公在世也难断案。

谁也不知该怎么开口劝和，"会场"一时静得只能听到彼此的鼻息声。荣贞点燃一支烟抽了起来，没闻惯烟味的考秀连忙起身，去了趟卫生间。

见大家都不敢先开口，文星就借抽烟一事打破沉默："爸，尽量少抽吧，抽烟害处多。"

荣贞只是一个劲地抽，完事后才把烟头摁在烟灰缸中，慢悠悠地回应："如果这要约束那要约束，人活着还有什么意思，死了算了！"

---

① 画了面就要做戏：化了装就要做戏。

② 拐：连哄带骗。

118

此话一出，子女们的心情又沉重起来。大家心照不宣，父亲的心里有阴影，也许他的自甘堕落正因为那层阴影，如果没有秋香，他可能到死都不会再有欢乐。

换了别人，如果三个儿子、儿媳都只制造"肥锅头"的产品，又拒绝继续努力，使他的孙子梦无法成真，谁不伤心失望，谁还有威风和脸面去主持祭墓和祠堂的活动？换了别人，兴许当众就恶骂儿子了："娘头①拗豹子，一个个都没本事，尽生'肥锅头'的货色，让我家的灶下门都要关了，族谱上都要除名了，叫我如何去见列祖列宗，我死了也不甘！"

生儿子挂墓头，生妹子肥锅头，如果嫁了个穷光蛋，不但肥不了锅头，倒贴都不奇怪！这么想罢，文星看了两个姐姐一眼，她们嫁的人家倒还可以。两个姐姐的目光和他接上后，都在示意他赶快开口。

文星没有退路，他是长子，只能壮起胆子做起了和事佬："爸，妈，本来呢，你们的私事我们做子女的是不该管的，也管不了，谁对谁错喊包公来都判不了。不过呢，爸您先背叛老妈，就先错了，老妈虽然没文化，不过也懂礼义廉耻，未曾做过亏心、跌股事，为了子女，也够劳累……"

"累"字刚出口，荣贞就沉不住气了，他被文星的"礼义廉耻"四个字击中了要害，马上反击："她够劳累了是不是，难道我就够轻松？我轻松也是在你们几个都成家立业后。你们小时，我每天累死累活连诊室都开不了，在那几亩薄田里捆死，有点空还要上岭采药，采回的药她看都不看一眼，更别说帮我切块晒干了。为了你们，我五年不添一件衫裤，到了天热时只着②短衫短裤，别人笑话，我就说天太热，其实还不是为了省下那几尺布？"荣贞一口气说完这些，也止不住直喘气，伤心加难过，差点就掉下了泪。

"爸，我们晓得您也很辛苦，连晚上都经常出诊。不过，那都是过去的事，你们那辈人差不多也都这样过来。现在我们都成家立业了，日子过得都还不错，您和老妈也真该享享清福了。你们以前都可以和平相处，为什么都这把年纪了，倒吵吵闹闹了呢，而且还要背叛她做那种事，您让我们以后怎么见人？"文星一说开，就控制不住自己的情绪。父亲都这把年纪了，却还风流自在，闹出这么个桃色新闻。纸包不住火，这事一传出去，我们都将一个不漏

---

① 娘头：这些。

② 着：穿。

地成为人家的笑话，而看他这样子，还想破罐子破摔呢，文星真想不客气地骂上几句。

"塘里没水养不活鱼，等你们到了我这般年纪就晓得了。"

"爸，你年轻时都光明正大、正正经经，不曾做出一件出格事，怎么到这把年纪倒成了风流人物，你不觉得有损你的光辉形象吗？"

文星此话一出，大家心里莫不害怕荣贞发火，掀翻茶几。考秀更是心惊肉跳，担心荣贞把茶杯当手榴弹投向文星，急忙使眼色叫他不要再说。可是，文星好像吃了豹子胆，越说越起劲，说完这些，又劝父亲和母亲像从前那样和和美美地过生活。

"说实话吧，我们吵了十几年了，早就像斗怨了的牛牯，再难合适①了。她是很辛苦，但我又没有剥削她的劳动力，很多时候我比她更辛苦。反正，她现在不再需要我了，早就井水不犯河水了，但我还需要女人，你们说我该享清福，不干涉我的私事就是孝敬我。我的日子不多了，我要自己做主，快乐地生活。"

"这么说，您还不想和那个人断，还要继续好下去？以后让大家晓得了，您让我们怎么做人？爸，您是有威望的人，难道为了她，就什么都不顾了？"

"今朝日子，我把话说开了，我今后就是要和她好，无论你们怎么劝，我都不会改变主意。说实话，起先我是出于同情，她太可怜了，老公死后，子哩、生娌不孝，她都喝农药自杀了，作为邻居，我应该帮她。后来，日久生情，不觉就好上了，我发现自己又后生起来，也发现了她的可敬之处，她总是要我不能丢下家，也要我忘掉以前所有的烦心事，她从不向我要钱，即便给她，也从不多拿，她真不是那种贪得无厌的人……"荣贞喝下一口茶，接着说，"我是黄泥快掩脖子的人了，这头尾两年来和她在一起，才算体会到什么是幸福的晚年。我有那种能力，可你们的娭哩呢，却早就厌烦了，既然这样，为什么就不能网开一面呢，要钱用，我给，有病，我看。我这样负责你们还有什么不满意，为什么还要强行干涉？至于你们说的面子，那也没有关系了，现在是什么时代呀，连小学生都知道有生理需求。"

文星劝父，好比老太太吃黄连——苦口婆心，却还是柳树开花——没结果，再劝就是螳臂当车不自量力了。荣贞的态度，就像八仙桌上放盏灯——明

---

① 合适：要好。

120

摆着的，打着半夜里头做皇帝——快活一时是一时的主意。

文星见父亲已经跑进聊斋谈恋爱——鬼迷心窍了，自己再怎么苦口婆心，也是给死人送医——枉费功夫，父亲和母亲三句话不合就吵，这样的关系就像苞谷面做元宵——无法捏合了。唉，既然父亲坠入情网，就像瘫子掉进烂泥塘里——不能自拔，我又何必蚊子肚里找肝胆——有意为难呢？看来，这两个老人今生的结，是狗咬粽子——解不开了。

文星开始沉默了，其他人又哪有什么妙法绝招，面面相觑，好不难堪。

招玉想不到这老家伙面皮厚得像堵墙，不但公开夫妻间的事，还态度强硬，厚颜无耻地宣称要和情妇共度余生，典型的负汉心！忍不住又骂道："那个秋香真就有那么好，不到两年就可以让你把我几十年的感情抹杀掉，就可以让你返老还童、死心塌地不顾一切地去偷人？真是邪门！"

看到母亲孤苦无援，泪眼婆娑，文星于心不忍，再次发声："爸，你真的要这样下去，真的不怕大家笑话？"

"有什么好笑的，男人离不开女人，女人离不开男人。她老公死了又被独生子踢开，你们有点同情心好不好？你们就权当我讨了个小婆，让我过几年痛快的日子吧，算我求你们了，看在我生养你们的分上，不要再赶着绵羊过火焰山——往死里逼了，我真没几年活头了。"

显然，荣贞心目中的好日子并不单指物质生活，更重要的是精神生活和夫妻生活。和招玉结婚后，一个接一个地生，那时最有兴头却又要防着小孩子，所以不能随心所欲。加上每天做生做死，招玉总是喊累，哪有精力每次都全面配合"工作"？最讨厌的还是一堆小屁孩，睡在身边碍手碍脚。他曾和别人诉说过这种烦恼，还说，年轻时老婆不属于自己而属于子女，到四十左右了，总算属于自己了，却又成了豆腐渣。

荣贞放下老脸，用哀求的口气对在座的子女说，他不敢想象，失去秋香的日子会多么黑暗，会多么枯燥无味。

招玉一旁听得恨心恨肺，眼泪汪汪地说："老短命相①，出门戴个鬼壳吧，为了那个寡妇嫲，你就连我这个为你生了五个子女的老婆都可以不要，你要是不和她断绝关系，以后就不要再回这个家，不要让我再看到你！"

"谢天谢地谢你招子嫲，你不让我回这个家，我真是万分多谢。这一生我

---

① 短命相：短命鬼。

最痛苦的事，便是'嫁'给了你，要不是看在你好心的爷娘分上，我早就和你各奔东西了。今朝日子你说出这样的话，我很宽心，我就怕你不肯让我走。你也不要说为我生养了五个子女，其实应该说是我为你们家里生养了五个子女。这样吧，这五个子女就算是我送给你的礼物，权当我将功补过。你也行行好，放我一马吧。我真的离不开秋香，让我离开她，情愿让我死！"荣贞说完，还双手向招玉连作数揖。

他这番话，连同作揖的样子，让文星几个心里万般不是滋味，甚至都有点同情他了，至于他和母亲，强扭的瓜不甜，又能奈他如何，何况他是吃下秤砣铁了心了。

荣贞此番言行举止，显然让招玉大伤脸面，怒火中烧的她，起身走到大门角头，操起扫把就要往荣贞身上扫。文星他们当然不会袖手旁观，父亲已够狼狈了。

"你们也看到了，她就像吃人的老虎嬷，和她睡一床，时刻都要提防，我真是怕了，一不小心就死在她手上。以前你们还小，日子过得清汤寡水，几乎都要勒紧裤头，现在日子好过了，我还想多活几年。你们也晓得，现在有不少七八十岁的男人重建家庭，我不讨秋香，但绝不会放弃她。你们要是再劝，我就和你们断绝关系！"

荣贞说罢，呷完最后一杯茶，起身往门口走，一边说："我去看个病人，你们慢慢喝，最好劝她别打鬼主意伤害人家，这生世人多积点功德，争取后生世人做好人，过好日子。"说完头也不回地离开了批判会场。

主角扬长而去，文招、文秀姐妹在对视一眼后，就做起了配角的思想工作。考秀是儿媳妇，又是外姓人，再有想法也不敢发表意见。

"妈，刚才老爸在场，我们嫁到门背①的不好说话，其实走到今朝地步，你也是有责任的。如果你不啰唆，爸确实也是爱这个家的；如果你不骂他短命鬼，他可能也不至于这么狠心；你不让他进房间，是最大的错，是你给了他机会。"

"就是，阿姐说得对，以前爸也是爱你的，那些年你身体不好，爸说是坐月子落下的病根，要我们尽量多做家务，还要我们以后好好孝敬你。说实话，爸虽然有很多缺点，但优点也不少，他勤劳能干，热心助人，人缘又好，大家

---

① 门背：门外。

都夸他，还说你有福气。"文秀接上文招的话，挺起了父亲。

"妈，你也有很多不是，比如骂人总是'短命相'先出口，这让人很讨厌。这几年来你确实变了不少，和人相骂总是一溜边，好像是从骂人大学毕业的，连我们做子女的都受不了……"

文秀说到这，偷瞧了一下母亲，这一瞧让她倒抽了一口寒气，良久不置一词的母亲两只眼睛都快出火了！文秀和文招又对视了一下，吐了一下舌头，就不敢再批评下去了。

"在你们的目珠根下①，我一直都是个死乌搭瞎、没一点世情道理的人，你们就晓得为老鬼说好话，却不知道我才是冒着生命危险生下你们，一把尿一把屎带大的。自你们呆呆、驰驰过身②后，我连着几年都没一日清闲。那时文宝和文书还小，晚上都要和我睡，不是这个哭就是那个闹，经常害我睡不好，日子头又要做事，这老鬼倒可以猪一样地睡饱目。我啰唆还不是因为你们，你们要是听话，我会骂你们？你们看看到别人家的细人子，哪个不是被爷娭打骂大的？可在你们身上，我连软竹梢③都不曾打过。你们就晓得批评我，对这个家，难道我就没一点功劳？"招玉边说边用衫袖拭眼泪，这回她真是伤心透了，这些子女，除了文星，都是白眼狼，老鬼面前一句话不敢说，都成哑巴了，老鬼抬脚一走，却马上把矛头指向自己，好像我才是做错了事的人。

文招从桌上抽了一张纸递给招玉擦眼泪，她生气地用力抢过来。

"妈，我们从没说你没功劳，我们不过是说爸也不容易，你们都一大把年纪了，就和和气气过日子吧。都说家和万事兴，你们这几年总是斗来斗去，不累吗？你们这样，让我们怎么放心得下？"文招大着胆子细声细语地说。她说话一向也是大大咧咧，咋咋呼呼的，这回见母亲伤心，也只能小声加小心。

"不行，他要是再和那个逍嫲来往，我就要闹，我要让大家都晓得，他不让我好过，我也不让他好过。这么老了，还要去搭布娘，就不怕少活几年吗？"

"他都铁了心了，你再去闹，他只会更讨厌你，连零花钱都不给你。我们

---

① 目珠根下：眼皮底下。

② 过身：去世。

③ 竹梢：竹枝。

都不在身边，有什么问题还是要你们互相照顾。"沉默半晌后，文星又开口了。

"我生养你们是做什么用的，他不给钱你们也不给吗，他不照顾你们也不照顾吗？"招玉的怒火足以烧着在场的人，她忍无可忍！

"钱不是问题，我们可以给，可万一哪天你又犯了病，他不理你，你怎么办？日子头还好些，怕就怕像以前那样，睡到半夜就犯病。等那边的房子做好，爸搬过去了，你就一个人住了，半夜三更叫人都叫不到，多冤枉①？如果你不闹，就可以也搬过去，你们就可以互相照顾，这样我们也放心些。"文星继续劝。

"想得天真！我也不会搬到那边去，我在这里住了几十年，死都要死在这。什么事我都可以当软②，唯独这件事我绝不让步！哦，人家的鼻涕都擤到我额头上了，难道我就擦几下算完事了？我忍让了几十年，你们还想让我忍到死？这回我就是拼掉老命，也要和他们斗，看看他们的面皮有多厚。都不要再劝了，回去吧，别在这儿气死我了，你们全都是站在那老短命相一头③的，我对你们再爱也落不了好。以后你们再回来，就让那老短命相煮给你们吃吧。回去，回去！"

招玉真是气极了，看都不看这些搬来的救兵了，手连连挥着。

姐弟几个互相看了看，拿不定主意。文星用眼神扫了一下门口，意思都走吧，大家就都站起来往外走。

文星用右手搭在母亲的肩上，温和地说："妈，你好好想想吧，最好不要闹出去，家丑不可外扬，以前你总是这样对我们说的。还有，你以后不要一张口就骂老短命子，爸都过七十了，不算短命子了。我们走了，你自己注意身体。"

招玉气鼓鼓的，根本不加理睬。

始终没说话的考秀，这时也走到招玉身边，柔声说："妈，你也莫伤心了，早点休息吧，有空时多来我们店里，平时多和梓嫂叔媚④聊聊天，不要一个人在家生闷气，更不要再去做辛苦事了，有什么事打电话给我们。"边说边从钱包里掏出几百块钱，算也没算就塞到她手里，"这点钱你收下吧，你要买什么

---

① 冤枉：可怜。
② 当软：忍让，服软。
③ 一头：一边。
④ 梓嫂叔媚：邻里乡亲。

尽管花，花完我们再给。"塞完钱，考秀还为她拭了下眼泪。

招玉苦涩的心海不觉泛起一丝热乎，这个考秀真是打着灯笼难找的媳妇，自己亲生的女儿都没那么体贴自己。每次下城赴圩，去了她店里，她不是给钱就是给买用的或吃的，店里的东西也给过不少。她曾顾虑考秀的父母有看法，但考秀说，这店名义上是父亲的，实际上就是她和文星的了，父亲早把文星当儿子了，还要他们把店改为超市，扩大营业。

人去楼空，月明星稀，招玉坐在门槛边还在伤心流泪，渐渐地，感到肚子里闹起了革命，感到手脚都软了，头也有点晕。她想了起来，晚上只吃了一点汤和菜，根本没吃饭。于是颤巍巍地站起，定了定神，走到厨房，把没吃完的鸡肉放到电炉里热。

"我要多吃鸡肉，吃了才有精神跟他们斗！哼，逍嫲，自家死了老公，就想跟我争，等着吧，总有一天我要闹个天翻地覆，让你们没脸见人！"招玉发誓要让他们颜面尽失，要打赢这场夺夫战。老公于自己就是没有一点利用价值了，也不能把他当成破铜烂铁卖给收破烂的。何况，除了那方面我讨厌外，平常的生活还得靠他，子女再贤孝，也是鞭长莫及，真个有疾病什么的还得靠老公，等子女回来，说不定全身都硬了，特别是文宝和文书，那么远，搭车都要十多个钟头，更加靠不得。

招玉把剩下的鸡肉狠狠地都扫进了肚里，汤汤汁汁一滴不剩，仿佛消灭了秋香的肉体。肚里有了货，心里闪出一个主意：明晚开始，也睡楼下，看那荡妇还敢不敢来？！主意既定，就觉精神好多了，手脚不软了，泪也不再流了。

老道失算

招玉按自己的计划，白天监视荣贞，晚上也和大家坐在客厅里说笑，实在困了，就毫不客气地睡在荣贞房里。只是，她把床上的东西，都扔在地板上，把她楼上的枕头被褥抱了下来。

荣贞见她这样，只恨得咬牙切齿，这个丑女人，早死算了，省得碍事。看她老在眼前晃荡，他就有一股说不清的气，上不得下不得，只在胸腔里乱窜，比猫挠了还难受。

三个精布娘，当不得①一个傻男人。荣贞看出了招玉的鬼个子②，就小心提防着。趁她喂鸡鸭或上厕所时，一旦身边没人了，就不失良机地给秋香打电话。

秋香被招玉抓了现行詈骂一通后，连着几天都胆战心惊，怕她上门闹事，怕她把这件事广告天下。可是，一个星期都风平浪静，她就想，是不是荣贞把她给说服或制服了。这次从电话里听到久违的熟悉声音，喉咙不禁一阵哽咽。

荣贞说，天塌不下来，刀架脖子上也要爱，等风头过后，他就来找她，一万个放心。荣贞还说，这段时间尽量避开招玉，以免无谓的伤害。秋香含着热泪"嗯嗯"连声，想不到他如此情深义重。

荣贞鹊桥相会的愿望虽然如久涨不退的潮，但也不敢太放肆地冲撞新筑的堤坝。招玉的脾气他不是不知，她要真是发起火来，八角灶头也会转向，隐忍了这么多年，一旦原形毕露，准会地动山摇，鸡飞狗吠，谁碰上谁当炮灰。小不忍则乱大谋，那边房子正紧锣密鼓地装修，等完工了，就可离开她的监视，就可以不受约束地和秋香共浴爱河。

他也知道，招玉并没有资格将自己扫地出门，早些年他已在老屋旁加建了两间房，那产权当然是属他的。就是没建房，有老丈人的遗嘱，招玉也不能对他怎么样。"要走也是你走！"这是老丈人当年对招玉说的；"我们已经把荣贞看成亲子哩了，你要是赶他走，就等于赶我们走！"丈母娘的话也是落地有声，毫不含糊。在他们眼里，荣贞对这个家的建设功不可没，他们的两句话，让荣贞长了不少威风，最起码把招玉镇住了，受用至今。

老丈人、老岳母已过世多年，自己苦撑家门到现在，也算对得起他们了！入赘的荣贞在历经"绝孙"的多番折磨以及招玉的种种不配合后，在滋生涌动着的奇思怪想中，就有另立门户的打算。只是前几年的那些积蓄，置办了不少家电和家具，也花在了那些寡妇身上，子女们建房、买房又资助了些，自己再行建房，资金到底就无法一次性到位了。

和招玉斗了这么多年，荣贞越发地感觉厌烦，非得离开这个是非之地，以求耳根清净，这个女人不仅毫无风景可言，还像秋后的蛤蟆一般凶了起来。

---

① 当不得：比不过。

② 鬼个子：鬼点子。

他堂堂一个男人，着实受不了了！再窝在这里不走，势必困死、闷死、烦死、气死，壮烈牺牲。

有心做监管的招玉，又回到了当年生产队时的状态，精力旺盛，不辞辛苦。出门摘菜急匆匆的，不敢和张三李四搭脚头①，好像家里有个小孩在睡觉，怕遭老鼠咬，或怕醒了掉下床；做家务时，她眼、耳和手并用，担心这个调皮、狡猾、老想吃杂沾腥的老男人趁机溜走。

跟我斗，哼，你还嫩着！这句话在荣贞肚里不知滚了多少回，他也教会了秋香钻空子，在儿子、媳妇不在家时打个电话给他，他会很快前去接头，就称说要去出诊。在家闲聊的客人当然相信，因为这是他的职业，招玉也不好意思跟踪，即使真要跟踪，我绕她几圈她就服天服地了，我就不信从不练脚功、患有坐骨神经痛、平时出门三步路都想坐摩托的她，能和我赛跑。

一天，诊所又来了不少人，喝茶的，聊天的，看病的，见招玉也来客厅聊天，就和她说笑。以前，招玉看到常年都有那么多人来喝茶不免有意见，说这样下去一年到头二十斤茶叶都不够。荣贞倒是欢迎大家串门，他除了出诊，一般时间都待在诊所，如果门庭冷落，哪能听到那么多新闻？为此，他还做招玉的思想工作："来人来龙，一个家如果没人走动，冰冷削静②，就不好了，说明不会做人，大家都看不起。"现在，她也感到家里人多的好处了。

有个外号惹脚③的青年哥没大没小、嬉皮笑脸地对招玉说："这段时间怎么有空和大家一起说笑聊天呀？又和老公睡一床了，是不是天气冷了，要搂着老公睡了？"

招玉知道，这不要脸的老鬼肯定把夫妻分床的事广而告之了，便不急不恼地说："再冷我都不怕，我有电热毯呢，文星买的。"

"那肯定是人老心雄，夜里睡了想老公，告诉大家，荣贞叔功力怎么样？"

惹脚此话一出，马上换来旁人一顿笑："你晚上藏在他们的床底下，不就脉事④都晓得了嘛，还用多问？"

"酸夹货⑤，都七老八十了，还说这些。"招玉白了惹脚一眼。

---

① 搭脚头：闲聊。

② 冰冷削静：死寂一般。

③ 惹脚：捣蛋分子。

④ 脉事：什么事，任何事。

⑤ 酸夹货：下流坯。

惹脚津津乐道地笑说:"不是说嫩有嫩搭煞①,老有老搭煞,两人同作力,当得十七八吗?看荣贞叔吃得红笋花色②,精神饱满,就晓得他会调理自家,加上他一向好这门子事,睡在一床他能不撩③你?鬼信④!"

招玉苦笑着,一语双关地说:"我老了,他养得再雄板又哪里还要我,我们都十多年不做那事了。我也厌恶这事,如果有个比我嫩的和他睡,他就会要。"

"那是肯定的,你早就该和他睡一起,怎么能开铺呢?你一开铺,他就带细妹子⑤,我们大家都晓得,就你还蒙在鼓里。你再和他开铺,迟早他会成为别人的老公。"

惹脚开起玩笑来不分辈分,不管场合,更不看人家的心情和脸色,人家越不乐意他就越起劲,要是人家哭起来,那他就大功告成了。不过,亦仅此而已,玩笑是难以得罪大人或让大人上当的,只有那些少不更事的小孩偶尔让他的阴谋得逞。

看惹脚说得一本正经,招玉以为他早就晓得荣贞和秋香的事了,便不软不硬地说:"细妹子他是拐不到了,不过死了老公的寡妇就不奇怪了,现在的人啊,面皮八尺厚。"她虽然强装镇定,但相信自己的脸色肯定不好看,就好像荣贞挖了她家的祖坟。

惹脚一听,暗笑这老女人怎么就那么容易被唆弄呢,莫不是荣贞真有货嫲⑥?

他们在客厅说笑,荣贞在诊室为一个患者打脉。还没配药,手机就响了,一看号码,马上按了接听键,先开口:"喂,什么?又发高烧,都四十度了,好,好,我马上来,你先用毛巾贴额头,我这边给病人开个药就好了。"他故意用大嗓门说话,以便让客厅的招玉听到。他早就和秋香说好了,只要她一打电话,他就会装神弄鬼一番,出诊于医生再正常不过,没人会怀疑。

开完药,嘱咐了病人几句,荣贞就挽起药箱走了,还装出一副无奈样说:

---

① 搭煞:意思,味道。
② 红笋花色:面色红润。
③ 撩:动,这里指性骚扰。
④ 鬼信:鬼才信。
⑤ 细妹子:年轻女子。
⑥ 货嫲:情妇。

"唉，又要出门了，你们喝茶啊，我去看看，最多一两个钟头，等我回来。"说完这些，他心里得意极了，想不到这把年纪了，鬼话却张口就来，毫不含糊。

到了秋香家，荣贞把这些鬼话一说，秋香捂嘴直笑，点点他的脑袋，夸他老聪明。荣贞嘿嘿嘿笑得开心，和秋香在一起，不开心都不行。他问秋香："你子哩陪生娓转外家^①做什么，会不会突然又回来了？莫紧事情做到一半突然回来，那就冇搭煞^②了。"边说边上来脱秋香的裤子。

"去，叫你来难道就是为了做那事，我们说说话不行吗？"秋香拍开他的手。前段时间，她把荣贞给的补品分给富生和丽花吃，他们应该不会找她的碴儿。

"单说话不做事，哪有什么意思，有人还在我那里喝茶聊天呢。那老短命嫲这下又和我睡一床了，像防贼一样防着我，我们在一起的时间不可太长，别再让她晓得了。没有你的日子，我简直度日如年，吃不香睡不好。"

荣贞说的确是实话，秋香听了心里不由一酸，把头偎在他的怀里不再说话。

桴鼓相应，精神有托，确实重要。他们都怕这第二个接头地点又让那个敌人破坏，此处要比彼此安全得多，因为病人是不选择时间的，而秋香可以选择儿子、儿媳回娘家或去打麻将之时，她已感觉，儿子、儿媳会做独眼龙，只要有利可图，这个人情他们乐意给足。

"地下工作"平安无事地又过了几个月。荣贞出诊的次数频繁，到底引起了招玉的疑心。尽管他把病人的病情、地点随时变更，出诊的时间也长短结合，回到诊所后，如果还有人在那喝茶聊天，他也会胡编乱造一番，说谎多了，他已经都可以不打腹稿，出口成章，随机应变了。他一向喜欢喝酒猜拳、下军棋，这是众所周知的，这也是他可以迟回家的理由之一，以前电信还不发达，病人来找他看病，而他又出诊了，这就很麻烦，不晓得要去哪里找，就只好在他家等，有时一等就是几个钟头，甚至等不到人，无功而返。他的责任心也是公认的，为病人打了针，观察半小时是他的原则，病人吃药打针后如果出现各种症状，他必须妥善解决后才会安心回家。药物过敏是常见的，大家也都

---

① 转外家：回娘家。

② 冇搭煞：煞风景。

清楚，出诊时间的长短确实不好说。总之，他随便找个理由，大家都会相信，连招玉也不曾怀疑，但自从发现了奸情，她就多了一个心眼。

即使和秋香开辟了第二个地下接头点，但荣贞并不是每次都骗人，十次当中，的确有一半以上是救死扶伤去了。

秋收一过，天气晴好，各家的谷子很快就晒干入仓了。怀孕多时的田地，在汗淋淋地分娩出一派金黄的收成后，也得歇脚休养了，作田佬又有了一段清闲的时光。秋香的儿子、儿媳和一帮爱好相同的男人女人，又周而复始地搞起了"副业"。由于病虫害没过关，这季的稻谷减产不少，大家都开玩笑说，农业损失"副业"补。于是，一有空就打起了麻将、九点半、金花、斗牛，赌博名称五花八门，而他们样样精通。他们组，刚好有个场所专供大伙带薪娱乐，那家主人不作田也天天有钱到手，桌税一年下来可收好几万呢。

富生和丽花赌上了瘾，每夜都把小儿超超交给秋香，然后成双成对出去搞"副业"，到了下半夜，夫妻才披星戴月双双把家还。

秋香把孙子哄睡后，一个人无聊得很，又特别想见荣贞时，总会忍不住打电话给他，而他几乎有邀必去。他天真地认为，只要自己的眼珠子翻一下，脑子转一下，想出的鬼点子就足以瞒天过海，招玉这个没见过世面、最远也只去过县城一次的农村老太，怎么能够和我智多星斗呢，重新出过一次世①也断不是我的对手，哼！

真所谓自以为是、百密一疏，即便农村老太是聋子、哑子、瞎子，但周围闲着没事的狗头军师多着呢，说起真话假话都令人捉摸不透，说着说着都会有意无意地引到男女情事上。招玉反常的举动，早已引起了惹脚和另一个叫小灵通的后生注意，他们唯恐天下太平，总想惹出一些事来供大家说笑。荣贞哪能想到自己的受关注度这么高呢！

"招子娓每夜都和我们一起说笑，又和荣贞叔睡一床，听荣贞叔说原先他们早就开了铺，这是怎么回事？说他们和好了，可她连他的衫裤都不洗，我有几次都看到他放洗衣机洗的，真是奇怪！"小灵通说。

"我也感到古怪，以前秋香常来，现在很久不见人影了，招子娓倒来了，难道荣贞叔和秋香有勾搭？真要这样，那荣贞叔真是有福啊，就秋香那一对奶菇，荣贞叔享用了就够有福。"

---

① 重新出过一次世：再投胎。

"我早就怀疑他们有乒乓①，有次我去秋香那里借犁耙，闻到她铝煲里有鸽子蒸参的味道，垃圾桶里也有安神补脑液的纸盒和细瓶子，她一向都省生省死②，哪舍得买这些东西，八成是荣贞叔送的。你发现没，她自从老公死后，几③红润，身体几好，肯定是这老色鬼给调理的，她能不以身子为报答？"

"你的推理很正确，等下我们去唛弄唛弄④招子娓，这段时间，荣贞叔老是出诊，说不定就有问题。"

"唛弄唛弄可以，但不能太过分，不然荣贞叔会骂死我们，以后来了会连自来水都不给喝，好烟也不给抽了，有病找他，他还不用大针头惩罚我们？得罪哪个都不敢得罪这个叔公加医生，不然以后看病就会收高价。"

"是啊，莫说算贵点，有病找他，他故意磨磨蹭蹭我们就死翘翘了。"

"我们就说笑他一下，千万莫去做恶人把秘密说出去，反正秋香没老公了，那丘田荒着也是荒着，就让荣贞叔捡便宜去耕种吧，不然也太可惜了，人家还不到五十呢，我要是有钱，我都会包了那丘田。"

"好，还是顺其自然吧，招子娓自家晓得就好，不关我们的事，她自家没能力了，总不能让荣贞叔做和尚吧。"

两个家伙一路说笑，一路踢着路边的石子和灰尘，没心没肺地吆喝驱赶着沿路人家门口的狗和鸡鸭，三步五脚就来到了荣贞家。

人以群分，物以类聚，长年累月不正经、没轻重的说话，又爱"搞鬼事"，让他们臭味相投。村民们厌者有之，喜者有之，和他们在一起，就是有天大的愁闷也会烟消云散。他们不管是谈东南西北、春夏秋冬、旧新时代，还是国事家事、政策变更、人类和气候变化，谈来说去，最终总会油然把话题扯到男女之事上，拿他们的话说，"一日不讲膣⑤，半夜睡不香；两日不说膣，三日吃不饱"，在他们看来，玩笑是打通生活乐趣的灵丹妙药。

两人进屋后，没看到招玉，东张西望了几下，确认不在，就开起玩笑来了。当然，是惹脚先开的口："荣贞叔，今夜不要去'出诊'吗？"

"鬼话，出诊不出诊哪个晓得？有病人家打电话来，就得去，没电话我费

---

① 有乒乓：有瓜葛，有关系。

② 省生省死：过于省吃俭用。

③ 几：多。

④ 唛弄唛弄：教唆、作弄。

⑤ 膣：女阴。

那个神做什么？你问这个做脉个^①，是不是怕我太轻松？那你病一场，我保证天天都去你那儿看，连电话都不消你打一个。"

"你看你，做人家叔哩的人，竟然诅咒起侄哩来，以后你老了^②，我连香都不来烧。"

"这就好，你这个惹事棍^③，我现在都讨厌死你了，我死后，你要是敢来烧香，我都要踢死你。"

"我好像没做对不起你的事，没说对不起你的话吧，怎么就那么讨厌我呢？像你这种人，素质这么差也能入党，难怪有人说现在农村的党员素质豆腐渣。"惹脚在茶几边的矮凳上落座后，故意吐了吐口水。

"自家素质差入不了党，就说人家素质差，脸也不会红。"荣贞边说边把茶杯用夹子夹到他们面前，"莫鬼喔^④了，喝茶吧，这是天狮降脂茶，口感不错，人家送的。"

"趁现在叔娓子不在场，劝你几句，你和那个货嫲的事要注意一点了。叔娓子都成猫公了，你这老鼠还敢去偷吃，迟早都有失时^⑤的一天，到时莫怪我事先没提醒你，换作别人，我也犯不着多嘴，让人家打死也算了。"

惹脚说完，小灵通马上接话说："男人理解男人的爱好，但凡事都要谨慎小心，虽然这种事不出火烟，但夜路走多了，总有碰上鬼的时候。"

"鬼喔般，你们耳朵那么长，听哪个说我有货子^⑥？"荣贞沉下脸来。

"嘿嘿，我是谁呀，小灵通的外号是乱取的吗？你和那货子的事大家都在背后议论呢，你就装吧。"

这两个家伙配合镇定且一本正经，让荣贞听得心惊肉跳，难道自己和秋香的事真让招玉捅了出去，这老短命嫲，什么话说不出来？

惹脚瞅荣贞那张脸渐渐地走色了，就和小灵通对视了一下，彼此微微一笑，心领神会。惹脚一口茶落肚，咂咂嘴，又说："叔啊，有这种事又不是滔天大罪，不用吓得脸色苍白，现在的人有点本事有点钱都可以家外有家，报纸

---

① 做脉个：什么意思。

② 老了：死了。

③ 惹事棍：捣蛋鬼。

④ 莫鬼喔：别鬼叫。

⑤ 失时：运气不佳。

⑥ 货子：情人。

电视上多得很呢。莫怕，有我们为你包庇，你尽管做喜欢的事，以后我们有病时药费算便宜点、打针温柔些，来喝茶时泡好一点的茶就行。"

荣贞半晌不语，老道失算，哪晓得这两个小子完全是靠猜测来套他呢！正待开口，门口传来了脚步声，凭听觉，是招玉摘菜回来了。

惹脚和小灵通向荣贞使了一下眼色，并马上转移话题："你这茶口感不错，多少钱一斤？"

荣贞心绪快快，道："我也不晓得，是一个搞天狮直销的朋友送的，那盒子上不是标了价吗？"

这两个家伙根本不关心降脂茶多少钱一盒，不过是打马虎眼。

惹脚见招玉身后跟来了一伙人，就起身说："我们来得早，已经喝掉一壶开水了，该让给你们喝了。小灵通，我们走。"

"荣贞叔自家有井水，茶叶又有人送，怕什么？莫走莫走，说说笑话。"

小灵通配合着惹脚，连连摆手："不了，不了，我们寻赌博去，赚他几包烟钱才是正事，同你们说笑话，你们肚子笑破、牙齿笑掉，都不给工钱，划不来。"

端　窝

那边的房子已经装修好了，荣贞选了个日子，叫子女们都回来一趟。农村人建了新舍搬迁，都是要大摆宴席的。荣贞人缘好，子孙又多，又很久没做大好事了，所以搬迁请客这天，高朋满座，光礼花鞭炮就欢叫着把上千元钱铺上了天。二三十桌的客人，把个一百五十平方米的地方都占了。这里暂时还是独门独户，桌子放不下了，就在屋外搭了个棚。天公作美，这天不冷也不热，来客也不见外，还为荣贞能请到自己而高兴。

请客这天，秋香没去，但富生和丽花去了。秋香的房子离荣贞这栋新房近，还愁以后没机会见吗？

左邻右舍帮着把诊所的一应东西都搬了过去。荣贞把曾经用过的被褥用洗衣机洗后，叠好放到衣柜里，现在当然要跟着自己转移阵地。招玉叫子女们把她的东西也搬去，但被荣贞拒绝了，理由很简单：家里还养了鸡鸭，如果她也搬走，贼牯光顾了可咋办？子女们当然晓得父亲的心思，也不想坏了请客的喜事，就劝母亲说，等不养鸡鸭了再搬吧。

招玉当然也舍不得那么多鸡鸭让贼偷了去，老公都已经被人偷了，损失严重，花了那么多心血养的鸡鸭要是再让人偷摘了果子，那就更失算了。但她放出狠话来，现在可以不搬，但还会继续监视，如果再让她捉奸，绝不含糊，她好不容易把别人擤到额角上的鼻涕擦拭干净了，绝不允许再来一手。对她的表态，子女们找不出适当的言语安慰，心里却清楚并担心，父亲爱那个女人，肯定会不顾一切的。

宴席后还有不少剩菜，荣贞新居连着两天都很热闹。他要大家把剩菜都解决掉，别浪费，不嫌弃的可以装回去，还开玩笑说："你们吃得走不动时才是我的职责。"大家知道荣贞的性情，因此也不客气。在他老家，大家得顾及招玉的感受，现在无所顾忌了，有人还大声说笑道："荣贞叔早就该在这里做屋①开诊所。"

荣贞这一搬，老家除了鸡鸭还在不知情地照旧咯咯呼、嘎嘎叫，冷清得有些惨不忍睹。招玉一时就感到空落落的，超强的气恼促使她在白天和黑夜，一日不落地来诊所巡视，像是履行神圣不可侵犯的使命一般。但那些转移了阵地且在吃喝和健康上得了好处的闲人们，天平已然倾向荣贞，心里还暗笑她，老公看到你，比狗屎还厌，你也不觉得难为情。每次招玉到来，荣贞连正眼都不瞧一下，更别说打招呼或留她吃饭了。有时见有好吃的，招玉就厚着脸皮自己动手做，吃饭时只听吧唧声，不闻说话声。有时荣贞干脆装些饭菜离桌，坐在客厅沙发上，边看电视边吃饭。招玉无奈，自己吃了把碗筷洗好，也坐过来看电视，而荣贞又接着闪开。

"看到她就像看到了鬼！"荣贞不止一次撂下狠话，也不怕她听到后的反应。

眼见招玉日夜都来，有人又不知轻重地开起了玩笑："招子娌，是不是怕荣贞叔带货子，每日都来监视？""招子娌，莫那么辛苦，男人要是想走斗②，你守都守不住，屙屎屙尿就溜走了。镇上不是有个女人晓得老公有货子后每天都跟去吗，结果怎样，说去屙泡尿就把她留在车上了，而他却和货子上了床。我劝你莫费那个神，反正自得他辛苦。"

---

① 做屋：建房。

② 走斗：挪窝。

134

荣贞听罢暗暗叫苦，短命鬼，阿婆嘴，你们这不是在提醒她吗？再笨的女人也听得出来，万一以后我去秋香那，被她跟踪追去一次，我就死定了。你们这些狗东西，还想我手下留情呢，以后再有病，我定要拖上半个钟头，让你难受一阵子，药费也不降价，来了莫说茶，自来水都不给你们喝。荣贞心里骂完他们，还不解恨。

"招子娓，你莫听他鬼喔①，我相信荣贞叔不是这样的人。他怎么会做出这种事，后生时②也许会，现在七老八十了，哪还有那个爱好？再说我每夜都来这里喝茶，有时还和他下军棋，经常十二点回去。除了出诊，他连门都不出，到哪去勾搭布娘？这个你放心，他要是敢乱来，连我都会骂他。你功劳这么大，生了五个子女都有指点③，他要是不珍惜，天看了都会责嫌④。"这家伙说话很绝，既维护荣贞，又安慰招玉，还像是在提醒荣贞，别做对不起老婆的事，头上三尺有神明呢。

招玉虽说未出过远门见过大世面，但现在新闻传得快，生活中只要有点见不得阳光的风吹草动，第二天就家喻户晓，电视上的相关节目她也目睹了不少。她当然也怀疑荣贞的出诊有问题，现在交通方便，人家可以把病人送到诊所来，把荣贞接到家里，看完病又要送他回家，岂不更麻烦？招玉早就意识到了这一点，但碍于大家在诊所喝茶聊天，她无法抽身跟踪追击，而这些人又偏偏和她过不去，都像是在保护荣贞和"地下党"接头，直到荣贞嘴角含笑回家后他们才告辞。招玉恨得牙痒痒，心想，总有一天我要再去捉奸，届时一定要把她家的锅头、水缸统统砸烂。决心既下，招玉就决定在荣贞下回出诊时出手，叮嘱自己一定要有耐心，一定要沉着。

这样的机不会太难等，荣贞和秋香早已如胶似漆，一日不见如隔三秋，死撑烂撑也撑不过一个星期。即便在一块儿说说话，感受对方的气息也好。

天不藏奸，好像还要帮招玉捉奸，这天夜里就提供了机会。

八点多钟，荣贞的手机响了，一看号码，他按键后故意说信号不好，慢慢离开一帮茶客，走到门口时，再大声嚷开："什么？你孙子又吐又泻，吃错什么东西了？好，我马上就来，你骑上摩托来接我，我们在九驳桥见。"为了

---

① 鬼喔：讲鬼话。

② 后生时：年轻时。

③ 有指点：有出息。

④ 责嫌：责怪。

表现自己不是轻率离场，荣贞还真进了药房拿了几瓶药，装进药箱时还有意弄出声响让大家听到。荣贞已快一个星期没见秋香了，前次见面，因秋香"亲家"来了，他再有冲动，也不能霸王硬上弓，这次一定要把积蓄许久的荷尔蒙发配出去，想到曾经有过的愉快合作和即将到来的两情相悦，他的脸上飞快地掠过一丝温情的微笑，由脸及心。

既然色胆可以包天，还有什么事要怕的，何况自己的桃花运一向顺顺当当。荣贞像往常一样，挽了药箱略带歉意地对大家说："又冇工夫①和你们泡茶了，十二组有个细鬼子吃错了东西，又吐又泻，都快脱神了，我得马上去！"

"去吧，去吧，有病半个钟头都难过，大人都受不了，莫说细鬼子，我们自家会泡，你快去吧。看，又有几把电筒火向这边射来，八成是他们来接你来了。"

"看完病人再回来陪我们喝茶也不迟，我们等你，你自己注意点就行，莫紧半路遇上了鬼。"

惹脚是在提醒荣贞，完事后早点离开接头地点，莫让人端了窝。可色迷心窍的荣贞却认为他在开玩笑。

见荣贞火急火燎走了，招玉一声冷笑，今夜非给你一点厉害看看，不然还以为我是傻瓜一个。隔了一刻钟工夫，她对大伙说，你们几个在这里等他回来吧，我先回家了，我家的狗嬷②这两天可能要生了，我要回去看看。

几个常客说，那怎么行，你们俩公婆都不在，我们怎好意思在这里泡茶，万一丢了东西，我们可就跳进黄河也洗不清了，不行不行，你要走，我们也走。

惹脚却说："招子娓，你莫这么小气，反正你的茶叶都是文星拿回家的，有些还是人家送的，水又是自来水，莫见我们泡茶，就说狗嬷要生了，它要生自然会生，又不要你去接生。"

"天气冷了，万一生下来冻死了怎么办？我得回去弄些稻草给它垫着。"招玉边说边往外走。她一点也不担心诊所的东西会遗失，都是左右侧角的邻里乡亲，怎会要诊所的东西？再说，钱又让荣贞锁着，有什么好担心的？

招玉一走，惹脚和小灵通相视了一下，心照不宣。惹脚先站了起来对大

---

① 冇工夫：没工夫。

② 狗嬷：母狗。

家说，我天光一大早有事，就失陪了。小灵通也站了起来，说："我来时老婆说胃不舒服，给她吃了两粒斯达舒，不晓得现在好些了没，我得回去看看。"

有人说："她要是还不舒服，早打电话给你了，担心什么？"

小灵通见招拆招，使出的还是最拿手、别人最想听的"酸话"："这不行，平日也得多关心关心她，不然想上她身时，她着刁裤子①怎么办，你让我撑烂棉丝被、放空炮呀？"

在哄笑中，不待他们再开口，两人就迅速溜了出去，不远不近地跟上了招玉。

一身素衣的招玉沿着蜿蜒窄狭的乡村道路踽踽独行，在昏暗的月光下像个冶游的夜鬼，像个赴死的怨妇。惹脚和小灵通毫不担心前面这个怨妇投河或寻歪脖子树上吊，心里却都替荣贞着急，捏一把汗，倒希望他今晚去十二组出诊。这老家伙，真的色胆包天，一高兴又忘了带手机，如果不把手机丢在茶几上就好了，现在就可以打电话向他通报紧急情况，让他马上撤退到安全地点。两人像特务一样跟踪着，惹脚忽然想到什么，问小灵通有没有富生家的电话。

"有次富生打过电话给我，问我有没有多出的秧子②，他的秧子不够莳，可我没存起来。"

"死了，死了，这下荣贞叔肯定要遭殃了，他们的好事一旦让招玉娓晓得，八角灶头都会转角③。"

"谁叫那老鬼那么不老成，竟把手机丢家里，就爱吊目光。"小灵通嘴里这样说，心里其实也为荣贞担忧。

"招子娓发现了奸情，准会把秋香家的东西扫光，荣贞叔绝对会用钱去摆平，富生和丽花又赚了。不过，如果真这样，秋香肯定不敢再和荣贞叔走下去，即使男人有那个色胆，女人可连心都不敢动了。"

蛙鸣声聒噪不绝，烘托着他俩的心声。

招玉不紧不慢地来到秋香的屋前，就熄了电筒火，蹑手蹑脚摸到秋香房间的窗户边，耳朵紧贴窗前，按紧胸前，怕突突突的心跳声惊扰了里面的好戏。

果然有好戏！

---

① 着刁裤子：穿裤子同房，意指女方不配合，有意为难。

② 秧子：秧苗。

③ 转角：转向。

在上次被抓现行并领教招玉的骂功后，秋香羞惭交加，也想过要和荣贞断关系，但又总是忍不住想见他。今晚激情中，荣贞的话壮了她的胆："怕什么，她敢对你怎么样，有我为你撑腰呢，她要是敢乱来，我就和她离了，和你结婚，只要你不嫌弃！"秋香听了，心里涌起一股暖流。

招玉偷听了一会儿，又把手电筒拧亮，在屋后找了根松树棍，掂量复掂量，照着窗户猛砸下去。只两下功夫，窗玻璃就被砸了个稀巴烂。她伸手掀开窗帘，往室内晃动着手电筒，寻找光线落脚的目标，并很快就有了定格。

床上的人被这突如其来的事件吓得措手不及。男人就是男人，荣贞很快就镇定了下来，在手电筒的反光中看清了搞鬼者，拍了拍身边的秋香，沉着地安慰："天塌不下来！"他一边穿衣服一边暗自庆幸，好在战斗已经胜利结束。

荣贞适才赶路急，战斗进行得又激烈，毕竟上了年纪的人了，顿感劳累。他以为富生和丽花打麻将不会这么早收场，因此就想在温柔之乡多留一会儿，待元气恢复后再走。哪想到那个可恶的女人，竟然一路尾随而来，而且不讲情面就把秋香的窗门砸碎，曝光他们。这对荣贞并没多大影响，他的身体招玉已经懒得看，更无心再去欣赏。可对秋香来说，就是祸从天降，她下意识地扯过被子蒙住了头。她这也是此地无银三百两，多此一举。

"蒙什么，有胆子勾搭男人，就不用怕人晓得，短命嬷，逍嬷，老公死了怕东西生锈吗？连老男人也要！"招玉一边骂还一边砸。

这当儿，荣贞已穿着齐整了，立马喝道："夜晡头走到人家屋里砸东西，算你光荣吗？有事回家说，莫在这里大吵大闹，回去以后要宰要割，想蒸想煲，由你方便！"

"我还会做傻瓜吗？前次给你们留足了面子，这回还这样我就真是软柿子了，你们就会更加笑我。现在我再不会倒贴钱财、倒贴鸡鸭和精神，叫子女们回来解决问题了，他们都是向着你的白眼狼，我落不了好！"招玉骂完，扔下松树棍，弯腰在屋后找细石子，找着一个往窗内扔一个，浑不管是方是圆，是钝是尖，"逍嬷，不用再盖了，打开我看看，是你那钵头般大的奶菇还是裤裆里那东西镶了金子，让老鬼这么贪迷？"

她手不停歇地往床上扔石块，秋香躲在被窝里簌簌发抖，不时发出一两声低沉的尖叫，显然是被击中了某处。荣贞气急交加，挺身上前阻止，但也被招玉扔出的石头给结结实实砸着了。听他痛得"哎呦"几声，招玉这才停手。

惹脚和小灵通瞧准这个时机，急急上前劝下汗涔涔的招玉："招子娅，骂归骂，千万不可扔石头，万一砸死了人，自己也要赔命一条。你是命好的人，现在子孙都有指望了，正是享福的时候，不值得这么做！"

招玉听了，当然就坡下驴，她本无心伤人，只不过要吓唬吓唬这对食杂动物而已，不然也不会专拣那些细石子扔，一个黑豆也能砸死人，她不是不晓得。虽然不砸了，嘴却没停歇："短命嫲、短命相，好哇事，都是隔壁邻舍，偷人也要走远点，面皮八尺厚，梓嫂叔媚也下得了手，你们是不用顾面子的头牲六畜^①吗？这一次我再当软^②一次，下次再让我捉到，绝不心慈手软，不把你家砸烂，我就不姓钟！"骂完这些，招玉"呸"地吐了口痰，把手中的石块丢了。

惹脚和小灵通算是听明白了，原来招玉已经捉过一次奸了，只是一直没说出去，开了一次家庭会，可子女们也解决不了问题，而且还向着荣贞。他们心想，这招玉的忍功还真不错，老公都让别的女人用上了，她还包庇得这么好，的确难为她了，以她既往个性，早就闹得鸡飞狗跳了。

招玉骂骂咧咧一拍屁股走后，荣贞来到床前，拍拍被子并轻轻掀开一角，见秋香泪流不止，羞愧不已，不觉心疼，痛苦难禁。他轻轻咳了咳，温柔地说："都是我不好，害你受了惊吓。你放心，我回去就跟她说离婚，和你结婚。你好好睡一觉，天光日子让富生叫个木匠师傅来修窗门，钱我出。"

秋香哽咽道："你千万不能和她闹离婚，我也不配和你结婚。"

荣贞道："人和人，别说配不配，一块钱的打火机也能点着一千块钱的香烟。"

秋香依旧泪水婆娑，说："你们都做了公太^③的人了，还闹离婚，我的罪就更大了，以后还怎么见人，连我都无法原谅自己。不行，你千万不能离婚！"

"放心吧，我会处理好这件事的，这段时间你一定要保护好自己，不要担心我。富生和丽花回来问起这事，你就把所有的责任推到我身上，就说是我死缠烂打缠住你不放的。我走了，听话，莫想太多，好好睡一觉。"荣贞说完，俯身亲了一下秋香冷汗直冒的额头，然后出门，轻轻地锁上，他怕关门声大了点都会使秋香受到惊吓。他是真爱秋香的，已经离不开这个让他聊发少年狂的女人了。子女们都已成家立业，文招、文秀都升级做奶奶了，他们都不用我

---

① 头牲六畜：牲畜。

② 当软：退让。

③ 公太：曾祖父母。

操心了，我艰苦奋斗了几十年，以前都是为子女，现在为什么不可以为自己寻找真爱。反正那个可恶的老太婆已经把我当着柴火间的烂脚头①，毫无利用价值，随时都有可能被她当作破铜烂铁踢出家门。子女们该会同意自己的选择，因为我早已从根本上离开了她，从她主动开铺那天起，所谓的夫妻情分就已名存实亡，是子女和那纸婚姻合同在维系他们间的关系，还错误地把他们当作一家人。

荣贞一出门，看完"免费电影"的惹脚和小灵通很快就跟了上去，黑暗中倒把荣贞吓了一跳，以为是富生他们趁火打劫呢。

"老叔，回去千万不要打招玉娓，自己做错了事，就要敢于认错，无论她骂什么，都不要对骂，更别动手。小不忍则乱大谋，多说好话死不了人。女人的醋劲不容易消，你就尽量忍着，只要她不把事情向外说穿，你做回哈巴狗都行。"刚才荣贞对秋香说的话，他们未曾听到，因此还一心想做和事佬。

"要我忍？她这么死乌②，把人家的玻璃都打碎了，一点余地都不留，我还要忍什么？我要离婚，再也不和她过了！"荣贞的话语很决绝。

惹脚抢过荣贞的药箱，算是套了近乎，道："不会是说笑吧，子孙都屙哩③一大群了，都做二三遍公太了，还闹离婚，开什么国际玩笑啊。这事你千万莫做，莫跌我们整个房头的股④。"

"都什么时代了，还这么封建，哪条国策规定老年人就不可以离婚再讨，哪个有权利干涉我的私生活？"荣贞气鼓鼓地回应。

"你是党员，注意点形象好不好？拿以前的政策，像你生活作风这么腐败，早就该开除党籍、游街示众了，好在如今开放了，时代也确实不同了，你在外面找个别女人消遣消遣可以理解，你也没有拆散人家的家庭，我们都知道，你一般都是为了温暖那些孤苦的心，你是在做行善积德的好事，让那些寡妇得到温暖。不过，这离婚的事就不要再提了，提出来子女也反对。"

惹脚说完，小灵通马上唱和："是啊，你是个有威信的医生，又是我们的房长叔公，都一大把年纪了，一百岁命长也只还有二十几年，何必呢？再说，招玉娓也不会同意你离婚的，你要是提离婚，她必然迁怒于秋香，保准会把秋

---

① 烂脚头：破锄头。

② 死乌：蛮横无理。

③ 屙哩：生养了。

④ 莫跌我们整个房头的股：别丢了我们一房人的脸。

香家的东西扫光、烧光，你想想后果吧。一个有名望的医生七十多了还闹出这么个桃色新闻，你要是不怕出名，你要是认为光荣，就由着性子来吧，看最后怎么收场！"

"都是你们这两个细短命子①，冇事②老在她面前说七说八，今朝夜晡③也是你们暗中提醒的吧，这下你们看到笑话乐意了，下次再来我那儿，尿脚④都不给你们喝。"荣贞愤怒至极，这么一闹，我和秋香还能再赴神仙岛吗？

"天地良心，你走后我们什么话都没说，是招玉娓太精算，借口狗嬷下崽，我们怕她跟踪你坏了你的好事还一直拦住她，她执意要走，大庭广众面前我们总不能绑住她。你要是带上了手机，我们也会通知你的，是你粗心大意让她端了窝，哪能怪我们？我们可是有心护你的，同样是男人嘛。"

听惹脚这么道来，荣贞也就相信了，走了几步却又说："既然这样，你们为什么看着她把人家的玻璃砸碎了，还让她用石头砸我们，你们是吃屎大的，还是专门来看笑话的？"

"我们一直都不敢跟太紧，等我们反应过来，招玉娓早就把玻璃打碎了。你想想，一个小小的窗门，经得起几下敲？她没点火烧屋就阿弥陀佛了。"

荣贞叹了口气，理了理被夜风吹散的乱发，道："不用说了，反正你们是成心来看笑话的。我也算看透了，我茶叶都不晓得泡掉多少斤，井水都不晓得煮掉多少吨，电费也不晓得花了多少度，可还是白弄鼓⑤，你们都是成事不足败事有余的家伙，一个女人都劝不下。"

三人边走边说，发生了这种事，惹脚和小灵通心里也不是滋味。对荣贞和秋香的偷情，他们好奇中带有几分羡慕；对剧情在今晚的剧烈冲突中由喜变悲，他们又深表同情。秋香四十来岁就死了老公，如果可以，每个男人都会想着去关爱、呵护，荣贞不过是这么多男人中的一个，他能抢占先机得手，除了治病救人，还有他与生俱来的一心善良和一口爱好。这样的事，既好了秋香，也让荣贞延年益寿，又能好上全村那些病患者，招玉损失了什么，为什么就那么死脑筋，得理不饶人呢？

---

①　细短命子：小短命鬼。

②　冇事：没事。

③　今朝夜晡：今晚。

④　尿脚：尿水，喻指茶水酒水。

⑤　白弄鼓：白费劲。

141

别人的老公像老公，自己的老公像猫公；别人的老婆像老婆，自己的老婆像鸡丘婆①。这是花心男女的普遍看法。在荣贞眼里，现在的招玉就是令他作呕的"鸡丘婆"，他情愿看狗屎也不愿见到她。

　　再走百来步就到诊所了，两个和事佬不好再跟随，万一那边还有人在喝茶聊天，问他们为什么走了又回头，他们就不好回答了。惹脚把药箱递给荣贞，再次提醒荣贞消消气，别和女人一般见识，别砍倒家中红旗。

　　情迷心窍的荣贞，此时此刻哪里能听进什么规劝呢？他心里蓄满了仇恨，觉得自己之所以背叛家庭，皆因招玉之错，如果她通情达理、温柔体贴又还有能力，那么，就算他有邪心色胆，也只是逢场作戏，再怎样都不至于闪过离婚的念头。在农村，七八十岁的人闹离婚，也确实令人无法理解。

　　荣贞衔恨回到诊所，还没入门，便有人问："这么快就回来了，不再和人下军棋？"

　　"嗨，一下又要到半夜，还是回来和你们泡茶聊天好。"荣贞说什么谎言都很自然，根本不用打草稿。

　　送客关门后，荣贞也懒得洗涮，把自己往床上一扔，却怎么也睡不着，万端思绪涌上心眉。人的一生如过眼烟云，自己光屁股做小孩的情景还历历在目，转眼间却已步履蹒跚、白发如雪了，时不我待。生不带来，死不带去，你香车宝马，出将入相，吃香喝辣，让人羡慕嫉妒恨也好，你劳劳碌碌，苦了大半辈子无奈却还是衣不遮体，食不果腹，低眉顺眼，死气沉沉，让人不屑、让人怜悯也罢，走的不过是一个殊途同归的过场。既如此，为什么不在过场中走得欢快一点、顺心一点？老年人也有权利进行夕阳恋！人不为己，天诛地灭。从今以后，我要为自己活，也来一场轰轰烈烈的爱情革命，嘴长在别人身上，让他们说去吧！

摊　牌

　　"吱吱！""吱吱！"

　　"吱吱吱！""吱吱吱！"

---

① 鸡丘婆：癞蛤蟆。

在声音的探索和引诱中，梁上窸窸作响的动静越弄越大。山村就是这样，你刚搬新房，没几日，老鼠准保也跟着搬过来享福，有时还在你新家交配、生崽。显然，今晚的梁上君子是一对，正发着情呢，也不知道谁勾引谁。

就像以前和那几个寡妇的故事一样，荣贞真想不起是怎么开始的，但鱼水之欢也就那么几次，短暂且无涟漪，且都是在彼此心照不宣中寿终正寝。秋香就不同，是符合他对美女所有想象的人，岂能屈指可数地过几夜？长相厮守才是正道。荣贞体会到这份情对他至关重要，绝不能让之消逝。消逝即是失去。

"啪啪"两声，梁上落下一坨松软的物体，紧接着是"吱吱""吱吱"声。荣贞于心笑骂，死鬼，这么不小心，没摔死吧，乃亮灯。摔下后还在地上紧抱着的俩鼠，像是见不得光的偷情者，倏地分开，爬墙而去。

在情言情，不在情言恨。荣贞怔怔地看着，忽然觉得自己就像招玉，坏人家的好事。但又想，自己没用石块砸，再怎么样也比招玉好。在床沿呆坐着，油然又恨起了招玉。他们之间的夫妻情分，早已被充满怨恨和争吵的岁月稀释，成为黑历史。去过往的生活中翻箱倒柜，并非没有美好的点滴，刚结婚那会儿，也是如胶似漆、恩恩爱爱、夫唱妇随的，不过这已经成为枯黄的记忆，他现在心里、脑海、眼中，已经容不下她，无法将她列入生活日程。他点上一根烟，抽着抽着又想，应该向招玉摊牌，无论如何都要和她说清楚自己的想法。他拿起床前的手机看时间，还不到十一点呢，他相信今晚秘密跟踪后再打砸骂的招玉，此时也肯定没睡着。

荣贞不假思索地起身，拿上电筒，带上钥匙，披一件外套出门，迎着清凉的夜风往原先那个家走去。他心里也明白，如果他说出"离婚"两字，等待他的将是一场大战，但事情已到这步田地，他无可回避，只有勇往直前，回避也不是好办法。

远远地看到客厅的灯火，再近近地听到电视声音，荣贞心里就忍不住骂开来，看又看不出个子丑寅卯来，只是听听声音，看看人家的动作，真是傻子看癫子。

招玉一向是不太喜欢看电视的，电视对于没文化的她来说真是个神奇的东西，她至今搞不明白，人怎么能够钻进电视里？刚接触电视时，她就大呼小叫：咦，这么多人在电视里跑来跑去、叽里呱啦说话，怎么跟真人一样？子女告诉她，那真的是人。她骂子女在唛弄人，欺她没文化。无论子女怎么解释，她依然大摇其头决不相信。子女们跟她说不清，就让她把电视里的人当傀儡①。这样，影视明星们都成了她心中的傀儡，做电视的真是太厉害了，设计出这么像人的傀儡。这个真人和傀儡的问题让她困惑了好几年，后来文书买了数码相机，当场为她拍摄，再耐心地播放、解释，她才似懂非懂，有点相信电视里的人是真人扮演的。但仍有不少问题于她是永远的难解之谜，闲聊时，总免不了惊叹："现在的人真是鬼精灵，什么都能制造。飞机那么大，坐上那么多人，却还能飞那么高，不会掉下来。船那么大，坐那么多人，在水面上也不会沉下去。"所以，荣贞很讨厌和她一起看电视，她看不出个之所以然来，却总爱嘻嘻哈哈，看到电视上那些亲嘴的镜头，也会说，电视上的人就是面皮厚，当那么多人的面也亲嘴。在她心里，成年男女间所有亲热的动作都应该发生在床上，隐蔽又隐蔽。

荣贞在门口调整了一下情绪，并重重地叹出一口气后，右脚就踏进了厅堂，直截了当地直奔主题："我们离婚吧！"

招玉正在看专心地电视，并未听清他的话，只听到他的脚步声和说话声。她恨他，不想理他，因此头都不转一下。

"我们离婚吧！"荣贞提高音量，再次不多不少地吐出这五个字。

这下招玉听到了，听清了，她猛地回头，瞪大眼睛，像见到了唐僧吃肉，还大吃一斤（惊）。

她做梦也想不到，离婚还会和她结缘，她以为自己这一生是可以从一而终的。"离婚"这字眼于她犹如晴天霹雳。面对这样的开诚布公，她的目光由惊愕变成了愤怒。

"我们早就有名无实了，不如离了，各人过各人的日子，也自由些。"荣贞面无表情，语气冷得好比严冬的寒风，吹向招玉，令她浑身发抖。

"好哇事，七老八十了还闹离婚，你不要面皮我还要呢！"招玉认为，一个女人能够从一而终就算是成功的人生了，七老八十了还让人休了，就是件丢人的事，死了也没脸面见祖宗。

"离婚是正常的事，哪代都有，不算跌股，又不是杀人放火、偷鸡摸狗，我和你没感情了，为什么就不能离婚呢，国家法律没有明文规定七老八十的人就不准离婚。既然我们之间形同仇人，何必还要死缠在同一条树上，这样过着

---

① 傀儡：木偶。

有什么意思？不如好合好散吧，看在曾经是夫妻的分上，你要钱我会给，你有病我会医，你有什么困难我都会帮。"荣贞尽量让自己心平气和，招玉的脾气他晓得，她可是个吃软不吃硬的人。

招玉怒目圆睁，咬牙切齿："哼！想和我离婚，然后和那个逍嬷结婚，这个算盘打得好。不过，今朝日子我跟你打开天窗说亮话，这个婚我是不会离的，你想跟她结婚，等我死了再打主意。"

"我们都成仇家了，你为什么还要在我这棵树上吊死？离吧，只要你同意，我不但愿意为你免费治病，还会负责你的生活费，反正你又不需要我了。再说，现在我搬到那边住了，一样不和你一块住，不也等于各人过各人的吗？"

"不要再说了，除非我死了，你一个人离去！"怒火冲天的招玉边说边起身，冲到大门角头，拿起一把扫帚，在尖叫声中舞动着，像扫狗一样将荣贞扫出了门。

"真个短命嬷，老虎一般，当初真是鬼迷心窍和你结婚！"荣贞忍不住破口大骂。

"短命相，你又没那种命，要是有那种命，天上的嫦娥最漂亮！"

"和你这种死乌搭瞎的女人多费口舌，人格都会降低！"

荣贞不想和她再吵，气冲冲地回到诊所。他很想打电话给秋香，又怕富生和丽花回到了家，被他们接了去。于是，几次拿起话筒，又将话筒放下，拿出手机也又放下。他责备自己没想到要给秋香买个手机，如果她有手机，就不用担心电话会被儿子、媳妇接听了，他们就可以躺在床上煲电话粥了。

对秋香的牵挂和怜爱，对招玉的厌恶和憎恨，交织在一起，令荣贞彻夜不眠。

对愁无眠的还有秋香。

荣贞出门后，秋香流了一床的泪，从天地玄黄想到了死生有命，想了很多很多。想到自己年纪轻轻就死了老公，想到儿子、儿媳这么过分，想到荣贞的体贴入微。这两年来和荣贞走在一起，她才觉得生活的美好，可好景不长，经过今晚招玉大闹，他们今后已难再走在一起了，邻里乡亲要是知道了，她还怎么出门？如果和荣贞分开，秋香又觉得很不情愿。人非草木，孰能无情？她放不下和他的那段情。如果说开始时是为了报恩，那后来也确实是被他的真情打动，从心底里爱上了他。按辈分他是父辈，按年龄也是，但这一切并不重要，她也并不觉得他老朽。

秋香想了哭，哭了想，凌晨五点多刚昏昏沉沉想睡，耳里却传来噼里啪啦、哐啷哐啷的动静，还夹杂着不堪入耳的辱骂声——听那声音，她就知道冤家又杀上门来了。

荣贞的离婚表白，搅乱了招玉的方寸，也再次惹怒了她。冤有头，债有主，这来由便是秋香。用扫把赶走那个负心郎后，她电视也没关，转而操了把锄头柄，气冲牛斗地重新杀回情敌家，边骂边砸，把秋香娘家和婆家的祖宗十八代尽数骂尽。"哗啦啦"，门口那口小水缸被砸碎了；"嘭嘭嘭"，煤灶被捣废了；"哐啷"，好家伙，大门上的锁被砸，客厅的两个玻璃窗也难逃碎裂的厄运。

秋香吓得大气不敢喘，又把被子蒙住了全身。

"逃嫲，短命嫲，你给我出来，怕见人就不要做见不得人的事，做了就不要做缩头乌龟，想和那老鬼结婚，出过一道世 ① 来！"

秋香一听招玉的话，就晓得荣贞回去定是和她说了离婚的事，心里不禁暗暗叫苦，荣贞叔，你为什么不听我的劝呢，提什么离婚结婚啊？这下，她准会把我们的事捅出去了。上次她忍下，已够大量的了，这次你又要提离婚，她哪里还会再忍，你叫我以后还怎么见人啊？秋香乱了分寸，不敢哭出声，一手抓紧被子，一手捂住嘴巴，泪水打湿了枕头。

楼上的富生和丽花也被吵醒了，富生低声地对丽花说："坏了，不晓得是哪个癫嫲 ② 发神经跑来砸东西，起来看看，快！"

丽花不急，她猜到是谁了，翻个身，继续睡。

富生壮着胆子，把头贴近窗门认真听了一下，又回到床边对丽花说："是招子娓，可能是她晓得了那个事，所以寻仇报复来了。"

丽花睁开眼，没好气说："不用看，我就晓得是她，我们又没仇人，不是她会是谁？"

一向泼辣的丽花，对招玉乱砸一气之所以泰然处之，乃因为心中有个小九九。她认为发财的机会来了，以旧换新，脑子进水的人才不愿意。她诡秘地对富生说："莫理她，让她砸，砸得越多越好，最好把这几间屋子都砸烂。"

---

① 出过一道世：再次出生。

② 癫嫲：疯婆子。

"说什么鬼话，屋子砸烂了我们住哪儿？"富生根本就不晓得丽花的心思。

"让她砸吧，她砸的是她老公的钱。"丽花胸有成竹，她都后悔没把自己房间里的东西搬到门口供她砸呢。昏暗中丽花微微笑了几下，闭上双眼继续做发财梦。

富生也不再说，丽花一向诡计多端，她不着急自有道理，听她的准没错。

见秋香一家好半晌都不出声，招玉又骂："一家四口难道都做了见不得人的事了，还是死光光了？"

富生一听，气愤地一骨碌爬起，要冲出去和她理论，却被丽花用脚钩住："只要她不放火，让她骂让她砸吧，放心，我会让她付出代价的，骂是骂不倒人的。"说完，又对吓醒了直哭的超超说，"是一个癫嫲，别哭别怕，有爸爸妈妈在，没人敢欺负你。"

见秋香一家都生人装个死人相，没人接招，招玉就感无趣，也觉得有些累了，就停止了打砸叫骂，坐在门口的一块石头上，准备养足精神等他们起来时再烧战火，我就不信你们不起床、不出门。

一小时过去了，富生见外面清静了，乃起床淘米做饭。一检查，煤灶已没法再工作，只好洗了电饭煲煲饭。

招玉一言不发地起身向他走来。她刚才的毒骂，连同眼前的狼藉，让富生心里无比恼火，但又不敢对她怎么样。她毕竟是长辈，荣贞公公对自己家里也一向照顾，——当然，他感激的是荣贞以往的照顾，现在的照顾虽然比以往多了几倍，但却有损于他的名声，母亲搭男子并不光荣，哪怕给家里带来了不少利益，哪怕父亲已经不在了，要不是丽花拦着，他早就制止了。

在短暂的对视和沉默后，富生开口了，算是打破了刚才一家人保持的不甚正常却也难能可贵的沉默："招子伯媚，你一大早就来我家骂人砸东西，是我们做错了什么事吗？做错了也可以和和气气解决，有必要这样过分吗？我们一向无冤无仇，何必这样欺负人！"

招玉一开口，就像是吃了炸药："我怎敢欺负你们，是你的逍嫲娭哩欺负我呢！你娭哩面皮厚，自己命硬把老公克死了，还爱来勾搭我家老鬼。前次在我家被我捉到，我念在邻里乡亲和你爷哩死了的分上，不跟她计较，只是警告他们不准再行往①，可她不听，又变换花样来勾搭人，昨夜又让我在她床上捉

---

① 再行往：再来往。

到。我家那老短命相现在闹着要跟我离婚，如果不是你娭哩唆弄①，都这把年纪的人了，会跟我闹离婚？如果人人都不要面皮，我也不在乎离不离的，可是，我还要面皮。你娭哩想跟他结婚，除非我死了，下次要是再让我晓得，我每天都来你们家骂一次砸一次，看你们的面皮有几厚②，有几样东西让我砸！"

兴许是骂累了，她停歇了一下，又冲向秋香卧室的门口骂："死逃嫲，再让我晓得，我定会撕烂你的膣！"见秋香还不回嘴，招玉既觉无聊，又越感生气，"短命嫲，死逃嫲，难道让我家老短命子屙死了吗？"

骂完所有的狠话，招玉又用锄头柄狠狠地敲了几下秋香的房门，然后愤愤然转身回家。

富生看到她的背影远去，也不先进房间安慰母亲，"噔噔噔"上楼，对正穿衣起床的老婆说："你做什么③不起来劝她，让她乱砸乱扫，现在好了，东西被白砸了，也被白骂了。"

"你愁什么愁，旧的不去，新的不来，最好她把那个旧电视也砸烂，好让我有台新的。你放心，你的荣贞叔公会赔的，到时就可以换新的。"

"你想让他赔钱？"富生这下有点明白了丽花一味退让的理由。

"对，就这个意思，还说女人头发长见识短，我看你们男人聪明不到哪里去。你仔细想想，自古以来发生这档子事，哪有男方家的去女方家砸锅头、水缸的，只有女方家去男方砸东西。这下，我不用找村干部调解，直接去找荣贞大伯，他能不赔钱，难道他想把事情闹大？不管怎么说，他对你娭哩倒是真心的，念在她的分上，也念在我们睁一只眼闭一只眼的分上，他都不会也不该小气。"

"都是同族梓叔，又是邻里乡亲，以后求他的时候多着呢。你去找他，不能什么话都说，更不能狮子大开口，够修这些东西就好了。"富生担心丽花会失分寸，她这人一向都是见钱眼开的。

"这个你放心，我要他凭良心给。"丽花微微一笑，接着想起什么似的，又说，"听招子娓的话，荣贞大伯要和她离婚，再同你妈结婚，如果能这样，就太好了，你妈这么年轻就守寡，真是太苦了。荣贞大伯若真有这个想法，我们应该支持。"

---

① 娭哩唆弄：母亲唆使。

② 几厚：多厚。

③ 做什么：为什么。

丽花一反常态，说出这么体谅婆婆的话，富生晓得并非出自真心，而是看在荣贞的家产和存款分上，他们如果真能成为一家人，好处多着呢，她能不支持吗？

"这是不可能的，他家的子孙绝对不乐意，招子媚也不会同意。也真是，都做公太的人了，还离什么婚结什么婚，再说，我妈也不会答应，她不会只想着自己好，更不会去拆散人家。"富生晓得母亲善良的本性。

"也是，就你妈那个胆，又怎能承受招子娓的辱骂？说不定她现在还在发抖呢，就晓得捉弄生媚。"丽花说完，还向着楼下秋香那边努了努嘴。

富生心里说，她什么时候欺负你了，你欺负她还差不多，要不是你叫她分开过，她至于喝农药、走上这条路吗？但他只能在心底里想，断断不敢出声，否则必然引火烧身。想到母亲喝农药，富生又担心她再次想不开，这么久都不听她的声音，不会出什么事吧？他心一慌，忙又噔噔噔下楼，走到母亲房门口，连喊几句。

正在被窝里淌泪发抖的秋香听到富生喊得急，才止住哭泣，"嗯"了一声。

"妈，莫难过了，事情都这样了，难过也没用，最关键的是要想得开。我知道，您是因为爸过身了才走到这一步的，我和丽花早就晓得，一直没拦，就是因为体谅您。"富生的后半句话显然言不由衷，他是想阻止的，只是丽花拦着，有利可图，为什么不让他们自由发展？丽花的心思富生清楚，但这个严重的"妻管严"，在老婆和母亲的天平上，只会向老婆倾斜。这次他能如此温言好语地劝解，也实在是有了些许的良心发现。

但就是儿子这么言不由衷的话，听得秋香也是心里一热，忙开口说："我没事，你放心，我不会再喝农药了。"她心想，人家没子没女都不想寻死，我子女齐全又不老，还怕活不好？

一整天，秋香都躺在床上想心事，想到可怜之处，泪水便不听使唤地汩汩而下。她二十岁嫁给三古头，一年后生下大妹子梅秀，三年后生下细妹子梅兰。当时的计生国策，农村人口生下两个孩子后就要做绝育手术，可三古头家四代单传，他母亲也是先生女后生男的，都不同意秋香结扎，连逼带劝要他们逃计生。在农村没有儿子哪个不被人小瞧，三古头的父母生下这棵独苗后还老遭人奚落。那些膝下儿子成双的，常趾高气扬地说："你才一条辣毛虫^①，以后

---

① 一条辣毛虫：意指只有一个儿子。

149

你老了，他不给你吃，你还会饿死，而我有二三个子哩，左脚不便右脚便，不愁没吃用。"每到这个时候，三古头的父亲总是慢条斯理、不温不火地回击："泥水蛇①一畚箕也枉然，青子蛇②有一条就够。"他的意思就是，不孝、不争气的儿子再多也是白搭，孝顺、争气的儿子有一个就行，照现在的话说就是不看数量只要质量，土豆再多也不如一颗夜明珠。所以，他们极力反对秋香"封山育林"，三古头怕养不起，他们说："有人就有钱，以前生活那么艰苦，细人子又多，都要养大，现在二三个算什么，总不至于饿死吧！"好说歹说，硬逼他们带着小女儿梅兰躲深山里造人，而主动把梅秀留在身边，边照料边耕田。

那时，广东人来福建山区收购各种树筒③，秋香带着梅兰给他们烧火煮食，三古头则在那里砍树，做成方筒或圆筒扛到闽粤交界的岩前镇卖给广东人。一立方的方筒三四百元，圆筒则三百左右。三古头人虽不高大，甚至被奚落为瘦猴，但灵活，力气也大，扛上百多斤的树筒还身轻似燕，那些壮硕生猛者却差他一截，因此老板笑他人似猴哥力气大。

计划生育既是国策，自然严苛，但计生工作组严过了头，往往就做出有损形象的糗事来。女人生下二胎后的二三个月，工作组就上门来催结扎，如夫妻双方都不响应或逃之夭夭，工作组就来做一家老小的思想工作，再不响应，对不起，随意没收财产，连床铺被、锅头桌凳都在列，更有甚者还捅房顶、撬楼板，以示惩戒。秋香和三古头的逃跑，受到工作组的重点关注。但三古头的父母铁心要有孙子，无论工作组怎么做工作，就不为所动。工作组见他们软硬不吃，又不能抢人，就去他们所有的亲戚朋友家翻找了个遍，还是一无所获。

造人计划也有个怀不怀得上的问题，即便怀上了，也得过十月才能生产。时间一长，秋香和三古头就想着在雨天或夜里回家一趟，但又怕被人看见后举报。三古头的父亲要送鸡鸭或营养品，也得选夜里。一天秘密接头后，见儿子、儿媳思家心切，做父亲的为了制止他们轻举妄动，就说起了一桩危言耸听之事。说邻村有个躲计生的大肚婆舍不得家里的两个妹子，半夜偷偷溜回家，还小心谨慎地住烤烟房里，不料仍被发现，工作组抓了她去医院，把八个多月

---

① 泥水蛇：一种无毒的水蛇。
② 青子蛇：竹林里一种剧毒之蛇。
③ 树筒：木材。

的胎儿硬是给引产了，一家人哭了半个月！三古头和秋香一听，吓得脸色都白了，哪还敢存半点侥幸之心。

秋香听到这故事，也不知真假，却断了回家之念，直到儿子富生瓜熟蒂落。月子还没结束，就急着回家报喜，路程太远，又不小心着了寒，而家里养的鸡鸭又一夜死光，穷得连吃油盐都成问题，哪里买得起补品？要不是秋香的母亲怜惜女儿，不顾家中儿媳的脸色和唠叨，硬是从家里捉了两只公鸡去，回家补坐月子的秋香兴许连一口鸡汤都喝不上。

秋香的体质差是有来由的。子女们渐大，体力上是减轻了不少负担，但用度上却越发地捉襟见肘了。哪个小孩不好面子，哪个小孩肯穿烂衫烂裤，哪个不是烂衫着一日、新衫着一七？富生更糟糕，把新衣穿成理发师磨剃头刀的围裙一样脏了才肯脱下。秋香经常在他睡着后洗，第二天还没干，他又穿身上了。再穷也不能亏待孩子，几个孩子，热天一身衣服，冷天一身更是少不了，三古头和秋香就只能委屈自己，补丁加补丁了。有人可怜他们，也会好心地送些旧衫旧裤。三古头为报恩，就常常帮他们做做牛活。

秋香也曾刁蛮过，只是生活不允许她强势。每每因为引水灌溉等事与人发生乡村里再普遍不过的口角，总会被对方骂哭："你穷膛光腚①，连卫生带都买不起，有什么脸面和我吵？"穷人是没有尊严难有威风的，在自命高人一等的富者眼里，只是个可怜虫。好在秋香生了一个儿子，不然更受人欺负。她渐渐地学聪明了，不再和人争吵，闪狗不是呆子，退让、服软不蚀肉头，只要以后子女争气，自己终有扬眉之日。秋香的大转变，令人颇生感慨，富会改变人的性格，穷也一样改变人。

梅秀和梅兰读完小学就不想和书本上的公式打交道了，秋香和三古头倒是高兴，她们回家一来能帮做很多事，二来可以减轻经济负担，让富生轻装上阵求学。没想到，富生只读完高中，也读不下去了，主动回家修起了地球。夫妻俩对"火屎星"②的决定既生气又无奈，劝了几次都不能使他回心转意，就只好叹几口恨气听之任之了。富生不是读书料，却是天生的农业料，做起农活得心应手，深得邻里乡亲夸赞。三古头和秋香的担子轻了不少，也有机会去帮别人了。

---

① 穷膛光腚：一贫如洗。
② 火屎星：独生子。

富生二十四岁那年，经人介绍，和丽花对上了眼，拍拖了一年结成正果。秋香和三古头原以为，从今往后可以安心过日子了，没想到，丽花厉害，眼里没他们，入门不久就敢唱对台戏，还时常指桑骂槐。秋香就叹息往后的日子又得在水深火热之中了，闲着无事扎堆时，便也和大家谈论那些风流故事。秋香对那些破坏他人家庭、勾三搭四的女人一向憎恨，好像自己的老公也被她们勾引过一样。而丽花的母亲却偏偏是人尽可夫的"奇葩"，有个这样的母亲，丽花心里哪能自在，因此只要听到有人这般议论，她就走开。她一直都以为秋香是故意说给她听的，心生憎恨，又哪能给秋香好脸色？

　　因为儿子的不作为，婆媳水火不容。一家日子过得支离破碎。秋香就对三古头说："我们已经尽到责任，把她讨回来了，既然他们和我们合不来，看我们不顺眼，不如分开吧。"

　　爱面子的三古头立马否定，说："你想做轻骨头吗，他们都不提分家，为何要你来提？人家三兄四弟没奈何要分家，我们就这么一个独子，分什么家，难道不怕人家笑话？"

　　男人总是以大局为重。秋香也就不再坚持，又任劳任怨操持家事。因为大字不识一个，她只有做的份，钱财出入根本没人和她商量，身上也从来没个刮痧钱，她为此也很生气。

　　生活本来就不如意，三古头突然撒手西去，于秋香更添难以言状的痛苦。先前好歹还有个老公知冷知热，有苦还能找个地方倾诉，也有人来开导几句，病了也还有人得意①，可从今往后，谁人可依？秋香越想越伤心，越伤心越觉得往后的日子没法过。

　　丽花赶她分家后，每每宰鸭杀鸡，不准富生行孝，也不许超超叫唤，可怜秋香闻得到肉香，却只能直吞口水。身体本来就差，几年下来，更觉心灰意冷，无从化解内心的积郁，是荣贞让她阳光灿烂起来。虽然偷偷摸摸像搞地下党，但总算让日子从死水一潭中活了过来，总算让贫困潦倒不再如影随形，在微澜的刺激中多了份惬意。可就连这种偷偷摸摸的幸福，竟也好景不长，要成奢望。现在，荣贞要闹离婚，招玉岂能善罢甘休？联想至此，她又哭得求生不能求死不得。她向来是个逆来顺受的人，却从来没有思虑过自身的问题。顾影自怜的女人，一向也是自私的女人。

----

① 得意：看重、怜惜。

昏昏沉沉中睡了一会，醒来太阳已从破碎的窗上照射了进来。她翻了一下身，伸了一下腿，虽还是无力，头脑却清醒了许多。第一个想法就是，一定劝荣贞打消离婚之念，第二就是出去躲一段时间，让招玉寻仇无门，让荣贞冷死这条心。

早饭后，富生送超超去托儿所，丽花径直前往荣贞诊所。

她也不寒暄，脸上的神情让人捉摸不透，一来就开门见山地说："荣贞公公①，招玉婆婆朝晨来我家，乱砸一通，连水缸、灶头和大厅窗门上的玻璃都给砸烂了。"

荣贞对丽花的到来倒不惊讶，惊讶的是招玉一大早竟又寻上门了，他气恼地问："伤着你们没？"

丽花并不直接回答，而是说："你和我家娘②的事，我和富生早就晓得，为了给你们方便，我们就经常出门打麻将，连超超有时我们都带去，天冷时才留在家里，但都不让他跟我家娘睡。"

荣贞脸上虽然浮起一丝羞惭的表情，但言语到底大方："多谢你们有心成全。"

"多谢就不必了，我们也是念在你以前对我们好的分上，没有大吵大闹，不然，这次一定会喊上村干部，喊上大家一起来评理。是你来我家的，要砸也应该是我们家来砸你家，可招玉婆婆却反砸我们家，这不是明摆着欺负我们吗？我不喊村干部，不喊大家，是认为家丑不可外扬，能避免的尽量避免，只是不知你打算怎么办？"

荣贞不假思索地说："这样吧，我给你五千块钱，你去找个木匠来把门窗都修好，其他东西该买的都买。丽花，回去多用好言相劝你家娘，就说如今时代不同了，不要把这事放心上，我和那老妖婆离婚后，就和她登记，你叫她耐心等我，我会尽快解决。你和富生不反对吧？"

荣贞心里明白丽花的心计和为人，但想着借助她的力量来说服秋香，因此只能客气。

"荣贞大伯，不是我泼你冷水，这事很难办。虽然你和招玉婆婆长年没感

---

① 公公：农村人对爷爷辈的称呼。
② 家娘：婆婆。

情，但要想离了同我家娘结婚，我敢说她肯定会一日三餐来我家闹，我家娘绝对受不了，即使我们不反对，你家子女能赞成？只怕到时你决心再大，也奈何不了，只好打退堂鼓。"丽花说完，用眼瞧荣贞，见他不说话，又说，"我家娘也确实可怜，只要她愿意，我和富生绝对支持，不过，我怕你只是三分钟热血……"

荣贞听了暗自佩服，别看她只有二十多岁，心计可不浅，这番话可谓一语双关，既通情达理做了个顺水人情，又审时度势，利用激将法，让我下定决心，排除万难。想到这，他心里不禁掠过一丝苦笑。

秋香躲爱

丽花来找荣贞，并没甚理论，荣贞开口就主动提出赔五千元，这让丽花有点不相信，原先她认为能给个两千已相当不错了，买损毁的那些材料已绰绰有余。半路与等候的富生相遇，眉飞色舞告知这等好事，富生心有不安，觉得这样做有点趁火打劫，要丽花退还两千元。

"你吃了屎吗，退两千？这要你一个半月去做呢，我不退！又不是我开口的，是他自个提出的，我要把钱存进信用社。"无论富生怎么说，丽花都不同意，为了摆脱富生的啰唆，干脆甩开他，快步前走。

丽花回到家中，难得地喊了声"姨娅"。话一出口，连她都不觉吃了一惊，这样的称呼是什么时候才有过的事了，她着实想不起来。不见回音，丽花又喊了一句，还是没见人出来。她狐疑地走到秋香房门口，再喊一声，并敲了敲门，门没关，推开探头看了一眼，不见人，以为她去溪边洗衫裤或去菜地了，心想等她回家后好好地加以开导。

千金难买老来伴。邻镇就有个八十岁的离休干部，每月退休金三四千元，老婆死后，看中了一个六十岁的寡妇，想着续弦。寡妇子女当然乐意，既得彩礼，还摆脱了赡养负担，男方家的子女却只默许他们来往，不同意登记结婚，因为一登记，就是合法夫妻，以后连房子都有她的份了。而退休干部认为，既然想和她过完剩下的日子，就得为她日后考虑，给个名正言顺的婚姻，假如自己先死，她就可以享受法律规定的待遇。他不管子女反对，偷偷地和女方登记。子女晓得后，把寡妇骂了一通，他一气之下，索性拉了寡妇在她家附近租了几间平房，过起神仙日子，对子女们再不理睬。

现在，荣贞也有能力让自己心仪的寡妇后半生享福，但千算万算却没有料到，寡妇已经离家出走了！

那天，秋香趁富生送超超上幼儿园、丽花找荣贞理论时，收拾了几件换洗衣物，连早饭都没吃，出门了。

秋香坐车出了省，径直到了邻近的广东梅子凹，胞妹秋兰嫁于斯。秋兰小秋香两岁，姐妹俩感情一向很好，秋香和三古头也很乐意去她那儿，有时走路去，有时租摩托车去。这次，秋香是租摩托车去的，她现在不缺钱了，也舍得花这个钱了。秋香还在镇上买了两身像样的衣服，秋兰的邻居都认识自己，如果太寒酸了，会让秋兰难为情的。和荣贞相好两年多，秋香学到了不少东西，最主要的，是知道了要善待自己。

三古头死后，秋香就没再去过妹妹那儿，而秋兰也只有回娘家时才能约上秋香一起见面，顺便给她一点钱。她不想去秋香家，不愿见到那个有了媳妇忘了娘的逆子，更不愿见到势利刁蛮的恶媳。她可怜阿姐，四十多就守寡，以前在电话中，也曾劝阿姐再找个适合的人嫁了，但秋香正和荣贞如胶似漆、有滋有味地走着，哪里还有这个想法？

姐妹俩见面，亲热拥抱了一番。刚好秋兰老公阿贵去朋友家喝喜酒了，姐妹俩可以放开聊。

"阿姐，最近过得好不好？"

面对秋兰真诚、关切的目光，秋香心里一酸，眼泪马上汹涌而出。

秋兰慌了，以为秋香又受了富生、丽花的虐待才伤心如斯，拉着她的手问："你不是说他们已经变好一些了吗，是不是一直都在虐待你？"秋兰特别看不惯富生那怕老婆的熊样，更看不惯丽花盛气凌人的样子，早就想训斥他们，只是每次都让秋香给拦下了。

在秋兰的再三追问下，原就想着找人倾诉的秋香，流着泪，把自己和荣贞的事，像竹筒倒豆般一五一十地倒出。看着双眼哭得像烂桃的可怜的姐姐，秋兰忍不住陪着流泪，抱着她安慰了好一番，然后说："阿姐，你不要再难过了，过去的就让它过去吧。你和荣贞的事就到此为止，他都七十多，而且子孙满堂了，不能去破坏他的家庭。人家公婆再冇 ① 感情，也是经过了几十年风雨

---

① 再冇：再没。

的人，再说，荣贞的子女也不会让爷嫲离婚的。"

秋香擦了擦热泪，哽咽着说："我不会再和他走一起了，不然也不会来你这里躲。"

"那就好，你就在我这里住上一段时间，也好帮帮我。"秋兰高兴极了，姐姐以前常常是上午来，下午走，最多也只住一宿，就以家里事多走不开为由，怎么也挽留不住。其实，她到姐姐家，何尝不是这样，这就是农村女人的宿命。

姐妹俩白天一起劳动、说笑，夜里又在一起倾吐体己话。秋香脑海里有时灵光乍现，不经意地想起荣贞，他现在怎么样了，有没有找她，找不到她是什么感觉？

三天后的中午，头上还罩着阳光的秋兰，从外头一踏进家门，就以阳光般明媚的笑脸对秋香说："阿姐，我和你说件事。"

姐妹的好事歪事，都得听，秋香不意秋兰竟是在说媒："我们这里有个从邮电局退休回来的干部老戴，前年死了老伴，子女们都在外面发展，要他跟过去住，他说自己自由惯了，不想和他们住一块，只想再找一个会理家又身体健康的女人。先前我担心你身体不好他看不上，也担心你嫌他岁数大，就一直不敢和你说。这下呢，不说都不行了。今年他刚七十一，很有福相，也很大方，就是脾气有点古怪，一般人面前不太说话。你认为怎么样？"

"这么说他大我二十二岁，我们的爷哩才七十五岁呢。"秋香心想，我怎么跟父辈的男人搭上缘了？荣贞今年也七十六了。

"这怕什么！虽说老戴岁数大了点，却看不出，大家都说他比实际年龄后生十岁，男子人岁数大点不要紧，只要有钱，日子就不愁。姐夫只大你一两岁，结果怎么样，还不是累死了。现在的社会，没有经济支撑，光后生有什么用。再说，有钱又不用做事的男人经得嫩①，而女人五十一过，就成了猴嫲馳子②。跟他结婚，生活有保障，他子女又都支持，日日只要鸡公头③一啼就有钱到账④，这样的人你不要还要什么样的，你考虑清楚了。"

秋香沉吟半晌，说："既然你说得这么好，我信了你，叫他来见个面吧，

---

① 经得嫩：不显老。
② 猴嫲馳子：母猴，意指又老又瘦。
③ 鸡公头：雄鸡。
④ 一啼就有钱到账：意指吃皇粮，旱涝保收。

156

看他看不看得上。"

"看得上，肯定看得上，我阿姐这么漂亮，他见了还不乐死！"

秋香脸一红，微微一笑，无奈的笑，心酸的笑，想不到今生还会和两个老男人有瓜葛。她嘴上这么说，心里也断定那个退休干部会看她一眼就忘不了，以前病恹恹的秋香早已不见了，如今的秋香是面色红润，风韵犹存，哪个男人会拒绝看呢？

"你真的不用考虑，真想通了？"秋兰瞪着眼睛惊异地看着姐姐，想不到她这么爽快，以前可够优柔寡断的。

"想不通又能怎么样？跟子哩、生娓是过不下去了，现在我还会做，他们都不看重我，以后我老了病了，不晓得会厌我到什么程度，我想都不敢想。跟荣贞也不可能了，嫁到这里也好，眼不见心不烦。"言语及此，秋香又伤心地流下了泪，年岁都快半百了，还要嫁往外省他乡，岂不悲伤？往后的日子是甜是苦谁也说不准，倘若秋兰不在这儿，说什么她都不会答应。

"阿姐，你放心，你嫁到这里，绝对有好日子过，我们姐妹俩又可以经常见面，有事还能互相照应。你要是没意见，天光日子我就去找他，见了面你们自己说清楚，满意的话就尽快结婚，省得荣贞再有想法，总之，拆散别人家庭的事我们不能做。"

秋香点点头，心里对荣贞有着万般的不舍和愧疚，如果不是他，她至今还是个药罐子；如果不是他的爱，她也不懂什么叫幸福的生活。不期然间，生活来了个沧桑巨变。巨变之后却是一场空，行到水穷处，无法坐看云起时。她心里一阵茫然失落，忍不住伏在秋兰的肩上抽泣起来。秋兰晓得她的心事，柔情万分地拍拍她的后背，安慰的话却一句也说不出。

秋香觉得自己在老家那里已成"名人"，人怕出名猪怕壮，她和荣贞的事让招玉这么一闹，很快会轰动一时，满城风雨，她实在没面子和大家相见。她并不是个水性杨花的女人，只是被生活逼到了边缘上，在绝望中不得不心生希望抓住一根救命稻草。她更不可能像其他女人一样，恬不知耻地说，"我有人要才光荣，哪像你这么差板，躺在大路上都没人捡"。年轻时，秋香也曾士气饱满、争强好胜，可强中自有强中手，每每她都占不了人家的便宜，人家的骂功强她几倍，加上嫁了个老实头子三古头，得不到他的助战，她单枪匹马的，自是连连败阵，先是躲避，然后就退避三舍了。"闪狗不是呆子"，我骂不过人家，总躲得过人家，省下精神给第二天干活用。久而久之，落了个林妹妹的性子，一抑郁便动情，泪眼迷离。

虽然郎情妾意，但爱情的力量到底大不过世俗的忍耐力，和荣贞注定是没有好结果的。也好，若嫁这里，除了妹妹，还会有哪个晓得我的事？只要那男人对我好，总比看丽花的脸色过日子强，最起码有人做伴，我全心全意待他，他一个懂世情道理的退休干部，还会对我不好？秋香思前想后，像牛反刍般把事情想了个透，振作了起来，决定离开那里的烟火，开启新生活，探索未知领域。

第二天，秋兰果真把那个叫老戴的男人请来了家中，然后找了个借口下楼，留下他们单独谈。

毕竟是个陌生男人，面对的又将是黄昏恋，秋香头都不敢抬，心跳加速，和三古头第一次见面也不过如此。想到以后可能要和这个男人生活在一起，睡一张床上，脸就火辣辣的，慌乱得有点像初恋的女孩。

"秋香，听你阿妹说你同意见面，我很兴奋。我跟你说，我是个实在的男人，后生时就从不拈花惹草……"

"拈花惹草"四个字，让秋香听得浑身不自在。有过风流韵事的人，往往怕闻此言，说者明明无意，听者总以为针对自己。如果以后他晓得了我的事，会怎么想，会不会笑我或者赶我走，那可就丢尽祖宗十八代的脸了！秋香想着心事，对他后面的话一句也没听清。

"秋香……秋香……"

男人见她发呆，就连喊两句，秋香"哦"一声才反应过来。

"你在想什么？"男人问。

"我……我在想……我的孙子。"秋香有点语无伦次。她本来还想说，走之前种下的菜不晓得旱死没有，但她心跳得厉害，她说不下去了，就一个想孙子的理由也够了，也合情合理。她来广东已经第五天了，以往，她可是两天都觉得太长太久的。

老戴起先还以为，秋香的大脑可能有点问题，不然怎么会突然傻愣起来？她还年轻，又富风韵，怎么就同意见面、不嫌我老，我都是她的父辈了呢。难道是秋兰居心不良，看中了我的钱财，就想着让阿姐嫁给我？秋香一开口说话，他又马上打消了这种顾虑。眼前这个福建女人，脸色红润，举止得体，说明健康正常，刚才只是在开思想小差，也许是初次见面心里紧张所致吧。

秋兰当然不是倒米客①，她只跟他说阿姐死了老公，因为受不了儿媳的虐待，灰心失意，想嫁个对她好的男人，只要身体好，年龄大点没关系。他当然相信，快五十的女人了，就算是嫦娥，也没多大选择，能和他这么好条件的人结婚，已是有福之人。当时他一听秋香长得好，身体健康，还很会操持家务，就满口答应前来相亲。当然，农村女人哪能不会理家？来前，他还有点怀疑、有点忐忑，见面后才知对方竟是个下凡的天仙，瞬间可把全世界的其他资深美女比下去。

"秋香，你放心，不光我的赖子，赖子新舅②也都支持我再婚，他们都是有头有面的人，不会干涉我的事。他们还说，如果我找到了合适的，结婚那天都会回来，亲自开车为我接新娘，一定会把我的新娘当着亲娘看。"

秋香听罢，心海不觉泛起微澜，我的命中怎么还会有这等好事，遇到这么善良、家庭这么团结的人，他们不怕我为钱而来，不怕我以后分了家产？对了，他不是说子女都是有头有面的人吗，想必他们不在乎这点家产，他们都在外打拼，而他又不想和子女们住一块，能找到我，他们当然一百个放心。秋香心生向往之余，又不禁掠过一丝悲哀，想到富生怕老婆，竟然可以不顾母亲的感受，想到丽花那样势利，只重利益不顾亲情，和人家的子女对比，真是鸡屎比酱——没的比。

良禽还择木而栖呢。秋香此时此刻，明确目标：她，一个受尽委屈、精疲力竭的苦命人，一个翻过筋斗、满腹心酸的可怜虫，要一个衣食无忧的后半生，要一段情可长、意能久的婚姻，没有错！

数不清的农活和生活琐事，把时间填得满满，把日子连着精力打发得无影无踪，把秋香雕刻得遍体鳞伤，形容憔悴。生活不易，人人都在路上努力拼搏，四处突围，为自己，为家，也为儿女。生活既然这样设障、为难，又何苦再加一番自我折磨？秋香在和荣贞的交往中，对人生有了新看法，已然想通要以另一种方式启动自己的后半生，贴上现实标签，对自己宽容些，对生活妥协些，活得安稳些，而不是再期待传说，再去冲锋陷阵与生活唱对台戏。人精力充沛时，往往不顾一切地打拼，用身体乃至生命去赚钱，等拼得伤痕累累时就用钱去买命了，平时的小疾小病，咬咬牙，皱皱眉就算了，根本不予重视，到

---

① 倒米客：胳膊肘往外拐之意。

② 赖子新舅：广东客家人对儿媳妇的称呼。赖子，儿子。

了医院白被盖身，才后悔平时不珍惜，小钱不出出大钱。

秋香想及，以前在荣贞那里和大家一起说笑时，曾听七嘴八舌大谈人生感悟。说：人生如赛场，上半场按学历、权力、职位业绩、资产比上升，下半场按血压、血糖、尿酸、胆固醇比下降，或许，上半场你是赢家，下半场却一败涂地。还说：人的一生，好像乘坐北京地铁一号线，经过国贸羡慕繁华，经过天安门幻想权势，经过金融街梦想暴富，经过公主坟遥想华丽家族，经过玉泉路依然雄心不减——这时，有个声音飘然入耳，"乘客您好，八宝山就快到了"，顿时醒悟，人生苦短！又再说：一个人活着，不和人比职位，不和人比权势，不和人比资产，健康才是你唯一的财富，家庭和睦才是人生最大的幸福。秋香多次听了，觉得非常有道理，健康的乞丐确实比病恹恹的国王更幸福。

以前她和三古头只顾干活，整天跟机器人一样，几年不添新衣，鸡蛋都舍不得吃一个，劳动的超强度和营养的严重匮乏，经常让她躺在床上算蚊帐眼。原指望富生成家后，他们可以退居二线带带孙子享享清福，可一向懂事的富生有了老婆忘了爹娘，唯妻命是从，连个十块钱的主都做不了。某年过年，富生给父母每人二十元压岁钱，竟在除夕夜让丽花骂得抬不起头，搞得他们都像是犯了滔天大罪，诚惶诚恐不得安心，提心吊胆就怕某日发生什么意外。农村人迷信，大年三十如发生不快之事，一年到头就有可能磕磕碰碰，连爆竹声里有哑炮都让人害怕这一年诸事不顺；还有，年初一不能吃药，也不能大白天睡觉，更不能骂人短命，一定要说好话、吉利话。秋香信佛，相信因果报应，自从丽花嫁来，她就开始反省自己，觉得以前确实做过一些对不起公公婆婆的事，说过一些伤害老人的话。三古头上无兄下无弟，公公婆婆确实是全心全意对待自己的，就像她后来一片好心对待富生和丽花一样，只是，"狗咬吕洞宾，不识好人心"，丽花不知要比自己过分几十倍。

再者，自己都离家出走了几天，却听不到富生他们寻找的消息，甚至连电话都不给姨姨家打一个，他们就那么放心，就不怕我一时受不了又去寻短见？她念叨着，难道我连一只黄毛小鸡都不如？她分明记得，今年刚过完年，丽花的一只鸡嫲①孵了一伙小鸡，一日做客很晚才回家，忘了关好鸡笼门，结果让老鼠咬死了几头，丽花第二天伤心得眼泪直流，连早饭都没心情吃。唉，

---

① 鸡嫲：母鸡。

联想这几年的处境，自己在他们眼里真不如黄毛小鸡。

过去的岁月真是太过冤枉，不如让生活来个柳暗花明。当眼前这位举止儒雅、确实不显老的广东男问何时方便上门提亲时，秋香的回答只有四个字，干脆利落得让她也生生吃了一惊："看你方便。"

老戴闻言大喜，当下就急不可待地说："今天是十六，是个好日子，我们见了面。十九也是个好日子，如果你同意，到那天我叫我大赖子回来，让他一起去你家。"

"好，我天光就回家，让子哩、生娓有个思想准备，也让你们来了有饭吃。"

"好，好，太好了，我的赖子新舅见了你，一定会喜欢，也一定会为我高兴。"老戴恨不得当天就和秋香登记，然后带她出门炫耀一番，他相信，谁见了秋香，都会说他福气靓。

时钟指向正午时分，秋兰也叫吃饭了，他们才恋恋不舍地起身。下楼梯时，走在前面的广东男不时回头，柔声叮嘱小心。秋香的心里霎时涌起一股暖流，就像以前荣贞体贴她时说的那些话。她油然又想到了他，心里难受了一下，但很快就控制住了，天下没有不散的筵席。

次日早饭后，秋兰叫老公阿贵骑摩托送秋香回家。一见秋香回来，丽花脸色阴沉，语气不冷不热："这几天去哪儿了，怎么不说一声？"丽花主动得连自己都难以置信，全因姨夫在这儿，不然秋香连这一句也休想听到。

丽花嘴上客气地挽留姨夫在家吃饭，心里巴不得他快回去。有客人来多麻烦，丽花向来是吝啬花钱、花力气的，也从不叫人来，所以，除了做什么好事，娘家人一年也就在新年里头来一次，她的母亲哪怕多来一二次，都不太受欢迎。阿贵见她没好脸色好语气，连茶都没喝，抬脚发动摩托，一溜烟就走了。

"你看看，人一穷，连亲戚都看衰，一年到头就来一次，送你回家门都不进，你面皮厚成这样，竟然在他家住上几日，人家都厌死你了，赶紧把你当瘟神给送回来。"

面对奚落，秋香哼了一声，心里说，我妹妹和妹夫可不像你，他们都是关心我的，如果不是要先回来收拾，他们还想留我多住几天呢。

丽花数落完秋香，还白了她几眼。秋香对此早就见惯不怪了，并不理睬，白，随便白，看你今后还对谁白。以前秋香也会忍不住和她对上几句，但丽花变本加厉，几十句甚至一箩筐地回报，那连珠炮般的脏话和母老虎般的煞劲，经常让秋香自愧不如，幸亏心脏没问题，否则不病死也得吓死。三古头在世时，劝她学会忍，不必跟丽花一般见识，大人就要有大量，同一个屋檐下，如果互不相让，势必鸡飞狗跳，牛羊乱撞，既伤和气又让人家笑话，退让不蚀肉头，儿子是自家生养的，儿媳是自家花钱讨来的，跟她吵绝没好处，不如养好精神多活几年。秋香起先不服，还多活几年呢，骂都会让她骂死。几个回合下来，她也就甘拜下风了，觉得三古头言之有理。此后，丽花再无理取闹，秋香就高挂免战牌，富生要是敢出头劝，嘿嘿，晚上床板凳子就有的跪了。再后来，秋香能忍则忍，忍不了就走人，让丽花空骂。

丽花的精算也是数一数二的，每次过年，都不准富生包三十元以上的压岁钱，连她自己的父母也不得超过此标准。每到过年，富生的姐姐都会拿一个红包给超超，但丽花从不还礼。某年大年初二早上，富生陪丽花回她娘家前，用商量的口吻说："今朝日子两个阿姐带细人子转外家，我们走前还是先把红包准备好吧，每包二十元，你就交给妈，让她代发。"

"不包，等过年时再包。"丽花脸色难看地说，她想等再过十二个月后的这天再包。

富生辩解道："我们去年过年都没包，今年又不包，这不好吧，总共才几个外甥，钱又不多，一个人才二十块钱。"

"钱是不多，不过我问你，你有多少钱，要是有个十头八万的，我也让你做救世主，你爱充大款就由你充。她们年年给超超红包，这没错，可她们都是两个细人子，我们才一个，我不会做蚀本生意的，我两年还一次礼就够可以的了。"

这番对话，刚好进了醒后还在诈睡的超超耳里。那天表姐表哥来，见他收了两个姑姑给的红包，而他们却一直没见舅妈的红包，就说："我妈都给了你红包，你妈却不给我们，真小气！"

超超天真地一撇嘴说："我妈才我一个，你妈，还有他的妈，都有两个，你们的妈是想赚我妈的钱才发给我的，我妈不做蚀本生意，她说两年给你们发一次。"

小屁孩把超超的话告诉了双方的父母，他们听了，既好笑又好气，这话要是出于大人之口，他们准会闹翻，小屁孩说的话他们不去较真。秋香听到后，对两个女儿说："几块钱，不用苦不死，用了富不起，莫跟她计较，量大福大，你们是嫁出门的，还有爷娭在，你们总得入她的门，甲本①才三姐妹，不值得为几块钱而伤感情。"秋香就自己掏钱把丽花该发的红包补给了外孙们，还吩咐他们不要说。

荣贞听到大家对丽花的评价后，在一次为她看病时说过她几句，丽花却是不回一句，换着别人，她早就暴跳如雷，骂对方的祖宗十八后代了。不过，一般人也不会那么好事，各人自扫门前雪，哪管别人瓦上霜？荣贞仗着房长叔公和医生的双重身份，有资格教训丽花，丽花当面没顶撞，心里却老大不舒服，哪会接受他的说教，更别说改正。见她几次下来，依然故我，荣贞禁不住义愤填膺起来，对三古头说："你这个生娌冇医了②，谁都教不好她。"三古头私底下也和秋香说："又说读了高中，怎么就那么死乌呢，白读了！"秋香跟着讨伐："再不改鬼脾气，迟早都会成为臭屎鸡。"说归说，担心归担心，谁都拿她没一点办法。

从前，秋香对丽花是化悲愤为力量，现在已经不瞅不睬了。过不了多久，她便要急流勇退了。

秋兰找姐夫

十九这天，老戴和他的大儿子阿兴由秋兰带领，如期来到秋香家。秋香见他们开着小车来，满心欢喜，但又强按内心的喜悦，免得丽花他们笑话。

秋香那天从广东回来，吃过晚饭就把这事跟富生说了。富生听罢半晌没有开口，丽花却满口应承："这么好的条件，可不要错过，往后的日子就不用愁了。他的子女都有指望，绝不会要他的钱，你和他结婚后，一定要学精点，能刮③尽量刮，存起来，给你亲亲的子孙用。"富生听了，狠狠地瞪了她一眼，丽花不甘示弱地回敬一眼。秋香心里万般不是滋味，丽花总是唯利是图，会有什么好的人生，还有可能拖累富生，她不禁又为儿子担心起来。

娘要嫁人，富生心里不踏实，既怕广东男人对母亲不好，又怕人家闲言碎语说他不孝，说他怕老婆，迫使母亲改嫁他乡。左思右想确定自己实在没有

---

① 甲本：总共。

② 这个生娌冇医了：这个媳妇没救了。

③ 刮：捞。

更好的办法改变之后，他待己从宽地退了一步，设身处地为母亲考虑，认为再嫁也不失为一件好事，对方条件优裕，如果真对母亲好，她才有幸福，自己一不能给她物质享受，二不能给精神安慰，连尽孝都谈不上，同意母亲再嫁才是理智的尽孝，只要母亲过得如意，他就放心了，她的生养之恩，只好来世再报了。富生觉得自己实在没用，心里除了无奈就是满腹的愧疚。

秋香离家出走的当晚，富生本要打电话问舅舅，母亲是不是回娘家了？丽花说哪有那么多的电话费，要是打电话不要钱，你打到美国我都不管，找什么，她舍不得死，她是去广东了，不出几天就会回来。

富生问："你怎么就晓得去了广东？"

"要走就走远点，这是女人的特点，要去也要去最亲密的人家里。你妈跟你姨最投机，你姨对你妈的好都超过了对你外婆，你相信我，她绝对是去了广东。"

"要不，打个电话问问，这样也安心一些，踏实一些。"

"给外省打电话，很贵呢，不安心就骑摩托去。"丽花黑下了脸。

她每次一黑下脸，机关枪都扫不开，富生又不敢说了。家里事多不说，丽花也绝对不准他消耗汽油骑摩托去广东，富生只好忐忑不安地一天等一天，直待母亲回来，一颗悬着的心才落回原处。他想，往后确实要对母亲好一点了，当着丽花的面小心一点，但背后一定不能像以往那样不懂事了，必要时，也要有点男子汉气概。

于是十九这天，富生早早就起床买菜，丽花破天荒地给了他五十元。秋香把自己养了一年多的老公鸡给杀了，用牛奶子根清蒸。这头公鸡原打算在年二十八提到圩上卖，再换回一些年料的，现在这个算盘不用打了，既然要嫁，也不可以让公鸡陪嫁，到了那里，他有的是钱，还愁什么？下刀前，秋香找来秤称了一下，八斤六两，二十块钱一斤，也可卖上一百七十多块钱呢。

"要是在往回[1]，就是爷娭来了，她也舍不得杀鸡。"丽花见婆婆今天这般大手大脚，就低声对富生嘀咕。

秋香后来对儿子说，不要笑话我，实在是因为当时的生活不允许大方，如果我有钱，海参燕窝我也不吝啬，身上没个刮痧钱，屁股会说话也枉然，有钱不想做救世主也起码想做施主，大方和吝啬本身也没什么凭据。

---

[1] 往回：往日。

这天，秋香的两个女儿和女婿也来了。一家人忙碌了一上午，总算把饭菜端上了桌。一大桌人互相劝酒夹菜，热闹得很。席间，秋兰几次想开口说话，秋香的大女婿却用手制止了她："姨，正事等下再说，现在吃饭喝酒才是大事。"其实，他是怕秋香的事一说出，就会倒了胃口，让大家心情不好。

"对，对，喝酒吃饭，大事吃过饭再说。"阿兴倒了杯花生牛奶，举起来说，"我要开车，不敢喝酒，就请大家原谅，让我以牛奶代酒敬大家一杯，祝大家身体健康，合家幸福！"说完先干为敬，一饮而尽，然后动作洒脱一亮杯，"你们随意。"尽管他喝的是花生牛奶，但从他说话的口气、喝酒的动作，大家也觉得他是个不拘小节、性格豪爽之人。接着他又倒了一杯饮料，起身走到秋香面前说："阿姨，我也敬您一杯，祝您健康长寿，天天开心，也祝愿早日成为我的阿妈，和我阿爸一起度过幸福的晚年。"然后又是一句"先干为敬，您随意"。见他的杯底"滴酒"不留，秋香也举起杯抿了一口饮料。

秋香心里乐滋滋的，活到这岁数了，从来就没被敬过酒，甚至没被自己的儿子、儿媳当一回事，一个外省人却这么尊重自己，她能不高兴吗？

大家在欢乐的祝福中让自己的肠胃也心满意足。秋香的两位女婿摸着圆滚滚的肚子，连声称赞今天的饭菜。梅秀就说："今天是丽花掌勺，当然好吃了。"梅秀说的是真话，也是因为丽花此前从来就没有煮过一餐给大家吃。

丽花听了姑子的话，心里很乐意，以至于今天当着众人的面，也显得勤快，要帮秋香收拾碗筷，还要帮着洗。秋香说，就那么几个碗，不用帮忙，你去和他们聊吧。丽花这才快快走开。

富生泡好茶，把每个茶杯都用开水烫了一遍，算是消毒。斟好茶，一一恭敬地端到客人手里。两杯茶落肚，阿兴咂咂嘴，说："我们今朝日子的来意，想必大家都晓得了，我看你们也不是那种思想守旧、心胸狭隘的人，不会阻止长辈婚事。你们有什么想法和要求不妨说出来，能做到的我们都尽可能做到。只要俩只①大人能幸福，我们做子女的就放心了，以后我们就是一家人了。不要见外，有什么话就直接说出来。"说完，又端起新添上的茶呷了一口，微笑地望着大家。

这是秋香从自家茶山上摘的头帮②茶，并亲手炒的。纯天然的奉献，也是

---

① 俩只：两个。

② 头帮：第一回。

一种尊重。阿兴明白。

秋香的大女婿率先开口："其实我们也没什么想法，就是希望我丈母娘到了你们家，能过得好，不受气，就行。"

二女婿接过话："我丈母娘一向都过得苦，后半生她能过上好日子，我们做子女的心里也就放心了，希望她到你家后有温暖，受尊重。"

"这个你们大可放心，以后，我们几只^①兄弟姐妹都会像对待阿妈一样对她，保证不会受饿受冻缺钱用，更不会受气。我们是找阿妈，不是找保姆，她连菜都不用种，平日只要陪陪我阿爸说说话、散散步就行。"

"衫裤总要洗，火总要烧吧？"梅兰简直不相信，老母亲还能过上这么好的日子。

"衫裤有洗衣机，烧火煮食一般都是我动手，他阿妈在世时也是我下厨房的，现在都用气用电了，煮点吃的很方便呢。你们放心，你们阿妈跟了我，我舍不得让她受苦受委屈。"老戴急着表态，生怕秋香的子女会看不起他，自己是有点钱，但毕竟大了人家二十多岁，都够做她的阿爸了。

一桌的子女听着也就放心了，看眼前这位准备做他们继父的广东男也是个实在人，他那个大儿子也开通、干脆。

"如果你们不放心，可以随时打电话问你们阿妈，也欢迎随时来实地考察。再说，你们的亲姨姨和我住两隔壁，有末个^②风吹草动，很快就会来找我。要是考察到我不好，你们可以随时带走你们的阿妈。"老戴说着说着竟然有点激动了，一张脸都涨红了。

秋兰适时说话了："你们尽可以放一万个心，老戴叔是个出了名的模范丈夫，阿姐能嫁给他，一定福海无边。再说，我会随时去串门，他哪敢对我阿姐不好？"秋兰打心里为姐姐高兴，能和老戴结伴，实在是福分，她还有另一份高兴，就是以后姐妹俩可以经常见面了。

"就是就是，我们平时都不在家，有这么后生、靓板的阿姨陪着阿爸，我一家高兴还来不及呢，哪舍得让阿姨受气。"

"阿兴，今朝^③说的话，你不能忘了。"

"不会不会，姨，你是了解我的，我一向都不耍滑头。"听秋兰这一说，

---

① 几只：几个。

② 有末个：有什么。

③ 今朝：今天。

阿兴赶紧双手作揖，拜托秋兰和大家要相信他的人品。

秋兰当然早就晓得他的人品，只是想让大家都对他有一份了解。她告诉大伙："就是阿兴一直支持老戴叔再找个伴的，你们放心，他们一家都是好人，对别人都很尊重，更不用说对家人了。"

"既然这样好，那一切都由你们的方便。"一直纠结的富生这时也说话了，广东父子的话即便要打折扣，自家亲姨的话总无从置疑吧。人家要说什么就说去吧，母亲的幸福比我的面子重要。

"那么，后个月①的初九是宜婚嫁的良辰吉日，刚好又逢星期六，我想就在那天请所有的亲朋好友喝杯寡酒怎么样？"老戴征询的目光环视众人一眼，然后落在收拾停当后静静站在门口的秋香的脸上，既是征求她的意见，又是实在想多看她几眼。

秋香被他看得脸红心跳，忙不好意思地低下了头。他说的，她都喜欢听，在他说的那些话中，就一个"寡"字不中听。也许他是客气才这么说的，但她不理解，人家结婚都是喝喜酒的啊，难道和寡妇结婚就要喝寡酒？她有点不乐意了。

老戴恨不得马上就拥有秋香，秋香回家才三天，他就好比过了三个月。

"会不会太急了点？二十天很快就过去了，要办喜事总得策划一下，办得庄重一点。不如这样吧，你和我阿姐先去订婚，到了元旦再办酒席也不迟。元旦有假放，阿华、阿欣、阿文都不用请假就可以回来，这样也热闹些。"

秋兰要老戴和秋香先订婚，明着是为老戴着想，心底却是向着姐姐。她是怕夜长梦多，万一荣贞晓得秋香要嫁人，指不定会找上门和老戴拼一场呢，订了婚就合了法，荣贞能怎样？元旦是新一年的开始，也意味着两个人新生活的开始。

再急也要听取人家的意见，老戴不好再坚持自己的主张，先订婚就先订婚，订了婚秋香就是我的了，只要我对她好，不信她还不接受我。

既然老戴都说好，大家也就没有反对。

"好，我觉得元旦最好，到时我们都可以回来庆祝。离元旦也就一个多月的时间，很快就过去了，你和阿姨先去置办家具，陪阿姨多买几套像样的衣服，约个日子来蕉城，我叫阿英陪你们去买。还有，'三金'的钱我们三只出，

---

① 后个月：下个月。

一万够不够？不够阿爸您先垫着，到时我们再给您。"

阿兴说完，老戴摇摇手，说："不用，我有钱，这些东西我都会给阿香买齐，不用你们出钱。"

由秋香变成阿香，这才一个小时左右的时间，听起来也亲切了许多。秋香没想到自己再婚还可以享受头婚待遇，有些女孩子结婚都无法享受"三金"呢，高兴之余又显得有点难为情："不要花钱买这些，我不习惯戴，戴了也会让人笑话。"

"戴首饰哪个会笑话，你戴上后一定会显得更漂亮，更高贵，买，这个一定要买！"老戴急着说。自己心爱的女人怎么可以随便呢，怎么可以没有首饰装扮呢？

"阿姨，您不要总是认为自己不重要，每个人都有自己的重要性，从今以后，您一定要重视自己，珍惜自己。您想想，如果没有遇到您，我们还在担心我阿爸一个人很孤独呢，有了您，我们就不用担心阿爸的衣食住行了，就可以安安心心工作，踏踏实实过日子了，您一个人解决了我们很多人的难题，您说您有多重要！您放心，不要担心钱，您到了我们家，就是我们的妈了，我们能让阿妈寒酸吗？"

阿兴真诚的言语令秋香如沐春风，他的语气就像一个孝顺的儿子对母亲。秋香心情从未有过这样的舒畅，不知不觉就对他产生了疼爱之情。

"阿姐，老戴叔和阿兴都是直爽之人，这是他们的心意，你就依了吧。如果你不让他们买，反而会跌他们的股①，他们是真心的。"

"姨说得对，我们是真心的，您不会让我们为难的，是吧，阿姨？"

在阿兴微笑着问秋香的当儿，老戴也目不转睛地看着她。

"既然这样，一切就都随你们吧。"秋香想不通，不让他们花钱怎么就是难为他们了，看他们那么焦急的样子真好笑。

秋香的身上除了衣服，连块手表都不曾缠绕过。想象着"三金"上身的样子，她情不自禁地对这份想象流连忘返。

看到阿兴这么亲热地对待秋香，富生心里颇不是滋味，阵阵愧疚涌心头。自从娶了丽花，对父母的孝道一直没敬出感情，没敬出热情。在这个世间，欠钱事小，欠情事大，还不起的一辈子内疚。他在心里狠狠地骂了几句自己，又

———————

① 跌他们的股：丢他们的人。

骂了几句丽花。

"阿香，要不今朝跟我们回去，住你妹妹家，天光就去订婚，好吗？"老戴又火急火燎地建议道。

秋香不假思索地摇了摇头："不了，我还有很多事没理清楚，还是过几天吧。"

老戴见状，只得顺水推舟："那好，你先把事情理好，十三的日子很好，到时我叫阿贵来接你，你做好准备。"

秋香点了点头，算是同意。

这时，超超从丽花怀里挣脱出来，一头扎进秋香怀里，奶声奶气地问："奶奶你又要走了吗，这次走了还会不会回来看超超？超超好想你，你在家时我从幼儿园一回来就有东西吃，你这几天不在，只能饿肚子。你不要再走好吗，超超舍不得你走！"说完，双手搂着秋香的脖子不肯放，好像一松开小手，秋香又不在眼前了。

孩子的话最能打动人心，不但秋香被超超的一席话惹得流下了泪，连富生和丽花都差点湿了眼眶，梅秀、梅兰两姐妹当然也抑制不住内心对母亲的不舍，不约而同地抽泣起来。

两年来，每到超超快放学时，秋香就抓紧回家，让小孙子一进屋就可以见上，平时还买些切饼、鸡蛋、饼干、软糕之类放房里，好让小宝贝一回来就可以享受。她前些日子走了几天，超超就连着追问了几天。小家伙希望有点心，更希望不做"门背狗"①。第一次见奶奶不在家，他坐在门口的一张矮凳上，像只饿晕了的小狗，眯着眼无力地望着前方，希望奶奶尽快出现在眼帘下。那时起，他就觉得奶奶不在家，是他的不幸，他不想让奶奶离开这个家。

见祖孙两代这般难过，阿兴走上前，从荷包里掏出两张"红鲤鱼"，递到超超手里："超超，你放心，你阿婆②会经常回来看你的，等你长大了，也可以经常来找阿婆。这点钱，让阿爸阿妈给你买喜欢的东西，好吗？"阿兴微笑地看着超超，他也做过小孩，小孩的心思他理解。

"好，我要爸爸给我买冲锋枪和小人车，还有很多好吃的。"超超从来就不曾拥有这么多钱，奶奶再爱他，所给也不超过一块钱，哦，只有今年过年时

---

① 门背狗：意思进不了家的人。

② 阿婆：奶奶。

给过二十块，算是破天荒最多的一次。

超超从秋香怀里溜到富生身边，递上钱："爸爸，这钱交给你保管，有空时给我买冲锋枪和小人车，好吗？"

"超超听话，这钱你还给伯伯，爸爸改天一定给你买。"

阿兴连忙说："不用还，不用还，就算是我给超超的见面礼吧，来时匆忙，来不及买东西。"说罢，又笑容可掬地对超超说，"超超，伯伯下次来，给你买火车和汽车好不好？"

"好，太好了，到时我也可以气气小朋友了，也不给他们玩了。"超超高兴极了。

丽花见阿兴出手大方，心里高兴，如果有个兄弟有钱又大方，自己也不至于这般穷困。见富生手中捏着钱不知所措，就拿过来放进口袋里，道："阿兴哥既然这么客气，我们就收下吧，改天带超超下城，让他自己挑。"

超超却不太放心，瞅着妈妈不安地问："妈妈，你不会把这钱拿去打麻将吧？"

丽花被这一说心里很不是滋味，有点恼火，当着那么多人的面又不好发作，只好说："伯伯给你的，我怎么会拿去打麻将呢，打麻将的钱妈妈有，你看……"边说边从裤袋里掏出一叠钱，有三五百元，以便让大家安心。她这几天手气好，麻桌上天天赢钱，手头也宽松了，口袋里自然也不瘪。

超超瞅了又瞅，安心了，脸上重新浮现了笑容。

秋香心里却酸酸的，这小家伙，跟他妈一样，只认钱不认人，难怪人家会说，爹亲娘亲不如钞票亲。爱了他几年，还不如人家手中的两百块钱。

"今朝认识了大家，十分高兴，我因要赶回蕉城，就不再坐了。阿爸，我们回去吧。"阿兴对父亲说。

老戴虽然舍不得秋香，但又不可能留在这里，只好点点头。头是点了，屁股却像粘在了板凳上。

"还早呢，多坐一会儿？"丽花看在两百块钱的分上，满脸堆笑，平时难得的热情在此刻表现得淋漓尽致，摊上这样的亲戚真是不错，以后好处多着呢。

"不了不了，我有事还要赶回去办，下回吧，今后机会多着呢。"阿兴说。

一听机会多着，丽花内心美滋滋的，她起先还担心秋香一嫁过去，他们就不会再来往了，看来这种担心是多余的。

"欢迎再来！"富生是真热情，在阿兴身上，他看到了真诚与豪爽、热情与孝道，和他相处不过几个钟头，富生就喜欢上了对方，如果他是我兄弟，那该多好！

"一定，一定，那我们先回去了。阿姨，我们先回去了，您保重，到了那天我会带着老弟们一起来接您，如果你来蕉城买衫裤就更好，我让阿英带你们去玩。"

秋香说："我怕坐车，就不去了，随便买两身就可以了。"

"不能随便的，三分人才七分打扮，您以前的衫裤都不要再穿了，统统买新的，鞋袜也买新的。"阿兴说罢，回头又对父亲说，"阿爸，这么大的喜事，千万莫心痛钱。"

老戴忙回应说："这个你放心。"

阿兴彬彬有礼地和大家一一挥手告别，走到超超面前，怜爱地刮了一下他的小鼻子，超超报以友好的一笑。

见阿兴已经迈步，老戴无奈地挪开屁股，恋恋不舍地跟着出去。

大家热情洋溢地把客人送出门，客气话说了一遍又一遍。

老戴上了车，又探出头来对秋香说："阿香，抓紧理好所有的事，到了十三我和阿贵一起来等你。"

"嗯。"秋香见老戴这样多情，心里既欢喜又难为情，脸不由自主地又红了。

坐进车里，阿贵对老戴说："老戴叔，你十三真的要和我一块来等我阿姐？"

老戴点点头："那当然，我并不是说好听的话，我是真心的。"

"我晓得你是真心的，我是说，我不会开车，我来等阿姐只能用摩托车，摩托车又有一个后备厢，怎么能载两只人？"

老戴这才醒悟过来，尴尬中不无失落地说："那我就在你家等。"

秋兰和阿贵相视而笑，都认为阿姐往后能过上甜蜜的日子了。

情为何物

这番热闹的送别之际，荣生刚好路过，这辆刚驶出眼线的小车引发了他的好奇，就进屋探个究竟。见了秋香，他就问："秋香，怎么这几天都不见你，去哪儿了？"

荣生早就听男主角说了俩人被招玉端窝之事，也目睹秋香家的东西确实被砸了不少，还问荣贞是怎么解决的。荣贞说，还不是钱该死，但没透露给了丽花多少，他觉得没那个必要，还叮嘱荣生见了秋香，要劝说她别怕，耐心等他。那几天，荣生有意在秋香家周围转悠，察看动静，但一直未见女主角，除了富生、丽花、超超，再就是一个外村请来的木匠。

秋香见荣生这样问，心里有点虚，她晓得他和荣贞的铁关系。

"没去哪儿，就在家里。"秋香并不知道荣生这些天的注意力，他一向很少来家，特别是在三古头死后。

"进来喝茶吧，荣生伯。"荣生和三古头平辈，因此富生这样称呼他。

本来想打破砂锅问到底的荣生受邀后就名正言顺地进了厅堂，农家的厅堂一般也都是当作客厅的。落座后，并不问秋香家的窗户门为何被敲碎，一直同情秋香的他不想给这家人出难题，尤其是这般伤及脸面的难题。他只是感到奇怪，二三十年的乡里乡亲了，之前可从未看到有小车上秋香家，她家好像也缺有钱或有势的亲戚，今天怎么就有小车来了呢？看样子还是辆好车，没看清车牌号，只觉车子新，气派堂皇。

"那是谁的车呀？"荣生故意漫不经心地问，是想让富生他们放松警惕。

正在泡茶的富生，不晓得该怎么回答，犹豫了半天还是没有开口，倒是丽花快嘴快舌："广东人的。"

"广东人的，难道你姨中了百万，买了辆小车？"除了秋兰，荣生实在想不起秋香在广东还有什么亲戚。

"不是，是一个退休干部家的，他们来和我们商量事情。"

"商量事情，什么好事情？"问事喜欢问到尿桶底①的荣生，这下好奇心更强了。

"前几天我家娘去我姨那边，我姨做了个介绍，岁数虽然大了点，但人一点不显老，看上去比你还年轻几岁呢。荣生叔莫怪莫怪，以后你有机会见面，就晓得我说的是大实话。他是个退休老干部，死了老婆，不习惯和在外头工作的子女住一块，就想着再讨②，好有个照应，子女们也都同意。和我家娘一见

---

① 问到尿桶底：刨根究底。

② 再讨：续弦。

钟情，今朝日子就来和我们商量婚事。你早几步来，还可认识认识，他还会发一包中华烟给你呢。"

丽花觉得婆婆再嫁是正常事，不丢脸，没必要藏着遮着，迟早都要让大家晓得，纸又包不住火，倒不如案板上切西瓜——来得干脆。荣生最常和荣贞喝茶聊天，让他早晓得，也好传话，让荣贞知难而退。荣贞是不赖，各方面条件也都没的嫌，但要想离了再讨，困难重重，就算他有过五关斩六将的本事，秋香也不会安心，更没有那个胆略和招玉拼个两败俱伤。

"什么，秋香要嫁广东人，都定了婚期，那……那荣贞怎么办？他要是晓得了准会发癫[1]，他是吃了秤砣铁了心要离婚的，他告诉我，这回就是和子女断绝关系，都要同秋香结婚。秋香，秋香，你出来！"荣生没想到秋香居然酝酿着这番大动作，心里头就慌了神，话也说得非常急。

秋香本来就怕见荣生，听他喊得急，又不好再躲着。刚才的对话都进了耳，心里着实不好受，不过，为了那个家庭不至于因她而破裂，她只能另嫁他人。秋香战战兢兢地从房间里出来，头也不敢抬，眼神射向地面，像是做错了事的小孩。

"秋香，你真的要嫁给广东人？"

秋香只在喉咙里"嗯"了一声。

"你就放得下荣贞？他对你可是一片真情，下了决心要和你结婚，为了你，他都准备和家人决裂。虽然我并不赞同他的做法，却也佩服他的痴情和勇气，你这么轻率地做出决定，他晓得了，肯定会气死、闹死[2]！"

"荣生大哥，你告诉他，就说我不可能和他结婚，叫他不要和家里人闹僵，为了我这个苦命的女人，不值得！再说，我都订婚了，定在元旦结婚请客，那个广东人很好，子女又都支持，今朝日子他的大子哩还特意陪他来。你说，这样的人家上哪儿找？就算和荣贞叔能结婚，我一辈子能安心吗，招子娟和他的子女会放过我吗？他是真的对我好，我心里明白，他的恩，只能后生世人再报了。"

情场出傻子，秋香一鼓作气地说了一通，权是为了斩断傻子的念头，绝不藕断丝连。

---

① 发癫：发疯。

② 闹死：伤心死。

话到这份上，荣生也不再争什么。其实，亲耳听到秋香铁心要嫁广东，他是既惊又喜，惊的是一个星期不到，秋香就找到了归宿，喜的是荣贞的名誉和家庭可以保住了。现在，他最大的担心是，荣贞受不了，会发疯，也许还会跑去阻止，倘若如此，那真是刘姥姥进大观园——洋相百出了，这家伙是七八月的南瓜——皮老心不老啊！

　　想到这，荣生喝下一杯茶，脑子飞速作了番梳理，对秋香说："你们既然都互相中意，我看也是最好的结局了，你好他也好。不过，这事你们全家最好不要说出去，不要让荣贞晓得，你也不要再在他面前出现。见不到你，也许他就会冷静一些。我也会劝他，等一切成了事实，就是铃铛掉了舌头——没响（想）头了，他会彻底死心，这样，他也不至于蛋打鸡飞，两头落空。"为了荣贞和秋香两方都有个良好的结局，荣生只能是包公开堂，尽管直说。

　　秋香点点头："放心，我晓得。"说完心里一阵愧疚，泪就像决堤的洪水，汹涌而下，她转身跑进房间，扑在被面上，咬住被子，忍住痛，任凭泪水浸湿枕头。

　　富生和丽花面面相觑，不敢上前劝说。

　　荣生心想，秋香断不是无情无义的女人，她在短时间内能够决定自己后半生的事，也是考虑到荣贞的处境，为了保全他的家，最好的结局，莫过于此。他不觉松了一口气，这几天劝荣贞把口水说干、把嘴皮磨破了，但还是杯水救火，无济于事。如今，和秋香共度后半生的希望是肥皂沫当镜子——成了泡影，荣贞这只挨打的狗一定会去咬鸡，拿别人出气。那么，这只鸡就一定会是我，他是房长叔公，又是名医，求他的时候多着呢，到时我也只好鼓肚蛤蟆钻喇叭——忍气吞声了。

　　荣贞自那天和秋香分手后就一直没再见，心里异常牵挂，后来硬着头皮去秋香家问了情况，但富生和丽花都说不晓得她去哪儿了，几天都不见她回来。荣贞一听，大骂他们没心肝，"一只黄毛鸡子^①不见了都要去找，大人爷娘几天不见也不管，最起码也要打个电话去亲戚家问问才对"。可丽花说，亲戚的电话号码她不晓得，怎么打？

　　荣贞又骂开来："这是什么人家，连亲戚的电话号码都不晓得？你们就这

---

① 黄毛鸡子：小鸡。

174

样放心，就不怕她去寻短见？上次的事你们不记得了吗，你们想让她自杀几次，她自杀对你们有什么好处，你们就不怕子女今后会学样？"

"好笑，手脚长在她身上，她要自杀我们拦得住吗，我们总不可能放下所有的事不做，单守着她？她一个大活人，要自杀还不容易，作田佬家里有的是农药，一分钟不要就可以一了百了。你这么关心，何不放下手里的事，少赚几个钱去找她？"

丽花现在是豁出去了，以前被荣贞责备得不少，她都忍着，不敢顶撞，因为有病要求他，因为他经常照顾他们家，不过，他的那个职业病令她害怕，她是从来不让他拿听筒的，她也最怕他打针，看到他拿着针筒，她就吓尿。自从得知秋香有这么一腿，丽花对荣贞更是客气起来，在当面听了老情种要和秋香结婚的表白后，她甚至把自己往后的好日子和他们的事挂上了钩。但戏剧性的一幕却接着而来，广东男的一番话让她更是激动不已，"以后，我们就是一家人了"。她在目送广东男的那刻起，就从内心里疏远了荣贞。毕竟，现在私人医疗室多了起来，而荣贞年岁渐大，眼睛和手脚越来越不好使，打针拿药也不利索了，万一拿错了药打错了针，病人就姓衰了，现在的人金贵着呢，上九十了都不想死。一句话，丽花可以不求他了。

这段时间因为流感，医疗室挤满了人，外村人都慕名而来，把荣贞都传染上了，但他还得为病人忙碌，一时无暇顾及自己和秋香那件事，相信秋香不会再去寻死路，她只是一时害怕，躲到某个亲戚家了，迟早都会回来，她舍不得这里，也肯定舍不得他。而他，等风头一过，就坚决离婚，他非常自信，静下来时，还一厢情愿地策划着和秋香的未来。

这天，荣生上门来泡茶。见四下无人，荣贞又和他说起和秋香的婚事，还说到时要重新布置房间，给秋香买结婚戒指和项链，无论如何得把她打扮得靓一点。荣生看他一副喇叭匠扬脖子——又起高调的样子，就知道他迷秋香确实走火入魔了，如果不及时泼冷水，任他越陷越深，他真会无法自拔。不行，得告诉他实情，迟早都会让他晓得，迟痛不如早痛，不然，他以后听到了，肯定怪我不说真话。不过，要让荣贞不发癫，泰然面对现实，荣生也是断柄锄头——没把握。

"你还在做白日梦，人家早已和广东拐①双栖双飞了，婚都订了，准备元

———————
① 广东拐：广东人。

旦请客了。"

"你鬼喔①什么，这怎么可能？你想阻止我也不用编这样的鬼话吧！"

"你不信？"

"这怎么可能?！"荣贞嘴上这么说，心里却多少有点慌，现在的社会，不是说一切皆有可能吗？荣贞想从荣生那里探出实情，挪位坐到茶几前，摆出姿势，拿出一包大红袍，换下刚才的普通茶。

荣生家的茶都是自种的，往年还都自家炒。今年茶多，摘下后就和大伙一起送烤烟场叫人统一炒，付些加工费。他们这个组的人，几乎家家户户都种了几分田的茶树，炒了包装好，就拿到圩上卖，换些生活用品。荣贞不缺钱，全小组就他家的茶叶不去摘，大家就都会钻空去他的茶田地摘，炒好包装好后也会送他二三斤，但他从不泡那种茶，最后还是让人家顺手牵羊了。荣贞家的茶最差也都是包装茶，口感好，因此大家都喜欢上他家喝茶。以前，招玉住一块，茶客们心里多少有点顾虑，有时见她脸色难看，右脚踏入了，左脚都不想再跟进。不过，荣生脸皮厚，可以不把她的臭脸当回事，惹脚更过头，常把招玉气得想操根木棍赶他，而他，即便出了门还嬉皮笑脸地回头笑话她，绝对是荣贞上了她的身又不给分文，说得她也忍不住笑。

看到荣贞拿出大红袍，荣生是灯笼里点蜡烛——肚里明。

"到底怎么回事，你听谁说秋香要和广东拐订婚？"荣贞客气地递上一杯茶后，就迫不及待地问，他多么希望刚才荣生所说是胡编乱造的鬼话啊。

荣生也不管三七二十一了，把那天的所见所闻一五一十道来，还说了秋香和一家人的态度。

被情所困的荣贞这才感到自己把事情看得太简单了，死也想不到，秋香与天下所有的女人一个样：丢了邮包——失信，翻脸比变脸还快！一股寒气由脚底涌起，整个人就像放了气的皮球，瘫软在红木凳上。

见他这副模样，荣生心想，这老家伙还真是个痴情种，一大把年纪了还会有失恋的痛苦，他想不出自认为恰当的言语来安慰，平时油嘴滑舌得像周伯通，如今面对眼前人万分痛苦之状，却变得口长舌短，无能为力，只好找个借口，走为上策。

荣贞一个人呆愣了好一会，才慢慢地回过神来，恍恍然觉得是在梦中，

---

① 鬼喔：鬼叫。

咬一下舌尖，很痛，不是在梦里。咦，荣生这家伙什么时候溜之大吉了？他说的是真的吗？他是怎样晓得的，为什么不早告诉我？要是早让我知道，我一定会放下所有的事去找她，阻止她。这家伙，茶烟不晓得花掉我多少，还这样对我封锁消息！

秋香嫁广东是谁牵的线？对了，一定是秋兰，绝对是秋兰，秋香那几天不在家，一定是去秋兰那儿了。广东佬有什么好？一听广东人那腔调，荣贞就感到全身不畅，有人却还说广东人声音好听，还说广东声糯米羹、福建声硬邦邦呢，广东人称呼还要带个"阿"字，叫男人是阿什么叔阿什么哥，叫女人是阿什么姐阿什么妹，叫老公也是阿阿阿的，听起来就好笑。荣贞一会儿恨秋香，一会儿恨秋兰，一会儿恨荣生，后来谁都不恨就恨秋兰了，如果不是她，就秋香那性格，怎么会在短时间内就答应嫁人，她连认识那广东佬的机会都没有呢。荣贞左思右想，认为千错万错千怪万怪都是秋兰，不行，一定要去找秋香，当面跟她说清楚，也许还有挽回的余地，我不能没有她，这段时间不见，都觉度日如年，如果永远失去她，剩下的日子还有什么意义？

决心既下，荣贞次日便写了一张条子贴门上，曰"有事外出，另请高明"，锁好门，根据秋香闲聊时告知的其妹妹大体地址摸到了广东梅子凹。一家一家打听，都不晓得秋兰是何许人也。后来荣贞就把秋兰是从福建省武平县嫁来，老公是退伍回来的，现在开了一家饲料店，云云，总算找到了人。原来那边人都叫她阿兰，鲜有人知其大名。一开始就说清楚的话，早就找到了。荣贞在心里责怪自己太笨，吃屎大的，他把骂别人的话骂自己。

"秋兰，我问了十多个人才问到你，鬼晓得大家都叫你阿兰。"本来就对这个"阿"字反感的荣贞，这下更排挤"阿"字了，也是，如果叫秋兰，他会费那么多精神和口舌吗？

"荣贞阿叔，什么大风把你刮到广东来了？"

闽西和粤东比邻，租摩托不上十块钱，荣贞这个怪脾气，没亲没戚再近也不会来。秋兰一见荣贞，心里就咯噔了一下，这老头也真执着，竟然寻到我这里来了。秋兰在富生结婚那天认识了荣贞，并在他诊室拿了几服治胃病的草药，给老公阿贵吃了效果很好，又叫秋香去拿了几服，阿贵的胃病就痊愈了。后来，又有两个同村的广东人在她带领下，慕名来福建找荣贞，也是药到病除。一来二去，彼此间也就熟了。

"秋兰，我找你阿姐，我要当面问清楚。"荣贞脸色阴沉，但有求于人家，又不好责备她坏了自己的好事。

"阿叔,我阿姐和老戴已经订婚,元旦就要结婚请酒席了,再和你是不可能的,你有家庭,我阿姐是不会拆散你家庭的。你还是回去吧,我阿姐都跟我说了,你是好人,一向都在照顾她,你的恩情她只有来生再报了。现在你就不要再去找她了,她现在过得很好,老戴一家对她都很好,求你放过她,给她一份安静的生活吧!"秋兰的眼中流露出一种企盼和哀求。

"不行!无论如何我都要见到她,你不带我去,我自己找,我能找到你,就一定能找到她,反正我已关了店门,有足够的时间。"荣贞斩钉截铁,一副不到黄河心不死的模样,说毕,起身准备出门。

"阿叔,莫走莫走,请先坐下,等我泡好了茶就打电话给她。"

秋兰慌忙拦下,她不想让他们的事被老戴知晓。老戴晓得了,心里难免有疙瘩,没有阴影也会有想法。不行,绝对不能让他去找阿姐,否则后果不堪设想。可这老家伙的固执实在让人头痛,为了阿姐,他可以不顾一切,如果不答应他的要求,他非把事情闹大不可,他对阿姐如此痴情,如此难舍,实在可怜,如果他也是单身,倒是要成全他们,只可惜……

秋兰把泡好的茶倒了一杯端到荣贞手里:"阿叔,你喝茶吧,我打个电话给我阿姐,让她过来,你们有话好好说,千万莫吵,我阿姐也命苦,你就体谅体谅她吧。"

"我不会跟她吵,你放心,快叫她来。"

秋兰说声"好",转身就上楼了,她有手机,但当着荣贞的面,说话不方便。

电话拨了过去,接电话的是老戴。

"阿兰,有什么事吗?你阿姐在扫地。"

秋香和老戴订婚后,因为要置办家具、衣服,还要布置新房,就住到了一起。

"老戴叔,我这边的三月青好吃了,叫阿姐过来拿一些回去。"秋兰勤快,种了不少菜,自从阿姐来了这边,就经常叫她来拿。秋香来后,也勤于种菜,但现在还不能上桌。秋香对自己的妹妹当然不必客气,菜种多了,吃不完也烂在菜地里,又不拿去卖,秋兰已不在乎那点小钱了。在众多蔬菜中,老戴对三月青情有独钟,几乎百吃不厌。

秋香高兴地出门了。

荣贞失恋寻醉

一路上，秋香的心里美滋滋的。来这里真不错，老戴对自己很体贴，让她有百分百的安全感，无忧无愁。妹妹又这么关心，时常叫他们过去吃饭，也时常送果蔬。秋香最高兴的是，现在自己不愁有病没人出钱了，老戴把钥匙交到她手里时说："要钱用了你就自己拿。"他先用钥匙打开抽屉，指着一个木盒说："钱就放在这里。"秋香看后，吓了一跳，说："这么多，为什么不存银行？存银行安全又有利息。"老戴回答："银行里存了呀，这是平时用的，钱不要都存银行，家里有，需要用时也方便。"秋香觉得他说得有理，到银行取钱的确太麻烦，排了队还要签字，要是我去取，名字都写不好，怎么签？秋香从来就没看过这么多现钱，她记得最多的一次是家里同时卖了两头猪，但那些钱她只看了几眼，连摸都没摸一下，就让三古头拿去还了债，娶丽花时向人借了两千元，两头猪换了主人，再凑合一些，勉强还债。现在这么多现钱可以让自己自由支配，这是前所未有的事，心里岂能不乐？来到秋兰家，喊话声不觉都甜了几倍："秋兰，秋兰！"

"哎，阿姐，"秋兰边应边出门迎上前，向阿姐使了一个眼色，意思家里有外人，"这么快就到了？"

秋香见状，心里感到奇怪，秋兰在搞什么名堂，挤眉弄眼的，什么意思？她满腹狐疑，跟着踏进客厅，看到眼前站起的人，不觉倒退两步。

"秋香，你来了。"

秋香"嗯"了声，心想，你来干什么？她当然晓得他来干什么，想必荣生已经告诉他了，这个荣生，真是广播筒①。

见秋香不语，荣贞目光火热地注视她，才发现有新情况，她手上戴着金戒指，脖颈上系条金项链，身上的衣着显然上了档次，头发也染了。经这一打扮，那种成熟女人的气质令荣贞瞠目结舌，一时说不出话来，就这样看着。

秋香被他看得脸红心跳，以前她也曾被他不知多少次认真地检阅过，但远没有现在火热，她的心一下子又乱了。

---

① 广播筒：意指喜欢传播消息的人。

"是谁告诉你我在这里的，你已经晓得了，还寻来干什么？"秋香赶紧逃离荣贞的注视，再不逃离，她会被烧着。她忍着，尽量让语气冷淡，绝不能给他一丝丝希望，务必要让他死心，死心，再死心！

"谁也没告诉我，是我自己猜的。我去问过富生和丽花，他们都骗我说不晓得你去哪儿了，我还狠狠骂了他们一顿，心里非常着急，后悔当初没给你配个手机。前段时间因为流感，病人很多，又没个帮手，累得我夜里一躺下就连锅铲都翻不过来，不然我也不至于等到今朝才来寻你。"

荣贞没道及自己也感冒的事，这已经没必要了，也不提情报的来源，他装不知，他要看秋香怎么说。

秋香分明听到了自己扑通扑通毫无规律的心跳声。荣贞对她越是死心塌地，就越让她心存愧疚，她不知该如何告知这位昔日的恩人和欢喜冤家。

"秋香，跟我回去吧，你在这里已有一段时间了，也该回去了。你相信我，我一定会和她离婚，也一定会和你结婚。"荣贞把那句"没有你，我会活不下去的"硬是从嘴角边给吞了回去，他怕说出这句话后自己会忍不住流泪，这样就会让秋香两姐妹看不起，流泪哭泣是女人的专长，而不该是男人的武器。

"不了，我不会跟你回去的，因为我……我……"秋香"我"了两遍，到底还是没胆量说出她和老戴订婚且已同居了。

"秋香，你是不是怕那个老短命嫲又去你家砸东西？不用怕，我新诊所没她的份，她没出钱，也不同意我做，那是我一个人的财产，以后就是你的了。秋香，你放心，谁也没权利阻止我们，我会对你好的。"荣贞诈痴诈癫[①]，一直不去捅破那层纸。

秋兰听了，甚为佩服他的演技，心想他应该是好演员中的好医生，他有能力兼职。既然阿姐说不出口，那还是由我来说吧，坏人只好做到底了。

"阿叔，你就莫逼我阿姐了，我阿姐已和老戴订婚了，连婚期都定好了，你就不要难为她了。你是个有头有面的人，子女们都有出息，这事闹出去也对你不好。如果你真的关心我阿姐，就应该让她过上安静的日子，你的恩，让她后生世人再报答吧。"

"秋香，才几天工夫，你真的和广东佬订了婚，你真的这么绝情，真的忘

---

① 诈痴诈癫：装疯卖傻。

了我们的情义？我对你可是真心的呀！"荣贞这时已经带着哭腔了，目光中全是火，刚才带着的是柔情蜜意的火，现在却充满失望，不，是绝望中愤怒的火，足以烧黄绿叶的火，也足以将秋香烧得体无完肤的火。

秋香闭紧牙关，一任泪水默默流淌。

"阿叔，你是个专门救死扶伤的好医生，你就可怜可怜我阿姐吧，就不要在她的伤口上撒盐了，你就放过我阿姐吧，算我求你了！"秋兰哀求道。

荣贞刚要开口，秋香却忍不住呜咽出声，怕被人听到，忙又捂住嘴压抑着，双膝却咚咚两声跪在了荣贞面前。秋兰见状，慌忙上前拉扯："阿姐，你这是怎么了，快起来！"

"秋兰，你不要扶我，我对不起荣贞叔，他不答应放过我，我就不起来！"秋香这时也大胆起来，虽然泪流满面，话却利索了。

秋香这一跪，倒让荣贞为难起来。他心疼秋香，想马上扶起她，如果是以前，他会拥她入怀，为她拭泪，可现在情况不同，他的内心充满矛盾和痛苦，既爱着她，又恨她的无情。他明白，这一扶，秋香必定要他先承诺放弃，不然绝不会起身，她固执起来和他一样是个死硬货，秋香起来后，他就要在生活中永远失去她。想不到这个简单的动作，却要让自己付出惨重的代价；想不到自己几十年来医人无数，却没有一人可以为自己医治伤痛；想不到自己全心全意、不顾一切地爱她，她却经不起一阵风雨，翻脸比翻书还快，只十几天工夫，就已经两心相隔似银河，和一个外省男人订了婚并同床共枕了，而自己和她，就像地球两极，一头冷，一头热。哼，说什么不想破坏我的家庭，说什么为了我的名誉和脸面，原来都是些冠冕堂皇的鬼话！就我有头有面吗，世上哪个没头没面，没头没面的还是个人吗？为了你秋香，我可以什么都不顾，更不要说什么脸面，可是所有的努力都付之东流，可悲啊，可叹啊！问世间情为何物，人与人之间为什么要有情呢？荣贞的心像打破的水杯，四分五裂。

"荣贞叔，我不是得鱼丢钩、忘恩负义的人，实在是因为我不能拆散你的家，我不值得你这样对待，我对不起你！求你忘了我吧，就当我死了！"秋香可以想象荣贞受到的打击，可她又能如何？

秋香跪着抽泣个不停，秋兰心里也不是滋味，见荣贞既不说原谅，也不去扶人，不觉心如刀绞，双膝也不由自主地朝他跪下："阿叔，求求你放过我阿姐吧，她和你真的是不可能了，我阿姐苦了大半辈子，你就让她过几天安心日子吧，我阿姐没文化，不值得你这样对她好。"说着说着，秋兰也忍不住抽泣起来。

"她不值得我爱，还有哪个值得我爱？不值得我爱，我会傻不棱登地跑来广东找她？"荣贞说话时，眼眶中已现泪花，音调也变了。他真想扇秋兰一巴掌，是她害他失去秋香的。

"荣贞叔，不管你怎么想，这一生我都不可能和你好了，你要是不嫌弃，后生世人，不管你怎样，我都去找你，报这一生的恩情。你回去吧，回去和招子娓好好过日子，你就当我……当我喝农药死了。"秋香说完，竟给荣贞磕起了头。

看秋香这样，他的心更痛了，他知道，自己已经永远失去了她，无论用什么招数，她都不可能再回自己的身边了，他和她已是八尺的河沟六尺的跳板——搭不上边了。

算了，一切都该结束了，回吧，回吧，不要再在这里丢人现眼了，别在外省也成"名人"当笑料了，既然这事已是绿叶遭火烤——非黄不可，我也得玻璃瓶装清水——看得透，做人的确要像吊车干活——拿得起放得下。唉！荣贞重重地叹了一口气。这声不大不小的叹息，像一颗定时炸弹爆炸在秋香的心坎上，她把头磕得更紧了。

算了，算了，别唉声叹气了，缘已尽，我又何必背着磨盘唱大戏，自讨苦吃？荣贞以决绝的语气喊了话："你起来吧，我不烦你了，你去过你的神仙日子吧！"说完，毅然拔腿转身，摔门而去。

走在回家的路上，荣贞心里边忽然有了些许的轻松，同时也有些许的宽慰，秋香终于可以安度余生了，我应该为她高兴才是。但很快，无边的怅惜和懊恼又同时涌上心头，今后将永失我爱！这确实让他难以接受，就像当初无法接受没有孙子的事实一样。

他一方面恨秋香，一方面恨自己，甚至还恨上了那些病人，如果不是他们，他早就来找秋香了，如果及时来找，去阻止，去给她温暖和勇气，也许事情就不会这么糟，也许他就还可以拥有她。如果……如果……唉！还会有如果吗，再也没有如果了，连也许都没有了，一切都成为过去了！

荣贞一路胡思乱想，怨七怨八，脚步沉重，从广东这头的梅子凹走到老家那头的岩前镇，竟花了四五个小时。路旁小吃店飘出的香味诱起了他的食欲，肚子在这时也闹起了革命，不由自主地走到店里。店老板问他想吃什么。荣贞心情很糟，对吃什么已无要求，也想不起来自己喜欢吃什么，示意他有什么吃什么。

一刻钟工夫，汤菜全端上。荣贞又要高粱酒。店老板拿出一瓶，见他有点反常，怕他借酒消愁，又不知来者是何方神圣，就好心地说："老叔，我看你好像有什么心事，人生不如意事多着呢，我们男人，拿得起放得下，千万别去钻牛角尖。"

荣贞不理不睬，要了酒，自顾自地闷头喝。他是死了老婆还是和儿子吵了架，何至于这般失魂落魄？店老板见他半晌不吭气，也不敢多劝，万一惹火了他，发起酒疯来把店里的东西扫了，找谁评理去？做生意就做生意，不要再去做兼职调解员。店老板的心里如十五只吊桶打水——七上八下，既怕他没钱埋单，又担心他借酒发疯。前段时间刚被一伙小混混闹过，损失不小，一个小吃店，经不起几回扫荡。

店老板坐在角落胡思乱想的当儿，荣贞已落肚了半斤高粱酒。因为喝的是闷酒、急酒，已然微微发福的肚子里滚烫滚烫的了，平时一喝酒就上脸的他，现在已经像灌血的猪头面红耳赤。决意一醉解千愁的他，索性将酒瓶举起，来个对天吹。店老板见状，到底怕他出事，赶忙上前劝阻："老叔，老叔，你这么大岁数了，不能这样喝，这是高粱酒，不是啤酒。"

荣贞胡乱地摆着手，用力推开他，圆睁双眼："关你屁事，你只管做生意，收钱，怕我冇钱拿吗？放心，我有的是……是钱，就钱……钱多。"荣贞带着几分醉意说完，又举起酒瓶咕咚咕咚连喝。这几口猛酒前呼后拥穿肠而过，他浑身上下就跟火烧寮子一样了，干呕几声后，很快就趴在桌上，人事不省。

店老板前面希望他喝醉了睡觉就好，现在却又怕他一醉难醒，如果半夜还不醒就麻烦了，唉，今天真倒霉！他上前把荣贞扶正了一点，然后搬来两张凳子，放在他左右两旁，又拿一件外套盖在他身上，心想，今天这顿酒菜，看来是阿斗的江山——白送了。

一会儿，老板娘从外头回来，后面还跟进一位四十多岁的男人，一进店门就叫嚷："大老板，来碗猪肝粉肠汤。"

店老板不用抬头，便听出是同学发荣来了，乃回声："老同学，现在是什么时候了，都快煮晚饭了，还会有猪肝粉肠汤？最后一点都煮给那位老叔吃了，你真想要，就过去看看他碗里还有没有，我估计多少还有点，你端过来，我帮你热一下。"店老板开起玩笑也是盖房不请墨师——有规有矩。两位同学凑一起，总像疯姑讲笑话，嘻嘻哈哈，鬼话连篇，又互不相让，认识他们的人都笑话是狗相咬。

"呸，我又不是猪，哪能吃人家剩下的。你自家吃惯了剩汤剩菜就算了，怎么可以这般作践我？"

"嗨，吃剩的又会怎么样，只要高温清毒了，就没事，又不是每个人都有传染病。"

发荣不再接话，走近荣贞身旁看了看："这是哪来的酒鬼，前世没喝过酒吗，一下子就喝得死醉？"

"鬼晓得，可能是和老婆吵了架，被赶出家门了，反正是一副失魂落魄的样子，他要是后生，我会以为他失恋了，可像他这种年龄，只有失妻，没有失恋了。"

"也是，你都叫他老叔了，怎么还会谈恋爱。再过一会，天就黑了，他却还在醉乡里，要是到晚都不醒，你准备留他过夜？"

"我好像见过他，但不认识，你过去看看，说不定是你的什么人。"

发荣见那人睡得死，呼噜打得都能震下墙壁的灰尘，便走上前，把外衣拿下，凑近了看，不禁吓了一跳："舅舅，真是我舅舅，他怎么会跑到你店里喝得一塌糊涂？"

"你舅舅，真是你舅舅，你有冇^①认错？"店老板一听，忙跟着凑到荣贞身边。他太高兴了，真要是发荣的舅舅就好了，一切问题就迎刃而解。

"我就这么一个舅，怎会认错？你吃了牛血会认错舅，以为我和你一样！"农村人笑话那些认错人的人是因为吃了牛血。

招玉如果是嫁给荣贞，发荣就叫他姨丈，但荣贞是入赘的，发荣就叫他舅。与此对应，荣贞的孩子就以姑和姑丈称谓发荣的父母了。

"我巴不得是你舅，不然我今夜真会冇安冇乐^②，最怕他到天光都不醒。这下好了，等下你就想办法把你舅弄回去，莫妨碍我做生意。"

"你莫弄啊弄的，说话文明点，我怎么能弄我舅呢，他是什么人物你晓得吗？"

"什么人物？我看看。"店老板疑惑地再次认真观察荣贞，左看右看，头看尾看，"不像个县长，更不像省长，也不像百万富翁，倒像个酒……酒仙。"

---

① 有冇：有没有。

② 冇安冇乐：不开心。

店老板到底反应快，"鬼"字到了唇边便马上又变成了"仙"字，鬼和仙档次不同，一个天上，一个地下，谁不愿意成为天上的仙？

"好在你称他仙，不然以后你有求他之处，我就叫他莫理你，让你死翘翘。"

"我求他，我求他屙……我求他做什么？"

店老板又一次把唇边的"屙牛屎"硬生生地咽到了肚里，发荣都说了有求他之处，话就不能说绝，得留一点余地。

"我舅是个名医，专治疑难杂症，比如你和老板娘做了坏事受了风，我舅……"

还没等发荣说完，进门后一直未曾开口的老板娘笑骂道："你跟老婆做坏事才受风呢！以后你可得小心点，老是受风，老叫你舅治，也太难为情了，怎么说得出口。"

"莫鬼喔了，以后求我带你去找我舅的时候，就莫怪我歪兆①。告诉你们，我舅总能对症下药，药到病除，治好过几个从大医院退回家等死的癌症病人，你们可别不信！"发荣说起舅舅的光辉历史，沾沾自喜。

"哦，你舅真有那么神通？"店老板和老板娘一听，不由得如开会呼口号，异口同声。

"不是蒸（真）的，难道还是煮的不成。告诉你们，我舅都上报纸和电视了，逢年过节，都有人送鸡公、花鸭、好酒、名茶酬劳他呢。"

"那你这外甥也沾光了？"

"你认为呢，我舅大方着呢。我们新年去，他都会送我们几个外甥每人两瓶酒一包茶叶，弄得我们很不好意思，做外甥的没好酒好茶孝敬，反而要让舅送。我们几个都是穷鬼子，但我舅从不会看衰我们，以前读书时，他自家也有几个细人子，但还总是塞给我们一点零钱，我们就特别喜欢去他那里做客。到了我们有能力时，在紧工时也自觉去帮他。分田到户那会儿，我自家的不做，也要去帮我舅。"

"你以为我不晓得，你们那是跪着养猪——看在钱的分上。要是你舅一分钱都舍不得给，我敢保证棍都赶不了你们。你们贪财，而你舅是在剥削你们的劳动力，要是以前，你舅的阶级成分准会被划成地主。"店老板压低声音取

———————————

① 歪兆：歪心，心肠不好。

185

笑他。

发荣也不恼，继续说："人也是奇怪，真是个势利鬼。细人子都爱钱爱吃，我姨丈是有名的小气伯姆[①]，过大年一分钱压岁钱也不给，我们谁都不爱去他家做客，他就说看衰他。"

"的确是势利鬼，你现在还不是一样。"老板娘也取笑道。

"哟，你们高尚？"

"好，好，好，一样的货色，一样的货色，你就不要再在这里卖膣夹[②]了，莫影响我做生意。"店老板挥挥手，不想再听他那些陈年旧事，要他赶快把这副尊神带走。

"做生意几点啊，再忍不住也要等天黑了再做。"

店老板晓得发荣故意把这个生意说成了那个生意，道："莫鬼喔了，你快走，你再在这里坐半个钟头，我都会癫[③]了。"

每次耍嘴皮子，店老板都甘拜下风。发荣无论在哪方面，都是兵来将挡水来土掩，总能把人说得哑口无言。

既然人家都烦得下逐客令了，再在这里海阔天空地胡吹，就太没意思了。发荣摇晃起荣贞的身体："舅，舅舅……"

"嗯，嗯，秋香，秋兰，你们叽叽喳喳在说什么，我怎么……听……听不清楚？"荣贞费了好大一番劲，还是睁不开眼，只能听到声音，根本弄不清人家说什么，以为是秋香和秋兰，还有那个讨厌的广东人。

荣贞口齿不清，发荣听了好一会，也没听清他说的话，只好说："舅，是我。"

"嗯，你是……是谁呀？"

"我是发荣呀，我是您外甥发荣呀。"

"发……发荣？发荣，你怎么也在……也在这里？难……难道你也……也来寻……寻……"荣贞的意识里还是很伤心，哽咽着说不下去了。

"舅，现在天快黑了，我送您回家吧？"

"不，我不……不想回家，我……我要等秋香，我……我要喝酒，你，陪……陪我喝酒！"

---

① 小气伯姆：小气鬼。

② 卖膣夹：卖嘴皮子。

③ 癫：疯。

这下，发荣听出来了，秋香是一个女人的名字，可能和荣贞有关系，而且感情还很深，荣贞这次醉酒，一定跟她有关联，可能是秋香和他发生了口角不理他了，他才这么伤心，借酒消愁。发荣对自己的推理非常满意，但到底没把荣贞的风流韵事告诉店老板夫妻，家丑不可外扬，现在得尽快把老舅送回家，免得再出洋相。

"舅，您都醉得连我都认不出了，改天再喝吧，改天我们比赛，看谁酒量好。"发荣耐着性子劝说，心想要是再喝，只怕你这条老命都要赔上。

"我哪……哪里……醉了，再……再来一……一瓶……也不会醉，你陪不陪？不陪……拉倒！"荣贞终于抬起了头，终于睁开了一下眼帘，但很快就无力地闭上，又沉重地伏在了桌子上。他的头脑已有点清醒，但浑身还是软绵绵的。

发荣吩咐店老板："老同学，你们看住我舅，我得租摩托送他回去，然后再来骑摩托。"

很快，就叫来一辆载客摩托，发荣和店老板搀扶着荣贞强行上了摩托，荣贞还一个劲地比画说："我还要喝，还要喝……"边叫嚷，边试图从摩托车上下来。发荣赶忙坐在他后面，抱住他，说："舅，我带您去另外一家喝酒，那里有狗肉煲，出了名的好吃，您不是最喜欢吃狗肉吗，不是说狗肉可以整铳①吗？"一边哄，一边催促载客摩的快走。

"坐好哩！"载客的吩咐。

荣贞听说要带他去另外的地方喝酒，还可以吃到有名的狗肉煲，就不闹了。发荣怕他酒后吹风，脱下自己的外套盖住他的头。

"做什么要把我的头盖住？"荣贞不再语无伦次了，但盖住了头，黑暗中让他联想到绑架事件，这人一直说是自己的外甥发荣，但至今还未认真瞧他一眼，听声音倒有点像。

"舅，坐摩托风大，您刚喝了酒，不能吹风，这是您教我的，自家都忘了吗？"

听他这样一说，荣贞就不言语了。过五六分钟后，才开口问："怎么还不到？"

"快了，快到了。"发荣一边回答，一边想，舅舅一听有狗肉吃，就馋得

———————————
① 整铳：壮阳。

流口水，难道狗肉真的可以"整铳"，可我怎么就不觉得，难道这也要因人而异？

荣贞也在摩托车上想心事，狗肉可"整铳"，可现在铳整得再好，已无雕可打，铳再威风，英雄已无用武之地，到时还不是给自己添堵？罢！罢！罢！还是莫去吃狗肉的好。

"送我回家，不吃狗肉了。"荣贞说。

发荣想不明白，一个有名的狗肉狂今天竟然连这都提不起兴趣了，他庆幸是舅舅让送回家的，要是酒醒后坚持要吃狗肉，自己就得赊账了，身上带的钱可能也就够付这趟车费。

回到冷清的诊所，荣贞脚底莫名地涌起一阵寒意，啥事都提不起精神，只想再喝高粱酒，然后躺在床上睡一觉，最好能睡死过去。

发荣扶他进房间躺下后，关切地问："舅，您想吃什么？我给您煮。"

"我没胃口，你回去吧，我就想一个人静一静。"

"舅，看您今日状况，一定是碰上了不顺心的事，我不敢管长辈的私事，只想问一句，您可不可以把以前开导大家的话细想一遍，对您来说，风霜雪雨都经历过了，还有哪道坎迈不过呢？舅，我相信您，无论碰上什么烦心事，都能搞定，您是个胸怀最宽广的人。"

荣贞被说得忍不住笑了："你莫拍我马屁了，你放心，我不会喝农药自杀的，想自杀也吃安眠药。"

发荣当然不担心舅舅会自杀，只是看他如此消沉、痛苦，心情不免难过。他很想弄清原因，却又不敢随便打听，舅舅的脾气他又不是不知道，他不想说的你就是问了，也不会回答，他不想隐瞒的你就是不问，也会来个竹筒倒豆子。

"快回去，莫在这里吵我了，我想睡个饱目①。"

发荣不好再说什么，又搭了那个师傅的车，迎着渐渐西沉的红日下城，去骑回自己的摩托。

_____

① 睡个饱目：睡个饱。

秋香幸福得像初恋

荣贞气呼呼地拂袖而去后，秋兰赶紧起身跟着出门，眼见他昂着头越走越远，渐渐消失在眼前，断定不会再回头，这才折回家，却见秋香还泪水涟涟地在原地跪着，赶紧扶起，连拉带扶安置她在靠背椅坐稳了，又帮她擦了擦眼角，柔声劝道："阿姐，他走了，相信今后不会再寻来，你就安下心吧，反正也没人晓得今朝的事，你就莫喔①了，你看你目珠②都肿了，老戴见了会怎么想，快去洗面吧。"

瘫软如泥的秋香停止啜泣，说："你打个电话给他，说我在你这边吃晚饭，晚上也不回去了。"

"这不行，他绝不会同意的，你一日不在他身边，他哪能安心。"

"那怎么办？我这个样子，他随便一看就晓得有事，若追问，我怎么回答？"

"找个理由吧。"

"找什么理由？"秋香毫无主见。

"就说你的目珠撞进了一只蚊子。"

"不行，总不可能两只目珠同时撞进了蚊子吧。"秋香这下不呆了。骗人也得编个充分点的理由，连自己都不相信的话，又怎么能让人家相信，他可不傻。

秋兰犯难了，想了一阵子，才说："就说我们姐妹俩说着说着又说起了以前的事，你就忍不住哭了，想到前半生受的苦，想到就要嫁到外省，就越哭越伤心，看到你伤心，我也陪着你哭了。"

"也只能这样说了。"秋香边说边用衫袖擦拭着双眼，秋兰忙抽出餐巾纸递到她手中。

秋兰给老戴打去电话，如是这般告知情况，还叫他不用担心，等阿姐情绪稳定些就回去，反正离吃晚饭还有两个多钟头。老戴也没起疑，请她多多开导秋香。

---

① 莫喔：莫哭。
② 目珠：眼睛。

秋香一旁听得真切，苦笑了一下。

秋兰放下电话，坐到秋香身边，说："阿姐，以前的伤心事不要再去想了，越想越伤心，你就安心下来准备做新娘吧，往后的日子，肯定是倒吃甘蔗节节甜。老戴一家都有素质，不好的人家我会随便介绍给你吗？你想想，以前我们姐妹俩一年难得在一起，现在一个月都有几次相聚了，吃饭可以蹭来蹭去，多好！"

秋香听罢，破涕为笑，的确，这份美好不消说。

秋兰想想，又说："你这个样，晚上烧火①也提不起精神，不如就在我这吃晚饭，我叫老戴也过来。"

老戴欣然接受了邀请，并提前早早来到，反正秋香不在家，他心里也空荡荡的。

三个人聚在一起说笑，有老戴的体贴和安慰，秋香心情好了许多，也暂时忘了伤痛和烦恼。眼见天色向晚，秋兰就起身烧火煮食，秋香想去帮忙，秋兰拦下她说："不用，我很快的，煮一个汤，炒两三个菜就行，你们就等吃吧。"还特地在她肩上用了一点力。秋香心知肚明，有个这么体贴的妹妹，真好！

秋兰手快目利，不到半个时辰，就叫开饭了。

"阿贵怎么还不回来？"老戴问。

"他不回来吃饭，不用等他。"

秋兰把四菜一汤端上桌，看了秋香帮忙摆放的碗具一眼，转而从消毒柜里拿出一个汤勺，轻轻地放在汤盆里："喝汤要有公共勺子，不然大家都用汤匙在汤碗里舀汤，实在不好。"

秋香连说这个习惯好，并油然想起三古头在世时，每次喝汤，都习惯性用汤匙在汤碗里搅来搅去，舀为数不多的肉片。秋香很看不惯，就说："你不要这样好不好，跟洗汤匙一样，把你的口水都洗净了。"三古头当时不搅了，过后却又照样。让秋香生气的还有夹菜，就是原碗头都一样的菜，他也总爱翻来翻去，要是有几块猪油渣子②，那动作就更不雅了。对于身处贫困、工作量大、油水又严重匮乏的人来说，菜碗里能加入几星猪油渣子，就相当亮点了，没吃着的还会吞口水。三古头夹菜的筷子，每每总还有一二饭粒，有时他发现了，便

———————————

① 烧火：做饭。

② 猪油渣子：煎了油的肥肉渣。

举到嘴里舔干净，秋香也很看不惯这个样。有一次，眼见三古头又如是这般捣鼓，她实在看不下去了，当着他父母的面，忍痛将一碗菜扣于桌上："翻来翻去，又没猪肉，你翻什么？鬼习惯，成心让大家吃你的口水啊！"三古头想不到秋香会这样，顿时成了遇见猫的老鼠，那倒在桌上的菜，也就只有他一人享受了。此后，三古头再不敢在菜碗里胡作非为了，汤匙也不再在汤海里洗身子①了。

不是广东人比较时尚，其实大多福建人也早已改用公共汤勺舀汤了，只是秋香家还是外甥打灯笼——照舅（旧）。娶丽花时，秋香咬着牙买够了筷子和汤匙，省得做好事要借人家那么多东西，那些贵重些的碗头和盘子之类，就只能望而兴叹了。多买一些便宜货，好歹也可以在人家做红事白事时，有一二样可以出借，能够礼尚往来，心里也好受些。以前大家喝汤都用汤匙舀，直接送嘴，如果谁得了传染病，便口口相传了，改用公共汤勺，既避免了众多汤匙在汤碗里碰撞，更避免了疾病的串联。

秋香看着一桌菜，嘟哝了一声："才三个人，煮这么多菜做什么，又吃不了。"

"这算什么，阿贵要是在家吃，还得多炒两样呢。"秋兰边说边要帮秋香舀汤。

"我自己来，又不是客人。"秋香说。

秋香家鲜有客人往来，平日难得四菜一汤上桌。四菜一汤，干部下乡，秋香家从没有干部下乡的待遇，只有粗菜淡饭。到了紧工，累得腰酸背痛手脚软时，回到家里，不是自做的豆腐乳，就是青菜萝卜干下饭，想汤喝，就把煮熟了的青菜干放到大碗头里，加点油和味精，倒上热开水，这也是劳动人民最常见最简便的吃法，秋香家不过更为普遍而已。想起以往的苦日子，秋香又喉咙哽咽，泪水在眼眶中打滚。

"阿姐，你又怎么了，叫你别想以往的伤心事，怎么又想了？以前谁没有伤心事，要是都一直藏在心里忘不掉，往后的日子怎能过得好？都做阿婆的人了，动不动就出目汁②，一点都不坚强。你看，目珠都跟桃子一样了。"

秋兰这样说，就更让老戴深信不疑，秋香的泪水不值钱，这点他已领教。今天见她又这样，老戴忍不住抓过她的手，说："阿香你若这样，我会心痛。

---

① 洗身子：游泳。
② 目汁：流泪。

要想自己快乐，就得忘记以前的伤心事，以后你再不会过苦日子了，我们一家都会对你好的。"

老戴的真诚令秋香感动，脸上终于浮起了笑，说："我这人就是不争气，你们不用担心，吃饭吧。"

元旦前一个星期，秋香说要回家，老戴舍不得她那么早就回去，又好言好语劝她多住了两天。这段时间朝夕相处，幸福得跟初恋一样，一起煮食，一起做家务，一起散步，一起看电视，老戴连扫地拖地板都帮忙，这是秋香以前所没有享受过的。她几乎不相信世上还有这类男人，三古头再勤快，富生再怕老婆，都不会扫地拖地板。秋香家也没有地板可拖，水泥板哪用拖？

三古头死后，那孤单寂寞，没有电视，只有十五支光电泡相伴的漫漫长夜，秋香真是过怕了，三天两头失眠，在黑咕隆咚的房里胡思乱想，不知流了几桶酸涩苦泪。和荣贞相好后，脸上有了笑容；和老戴订婚后，进一步自信起来，不但戴上了以前想都不敢想的三金，还穿上了名牌衣服、皮鞋，用上了手机。秋香虽然也不想离开老戴，但过几天就要嫁过来了，总得回家一趟，把田地等等都交给富生、丽花打理，也得和他们，和两个女儿待上几天，把结婚时该请的客人名单列一列，好让老戴这边有个底。

秋香走时，老戴把一大包东西交到她手里，说："这是为你准备的礼物，新娘服也在这里。到了那天，我家的几只赖子①会去接你，这几天你一定要过好，千万别胡思乱想。"目光中的关切之情，让秋香心潮澎湃。

老戴久久握着秋香的手，秋香抽了几下也没能抽出。他含情脉脉地低下头，亲了亲秋香的额头，秋香的脸一下子便红了，好像他们的初吻。

老戴送秋香去街边租摩托，并付了租车费，又叮嘱了几句，才挥手道别。从广东梅子凹到秋香老家福建岩前，大概十公里，二十来分钟吧。

丽花是个精明人

秋香回家，不独富生高兴，丽花也露出久违的笑，超超更是开心，亲热

---

① 几只赖子：几个儿子。

地叫着一头扎进她的怀里。秋香心头一酸，泪水又汹涌而出。

超超看了，天真地问："奶奶你是不是要嫁到广东，舍不得超超，所以喔①了，如果是这样，那就不要嫁到那边去，就嫁到这边来，这样，就经常可以见到我们了。"

秋香一听，既好笑又难受，泪流得更凶，滚烫的泪水滴落到超超的小脸上，超超用衫袖左擦右拭，然后又帮秋香擦拭。看他这样，秋香的心一阵阵抽搐，说不出一句话。要说秋香对这片天地无牵挂那是不可能的，对富生和丽花，她也许无所谓，对孙子却是真心疼爱。

"超超，不要老缠着驰驰，让驰驰坐下来休息一下。"富生上前轻轻地拍了拍超超的屁股，然后接过来，对秋香说，"妈，你先坐下喝杯热水。"

秋香落座后，解开放在桌上的袋子，拿出礼物给超超。超超乐得松开了父亲的手，"哇"一声后仰头问："这么多萨其马和棒棒糖，都是给我的吗？"

秋香微笑着点点头。

"太好了，太好了，这下我也可以带到幼儿园猴②死他们。他们有好吃的，总是带来猴我。"超超从未拥有过这么多好吃的东西，一时乐得忘了先解馋，只想着明天也有馋小伙伴的武器了。

秋香从中拿出两块萨其马和一个棒棒糖递给他，爱怜地说："一次不能吃太多，吃多了对身体不好。"

超超爽快地答应了，这时的他，还有什么不能答应的呢？

秋香拎回的大包小包，缭乱了丽花的视线，脸上晴空万里的，连声音也柔和亲热了许多，对富生说："午饭就随便煮几个鸡蛋、炒一个青菜，晚上再弄丰盛些，迟③一只鸡公吧。等下再打个电话给大阿、细阿④，叫她们两家都来。"富生连声说好，超超都进幼儿园了，丽花可从来没有主动叫梅秀、梅兰来吃过饭，今天真是太阳从西边出来了，富生能不高兴？要是从今往后都这么好说话，这么通情达理，该有多好！

"妈，你们说说话，我去煮菜，很快就有吃的。"

秋香说："我一起帮忙。"

---

① 喔：哭。

② 猴：馋。

③ 迟：杀。

④ 大阿、细阿：大姐、二姐。

丽花用少有的，不，应该说是对秋香从未有过的温和口气说："不用，你这些日子走后，超超都跟①了好几次了，我们又不好带他下广东找你。"

秋香听后，心里一热，孙子这么小年纪，都会想自己，真是没白疼，以后得常回来。

"妈，要不要喝茶？茶叶在茶几上，你自己泡，自己家里不用客气。"要秋香不用客气，丽花自己倒客气起来了，把婆婆当客人了。

秋香说不喝，却想起老戴曾让她带两包茶叶给富生，家里来人就有的泡。富生家是难得来人的，农村有句话，"出门看天色，入门看面色"，丽花也不欢喜人家上门。来了人，最起码也得煮滚水泡茶，还得发烟，如果热情，人家就会经常串门，像荣贞家那样，那可如何承受得起？而且，也没那么多闲工夫陪人瞎掰，田地里的事多着呢，麻将桌也更有吸引力。所以，家里偶尔来了人，丽花的脸色就很不好看，她这么个样，客人去了一回也没二回了。她也乐得自在，既省了滚水又省了茶叶，也省了烟和人工。除了过年，富生会买一小包稍好的茶叶，平时从不问津，用的都是自家茶地里摘的。

秋香从包里拿出两盒包装精美的铁观音对富生说："这是你老戴叔的子哩孝敬他的，他说家里茶叶很多，让我带两盒回来给你。"

富生接过，看了又看，啧啧有声："这么客气，把好茶送我，我就不用买了，等新年来客时再泡。"

秋香见超超偎依着自己，正津津有味地吃零食，就对富生说："你去帮丽花吧，不用陪我。"

富生说："不用，她两下半②就能好，总共又没几个菜，现在她煮菜水平提高了，基本上都是她下厨。"

秋香没想到自己走后，他们会有这样的变化，看看家里也干净了许多，环顾左右，窗门全换新了，还有了彩色电视机，咦，他们买六合彩中了大奖吗？她哪里知道丽花找荣贞索赔一事，对于家里的变化，她也无心过问，有变化就是好事，如果他们不思进取，安于现状，那这辈子就注定没出息了。

吃过午饭，丽花收拾好碗筷，就和秋香说话，并打发超超去找小朋友玩，今天刚好是周末。三个大人坐一起，心里都有点拘束，不知从何说起。沉默了

---

① 跟：背后问起。

② 两下半：很快。

一会，秋香开口了："你们平日不要太晚回家，要照顾、教育好超超，千万不要因为打麻将而忽略了他。打麻将要有分寸，别打到三更半夜，日子头要做事，夜里得早点休息。麻将也莫打大，我们家没钱和他们打大的。现在时代这样，叫你们不打是不可能的，消磨消磨时间就可以了，最主要的是注意身体，身体好，苦一点也不怕，只要扎手就能把日子过滋润些。"

丽花从来都没有这样耐心听秋香说话，秋香也从不敢这样对他们说话。以前要是用上这样的口气，保准要换来丽花一顿骂，你有什么资格教训我们，我们的生活关你屁事？但这回秋香说的，丽花显然都听进去了，频频点头。

富生小心翼翼地给母亲一个回话："妈，你放心，我们晓得，有空你也多回来看看，超超老在梦里喊你。还有，如果那边对你不好，你随时都可以回来，这里还是你的家。"

丽花在桌底下轻轻踢了富生一下，意思是要他别这样说话，他们结婚是好事。富生却理会错了她的意思，心想，这是生养我的人，她改嫁全因我不孝所逼，我对不起她，对不起死去的父亲。想到以前的种种不是，他深深地内疚起来，想到过几天母亲就要嫁往外省，一年也见不到几次面了，泪水就在眼眶中打起了滚。

秋香见状，心头也是一阵刺痛，富生毕竟是自己身上掉下的一团肉，到了这种地步，心里还是舍不得我。

"富生，你不用难过，更不用担心，他们家真的对我很好，他连存折都交给我保管，什么事都不让我操心。"秋香由衷地说。

"只要你日子过得好，我就开心，不然，我都无法原谅自己。如果我对你好一点，也许你和荣贞叔公就不会闹成这样，你也不会嫁到广东。妈，我对不起你，你肯原谅我吗？"富生说完，真有了下跪恳求原谅的举动。

"富生，你莫这样说，也许这就是命，这就是天意。我不怪你，也不怪任何人。我现在什么都不求，只希望你们以后能做得起人，别让人看轻。"

"放心吧，妈！"

"这以后，你和丽花有商有同①，不要老是吵打杀，家和万事兴。还有，我到广东后，你和两个阿姐和姐丈要多来往，有困难互相照应。你们姐妹不多，

---

① 有商有同：有商量。

你又是独子，做人一定要做好，别跟人生是非，吃吃亏、当当软①不蚀肉头。还有，行爱好阵、坐爱好班②，你也快三十了，好坏要分相。平时，别人有困难，热心些，多帮帮人，以前，我和你爷哩就是少了热心肠，从来都是自扫门前雪，以为自己身强体壮，万事不求人，真到了困难需要人帮助时，人家当然是能躲闪就躲闪，不管你家的瓦上霜了。"

想起以往和三古头的那段生活，秋香心里不禁涌起阵阵寒意，她不希望富生和丽花步后尘，但愿他们以后能做起人来，和邻里乡亲和睦相处、互相帮衬。

"妈，这段时间，我也想了很多事，你说的都对。现在的社会，不会做人实在是跌股事，交朋结友的确很重要，你们以前就是不喜欢交结③，别人家经常热热闹闹，我们家却总是冷冷清清，加上自家人又不和气，成天板着脸，一点温馨都没有，只能闻到火药味。"

富生能如此坦诚地做一番剖析和自我批评，秋香甚是欣慰，母子间很久没有这样推心置腹了，或许是自丽花嫁来后就失去了这样的交谈。

"超超都入幼儿园了，你们该考虑生第二胎了。一个孩子太单，以后你们老了、病了，超超没个兄弟姐妹，什么事都找不到人来商量，能不责怪你们？所以，你们不能只考虑自己轻松，也要想到超超以后的难处，多一个人，不管是男是女，都多一份力量。"

"头胎是赖子，再生第二胎要罚款，不然我们早就打了主意。我们福建很严，要生还得东躲西藏，有田有地，又有超超，哪走得了？想生都难。"富生脸露难色。一个小孩已让他们头痛，如果父亲还健在，母亲不改嫁，难度或许会少一些，资金方面即便解决不了，但照顾超超和田地却不成问题。

"唉，上头的干部也不晓得怎么想的，再这样控制，以后就会老年化了。现在的后生本来就会享受，再左罚右罚的，他们就更不想生了。"在荣贞诊所，秋香曾听人家这样议论，如今就派上了说话的用场，不觉担忧起来。

沉默了一会，丽花说："我们家这样苦，哪有条件生第二胎？只要上天保佑，有一个超超就够了。"

秋香以前也曾对他们说过此事，但丽花当时就不给好脸色："再生一胎，

---

① 当当软：让让步。

② 行爱好阵、坐爱好班：从善如流、要和正能量的人在一起。

③ 交结：结交朋友。

你出钱罚款？"那时秋香身上从未有过一张百元大钞，叫她怎么出？这下，她有些钱了，荣贞给的，她没拿去存，就放在房间的衣柜里，连富生都不晓得，现在，老戴又把存折交给她保管了。

"只要你们肯生，钱应该不会很成问题。我原来有一点，老戴又把存折交给我了，当然，这个我不能动，就连他给我自由支配的那些钱我也不能动，但我平时节省一些，相信有办法积攒一些凑个数。"

"妈，广东拐①真有这么好，肯把现钱和存折都放心交给你保管，就不怕你携款而逃？"富生真不敢相信老戴能这么放心，他对丽花都留了一手呢。

"逃，我能逃到哪里去？再说，做人也不能这样，不能害人害己，他对我这么好，我也不想逃，就算我逃得走，也会一生不安的。"

"妈，那你能弄多少钱，够不够罚？够罚的话我们就生。"丽花心急道。她很想知道秋香的底，在她心里，钱比娘亲，她对秋香态度的改变，完全是因为她能带来好处，要不是她，她怎么会有信用社的卡，家里又怎么会有那些像样的东西？

招玉去秋香家砸东西，后来大家隐约就晓得了，看到丽花叫人来换窗门，把原先的木料门都换成了铝合金的，少不得在背后议论："家娘出名，生娅发财。"荣贞当时给丽花这么多钱，是因为想和秋香结婚，认为巴结好了丽花，事情就会顺利些，不然，就是叫司法来审判，也不用这么多。后来，大家闲聊时就有了弦外之音："如果家娘去搭男子，千万不要去阻拦，你看某某人，要不是家娘搭了男子，她会那么轻松②？"

这次听说秋香掌管着老戴家的财政大权，丽花又开始打主意了，决心以后一定对她好点，更好一点，回来时声音靓些，更靓些，有空也要带超超去看她，生第二胎和做新房这样需要钱开路的大事，就全靠秋香了。

秋香也不晓得存折里有多少钱，以为也就几千块钱，也从来没去看，连现钱都没去算。这下听丽花问起，也就老实回答："我没看有多少钱，也不好问，反正买东西都和他一起去，也由他付钱。"

"妈，下次你回来，带来我们看看就晓得了。还有，你到了那边，也要学精一点，尽量存些钱，以后我们做屋子③，你支持支持，富生才是你的亲子哩，

---

① 广东拐：广东佬。

② 轻松：有钱，日子过得好。

③ 做屋子：建房。

超超是你亲孙子，广东拐这么老了，也冇壳退^①，万一以后他先死，他的子哩、生娓就会赶你走，那样的话，你就可以再回来，我们也欢迎。"

丽花自己横肠吊肚^②，认为世上的人都和她一个心思，以为这样说，秋香会对她感激涕零。哪知这些话在秋香耳里句句是针，听后脸色都变了，但最终没有发作，过几天她就要从这个家嫁出，何必在这节骨眼上节外生枝呢？

富生见母亲的脸色一下子难看起来，知道来由，就骂丽花："你说的还是人话吗，你难道巴不得人家早死，又让妈受苦？你这张臭嘴，难道除了鬼话，就冇一句好话，一开口就是一些衰腟叭啦^③的话，自得我意^④，就扇你几巴掌！"

"本来就是，我这样说也是为妈考虑，不怕一万就怕万一，什么事情都有可能发生，你敢包以后那老头死了，他的子孙不赶妈走？如果真到了那步田地，你让妈去哪里落脚，难道流落街头？现在那老头都七十多了，真可以活到一百岁吗？真是的，好心没好报！"

丽花脸不红心不跳，振振有词。

富生不好当着秋香的面揭穿她。秋香心里却也明镜似的，丽花这是在教唆她给自己留条后路，要她尽量捞钱，好资助她做新房，到了自己没利用价值了，保准又会一脚踢开，现在把自己当摇钱树，以后却当绊脚石，丽花这人，从来都是自私自利的，哪里会为别人着想呢？秋香不是重利轻情之人，自从得到荣贞的启发和开导，她已不知不觉改变了人生观，老戴待己如斯，如果自己还要那样做，那必遭天谴、必遭雷打。天下父母一样心，有能力时谁不帮儿孙呢？不过，她不会滥用感情和手段，要是这样去算计深爱自己的人，她将无地自容，情比钱重要。

不过，秋香不想让富生难做，她不可以对丽花发火，她得忍，无论丽花的话多难听，都得忍下。富生现在已有所醒悟并开始有了内疚之心，也有了主见，她应该感到高兴，或许，随着年龄的增长，在富生的耐心开导下，丽花也会转变，通情达理起来，很多人都是从少不更事变成老成持重、宽宏大量。秋香不想再和丽花交谈下去，起身说："好了，不多说了，我心中有数，以后的

---

① 冇壳退：不能蜕壳，意指无法返老还童。
② 横肠吊肚：坏心眼。
③ 衰腟叭啦：不吉利。
④ 自得我意：照我意。

事现在说不定，走一步算一步吧，总之，一切都要靠自己扎手，千万别去搞歪门邪道，膝头不长肉，贴不上肉！这几天你们尽量做好外面的事，家里我会收拾。"言罢，就进了自己的房间。

里头的摆设没变，只是多了几个纸壳，床沿上积了些灰尘。秋香拿抹布擦了擦，躺下身子闭目养神。和丽花一起，她的心理负担很重，躲进自己的房间，才有了轻松的感受。

不知过了多久，屋外传来丽花的喊叫："富生，你去买点其他菜和肉，吊①两瓶酒，不要太贵的，我去煮滚水迟鸡。"

秋香闻声起身，从荷包里抽出两张"红鲤鱼"，出门塞给富生："快去吧。"又叫丽花打电话给两个女儿女婿，叫他们早点来。丽花爽快地答应了，看在两张百元大钞的分上，不爽快都不行。

以前家里来客，丽花是不会让富生买菜的，认为不关他们的事，除非是娘家亲人或朋友来。秋香那时心里很不满丽花这种态度，曾对人说丽花就爱外家，其他人就像仇人，来了不但不接纳，连招呼都不打。听者多嘴，巴不得看人家婆媳不和的戏，就传给了丽花，丽花果然和秋香大吵一通："你家的亲戚朋友凭什么也要我负责，我外家来人，你有出钱买菜吗？哦，所有的亲戚朋友来都要我接纳，那我还怎么过日子？"

丽花的做法，连富生都不满意。丽花妹妹二十一岁生日时，她包一百的红包，富生二姐梅兰三十一生日时，却只包五十，富生当时就不高兴了，说这样做太不公平，太不把我的亲人放眼里了。丽花反唇相讥，你有本事包一千给你阿姐呀。富生当然不能打肿脸充胖子，但还是偷偷地另包一个红包给二姐，要她千万别说出去，免得让丽花听到了又生事端。

梅秀和梅兰两家子来，丽花总是推七推八。秋香和三古头也不敢多说，身上有钱就自己去买菜打酒，有时女儿女婿自己带酒菜来，丽花抱着超超出门，到吃饭时间了才回来，吃饱了嘴巴一抹又走开了。梅秀、梅兰见她这个样，就商量着，想父母时就把他们接到自己家里来孝敬一餐，顺便给些零用钱，这样就不用看丽花的脸色了。秋香私底下和三古头说："我们还在，丽花都不欢迎两个阿姐，以后我们不在了，她就更作践她们了，富生又奈何不了她。"三古头叹气道："不来往就不来往，梅秀和梅兰还愁有脚没地方去吗？丽

---

① 吊：买。

花目光短浅，自私自利，爱贪小便宜，又惜气力，做人这么差板，不知以后碰到困难怎么办，真怕超超让她教坏。"

秋香清楚地记得，丽花嫁来这里五年了，叫她不过十句妈，其余时候都是没名没姓地搭话的，弄得秋香经常不晓得她到底和谁说话。五个长年，平均一年差不多只叫两声妈，大部分时间都由 A（哎）代替。有一次富生忍不住说她："难道你叫了妈就会变小吗？总是 AA 的，不如叫 B 好了。如果我也叫你妈 A，你会乐意吗？"丽花却回应道："有什么不乐意的，你喜欢叫她什么就叫她什么吧，我不干涉，叫得再亲热再好听，也叫不来钱。"

秋香守寡后，在丽花的口中就由 A 改为你妈、你娭哩了，·有利可图时由你妈、你娭哩改为家娘，现在又由家娘改回妈了。这其中的称呼变更，任谁都心知肚明。因此，今儿个听丽花叫妈，秋香还有点不习惯，一时都回答不上。

丽花之所以不欢迎、不接纳婆家的客人，并不单是吝啬、不懂人情世故，还有一个原因就是记恨和报复。刚归门①时，有次父母来，丽花想杀头公鸡，秋香却立刻制止："一只鸡公能卖百多块钱，不是新年大头，也不是什么节日，如果平时来人也要杀鸡杀鸭，哪有那么多鸡鸭来杀？"她还在三古头面前说："迟了一只鸡，人多，每个人都吃不上几块，卖了还能买几包肥料。她刚归门，一朝一日没养过鸡鸭，就想有那么大的主权，我就不让杀。"话被耳尖的丽花听到，当时就回敬："啰啰唆唆做什么，也不稀罕吃你一块鸡肉，以后你就晓得天。②"丽花的父母听女儿道及，父亲倒是不发一言，母亲却在新房里气鼓鼓地骂："小气鬼，亲家来了，连只鸡公都舍不得，就这么一个生娓，刚归门就这么虐待我们！早晓得这样，塞涝坡③都不嫁来这儿，不舍得杀，保佑天光日子统统发④鸡瘟死光，看她能卖几块钱！"丽花父亲担心秋香听到，出声喝住："杀不杀是她的权利，你诅咒人家做什么？她家的鸡死光了，对你有什么好处，她倒霉还不是妹子⑤、婿郎跟着倒霉，没钱买肥料还不是婿郎该死？

---

① 刚归门：刚嫁来。

② 晓得天：等着瞧之意。

③ 塞涝坡：堵水坝。

④ 发：患。音 buet⁷。

⑤ 妹子：女儿。

吃哩①鸡公肉又上不了天，最多就屙大一泡屎，不要再说鬼话，这是人家的地盘！"并非做父亲的明理，他心里也有气，可人在屋檐下，不得不低头，如果也克制不住，加入指责队伍，势必引起一场口舌，而自己必败无疑。女儿嫁到这儿，自己以后来的时候多着呢，和亲家对抗，后果会怎样，他心里清楚，要是丽花还没入门，她秋香敢不杀鸡公吗？上门亲家和皇帝一样呢。早晓得她这般没良心就该拖上一二年，让她多送几个节，多花一些钱，都是这个死妹子不争气，还未归门肚子就先鼓了起来。女儿肚子一大，能不急着把她嫁出去？客家农村，女儿是不可以在娘家生孩子的，再怎么开放，这个陈旧的风俗还是不能更改。丽花一怀上，他们就要求富生把她带回去，富生一家听说丽花有了身孕，亲家又同意把丽花娶回家门，无不高兴，还能省几个节钱呢。他们就打算在七月节过后办婚事，这样，八月节②、九月节③就不用送节了。

农村节日多，五月节④，七月节，八月节，九月节，是少不了要送节礼的，客气些的，国庆和元旦也都送。节礼当然也按家庭的贫富来定，一年下来，有这么几个节送，也令那些儿子谈了女朋友的人家头痛，少不得想方设法把儿媳早点带归⑤，而一些女方家的父母，则希望亲家那边多送几个节，多买些猪肉肥锅头。

秋香和三古头得知丽花有了身孕，就找本组一个懂行的老人选日子，然后把良辰吉日写在红纸上，又选了个日子把红纸送到女方家。送日子也要花些钱的，鸡公和烟酒等等断不能少。秋香本不想叫人看日子，看日子要花钱，送日子更花钱，但丽花的父母不同意，说，有本事娶亲，怎么可以省这么一点小钱？莫以为我们的女儿有了你家的种，就非嫁你家不可，你们就这么不重视婚姻大事。秋香也不好多说什么，想想自己也嫁了两个女儿，当初一个女婿家也是这么个意思，自己不也反对吗？将心比心，嫁女儿的总是亏一些，养到二十几岁，却要住到别人家去，讨媳妇的虽然要花一笔钱，但是多了一个人，以后这个人就为自家传宗接代，做牛做马了，多值！嫁女儿的人家哭成一片，讨媳妇的人家喜气洋洋，这是人尽皆知之事。

---

① 吃哩：吃了。

② 八月节：中秋节。

③ 九月节：重阳节。

④ 五月节：端午节。

⑤ 带归：娶回。

丽花这么快就怀上，让娘家损失不轻，如果没有身孕，他们就可以刁难一下秋香家，可以让丽花多待上一年半载，多收几个节礼，就是富生平日里想见，也不能空手来呀，等到紧工，还得帮助干活，有时连秋香和三古头都要搭上，而丽花一带归，别说亲家，连富生都会推七推八，不再积极走动了。不过，当时他们认为随便也好，丽花嫁过去后，自己少不得要去亲家那里看望，也可以多受欢迎，说不定茶都会泡好泡浓些，鸡公也会杀大一点的，哪能想到，丽花一归门，他们就这么看轻自己了，鸡公都舍不得杀了，早晓得的话，当初就该多要些彩礼。

父母所受的这种待遇，让丽花记恨在心，报复的手法是对夫家的亲朋好友不理不睬，连两个亲姑子来，她也总是借故躲闪。家里来了客人，由三古头买菜打酒，丽花娘家来人，则由富生打酒买菜，一家的 AA 制就这样水到渠成。

丽花行将分娩时，母亲提着篮子来催生。所谓催生，就是在女儿临盆前夕，做母亲的买上粉干或糯米粉，还有黄酒煮肉丸，用一盏酒壶盛好用一起装入竹篮里送吃，以助女儿顺利生产，保母婴平安。以前的孕妇喝催生酒，现在的孕妇打催产针，一个是风俗，一个是科学。

丽花生了个带把的，以功臣自居，说话做事有了底气，经常要富生买酒肉去娘家。有一次，秋香实在忍不住了，就说："转外家不是每次都要带酒肉的，还得向我们拿钱，我们又有百万。"

丽花不甘示弱："富生也做了，凭什么就不能向你们要钱？再说，我爷娭这么随便，让你们省下了好几个节钱，现在我们转外家带点酒菜难道不应该？家里所有的收入都由你们掌管，我们不向你们要，难道去偷去抢？"

秋香一听丽花发出连珠炮，就不敢再说什么，私底下对三古头说："老婆一讨，富生人都变样了，老婆这样说话，他一句都不吭。"

"那有什么办法？以前你一发火，我不也是放个屁都得小心，不听老婆的话，绝对没好日子过，唉！"三古头深有体会。秋香听出了他的弦外之音，不无气恼地对他翻了个白眼。

丽花的地位慢慢地发生了变化，脚跟扎稳了，就想着争权夺位。家中的大小收入，比如卖烟卖谷卖猪甚至卖鸡鸭，一律要富生揽过来，实质上由她掌管，为免非议而借富生之口来掌管。秋香和三古头心里纵是不服，可就这么一个儿子、儿媳，以后老了病了都得靠他们，又哪敢抓权不放？丽花说得也好听："你们上了年纪，文化也不高，出门入户又辛苦，反正我们都是为了这个家，你们也晓得，冇钱当家等于扛家，那就让我们后生子人①来扛吧，你们也乐得轻松自在。"话说得有道理，可是失去了财政大权，以后连去女儿家买"等路"②都得向他们伸手，脸色就有的看了。像丽花这么一个麻子算出豆子、豆子算出麻子的精明人，这要钱的路会比叫花子要饭的路更难走。原以为讨了儿媳可以过上安心日子，想不到更辛苦更闹心。真是人多人累人，把儿子也反正了过去，现在他们睡到太阳晒屁股，一切家务撒手不管，连衫裤都懒得洗，还动辄把小家伙推给老人带。

丽花如愿以偿当上家庭总管后，就可以随心所欲地支配财政，麻将越打越大，衣服越买越上档次。富生在工业区上班，工资一结就交丽花，偷偷留下百把块钱，作为流动资金。秋香做客没钱，经多般申请，丽花也会批给一些，但绝不会如数满足，富生过意不去时，就偷偷加塞补足，但叮嘱切切保守秘密，免得以后有麻烦。

秋香和三古头失去了实权，就商量着帮人做小工。比如有人做房子要打屋基，要倒水泥板，只要身体允许，只要有空，他们都有叫必到。这样下来，身上是有了些零花钱，却把身子骨累坏了，做的钱还不够治病。身上越没钱就越去做拼命三郎，越做身体就越槽，三古头终因劳累过度失去了健康，继而撒手西去，抛下秋香独自垂泪。秋香在丽花的百般刁难下，虽然分灶单独过，所受责骂和屈辱却不稍减，心灰意冷中想逃避生活，却又鬼使神差地让荣贞给救了。

哪能想到呢，荣贞出手相救，却让丽花坐收渔翁之利！

往事不堪回首，大人不计小人过，现在的秋香，只能原谅很快就不在同一个屋檐下过日子的丽花了。一想到结婚那天老戴的子女们开车来接亲的风光场面，她心里不禁洋溢着甜蜜。她甚至希望那天提早到来，自己如此体面和隆重的再婚场面，让乡里乡亲都有目共睹。

---

① 后生子人：年轻人。
② 等路：礼物。

再婚的秋香很风光

元旦这天，老戴的几个儿子果然分头开着小车来接亲。阿兴的老婆阿英也来了，她显然见过大世面，礼貌且热情，一进屋就阿姨长阿姨短的，亲手给秋香化妆，一个劲地夸说："阿姨这么一打扮，都跟细妹子差不多了。"

秋香开心地说："头发都白了许多，哪还能跟细妹子比？你莫逗我了。"其实，她照着镜子左瞧右瞅，也觉得自己耐看。

梅秀、梅兰一旁眼泪汪汪地说："妈，今朝日子您真的很靓板。"

一接触到她们的泪眼，秋香的心莫名地抽搐起来，泪水马上模糊了视线，喉咙也哽咽了，调整了片刻，安慰道："你们莫闹，反正又不远，骑摩托也就二三十分钟，想我时，你们约好一起来，我也会经常回来看你们，现在车辆方便得很。"

阿英一旁连说"是啊，是啊"做辅助安慰，看到她们娘仨还在对镜垂泪，接着又说："好了，都不要难过了，今天是大喜之日，时辰到了，我们出门吧，放烟花，快放烟花。"

丽花开口叫富生点烟花。点烟花是有红包发的，这个爱贪小便宜的女人，有利可图的事总是想得周全，连这样一个小礼节都记得牢，一个红包如果有五十元，买盐一年都吃不完呢。可是，这点发小财机会让梅秀给断送了："娭哩改嫁，哪有子哩点烟花的，让人家晓得了还不笑死，还以为我们做子女的都高兴。"

"这有什么，人家的娭哩改嫁，做子哩的还去拖青呢。"

拖青是客家女人出嫁时一个必不可少的环节，算是避邪。青是一株茶树，要一刀砍下，在茶树上系一个红包，这是给男家接青之人的，接青之人接下红包后，就把茶树丢上厨房顶。拖青的一般都是亲人，最好是小男孩，而且要走前面，到了男家，也有红包发。

"人家是人家，我们是我们，又不是没有其他人。"梅秀就是不同意富生点，她当然也晓得丽花的心思。

于丽花来说，秋香出嫁当然是好事，自己好处多着呢。秋香以后是穷是苦，是死是活，都与她没多大的牵连，家里所有的一切都属于她的了，田地那么多，种什么都有，再不用租人家的田耕了，最主要的，是可以腾出两间房子。

一听富生不能点烟花和二响炮，丽花脸上马上乌云密布，心里也电闪雷鸣，暗骂梅秀多事，一句话就挡了她的财路，以后来家就让大黄狗咬她。

阿英不晓她们姑嫂间的瓜葛，一旁催问："那让谁来点呢？时辰到了，快点吧。"

"让我表弟点吧。"梅秀说。

秋香改嫁，大家都怀着既喜又悲的心情来道贺，秋香的兄嫂都来了，连她的老父亲都没落下。梅秀口中说的表弟，是秋香大哥的儿子生生，书读得不错，命又好，本组有人娶亲，都会叫上他去等嫁①。姑姑出嫁，侄子点烟花，是最合乎情理的。更何况，秋香一直在女儿面前念着大哥的好。秋香嫁来后，婆家势单力薄，娘家人再不捧场，就更会被人看衰、任人作弄。因此，她大哥再三示范，平时有空就去妹妹家走动，春节更是必不可少，总要带领兄弟姐妹，拖上儿带上女，组成一支浩浩荡荡的走亲大军。秋香自不用说，三古头见秋香娘家人这么看重自己，也很高兴，再不济也要排排场场地办上两桌，让大家酒足饭饱。有人看到三古头这么大方，就在背后议论，别看三古头手头紧，但舍得花钱，也是那种有屎屙屎、冇屎屙肠②的人。大舅给过父母很多面子呢，梅秀心知肚明，有啥好事能不向着大舅家？

"生生，生生，快来点烟花。"秋香的大嫂听梅秀这么提议，心里高兴，赶紧叫儿子，生怕迟了一些，这好差事就让别人抢了。

本就喜欢点烟花的生生，高兴地应一句"好嘞"，就去点香。

"给我一支香，我也要点烟花，也要点二响炮。"超超很是兴奋，也闹着来争。

"你以为烟花和二响炮是你们细家伙玩的擦炮？它们的威力可大了，大人都害怕，哪能让你一个细鬼子放？"

"我不怕，我把二响炮点着了就马上丢掉。"超超天真地说。

"丢掉？你要是把二响炮丢到人家身上，把人家的新衫新裤点着了，还怎么去吃大餐？"梅秀的老公笑着说。

富生过来抱起超超说："超超，你不能玩这个，有危险的，等过年时，爸

① 等嫁：等新娘。
② 有屎屙屎、冇屎屙肠：意指很干脆、不小气。

爸给你买擦炮。"超超便无他话，紧贴着父亲的脸观看。

烟花欢呼着冲上了天，老戴就来牵秋香的手，脚步生风进了阿兴的小车，其他人则分别坐进了老戴的二儿子阿欣、三儿子阿文的小车。

在二十多米的鞭炮助阵声中，三辆小车徐徐驶出秋香家，往广东方向鱼贯而行。田头地尾和路上的行人纷纷驻足，观赏这种难得一见的派头。知情人说秋香头次结婚都没这般排场，不知情的则竞相打听谁家嫁妹子。

坐在车里的秋香，眼见着熟悉的风物和熟悉的脸庞从车窗外依次后退，心里头百味杂陈。她相信，自己的二婚如此隆重气派，必能让大家好一番议论，老戴给了她天大的面子，今后自己得全身心来报答，绝不有负于他。

老戴家门口早就等候了众多亲朋。接亲的车子远远驶来，鞭炮和烟花马上点响。车停人下，老戴的二儿媳和三儿媳笑容可掬地上前，一边一个，把秋香款款搀扶到了新房。

梅秀她们在楼下喝了茶后，也被老戴的几个儿媳热情地请上了楼。看到新房布置得如此精致气派，亲人们莫不为秋香高兴，她的后半生真有盼头了。

过了一会，老戴的亲戚陆续上楼，热情地为他们倒茶，聊天说笑，夸秋香长得跟仙女一样。楼上的在夸，楼下的也在赞，都祝贺老戴娶到了美丽新娘，看样子还很会理家。说说笑笑，嬉戏打闹，很快就到了吃饭时间。秋香这边的亲人，一桌坐不下，两桌坐不满，老戴的三个儿媳就和他们凑成了两桌，老戴的子孙轮番敬酒。毕竟是嫁长辈，秋香的子孙们不敢太放肆，碰起杯来也只能客气两句，很是低调。

俗话说，十里不同风，百里不同俗。福建人做红白喜事，爱用大碗头，广东人则多用小碗头，于是便说广东人吃巧，福建人吃饱。

就这么小小的一个问题，曾引发了一场争执。

刚进入新千年时，一日岩前圩日，广东女和福建女同时在一个摊位上买蒜种。福建女专挑大的，广东女却专拣小的。摊主见状，就笑着说："相隔并不远，生活风俗就是不同，连买东西都有区别。"

广东女说："你们福建人就是好大。"

福建女听出是话中有话，就回敬道："你们广东人就是好多。"

广东女当然也听出了弦外之音，马上生气地质问："你怎么就晓得我们广东人好多？"

"那你又怎么晓得我们福建人好大？"福建女不甘示弱，再说这是在福建的地盘上，周围都是福建人，要打架也不怕。

"我说错了吗？你买蒜种都挑大的，你们请客都用大碗头装菜，你们福建人就是粗鲁。"

"这不是粗鲁，是我们福建人大方！哪像你们广东人，用小碗头，小气！我就没说错，你买蒜种不是专挑小的吗，小的个数不是就多了吗？是你先说福建人好大，我只将话驳话，难道都不行？"

"你！"广东女气得无话可说，就一手把福建女选好的蒜种打落。

"要打吗，你以为你块头大我会怕了你？来呀，我们就在这儿打一场试试！"

"莫这样，莫这样，打不是好办法，好大、好多都不过是一种生活风俗，都不是什么错，没必要为这点小事大打出手。今天是圩日，人多，你们这样打，会让人看笑话的。"

"什么人啊这是，敢走到这里来找不自在。"福建女说。

人在屋檐下，不得不低头，广东女怕吃亏，也就不再接话，拿了蒜种走人。

秋香和老戴的喜宴，当然是按广东这边的习俗，用的是小碗头，而参加者多为大人，小碗头盛的饭菜量少，大伙就吃得所剩无几了。大家心里又怕广东人奚落福建人会吃，就不敢放开肚皮，于是只吃了个七分饱。

饭后，大家顺便去秋兰家坐坐，秋兰早就准备好了花生糖果和各种时鲜水果。虽然每到新年秋兰都会邀请娘家亲戚来家做客，但平时没空，新年大头又人来客往的，去也去不齐，大哥大嫂就有两三年没去她家了，一般都让子女作代表，一是年轻人有摩托，来去方便；二是大人要留守家中，客人来了好招待。

在秋兰家，大家就自然多了。秋兰热情地招呼大家别客气，大家也没把她当外人，还把好吃的糖果装进口袋里，说是带回去做"等路"。三点过后，大家就说要回去了，超超却赖着不肯走。这小屁孩，只要有好吃的，什么地方都留得住。他说要跟秋香住，要跟姨婆住，回到家一点也不好玩，什么东西都没有。大家七哄八哄把他哄到秋香家，但他还是不想回去，后来秋兰塞给他一大包软糖，富生也答应买玩具，他才不太情愿地答应一道回家。

秋香的大嫂见老戴家还要给大家分发礼物，就客气地说："不要等路了，你们也太费神了。"

老戴的几个儿媳妇却都说要，还说都准备好了，每家一大包花生糖果，带回去给家里人吃，吃了喜糖都喜气洋洋，事事顺心。秋兰也说："你们就不要客气了，带回去吧，路上碰到熟人，人家若想要你们的等路吃，你们拿不出的话就不好了，人家会说广东人小气、不懂礼节。"

听说大家要回去了，老戴拉着秋香从一堆亲朋中走过来，热情地说："吃过晚饭再回去吧，我会安排车子送你们到屋门口。"

梅兰说："不了，现在回去都不早了，以后来的机会多的是。老戴叔，我妈就交给你了，希望你永远都对她好，不要让她受委屈。"

梅兰的意思老戴听得出，她是担心自己的子女以后对她不敬，这完全是多余的担心，若不是子女支持，他即使有心续弦怕也难实现，刚才他们也都给秋香敬了酒，一个个都亲热地喊阿妈呢，还一起合了影，说每人都要保存一张做纪念。于是，老戴痛痛快快地说："你们放心吧，阿香在这里，绝不会受半点委屈。"

秋香的大嫂说："我信你的话，一看你们家，都不是那种鸡肠小肚的人，你的子女们都非常开通。我们放心，以后会经常来的。"

"就是，就是，大哥大嫂，二哥二嫂，你们就是应该多来，有空我们也会经常去看你们。你们两家的老人今天没来，阿香，你去包个三百块钱的红包给两位老人家。"

秋香大哥一听，忙说："刚才拿了，不用再包。"

"要的，要的，刚才的是刚才的，现在的就算是我买的一点等路。"

秋香很快就把两个红包分别递给了大哥、二哥。见她大哥还不太好意思接，老戴就说："收下吧，大哥、二哥，一点小意思。"

秋香的两个哥哥听老戴这么叫，都不太自然，因为他们少了老戴十多岁。

老戴的子女们相继上前，和大家一一握手，客气话说了一遍又一遍，等到送客的车子来了，才挥手道别。

秋香目送车子无踪无影了，才让老戴牵了回去。秋兰怕她心里纠结，也在一旁扶着她回到客厅。

第三章　丽花守寡

丽花受"围剿"

　　回家路上，不知是气恼刚才上车时碰了额头，还是为自己没有秋香两个哥哥那样的大红包而内心不平，丽花很快就唠叨开了："你们看，人还未到他家，他三个子哩开着小车来接，入门后，却只包辆车送我们。早晓得这样，就该难为他们一下。我们这么随便，广东人一定会笑话我们死古老实的。"

　　"你这人就是心眼多，无事生非，只要他们对妈好，其他的根本不值得计较。人家客人还在那儿，哪有时间送？又没让我们行路回家，坐什么车子还不是一样，就你嘴多！"

　　富生当众数落丽花，还是大姑娘上花轿——头一回呢。母亲嫁广东，虽然大家都说是好事，但富生心里老不自在，觉得没面子，兴许大家都在背后骂他不孝，母亲改嫁他和丽花都难逃责任。以前他不能数落丽花，因为担心丽花转而把气往母亲身上撒，现在无须再顾忌了。丽花的为人处世着实令他担忧，再不整整她，她就会和大家南辕北辙，越走越远，自家势单力薄，没个兄弟，摊上这么个野蛮老婆，鬼都不上门。这段时间，富生的自责无以复加，如果自己不患"妻管严"，或者及时发现及时治疗，母亲就不会受那么多气，邻里乡亲也不会小看自己，如果自己再勇敢些，男子汉一些，丽花也许早就调教好了，不至于越陷越深。

　　丽花见富生当着一车人的面数落自己，气就不打一处来："你除了骂老婆，还有什么本事？难怪大家都看衰你，难怪人家都把鼻涕扇^①到你额头上，活该让人作弄。"

"我老实，人家把鼻涕扇到我额头上，我擦净就是。你调皮，你有胆，你跟人家斗来斗气，防来防去，吵来吵去，以后就没一个人敢接近你，让你成臭屎鸡。"

"臭屎鸡就臭屎鸡，我乐意当，你去死！"

丽花毫不服软，说话也没个分寸，从来都是话无遮拦。让她奇怪的是，谁借了胆给富生，竟敢当众奚落我？以前他在我面前比猫还生^②，难道广东人的饭菜不同，吃了可以壮胆？

富生还想继续数落，却被大姐夫给镇住了："吵什么？以后内部问题内部解决，不要老在外面吵，尽出洋相！"

"是啊！你们也该消停了，想想如何理智地处理事情，如何做人！"富生大舅实在忍不住了，也来呛声。他以前听秋香诉说过，当时以为秋香也有许多不是，现在亲耳听到丽花所说，的确是个不好对付的角色。富生大舅已不用顾忌去秋香家时会成为一个不受欢迎的人了，天上的雷公地上的舅公，他不去外甥家无可厚非，而外甥不上舅家则不孝。浮世千重变，三纲五常却是难变的。

丽花刚才骂富生那句"你去死"，让梅兰听了很是生气。父亲早死那个痛还在折磨着大家，现在丽花竟又狠心地说出一个"死"字，她也实在忍受不了丽花这种污辱性的态度，道："你说话难道非要用这样的口气和字眼吗，就不能说点好听的？"

梅兰一直看不惯丽花，想到那么多亲人都受她的气，心里就像火车拉长笛——越想越有气，她早就想批评她，但秋香一直都不准她插手家事，宁愿自己受委屈也不愿让两个女儿得罪丽花，曾对梅秀、梅兰说："你们是嫁出门的，百岁爱外家，不可能不回自己的胞衣窟^③，但她却可以不去你们家。现在还有我们，你们舍不得我们时还要来看，可千万别去得罪她。"梅秀、梅兰只好强行忍下。父亲死了，母亲现在改嫁了，这条路她们以后也就会少来了，来娘家不受欢迎，谁会有心情，谁又还会像狗亲屎缸一样？狗是吃屎的，把女儿比喻成狗亲屎缸，意思很明白，就是女儿嫁得再远也非去父母那里。梅兰之所以敢

---

① 扇：擤。

② 比猫还生：比猫还乖。

③ 胞衣窟：出生地。

跳出来责备丽花，忍无可忍之外，还担心富生以后的日子难过，碰上这么强势又不讲理的女人，他能不受气？

见大家都脸露愠色，丽花晓得自己犯了众怒，就不想再争论什么了。她强压怒火，把脸转向车窗，再无言语。大家就都有心事，停了说笑，只听超超在那叽里呱啦了。

秋香的娘家，离国道线不到千米，富生大舅提出就此下车，走两步路也就到了。司机拗不过他们，只好停车下人，富生就把礼物一一分给了他们。

梅兰和梅秀几个却不得不和富生回到了娘家。秋香刚才说了："我不在家里了，你们几个一定要团结，今生你们是姐妹①，后世就不晓得是什么了，姐妹不多，你们再不团结就会让人看衰，我在广东也不放心，所以，今天你们回去后一定要在家吃饭！"秋香说话时都泪流满面了，做女儿的又怎能不答应？富生也爽快地说："对，阿姐、姐丈一定要吃过饭再回去，妈，放心过您的日子，以后我会经常去看阿姐、姐丈的，有空我也会带超超来广东看你们，你们有空也经常回来。"秋香一听，哽咽难语。富生安慰道："妈，您莫这样，大喜的日子该高兴才对，以前我拗豹②，让您受了那么多苦，我对不起您！"富生这些发自内心的忏悔，感动了秋香，也感动了在场的人。丽花听了却很生气，但她不敢在外省人面前撒泼，心想，难怪他这段时间做什么都与她背道而驰，原来是良心发现要做孝子了。

自从丽花归了门，富生就很少留姐姐、姐夫在家吃饭，即使留过，也从没掏钱买酒菜，分家后，连茶都很少泡给他们喝，更别说烧菜热饭招待。他们来时，不仅自带酒肉，还得帮秋香烧火煮食，末了还把富生一家叫上。丽花难得给面子，大有羞于为伍的姿态，富生就带上超超和他们推杯换盏，丽花口中的"猴吃牯"③像一颗颗炸弹一样砸来。超超不懂事，当然不管，有奶便是娘，下次照吃不误，富生就受不了了，忍不住时就会说："自己的爷娭和阿姐，算得上是去'猴吃'吗？"

到家门口了，车停人下，广东司机从车后厢拎出一大袋东西来，说是老戴叔让带上的。

"是什么？"丽花像是饿鬼见到了白饭，眼睛顿时发亮起来。

---

① 姐妹：兄弟姐妹。

② 拗豹：不孝，忤逆。

③ 猴吃牯：馋猫。

"我也不晓得。"司机说完就转身上了驾驶座，谢绝大家的挽留，说还要赶回去喝老戴叔的喜酒，晚上还有不少客人，听说还要闹洞房呢。

　　车屁股的烟刚呼一声冒出，丽花已迫不及待地检阅那个精致的大红布袋了，并立马目瞪口呆。这些可都是未动过的好料子①，中午酒桌上有的，里面几乎都不缺，十几样呀，够他们晚上吃喝。梅秀的老公拿出茅台酒，左瞧右看，心想这下有口福享了，没想丽花说："酒就不要开了，留着新年初二吧，反正你们那天会来。"

　　她又怎么想得到，做女儿的大年初二带一家人回娘家，是因为家里还有父母，现在父母都不在这了，梅秀、梅兰回娘家还有什么意义？如果丽花懂事理，她们还不至于心寒，问题是，她已让两个大姑子伤透了心。

　　梅秀、梅兰的老公听丽花这样说，心里都挺不自在，但又不好说破，清楚丽花美其名曰留到新年给他们喝，其实是给她的娘家人喝。梅秀老公不悦地放下酒瓶，在独凳上坐下，掏出酒席上发的"红双喜"，自己一支，给梅兰老公也发了一支。梅兰老公接过点上，接着为他点烟。

　　这当儿，耳边却忽然炸开一个声音："留什么留，今天有酒今天喝，要是天光日子地震了，这酒就可惜了！"

　　错愕间，富生继续高八度地发声："大阿、细阿，你们三个去煮食，我和两个姐丈泡茶。"

　　梅秀、梅兰应声好，你提我抱，三下五除二便把袋里的东西分解进了厨房。她们也不客气了，这是母亲婚礼的馈赠，不必顾及丽花的心情与脸色。

　　丽花见好酒要被"消灭"，心里虽然生气，但也只好跟着两个姑子一起准备晚餐。梅秀她们见富生判若两人，万分高兴，心想姐弟关系今后大可改善，丽花迟早也会被富生调教好。这样一想，和丽花交谈的口气就温和了些。丽花听她们的声音这么亲切，心情也舒畅了些，还主动揽下较辛苦的活。

　　晚饭时，富生开了茅台，先给两个姐夫倒满，再给梅秀、梅兰倒了小半杯。两姐妹平时也好一口，这么好的酒她们平时想都不敢想。梅兰邀丽花也尝尝，说喝酒可通筋活血强身健体。丽花说，闻到酒味就难受。富生也不勉强，就给自己满上，举起酒杯说："来，我们作为妈的子女，在自己家里一起祝福她，从此过上幸福生活，也祝愿她的子女们从此相亲相爱，互相珍惜，互相帮

---

① 好料子：好东西。

助。以前，我和丽花不懂事，对不起你们的地方不少，现在想起来，心里很惭愧。经过老妈改嫁这事，我想了很多，真的很自责……请你们原谅我，相信我，今后我一定会改好，一定重视亲情，和丽花一起努力，家和万事兴！"

"相信你，我们都相信你！富生，你能认识错误，我们真是太高兴了，比喝什么酒都高兴！以前我们也有做得不妥的地方，也请你和丽花原谅。就让以前所有的不愉快都随风飘走吧，从今往后我们互相支撑，合合适适[①]，让妈放心！"梅兰听了富生一席话，激动得流下了热泪。

"就是，现在我们都还年轻，以后的路还长着呢。很多事情也是命中注定的，妈能嫁给这样的人家，也是件喜事，我们不用担心，更不要自责，这是她的命。以后，我们就经常约好一起去看她，莫让外省人说我们不孝。"梅秀接上梅兰的话说。

"对，一起去，骑摩托要不了半个钟头，扎手赚钱[②]，到时我们买辆二手车，要去看妈就方便多了，晚上去都可以。"

"来，为妈的好日子，为我们早日赚到二手车干杯！"富生充满激情，此刻，他的心里只有喜悦，因为把内心的郁闷和愧疚从腹腔里排了出来，因为得到了姐姐、姐夫的原谅，因为丽花也对姐姐她们露出了久违的友好的微笑。他把杯中酒一饮而尽，然后一亮空杯，大家也纷纷如法炮制。这是什么时候才有过的事，谁都想不起来了，或许从来就不曾有过。

"不要喝猛酒，先吃菜吧……"丽花见大家兴致这么高，也只能展现热情，起身为大家倒酒。

能够冰释前嫌，大家心情莫不舒畅，说说笑笑直到十点多才放下碗筷。梅秀、梅兰帮着收拾，富生又和两个姐夫泡茶聊天。又过了一个钟头，梅秀才说要回家了。富生叫丽花把那些未煮完的东西装了两小袋给两个姐姐。她们也不推辞，把老戴那边的礼物一并拿着，各自坐上了老公已然推出的摩托车。富生牵着丽花的手，把他们送到路边，叮嘱道："喝了酒，骑摩托小心点。"

梅秀高兴地挥挥手："你们回去休息吧，别送了。"然后又对丽花说："丽花，改天有空和富生带着超超一起来我家，我家你……经常来。"她差点就说出"我家你都好几年没来了"，但怕丽花多心，话到舌边又改了过来。

---

①　合合适适：相亲相爱、团团结结之意。

②　扎手赚钱：努力挣钱。

丽花心里有数，含蓄地应承："好的，不愁不来。"

"那我们回去了。"梅秀又说。

"回去吧，路上小心点。"这可是丽花从未有过的客气。以前他们来，她都是闪闪烁烁①，爱来就来，爱回就回，从没热情的一言半语，今天她已有好几个破天荒了。本来，梅秀他们还担心在车上批评了她，她必定恨心恨肺，不加理睬，没想太阳从西边出来了。今天发生的一切，特别是刚才喝酒聊天的气氛，让他们悲喜交集。

摩托车的身影在风中消失了，富生才转身回去，进家门后温柔地对丽花说："你去看超超有没有撂被②，我去帮你拿衫裤，你先洗身③。"

富生为丽花收衣服是常有的事，这次却怀着另一种心情。在车上，他当着那么多人的面数落她，害她很没面子，他晓得她肯定很生气，她当时没有撒泼说明也晓得自己有错，从现在开始，富生决心改造她，再不纵容她，把她从错误的人生轨道上拉回来，同心弹奏家庭的和谐之音。富生很自信，他并不追求物质生活要多富裕，只希望一家人平安、健康、和睦，这就够了，这个要求一点都不过分。

滥情病人竟是克癌明星

秋香改嫁，很快就在左邻右舍中口口相传，也很快传到了荣贞耳中。他听得心烦意乱，强压心中怒火，走进药房，连茶都不泡了。不识趣的人们好像故意和他作对，谈及此事莫不津津乐道，一声高过一声。荣贞恨不得拿扫把赶走这帮讨厌鬼，他需要清静，比任何时候都渴望清静。

是啊，自己的真心真情天地可鉴，钱财补品不知给过多少，把她的身体调理好了，最主要的是救了她的命，如果不是我，你还不是药罐子一个，那广东男看你病恹恹的样子，兴许连正眼都不会瞧一眼，又怎会娶你？为了你秋香，我不惜和老婆、子女闹翻，不惜放下一个男人的尊严，还去广东找你，你怎么能说嫁就嫁，一句招呼都没有呢？荣贞翻来覆去想了许多。

---

① 闪闪烁烁：躲躲闪闪。

② 撂被：掀被子。

③ 洗身：洗澡。

茶客们是什么时候离开的，他一概不知，坐在药房里，拿一本药书当挡箭牌，其实，书上的字一个也没进眼。一些知情人也猜到他此刻的心情，所以说笑了一阵就知趣离开。要在平时，大家走时都会到药房门口和他打招呼，他也会笑嘻嘻地说句"在这儿吃饭"或"有空再来"之类的客套话。

他心里充满了怨愤。家里养的那条狗，只给它剩菜、剩汤和骨头，都不会离开他，每次听到他回家的脚步声就头摇尾摆地冲上来，一副兴高采烈、久别重逢样。人是高级动物，却不如一条狗，说走就走，一点情义都不顾，秋香，你是个最没良心的人！

这段时间，来诊所看病的只是些上了年纪的人。他们不会骑摩托，走路又不利索，却图他的药便宜，不惜舍近求远。有人曾做过对比，同一个牌子的药，别的医疗室要贵上几块钱，因此，除了实在无奈，大家都乐意来此。但又怕荣贞打针，下手重，痛出骨，便不约而同地劝他再请个助手。前些年，荣贞也确实遵民意而行，当然，都是女助手，可都被招玉轰走了，这也是导致荣贞恨她的原因之一，更成了他急于建"行宫"的理由之一。

招玉听到秋香改嫁广东的消息，心里头有说不出的高兴，早就要死走，她一走，这老家伙就不会和我闹离婚了，黄泥都掩上脖子了，还闹离婚，这不是天大的笑话吗？真要离了，以后我还怎么出去见人？见阎王都冇面子！

自从得知秋香改嫁，招玉天天心花怒放，春风满面，吃什么都又甜又香，见到谁都笑着招呼问好。大家心照不宣。

一天，招玉一路和人搭讪，来到诊所。荣贞闻风而动，又故意装着看药书，他对招玉的恨远远高于秋香。

"看什么书，早就可以倒背如流了，是不是那逍嬷嫁到了广东那么远的地方，你勾搭不到了心里闹死？怕什么，又不是没有女人了，凭你的本事，后生妹子勾不到，寡妇多的是。"

招玉的讽刺挖苦，在荣贞面前已严重失效。任她冷嘲热讽，荣贞脸上的表情跟僵尸无二，既没心情也没兴趣再和她斗，斗了也没意义，她就是一堆臭狗屎！

招玉怔了一怔，又往前走近两步，声音变得柔和起来："你也莫这般恨心我！我才是和你同甘共苦的人，这个家没我，也不成为家，看在我爷娭把你当亲生子哩的分上，看在我给你生了五个子女的分上，你也不该这般对待我。如果不是我，你有今朝日子吗？说不定比你两个老伯哩更冤枉，我哪样会比人家差？会吃会做会当家，你还嫌我什么？"

荣贞心里骂道，你哪样都不比人家差，就那样比人家差！你以为会吃会做会当家就可以了，塘里没水能养活鱼吗？

"你也要垫高枕头认真想一想。就算我脾气不好，但自从结了婚，我改得还不够吗？你呢，你好到哪里去了？对病人你真是大人大量，仁尽义至，可对我和子女，却经常苛刻，子哩生娓因为生的是妹子，你就把他们当仇人，现在孙女一个个大了，你还是不理不睬。这些年我骂过你，也是因为你太不像话，大家说不出的话你能出口，大家做不出的事你敢做……"

荣贞的耳边像是飞过一群蜜蜂，嗡嗡作响，他根本就不曾听清眼前的人在说什么，从她口中喷出的每一个字眼都像针盒里的针头，刺在他的心窝里。针药的气味，不，她口中喷出的气味令他作呕。

荣贞生人装个死人相，闷葫芦不作声，招玉的耐心和信心顷刻间荡然无存，原形毕露："人家都看不上你了，你还自作多情？你勾三搭四，搞过多少女人，你心中有数，我有跟你拼命吗？你莫以为我不晓得，为了你，我是杀了兔子留面皮，给足了面子。你有了两个膣皮癞①，就想把我一脚踢开，你还是人吗？要是以前，你早就五花大绑拖出去游街示众了。"

招玉把心底的话倾箧而出，若是有听者，也会觉得无比难堪。而荣贞还是紧闭双眼，靠在太师椅上，一副死猪不怕开水烫的样子。招玉不觉气急败坏，怒火中烧，三步二步冲上前，抓起柜台上的电话，恨不得扔过去砸死他。

"呜呜呜"，外头传来的摩托声，让她万般不情愿地停止了声讨，阴沉着脸走出药房。荣贞张嘴呼气，心里怨怪来人不早点到，害得我听池塘里的蛤蟆叫了半天！他定定神，起身，伸腰踢脚，做起运动来。

"宝贞哥，你来了。"招玉的口气僵硬得跟脚头柄②一样，脸上像是糊了糯糊，一点表情也没有，如果此人不是荣贞的堂兄，此时的她恐怕连招呼也不打。

宝贞和荣贞同一个祖父，和荣贞的关系胜过亲兄弟，他也是个助人为乐者，但凡遇上哪个女人挑了重担，都会上前帮忙，因此备受尊重。他和荣贞一样，对酒有依赖，每天早上都少不了喝上几口。每次下城赴圩都要带上一个

---

① 膣皮癞：臭钱。
② 脚头柄：锄头柄。

216

水壶打上两斤白酒，路上渴了，把酒当水喝，回到家，摇摇酒壶，咕咚咕咚已所剩不多。后来他得了酒精肝，医生要他戒酒，他说："连酒都要戒，人生还有什么乐趣？要死就来！反正这条路迟早要走一回，早死早投胎，再投胎再喝酒！"话是这么说，但他明显少喝了许多，有时实在抗不过酒瘾时，就喝上半杯，他开玩笑说，肚里的酒蜂子[①]都饿死了！患上神经性头痛和高血压后，他就不敢再喝高度数的白酒，只能用红酒和自蒸的糯米酒解馋。没事时，他常来荣贞诊所，这些年因为身体渐差，就少走动了，来也要让儿子用摩托车接送，今天他头痛得厉害，因此叫儿子云祥载来这里量血压，拿药。

"云祥，你冇空[②]就先回吧，我很久没来了，今朝日子要和你荣叔聊一日。"

云祥说："那好，想回家了打电话给我，千万莫自己走路回家。荣贞叔，你们聊，我走了，花费多少记账上，改天我一起结。"

"去忙吧，去忙吧，别说钱的事。"荣贞挥了挥手。

云祥左右看了看，见招玉不知什么时候走了，刚才忘了和她打招呼呢。

宝贞用鼻子嗅了嗅，荣贞不解其意，问："怎么，闻到死老鼠了，还是闻到黄鸡端[③]了？"

"火药味，非常重的火药味！"宝贞一脸凝重，模样滑稽。

荣贞恍然大悟，暗笑自己被情所困，智商也低到了深谷。

宝贞对荣贞的家史有八九分清楚。荣贞和他说得来，对他几乎不隐瞒，只要有问，大都如实交代。他也理解荣贞的心情，招玉这十几年来，的确又鬼性发作了，有时大庭广众之下都敢把丈夫数落得一无是处。有一回，荣贞因生活作风问题，受到党内处分，那天他回到家后，就像一只得了狂犬病的狗牯，正在风头上，可招玉不仅未加安慰，还骂他"糇面牯"[④]，骂起来像池塘里的蛤蟆，叫喊个没完没了。荣贞一怒之下，举起扫把就丢过去，正好砸中她的脚，她连连呼痛继而又大骂，荣贞欲冲上去和她拼个你死我活，被前来拿降压药的宝贞死命拦下。

宝贞知道，荣贞不好赌，但好酒，好下军棋，还好那一口，只要这些一

---

① 酒蜂子：酒虫。

② 冇空：没空。

③ 黄鸡端：黄鸡屎，特臭。

④ 糇面牯：意指脸色难看。

沾身，招玉再河东狮吼也没用，天塌下来或火烧房子了他都可以不管，气得招玉连杀他的心都有。

云祥骑着摩托一溜烟走后，荣贞这才舒展了一下脸上神经，道："老伯，不怕死又喝多了酒吗？早就劝你少喝，你就是不听，这下又来找我麻烦。"

宝贞却反问："怎么，招玉又来和你算风流账？你和秋香难道真不怕她？要真这样，我真是服了你。"荣贞面皮厚，宝贞是晓得的，最后一句话就是笑话他的。

荣贞听惯了宝贞吊扇底下说的风凉话，也不生气，也许他并不知道秋香已改嫁广东之事，所以才会这样说。

"这两天头痛得厉害，可能血压又升高了，你给我量量。"见荣贞心情不太好，宝贞也不敢再加挖苦。

"莫说你头痛，我都头痛得很。"荣贞边说边用双手揉了揉两边的太阳穴。这段时间，他吃不香睡不好，心情糟糕透顶，头不痛才怪。

"吃过什么药没有？"荣贞坐好，语气稍微有了点温度。

"前两天煎了夏枯草和金银花，又煎了白头翁，好是好了点，但还是不放心，量量血压才安心，草药吃多了又怕抽筋。"

荣贞说："量什么血压，死了算了。"

"不行，不行，我舍不得死，共产党的政策这么好，我得多活几年，你怎么冇上冇下[①]，不保佑我活到一百岁还诅咒我早死？共产党的钱我还没领够呢！"宝贞是养路班的退休工人，每月有两千多块钱领，村里老老少少都羡慕得紧，这样的人想死才不正常呢。

荣贞的那些风流韵事，宝贞莫不清楚，时不时就会找个机会苦口婆心劝说一通，别太花了，这件事迟早是会损害名誉的。他实在不想听到一个有声望的医生遭众非议，在他眼里，荣贞有九十九个优点，唯一的缺点就是爱拈花惹草，好在现在是新时代了。

荣贞现在已经消停不下来了，他控制不住自己的荷尔蒙，一直都想去探索女人，每一个女人都有不同的趣味和魅力。在和他有过暧昧关系的女人中，包括招玉在内，最令他讨厌的就是贪得无厌。钱，钱，钱，这些女人，总把他当作摇钱树，总把钱摆在第一位。而秋香不同，她们不能和她相提并论。两人

---

① 冇上冇下：没有尊长之意。

相好以来，秋香从不曾开口要钱，有时给她，她都谢绝，非再三强迫不收。也许，这就是情，这就是秋香的可爱之处。和他好是她的情，给她钱是他的愿，你情我愿才是人世间的真情，这才让他不顾一切，只可惜，他们就像跌落米缸的耗子——好景不长。

荣贞和知心人闲聊时，常常有感而发："天地良心，我从未拆散过人家的家庭，只和死了老公的可怜女人好，她们没有一个不是心甘情愿的，其实我是在帮她们。因为我，她们那丘无人耕种的小田才能滋润，不至于荒芜。"

过了好半晌了，宝贞见荣贞的脸臭得还是连机关枪都扫不进，就说："要想风平浪静，就得先摆平我那老弟生娓^①。"

"这个短命嬷^②，一日不骂人都会死过去，谁还有那个心情去摆平她，等到我真要摆平她了，那就得叫和尚鼓手^③了。"荣贞厌恶地说，"如果她早死，我就早安乐，早幸福。短命嬷，命又这么长，她在这个世上多活一日，我就多痛苦一年，阎罗王也真是有目无珠，为什么不早把她招去做屁婆妹子^④？"

"我跟你说，老婆就是老婆，老婆是专利产品，再苦再累都会死困在这个家。货嬷哪能为你受苦受累，你对她不好了，她会跟着你？一次没钱摸都不让你摸！莫犯傻了，都七八十岁的人了，说不定明天就让阎王给招了去，就不要再弄得自己伤心伤肺了。流爱打，家爱当^⑤，就是爱布娘^⑥，也不能把老婆离掉，子孙都要一辆客车来载了，还闹离婚，传出去都会让人笑掉大牙。"

"我也不想闹离，只是这个短命嬷太过死乌，自己做不到了，还不让我去和别人好。她不把事情闹大，不猪哥骂绝^⑦，我还可以接纳她，让她不愁吃不愁着，不愁没钱上庵。我真感到奇了怪了，像她这种人，竟然还有腟面^⑧去菩萨那里烧香，这菩萨也真不显灵，她骂人时，怎么就不打她嘴角？你不晓得的，秋香真是个好女人，三古头没福气，我又没福气，都是这个短命嬷，量度

---

① 老弟生娓：弟妹。

② 短命嬷：短命女人。

③ 和尚鼓手：唢呐班，意指人死后做道场。

④ 屁婆妹子：丫鬟。

⑤ 流爱打，家爱当：意指再怎么风流也不能不顾家，更不能抛弃家庭。

⑥ 布娘：这里的布娘和货嬷一样，是情人之意。

⑦ 不猪哥骂绝：意指骂人不要骂得很绝。

⑧ 腟面：面目，脸面。

这么合①，眼睁睁地让肥水流到广东去了！"

在荣贞口中被翻来覆去骂过的短命嫲，其实不算是短命的了，不过，骂这些话，大家也像开玩笑一样，没几个当真，总是你骂我我骂你，骂来骂去，谁也骂不着。

"她嫁到广东了！"宝贞听罢，微微叹了一口气，不知是惋惜，还是庆幸，接着又说，"人家都走了，说明人家也不在乎你，你也就不要再去想她了，就当她死了，她这辈子注定不属于你。"

"要不是那老短命嫲，秋香已经属于我了！我怎么可能把她忘了呢，后生世人我都不会忘了她！"荣贞心中的伤痛无人能理解，自从得知秋香弃他而去另投怀抱后，他就经常失眠，常常梦到她。他是个不轻易流泪的人，可这段时间，常常以泪洗面。

"你呀，真是个情种，几十年的夫妻情分，难道真不如和秋香两年？秋香真有那么好，就值得你不顾一切？她都嫁了，一切都不可挽回了，你还这么伤心伤肺，醒醒吧，老弟，顾顾身体和面子吧。"

宝贞对荣贞是八十老太吃苦瓜——苦口婆心，而荣贞是瘫子掉进了烂泥塘——不能自拔，他对秋香岂是猪八戒去西天取经——三心二意？

"宝哥，说实话，自从秋香走了，我每夜睡目都跟油锅里炸的板子——翻来覆去，现在我做什么都没劲，连人家邀下军旗都毫无兴致。"

宝贞见他眼睛长在鼻孔下，悲观失望，深感痛心，也不想再说什么，知道再怎么劝，都是隔靴搔痒，无济于事。"给我拿药，我叫云祥来等，本来想和你喝酒的，看你这样失魂落魄，没意思了。"宝贞说罢，就掏出手机打电话。

荣贞配好药后，宝贞眯着眼认真看了一番。他是个头痛患者，在县医院做过 CT，也叫几个医生看过，给的药大同小异。荣贞虽然也开大致相同的药，但便宜不少，而且还常教他自己制药。有种叫白头翁的草药可治头痛，宝贞听荣贞说过后，从田坎上采了不少，煎来喝了几次，效果真的很好，但那种草药春天才有。久病成医，宝贞怕陷于情殇中的荣贞精神不济，拿错药，所以要亲自查看。

这个家伙，能治好这么多人的病，为什么就不能医治自己的滥情病呢？坐在儿子的摩托车上，宝贞还忍不住在心里骂。

---

① 合：狭。

由着经济大潮的搅动，飞沙走石，曾经清澈如许的美溪被污染了。美溪村原本甘甜的空气也浑浊起来，但任尔东西南北风，荣贞的善良天性、淳厚医德，却像他新房门前池塘的荷一样，出淤泥而不染。大家都说荣贞是个心肠最好的医生、活菩萨，从不会为了赚钱就把药量开多，还不忘叮嘱病人："是药三分毒，能不吃就尽量不吃。"病人说："日日劳动，天天出汗，有毒也随着大汗排出了，毒不死，怕个屁！"他却还要说："草药不会吃坏人，有些小毛小病完全可以用草药解决，草药自己会采，又能省下油盐钱。"

荣贞把最常见的头痛、脑热、咳嗽、感冒的草药疗法，毫无保留地告诉大家，还把能治痛经的草药告诉女人们。有人采来试吃，果然有效果，但上山采药累个半死，也就直接找他拿西药，还自嘲说荣贞的魅力挡不住。

看病最烦的就是去大医院。一大堆乱七八糟的手续都会让病情加重，如果遇上医生护士脾气不好，被凶上几句，病人都会丧失意志，所以，农村人不到万不得已，谁都不爱去医院。要说医术，荣贞绝不输给科班，从医五十年，受过专门培训，又不间断地钻研，能差到哪去？大半个世纪了，从未医死过人，这就是最好的证明。

"非典"第三年，外村一位肺癌患者，寻遍了私人诊所和各大医院，都告已到晚期，省城医院还开了死亡通知书，要家属尽量满足他的一切要求，做好思想准备。一家人怀着无比沉重的心情，把他接回家，医生还同情地说，再迟，可能都回不了家了。病人的父亲听后，悲痛地表示，如果半路上不行了，就直接送火葬场。病人奄奄一息熬到了家，家人不忍心这样让他等死，听了远房亲戚丽花的介绍，请到了荣贞。生命只有一次，能多活一天就让他多活一天，他还不到四十呢。

荣贞仔细看过病历，决心死马当作活马医，开了个偏方，夏枯草和枇杷叶各一斤，放到锅里煮到稠状后，再放半斤蜂蜜煮上一个小时，然后把它当水喝，每天坚持。病人遵嘱服下，日见日好，半个月工夫就脸色红润，精神渐佳，胃口也有了。病人痊愈后，带着老婆孩子上门，齐齐跪在荣贞面前磕头感谢救命之恩，慌得荣贞连连挥手，一一扶起："别这样别这样，我不过是做了医生该做的事，救死扶伤是医生的职责，其实当时我也没太大的把握，也是抱着试一试的心理，能治好算是你家上代积了德，也是你命大。"此后，这家人每年过年前都会送上一头大公鸡和两瓶好酒。

身体强壮后，病人还特意去了趟市医院，找到那个主治医生，问："去年春天有个肺癌病人在你们这儿住了一个多月，听说是你主治的，现在怎么样了？"

医生说："肺癌患者多的是，你指的是哪个？"

"姓王，名贵生！"

医生一翻档案，说："当时他的癌细胞已经扩散，我们把实际情况给他家属说了，他家属不甘心，又把他送到省医院，真是可怜，年纪轻轻就得了绝症。"

"你真以为他的病治不好吗？"

"不可能治好的，去福州治疗，也只是时间问题，最终还是人财两空。"医生说罢，狐疑地看着对方，"怎么，你认识他？"

"何止认识，我对他的情况了如指掌，现在你先打开电脑查一下这个人。"王贵生说着，拿出身份证递到主治医生面前，"是不是这个人？"

主治医生说是，查了电脑对照后，确认无误。

"我就是王贵生！"王贵生说完，满脸的讽刺与鄙视。

医生闻言，惊愕地看着他："你就是……这怎么可能？"

"不像是不是？是的，去年的王贵生只剩一把骨了，现在的王贵生肚子都大了起来，脸上也有血色了。去年我走路连蚂蚁都踩不死，说话有气无力，一个被判了死刑的人突然出现在眼前，难怪你额头出汗。"

"奇迹，真是奇迹！"主治医生喃喃地说，然后抬头问，"谁给你治的，是华佗再世，还是扁鹊重生？"

"华佗没有再世，扁鹊也没重生，让我重获新生的是我们镇的一个老医生，而且，我总共还没花掉一千元，你信不信？"

"我不敢相信，但你又确实站在我面前，乡村有当代华佗也不可否定，你的例子就是证明。不过，这样的奇迹实在太少，你的命真大，以后可要好好珍惜，平常也要注意，千万不要太劳累，旧病复发就难再现奇迹了。"主治医生对"乡村华佗"佩服得五体投地，不管眼前这个病人还能活多久，但毕竟从死亡线上给拉了回来，此时正生龙活虎地站在眼前，带着嘲笑的口气和自己交谈。

王贵生不想跟这个医生多说什么，只要让他晓得民间医生不比他们差，所差者不过是设备。他走出医院，租了辆摩托去哥哥那儿，弄得他哥哥也是一脸惊讶："老弟，你来了，为什么不先打个电话，让我去接你。"

"打什么电话？我认得路，租辆摩托才几块钱，还辛苦你做什么？"王贵生自己拿了张凳子坐下。

"你来这里复检吗？"

"复什么检，我现在比牛牯还雄板，还可以和你做伴，你回老家，我要亲自下厨做你爱吃的菜。"王贵生说完用手拍拍胸膛。

哥哥一边给他倒热开水，一边问："那你来做什么，不会特意来看老哥老嫂和侄子吧？"

王贵生就把去医院讽刺主治医生的经过说了一遍，说到医生的尴尬状，不由得大笑起来，还说要去福州，找上福州大医院那个说他连家门都可能进不了的主治医师，现身说法。

"有必要吗，既花钱又花时间，旅途还这么辛苦，就为了出那口气？"

"再辛苦也值！大医院的医生以为有多了不起，当时说我都进不了家了，害得那么多人都为我痛苦，为我流泪。我就是要讽刺讽刺他们，同时宣传宣传荣贞医生。"

第二天，王贵生谢绝哥哥陪同，一个人坐火车去了省医院，找到那位主治医生，如法炮制地讽刺了一通。不但主治医生，就连在场的几个医生、护士也不相信，眼前这位就是上年被判了死刑的肺癌晚期。望着生机勃勃如假包换的王贵生，他们大摇其头，暗叹技不如人，惋惜这样的奇迹没由自己创造，如果是自己，可就红了。

"那些医生都是庸医，当不得荣贞医生！"王贵生和人谈起治病经过，把荣贞说得神乎其神，好像华佗再世。

一经渲染，荣贞的名气就像发酵过后的馒头一样更大了。外村人听说省医院退回的癌症病人他都能治好，就都舍近求远慕名前来，不但药到病除，还省了不少药费。农村人把一分钱看成罗盘般大，省了钱病又好得快，何乐而不为？这样一来，荣贞的诊所就越发热闹，天天忙得他晕头转向，有心找一个小工来帮忙。

惹脚他们来喝茶时，荣贞就说起了这事，要大家帮助物色，工资面议，每年都可以看表现和能力酌情增加。荣贞本来还想声明，最好是女的，但话到唇边，又忍下了，因为他很快就想到，一般男人是不甘做这个的，除非想来实习。之前，几个从卫校毕业的男女生，包括他外孙女晓玲在内，在假期曾先后来他诊所帮过，荣贞并不喜欢男助手。

助手还没到位，荣贞又治好了一位连上海医院都无能为力的胃癌患者。这个六十多岁的老病号，是富生姑丈的表亲，事后率全家登门致谢，亲手把一面镶有"妙手回春"的锦旗挂上药房。老人的大儿子在厦门开了家装潢公司，赚了不少钱，他从包里拿出一个大红包，双手托着，恭恭敬敬地递到荣贞面前说："荣贞医生，感谢您治好了我爸的病。说实话，为了给我爸治病，这一年来，我们全家都弄得精疲力竭，钱也花了不少，得到的答复只是时间问题。听说了您的事后，我还怀疑是人家加工的，直到我爸日见日好，才眼见为实。这点心意，请您务必收下。"老人和其他家人也纷纷请荣贞收下。

荣贞说："治病救人是医生的职责，能把病人从死亡线上拉回来，是医生最开心的事。如果你们真心感谢我，就把钱收起，你们的心意我领了，你们的心情我也理解。很多人也都认为红包是感谢人的代表方式，不过，以前你们已经付过医院费了，这钱我说什么都不会收，收了，我将一生不安，我只是尽了一个医生应尽的责任。"

"这……"大家面面相觑，不知如何是好。

"装好吧，只要你们对老人孝敬，就是最好的报答……"

老人一家千恩万谢告辞后，荣贞看着那面锦旗，越看越觉别扭，很想立刻摘下放到抽屉里，但想到刚才那个叫刘安祥的老人的话，便又忍住了。

"荣贞医生，您是我的再生父母，后生世人我做牛做马都要来报您的救命之恩。您品德高尚，视金钱如粪土，这点很值得我的这些子女学习。钱，我可以带回去，但这面锦旗您就不能摘下来了，行吗？"

"不摘就不摘吧，难得你们一家如此真心！"得到刘安祥夸奖的荣贞心里并没有多大的惊喜，他向来不喜欢刻意的奉承和表扬，只要大家心里认可就心满意足了。

刘安祥还对子女们说："荣贞医生人格高尚，不图名利，你们一定要以他为榜样，千万不要把钱看成是至高无上的东西，人品才是至关重要的。"

刘安祥对荣贞心存感佩，回家后逢人便说荣贞的医术和为人，大家莫不竖起拇指夸赞。一万元的酬谢虽不是天文数字，但在农村，却是个可观的数目，荣贞要一下子赚到五位数，也非举手之劳，何况他的药费还最便宜。

后来，刘安祥一家有点头痛脑热什么的，就去荣贞那儿，渐渐就熟了起来，说话也投机。

一天，刘安祥犯了坐骨神经痛，又找上门来了。他也喜开玩笑，且健谈，从挂在客厅墙上的照片中，看到了荣贞的戎装照，就问是在哪儿当的兵。荣贞告诉了他，继而说了一个故事。他说那年从金门打过来的一枚炮弹在他身边不远处落下，泥沙把他整个人都给掩埋了。因为当时的炮弹壳可换粮票，周围的百姓都抢着去挖炮弹壳，这样就挖到了他的脚和解放鞋，大家小心翼翼地把他救了出来。说罢，嘿嘿一笑，道："阎王爷说我阳寿未尽，叫我回来，这不我就活到了现在。"

"您的命也够大的，老百姓挖炮弹都没把您伤着。也是观音菩萨显灵，把您这么好的人留下来，给我们救死扶伤。"刘安祥的语气不无恭敬，"您应该在大医院上班，也应该把治癌秘方传给下一代。"

荣贞笑着说："其实我也没多大把握，要不是你家里保证即使出事也不找麻烦，我也不敢接你的'单子'。我是想把你毒死，别拖累全家人财两空。"每次有人说起此事，他说着说着都会这样不正经起来。

某日，几辆小车鱼贯朝诊所驰来。车停人下，全是陌生面孔，且都生龙活虎。经自我介绍，才知他们是记者，要来这里采访神医圣手。荣贞嘿嘿笑着，泡了一壶茶后，说："你们先喝茶吧，我去方便一下。"

记者们在客厅左等右等，一直不见采访对象出来，只好连呼带喊，并派人去卫生间侦察。荣贞哪会在卫生间呢，早从药房旁边的后门悄悄溜走了，并让人告诉他们莫等，他上山采草药去了，没什么好采访的。

记者们乘兴而来，败兴而归。

后来，惹脚开玩笑说："你也真是，接受他们的采访，不就更出名了吗，还上电视呢，钞票不消说。"

"要想出名，我早就出名了，人怕出名猪怕壮，出名有什么意思，又不好当饭吃。"荣贞呷了一口茶，又自嘲地说，"不过，后生时没出名，这黄泥都掩到耳朵边了，倒出了大名，大家都在饭后茶余议论我，害我出门都不敢抬头，都是那老短命嬷和那嫩短命嬷给害的，越怕出名越出名，到我死后，我都怕见上代祖宗了。"

荣贞说罢，长长地叹了一口气，惹脚便想到了他心中的苦和痛。一个德高望重、医术高超的医生，却无法医治自己的心灵，一次又一次的感觉生活黯淡无色，他真不知要如何安慰，只是一个劲地说："过去了的，就让它成为历史，不要再去想了。"

逆子思母

幸福的生活让人在眷恋和缱绻中觉得日子过得飞快。在广东新婚燕尔的秋香，和老戴虽都有如鱼得水的感觉，但毕竟没有乐不思蜀。她最放心不下的是年迈的父母和年幼的孙子，不到半年就回来看过几次。她每次回福建，老戴都要同来。老戴恭恭敬敬地叫岳父、岳母时，秋香父母都挺不自在，不好意思应答。在年龄上，他们和老戴像兄弟；在物质上，他们一富一穷，怎么样都觉得别扭。接触几次后，他们见老戴不但礼貌周到，而且大方、随和，就自然多了，交谈起来也不拘束了。秋香见他大手大脚，曾好言相劝："省一点，买等路有点意思就行了。"

老戴呵呵笑着说："反正是政府给的，没关系，三十天一过钱又存了进来，子女们又不要用我的钱，别怕接济不上，有钱就尽管用，用不完的到时就成了遗产，更不合算。"

秋香带着老戴回来，除了年龄上的差距有点尴尬，其他方面都让她备感荣幸。她听都没听过有谁会像他那样对待老婆的，在物质上让她成了贵妇人，精神上让她笑口常开。如此百依百顺，让她心里都有点过意不去，能过上几天这样的日子，就是少活十年都甘愿。

一次，秋香想和家人说说私密话，不想让老戴去。但老戴说："我是护花使者，怎么能不去呢？你一个人去我不放心，你不在身边，一个钟头我都觉得是一年。"

"我又不是细人子，你有什么不放心的？"

老戴说："我担心你被别人拐走。"

秋香听了，心里涌上一股热流，此后就完全顺他的意，想跟就跟。到了娘家，老戴和男人喝茶聊天，秋香和女的说事。得知老戴和子女们都把秋香看作重点级人物，秋香的母亲放心，嫂子羡慕，后半生还能遇上这么好的男人，真是好福气！

超超一段时间不见奶奶，就闹着要去广东，一天夜里还嚷着要去找奶奶，任丽花怎么哄就是不停嘴。丽花火性一起，就说："再闹我就把你丢到门口，让癫牯①抱去！"说着就要把超超推出门口。超超吓得抱紧她的大腿哇哇大哭，后来再不敢在夜里闹了。

都说骨肉亲，超超梦中经常见到秋香，有时还会奶奶奶奶地喊出声来。富生听了，心里不是滋味，没母亲的日子，他实实在在地感到不便、不踏实：田地里的事再多再乱，也没人帮忙了；超超要去幼儿园，早晨也没人给他调蛋花粥了，傍晚回到家，经常饿得无精打采。好几次，富生和丽花从田地里回家，看到儿子一个人坐在门口的石头上打瞌睡，心里头都酸酸的，要是做奶奶的在，超超至于受这样的罪吗，家里又怎么会冷锅冷灶呢？

以前一起生活时，三人在田地里做事，到时间了秋香就提前半个钟头回家，摘菜煮饭，什么事都打理得清清楚楚。他们收工回到家，桌上的饭菜正温温暖暖地等着他们。

每次割禾打谷回来，秋香大中午都在忙活，而让富生和丽花睡安稳觉。用电动打谷机脱穗，少不了掉落很多稻叶，若当年天时不好，病虫不过关，还会有很多黑谷，这样，收回来的谷子就得花人工，需用扫把一遍一遍地将稻叶和黑谷剔干净。好不容易弄干净了，全身汗渍渍的就像个水鬼，人也累得腰痛腿酸。农村人最讨厌的就是六月天晒谷子，那种说雨就雨、乍晴还雨的鬼天气，搞得人人都不得安心。眼看太阳大得可以把人晒干，就赶紧想着晒谷，刚把谷子在禾坪上铺开，顷刻间却乌云密布，电闪雷鸣，倾盆大雨把谷子冲得到处随水流。全身湿透、喘着粗气刚把淋湿的谷子收好挑回家，老天像故意捉弄你似的，太阳又大得让你睁不开眼了，可以把人身上的油烤出来。你一把谷子搬出来，它马上又下一阵雨。如此这般，弄得大家疲于奔命，灰头土脸。如果你偷懒，想着等太阳公公脾气稳定时再晒，谷子多，天气又热，家里地方狭小，堆积一处的谷子不几天就纷纷爆头，争先恐后地冒出青绿的芽来。

有一年夏收季节，天气见了鬼，太阳不知被谁给绑架了或去哪儿逍遥了，一直不肯出来赏脸。成箩成筐的谷子堆在家里，虽然家家户户都不辞劳苦地用电风扇吹，结果还是长了芽。看到白花花的谷芽比播的种子更长，谁心里好受？半年的心血就这样付诸东流了！要知道，发了芽的谷子碾不出大米，米小又不好吃，只能贱卖给粮商。以前还需缴征购时，就干脆送到粮站收购。任谁都怕六月天晒谷，后来就不约而同地改为种烟，下半年再全部插秧。

---

① 癫牯：疯子。

秋香也讨厌晒谷，一边要扫稻叶和黑谷，一边要注意天气。一旦风云突变，她就马上叫富生和丽花起来收。就是分开过了，秋香田少，也是一直帮着他们，看到他们事情多，都是煮好饭菜让他们一回到家就有的吃。

这些，永远都是过去的事了，秋香今后完全可以不再干这样讨厌的粗活了，可富生和丽花却依旧只能这样周而复始，而且，这样的生活已然少了一个角：以前，白天出门做事前，秋香会把家里的事打理得井井有条，晚上他们大可以去别人家打麻将，而不用担心贼上门，不用担心超超没人陪、醒了没人哄。可现在，他们好像失去了自由，被家里的事和超超束缚着。好不容易到农闲了，富生叫丽花带超超看家，可丽花的麻将瘾比富生还大，说超超和你同姓，该由你带。富生说："女人家总是夜晡头出门打麻将，一打就是三更半夜，迟早会遇上鬼，不行！你得看家，日子头没事时再去打，打赢打输都没关系。"丽花只得应承，却有个附加条件，就是富生赢了钱得分她一半。再不能尽兴吃喝玩乐了，他们莫不想着秋香在时的种种好。

这年雨水特多，富生家的烟叶全部死头^①，损失惨重，连肥料、农药都倒贴上了，更不用说人工了。夫妻俩辛辛苦苦从头年冬开始忙活，到烟叶全部下烤，半年时间风里来雨里去，却还是亏到了头，心里的憋屈无以言说。劳劳碌碌照样啜粥^②，四体不勤却还享福，这么一想，富生就更想通过麻将这个"副业"把农业损失给补上。农业损失副业补是夫妻俩的口头禅，富生打麻将手气好，十有八九能赢一些钱回来。有时赢了大钱^③，就会把大头交丽花保管，把小头留下做本，准备下次再滚大。富生去打麻将，丽花是放心的，只赚不亏，有时手气不好，输了一点钱后，他就会提前收场，大家都说他是狗条子^④。

渐渐地，丽花越来越觉得婆婆的走，于家实在是一种损失。秋香在，衣服不洗有人洗，地不扫有人扫，鸡鸭不齐有人找有人喂。以前觉得秋香碍眼，甚至讨厌、憎恨，可如今，她和富生一样感觉家里失去了一件宝贵的东西。

特别是富生，总以为是自己忤逆把母亲逼走了，出门见到本组人，总是打声招呼就急急走开，生怕人家问起母亲的事。人家的关心也让他心里难受，

---

① 死头：枯死。

② 啜粥：喝稀饭。

③ 大钱：几百元。

④ 狗条子：意思是比狗还精。

以为人家是故意气他的，变着法儿骂他不孝。最让他难过的是，现在连荣贞的面他都怕见，有病也不好意思上门了。有一次，超超半夜发烧，家里的退烧药又没了，他就叫丽花抱着超超坐在摩托后搭上，到邻村的诊室。医生问他怎么不就近找荣贞，富生就说，他年纪大了，半夜里头把他吵醒心里过意不去。富生生活在浓重的阴影和自责中，有一次梦见亡父骂他是"拗豹子"，醒来不禁泪流满面，痛不欲生。

　　他也想母亲，真心牵挂着她的生活，于是每星期都打个电话问候。听她的口气，总是掩盖不住心中的喜悦，富生觉得自己的关心像马后炮。

　　秋香改嫁，让丽花和富生有了触动和新认识，夫妻也贴心了不少。很多时候都烦男女之事的丽花，一晚却主动提出"作业"。富生心里高兴，当然卖力。事后，丽花说："妈走了，今后我们相依为命，你要是敢勾三搭四，我一夜要你交三次'作业'，看你受得了还是受不了。"

　　"那样的话，我就像跳进滚水锅，不死也得扒层皮，你以为我是金刚不坏之身啊？我还要打麻将补贴家用呢！"

　　一日，富生把超超送到学校后，就和丽花双双上了别人家的牌桌。他们各一桌，因为下雨，中午就在主人家草草吃了饭，接着又开战。昏天黑地战至下午四点多，富生起身，对丽花说："你得回去煮食①了，我去接超超。"

　　丽花口头"嗯"了声，却因为输了钱，想着盘本，结果越盘越输，一会工夫，又输掉几十块。牌友就好心劝："天光日子再盘本吧，快回去煮食，别挨了富生的骂。"

　　丽花不依："我输了一百多块，你们总得给我盘本的机会吧，赢了钱就走人，以后你们可别怪我学样。"

　　"不是这个说法。一输就不回家煮食，你不怕你老公骂，我们还怕他责怪呢。有的是机会，你今朝日子的钱暂由我们保管，改天你手气好了，再连本带利赢回去不就行了。"

　　"不行，不行，今朝日子我还没打够，再继续，我老公骂我打我都不关你们的事。"

　　大家无奈，只好又坐下，陪她继续鏖战。

　　下雨天容易天黑，富生接了儿子回到家门口一看，整个人蒙了，头都大

---

① 煮食：煮饭。

了起来：几十只鸡鸭冻得全身发抖，"呱呱""咕咕"挨着个儿蹲在房门口，粪便多得让他无从落脚。富生坐在摩托车上，不知如何是好，超超却准备下车，他太饿了，很想找点东西吃。

"超超，你坐好，不要乱动，我先下去扫干净。"

"爸爸，那你把雨衣给我。"

"你坐好，我先扫开一条路，然后让你先进屋。"

富生边扫边说："你妈也太不像话了，到现在都没回来。"不期然间，他又想到了母亲在家的日子，像眼前这种状况，是不会发生的，每次天气变化，她都会急着回家把鸡鸭找齐，门口何曾见过这般令人作呕的乱象。

"爸爸，我好冷，肚子好饿。"超超说着，小心翼翼地从摩托车上下来。

"小心，别急。"富生丢了扫把，跑过去抱他。

"爸爸，家里有东西吃吗？我的肚子都咕咕叫了。"超超说着，不知是冷还是伤心，泪水涟涟。

秋香在家时，每次都会给超超备吃，最差也有一条软糕或一个鸡蛋。她总说："细人子人①在学校搞②了一天，昼边头③吃得饱不饱也是一餐，回到家里一定要先给他点点心。"尽管富生和丽花让她心酸失望，但她却疼爱孙子，家里有鸡鸭下蛋，自己舍不得吃，总要留给孙子。

"超超，你再忍一忍，爸爸马上给你弄吃的，你去看动画片好不好？"富生说完，不觉叹了一口气。

"要是奶奶在就好了，我每次从学校回来都有东西吃。"超超嘟着嘴说。他比谁都更想奶奶，经常趁富生和丽花不在时，偷偷打电话，诉说他们经常赌博等不良风习。秋香听了，担心超超，再三叮嘱在家乖乖，不要玩火、搞水，不要打架，她下次一定带好吃、好玩的给他。超超答应了，还悄悄告诉秋香一个好消息，妈妈又怀孕了。这让秋香很高兴："太好了，就是要让妈妈给超超生个伴，你告诉驰驰，喜欢弟弟还是妹妹？"超超不假思索地说喜欢妹妹，妹妹长大了会给自己洗衣服。他也晓得，妈妈再生一个，他就不会孤独了，也有玩伴了，以后和小朋友发生争执什么的，也有人壮胆助威了。

富生把饭菜弄上桌了，才见丽花拖着黑影回来。脸色通报了她在牌桌上

---

① 细人子人：小孩子。

② 搞：玩。

③ 昼边头：中午饭。

的战绩，富生忍不住数落："叫你回家，你却还要打，赌命一样，就不怕子哩饿死？"

"鬼喔般做什么？人家输了钱还要听你鬼喔，就这样饿一下就会死，命有这样脆弱吗？"

"输死你都有，十赌九输，冇手气又冇一点分寸，越输越要赌，我看你都走火入魔了，以后细人子一出世就会打麻将了，胎教！"

"我想输吗？我也想十赌九赢，安乐赚钱。还不是你嘴衰，老说我没赌命，说都让你说衰了。"丽花输了钱心情欠佳，又仗着怀了身孕，富生不敢怎么样，其实她心里也承认自己没赌命，越想赚个豆腐钱，却总是输掉了猪肉钱。

雷公示警

广东隔壁就是福建。粤东闽西相连着，亲情更是剪不断。

在广东衣食无忧的秋香，心里牵挂着福建这头的子女。梅秀坐月子时受了风寒，身体一直不好，时不时全身总会像打摆子似的。产后病难根治，好在梅秀会嫁老公，不然死十次都嫌少了。梅兰倒是身强力壮，可是嫁了个老公好赌又好酒，有赌就会懒得干活，天掉下来当棉丝被盖，输了钱就冲老婆发火，有时还把老婆打得流鼻血。富生和丽花也嗜赌成性，富生对丽花逆来顺受，丽花得寸进尺，一不高兴就捡了衫裤投外家①，把超超扔在家里不管。秋香不止一次在电话中劝导过富生，富生说一切都很好，叫她不要担心，自己过好自己的日子。可富生会不会报喜不报忧呢，丽花那鬼性哪能这么快就改变？

老戴看她纠结，总是好言相劝："儿孙自有儿孙福，你怎么担心也无济于事，多愁善感只会让自己活得累，不开心。"秋香想想，也没错，自己就是愁死，也帮不上他们任何一个忙，他们有自己的人生观，谁都左右不了。

农历四月初五，富生和丽花去山沟里的烟田摘烟。

烟叶下烤上烤，是烟农最忙也是最辛苦的时节。摘了田地里的烟叶，一

---

① 投外家：回娘家。

担担装好挑回家，于竹竿上捆扎好后，再一杆杆上到烤房里。往往这时，烤房里的干烟叶刚下烤。紧挨着上完烤，点了火添了煤还得认真，以七八天为一个烤期，得每日掌握好温度，一不小心就可能烤坏，那烤砸的可就是钱。干烟叶下了烤，又要几天的时间去分门别类。这也是个辛苦活，虽然可以坐在自家的屋里，但一坐就是一整天，想偷懒就拖时间，不偷懒又腰酸头大，时不时得起身走上几圈捶捶背再继续。分等级也少不了认真，如果烟草站有人，评级员能关照关照，能上则上，差一个等级就差了几块钱，一斤烟差几块钱，你说这钱就差到哪去了。有时站长在那里监督，评级员就会像捉狗虱一样把烟叶翻来覆去，不合格的就拔掉丢在旁边，让烟农再挑回去处理，烟农看了心里直骂他们的祖宗十八代。以前评级的烟叶都是捆成一大把一大把的，精明的烟农会把差烟作为捆把的烟，把剪下的歪烟叶也捆进去，这样钱就来了。你说，几角钱甚至不值钱的烟捆进好烟堆里一起卖不就值钱了吗？有些烟农摘烟时还故意把烟枝摘下，烤干后包在烟把里一同卖给烟草站，斤两多了，入袋的钱自然就多。这就像稻梗，和猪肉牛肉捆在一起，立马也是肉的身价。烟草站识破此伎俩后，严令杜绝，要烟农扎成小把，凡遇大把，一律拆开重捆，也不许用几皮歪烟叶捆把，最多一皮。再后来，干脆不要捆把，分好后，五六斤一大捆送到烟草站，评级员再认真评好，这样一来，再精明的人也难做手脚了。

这天，富生挑着禾篮走前头，丽花打空手跟后头。突然间，乌云密布，电闪雷鸣，富生加快了脚步，边走边对丽花说："走快一点，我们快去那山洞里避避雨，等雨停了再摘。"丽花说好，已有七个多月身孕的她，却不能跑快。富生担心丽花淋雨会感冒，心里急得跟猫挠似的难受："早晓得会变天，你就不要来了，让我一个人摘。"

丽花皱了皱眉："刚才还阳光灿烂，谁晓得这鬼天气说变就变呢！"

话音刚落，一个闷雷在富生前面炸响，路边的一棵大樟树应声而倒。富生吓了一跳，全身发麻，没了一点意识，傻傻地站着。不知过了多久，他才反应过来，转身去看丽花，发现她倒在了地上，浑身发抖。富生忙丢下农具，跑过去抱起她，问："丽花，丽花，你没事吧？"

丽花说不出话来，只机械地眨了眨眼，关切的眼神扫视着富生。富生晓得她是在关心自己，忙说："我没事，你放心。"

丽花这才露出了笑容。富生小心翼翼地扶起她，前后左右看了一圈，确定没事后，望望前方那棵被雷劈倒的树，又看看后面，温柔地说："我送你回去吧，你在家休息，看样子这雨还要一阵子才下得来，等雨落敛①，我一个人去摘。"

获丽花点头同意后，富生搀扶着她往回走。才几十步，雨就毫无商量地飘泼而下，无论前后左右，都无遮雨处，只能不急不慢地往回走。富生心里非常懊悔，真不该让丽花帮忙摘烟叶。

进得家门，两人都成了落汤鸡。富生赶紧拿衣服、烧水，协助丽花洗澡换衣。

夜里，丽花身子就有了异动。她生过一个，晓得可能是受了惊吓又淋了雨，影响了胎儿。富生听了非常焦急，怎么办呢，这半夜三更的，怎么办呢？

他想到了两个姐姐，先打电话给梅秀。梅秀听了，责备富生不懂事，怎么能让丽花帮助摘烟叶呢？责备了几句后又安慰他，你别急，我和你姐夫叫辆车子，马上送丽花去医院。

梅秀的中学同学王芬生半年前买中六合彩，大赚了一笔，买回一辆轿车。因为关系不错，曾对梅秀拍胸脯说，需要用车时尽管开口。梅秀说："好，我们是亲亲的同学，到时一定不客气。"当时也就是开玩笑，梅秀认为用不着，反正自己有摩托，很方便，想不到这下真的要欠他人情了。两家相距只几百米，只不知他现在有没有那种热心肠，肯不肯起床？丽花的情况不容她考虑，心里还在忐忑不安，电话却已打了过去。"嘟嘟"十几下还没人接，心想肯定是不愿接电话了，半夜三更的电话可不是好接的，没什么麻烦事谁会在这个时候打电话？再说又是女同学打来的，如果做老婆的小气，还会以为他外面有"货"②呢。梅秀放下电话不知如何是好，用摩托送丽花到医院是不可能的，可富生那里别说还没人有小车，就是有，以他们夫妻的为人处世，想来也不会有人肯帮这个忙。万分焦虑中，她不由分说拿起手机又要再打，不料手机却先响了，一看，是对方打回的。

"喂，王芬生，我还以为你不接我电话呢，原来是替我省电话费。"

"刚才正在'工作'，不方便接电话。怎么了，亲亲同学，三更半夜打电话有何吩咐，不会是老公不在想叫我陪吧，要真这样，我马上就到。"王芬生开起玩笑来一点分寸都没有，令梅秀心里发毛，老公就在身边听着呢。

---

① 等雨落敛：等雨歇之意。

② 货：情人。

233

"说什么鬼话，也不怕你老婆骂死，好在我老公信任我，不然真会被你害死，他就在我旁边听着呢！"

"那你这时打电话给我，有什么急事，莫非要我效命？"

"到底不是吃屎大的，你快起来，送我到我老弟家，我老弟生娒可能要早产了，得马上送医院。"

"好好好，我马上开车接你。"

十分钟不到，一辆晃着炫目车灯的新车就开到了家门。早已出门等候的梅秀也没寒暄，拉开门钻进车里就走，上路后，还先送上一句批评："以后开玩笑要有分寸，不然迟早会被人说闲话，冇事也会变成有事。"

"都什么时代了，说笑话也有人信，你老公不会这么小气吧？"

"我老公对我是百分百的信任，不过，别人会疑神疑鬼，冇事话事①。说实话，不到万不得已，我也不想借你的人情。你这人是热心，也正派，就是一张臭嘴让人受不了，以后再和我开那种玩笑，小心我和你断绝同学关系。"

"别，别，别，我就你这么一个女同学住得近些，关系也好些，你要是和我断绝同学关系，那就要续上其他关系，不然我不会同意。"王芬生还是开着令梅秀脸红心跳的玩笑，这家伙，总是屡教不改，好在车上也没别的耳朵。

"哎，刚才打那么久的电话都不接，原来是在'工作'中，那真要说句对不起了，打扰你们了。"

"嗨，开玩笑的。这几天老婆'发洪水'，敢怒不敢言，刚才我是去卫生间了，手机放床头柜上。"

"那你老婆看到我的号码，不会生大气吧？"

"她在楼上睡，我在楼下，她哪晓得你打了电话给我。"

"你们年纪轻轻，就开铺了？"

"说什么呢，别把我们看得那么差板。三十如狼呢，这个道理你不会不懂吧？她是非常时期，我睡在她旁边，万一有了正常之念，英雄又无用武之地，你说有多难受？不如干脆各睡一床，没了那念想就可以睡得香一些。对了，这半夜三更你老公也放心让你一个人和我一起，他真相信你，就不怕我有非分之想？"

"他不但相信我，也相信你，他说你心正口歪。"

---

① 冇事话事：捕风捉影、无中生有。

234

"想不到你老公看人还挺准。说实话，我也想花，但就是没那个胆。我老婆说，只要听到风声，就把我命根子割下喂花鸭公。我晓得我真要是花了，她也下不了那个毒手，但我觉得没必要搞得公婆失和，老婆才是可以陪自己一生一世的。虽然不能花心，但花嘴总可以吧，过过嘴瘾不犯法吧，你说呢？"

"话是这么说，但要看人，也不是每种人面前都可以开玩笑的，还是控制一下你这张花嘴，留点余地吧，这对你有好处，你说呢？"梅秀也用这种口气回问。

"道理是有，可我就是喜欢开玩笑，我也想积点口德，又觉得人生短短，就要开心一点，这要约束那要控制，人活着还有什么意义，你说呢？"

来不及回答，目的地就到了，梅秀见他车子开得快，就急着喊："到了，到了，快停下。"

就这样车子还是超过了几米。

"早不说，又让我多花精力，亲一下，以示多谢。"王芬生一边倒车，一边又耍嘴皮子。

"亲你个头。"梅秀真想打他一下嘴角，无奈他在倒车。

"我就是叫你亲我的头，不是叫你亲我的嘴。"王芬生开起玩笑来，从不晓得分寸有几笔画。

"富生，快，扶丽花上车！"梅秀车也没下，就招呼富生和丽花上车。

富生把丽花和换洗的衣服弄上车后，又回头抱起超超，锁上门，也上了车。

"怎么，睡着了的子哩也要带去，你妈呢？"王芬生知道梅秀的父亲前些年已上天堂，却不知母亲改嫁之事，因此会有这一问。

"我妈去广东我姨那边了。"

"哦，难怪，不然她会让你老弟把这么小孙子也带到医院去，就是日子头也不回，更别说半夜三更。医院里病人多，这段时间感冒流行，走廊上都住满了人。"

外人的无心之言，却听得富生心里又涌起一阵阵难过，要是母亲不走，何至于把这么大的儿子也抱到医院陪护遭罪？以前有事，都是吩咐一句就行了，可现在……富生触景生情，差点就流下了眼泪。都说父母是天地，现在没了天，地也成了广东的地，富生觉得少了天地的护佑，家里就一直不顺，连鸡鸭都不好养了，看来"大树底下好乘凉"这句话太精辟了，可是我家没了大树，以后的日子不晓得是什么状况。

"丽花，别紧张，不会有事的。"

听着梅秀的安慰，富生也在心里默默地祈祷，但愿丽花没事，但愿肚里的宝贝平安。只要丽花和小宝贝平安无事，其他的一切都不在话下。本来明天是烟叶下烤上烤的日子，但昨天下午的雷公把丽花吓成这样，还谈什么下烤上烤，人没事就万事大吉，阿弥陀佛了。想起昨天下午的情景，他还心有余悸。

在美溪，谁忤逆了就会被人说、遭人骂："你现在这么拗豹，落雨打雷公时，尿缸角头 ① 都藏不住！"

前几年，邻村有个逆子，就是被雷公打死的。当时也是四月天，也下着雨，大伙干不了活，就聚在一人家里说笑。聊得正起劲，大家又是弯腰又是捧腹大喊肚子痛时，天上的雷公好像听不惯地上这些浑话，炸弹一般在厅堂响起。大家一下子被炸蒙了，连呼吸声都好像凝固了，好长一段时间都没人开口。等渐次清醒过来，摇头晃脑，捏大腿捶脑袋，证明自己没事时，才去关心身边的人。却见那个忤逆子全身都焦了，黑得像一根从灶炉里掏出的烧不着的湿木头。大家登时便呆了，过了一会才走近他身边，喊他，胆大一点的还摇他，他却成了一尊黑雕像。和他同坐一张长条凳的两人吓得尿了裤子，瑟瑟发着抖，大家好一阵叫喊，他们都没应声。事后，大家说："以后和人坐一条凳，也要看人，千万莫和'拗豹子'坐一起，让自己做了陪葬。"不久，又听说有个"拗豹女"在莳田时让雷公打死在田中心。

受到雷公惊吓的富生，脑海中不时闪现落雷时大树应声倒的情形，当时如果再近几步，自己就去父亲那里团聚了。富生闭上双眼，百感交集，心想雷公肯定是来警示的，在给他一次改过自新的机会。丽花出了问题，是她的罪比自己还大，不知道上天公呆会不会高抬贵手，也放她一马。她要是得不到原谅，那可是一尸两命啊！富生心如刀绞，连呼老天爷要罚就罚我吧，莫让丽花受累。

几项检查表明，丽花受到惊吓后，有轻度的精神分裂症，需住院观察治疗。富生一听，难过万分，对梅秀说："你们把超超带回去吧，天光刚好是星期六，在你家住两日，星期一你把他送到学校，我会打电话给我丈门娭，她家离学校近，让她去接。"说罢，又转头对王芬生说："芬生大哥，辛苦你了，多谢了！"

---

① 尿缸角头：放置马桶的角落。

"莫这样说，能够起到自己的作用，看到自己的价值，我很高兴。别人有困难都要帮，莫说你是我同学的老弟。"

王芬生的真诚令富生感动，他掏出一百元钱，双手递过："芬生大哥，那麻烦你把我阿姐和儿子带回去吧，这是我的一点心意，你来回要耗不少油，又这么辛苦，害得你都冇目睡①。"

王芬生见状，连退两步，道："你这就见外了。我对你说，如果为了钱，你给我一千块钱，我也不来，我收了你这钱，那我就没快乐了。如果你想让我快乐，就不用客气，你口口声声叫我大哥，大哥是白叫的吗，大哥岂能不帮老弟？"

"富生，你芬生大哥有钱，你就莫跟他客气了。"梅秀轻轻拍着睡醒过来的超超，接着又说，"还有，你和芬生大哥一起回去吧，家里你理得清，我在这里陪丽花。你不是要下烤上烤么，烟叶黄了哪能等？到手的东西不能让它流失。你一个人冇办法，我打个电话叫你姐丈请二三个小工来帮你，到时我们再还她们工日。"

"这怎么行？你也很多事，身体又不好，我怕你受不了。"

"丽花又不是生孩子，会有什么事呢，医生不是说，只要让她静养几天就没事吗。你放心，这里都是本乡本土的人，忙不过来我会叫人帮忙。你回去吧，家里还有头牲②要喂，我回去更起不了作用。我家的烟叶刚上烤，你姐丈会看火，干烟可以推后几天处理。"

"那辛苦你了，这钱你帮丽花交，到时我再送来，有事你打电话。"富生说罢，回到丽花病床前，柔声说："丽花，阿姐说她在这里陪你，那我就带超超回去了，明天把烟摘了，再来看你。你好好养几天，什么事都不用担心，家里的事一切有我。"

丽花浑身无力，连眼睛都不想睁开，只在喉咙里"嗯"了声。

"妈妈，你有病就好好养着，回去我会乖乖的，我会帮爸爸传烟③，保证不让爸爸生气。"

丽花听了超超的话，笑了笑，眼中滚下几滴热泪。梅秀也眼眶含泪，抱着超超猛地亲了几下。

---

① 冇目睡：无法睡觉。

② 头牲：家禽家畜。

③ 传烟：把烟叶传给大人捆。

在医院两天，丽花一直处于失眠状态，焦虑恐惧，脑海里不时闪现那天的情形。好不容易入睡了，却连着做噩梦。说有人老跟踪她，又说死去的公公还指着她的额头骂她自私、贪婪、不孝，被他用柴火棍一样的手指所点之处现在还隐隐作痛。听了丽花这些话，梅秀害怕了，以为丽花疯了。医生说，受到惊吓的病人大都这样，只要治疗几天，回去后不让她再受刺激，便不会有事，相反则容易复发。

第三天，梅兰来医院替换梅秀，富生则在家安心烤烟，打理家事，接送超超。到这时，富生才想到了姐妹的好，有了困难二话不说就能帮。富生虽说从未在医院照顾过病人，但丽花生育时在医院住过几天，其中滋味他到底领略过了。两个姑子不计前嫌，不辞辛苦轮流照顾自己，丽花又何尝不感动呢？心想自己以前确实太过分了，别说分了家，就是和公公婆婆同一家时，也从未主动热情地问候过，而对自己的姐妹却完全两样心，有空总叫她们来做客，每年的端午节固定在自己家聚餐，如果梅秀和梅兰那天也来，自己的脸上就像是涂了一层糨糊，厚得怕是连机关枪都打不进。有一次，富生实在过意不去，想叫两个姐姐同来，也就加几双筷子几个碗而已，丽花却说："又不是一伙的，我请外家，她们来凑什么热闹？"以前自己只对亲姐妹好，现在自己住院了，亲姐妹连电话都稀罕打，更别说来照顾自己。母亲来医院看了一眼，就以家里有事为由回去了，至今连人影都不见。患难见真情，两个姑子哪点比自己的同胞姐妹差呢，老公的姐姐也是自己的姐姐，今后再不能分得这么清楚了，出院后一定要好好对她们，一定得改变自己的人生观。

丽花在医院住了一个星期，富生只去陪了一夜，丽花丝毫不怪罪，看到他累得瘦了一圈，很是心疼。现在自己做不了重活，一切都得靠他，万一他累倒了，往后的日子该怎么过？他是家里的顶梁柱，以后一定要好好珍惜他，尽量不给他气受了。

丽花出院那天，富生在门口弄了一堆干的杉树枝，点燃后，让丽花跨过火堆，表示回来后红红火火，无病无灾，日日吃得走得。他还买了一挂鞭炮，箩般大。不知情的人听到鞭炮声，以为丽花早产了，知情者晓得丽花住院，但到底因何住院却一无所知。富生和丽花没心思和人说此事，让雷公吓成这样并不是光彩的事，说出来让人笑话。

那些天，富生和丽花一直忐忑不安，以为雷公那天发警告，是在给他们一个机会，要他们向善。

为了让母亲安心，富生不许两个姐姐相告实情，他觉得这也是一个尽孝的方法，一个赎罪的机会。秋香在电话中每次问及家里的情况、丽花的孕情，回答都说好，连超超都懂事多了，会帮着传湿烟叶了。秋香听了，很是高兴，家里平安就好。

丽花回家后，一天，超超又偷着打了个电话给奶奶，聊着聊着，不经意漏了嘴，说了住院之事。秋香就晓得富生报喜不报忧，随后把电话打到梅秀家问情况。梅秀只好如实相告，秋香听了，既喜又忧。喜的是，梅秀、梅兰能够尽心尽力去医院照顾丽花，让富生安心打理家里的事，想必是上好了富生和丽花的政治课，以后他们会改变人生观了，三姐妹之间从此相亲相爱，互相帮助，这是头等大好事。忧的是，丽花非常时期受到惊吓，不知对胎儿有无影响，病情会不会复发？还有，富生一人接送超超，一人摘烟、下烤上烤，累坏了怎么办？不行，我得回去看看！

秋香的突然回家，令富生和丽花既惊又喜。以前她回来都会提前打个电话，而且老戴总是公不离婆地一起过来，这回她单枪匹马，还带了一袋衣服回来。富生甚为不安，以为她被赶出来了，继而又想，赶回来了也好，以后我们还是一家人，我一定要好好孝敬她。

"你怎么还能让丽花去摘烟呢？这种季节天气变化很快，她淋湿了感冒了还不是你受罪？出了这么大的事也不告诉我，你还当我是婏哩吗？告诉了我，我就可以回来照顾她。这么快你就把我当外人了，问你，总是报喜不报忧，要不是超超告诉我，我到现在还蒙在鼓里呢！"

富生知道母亲的来由后，心里放心了许多，讷讷地解释："一点小事，我怕影响您的情绪，就没告诉您，何况又有两个阿姐照顾，所以不想让您担心。"

"这还是小事，那要什么样的才是大事呢？好不容易怀上了，你不小心点，还让她去山沟里摘烟，你呀你！"

当着丽花的面，秋香噼里啪啦数落了富生一阵，丽花听了心里很受用，原来婆婆这么在乎自己。

"妈，不要责备富生了，那天是我执意要去的，您放心，以后我会注意点。"

这是丽花叫得最亲热的一次"妈"，秋香听了很高兴，忙从大包里翻出一个红包递到她手里："老戴听说你住院了，就包了一个红包，要你买些补品，

239

本来他也要来的，我没答应。我想在这里住几天，帮忙把烟弄好。"

丽花连声道谢感激涕零地接过红包后，富生问："老戴叔不会不乐意吧？"

"不乐意又怎么样，他又不敢骂我，再说，他也不是那种小心眼的人。"

秋香回家帮忙，富生安乐了许多，丽花也不用洗衣服了。超超更高兴，天天都有东西吃，回到家还有点心，每晚都闹着和奶奶睡。一家人其乐融融，屋里充满欢声笑语。连着几天，秋香都大门不出，她怕见到大家，更怕见到荣贞，对荣贞，她还是愧在心里。

不到两个月，烟叶就都摘完了，烤完了。烟下了山①，大家又忙着做田唇田坎，拔烟头②。如果肥料足，又没死头的，烟杆有小孩的手棍③那么粗，难以拔除。一亩田大概有一千多头④，以前烟下了山，拔烟头就要好几天，然后做田唇田坎又要好几天，做完还得把烟田犁好，以便接着种水稻。

为了省钱，富生决定借牛犁田，用拖拉机打田，方便是方便，但一亩田要好几十块，他不想花这些钱，反正秧苗还不到时候，可以慢慢来。丽花要生孩子了，花钱的地方多着呢，光罚款就要近三万。虽然母亲答应了会帮助想办法，但自己也得准备些，多一个孩子就多一份负担，以后怕是麻将都打不起了。

进入二十一世纪后，种田确实前所未有地轻松。烟农们在烟叶快下山时，就用上了草甘膦、一把火或农达这些除草剂。烟叶摘完，草就枯了，连烟杆都不用拔，用拖拉机就可解决。照大家的话说，现在作田都会学懒了。田做好后，放满水，借着六月天的大太阳，把田里的水烤热。热得可以烫鸡的水，十天来工夫就可以把烟杆炸烂，到莳田时，重新用牛耙一遍就行。有牛的人家做好自家活后，把牛出借，一天的牛工可以换来两天的人工，划算。

富生为了省钱，也做这样的打算。

富生和丽花以前很少帮人，特别是丽花，向来自视清高，有种万事不求人的姿态，所以当富生没空让她去邻家借牛时，遭受到了冷落。人家不是说有人先问了，就是说自家还要用牛，有的还以牛太累了或有了身孕为借口，情愿

---

① 烟下了山：烟山没了就叫下了山。

② 拔烟头：拔烟杆。

③ 手棍：胳膊。

④ 头：棵。

不要她的人工交换。

丽花借不到牛，富生只好亲自出门。好话说尽，人家才勉强答应，但再三叮嘱要珍惜耕牛，千万不要让牛太辛苦，还要他煮糠喂牛。富生一一答应了。

借牛事件，再次让富生意识到自己平时做人太差，遭受了邻里乡亲的疏离。在进一步认识到错误后，他更是决心向善。于是，人家有难必帮，逢到女人挑重担，他也主动帮忙。这样虽累一点，心里却非常愉快。他平时难得听人家说多谢，如今在耳边响起，顿觉有如沐春风般的舒畅，原来，帮助人会带给自己这么大这么多的快乐！

富生想好了，等丽花生产后，带上全家人约上两个姐姐一起去广东看母亲。他们还是春节时去了一次，待了总共不过两个钟头，就说要回家种烟。烟农确实辛苦，如果种几亩烟，连大年初一都没空，从头年冬开始忙，到农历五六月才忙完烟事，紧接着又要把下季的水稻莳下去，一直到七月左右，才能轻松些。如果天不作美，数月不雨，任你日夜巡田管水也枉然，一切努力怕还要付之东流。要是天可怜见，十天半月下一次雨就好，可是，正如人们所戏言："你做人的子女都经常不听话，天怎么会听话？"

忙，忙，忙！一直忙，富生都忙怕了。长这么大，他从来就不曾有今年这样忙过。以前有母亲关照，累了可以等吃，现在一切都得自己，还得照顾一个大肚婆一个小家伙，能不累趴下？以前真是身在福中不知福！富生对着镜子，不禁吓了一大跳：瘦得像猴哥，胡子拉碴，蓬头垢面。这人不人鬼不鬼的是我吗？油然地，他又后悔起来，要是当年努力读书，怎会有今天的落魄？！唉，如果有来生，一定用功读书，跳出这个穷山沟，做不成人上人，至少也不会在最底层。

钱比命重要

七月节过完，富生从幼儿园接超超回来，刚停好摩托，超超就嚷内急，富生说："爸爸要收谷，你自己厕去。"

超超说好，就跑到屋旁拉，拉完大声叫唤家中那只母狗："大黄，大黄，快来吃屎。"

大黄刚生完一窝狗崽，富生他们忙，没时间顾它们，有时忘了给它一钵剩饭剩菜，此时正饿得两眼发绿，听到小主人呼唤，马上跑过去。一个小孩的屎能有多少，哪够一只下了崽的母狗吃饱？大黄把地上舔得比水冲了还干净，犹不尽兴，用舌头去舔超超的小屁股。超超一边躲闪，一边用小手拍打大黄的头，说："死大黄，我叫你舔我屁屁，我叫你舔我屁屁，我打死你！"

　　正忙着收谷的富生见状，说："超超，不能打大黄的头，当心它咬你。"

　　因为超超一向拉硬屎，丽花曾笑话儿子屙硬屎屁股都不用擦，可以省许多卫生纸。这次富生也不想放下手中的活计去为超超擦屁股，而丽花正给出生才三个月的女儿喂奶，坐在门口说："超超，屙完就把裤子拉上，别打大黄。"

　　超超中午在学校吃了冷粥冷菜，闹起了肚子，一个下午都拉了三四次，只是不曾告诉父母，大黄因此会去舔他的小屁股。按理，这个年头，狗也不一定吃屎了，只是富生养了狗却不重视，每餐都舍不得让它多吃，说："养狗是为了看家，又不是把它当宠物，我人都没骨头吃，又怎么给它吃骨头？"看到人家买这买那饲养狗，他说："对狗比对爷娭还亲，不值得。"缺乏油水的大黄又加上下了一窝仔，饥不择食，只能照旧吃屎，能不憋屈、恼火，有时看着主人连尾巴都懒得摇摆，见他们回家还会汪汪几声，气得富生骂："养了只瞎目狗，主人都不认识。"

　　富生一边扫谷一边叫超超不能打大黄，但超超的屁股让大黄舔得痒痒的，就和大黄闹着玩，小巴掌变成小拳头打在大黄的头上。饥肠辘辘又突然遭打，大黄发起癫来，汪汪两声，就咬上了超超的小手。超超惨叫一声，小手鲜血直流。正抱着婴儿走近超超的丽花慌得失去了理智，上前踢了大黄几下。大黄气急败坏，掉头朝丽花扑去。丽花不假思索地把女儿举上头顶，母性的本能使女儿平安无事，但她的双脚却落下了大黄的齿印。富生见状，气急败坏，操起挑谷的扁担直冲过来，大黄转身就跑，但富生用力投掷过去的扁担还是砸中了它的屁股，它狂吠一声，一溜烟没了影踪。

　　谷也不收了，富生赶紧载丽花和超超去镇医院打防疫针。医生责备富生没常识，小孩子拉屎时怎么能让狗去吃呢，看到小孩子拍打狗头怎么就不把他抱开？又责备丽花，儿子被狗咬了，你还不怕死，还敢抱着妹子去踢狗，难道你也是吃屎大的？医生们实在想不通，这种时代的人，怎么还这么蠢！

　　超超上半身被咬伤，需打血清；丽花受伤的是下半肢，可以打普通的疫苗。血清要一千多元，普通疫苗才二百多块，富生咬了咬牙，同意了医生的建议。超超本来就痛得快脱神了，一听还要打针，更是大哭，丽花听了也心疼地哭了。

医生说："打血清要去县医院，这里没有那种疫苗，你先帮他用肥皂擦洗伤口，不要超过二十四小时。"

一听还要去县医院，富生又懊恼了，来镇医院都讨厌，还要去县医院。看到医院挂号处、收费处人头攒动，他就头晕，看个病还要排长队，真是花了钱买罪受。但为了儿子，他只能谨遵医嘱。

如此这般回到家里，富生发现大黄又回来了，正在柴火间喂狗崽。想到自家养的狗却咬主人，平白无故就让自己破了大财，富生一气之下，出门又拿起那根扁担，对准狗头猛地砸下。"死大黄，发瘟狗，瞎目狗，连主人都敢咬，今朝日子我就收拾你，卖了你的肉贴轻一些，死大……""黄"字还在喉咙里，额头、手背已一阵疼痛，富生只觉大黄闪了一下，自己就被咬了，等反应过来，哪里还见它的踪影。

看到富生头破血流，超超大哭，丽花也泪流不止，大声责备："你这个笨猪，怎么还不招思①，它都发癫了，你还要招惹它，这不是引火烧身吗，还不快去镇医院打狂犬疫苗！"

"打什么疫苗，自家养的狗不是癫狗②，是因为下了狗崽，不怕不怕，用肥皂洗洗就可以了。以前被狗咬，有哪个去打针，还不是用猪汁③擦几下，你和超超没事就好。"富生说完，就用肥皂洗起伤口来。

"你不去医院，也要去荣贞公公那里，问问他还有什么简单的办法。"丽花央求道，富生真要有事，她的日子还怎么过？

"我说不要就不要，你这么啰唆做什么？我肚子饿了，我去煮菜，你和超超就在客厅里看电视，煮好我端过来。"

富生忍痛把饭菜煮好，端到客厅，"超超，吃吧"，心痛得像刀绞一样。

"爸爸，我痛！"超超泪流满面，泣不成声。

富生真想一头撞死，千怪万怪都怪自己大意，千错万错都错在自己身上，再忙也要放下手中的事，把超超带到卫生间去，再省，也不能省那几张卫生纸，如果及时给超超擦净屁股，今天就不会发生悲剧，一家四口三人受害。

---

① 还不招思：还不长记性。

② 癫狗：疯狗。

③ 猪汁：猪食。

富生不听丽花劝，是怕见荣贞，见了面肯定得说出实情，准会被他大骂一顿，传出去岂不让大家笑话？一个高中生连这点常识都没有，狗咬了人，还敢去打狗，下崽狗嫲向来是口不留情的，他觉得自己实在是笨到了家。

连着几天，大黄一大早逃之夭夭，夜晚则潜回柴火间的门口，呜呜呜地和它的子女们对话。富生听到了，又恨又气，很想起来把它打死，以解心头之恨。但几次都被丽花死命拖住。

富生发现两处伤口伤得并不深，只是少了一块皮，手上不过是留下几个牙印。他甚至想，大黄没下狠口，多少还是看在他是主人的面子上。他的脑海中闪现着大黄喂狗崽时那幸福的一幕，也闪现着他的扁担落下时大黄那哀怨和愤怒的凶光。他明显地意识到，大黄仇视的目光中满是怨愤，"我辛辛苦苦为你看家，鞍前马后为你效劳，为你壮胆，你却这样对待我，连肚子都不让我填饱，在我怀崽时，从不为我添料，竟还要收拾我。你不仁别怪我不义，你们人类不是有句话叫'狗急了还会跳墙'吗，现在我就急了！"他轻轻叹了一口气，心里说，大黄大黄，只要我没事，今后一定好好待你。

一天夜里，丽花半夜做了个噩梦，梦见富生变成了一只狗，也在吃超超的大便，不由得惊叫起来。富生听到后，马上拧亮电灯，关切地问："丽花，丽花，你怎么了，哪里不舒服？"丽花吓得说不出话来，想起梦中的情形，心里发着抖，她抬起头来看了富生一眼，只那么片刻的对视，感到富生关切的目光透露着绿光，好像在哪里看过，她低下头，不敢再正视。

次日早饭后，富生下地干活去了，丽花背着女儿，前往荣贞诊室，趁着没人，把事情的经过一五一十地倒了出来。荣贞听后非常震惊，现在的狗还能和以前的狗比吗，人家让猫让老鼠抓破点皮都要去打疫苗，他让狗咬了两处而且还是上身，却一点都不着急，真是吃屎大的，钱是人赚的，他怎么就那样糊涂，怎么就不重视生命呢？

"真是爱钱不爱命，冇钱不会来我这里拿吗？你也是，早做什么不来告诉我，他不去，绑都要绑他去，时过境迁了才来告诉我，怕是错过最佳时机了。"

"我叫他去打针，也叫他来您这里，可他就是不听，总说，带子狗嫲又不是癫狗，绝对没问题。我拗不过他，在他用肥皂洗过后，又特意煮了猪汁为他擦洗了几次。"

"我说你们年轻人，真是太不把命当回事了，现在还有什么办法？我给他开点药，你看他有什么反常的举动吗？"

"这倒没有，就是做了那个怪梦，让我担心，其他一切正常。"

但愿一切正常，荣贞在心里默默祈祷，如果富生出事，那秋香还怎么快乐？

"你最好说服他马上去医院检查。"

"荣贞公公，富生固执起来，十头水牛都拉不动，他不会去的，我嘴皮磨破了他也不去。"

"抽个空我劝他。"荣贞说。

丽花回家后，开始注意富生的一举一动，心里一直跟猫挠似的。她故意和他说七说八，看看他的反应，还直接问他有什么地方不对劲，但不敢把梦中情形告诉他，怕影响他的情绪。

富生再三强调："我早说了，自家养的狗，因为下了崽，不是发癫，不会有事的，你看现在我不是一切正常吗，不还是吃得走得做得吗？不过……"富生突然停住。

"不过什么，你哪里不正常？"丽花紧张得要命，现在富生别说痛，就是身上有点痒，她都不安心。

"就是没兴趣和你做'生意'了。"富生说完，一脸的坏笑。

丽花松了一口气："酸夹鬼①，天子一光做水做到暗，哪还有精神②做'生意'，你不怕累我还担心你呢。"

丽花羞红着脸，捶了他一下，乡下人干农活累，夫妻之事也不说数量质量，只顾做，不懂保养和调养，就是几个月不来一次，也不会在意，以为都是劳累所致。富生这段时间机器人般忙个不停，有时连小小女儿的尿片屎片都捡去洗，丽花怎么阻拦他都不听。一大早就起来做饭，丽花让他多休息，他说你有奶，宝贝哭了马上可以解决，还是我早点起早做饭，送超超上学。

丽花也只好由着他，小家伙闻不到奶味，很快就会醒，她已经会认人了，一直不要富生抱。富生看她老哭，不但心烦，也心痛，他情愿做其他的事，也不愿带她。一把屎一把尿的，你不要我抱，我还不抱你呢，他用手轻轻地刮了一下小家伙的鼻子说。

通过住院和借牛事件，丽花清楚地意识到亲情的重要和自身的缺点。她

---

① 酸夹鬼：下流鬼。

② 精神：精力。

一次次向梅秀、梅兰检讨过往的种种不是，梅秀、梅兰则安慰了一遍又一遍。良心的发现，加上富生的引导，丽花确实改变了许多，说话委婉动听了，见了人会主动招呼了，也会出力帮人了。这个难得的改变，令许多人惊讶，这原是最不懂世情道理、最难以相处的人啊！鼠目寸光，鸡肠小肚，见利忘义，自私自利，自命清高，这样的词用在她身上最恰当不过，连她现在都觉得一点都不过分。

佛说："人为善，福虽未至，祸已远离；人为恶，祸虽未至，福已远离。"欺心折尽平生福，行恶招来一世贫，丽花虽未行恶，却也从未施善，如今遭遇不测，也许就是天意。一日得空，她主动提出约上富生的两个姐姐一家来聚，把老公鸡杀了蒸汤，还说："人多吃得完，不然瘟病一来又可惜了。"富生当然高兴，马上打电话给两个姐姐，约好时间，让外甥们也喝上一碗老公鸡汤。丽花还忙里偷闲浸了糯米，买来几斤黄糖，准备炸几锅粄子。

到了星期天，梅秀、梅兰两家人如期而至。掺了芝麻和花生的粄子非常可口，大家吃了一个还想着下一个。丽花笑容可掬地说："好吃就多吃几个，我煎好了夏枯草和金银花茶，等下大家都喝上一杯，就不会上火了。"

丽花真心相约，气氛相当融洽。梅秀和梅兰并不在乎那几碗鸡公汤，而是在乎这种气氛。丽花的变化她们看在眼里，喜在心头。回到家后，她们相继把所见所闻告诉了秋香，秋香喜上眉梢，被大黄扰乱的心情也爽朗了起来。这段时间，因为那只瞎目狗，她心里一直不安，虽然并不知富生随后发生的意外，但接二连三的不幸已让她吃不香睡不好，有了"身在曹营心在汉"的感觉。

几天后，富生全身发热、乏力、头痛、恶心、呕吐，还伴有恐惧不安的现象，怕光，怕吵，大风吹过也极度敏感，紧接着喉咙发紧，伤口周围发痒，麻木和持续疼痛，手脚均有蚁走感，伤口局部时有出现轻度抽搐。丽花发现情况不妙，立马打电话给梅秀、梅兰，姐妹俩一听，马上和老公赶过来。

梅秀见富生神情有异，以为着了邪，说叫上神婆来查查。丽花嗫嚅不安地说："会不会是发作了？"

"什么发作了？他又没有精神病。"

丽花这才告知实情。梅秀一听，马上破口大骂："你是怎么做人家老婆的，怎么不早告诉我们？那天我问富生额头怎么有个疤，他说是不小心碰的，你也不说实话让狗咬了，怎么可以不去打针，怎么可以轻视生命，是钱重要还是命重要？一千多块钱算什么？钱是人赚的呀！富生，富生，现在我们就去医院！"

富生的表情极度痛苦，狂躁不安，但神态还算清醒，说我没病，只是不舒服，休息几天就好。

梅秀她们就去找荣贞，荣贞一听，惊呆了，大骂丽花，你把富生害死了，为了省那点钱，你宁愿担这样的风险，真是吃屎大的！那天你跟我说都太迟了，我过后也因事情多忘记劝他去医院接受治疗，你也不提个醒。

"荣贞公公，我老弟的病还有治吗？"梅秀声音哽咽，泪流满面。这个老医生，癌症都会治，狂犬病会治该有多好啊，只要能治好富生，下辈子做牛做马、结草衔环我也要报恩，这辈子哪怕让我减寿十年也心甘情愿。

"我要有这个能力和水平就好了，可是，我不是神医，你们把他送到医院去吧。"荣贞痛心至极，真是孤老嬷①死子哩，该衰！他从心底里发一声浩叹，心情沉重地走进药房。

丽花呆立片刻，忽地捶胸顿足，呼天抢地："富生要是就这样没了，往后的日子我还怎么过？天哪，怎么可以这样对我，以前我不懂事，可我并没有作恶，再说我现在决心向善了呀，不该这样处罚我啊！天啊，你可怜可怜我和子女，救救富生吧，从今天开始，我保证做一个好人！"边哭边走到药房门口，咕咚一声双膝跪下，再次求荣贞救命。梅秀和梅兰见状，也跟着跪下，哭声震天。

荣贞不愿看到秋香的子女这般无助，她虽然有负于他，但他心里一直还有一个位置属于她。想到秋香，荣贞一个激灵，要是秋香晓得富生得了狂犬病无法医治，一定会痛不欲生，哭昏在地，他仿佛已经看到秋香在他眼前呼天抢地了。

"快把富生送医院！"荣贞一一把她们搀扶起，接着从抽屉里取出一叠钱，对丽花说："你们尽量与他隔离，你需要钱，这是我的一点心意，收下吧。"

丽花连忙推辞："公公，我不能收，老人敬细子②怎么好意思？"泪水在眼眶中打滚，然后一串接一串掉落，因伤心过度，人跟着瘫痪了下去。

梅秀的丈夫见丽花的痛苦无法言喻，嘱梅秀劝解丽花并和梅兰一起照顾好两个孩子，他先回去，和梅兰老公先负责送富生上县医院。

---

① 孤老嬷：寡妇。
② 老人敬细子：老人爱护年轻人。

梅秀老公骑摩托走后，荣贞问眼前的女人："你们把事情告诉你妈了吗？"

"没有，我们都不敢告诉她，想等富生去医院诊断后再做打算。我妈晓得了，一定会受不了的，一定会骂死我们的，是我们没有照顾好老弟，呜……呜……老弟，你不能有事啊，一定要挺过这一关。"梅秀说着说着，又忍不住大哭起来，哭声中包含着对上天的抗议。

"荣贞公公，您说富生……"丽花哽咽着，说不下去了。

"富生的状况应该属于前驱期至兴奋期。"无论如何，都必须给这些无知者上堂课，荣贞顿时严肃起来，"按临床表现，狂犬病的潜伏期是十天至一年，大多数为二十天至九十天，长者可达十九年。典型狂犬病的临床表现又分为三期：前驱期，兴奋期，瘫痪期，前驱期持续二至四天，兴奋期一至三天，瘫痪期六至十八个钟头。按富生现在的情况看，是前驱期进入兴奋期，天光日子可能就会完全进入兴奋期，较突出的表现是恐慌、不安，怕水怕声音又怕风，如果发作，就会咽肌痉挛，呼吸困难，多汗，流口水，体温升高，还可能发高烧。"

"为什么会这样？"梅秀擦了又擦眼泪，强抑内心的痛苦。

"怕水为这种病情所特有，当患者见水、听流水声、喝水或仅提及饮水，都有可能引起咽喉肌群痉挛，对水表现出极大的恐惧。轻微的风响、声音刺激，亦可引起吞咽肌群和呼吸肌群痉挛，随着病情的进展，全身肌肉出现痉挛性抽搐。因为植物神经功能亢进，会引起大汗、流口水、瞳孔扩大，对光反射迟钝等等现象。"

"那，那还有救吗？"丽花泪水都快流干了，她想不通这种事为什么会发生在自己身边。

荣贞想了想，说："这个我不好早下结论，这要看富生的造化，我只提醒你们，以后万一不小心让狗呀猫呀咬伤或抓破，最好不要去省那点钱，命是自己的，也只有一次，有命还愁赚不了钱吗？就算当时身上没有，一千八百在今天也不难借吧，怎么能不打疫苗呢？"

梅秀心里也在责怪丽花，但事已至此，责怪又有什么用？她急欲了解的是荣贞刚才所说第三期是什么样子，她以为瘫痪期就是瘫痪，不是死亡，只要还有一口气，机会就有，说不定过上几年，医学又更上一层楼，富生就能重获生机。

"瘫痪期就是痉挛停止，逐渐由兴奋转为安静，出现肌肉瘫痪，以肢体软瘫为多见，感觉减弱，反射消失，呼吸不规则，瞳孔扩大，慢慢地就因呼吸或循环衰竭而死亡。"

梅秀和丽花一听，泪水又双双对对往下掉，地板上已经湿了一大片，她们的双眼烂桃一般红肿起来。

"哭也没用，你们还是保重身体要紧，回去吧……"

丽花忍不住又问："现在医学不是很发达吗？荣贞公公您名声大，人缘好，在县医院有熟人吗？"

荣贞明白过来，当场表示给县医院院长打个电话，请他关心关心。县医院院长是荣贞战友的儿子，对荣贞一向敬重，从电话中得知富生的情况后，道："让家属做好思想准备，这种情况，华佗再世怕也无能为力，省钱把命省掉了，真没意思。"

荣贞的心情也很沉重，他多么希望奇迹出现，多么希望医生有回天之术，不让悲剧发生。

怎一个"痛"字了得

丽花回家后，急急打了几个电话，梅秀老公那头说，富生已被隔离，医生还在会诊，暂时不知实情。

第二天，梅秀老公打来电话，告知富生现在的表情极其痛苦，狂躁不安，精神失常，病情迅速进展，已完全进入兴奋期。梅秀说："这些情况，荣贞叔已告诉了我们，他说兴奋期一般要持续一至三天，然后转变为瘫痪期。县医院都这样诊断了，我认为还是让妈晓得吧，迟早都要让她晓得，让她再见富生一面也好，如果进入瘫痪期就来不及了。"

放下电话，梅秀又和梅兰、丽花商量，她们也都认为要让秋香知道。梅兰还说："要想办法先让老戴叔和姨姨晓得，让他们想办法给妈吃补品，不然我担心她受不了。"

"好，你先跟姨商量吧。"梅秀说完，又泣不成声。

晚饭后，梅兰拨通了秋兰的电话。一看号码，秋兰以为是富生打的，就喊："富生，富生。"

梅兰一听，捂住嘴，任凭泪水叭嗒叭嗒往下掉。

"富生，是你吗？怎么了，打了电话又不说话，是不是又……"

秋兰想问，是不是又和丽花闹脾气了，但她马上意识到，不可能，因为富生和丽花闹了再大的脾气也从未对她这个当姨姨的说过，再说，前天还听秋香说丽花主动邀请梅秀、梅兰聚餐，夸赞丽花变了一个人，那怎么还闹什么脾气呢？要闹也不值得富生告状。

仔细一听，是梅兰在压抑着哭，秋兰慌了，忙问："梅兰，是你吗？为什么哭，难道……难道你老公把你赶到了外家？"她知道，梅兰老公好赌，一输就发狂，梅兰要是说几句，他就拳脚相加，有时还叫她滚蛋，秋兰真以为梅兰在牌桌上多嘴，让老公扫地出门了。

"不，不是。姨，最近他很少赌了，也不会打骂我了。"梅兰实话实说，接着流着眼泪把富生的事和盘托出。

秋兰半晌说不出话来，握着话筒愣在那里。她老公阿贵一看她好像让人点了穴，就走上前用手推了推她，又摸了摸她的额头。怎么回事，接了什么怪电话，他拿过电话筒对着那边喊："喂，你是谁？"

"姨丈，我是梅兰，呜……呜……富生出事了，呜。"

"富生出事了，出什么事了？你莫哭，慢慢告诉我。"

听完梅兰的哭诉，阿贵顿时也惊呆了，瞪大眼睛看着身旁的秋兰垂泪，难以置信。呆愣了好一会，他放下电话，赶紧把秋兰扶到沙发上坐好："阿兰，光难过不行，得想个办法让阿姐和老戴叔晓得，阿姐晓得了不知会怎么样，唉！"阿贵一时也六神无主。

"呜……呜……阿姐真是命苦，姐丈早死，不过几年，富生又丢了命，叫我怎么开口告诉她？"听到这个坏消息，秋兰都如掉进了万丈深渊，更何况秋香？

"不管有多伤心，也得想办法告诉她，不然到时见不了富生一面，阿姐会责怪我们的，迟早都要让她晓得，又不可能瞒她一世。"

"怎么开口，怎么开口，还有什么好办法？"

阿贵搓了搓手，说："我们先和老戴叔通气，暂时不要让阿姐晓得，一定要先稳住她，让她先巩固一下身体，不然到时她一闹①，身体一垮就糟了。"

"那，你打电话给老戴叔吧，我，我不知怎么说。"

---

① 闹：伤心。

阿贵点点头，整理一下头绪后，拨通了电话，接电话的刚好是老戴。

"老戴叔，在看电视啊，阿姐呢？"因为听到了电视声音，阿贵才这么说。他一直以来叫惯了老戴叔，改不了口。老戴说，叫什么都一样，心里有他这个姐丈，有酒喝叫上他就行。

"正在看《健康快车》呢，你阿姐洗澡了，有什么事吗？"

"你听好了，富生出事了，可能冇指望了，我也是刚刚晓得，阿兰一直在哭呢。你一定要想办法让阿姐先巩固身体，不然她会受不了的。"阿贵压低声音说。

"富生出事了？出什么事了，什么时候的事，怎么会这样？"

阿贵简要通报了情况，并转述了梅秀、梅兰的建议，他生怕秋香洗完澡出来听到他们的谈话内容，急急收尾，把如何转述和劝说的任务撂给了老戴，让他去伤脑筋。

老戴怔怔的，以为是在梦中，握着话筒的手微微颤抖，心绪却急剧起伏。就在前天晚上，秋香还说左眼皮跳得厉害，心里一直默念好事来坏事走，却不管用，用对联上的红纸贴左眼皮也无效，心口还有点痛。当时他还劝慰："做噩梦做好梦都是正常现象，不要提心吊胆，做了捡钱发财的好梦，不也是一场空吗？做了死了人的梦，不也不见死人？"又说，"日有所思，夜有所梦，白天你多想好事情，晚上你就会做好梦。"没想到，秋香的梦却是个预兆，真是母子同心啊！

正呆愣着，"吱呀"的开门声和脚步声惊醒了他，他赶紧放好话筒。

"谁的电话？"秋香刚进浴室时，就听到了电话铃声，以为是秋兰打来的，她还在浴室里等候了一下，见老戴没叫她，就以为是别人或是老戴子女们的电话。

"是……是阿文打来的，他说同学的赖子得恶病死了，同学两公婆都哭干了眼泪。"老戴虽然年纪大了，但反应还不错，编起谎话好比飞行员的降落伞随机应变。

"真可怜，才几岁呀？"秋香深表同情。

"十多岁。"老戴随便说个数字，以为秋香都会相信。

"十几岁？不会吧，阿文的赖子都二十多了，他同学的赖子怎么才十几岁？"没料，刚从浴室出来的人还会想到这一点。

"哦，原先他同学讨了一个老婆，七八年都没生育，就离了婚再讨，所以就迟了。"老戴庆幸自己还未得老年痴呆，说什么都有人信。

"原来这样。"秋香微微叹了一口气。

"他们也真是命苦，唉，上天为什么就这样作弄人？如果可以和阎罗王订合同，每个人到了生活不能自理时走，才好。"

秋香说："想想伤心是伤心，但走都走了，伤心又有什么用，自己就是一头撞死也留不住他了。事情到了这地步，想不开又能怎样，总要把日子过下去吧。"秋香想，自己年纪轻轻失去了老公，背井离乡嫁到外省，没想到还有人和她一样苦命，唉，天下人多，什么样的遭遇在漫漫人生路上都有可能碰上。

"阿香，我觉得有点困，手脚都有点软，你去把冰箱里那条参给蒸了，我们一起喝好不好？"老戴说完，还故意挥挥手踢踢腿，做了做运动，平时他手脚不太舒服了，都是这样，有时秋香还帮他按摩。

秋香应一声，一边把高丽参放到锅里蒸软，一边想，这老戴，以前还总说喝参汤要在早饭时才容易吸收呢。老戴坐在沙发上思来想去，事情已到无可挽回的地步，蒙得了一时蒙不了一世，躲过了初一也无十五可躲，富生剩下的时间不多了，必须尽快让他们母子见上一面，现在让她先喝上一碗参汤，明早让阿旺给她挂几瓶葡萄糖，不然她真会受不了这么大的打击。唉，才过一年多的好日子，这回她又要肝肠寸断了。

趁秋香还在厨房，老戴赶紧挂了个电话给当医生的朋友阿旺。

"好好的干吗要打葡萄糖，你想养雄些好欺负我阿嫂啊？"阿旺开玩笑说，他为老戴能找到这么后生又这么漂亮的老来伴而高兴，秋香不在跟前时，他笑话老戴说，天天和年轻靓板的女人睡一床会不会闪了腰。

"不是我挂，是阿香要挂，只要挂了葡萄糖，她拖地板都有精神。"老戴不敢在电话中说实情，怕不小心让秋香听到。

秋香蒸好参后，端到老戴面前让他喝。老戴却想起了什么似的："差点忘了，我有些感冒，不能喝参汤，你喝吧，改天再蒸给我喝。"说完还故意咳了几声。

"叫我蒸了又不喝，我好好的喝什么参汤？"

"刚才没想到喉咙痒痒的，本来也想喝，但有点感冒，喝了得入唔得出①，还是你喝吧。"

---

① 得入唔得出：无效、适得其反之意。

的确，人有点问题时，吃好的不见效，吃坏的却立竿见影。秋香见他言之有理，便不再说什么，自个儿喝下。

这晚，秋香呼呼入睡，老戴却辗转反侧，愁眉不展，一夜感觉过了半个世纪。

次日吃过早饭，老戴抱怨昨夜没睡好，可能是血压又高了，想去阿旺那里量一量。秋香说，我陪你去，顺便也量一量。老戴等的就是这句话，趁秋香洗餐具时，马上打了个电话给阿旺，叮嘱他等下随便找个理由给秋香挂几瓶葡萄糖，让她有精神。阿旺听了，又调笑了老戴几句。老戴捂着嘴压低声音说："你不要鬼笑，因为阿香老家出了事，我怕她听到会受不了，所以让她先巩固身体，以后再和你详说，你看着办啊。"

"怎么了，跟哪个靓女打电话啊，鬼鬼祟祟的。"昨晚开始，秋香就感到老戴有点反常，以为是听到阿文同学的事，心里难过呢，他心里一有事就睡不踏实。

"有了你，我还能稀罕给什么靓女打电话，我是怕阿旺不在，提前给他打个电话，这家伙又在笑话我吃嫩草，他一直在妒忌我，说我福气靓。"

秋香听了心里甜甜的，乐不可支，灿烂的笑容使她红润的脸蛋平添几分妩媚。她当然信了，收拾好一切，和老戴悠哉悠哉地出门，沿街认识的，都和他们热情打招呼，言语和眼里莫不流露着羡慕他们的神情。

参汤喝了，点滴也挂了，也蒙了秋香一天了，这下得破题道实情了，可老戴几次想出口，嘴巴一张又忍了下去。实在不忍心看到她悲痛欲绝的样子，也不想去想象。

"阿香，我……"老戴终于鼓起了勇气，表情古怪，忐忑不安的样子像第一次向她求欢。

"吞吞吐吐的，是不是有什么不可告人的目的？"秋香开起了玩笑。

"要真是这样就好了，阿香，来，你坐，我跟你说件事。"老戴牵着她坐在自己身边，万一她听到消息后惊慌失措，心急如焚，难以把持，他就可以马上拥她入怀，用他的爱为她疗伤。尽管他清楚，这次的伤，不是一日一月可以愈合，这是一辈子都无法治好的伤痛，但他还是会竭尽全力。

"什么事啊，这么庄重，不会是你得了什么病，怕我担心吧？"看到老戴神思恍惚，欲言又止，秋香断定他必有心事，而且很重，重到他这个一向干脆的人都难以启齿。

"算了，还是等阿兰和阿贵来了再说吧。"老戴深感任务艰巨，难以完成，如果话一出口，秋香就发疯，靠自己一个人的力量根本无济于事，所以他刚才就打了电话给秋兰，叫他们快过来，以防秋香发生意外。

"到底什么事啊，快告诉我，你不怕急死我吗？"秋香已经意识到事情的严重性，连秋兰和阿贵都晓得了，还蒙着她，肯定不会是好事，但会是什么事呢？秋香的心里开始不安起来，甚至有点痛，看老戴的神情，这事与自己大有关系，不然老戴不会兴师动众。

就在秋香胡思乱想的当口，秋兰和阿贵来了，秋兰一声"阿姐"出口，就泣不成声，泪如泉涌。

"秋兰，秋兰，你怎么了，出什么事了？快告诉我，我都急死了！"秋香急于知道真相，连安慰话也不说一句，就摇晃着秋兰的身体，急急追问。

"阿姐，你一定要坚强，不能拼生拼死，不然我们不告诉你。"阿贵说的这些话，连他自己都感到一点说服力都没有。

"好，好，我保证，还有什么比你姐丈的死更让我痛苦的？我也是经过生活考验的人了，你们有事快说。"秋香催促。

阿贵咬了咬牙，终于开口说："富生出事了！"

"富生出事了？出什么事了？"秋香一听，身体失去平衡，摇晃了几下，老戴忙把她扶住。

"前段时间，富生被家里养的狗嫌咬伤了，为了省下一千多块，没去打狂犬疫苗，用土办法处理，结果发作了，现已送到武平县医院，昨夜梅兰才打电话告诉我们的。"

秋香瞪大眼睛，呆呆地看了看他们。他们被她看得发毛，她痛不欲生的样子，让他们也心如刀绞，一脸的愁云惨雾。

三个人就这样看着如痴如呆的秋香，谁也不敢出声劝慰，连秋兰都停止了哭泣。大约过了一刻钟，秋香如梦初醒，挣扎着起身，大喊着富生的名字发疯似的冲出房门。阿贵赶紧撒开双腿追赶，秋兰和老戴也跟在后面追。

阿贵很快就追上了秋香，用尽全身力气拽住她："阿姐，你不能这样，你这样会让我们一个个担心死，你跟我回去，睡上一觉，等天光了，我们一起去看富生。"

"不，我现在就要去看富生！"秋香想挣开阿贵，但怎么也挣脱不开。

"阿姐，现在怎么去，又没车子，难道走路去？"

"阿香，等天光了，我们一起去好不好？现在去也没用，富生也要休息，让他休息好了，他才有精神和你说话，你放心，到了医院，富生会没事的。"老戴追上秋香，柔声地劝道。

"阿姐，老戴叔说得对，现在是休息时间，我们去了医生也不会让我们去吵富生，不如再等几个钟头，让富生休息好，才是最关键的。"秋兰强忍泪水，口口声声说富生，目的就是让秋香也认为富生需要静养。

三人费尽九牛二虎之力，总算把秋香劝回了家，但她一直哭，怎么劝都不行，大家只好陪着她流泪。到十一点多，秋香泪都流干了，也心力交瘁，才安静下来。秋兰和阿贵告辞回家后，老戴又安慰了一阵，把她扶上楼，要她好好地睡一觉，但她还能好好的吗？

好不容易闭上了眼，却做了个噩梦：富生在自家的一丘水田里打滚，嘴里发出狗一样的声音，翻滚的姿势也完全像狗。她想看清楚一些，就往前走了几步，可被富生发现了，他的双眼闪着绿光，马上爬起来，撒开四腿向她扑来。她吓得魂飞魄散，惊慌失措地跑了起来，心里还在不断地想，我的富生怎么变成了狗，怎么连妈妈都不认识了，他追上我，会不会咬我，咬了我后，我会不会也变成狗，会不会死翘翘？她还梦见田里所有干活的村民们都操着木棍大声呼喊：癫狗要咬秋香了，快打死它，快打死它！秋香大喊：不能打，不能打呀，他是我儿子富生！喊完就醒了，坐在床上怔了片刻，又一阵梨花带雨，老戴又是一番劝说。

次日，吃过早饭，一行四人租了辆车，直奔武平县医院。在医院和梅秀等人会合时，医生刚查完房，同意他们去见富生。

富生还处于兴奋期末期，不停地流汗、流涎，狂躁不安，在隔离室里从这头爬到那头，嘴里不时发出狗一样的呜呜声。秋香见状，心痛加剧，脚下一软，昏倒在地。梅秀老公赶紧去找医生，大家又是手忙脚乱了一阵子。

身心俱疲的秋香，在药物的作用下一直睡到临近中午才睁开眼，发现那么多关注的目光，看到自己正在挂点滴，就清醒了过来，马上爬起，要拔掉点滴，被梅秀和老戴按住了。

"妈，你不能这样，您都快脱神了。"

"我要去看富生，你们快带我去！"

"阿香，富生刚睡，医生说不能打扰，不然病会更难治，他现在最需要安静。"

老戴这样一说，秋香也信了，"那什么时候才能去看他，他什么时候才会醒来？"秋香现在的问话像个小孩子。

护士说："你就安心地等吧，也许等你点滴打完了，他也就醒了。"

秋香就不说话，也不再去拔点滴针头了，只是不停地看点滴瓶，还要护士按快一点。

老戴细声细语地说："阿香，不能再快了，再快你会受不了的。"

"我受得了，我受得了，只要让我快点见到富生，我什么都受得了。我要去看富生，呜……富生，你怎么就那么傻，你怎么就不看重命呢，怎么可以省那点钱呢？呜……呜，我的命怎么就那么苦，上天为什么要一次次地跟我过不去呢？"秋香说着说着，泪水又像断了线的珍珠，簌簌往下掉。老戴心疼地用纸巾为她擦拭。

到了下午，医生才过来说："现在可以去看了，不过，不能哭闹，否则影响病人情绪，加重病情。"这些话是刚才老戴抽空出去找医生请他这么说的，他担心秋香看到唯一的儿子这种状况，恨不得去替他受罪，现在大家还瞒着实情，目的就是让她存有一线希望，只要还有希望，她都会为了这个希望努力克制自己，希望一旦破灭，她有可能不顾一切地撞墙。

再次看到儿子，秋香的心更痛一百倍。富生坐在隔离室的角落里，目光无神，呜声无力，像只垂死的狗。面对此情此状，秋香的脑海里突然浮现出三古头当年砸死家中母狗的情景，当时她心里莫名地痛了一下，看一眼就转身走开，不忍心看到自己养了七八年的狗就这样死在主人的棍棒下。她叫三古头把狗卖给别人，但三古头说，卖给别人就一块肉都吃不到。看到母狗死在眼前，秋香很伤心，如果它不咬人，她是不会同意三古头弄死的。现在看到自己的儿子也像极了那只狗，只是看不到血腥，看不到挣扎，出奇地安静。

"富生，富生，我是妈妈，你还认得我吗？富生，你看看我呀。"秋香见富生久久无动于衷，就用近乎哀求的声调跟他说话，喊了一声又一声，一声更比一声大，声声悲，句句凄，可他就是没做任何反应。秋香喊得声嘶力竭了，听到的依旧是他那失去规则的呼吸和无力的呜呜声。

"怎么会这样，富生怎么会连我都不认了？我们每个星期都通电话的呀，他怎么会听不出我的声音呢？"

"可能是刚刚睡醒的原因吧，他还没有完全清醒过来，就不要再打扰他了，我们走吧。"老戴看到富生这个模样，也很是心疼，不忍再看，也不忍心让秋香无休止地哭喊。

"老戴叔说得对，富生需要静养，让他休息吧。"阿贵帮着劝秋香。看到富生的样子，别说亲人，就是外人也会难受的，母子连心，秋香怎一个痛字了得！

老戴把秋香搀扶出门后，梅秀又看一眼蜷缩在隔离室角落的富生，神情悲戚地对秋兰和阿贵说："医生说，没必要再治了，现在已完全进入瘫痪期，最多不会超过天光下昼①。妈在这里，只会受到更大的刺激，暂时还不要告诉她实情，不然她真会受不了，呜……我们真是命苦，呜，该怎么办呀？"梅秀伤心得说不下去了。

"能蒙一时是一时，到了万不得已时再让她晓得，最好的办法是把她劝回家，到了家里看到孙子孙女，或许还有一点点安慰，在这里睡又睡不好，一听到富生冇掌了，她绝对要崩溃。"

"姨，您的话妈还是会听的，您就和老戴叔把妈劝回去吧。姨丈也回去，这里不用那么多人。"梅秀含泪说。

阿贵说："让阿兰和老戴叔陪阿姐回去，我还是留下来陪你们吧，你们也够辛苦的。"

秋香一听要她先回去，死活不肯，说她要时常去看富生，哪怕是他不认得她，她也要去呼唤他，直到他会回答她为止。

"阿姐，你这样反而会影响他，对他不利。不用怕，在医院里，医生会时常观察，梅秀他们又都在这里，不会丢下富生不管的，阿贵也留在这里照顾。你要是不回去，老戴叔又会陪着你难过，他这么大的年纪了，一夜睡不好，身体也会吃不消的。你不想着自己，也要顾及老戴叔的身体。回去吧，这么多人守在这里，也不是办法。"秋兰说完，扭转头擦了几下眼泪，别说秋香，她都临近崩溃了。

这么听罢，秋香就不再坚持了。的确，老戴自昨夜开始一直陪着流泪，他比自己先知晓内情，已经两夜没睡好了，再这样下去，自己不垮，他都会先垮，何况他比自己大了二十多岁。看秋香不再坚持，秋兰就叫梅秀的老公去租一辆车子，自己和老戴一边一个胳膊把她扶上了车。

车子发动了，秋香又探出头来，看着女儿她们说："你们要看好老弟，一

_____
① 天光下昼：明天下午。

有什么情况马上找医生。"

"好的，妈，您就回家去吧，这里有这么多人，不用担心。"梅秀这么安慰，却晓得儿子这样，做母亲的能不担心吗，除非这个母亲脑子坏了，或者是真如大家所说进水了。

一份香仪让大家心中有数

秋香昏沉沉下了车，那个熟悉的家来了不少人，邻里乡亲和丽花的父母都在，看到他们回来，马上停下议论，搬凳，倒茶，关切地问候。

丽花在得知富生已没有治疗意义后，恨不得一头撞死，她心中的那个悔啊，世上根本找不到词语来形容。她一直哭闹着，用拳头捶打着自己的前胸和头部，她恨自己，恨自己也太看重钱，没有坚持叫富生去打狂犬疫苗，以至酿成大祸，害富生丢失了宝贵的生命，害自己和子女成了孤儿寡母。她的父母来这里也陪光了眼泪，现在，她一点精神也没有，已经昏过去两次了，荣贞来为她挂了点滴，走时还叫了几个年轻媳妇守住她。

荣贞心里也一直牵挂着富生，也许是爱屋及乌吧。富生是秋香的儿子，他没有理由不关心。

秋香见家里来了那么多亲朋好友，真有点感动，尤其是看到亲家母怀里的孙女长得白白胖胖，眉清目秀，笑得开开心心，她都想去逗小家伙了，可是，伤痛使得她连拿茶杯的手都发抖，她变得不通人情，看到乡亲连招呼都没心思打，只是一个劲地抹眼泪。

丽花趁人不注意，猛地拔掉针头，从床上跃起，冲到秋香面前咚的一声就跪了下去："妈，妈，对不起，是我糊涂，是我没有坚持叫富生去打疫苗，是我害了富生，您打我吧，打死我，我也不会还手的，妈，您要是有气您就打吧。"

婆媳俩都泪如雨下，大家也忍不住陪着她们哭。一时间，屋子里的每个角落都充塞着哭泣声，周围的人听到了，以为富生已经死了。

哭了好一阵子，秋香红肿的眼睛看着被大家扶起的丽花，语气发狠："你是没长脑子还是吃错了药，我早就和你说过，钱是人赚的，呜……呜，一有什么问题要马上去找医生，千万不要去省钱，你家官就是不珍惜生命，为了省钱结果把命省掉了，呜……呜，那时我们实在是穷得没办法，总认为小问题冇要紧①，能省就省，我后来肠子都悔青了。想不到你比我更笨，更没常识，让狗咬了还这么大意，你脑子是不是进水了？富生要是有个三长两短，呜……呜，我……我和你拼命！"

丽花也哭得肝肠寸断，撕心裂肺，听了秋香的责备，更是无地自容，连她都觉得自己笨到家了，愚不可及。

"妈，如果富生不嫌弃，我陪他一起走，两个细人子就交给您了，您把他们养大成人吧。"

听她这么一说，大家又是一阵呜咽。

秋香还算乌黑的头发显得很蓬乱，像刚从树林里钻出来一样，鹅蛋脸上充满了忧伤与自责，红肿的眼睛失去了往日的光泽，盛满了哀怨与无奈。让大家看了都心生怜悯，这可怜的女人，才过上一年多的快乐日子，却又让悲痛折磨得失去了光彩。

房子的外面，围了些闲人，七嘴八舌地低声议论：

"秋香真是命苦，三古头死才几年，现在唯一的火屎星又要灭了，也不晓得三古头的上代作了什么恶，要下代人来承受。好在有了孙子孙女，总算有了续香火的人，不然死了都要做孤魂野鬼。"

"富生一死，丽花还这么后生，肯定会再嫁。招入是不可能的，像这样的屋场风水，谁有那个胆呀，鬼都会怕。"

"是啊，才二十多岁，如果不是有两个子女，再嫁几得来②，上昼③死老公，下昼都会有人来说媒，有两个'拖油瓶'就不同了，谁不怕帮人家白养。说实话，丽花就是再嫁，也难嫁像富生这样的好老公了，富生多得意她，老婆的话就是圣旨，人家家里男的是主锅，女的是后锅，他家则相反，他们家得意老婆也是遗传的。"

"不是遗传，是屋场有问题。"

"什么问题？"

"阴盛阳衰。"

大家正说着，忽地响起一声断喝："你们笑什么？人家都快闹死了，你们

---

① 冇要紧：没关系。

② 几得来：多容易。

③ 上昼：上午。

还好意思说三道四，有没有同情心啊？该做什么就做什么去。如果富生回来，你们都得帮上一手，再怎么说都是邻居一场。以前丽花有什么对不起你们的地方，统统一笔勾销，你们也不是什么好货，以后要学会做人！"

"好好，公公都吩咐了，我们哪敢不听？只是以后您不能再这样搞突然袭击了，吓得我都尿裤子了，把我的魂都吓散了，您给叫回来？公公您这是干什么，又去给哪个打营养针？"一个调皮鬼嬉皮笑脸地和荣贞耍笑了一会儿，瞅着他手里的药瓶，诡异地问。

"你问这个做什么，是不是你想打？"荣贞臭着脸问，此时此刻，他对这种不正经的人有着强烈的反感。

那个不识相的家伙忙摆着双手说："我强壮得很，老虎尾巴都拖得住，哪用着打营养针。"

大家又是一阵窃笑，心里边对这家伙佩服得很，连房长叔公都敢调戏，胆子也真够大的。

"荣贞公公，秋香和她老公，老妹，老妹婿①都来了。"

"来了就来了，出了这种事，能不来吗？"荣贞非常清楚这家伙送小心②的原因，他不想再待在这里，脸一黑，赶紧走开。

有人马上奚落调皮鬼："你呀，送小心也要看对象，荣贞公公什么人物，久经战场、久经情场的人，什么事想不到？早就做好思想准备了，说不定他现在就是去给秋香打营养针呢！"

大家一听，都点头说是呀是呀，接着作鸟兽散。

荣贞进屋，秋香心里一惊，脸上颇不自在，想不到荣贞还会踏进她这个家门，看来自己真低估了他的人品。

荣贞看到秋香靠在那个广东人身上，心里不免涌起一阵醋意，他只看了她一眼，不敢多看，却不由自主地走到她面前，轻声轻语地说："事情已经这样了，你闹死富生也不会思谅③你，自己注意身体吧。"说完就走开，对老戴视而不见。秋香听了荣贞的话，一时不知所措，只是点点头，一句话也说不出来，泪水又夺眶而出。

---

① 老妹婿：妹夫。

② 送小心：献殷勤。

③ 思谅：体谅。

"荣贞公公，丽花早就把点滴拔掉了，说不打了。"一个经常和丽花筑长城的牌友说。

"不打怎么行，她要再出事，两个小的怎么办？"荣贞说着，径直进室来到丽花面前，道，"丽花，你要是还叫我大伯，把我放眼里，就听我的话，把这瓶葡萄糖挂完。"

话都说到这份上了，丽花还会不识相吗？

老戴考虑到丽花的父母在这里，晚上秋香连个躺下休息的地方都没有，就趁秋香上卫生间时，悄声对秋兰说："我怕阿香没地方睡，会更受不了，不如找个理由把她劝回去睡一觉，天光日子再来，反正那么近，回去我还想蒸一条参给她喝。"

"好，我想一下，看怎么才能把她劝回去。"

秋兰转身把老戴的意思和大家说了，大家都说："你们都回去吧，我们大家会照顾丽花，人多，轮流照看，你们放心。"

秋兰听了非常感动，等秋香出来，当着大家的面劝秋香回去，秋香说："我不回去，我在这里等富生回来。"

老戴说："回去吧，天光我们一起再过来。"然后压低声音说，"你不回去晚上睡哪儿？总不能叫丽花的爸妈回去吧。"

"我可以打大铺睡地板，总之我要等富生回来。"

秋兰说："阿姐，今晚我们就回去吧，天光富生就会回来，我们再一起过来行吗？"

"真的，天光富生真会回来，他没事了吗？"一听富生会回来，秋香以为他已然脱险，立时兴奋起来。

秋兰已接到梅秀的电话，说富生可能挨不过明天上午，她不敢和秋香说实话，只能偷偷地告诉老戴。

"是的，富生天光下昼就会回来，天光昼边①我们再来，阿文也会来，他听说富生住院了，心里非常难过，说一定要来看看他。"老戴说完，转过头叹了口气，强忍泪水，他实在担心秋香的身体。

见秋香不再坚持，秋兰就晓得她被说通了，马上趁热打铁，叫了两个年轻人用摩托车把他们送到岩前，然后租车回广东。

———————

① 天光昼边：明天上午。

回到家，老戴小心翼翼地扶秋香上楼，让她躺在床上闭目养神，自己则忙前忙后，一刻也没停，连晚饭都亲自端上来，用汤匙喂她。秋香说吃不下，老戴说："你不吃我也不吃。"他晓得秋香不会让他饿肚子的，一起生活了一年多，他看出秋香是真心和他过日子的。秋香也看得出，老戴对她一百个放心，从来不提防什么，凡事都有个商量，一经她同意，就不再另发言论，一切都以她为中心。秋香心想，我的后半生应该是幸福的了，只要富生病好起来，今后自己每天就是吃两餐也知足。

晚饭后，秋香有了点精神，在床上躺久了也不舒服，于是起床抹桌子，拖地板。刚做好卫生，老戴又把参汤端了上来，要秋香趁热喝下。

"前天刚喝，现在又喝，不会吸收不了吗？"

"反正喝了参汤有好冇坏，身体好了打扫卫生都有精神，你要是病上一日，我会很担心。"老戴把参汤吹冷后，用汤匙舀给秋香喝，秋香感到温暖，道："我自己来，你老这样，就不怕把我惯坏吗？"

"惯坏自己的老婆有什么关系？只要看到你笑，我就开心，喝吧。"

"每人喝一半！"秋香说。

"这是一个人的量，等下次再蒸时，我就放两个人的量。"

待秋香喝完，老戴牵着她的手坐到床沿上，十指相扣，体贴地说："你做什么卫生呀，看把你累坏了。"

秋香白他一眼："你莫把我当大小姐，我十几岁就开始做事，这么一点家务累不着我。以前作田时，总是冇个朝晨当昼晡①，哪里想过现在这么安乐。"言罢，把略微发福的身体靠在他胸前，微闭着双眼一动不动。老戴把她的头梳拢好，抱紧她，亲了一下她的额头，不再说话，还是明天再告实情。

秋香岂能安稳，她的心一直在流血，只是知道老戴担心她，才在他面前表现得听话、坚强。老戴以为她睡着了，直到感觉上衣湿漉漉一片，才知她一直在流泪，心里不由一惊，忙捧起她的脸，只见她的下唇已经有了一道深深的牙印。一时间，他连安慰话都说不出来了，只是不停地抚摸她的头和脸，轻轻拍她的身子，像是这样能帮助驱除她的痛苦。

翌日九时许，秋兰来后，老戴才硬着心肠道出实情。秋香一听，只悲伤地喊了一句"富生"，就昏了过去。老戴和秋兰一个捶胸拍背，一个捏人中，

---

① 冇个朝晨当昼晡：没日没夜的意思。

忙活了好一阵子，才让她悠悠地睁开眼睛。随着又一声心碎的呼喊，泪水像决了堤的洪水，汹涌而下，捶胸顿足，呼天抢地，一会儿又昏了过去。老戴和秋兰吓得没了主意。

老戴心疼地说："她现在都这个样，见到富生的骨灰盒，怎么受得了啊！"说完不禁泪如雨下。

秋兰说："受不了也得让阿姐去，昨夜她有吃东西吗，睡得怎样？"

"吃是吃了，我还蒸了一条参，睡却一直不安生，老醒，一醒就流泪，怎么劝都劝不住，唉，真是苦了她！"

秋兰心里感激老戴对阿姐的细心和体贴，本以为阿姐嫁过来后可以过上一个簇新的、衣食无忧、幸福开心的日子，看到阿姐容光焕发，秋兰也开心，想不到还不到两年，又大难临头了，富生这一走，不晓得阿姐要多久才能笑容再现。三古头之死，对她打击不小，但有富生，就有一个家，现在富生一走，这个家就散了，两个小家伙就会受苦了。难道阿姐的一生像唐僧师徒西天取经一样，要经过九九八十一难？秋兰心里不觉空落落的。

秋香醒来，秋兰和老戴把世上所有的安慰话都说尽了，她才停止了哭喊。见她情绪稳定了些，老戴说："阿兰，你看住你姐，我去给她捡几身衫裤。"他清楚，秋香回到那个家没个十头八日是不会回来的，一定要为她准备几套换洗的衣服，他还放了几盒美国西洋参含片在包里。

老戴长子阿文一回家，径直走到秋香面前："阿妈，您要注意自己的身体，发生这样的事，我们也很难过，富生也不愿意离开我们，他也不希望看到我们难过，您一定要节哀顺变。如果能把富生哭回来，我们大家都愿意一起哭，可人死不能复生，阿妈，无论如何您都不能再这样了，我们大家都担心您呀！"

"阿文，快，快载我去看富生。"秋香突然发疯似的冲到小车旁。

"好吧，我马上就带您去。"阿文说完，又回头对老戴说，"阿爸，您在家吧，您年纪大了，在这种场合不合适，阿妈有我们看着，您放心吧。"

"不行，我一定要陪她去。"

上路后，秋香一直垂泪，连催阿文加速，总觉得汽车好像蜗牛爬坡。老戴和秋兰分坐两旁，各握着她的一只手，老戴另一只手不停地为她拭泪。她总算明白了昨天大家说的富生会回来，是变成一盒灰回家，永远和她阴阳相隔！

一到家，车子一停稳，车门打开，秋香使尽全身力气挣脱他们，直奔屋里，不顾一切地扑向富生的骨灰盒："儿啊儿啊，你怎么这么恶，怎么可以走在妈面前，你还没报恩呢！富生富生，你这个拗豹子，你太过分了，太不负责任了，你让我和你的老婆子女怎么过呀，富生！"

突然，秋香手脚抽搐，目光发白，身子一歪，旁边守着的叔婆伯娓来不及扶住，头碰着地板，"咚"的一声，像一颗定时炸弹炸在老戴的心窝里。

"阿香！"老戴悲怆地呼唤着，凄凉的声音不会输给秋香。

"快去喊医生，你们这里有医生吗？"阿文也着急地问。

"马上去喊，马上会来！"有人说。

荣贞和秋香的事在美溪不说家喻户晓，也是名声在外。荣贞来了看到广东男人这么心疼他曾经无比心疼的秋香，心里会怎么想？广东男人晓不晓得他们过去的一页，如果知晓又会怎么想？有的人一边大说安慰话，一边心怀鬼胎地猜测，并等着看好戏。

人就是一种奇怪的超级动物，好奇心超强，总想看看情敌间的决斗，越精彩越好，这样，茶余饭后的谈资就更丰富。乡下人成天累死累活，一些空虚的心灵总希望听到或看到些精彩的画面，最好每天都有一场货真价实的表演，电视上看到的是艺术炒作，可信度不高。况且，他们也想知道广东男人对这事的态度，当然，如果真会决斗，他们也不会袖手旁观看笑话，哪怕是虚情假意也要劝解一番。

看到老戴这般心疼老婆，女人们在心里既羡慕又妒忌秋香，男人们则在心里骂：好像前世没见过老婆，对老婆再得意也不要跑到这边来带坏样，省得我老婆拿你和我对比。老戴也发现了人群中异样的目光，他不清楚他们心里是怎么看待自己的，但他一定要让这里的人晓得，阿香嫁给他是值得的，是她前世修来的福。

荣贞很快就来了，老戴焦急地说："阿香都昏过去几次了，不会有什么事吧？"

荣贞看都不看他一眼，只给秋香打脉。这双冰冷的手曾经被他抚摸过无数次，也曾经在他身上畅游过无数次，可现在却不再属于他，而属于眼前这个广东人。为她打着脉，荣贞的心里咀嚼着从五味瓶中流出来的酸甜苦辣涩，五味杂陈。

"怎么样，阿香不会有事吧？"老戴焦急的语气还带着哭音。

荣贞自从进了这个门，都不曾看他一眼，更别说回答，这让他感到奇怪，这个老医生，不聋又不哑，怎么就不理我，好像还讨厌我呢？

荣贞哪有心情和老戴搭讪？他连给秋香打脉都心猿意马。脑海里不时闪现那曾经的美好时光，回忆也是一件好事，尽管他不止一百次地强迫自己从心底彻底忘记她，可秋香又总是藕断丝连，不识相地频频出现在他的梦境，令他心酸难耐又恨得咬牙切齿，既然不顾情义舍我而去，为什么还要在我梦中出现，故意让我难过？

打完脉，荣贞起身说："冇大问题，只是急火攻心，一时承受不了打击，给她喝一杯葡萄糖，打一针就好。"

"不用听筒听听吗？"老戴显然顾虑未消。

大家一听，差点就笑出声来，难道这老男人不晓得医生对女病人用听筒，难免要趁机打劫，特别是荣贞，女病人就是外伤，他都要用听筒，绝不错过良机，无缘无故摸女人胸脯是作风问题，属犯法，而看病时摸上一把，则天经地义无可厚非。有人曾笑话荣贞，你得多谢那个发明听筒的人。

听老戴这么一说，荣贞满脸不自在，他当然想为她听听，趁机旧地重游一番，但今非昔比，那对"大白兔"已通过法律形式固定了使用权，岂可越位？荣贞缓缓地抬起头来，第一次正眼看了看跟前这个死对头，红光满面，天庭饱满，果然有福相，根本不像七旬之年。这家伙精力一定也很旺盛吧？这样想罢，厌恶之情顿生，毫无表情地应一声："死不了，莫瞎担心。"这也是表明自己不是聋子哑子才说的。

老戴听后更觉奇怪，看这老医生那副冷冰冰的样子，似乎和他有深仇大恨，难道有名气的医生都这么傲慢清高，目中无人？

荣贞面无笑容，老戴满腹疑虑，大家心照不宣，一个劲地诡笑。荣贞瞪他们一眼后扬长而去。

秋香醒来，看到富生的遗照和骨灰盒，又是一阵撕心裂肺的哭喊。

阿文走到秋香面前说："阿妈，富生老弟已经走了，再怎么哭都哭不回来了，想开点吧。"

"你叫我怎么想得开？我就富生这么一个子哩呀，他今年才二十九岁呀，上天怎么就不让我代替富生去死？呜……呜……富生呀，你怎么这样狠心，这样苦情的日子让妈来承担？你让我往后怎么过呀？以后我死时，谁为我送终呀？"秋香一把鼻涕一把泪，哭得肝肠寸断。

阿文揽住秋香的肩膀，柔声相劝："阿妈，您的心情大家都理解，可是，生死由天定，人死不能复生，您放心，您还有三只赖子，自从您跟阿爸结了婚，我们就把您当亲妈了，以后，我们一定会好好孝敬您的。"

这番情真意切的表白，让大家莫不感慨万端，自己辛辛苦苦生养的儿子都没这般孝顺，后夫的儿子居然会这样好，真是前世修来的福。

"阿香，阿文说得对，你就是他们的亲妈，他不是说漂亮话，是真心话。"

老戴想把秋香扶起，但秋香坐在富生的遗像前，就是不肯起来。她一遍遍抚摸着富生的遗像，泪水一刻也未停歇。丽花披麻戴孝，坐在遗像的另一旁，也是伤心欲绝。

从昨天劝到现在，该说的，该劝的，大家都使出来了，现在谁也难想出更好的词句来安慰孝家。其实，在这种时候，面对逝者的遗像，无论怎样的语言都显得苍白无力，无济于事。

超超也哭成了一个泪人："爸爸为什么要死？是不是讨厌我们了，是不是烦我们了，以后我读书谁接送啊？爸爸，你回来好不好，以后我不跟你闹了，我会乖乖的，你相信我！"

超超这番哭诉，再没同情心的人听了也要销魂，可怜的孩子，才几岁就失去了父爱，谁能想象他以后的漫漫人生路。

超超抹一把鼻涕一把泪水，走到秋香面前说："奶奶，爸爸为什么要死，死了不是还可以翻生的吗？我们大家不要哭，一起叫爸爸翻生好不好？爸爸答应过我，考了九十分就给我买水枪的，现在，我考了九十五分，他却死了，爸爸说话不算数，是个大坏蛋！"

超超伤心至极，看到奶奶号啕，却学着大人的样子，抽出餐巾纸为她拭泪，还说："奶奶，爸爸走了，你回来跟我们一块住吧，好不好？"

现实对于一个才八岁的小孩子，的确不公平，不能让他的希望像肥皂沫当镜子——成了泡影。秋香抚摸着他的头，爱怜无限："超超，晚上你就和奶奶睡。"

超超像是找到了靠山，偎依着奶奶，却还是泪汪汪的："奶奶，你不回广东了吗？"

老戴紧张地看着秋香，听她怎么回答。现在，就是天塌下来，他最在意的还是这个问题，而秋香现在智力衰退，心软，小孙子的任何要求她都会答应，答应了就不能食言。

"超超，这段时间我都会在这里，以后的事以后再说，好吗？奶奶现在有心事^①跟你说，呜……"

老戴不觉松了一口气。

对富生的后事安排，荣贞表现了极大的热心，劝大家都去丽花家烧烧香，吊吊唁，帮帮忙。农村办丧事也是件麻烦事，礼节特多。有人来烧香，必须有个专人点香；有人送香仪钱，也需有个专人记账，到时用红纸写好，在门口张贴。孝家有亲人来，又有本组人来，闲餐都有好几桌，这样，就得有人买菜、烧火、洗碗筷、洗菜、摆桌凳，也得有人专门接待前来烧香的，到送葬那天也有很多事，总之要很多人帮忙。

荣贞不便帮忙，自身都这么大年纪了，更何况平时一般都不去孝家，交代儿子文星代他去，又另外还拿了一百元的香仪钱。这在美溪村是很大方的了，一般关系的邻里乡亲也就十元、二十元，甚至有五元的，荣贞给个一百，大家心知也是念在和秋香有过一段情的分上，不然文星已给了五十元，他不再给，别人也不会说闲话了。

老戴叫阿文给了一千元的香仪钱，大家议论说这广东人真大方，又不是自己的亲人，出手就一千，梅秀、梅兰都只给五百呢。丽花的娘家，总共还不到五百。大家也议论说丽花的娘家真小气，来了两桌人才给那么一点。

后事办完，秋香明显瘦了一圈，头发一夜间也白了不少，双眼哭得像要滴血，整个人都软塌无力，毫无生气，也不说话，只是呆呆地望着儿子遗照流泪。老戴看到她万念俱灰的样子，心急如焚，却找不到更好的语言安慰，只能温情脉脉地握着她的手，时不时拍拍她的肩，给她输送力量。

这天中午的答谢宴，共有十二桌，除了亲戚朋友，都是本组来帮忙的。农村风俗，晚上还要谢厨。谢厨就是再请帮忙者吃顿晚饭，然后商议去盟富生的至亲。"盟"是慰问之意，就是从组里派人去慰问，人多人少视情况而定。有人为了省钱省力，并不欢迎这样的慰问，而有人求热闹和风光，则要求去的人多多益善。去盟死者至亲，如果人手够，至少要有一桌，而这些人去，也是要派红包的，十元二十元都可，意思一下就行。

梅秀、梅兰要求多去几个人，主事的人表示要看情况。老戴得知此事，经和秋香商量，对主事者说："也安排两桌人来我们家吧，反正人越多越好，

---

① 冇心事：没心情。

我们都欢迎，也好让大家认识一下我们家的位置和朝向。"

老戴急于请大家去，一来可以让这边的人看看秋香的生活环境和生活条件，二来可以让秋香回家住。她心里虽说一时半会不可能忘记伤痛，但离开伤心之地，不触景生情，到了广东那边，他有办法让她解脱些，要是秋香住在老家，整天以泪洗面，几天下来，肯定身心疲惫，自己也得陪着她伤心。

主事的人答应了。阿文也很是乐意，他和父亲所想差不多，还多了一个理由，父亲也可以回家了，不用在这里陪秋香流泪了。

下午三时许，大家陆续回家，留下几个年轻媳妇继续陪着丽花，主事的还安排人把晚饭准备好，让帮忙的人晚上再集中，决定去盟富生至亲的人数。

回广东时，秋香又是一番号啕，大家半拖半推，才把她劝上了阿文的小车。车子一启动，老戴稍稍松了一口气，感觉自己像要瘫痪一般。

富生的后事办得顺当，当然有荣贞一功。如果不是他的劝说，或许就有不少人袖手旁观。荣贞听说要叫人上家慰问秋香，包了个两百元的红包，叫一个老成的人偷偷交给秋香，他吩咐那人说，不要把此事说出去，这事只有天知地知你知我知就好。

秋香一直不肯收荣贞的红包，她觉得自己已经够对不起他了，可他还这么重情。她也晓得，如果不是他，富生的后事不可能办得这么圆满、排场，一看他给的香仪钱大家都心中有数。

这个老成的人，后来在荣贞西游后，才把这事不经意地给抖了出来。大家并不奇怪，都说荣贞度量大，念旧情，确实是个世上少有的好人。

第四章　月秀

助手罗月秀

荣贞的医术和医德教人佩服，其老迈年高让人莫不惋惜。人们担心他打针和开处方时眼力不济，记性不好，思维混乱，再三建议要把物色助手这事提上日程。

"我也想再找个得力助手，可这也不是心想就能事成的，不说那老短命嫲会坏事，在扛锄头挥镰刀的妇女中也难找到合适的人，那些读过卫校有点本事的帮手就更不可能来我这帮忙，你说去哪里找？唉！"荣贞早已愁肠百结。

好歹有热心肠的包打听，一日，终于有好消息姗姗来迟：不远的灵岩村有个叫罗月秀的中年妇女，前段时间刚从一家诊室辞职，如今在家闲着。求贤若渴的荣贞大喜过望，当天就和此人找上门去，一看就有几分中意。马上爽快地给开了一千五的工资，还许以免费两餐的待遇。罗月秀一拍即合，能从事与自己专业相干的职业，早是她梦寐以求的。

月秀并不讨价还价，因为前次在别人诊室，那人只给她一千元工资，而这老头，一开口就多了五百，还说如果做得好可以涨工资，她能人心不足蛇吞象吗？

次日，月秀就来上班了。她脾气好，头脑灵活、手脚麻利，连着给几个病人打针，都反映说一点不痛，好像没扎一样。有个男人完事后一直还坐在那里，月秀叫他起来，他说你还没给我打我怎么起来？月秀说打完了。

他有点奇怪："怎么一点都不痛？难道你是神手，以前从来就没遇过这样的神手！"他穿好裤子，还走到荣贞面前竖起了大拇指："找对了，这个帮手让你找对了！"

月秀皮肤白皙、眉清目秀、身形窈窕，一米六二的身材，配上一双半高跟皮鞋，更显高挑。微微一笑两颊还会现出两个小酒窝，很是可爱。特别是那对会说话的杏眼，让人看了神清气爽。再加上性感的嘴唇，丰满的胸脯，坚实的臀部，得体的打扮，在农村地带已属尤物。她爱笑，笑时犹如春风拂面，一副雪白整齐的牙齿完全可以媲美牙膏广告的代言人。面对这样一道近在眼前赏心悦目的风景，荣贞不知不觉产生了单相思。这么久以来，他第一次爆发出这样的激情。生活又有了波澜。相识恨晚之意越浓，他就越恨起那不可跨越的年龄沟壑。

月秀自从事助手伊始，就获得众人点赞，欣喜之余更提醒自己，一定更加尽心尽力，为病人服务。每次荣贞开好处方，她三下五除二就给病人配好了药。无论配药还是打针，她都轻车熟路。那些对打针谈虎色变的孩子，经她耐心的柔声相劝，竟能乖乖就范，不哼一声。荣贞在旁看了，满脸喜色，暗夸她有绝招。

月秀每天吃过早饭就来，中午在诊所里吃。傍晚下班后，她又骑摩托回家。说好免费两餐的，月秀说得回家陪老公吃饭，不然老公一个人会随便凑合，久而久之容易搞坏胃。荣贞听了，不觉嫉妒世上竟有这么好命的男人！也不知从何时开始，每见暮色降临，他的心里就有一种难以言喻的惆怅感，像晚风一样直灌他的心田。

一晚，惹脚发高烧前来就诊。荣贞说要打退烧针，惹脚提议打电话叫月秀过来。

荣贞说："人家都回家了，就不要麻烦她了，我给你打。"

惹脚慌忙摇头摆手："哪能一样，看你那打针的架势，吓都会吓死。"

荣贞嘿嘿一笑，说："可人家已下班，再让人家过来就为你一个人服务，她未必肯。算了，还是我来吧，放心，我手脚轻一点就是。"说完就准备灌药水。

"别灌，别灌，总之我不要你打。老叔医生，求求你了，还是细活你做，粗活她做吧。你给我打，我晚上睡了还会发抖，你给她加班费，她准来。再说，万一打针时我憋不住放个臭屁出来，熏着了你老人家，那还不折我的寿？我可不想做短命鬼。"惹脚嬉皮笑脸，再三请求。

"给她加班费？屙屎打惯了狗①，以后就都得给了。从你身上才赚那么一点，就是全给了她，她会要吗？"荣贞白了他一眼，又嘿嘿笑了起来。

"我不管，反正我宁愿等她也不想让你打。要是你来，我烧未退，又吓出心脏病来，那就更死哩②。"

荣贞放下脸来："那你另请高明吧，你这家伙的要求太高了，我无法满足。"

"我都烧成这样了，你还赶我走？你也太没同情心了吧，我不走！你不叫她来，我烧死在这里最好。嘿嘿，到时我老婆子女就可以得一笔横财，我也算对得起他们了。"

惹脚一副无赖状，这家伙耍起嘴皮耍起赖皮来简直全村无敌，连荣贞都感头痛。

荣贞只能无奈妥协，拿起了话筒，还回头说："电话我打，她来不来是她的自由，我无权干涉，你要是还不想让我打，那就赶紧滚蛋，莫在我这里鬼喔。"

烧得满脸通红、头痛欲裂的惹脚点了点头，不再说话。

电话通后，荣贞把事由一说，月秀竟善解人意地表示马上来解围。

荣贞听了喜上眉梢，其实他心里是千愿万愿的，那么好一道风景，那么好的笑声，他分分秒秒都能心花怒放。

次日，惹脚把月秀的敬业精神广而告之，大家莫不夸她心地善良，还说，这下老家伙又会长肉头了。

月秀来后，荣贞着实轻松了许多，没病人时，她还帮助洗衣服，打扫卫生。尽管荣贞买了洗衣机，可冬天一到，把所有的衣服一股脑儿都交给机器，实在也不省心。有时拖出来一看，外套上的洗衣粉都还清晰可见，保暖衣的那些毛沾到外衣上也很不雅观。可不交给洗衣机完成又能怎么样，对那些双重衫，荣贞哪还有精力对付？

月秀一来，荣贞穿着又变干净了，再没人笑他是邋遢医生了。看到月秀敬业且勤快，荣贞甚是欣喜，一天，亲切地说："从今天开始，你一定要在这里吃过晚饭后再回去，省得有病人来时又来回跑，我给你加班费行吗？"他恳

---

① 屙屎打惯了狗：意思养成了习惯，让狗改不了吃屎的本性。

② 更死哩：更糟糕了。

切又依依不舍地盯着她。在他看来，现下拥有眼福是最重要的，山珍海味那样的口福早已抛到九霄云外去了。

很多时候，病人因为点滴没挂完来不及回家吃饭，月秀就会多煮一些饭菜，请病人同吃。大家纷纷称赞她是助手加保姆，不但心眼好、脾气好、技术好、厨艺也好，听她说笑，病也好得快。

惹脚笑着对荣贞说："你老德高望重，远近闻名，早该像那些大官和老板那样配个秘书了，让生活和工作锦上添花。"

有人见有饭可蹭，就故意迟一点来诊室看病，口福和眼福一同享受，一举两得。

因为月秀，荣贞的诊室充满朝气充满笑声，又门庭若市起来。

病人心情舒畅，荣贞更是心潮澎湃，对月秀自是和颜悦色，比自己的女儿还疼惜。一个月刚过，就给她加了两百元工资，加班费另算。有空时，还带她上山采草药，并传授了几种草药的用途。荣贞原先是不教外村人的，说这是家传秘方，是对她的特殊待遇，不能到处乱传。荣贞有空时，还去附近的家具城买了床和席梦思及相关用品，以便于月秀午休。月秀见他这般对待，感动之余，把他当作了慈父。

这样过了一个多月，荣贞有女助手的消息又传到了招玉耳里。她登时火冒三丈，这老家伙真是色心不死，像他那样的生活作风就算现在一切正常，时间一长，难免日久生情，这老家伙那么喜欢探索女人，又那么有女人缘，迟早会让他得手。现在生意是好了，赚多了一些钱，一旦他们勾搭上，再多的钱财也会打水漂。女人就像一口深潭，怎么填都填不满，而男人一旦被情所困，就会丧失理智，连命带钱都会往深潭里跳。不行！得想办法把这个女人赶走，人家说这个女人比以往的几个都耐看又有好脾气好技术，这老家伙肯定早就想探索了，我虽然不花他一分钱日子也过得很好，就是不能让他痛快，还想锦上添花，如鱼得水，哼，做你的春秋大梦去吧！

招玉上回为秋香的事大闹一场，害荣贞赔了"夫人"又折兵后，他就不再踏进那个家门，招玉也不去他诊室，有了头痛感冒什么的，也舍近求远了。荣贞乐得不倒贴药费，他恨死了她，如果上天有灵，他一定买上一大捆香纸蜡烛咒死她。他们的关系进一步恶化，已是水火不容。在荣贞的内心，别人的老婆像老婆，自己的老婆像鸡丘婆；在招玉眼里也是，别人的老公像老公，自己的老公像猫公，总在家外偷腥。他不让她安心，她也不会让他逍遥，来一个赶一个，来一双驱一双，就是要气煞那花心大萝卜。世上多少恩德旧情，就是这样风吹云散一笔勾销的。然后，满满的仇恨替代了往日的情分。这对已过金婚的夫妻，在心灵深处把对方视作一堆臭狗屎，容不得对方心想事成。

看到那熟悉而讨厌的鬼影又晃在眼前，荣贞倒抽了一口冷气，心里翻江倒海起来。这老鬼总是冤魂不散，只要她还在这世上，我就不得安生，阎罗王也真是，怎么就不同情同情我呢？以后见了老阎，定找他算账不可！老阎为什么不早点把这种女人招了去，一定也是讨厌她。要是不用搭上我这条金贵的命，真会弄点砒霜来解决，可我是个有名望的人，不能因为这个臭狗屎一样的女人而成为杀人犯，让后代子孙蒙羞，让自己成为人家的饭后谈资。

一次闲聊，经月秀问起，荣贞对家人一一做了介绍，就是只字不提招玉。月秀以为他老婆已死，不敢多问，怕勾起他的丧妻之痛，作为后辈，她应该同情他。可有一次，她听人说招子娓招子娓的，才知他老婆就是大家口中的招子娓，住在另外一栋房子里。她就有点不解了，老夫老妻的，为什么还要相隔个十万八千里的？

来不及深究，招子娓就出现了。等她坐定后，月秀便开玩笑似的打起招呼："招子娓，舍不得荣贞医生了，来看他了？"

招玉狠狠地白了她一眼，也不作答，心里却在骂：我来看他？我吃了参汤吗，我是来看你这只狐狸精的。

月秀听人说过，此人不好对付，而且面恶嘴刁。她想恶手不打笑面人，遇到我这么好的脾气，你下不了情面，于是，她又灵机一动，甜面笑鼻地说："娓娓，你来了就好。我也轻松了，我以为……哦，你早就该来了，你应该住这里，这样就可以互相照顾了。"月秀以为，她这么说对方该会有所表示，至少会开口说话，但是，她错了，她的真诚换来的依旧是白眼。

荣贞见月秀这般热情地套近乎，心里急得跟猫挠似的，却又不好打断她的话，你再热的脸，贴在这冷血动物的屁股上，也会冻死你！

"娓娓，今后你就住这吧，不然荣贞医生一个人很孤单，说不定就会叫个细妹子来陪，你怕不怕？"

死了，死了，这下死定了！不知天高地厚的月秀，这下捅了马蜂窝，可有好戏看了！几个在荣贞这里闲聊的乡亲，心里暗暗为月秀捏着一把汗。

果然，招玉脸色一沉，双眼翻白，瓮声瓮气地说："我来个屁！你把他服侍得这么舒服，哪还用得着我。你后生又漂亮，我要是来了，他屎都厌得出。

不过，现在我想通了，无论他怎么厌我，今朝日子开始，我听你的，就住这了。不过，我首先和你说清楚了，你是他的小工，我来了，所有的事还得你做。我以前一直都在服侍人，现在子孙满堂不愁吃不愁穿了，也想享享清福，过过让人服侍的日子。"说完又白了几眼月秀，连她都认为这样白她也是一种享受。

月秀听得出，招玉的每一个字都包针含刺，她有点不明白，我又没招她惹她，这么尊重她，主动有礼貌地和她打招呼，她怎么就那般气势汹汹不怀好意，说话阴阳怪气的，真没见过这样没素质的长辈！

月秀心里憋屈，无端被人奚落一顿，实在难受，以前都不曾受过这样的气，可人在屋檐下，只能低下头，要想拥有这份工作，就必须人话鬼话一并吞。

"娓娓，你放心，我尽力就是。"月秀的声调明显比刚才拘束、胆怯。这下她终于知道，不是每个人都那么好说话的，不是每个人都可以开玩笑的，和这个不可理喻的老女人打交道，务必小心加谨慎。看她那样子，一定是以前粮食紧张填不饱肚子，偷吃了炸药，自己稍有不慎，就将被她炸个粉身碎骨。

月秀的故事

月秀是个有故事的人。

初中毕业，她走后门在镇医院的药房里实习过，后来被卫校学生挤走，又时运不济，嫁了个作田阿哥。要是嫁给医生，她绝对能学以致用。她苦于没钱开不起诊室，只好跟着老公风里来雨里去在泥地里摸爬滚打，挥汗如雨，却一直还是过着清汤寡水的日子。这样周而复始的日子，实在是对自己珍贵才华的一种糟蹋。回首反顾，一片迷惘。靠山山又倒，靠水水又流，她常常暗叹自己命苦，没选择一个好出生地，摊上个好爹娘，也没选对一个好归宿，嫁上个好老公。

书上都说日出而作日落而归，其实也不尽然。农村人总是日不出就作，日落了还作，遇上紧工，午休都不能，恨不得连夜晚都用上。每天这般拼命，到夜间上床，锅铲都翻不过来，浑身像散了架。天天在田地里摸爬滚打，风吹日晒，再白的肌肤都会变成非洲色。月秀夫妻经验不足，每年的谷子、烟叶收成，都无颜与人家对比。亏本早不是新鲜事，连他们都骂自己差劲，别人更是笑话他们不是作田的命，该去从商或走官场。

脱贫致富奔小康谁不想呢，他们做梦都想成为有钱一族，有钱人说话声音都粗！他们受着诱惑，尝试着做起了小本生意，从信用社贷款做了几只猪栏，买了几只种猪。可那些年五号病、过热病不请自到，时常捣乱，亏得他们血本无归，面对一栏栏病恹恹的猪，只能欲哭无泪。几个孩子都还在读中学，为了还清债务，他们不但帮人做小工，连打土方、挑水泥的重活也做。月秀那些年真是吃尽了苦头，憔悴苍老得像大妈。

子女读完大学走上社会后，日子也在他们一滴汗水摔八瓣儿的努力下，稍微滋润了些。慢慢地，信用社也有了四位数的存款，然而，损耗过度的身体频亮红灯，常常这痛那痛，活络油、红花油、虎骨膏之类的东西家中常备。此时，他们才体会到人家说的那句话，年轻时用命去赚钱，年老了用钱去救命。

一天，月秀对老公说："这上半生我累怕了，现在子女都出来自食其力了，我们也可以轻松一些了，莫紧有命做来没命吃。我再也不想作田①种烟了，我们一起去工业区打工吧。工资虽低，却比作田轻松稳当，做了一个是一个。"

老公却不以为然："你以为打工很轻松吗，要服人管的事我不想做，作田虽然累点，但自由得很。现在子女读出来了，少种一些是真的，要打工你去，我还是耕我那一亩三分地，再养几只猪，要多自由就有多自由。"

月秀一听养猪，气就不打一处来："养猪养猪，不是养猪我们会那么辛苦吗？当初我叫你别养，可你看到人家赚了几个钱心痒痒的，也想养猪致富，结果还不是偷鸡不成反蚀一把米。你还冇招思②，不怕亏死！我先提醒你，莫到时又拉上我，我绝不会再跟着你帮人挑水泥打土方了，反正你养猪我打工，各人做来各人用。"

月秀打定了主意要去打工，就在赴圩时买了两件好一点的衣服。人靠衣装，穿着不济，再靓的女人也会配坏。服装店旁有一家诊室，门口木牌牌广而告之：本诊室诚聘有配药经验的助手，男女均可，工资面议。

月秀此前曾问过几家诊室，也托人打听，可至今音信全无，于是也就不再抱希望，心想，那些小诊室可能都是夫妻店，自己有一手，不差人。看到近

---

① 作田：耕田。

② 冇招思：不长记性。

在眼前的招聘启事，眼睛不由一亮，真是踏破铁鞋无觅处，得来全不费工夫！喜不自禁中，她做了个深呼吸，然后忐忑不安地走进了诊室。

"你会配药打针？告诉你，我不是请保姆，而是请助手。"问话的是个不满五十的男人，语气中充满了不屑与取笑，眼前这个土里土气的农村妇女能当助手？

"以前我在医院的药房工作过。"月秀不自在起来，逃过他那挑衅的眼光。

"你不是在骗我吧？"男医生这下眼中出现了亮光。这招聘启事竖在门口都快足月了，一直无人前来应聘，他都准备收回来，或干脆送给垃圾桶了。

"这有什么好骗的，你要是不信，我现在就可以做给你看。"

"行，现在我就给这个病人开药方，你来配。"男医生指着长板凳上的一位中年妇女，漫不经心地说。

说话间，诊所进来几个人，顺带也好奇地围观考核月秀。月秀心里坦然，她正处于英雄无用武之地呢！

看她手脚麻利，经验到家，男医生换了副眼神和口气，道："你要是想来，我欢迎，不过得事先声明，三个月的试用期，月工资只有一千块，三个月过后，看表现再说。你要是同意就这样定下，回去征求一下老公和子女的意见。"

就这样，月秀担任了梁守福医生的助手。

梁守福的妻子王雨欣是小学教师，每天骑摩托来回。她和月秀挺投缘，几次接触就成了姐妹，还主动挽留月秀在家吃午饭和晚饭。月秀人勤快，有空了还会帮忙烧火煮食拖地板，做事干脆利落，厨艺也有的夸，甚讨这对夫妻的欢心。

诊室工作量不大，吃得好，心情佳，月秀原来的一脸黑斑慢慢地去无踪了，脸色转而红润起来。她本就有个不差的身材相貌，只因风吹日晒，生活艰苦，无钱打扮，愈发粗犷得没有款式，经王雨欣指点包装，竟也展露出细细婉约的美。如此这般，她自然也不心疼一个月工资的花销。

老公看她打扮起来了，就开玩笑说："打扮得这么漂亮，想勾男子啊？"

月秀白了他一眼，开玩笑似的问："我要是真那样，你会打死我吗？"

"我傻呀，老婆都成摇钱树了，我还舍得打死，我将你当菩萨一样供起来！你没听说吗，管它乌龟白龟还是红龟，只要有钱归。"老公嬉皮笑脸地说。

月秀晓得他也是开玩笑的。二十年的夫妻了，双方早就知根知底，她要真会在外面勾三搭四的，他还不撞墙？

爱美之心人皆有之，梁医生眼瞅着月秀越来越妍丽，对她的好感也越来越起波澜，眼神不觉带上了挑逗和冲动的味道，言语中也有暧昧的成分，无人时还会情不自禁地故意触碰月秀的身体。空气中不时荡漾着暧昧。月秀是个女人，自然轻易就读懂了这些信号，她心里觉得甚是好笑，但碍于情面，表面上依旧不动声色。单相思这种东西，让他一个人沉醉罢了，点破就等于撕破脸了。

一天，诊室出奇地安静，刚打开电视，荧屏上就出现了一对地下情人上演的激情戏。月秀甚觉尴尬，脸上火辣辣的，不经意中和梁医生打了个照面，脸更是红了，心也跳得厉害，忙扭头不看。

梁医生见月秀羞涩的样子更添几分可爱，眼里自然流露出几分缠绵。月秀看他的狼狈相，知道他此时所需，赶紧三十六计逃为上，让他一个人在那里自行灭火。

梁医生天真地认为，月秀迟早会被他哄上床，现在她不接受，是因为他没有物质上的表示，乡下女人，哪个不贪小便宜，我就不信你能抵抗物质上的引诱。

梁守福开始施行"投桃报李"计划。他是男人，知道女人所需，大手一挥送首饰和各种补品，一点也不吝啬，还把月秀的工资升到一千三。月秀心知肚明，梁医生开始展开攻势了。回家路上，她想，男女交易真是好笑，本是你情我愿的事，偏偏硬是添上了几分物质气息，这样只会把本身对这个男人没甚好感的女人越推越远。

对梁医生的殷勤大方，她感到恶心，这些都是糖衣炮弹，只会先甜后苦。月秀并不贪这些小便宜，每次都坚决谢绝。但梁医生总有办法，一句"不收就别再来帮忙了"半认真半开玩笑的话，就能让热爱这份工作的月秀踌躇犯难。当然，有时他也说："你工作出色，给你额外奖励是应该的，你看你都兼做保姆了，难道不该收吗？"

月秀听了，心里才有了点受之无愧的感觉，认为这也是劳动所得，是自己多想了，是自己以小人之心度君子之腹了，他们夫妻感情这么好，雨欣又是个温柔体贴、多才多艺、心地善良的好女人，他怎会背叛她，做出那种龌龊之事？！月秀觉得自己不该误解他，这样也太对不起他的好心好意了。雨欣不也送过东西给自己，难道一个女人也会对自己图谋不轨？

月秀想，既然他们都对自己这么好，自己也该有所表示，来而不往非礼也，这个道理她懂。于是，她上班时就带上自家养的土鸡土鸭和蛋回送，有时还会碾一袋米带来，菜呀花生呀也带上。他们都夸说比市场上的好吃一百倍。

一个星期天，眼看诊室没病人，在家休息的雨欣便邀月秀一同逛街。服装店的老板娘和雨欣是好朋友，每次来了新款，都会告知，这次又进了一款新式短裙，头天晚上就打电话给她，叫她试身。

雨欣叫月秀先穿，月秀从未穿过这么时髦的短裙，一再推辞。雨欣怂恿说，你穿了这件短裙保证年轻十岁。月秀穿上后，在试衣镜中看到那高雅气质的身段，不觉心动，我除了没钱没学历外，身上哪一样比人家差？凭什么人家就可以把自己变成青春靓丽，有些人年纪比我大得多，不也照样低胸或超短吗？不就几百块钱，怎么就舍不得呢，大不了卖它两只鸡公。

老板娘和雨欣见后，都说这裙子简直就是为月秀量身定做的。月秀说，你给个实价吧。老板娘说，我把进货单给你看。

进货单显示三百八十元，月秀嗫嚅道："这也太贵了吧。"

"一分钱一分货，有品位的你才要。我看在雨欣的面子上，就进货价卖给你，少一分我不会卖，本来我是要收车旅费的。"

月秀说："那好吧，不过我今朝没带够钱，天光日子再送过来可以吗？"

"不用你出钱，算我的。"雨欣大方地叫老板娘装好裙子。

"不行，这么贵的裙子，怎么可以让你出钱呢，要是十头八块也就算了。"

雨欣笑道："三百多块钱也不多，你我这么投缘，而且你经常送这送那的，我也应该回报你一些吧。"

"我送的都是家里养的，不用花钱。"月秀说。

"可我知道，一只大鸡公要两百多块钱，一只大花鸭也要上百块，还有那些蛋呀菜呀米呀，你要是拿去卖了，根本不止这点钱。我也生在农村，晓得农村的菜篮子很绿色，价钱也高。这事就这样定了，别争了，再说我生气了，不就一条裙子嘛！"

月秀穿上连衣裙后，一见十年少。老公看了欢喜地说，改天我给你再买一件。

梁医生看到月秀那截雪白的秀腿，眼睛都直了，隐约可见的曲线，更是让他涌上非分之想。他眼里冒出了几许颜色，直盯月秀胸前："你这般打扮会馋死所有男人，我现在就想把你拥入怀中。"

"你别开这样的玩笑，雨欣姐比我好看多了！"

"再好看也没有新鲜感了，她现在是青菜，你是萝卜，真想咬一口。"

月秀怕和他多说会引起他更多挑逗的言行，从未遭遇此事的她一时间就有点措手不及了，想不到自己的美也是一剂春药。

梁医生懂情调、有手段，想象力超丰富，精力又过剩，常在脑海中描绘和月秀缠绵的场面。也难怪，每天面对这么个容颜秀丽、风韵出众的女人，如果脑子和身体都能无动于衷的话，他自己都该给自己配药调理了。

在漂亮的月秀面前，梁医生浅薄的行为一览无遗。浅薄的行为愈发充盈，月秀就愈发麻木。只能逃避。她不理解，男人为何要活得这样贪心呢？

看到月秀如此穿着，有人少不得提醒雨欣多留意，别让狐狸精入了屋，到时哭都找不到地方。

雨欣知道所指，说："她不是那种轻浮的女人，我相信她不会做出有辱门风的事，况且，我们就像亲姐妹，她不至于给我背后一刀。"

"哼！女人和男人一样，如果想勾搭哪个，就会不择手段。你和她原先素不相识，就是亲姐妹，为了同一个男人都会明争暗斗反目成仇。世上很多事情都是出乎意料的，该发生的和不该发生的，最终都会鬼使神差地发生，而且往往不按套路。你又不是没听过，还是小心为妙，别让人给卖了，还在对她感激涕零呢。她送你家那么多东西，说不定你老公都是付了钱的。"

话糙理不糙，说这样的话在耳边重复响过后，雨欣有点动摇了，人不可貌相，知人知面不知心，画龙画虎难画骨，防人之心不可无。

雨欣开始察言观色，明察暗访地来，在床上对枕边人也旁敲侧击。在他睡着后，也认真观察静听，看他会不会做桃花梦，把风流韵事说出来，她要在他喃喃自语时，把手机上的录音功能打开，把他的梦话录下来，到时让他无法狡辩。她甚至还吩咐对面开食品店的朋友帮她侦察敌情，但一段时间下来，毫无线索。

她哪晓得，当医生的老公贼精，晓得她会听到些风言风语，给他布下天罗地网。对面侦察员经常瞟向这里的眼睛，他不看也能感觉得到。他再有色胆也不敢轻举妄动，只有伺机捕获猎物。平时也就只能施以小恩小惠，让她心存感激，一旦时机成熟，机会一来，哼，我不相信会赔了钱财又折兵。

终于，有一天，对面的店门关门大吉了，那位侦察员因病住院了，要一个礼拜呢。梁守福听说后暗自高兴，这家伙早就该进医院了，才一个礼拜呀，干吗不住上一年半载，妨碍他"工作"的人就该去住院。

看他神采飞扬的样子，月秀不明就里，问："满脸都是笑的，是不是中大奖了？"

比中大奖还高兴！梁医生心想，中奖算什么，不就是钱嘛，可和一个仰慕已久的女人去神仙谷旅游，那才是人生一个大奖。

看他闭口不说理由，月秀不便多问，时近晌午，就开始整理厨房卫生。清洗完饭煲，正拖着地板，却被人蹑手蹑脚地从背后抱住。她吓了一跳，回头看罢，正要斥责，对方却用尽了全身力气抱紧她，马上又把嘴贴紧了过来。她奋力挣脱，却怎么也无济于事，这男人太疯狂！一阵狂吻之后，梁医生腾出一手想摸她的胸脯，她趁机躲开并怒目圆睁："你要是再来，我就喊！"

梁医生一听，慌忙制止，好言相劝："只要你愿意，我以后保证让你日子越过越好。"

"你把我看成什么人了？我是个传统的人，要是我作风不好，我至于等到今朝日子吗？难道为了过上好日子，就可以不顾颜面，不顾仁义道德，这样活着有什么意思？给祖上蒙羞，让子孙后代抬不起头，这样的话，我情愿过苦日子，起码活得舒坦。"

月秀从厨房里逃出后，马上就骑了摩托回家，连着两天都没再来。梁医生不好打电话叫她，再忙也只能自己扛着，人家问起也只能说她家里有事。

雨欣连着四天没见月秀，就问原因。梁医生心虚地说："她老公身体不好，可能这几天都没法来。"

雨欣信以为真，心想等有空打个电话问候问候。一天下课后，她就拿起手机拨起了号。这段时间感冒的特多，梁守福一个人连轴转得都快疯了。

"月秀，你老公好点吗？"接通电话后雨欣开门见山，她认为这才是关心病人的一句问候。

"雨欣姐，你说什么，我老公怎么了？"月秀莫名其妙。

"老梁不是说你老公身体不舒服吗？"

"哦，是有点感冒，他说手脚都软，我走不开，得喂猪，所以几天都没去诊室。"月秀是个聪明人，一听就晓得是梁色鬼说谎，她不能实说，这样会让他们产生矛盾。她讨厌梁色鬼，却很喜欢他的另一半雨欣。

又过了一周，月秀还是没来，不但病人追问原因，连雨欣都忍不住了。月秀是个有责任心的人，不会那么长时间不来的，这里面一定有原因。

面对雨欣的追问，梁守福支支吾吾。

"一定是你对她图谋不轨，让她生气了，你们男人就不是个好东西，总想萝卜青菜一并吞！"

"我真的没把她怎么样，是她小心眼。"

"好在她小心眼，不然我们就到此为止了。以后还敢对其他女人有非分之想，我定跟你拜拜。"

"我发誓，以后我看都不看其他女人一眼，她们再靓板也是人家的，你才是我的唯一。"

"油腔滑调，这辈子就让你的花言巧语害死了。"

雨欣还算大度，爱漂亮的女人那是男人的天性，女人不也喜欢帅哥吗？自己不也和学校里的男老师打情骂俏过吗？不也有个别男老师向自己示好吗？己所不欲，勿施于人。

雨欣也并非见风就是雨之人，就算梁守福真的把月秀怎么样了，她也不会把这事闹得满城风雨。退一步，海阔天空。她相信老公是爱自己的，只是一时糊涂想寻求刺激，只要真心相对，他一定会迷途知返。

面对宽容的妻子，梁守福把事情的经过倒了出来。他知道雨欣是个有素养的女子，不会跟其他女人那样大吵大闹。

她语带揶揄："想不到你真有采摘野花的胆量，还做了一回贼！"

梁守福一脸羞涩："这不是没得逞嘛，怪我一时糊涂，今后保证井水不犯河水。我当面向她赔礼道歉吧，并恳请她回来帮忙。"

"发生这样的事，月秀不会再来了。据我观察，她也不是那种轻浮的女子，你就再一个人受累吧，谁叫你把这么好的帮手给吓跑了！"雨欣略带责备，"这个月虽然还差几天，但你不能少她一分钱，我亲自送过去。"

梁守福耷拉着头，小声道："要不，还是叫她自己来拿吧。"

"不要再打你的小算盘了，你们男人什么事做不出来，万一哪天她心软了，经不起你的诱惑和坑蒙拐骗，那我可真是有钱也买不到后悔药了！你都守福了，还想艳福！"雨欣鄙夷的话语，直戳眼前人的心事。

梁守福像是被点了穴，呆若木鸡，脸红到脖根。

雨欣的到来，让月秀有点措手不及，不由得也脸红耳赤起来，无言以对。

"月秀，你不必太自责，不关你的事，像你这么称职的助手，他不好好珍惜，是他命中该累。既然你不愿再来，我理解你也尊重你的选择，这个月的工资都在这儿了。如果看得起，我们还是好姐妹，你可以到我学校来找我。"

"雨欣姐，真的不怪我吗？"月秀一听雨欣这样说，心里甭提有多高兴，她不相信世上真有这么大度的人，就像雨欣不相信一个农村女子可以抵抗物质诱惑一样。她也不接雨欣递来的信封，而是激动地上前紧紧地抱着她，泣不成声："雨欣姐，你真好！"

雨欣也热烈地回应："我就相信你不是那种人！"月秀如果不守本分，雨欣的生活便也不可能平静，她于心感激这个女人。

听到她发自内心的夸赞，月秀更加坚定要做一个清白的人。

这世上，人模狗样者做了有辱祖宗的事后，还能狗戴礼帽——假装文明人。月秀决心绝不沦陷。人再穷，也不能穷志气，一失足，那才是千古恨！

月秀之所以答应荣贞，主要原因是认为一个年龄奔八的老人，肯定安全可靠，这个慈眉善目的老头，即便没有超凡脱俗，也没有能力对一个女人图谋不轨了，自己的老公才五十，就已经力不从心了。态度诚恳的荣贞，如果再年轻十岁，月秀可能都不想出山做助手，她不想再惹是非，钱固然重要，但名誉更无价，她情愿去工业区打工，辛苦一点工资少一点，起码可以保住名节，不至于让人指戳脊梁骨。

才半个来月工夫，月秀就获得超高人气，喜不待言，可一接触招玉，顿时就掉进了冰窖。月秀想不明白她为何如此不欢迎自己，只道这老妪和其他农村妇女一样小心眼，只要自己做得本位、出色，迟早会让她改变看法。

招玉像防贼一样防着她的眼中钉。诊室里病人多时，她会抽空回家一趟，喂喂鸡鸭，浇浇菜，拔拔草，把自己种的菜带到诊室里，让月秀煮了吃。荣贞若是晓得了饭菜的来处，就坚决不动筷子了，还吩咐月秀以后不许煮她带来的东西。招玉把洗干净了的菜放到了案板上，月秀哪敢把它丢掉，这就左右为难了。

荣贞悄悄地对她说："这老短命嫉心肠歹毒，说不定她洒了农药想毒死我们。"接着又说，"如果能和你一块死也抵得。只是连累了你，可惜了你年轻的生命。"

"怎么会呢，招玉娘怎么会毒死你？你不能开这样的玩笑，让她听到了可不得了。"月秀想不到荣贞会这样说，更不晓得他们何以会搞得夫妻反目。

来喝茶闲聊的人见招玉又开始天天来监视荣贞了，就对她说："你也莫疑神疑鬼了，你老公都快八十了，就是有那个色胆色心，也没那个精力了。再说月秀是个正派女子，她又不住这里，一下班就回家了，你又何必疑心生暗鬼呢！省省精神吧，莫让自己活得这么累，防来防去，越防越透①，你都防了几十年了，还不是防丢了几次？"

招玉嘴不饶人："我累不累关你膣事②，要你多嘴！反正我有的是时间，你们都可以天天来这里喝茶说闲话，我为什么就不能来？你们喝的茶都是我子哩拿回来的呢！"

好心遭雷打，谁还会做好心人？

"这老短命鬼真是太没良心，倒插门来我家还这么刁，如果不是我爷哩把所有的祖传秘方都传授给他，他能有今朝好光景？说不定比他那两个老伯哩更冤枉③！"

好长一段时间，招玉都这么想，也都这么跟别人说，仿佛这样一想、一说，就能一吐心中怨气。

多子多冤家

荣贞的大哥元贞，八十有二，育有八个子女刚好男女各半，当时称命好，以为可以连绵出安逸岁月，但事与愿违，享福不见，几欲悲哀。

四个儿子中，早年夭折了一个最小的，老大老二成家不久就闹着分家，元贞夫妻就和还没结婚的老三过，这一过就是二十年光景。老大老二子女都出来赚钱了，老三还在供孩子读书，负担不轻。于是乎，元贞就把所有的子女召集起来开了个家庭会议，要求儿子每月给五十元生活费，女儿每月给三十元。

会上，大家也都满口答应，回到家，做儿子的每人都有一套说法：

"爷哩也真是的，我们自己吃油盐都辛苦，还叫我们给生活费，是不是怕我们日子太好过了？"

"老人家想得周到，叫我们给生活费还不是为了贴轻④老三两公婆，老人家自己要多少钱花？共产党每月都有钱给，压岁钱又那么多，平时孙子孙女回来，多少也会给点，还叫我们搞月供，这不是明摆着扶那个一起过的吗？我们

---

① 越防越透：越防越糟糕。

② 膣事：屁事。

③ 冤枉：生活贫苦。

④ 贴轻：减轻负担。

也是靠双手做来的钱，又不是天上掉下来的、当土匪抢的，凭什么就要给？"

他们还说，如果老人单过，他们才心甘情愿给。

四个妹子也有说法：

"爷娭的生养之恩，我早就报答完了，才读两年书就让我回家，说是读再多也要外嫁，能认出自家的名字就可以了，而子哩不想读了还求他们读。想起他们当初重男轻女，把子哩当宝，把妹子当草，就像火车拉长笛——越响（想）越有气。"

"想当初我每天跟着爷娭风里来雨里去，朝加班夜加班，做牛做马，还换不来爷娭的重视，如今害得自己一身病根。有东西分时哪个想到嫁出了门的，有困难需要出钱出力时，却件件不落下。"

四个妹子商量一番后，还是决定给父母三十元。但一次性给还是每月给，大家又各有主见。

三妹子说："我认为每月给比较好，每月给难度较小，要是年终给，一下子拿出三百六，吃力不说，也难免会心疼，过年用钱的地方多。"

二妹子说有理，表示同意。

四妹子说："每月给也太麻烦，不如每个季度给。"

大妹子想了想，说："一年三百六，一年四个季度，不如我们四个每人给一个季度，第一季度我先给，然后你们一个一个排下去，你们觉得怎样？"

大家纷纷说好，还一致认为，钱给了父母，管他们倒贴谁，反正我们一分不少尽了力，对得起父母对得起良心了。

那边厢，大小儿媳也在议论老人伙食费的事，大致也达成共识：要我们交伙食费可以，但有个条件，必须老人家另开伙食。

和老人同住的三儿媳听到这些牢骚怪话后，非常生气，跑到大嫂、二嫂面前说："你们怕五十块钱好上了我，就不要给，两个老人家在三家轮流过。要是不想轮流负责，认为老人家有钱，你们也可以让老人家一直跟自己过，我不但没意见，还会每月给老人家一百块，我说话算数，不管日子多艰难，到年终我都会分文不少一次性付清。就是讨，我也会讨够！"不等她们回应，撂下话就走了。

四个妹子的供养每个季度都给了，但两个儿子有时给，有时不给。三儿媳心中有数，也不多说，反正只要他们不说牢骚怪话就行。给了照收，不给就拉倒，多钱多用，少钱少花，给了富不起，不给苦不死，全凭他们的良心。

可是，嘴刁心不平的大儿媳、二儿媳，不发些牢骚就感觉浑身不自在，只要有机会，总要向人诉说她们辛苦赚来的钱都交到人家手里，让人存信用社了，人家每个月自自然然就有几百元到账，真是太舒服了。

这类牢骚怪话说多了，过火了，最终让三儿媳失去了耐性，气恼之下在丈夫面前大发雷霆，下了逐客令："让你爷娭上她们家过过吧，也让她们尝尝味道，看看一年到头人来客往要多少钱。老人跟我们住了二十多年了，家里的亲朋好友都在我们家落脚，所有的好事歪事也由我们抵挡，老人家时不时这不舒服那不自在，我们容易吗？而她们打脱手网①，一分钱不出不算，连人工也不出，我们有空叫她们照顾一二日，还推七推八，总说以前会做时就跟我们住，现在老了就是狗屎也要放我们家，这是国法规定的还是她们自定的？真是好笑！要都这样，以后哪个还会要老人一块过？下个月开始，就让老人上他们家住！我每月给一百，也让他们存信用社。我实在不能再忍了，再忍就非得做巡逻队长了②。"

两位老人听到那些牢骚怪话，也很生气，他们在老三家过得好好的，有烧有暖③，如果要他们跟那两个儿子过，别说每家过一年，就是一个月，也难过下去。那两个不通事理的女人，多看一眼都会伤眼。和她们过？那干脆提前去见阎王好了，打死都不跟她们过！

两位老人思来想去，为了减轻老三家的经济负担和精神压力，只好提出单过。老三过意不去，又来做老婆的思想工作："两个老人都八十出头了，有一百岁命长也就还有十多年，二十多年我们都忍过来了，就多忍忍吧。辛辛苦苦养大一斗④子女，到老了还要自己单过，让人听了岂不笑话？我相信你也过意不去。"这么一说，三媳妇又心软了。

荣贞听到大哥大嫂的事，把老大老二夫妻责备了一番，把老三夫妻夸奖了一番，还说自己每月给一百元的生活费做补贴。

"叔，这样不好，要是让嫂哩⑤晓得了，又该有一番说辞了。"

"怕什么？叫她们有话找我说，看我不骂死她们！"

---

① 打脱手网：意指不用费神。

② 做巡逻队长了：意思是成了疯子到处乱走。

③ 有烧有暖：有温暖。

④ 一斗：一窝。

⑤ 嫂哩：嫂子。

大哥大嫂身体有毛病，荣贞听后二话不说，马上诊治，不但免费，还常给补品，这又让两个刁钻的儿媳妇有了更多的说辞。

荣贞的二哥华贞，在老伴死后不愿跟儿子儿媳同住，以免受气。一个人单过，一人吃饱全家不饿，自由自在，无论怎样都无人干涉。久而久之，子女们也就不管他的事。

华贞不像女人那样能种菜会洗衣，吃倒是可以马虎些，但衣服要自己洗就麻烦了。热天轻松些，一到寒天，衣裤厚，一浸水就加重，洗次澡换下的衣服有一大桶，他常常为此发愁。于是，每年冬天，他几乎十天半月才洗一次澡，还对别人说："又不用做什么事，有时连一点灰尘都没有，做什么要天天洗身，我这么瘦，就是洗身洗瘦的。"到过年时，要洗被褥了，他只好求助女儿。几个女儿就一齐约好来帮老父亲，顺带打扫房间。

儿媳们看了，背后说："你们看那老鬼，洗一床被褥都要叫妹子来，好像我们不帮似的，这不是成心跌我们的股^①吗？平时我们叫他把换下的衫裤给我们，可他不要，说自己能洗，不麻烦我们。"

某年，几个女儿商量，想试试那几个卖嘴皮子的人是不是真心，就都借口有事，让父亲去叫她们帮忙。三个儿媳难得步调一致、众口一词："你不是有妹子吗，干吗要叫我们洗，我们又洗不干净。"

华贞气愤至极，辛辛苦苦赚钱，花了一腔心血，却讨到这样的儿媳，真是家门不幸啊！他吼道："不洗就不洗，我就搭曼过年^②，有亲友来了，也不会跌我的股，看你们好哇事吗？！"

华贞一日感冒，难受至极，儿子儿媳得知，却一个个诈痴诈癫。他实在受不了了，打电话给荣贞。荣贞很快就挽了药箱来，看到二哥房间脏得都难以插足，而过几天就是春节了，房间里什么年货都没准备，就说："都快过年了，你还不叫几个生娰打扫屋子，洗净被褥蚊帐？"

"叫了，她们都不干，让我叫妹子洗，每年都是妹子洗的。可她们也有一个家啊，她们来帮我洗了，那几个刁妇却又说牢骚怪话，哪个妹子还有胆子和心情来？"华贞语声哽咽。

"他们几兄弟也不管？"

---

① 跌我们的股：丢我们的人。

② 搭曼过年：意思是和污垢一起过年。

"都是乌头虫子①，一个比一个'妻管严'。她们真要来洗，也是浸湿后用棒子捶打几下就拖起来挂，根本就是应付。有几次我身体不好，她们商量轮流帮我洗，可是连洗衣粉的泡泡都没洗干净。"

"真是一群拗豹子，我去说说他们。"

华贞拉住荣贞的手，喘着气说："别去别去，冇用！他们当面会听你的，等你一走，又会骂我向人乱告状。"说着说着泪落如珠，"你二嫂也真是，难道不晓得我过得这么辛苦，干吗不来等我去她那里？有她一起过，起码有人烧火煮食，有人洗衫裤，我可以享享福。"

一向大男子主义的华贞，丧偶以来，才真正尝到了孤独的滋味，也感到老伴的重要。以前他对老伴横眉竖眼，吼吼喝喝，而她却还是悉心照顾他，再怎样苛刻都忍声吞气，唯命是从。一次，她实在忍不住了，哭着说："你这样对我，以后我肯定比你先死，我死了看你怎么过，我可以由着你吼喝，别说生娌，子哩你都不敢。"他当时就吼一声："我自己养的子哩自己讨的生娌怎么不敢，他们做得不好，我照样骂人，他们敢把我怎样？"他们是不敢把他怎样，但他们可以不理他，他又能把他们怎样？尽管他嘴上强调过多次，你们要是惹怒了我，我就告上法庭，但他做得到吗？后来这些话连他自己都懒得出口。

华贞比元贞更不济，元贞起码还有个老三可依，可华贞呢，子女个个都巴不得他早死。念着兄弟情，荣贞也免费给他看病，决定每月也给他一百块钱。他清楚地记得，以前华贞说起子女时总爱当众拍胸脯："有了三个子哩，以后就不愁饿死了，也不愁没钱用。"那满脸的骄傲和自豪，什么时候跑到爪哇国去了？

比起两个哥哥，荣贞在子女们心中还是受尊重的。同情兄弟的时候，他心里多少有了些安慰。

心中的女神

招玉说话刻薄，每句话每个字都像一枚刺，刺中月秀的心肺，令她难受。

---

① 乌头虫子：没用的东西。

月秀想不出自己到底错在哪里，无论怎样努力，怎么口乖舌甜，招玉还是冷言冷语，六月天说话也寒如三九天，搞得月秀七斤面粉调三斤糯糊——糊里糊涂。看在荣贞平易近人、和蔼可亲的分上，她尽力忍下，不作计较，更主要的，她是那么喜欢这份工作，喜欢这里的人。只相处了一段时间，月秀就对美溪村的人产生了感情，他们有的虽然粗俗、酸话连篇，但善良质朴、容易相处。农村人自有一份柔情的谦卑，说不出的自然。

月秀发现，荣贞和招玉几乎没有语言沟通，除了互翻白眼就是互揭短处。每次吃饭时，月秀把好吃的菜摆在招玉面前，但荣贞又把它挪给月秀，挪来挪去，弄得月秀尴尬异常，有时没吃饭就假说胃不舒服吃不下了。荣贞和招玉当然心知肚明，只是荣贞心疼，招玉幸灾乐祸。

荣生原先对荣贞的生活作风极不认可，认为这有辱祖宗，有损党风，也给子孙们留下一个不良印象，曾多次要他注意形象注意口碑；但看到他身边没个女人而变得孤独，了无生机，在月秀来后又像枯木逢春，充满活力，不觉动了恻隐之心，内心不自觉地和这个既遭他批评又让他同情的情种站成了统一战线。一个老男人，自己守着一栋房，如果不是有那么多的病人闲人和他斗嘴，他的日子会是什么样子，可想而知。

荣生也私下里跟招玉说过那些劝解的话，叫她别再搞窝里斗，斗来斗去只会两败俱伤，一点好处都没有，还让大家见笑，就让荣贞安安静静过日子，也许还能多活几年，他活着就能给病人解除痛苦。他还说："一个男人要是狠了心想走斗，那还不容易！莫说你们都闹成这样不在一块过了，就是睡同一张床上，有了外心，也会找个借口就走。他说他去厕屎，难道你也跟着？你还是消消气，自己照顾好自己，争取多活几年，多享儿孙的福。"

招玉心里也觉得为那老鬼和一个素不相识的女人生闷气、"装猫公"，实在划不来，她装了一段时间的猫公，却连老鼠的骚味都不曾闻到，还要忍受人家的冷嘲热讽，每餐得吃人家的面目饭①，受尽冷落还让人家说笑，真是一点面子都没有，毕竟自己是个子孙满堂的房长叔婆，能不感到憋屈、冤枉？！听了荣生的话，她觉得很有道理，要想多活几年多享清福，就不要为这种人生闷气。这么一想，便又回到那个家去了。天天和鸡鸭打交道更开心，"咯咯咯""呀呀呀"叫几声，它们就围着她转，热情得不得了。把它们喂好了，长

---

① 吃人家的面目饭：看人家的脸色吃饭做事。

得快，母的还能下蛋，一个蛋一块五，多实惠！

见招玉哪里来哪里去了，荣贞原先霜打过的茄子脸顿时笑逐颜开，吃什么都香，睡着了尽做春梦，有时还会笑出声。他又一次感受到了人生的美好。

男人和女人都可以说是一扇门，你这扇门无情地关上了，让我吃了闭门羹，只要不灰心、不死心，就有另一扇门为我打开，让我进去遮风避雨，享受温暖。月秀的翩翩降临，让荣贞什么都能想通了。

月秀在诊室尽心尽职，待人接物让人如沐春风。男人们来得更勤了，不是看病不是泡茶，也不为说浑话，而是来饱眼福。饱了眼福后，回到家食欲大增，能多吃一碗饭。于是，荣贞的诊室天天笑声不断，一天不见月秀，主人和来人都不太习惯，心里不约而同地泛起失落感。

月秀见招玉不再来为难，心里也着实高兴。只要那双让人心里发毛的眼睛不在诊室，她就能放得开。别说是她，就连那些几十年的老邻居，有招玉在场时都会很收敛，不敢随意说笑，装也要装出一本正经。月秀一直纳闷，这对老夫妻名利不缺、钱财任意、子孙争气，按理应该是幸福的，可怎么就成了阶级敌人？无论如何，月秀都不敢把这么糟糕的晚年生活和荣贞挂上钩，物质生活好了，精神生活也该是阳光灿烂呀，至少不能像这个样。

一日，月秀终于按捺不住心中的疑惑，趁诊室静下来时，大着胆子问荣贞："荣贞叔，我看招玉娭不欢迎我，把我当贼一样防着。说实话，我人虽穷，但我没长三只手，一向循规蹈矩，不做跌人跌鼓①的事，她为什么会这样对我？我听人说，你曾经被人偷过，难道她就因为这才防我？"

荣贞一听有人多嘴告诉了她诊室遭窃一事，心里一惊，这些家伙，太会嚼舌根了！如果把自己以前的那些风流韵事也倒给她，那他在她面前努力保持的形象就前功尽弃了！

"以前我要回那个家，有时时间长了些，难免让贼牯②钻空子，但现在我日夜都在这了，我也学精了，贼牯也偷不到了。"荣贞说完，呷一口茶，笑眯眯地看着月秀说，"月秀，你莫管那'鸡丘婆'，她就这副德行，不单对你，对大家都一样，好像大家都挖了她的心肝。以前我也请过小工，但都让她赶走了，你是来帮我治病救人的，大家都晓得，你看大家都那么喜欢你，你就不要

---

① 跌人跌鼓：丢人。

② 贼牯：小偷。

在乎她一个神经病的态度了。除了一纸婚约，我和她早就没有瓜葛了。"

月秀边听边瞪大眼睛看他，似乎要看穿他的五脏六腑。

荣贞微叹一口气，收起笑脸，诚恳地说："月秀，你安心在这里帮忙，不管她怎样对你，都不要计较，反正大家都晓得你的好，大家都不理她，她就成了臭屎鸡。在我面前她要是敢伤害你，我就一脚踢死她！"说完这些，荣贞的脸上和说话的口气一样，涌出一丝丝愤恨。

月秀听了，笑得一脸阳光，她调皮地歪着头看着荣贞说："你莫拐我了，为了我这样一个小工，你舍得下重手？真要踢死了她，你的子女会怎么对你？我真想不明白，你们怎么会这样仇视，难道有什么过隔^①？你们毕竟几十年的夫妻了，同过甘共过苦，为了这个家她没功劳也有苦劳吧，再说了，人家告诉我说，这里还是她的地盘呢。"

荣贞一听，心里又掠过一丝不快，恨这个多嘴的家伙，怎么就那么的不藏事，连这也告诉了她，接下来会不会再泄露他的那些"出彩"之事？要是让我晓得了是谁，下次来看病，一定狠宰他一次，尿脚都不给他喝！荣贞在心里把这个不知名的多嘴家伙好一顿怒骂，并且在心里对月秀说，你不知道的事就别乱问，别那么探事，世界上你不知道的事多如牛毛呢！但是，这样的话，他只能烂在肚里，带进棺材了，哦不，现在早不兴用棺材了。

"她住的是她的地盘，这里是我后来买的，非她势力范围，所以你不必担心，她还没长角。另外，我们早就没有夫妻关系了，我厌死她了，要不是看在我子女的娭哩这个面子，早就踢死她了。"

"再厌，你也不可能踢死她，踢死了她，你也会吃枪子儿的。"月秀笑着说，她并不相信他会讨厌到这种程度，总以为他这人喜欢说气话。

看到那一脸绽放的笑容，荣贞好不舒畅，像寒冷的早晨醒来看到阳光。

"如果为了保护你而把她踢死，我捉去枪毙也值了。"荣贞说完这话，心里不觉对自己这么直白的表达感到惊讶。

月秀想不到他会这样说，不知这话到底掺没掺水，相处了一段时间，她知道他总喜欢开那让人心跳加快又乐意听的玩笑，偶尔会对那些年轻标致的女人说："和你睡上一夜，死也抵得。"到底值不值，只有他知道，天地神鬼都蒙在鼓里。月秀起先对这类玩笑很不习惯，一听就脸红，久而久之，也就不以为

---

① 过隔：隔阂。

意了。

"说鬼话，像你这样的好人活过百岁也不能死，你要是死了，那些患上了疑难杂症的病人可就受苦了，去大医院看病多麻烦，连交钱都要排队，又要这检查那检查，简直折磨人，花钱不说，还会加重病情。有些病根本不用全身检查的，却总要为医院里的那些仪器捐点钱。"

"话也不能这样说，有病去医院，医院就得检查清楚，也好让病人心中有数，自己哪个部位有毛病。"

"可这也得看情况吧。去年我家官老咳，送医院一检查，说是肺气肿，住了一个多星期出院，可不到两个月，又折回头，医院又说要做各项检查。我们把上次的检查单子、片子给医生看，要求不要再做检查，可医生说不行，不检查他们不好给他治病。明明是一样的病，相隔时间又不长，你说有必要重复检查吗，这不是折磨人嘛！"

"这倒也是！"荣贞为了争取月秀的好感，只好站在她的战线上，何况他也不完全赞同医院的某些做法。

"所以说你不能就这么死了，你要活过一百岁，不然大家看病都费劲了。你不但医术高，又不会宰人，还经常给困难户免费，你是大家心中的活菩萨。"

"想不到你也挺会拍马屁啊。"荣贞笑着说。

"我说的是真心话，我真没见过像你这么好的医生。很多医生为了多赚钱，乱开药，病人有时不用吃饭，药就可以填饱肚子了。"

"我要是活到一百岁了，还能给人看病？说不定自己都病在床上起不来了。命这么长，又生病卧床，谁来管我，难道你愿意来照顾？"和月秀说笑，是件开心事，有她在身边，别说活到过百岁，就是再活五百年，荣贞也不嫌多。

"我又不是你的妹子，哪有福气来服侍你呀。"月秀也笑道。说完这些，她明显感到，荣贞的眼里有了异样的亮点。她天真地认为，那是慈父般的目光。正如旁人所说，自己是他所请小工中最出色的一个，他还有什么理由不喜欢不珍惜呢？

"那你就做我妹子好了，以后我躺床上了，就你来照顾我，我照样发给你工钱，好吗？"

"那怎么行，你有妹子，又有子哩生娌，还有老婆，用得着我一个外人照顾吗？再说，你的家人也不会让我来照顾你的。"月秀这次说的家人，其实是指招玉一人。

是啊，如果真有那么一天，月秀怎么可能来服侍，也许来看一眼都不可能，家里那头母老虎会允许她来看我吗？荣贞在心里叹了一口气，脸色也有点凝重。

月秀看他突然间满腹心事的样子，正要开口问，这时看到有人来，就迎上去招呼了。

一日，月秀带着一副闷闷不乐的表情来上班，荣贞开玩笑地说："和老公吵架啦？"

"不是，我们很少吵架的，我老公是个穷光蛋，从不敢乱骂我，怕我生气离婚。"

荣贞笑吟吟地看着她："看你这脸色，难道今天太阳从西边出来了？"

月秀见荣贞这么细心且关心，也就实话实说："我做屋时，向朋友借了钱，现在她要买地盘叫我还，我一下子哪有这么多钱啊！"

"多少？"荣贞关切地问。

"五千。"

"就五千啊，我还以为是五万呢！"

"五千是不多，可现在我连五百都拿不出。我子女读书刚出来，工资仅够他们自己花，而这些年我们家运不好，种什么养什么都亏本，又刚做房子不久，一下子实在拿不出这个钱。"月秀叹了一口气。

"莫愁莫愁，我借给你，到时从你每月工资上扣五百。"荣贞看着月秀，目光充满了柔情。

月秀不敢正视那双炽热的眼睛，低下头说："你对我这么好，我真不晓得要怎么报答你。"

荣贞一听这话，高兴极了，忙说："只要你晓得我的好就行。说实话，以前我妹子做屋，我也只给了她五千。"

月秀心想，他真的把自己当妹子看待了？

荣贞顿了顿，又叮嘱道："借钱的事你不要说，莫让人家说闲话。"

荣贞说话间，炽热的目光一直没有从月秀身上移开。月秀幡然醒悟，原来这个老头并没有把她当成女儿看，而是一个女人！

如果不是朋友急着用钱，月秀不想无端接受荣贞的好意。世上没有免费的午餐，一个原先素不相识的人，对自己的好超乎寻常，这让月秀有点不安，好在他是一个将近八十的老人，好在他说要从她每月的工资上扣。

看着荣贞从里屋出来，递上一叠百元大钞，月秀略加迟疑，咬了咬碎玉般的牙，接了过来，道声多谢。

"多什么谢，我只是预付了你的工资而已。"怕月秀不安，荣贞再次强调。

"你就不怕我拿了钱后不来你这里帮忙了。"月秀笑着看荣贞的反应。

"你不是那种人，我虽然老了，但凭着几十年的眼光，相信还能看准人。"

"多谢你这么看我。"月秀感动莫名。

"快把钱放到摩托车的后备厢里，让别人看到可不好。"

这天傍晚，月秀要回家了，荣贞拿了一包东西给她，月秀不解："这是什么？"

"都是些补品，吃了对你们女人有好处。"

"我怎么可以乱收你的东西，这又不是你制造的，也是花钱买来的。"月秀不敢收，她怕又会跳出一个梁守福。

"收下吧，值不了几个钱，我也是为了让你身体好些，才可以帮我更多的忙。"

荣贞把东西往她手上一塞就走开了，月秀晓得他又是怕让人看见，这老头，也有怕人说闲话的时候。她略带好奇地问："连你也怕人家说闲话？"

"不是怕不怕的问题，而是没必要，多一事不如少一事，现在的人总爱嚼舌根！"荣贞说罢，向她挥了挥手，"快回去吧，天光日子早点来。"说完恋恋不舍地进了药房。

摩托车发动了，呜呜远去了，荣贞坐在每天必坐的转椅上，呆呆地看着墙壁，好像墙壁上有月秀的影子。月秀不在诊室，他什么事都不想做，茶饭不思，只想喝酒，最好一醉方休，醉生梦死。荣贞觉得自己离不开月秀了，她是他心中的女神。

去香港旅游

人来人往的地方，各种信息满天飞。

一天，刚做完六十大寿的农妇香秀取了药，顺便唠叨了几句，说婿郎妹子打算请他们夫妻俩去港澳旅游，旅游有什么意思呢，还不是花钱买苦，倒不如把旅游的花费给他们养老。

月秀听了就开解："娓娓，你真土①，还愁没钱用吗？他们孝顺请你们去旅游是好事，趁现在行得走得，一定得去，辛辛苦苦几十年，连县城都没去过，现在有条件了，一定要去见见大蛇屙屎②。要是我有钱，放下所有的事也去，旅游多开心！"

言者无意，听者有心。荣贞等大家散后，问月秀："如果有人请你去香港，你真去？"

"有人请干吗不去，等我日子好过了，自己花钱也要去一次。"

荣贞笑了笑，并不说话，心中已然决定成人之美。

见他不说自笑，月秀就问："难道你请？"

荣贞郑重其事地点了点头，月秀眼睛瞪得比铜铃还大，难以置信。她高兴地看着荣贞，真想马上跪下拜他为干爹，她做梦都想去港澳旅游一趟啊。可是，他不是自己的父亲，连干爹都不是，怎么好意思让他花钱？这一大笔钱又从工资上扣的话，那要扣多久啊？！

她捏着身上碎花衬衫的一角，道："不行，你请我去我也不去，现在我都欠你太多了。"

荣贞听她这么一说，心里甜甜的，两眼放光："去吧，机会难得，你和他们一起去，我也放心，而且你可去傍傍他们的风去深圳游一游，你也没去过深圳吧？"

月秀一听喜不自禁，有人结伴互相照顾更好。糟了，晚上又得失眠了，每次好事坏事来，她都要失眠。

"就这样定吧，我和香秀他们说一声，你和他们一块去县公安局办证，听说要带户口本和身份证。有你去，他们也会高兴的，他们从没出过远门，你刚好可以照顾他们。不过，千万不能说是我请你去旅游的。"

"放心，我心里记着你的好！"月秀兴奋地说，她真想马上回家把这个突如其来的好消息告诉丈夫。

月秀外出旅游那几天，无论是闲人或病人，一进诊所就问："月秀怎么不来？"

---

① 土：笨。

② 见大蛇屙屎：意指见世面。

荣贞如实回答："去港澳旅游了。"

"哦，这么逍遥，什么时候去的，和谁去的，去多久？"

看得出，病人们都希望她快点回来，荣贞何尝不是。她不在诊室的日子，真是了无生气，大家都觉得少了一样东西。

当着大家的面，荣贞若无其事，谈笑风生，大家一走，他就失魂落魄无精打采。现在，他已然尝到了何为相思病。原先她回去十几个小时，他都感到时间停滞不前了，何况这一走就是好几天。

月秀回到家里，丈夫看到她大包小包的东西，不禁皱了皱眉头："花这么多钱买吃的，真舍爽！"他对名目繁多的食品不感兴趣，只对那个剃须刀有感觉。这是最实在的东西，男人天天要刨胡须，就必须有个好用的工具。他拆开后，启动电源边刨边问："香港和澳门好了不好了 ① ？"

"好了不好了，总比我们这山寮下 ② 强一百倍。"

"强一千倍，我也不去受这种苦。去旅游的都是神经病，有钱打水漂，花钱买苦，有末事搭煞 ③ ？有钱没地方花，不如用来打酒喝。"说完，他拿起月秀放在桌上的小镜子，照了照。

"你除了酒，还有什么和你最亲？照你这么说，旅游区趁早关门算了。"

"本来就是，走了再远，外面的世界再精彩，还不是要回到家里来，家里的茅寮屋才是自己的，不是说金窝银窝不如自己的狗窝嘛。"

"懒得跟你说，我洗身了，等下去打麻将，她们都在等着我呢！"

"走了一星期，一回来就去打麻将，就不怕我生气，把门关上，不让你进屋？"丈夫心里酸酸的，几个麻将师一打上麻将就没完没了，不到下半夜不解散，害得他想老婆了总不能如愿，等老婆回到家，不是太困就是输了钱心情不好不愿合作，即使有时半推半就，也趣味索然。他讨厌她打麻将，赢钱笑哈哈，输钱死人相。按理说小别胜新婚，婚后以来，他们从未分开过这么久，虽然男欢女爱这档事，早因生活的压力和年龄的增长而消退了兴趣。

月秀洗完澡出来，回应一声："不让我进屋，我们就打通宵了。"

丈夫笑骂："打麻将打昼打夜 ④ 都不厌，和老公睡目却说讨厌。"

---

① 好了不好了：好玩不好玩。

② 山寮下：山沟里。

③ 有末事搭煞：有什么意思。

④ 打昼打夜：日夜都打。

月秀笑嘻嘻地回敬道："打麻将运气好可以赚钱，和你睡目来不了钱。我免费服务了二十几年，你还嫌呀？再说，你不是无能为力了吗？"

月秀把礼物分给了几个麻友，换来她们一顿夸："怎么突然大方起来，是不是搭上了有钱的老板？说！"

"这些吃的东西都是别人给买的，我一分钱也没花。"

"谁买的，快告诉我们，不然麻将都不要打了。"

三个麻友围住月秀，一定要她说出背后那个大方之人，看这段时间月秀的派头和脸上的笑容，她们都怀疑她有了情人。

兰香说："你要是敢搭男子，我们以后都不跟你打麻将了，莫让我们成了帮凶，败坏名声。"

另一位麻友玉英说："她要是敢搭男子，我第一个做宣传员，我拿一个广播筒，走家串户地宣传，让她一日就出名。"

没等她们完成围攻，月秀就受不了了，故意黑下脸来骂："神经病，有吃还填不住你们那张嘴，我是那种人吗？后生时都挺过了那个关，现在什么年龄了？还说那个，快吃，不吃我就装进后备厢里带回去。"说完坐在麻将桌前催她们快上阵。

可几个麻友却大有打破砂锅问到底的架势，都坐在那里，吃她带回来的东西，边吃还边催她曝光这个大方之人。

"这是跟我一起去香港的那对夫妻的妹子买的，她老公在深圳开了个公司，看样子很有钱，住着别墅不说，夫妻俩各开一辆上百万的小车，看他们花钱一点都不心疼，好像花的是树叶子。我身上这套衣服也是他们出的钱，我当时不敢要，他们说是为了感谢我陪老人旅游，如果不是我，他们也许就不可能去深圳，更不会去香港、澳门。"

"世上真有这样的好人，不相不识就给人买这买那的，月秀，你不是骗人的吧？"

月秀笑道："这事要是发生在你们身上，我也同样会怀疑，可这事偏偏就让我有幸碰上了，想来，世上真有不在乎钱而在乎名声和情义的，以后我们就更要大度了，得向这种人学习。"

兰香羡慕不已："月秀运气真好！"

"今天如果牌桌上有赢，才算真运气！"月秀说罢，再次催她们，"都告诉你们了，还不快来？"

在整个村民小组，数她们四个最合得来，什么话都敢说，还说如果有机会这辈子一定找个有钱男，刮够后半生的钱。无聊时，每个人也都在心中设计了一个有钱有情有才有貌的他，互相满足一下虚荣心，却只是说说，从不付诸行动，人生的火车一直还是在铁轨上照常行驶。她们打趣说，马路上还没铺上水泥路，莫让火车翻了个底朝天！

　　今晚，三个麻友商量好了要专和月秀的，岂料月秀牌风超好，老是自摸，还奖到一年难得一遇的鸳鸯码，气得她们哇哇叫，说月秀去了趟赌城，把那边的赌技都学到了家。

　　四人有说有笑的，雀战到凌晨一点多，月秀赢了五百多，一赢三。

　　这当儿，月秀的丈夫又打来电话催促回家，几位麻友嬉笑道："他可能想你了，就是不要理他，就要让他受点苦，让他晓得老婆的重要性。"

　　月秀抬腕一看手表，"呀"了一声，头也不禁有点晕乎了，说："麻将一个晚上打不够，天光夜晡①还可以继续，得罪了老公把门反锁我就糟了。"说着，把钱装进钱包，不管三七二十几，说声再见出门骑上摩托走人。

　　月秀走后，丈夫在家看电视，看得极不舒心，手里拿着遥控器换来换去，把五十多个频道换了个遍，都觉得没意思，看了几回时间，心里一直在等待月秀回来，暗自骂道："这几个神经病，也太不自觉了，人家走了一个多星期，也不体谅体谅人家，就把她喊去打麻将了，让她们都输光光！"

　　等啊等，等到凌晨两点差一刻，才听到摩托声音，忙从客厅沙发上坐起，斜靠着揉眼睛。

　　"呆子，看电视看得这么困，想睡为什么不在床上睡？"

　　"还不是等你？你们精神也太好了吧，一夜晡就想把一星期的损失补回来？老是熬这么晚，一定死得快！"

　　"赢了钱她们都不让我回家，死活要给她们一个盘本的机会。"

　　"赢多少？能不能奖励一点，看在我这么辛苦等你的分上。"丈夫跟着月秀进卧室，伸出右手要分钱。

　　"我辛辛苦苦熬夜才赚了几百块钱，怎么分给你，看在你痴心不改的分上，就忍痛给你十块赏钱吧！"月秀笑着，从钱包里拿出一张十元票子递给丈夫。

---

① 天光夜晡：明晚。

"喂，人家辛辛苦苦等你几个钟头，就给这么点奖励，把老公当叫花子啊！"

他像抢劫犯一样抢下她的钱包丢到桌上，然后又像强奸犯一样拦腰抱紧她，把她拥上床。

"你神经病啊，人家困死了。"

"哼，谁叫你打那么晚，今朝夜晡你再困我也不会放过你，也要惩罚你！"说完用嘴巴封住她的嘴，不让她说话。

月秀回家第二天，就上班来了。荣贞满脸堆笑地迎上来问："来了？"月秀愉快地"嗯"了一句。看到他这么高兴，她也高兴，她晓得自己在他心目中的分量，更清楚他对自己不是慈父对女儿那样单纯。

"这几天累坏了吧？"月秀看他眼窝深陷，一副睡眠不足的样子，关切地问。

"这几天拉肚子发高烧的特别多，害得我连尿都没空屙。我就把他们赶到别人诊室去了。我真是苦命，人家拉肚子发高烧都要选到你去旅游时，早晓得这样我就不请你去旅游了。"荣贞开玩笑地说。

"现在后悔来不及了。"月秀说完，从后备厢里拿出一个包："这是送给你的礼物，希望你喜欢！"

荣贞接过，走进客厅，拿出来一看，是一身保暖内衣和一件马夹，外加一个剃须刀，心里嘿嘿笑了，这三样东西他一直都想置办，一次闲聊说过，没想月秀竟记在了心。

"你真有心，我就那么一说，你竟没忘记。"

"你的恩德我永远都不会忘记！"月秀由衷地说。

身体不是回报的工具

月秀的兰质蕙心，大家越来越看在眼里。她以助人为乐为己任，从不与人说长短论是非，也不和人争执，情愿自己吃亏，有人找碴儿她总是高举免战牌，令那些好战分子扫兴而退，恶手不打笑面人嘛。

每年紧工时节，家里的活忙完后，就是累得想躺在床上睡上两天两夜，看到人家有困难，她也会和老公一起去帮上人家一二天，还不指望人家还工日。人家主动说起，她总笑着说："邻里乡亲的，有了困难就该互相帮助，资金上我帮不上，三两力气还是有的。"

大家心里一直记着她的好。北京奥运会那年夏天，她因中暑住院，邻里乡亲商量着，一起帮她完成了莳田任务，几位姐妹还抽空上了趟县医院，买了水果前去探望。听说自家的秧苗已莳完，她简直都快乐疯了，闪着泪眼连声道谢。

"这都是你平时带的好头，要说感谢，应该感谢你才对，是你让大家明白了助人为乐的道理。"

月秀笑了，开心地笑了。曾经，她为身边那些斤斤计较、钩心斗角的现象困惑，也曾耐着性子劝解，但犹如杯水车薪，无济于事。后来，她就以身作则，真心真意地帮助他人，也不在乎人家怎么看，她相信，总有柳暗花明的一天。

多做善事有益身心，助人为乐有益健康，这是月秀的养生观。久而久之，她的养生观也潜移默化了别人，唤醒了别人内心深处的善良。

荣贞从未和这么优秀的女人相处这么长时间，面对月秀的笑脸，他的心里总会涌上无名的悸动和不安。看不到她，连天地日月都失了光彩。相思的巨流在心底潺潺不绝，如虫子般在内心撕咬骚动，没有边界。连他自己都在心里骂撞上鬼了。

他确实撞上鬼了，而且是狐狸精，这下不得安生了，连魂魄都附在她身上了。荣贞不止一次地在心里说，死了，死了，现在没救了。

他觉得这太不寻常，自己都快八十岁了，怎么会对小他近一半的女人产生爱意，这算不算堕落？

不过，他现在一直不在乎名声，和秋香好过之后，他觉得女人和名声不能混为一谈。生活中没有女人，那就失去了半连天！皇帝老儿都能丢了江山爱美人，我区区之身，怎么不可以丢了名声爱女人呢？

秋香离开后，他心灰意冷，认为此后再遇不到心仪之人，生活必是一潭死水。想不到，上天如此眷顾，又为他送上了一个天使。他已经无法控制自己的情绪了，喜怒哀乐皆是月秀所赐。多少个不眠之夜，他也会有一种犯罪感，觉得自己不该这样亵渎月秀，他自嘲地骂一句："真是个老色鬼！"

他们就这样平安无事又互相敬重地相处在一起。荣贞虽然时有把月秀一口吞的冲动，但又怕吓着了人家，她要是走了，他的生活将一片黑暗。他要小心谨慎地呵护她、关爱她。她是他心中的一盏灯、一颗糖，有她在，他心里甜蜜蜜，脸上笑嘻嘻，愁容苦闷不知去向，和大家也谈笑风生，和颜悦色。她不在时，他看病人都不顺眼，对病人也缺乏耐心，吼吼喝喝。男病人脸皮厚，吼了也不怎样，还跟他打趣，女病人就糟了，特别是从未让老公吼过的，被他一吼，心娇者当场流泪，他不但不赔礼道歉，还会挖苦一句："你老公又没死，喔什么？"

大家见他这样，心知肚明，有时当面笑话他，有时也故意一唱一和在他面前说月秀的好。说起月秀，他紧绷的脸又会自然流露一丝笑意。没办法，大家都是狗嘴里丢骨头，投其所好。月秀现在成了夜空中的月亮，大家都沾光。

荣贞天天做着和月秀共度良宵的美梦，就像半夜做梦当皇帝，快活一时是一时。他现在是瘫子跌进了烂泥塘，不能自拔了。

一天午饭，荣贞多喝了一杯高度酒。他一向好酒，常常买回一箱的白酒，然后自己配药放到酒缸里，一段时间后白酒就变成了红酒色。有人尝过后，觉得好喝又实惠，就学他的样买一箱白酒，送他几瓶，再请他帮助配中药。秋香老公就喜欢喝他的酒，说喝了荣贞叔的酒，手脚都不软了，也来精神了。后来，几乎家家户户都有"荣贞"酒了。这大荣贞贪杯，一刻钟后，感到头重脚轻，全身发热，睁着迷离的眼睛对月秀说："我要休息了。"说完就颤巍巍地站起来。

看他行路打趔趄的样子，月秀慌了神，忙上前扶他进房。荣贞的头脑已经不听指挥了，腿脚也不灵活了，月秀一个人没办法把他扶上楼，只好就近扶进楼下，那里有一张供老人挂点滴使用的简易床。

好不容易把他安置在了床上，月秀帮他脱了鞋，说："荣贞医生，你喝多了，就安心躺会儿吧，等病人来了，我会叫你。"说完就要转身离开。

荣贞自浸的色酒壮了他的色胆，迷迷糊糊中抓住她的衣角不放，嘴里含糊不清地叫道："秀，你莫……莫走，你陪……陪我。"

月秀慌忙来扯他的手，但他的手复又紧紧地抓住她的手，还努力地睁开眼睛看她。双眼虽然混沌无力，却充满期待，只是说话时舌头打结："陪……陪我。"

月秀刚掰开这只手，那只手又抓住了她。她急得心慌神乱，万一有人突然上门，看到这情形，传出去她就是跳进黄河都洗不清了。

"荣贞医生，你别这样，我不能陪你。我晓得你对我疼爱，但我不能坏了你的一世英名，也不能坏了我的名声。我只能把你当爷哩看。"说完，狠心地在他的手上拧了一把。

荣贞因痛而松开手，可在酒精的作用下，他的脑子里只有月秀，其他的一切都不复存在："秀秀，我真的好……好喜……喜欢你，只要你……你陪我，我的……一……一切都可以给……给你。"

月秀不再和他搭话，赶紧离开这具是非之躯，随手关上房门，免得让人撞见。

做完这些，一颗心还突突地跳着。她敬重荣贞，他的古道热肠，他的精湛医术，他的开朗和幽默性格，都使她充满敬意。她也同情他，她从别人嘴里听到有关荣贞家庭情况和私生活后，丝毫没有嘲笑，却产生了同情心。在她心里，荣贞是她看到的最好心最有品位的老人，坏人一定是招玉，即便没有家孙，如果有个好老婆，也可以让他生活得阳光一点。钱和名望永远代替不了幸福的生活，精神和内心的空虚也会让人自暴自弃。同情归同情，敬重归敬重，这些都不能用自己的身体做报恩的砝码，她绝不允许自己和老公以外的男人有任何的情感交易。

荣贞并没有全醉，只是手脚发软，头脑不太灵活。月秀挣脱而去，把门也关了，他心里甚是着急，怕她被吓着了会离开他，就一直嚷着："秀秀，你别走，你陪我……"

月秀坐在客厅里心烦意乱，荣贞说的这些话万一让人听到，自己以后还怎么见人？现在她觉得女人生就了一副好脸蛋好身材好脾气实在也不是什么好事，漂亮的女人是非多。

月秀只顾自己烦恼，不晓得招玉突然造访。荣贞在房间里大喊大叫，招玉在外面就听到了，于是放轻脚步走近荣贞的门口仔细听。那些含糊不清的话，她可都听清楚了，一股怒火顿时蹿起，他们肯定是在交易！她目光逡巡着，就近捡了根木棍，冲到门口猛地打开门，三步并作两步，冲到荣贞面前破口大骂："逍嫲、色鬼，我让你们快活，我让你尝尝这个，这个才解念[1]！"高举武器正要往下砸的当儿，却只看到荣贞一个人在床。难不成他们好事已办，那个淫妇听到声音后躲藏了起来？于是她又蹲下身，朝床底下瞅。这间房，除了一张简易床和一张靠背椅，别无他物，连一只鸡都藏不住。招玉见没人，便高举武器骂骂咧咧来寻月秀。

正在客厅烦恼不已的月秀，听到招玉如此叫骂，暗道糟糕，这下可真是

---

[1]　解念: 过瘾。

秀才遇到兵，有理说不清了。正要起身，却见招玉已经冲到眼前。

"娓娓，你别动怒，我跟你解释！"

"你还有面子解释？那老色鬼说的话我都听清楚了，你想得到他的家产和钱，面皮都不要了，连老得可以做公婆的男人也要，你的面皮比泥墙还厚呢！"

"不是的，我们是清白的，你看我像那种人吗？"

招玉眼露凶光："你就是那种人！凭着几分姿色就来勾搭我家老短命子，那老短命子刚好又是个老色鬼，你们在一块，他有钱你有貌，还能清白才怪！我早就想到你们会有这一手，今朝日子刚好让我碰到，我不砸死你就便宜你了！"

"哐啷"一声，木棍不由分说地砸下，月秀尖叫一声躲过。

招玉又要举棍来追，却猛听身后一身怒吼："要是你敢伤害她，我一定把你碎尸万段！"

这方动静把荣贞的浑身欲火顿时熄灭，酒也醒了。他岂会怕招玉，而是怕月秀受伤害。如果说秋香的离去令他伤心欲绝，那么，失去月秀他会感到生不如死，月秀的音容笑貌已经在他的灵魂中生根发芽了，他不能失去她！他挣扎着从床上爬起，扶着墙壁来到客厅，第一本能就是要保护月秀。

他的吼声，连着那咬牙切齿的样子，令招玉不寒而栗。本来就不想做人命的她，顿时就吓得手软了。她骂人是有名的，但还没有胆量做杀人犯。她又不是疯子，为这种事去坐牢枪毙，不值！

木棍被荣贞抢走，她不甘罢休，还有三寸不烂之舌，决心要把他们骂到钻地洞。她边骂，边用手指在自己的脸上比画着羞辱他们。

"老短命嫲，你好好的死到这里来做什么？我又不想看到你，看你不如看狗屎，你死开，我早就和你没关系了！"

"老短命子，你不承认我是你老婆有什么用，离婚证书才可以说明我们之间没关系了，你拿得出来吗？老色鬼，一生世人都花心，屌了一个又一个，就不怕闪了腰。都快见阎罗王了，还这么爱女人，迟早都会死在女人的肚皮上。"

"我乐意死在人家肚皮上，就是不愿意死在你的眼皮底下。你再待在这里，我就砸死你！"这下换成荣贞高举武器了，他恶狠狠地瞪着招玉，此时此刻，他真想把她瞪成一股风，一撮灰，在他眼前灰飞烟灭。

"凭什么我走，这屋子我有份，要走也是她。"

"好哇事！做这栋屋时，谁阻挡不要做的，谁不出一两力不出一分钱的，装修时还差一万叫你付，你是怎么说的？"

招玉当然记得，当初她说自己又不想和他住一块，凭什么要出钱出力？荣贞要她当着子女们的面重说一遍，招玉很硬气，连说了两遍。

子女们劝她说话要留余地，要是以后有疾病，我们不能放下工作回来照顾，还不是要爷哩来照顾你？

"谁照顾谁还说不定，他这么花心，一定会死在我前面！"骂出这句狠心话，她的心也痛了一下，这老色鬼毕竟是自己的老公啊！

子女们一听，都责怪她嘴鼻歪①，几十年的公婆了，怎么可以这样说？

"你今朝日子说的话，千万不能忘记！"荣贞指点着招玉的额头说，"子女都听到了，以后可别怪我无情无义。你们都反对我做这栋房子，我也不要你们出钱，以后这栋房子，我乐意送给谁就送给谁，你们无权干涉！"

这些话，荣贞和招玉都没有忘记。今天荣贞火爆爆地提起，招玉不好再说什么，也怕荣贞真的痛下杀手，只好悻悻地离去。她本来是来取药的，中午吃饭时，吃错了菜，胃隐隐作痛，想厚着脸皮叫荣贞给点胃药，结果就听到了荣贞呼唤月秀的声音。有了这场舌战，急火攻心，胃也不痛了，连招玉都觉得奇怪，下次再痛，就去找他们吵一架，哼！

招玉一走，荣贞立刻安慰脸色苍白、浑身发抖的月秀。月秀从未遇到过这样的事，早已丧了胆。

"秀，你莫怕，我就是舍了这身老骨头，也不会让那老妖精伤害你一根毫毛！"

月秀哽咽落泪，半晌无语。

在月秀看来，自己一辈子活得小心翼翼的，就是为了精神和名誉。如果招玉要死要活地折腾，在别人面前胡说八道，那她的名声就坏了。老女人要是再添花摘叶，她就百口莫辩了。说实话，要是让她痛打几下可以维护名声，她一定不还手。

荣贞早就把招玉的毒骂当耳边风，这么些年，他已练就了一身超强的忍耐力。骂要是能骂死人，早就让她骂死一大片了，她也被枪毙一百次了。招玉如果是骂他，他是可以当狗吠的，只是她骂了月秀，他就受不了了。

---

① 嘴鼻歪：说话歹毒。

"荣贞医生，我回去休息一下。"月秀不想让人家看到她的难堪，她要赶紧逃离！

荣贞刚要再安慰几句，却见她已坐上了摩托，发动了机器，呜呜远去。

荣贞在客厅里呆坐良久，不停地叹气，不住地骂招玉："这老短命嫌，命怎么就那么长，老天怎么就故意和我作对呢，难道我行善积德还不够吗？"

月秀在家休息了两天，荣贞累了两天。来诊室看病闲聊的人进门没见月秀，都纷纷问原因，荣贞谎称她感冒在家休息。大家也不好多问，荣贞心情不好，都嘿不起来了，怎么还能捅人家心窝子呢？

荣贞打了三个电话月秀才接，说明天我就来上班。荣贞一听高兴地嘿嘿起来："我就晓得你不会放下病人不管的！"

月秀说话算数，次日吃过早饭就来了。听到摩托车响，荣贞迎了出来，关切地问："秀，吃过了吗？"

废话，我哪天不是吃过早饭才来的！月秀心里嘀咕，嘴里却道："吃过了，你呢？不会是又吃一个饼就解决一餐吧？"

"我也吃过了。"荣贞歉意浓重，"秀秀，对不起，那天吓到你了。"

"没什么，只是我求你以后不要对我这么亲热，称呼上也不要太亲热，就叫我月秀更好，叫得太亲热会有风言风语的。说实话，无论你对我怎么好，我都是把你当长辈，我是个传统保守、循规蹈矩的人！"

"秀秀，你工作认真负责，待人热情大方，不单是我，大家都喜欢你，我对你好是情理之中的事，你不要怕人家说闲话。至于那个老妖婆，就更别理她，她要是敢伤害你，我就对她不客气！"

"我就是怕你对她不客气，你要是客气点，也许她就不会伤害到我。虽说身正不怕影子斜，可人言可畏啊，说实话，我最怕的就是让人指脊梁，事情闹大了，哪能解释得清？"

"真要这样，我会给你补偿的，保证让你满意！"

在荣贞心里，女人都看重物质而不注重名声贞操，何况男女之间的交易，又没火烟出，只有天知地知你知我知，世事风云流转，只要真心对待，迟早也是会动心的。现在最关键的，是要把她留住。

"荣贞医生，无论什么样的补偿，我也不会要，再丰厚的补偿也弥补不了名誉上的损失，以后请你不要再说类似的话了。只要病人需要，只要你付给我正当的工资，我都会来帮忙。"

月秀心里很生气，荣贞竟然把她和那些物质女人等同，她犹如受到了奇耻大辱，脸色阴沉沉的，语气也略显厌烦。男人真不是好东西，七老八十了还会有这么荒唐的想法！

看到月秀变了脸色和音调，荣贞不敢再说什么，脸上发臊着进了药房。这时，外面传来脚步声和说话声，是惹脚他们！好在有人来，不然真不知怎样缓解这尴尬的场面。

这之后，他们又平安无事地相处起来，只是彼此间都有点不太自在。月秀小心防备，见荣贞走近总是马上闪开。荣贞心知肚明，但又不敢取笑她，只在心里骂："你这死佬嫲①，把我当老虎了，真要吃了你，你还能闪得开吗？"

荣贞即便有非分之想，也是不会强占人家的，和他好过的几个女人对此都不会有异议。他明白，强扭的瓜不甜！对月秀是要真心和耐心的，只是，真心和耐心都需要付出时间，而时间对于一个老人来说何其宝贵！现在自己还有雄心壮志，也许一月半年后就没了。荣贞不禁又恨起岁月来。

说浑话不犯法

到了秋收时节，大家一累，就常常蓬头垢面，连老人孩子都忙活起来了。家有强劳力的，就自己割稻子。现在收割稻子不比以前，有了电动打谷机，再不要呼哧呼哧地用脚踏，再多的谷粒也不用手提肩挑，摩托和农具车大行其道。因为烟基工程，村村都开通了道路，不但方便了大家出门，也方便了农业生产。

人力少的，还可以请收割机，一亩田一百多块。收割机割的谷子，干净，老人晒谷也轻松，可以免扫谷叶。不过，农村人事儿多，紧工时老人也忙得够呛，料理家务之余，还得扫谷坪、晒谷。谷粒要翻来覆去晒两三天，才算晒透，进仓前还须垄谷，去芜存精。

虽有收割机代劳，但看到泥田里掉落不少沾着自己心血的金黄谷粒，有人就心疼不已，就舍不得花那冤枉钱了。想想下半年不比上半年，秋收完了又不用再插秧，反正又没出门打工，有的是时间，大不了迟些时日，有什么好急

---

① 死佬嫲：亲昵的责骂。

的。一亩田掉落几十斤谷子的话，差不多要做一天的小工才可以买到。

于是，为了省钱，为了能把每一粒稻谷都收进谷仓，很多人还是情愿用手工割。在已然干硬的田中心，割平一块地，铺上一大块事先缝接好的蛇皮袋或大布块，再把电动打谷机放上面。为了防止谷粒溅洒，还在打谷机前系上块蛇皮袋，才安心作业。谁也不会笑话谁，都知盘中餐，粒粒皆辛苦。

你熟我也熟，月秀家的谷子自然也是这个品种。她老公只耕了三亩多，这年的谷子比往年好，粒粒饱满。他和别人交换了几个工日，决定农历九月二十八收割，要月秀请假一天。月秀答应了，平时让老公一个人忙活，关键时刻还不帮忙真是说不过去。这天，她很是用了力，收割完，还帮挑了几担谷子，晚上睡觉浑身痛，骨头像是散了架。第二天去诊室时还喊累，荣贞听了怪心疼。

午饭前，荣贞对月秀说："趁现在没一只鬼来，你就去休息吧，要帮忙时我再叫你。"

月秀揉了揉肩，道："好，有人来了打我手机我马上就下来。"说完又哈欠连天。

荣贞看她这副神态，不无怜惜地说："去睡吧，死佬嬷，早晓得这么辛苦，还不如花钱请人。"

月秀苦笑一下，揉了揉双眼，不再搭话，一上楼倒头便睡。

她这一去，荣贞心里像是少了件宝贝，一个人走到客厅，一边泡茶一边看电视。荧屏里一对夫妻在亲热地接吻，看得他的心里忽然一阵悸动。他想了想，咬了咬下巴，不假思索地轻步轻脚上楼，在月秀休息的那间房门口停下，里面传来月秀均匀的呼吸声。他犹豫着，推了推门，门被反锁了，他无奈地走到窗门口。为了通风，月秀并没把窗玻璃拉上，所以他可以从窗纱门的缝隙中看到月秀。她的身子尽管让被子盖住了，但他还可以看到她的那张睡脸，进而在脑海中想象那引人入胜的一切。

为了能够看得更清晰，他把脸贴近窗纱，一不小心却弄出了些许动静。月秀睡意蒙眬中觉得有人推门，但她清楚门反锁着，所以很放心，想不到这老色鬼竟还偷窥自己睡觉，她眼也不睁，只是转了个身，把被子蒙过了头。你想偷窥，就把棉丝被先看穿吧。

荣贞见状，微叹了口气，呆立片刻，灰溜溜地下楼了。

还在楼梯上，他就听到了脚步声，一并传来的，还有本组中年妇女三妹巴的大嗓门："老头，老头，死到哪里去了？就不怕再有小偷吗？让人偷了几次，还有招思！"

荣贞一看到她，就没好气地喝道："鬼喔一样做什么？老公快断气了吗！"人家正沮丧呢，就大嚷大叫的，好比吃了炸药，荣贞向来讨厌大嗓门，说话都像吵架！

三妹巴右手抓住左手的拇指，鲜红的血从指缝中流出，滴落一地。荣贞见状，才理解她为何叫得那样急。

"怎么了，嫌禾太小，把手指也割下凑多一些？"

荣贞心里已然不再责怪她，但他总是不爱从语言上体谅人，哪管人家痛得大汗淋漓，泪水盈眶，取笑人家似乎已成了他的习惯。

"不是禾太小，是肉太少，刚才急着斩排骨来煲扁豆，差点把手指也斩下了，快帮我包扎，痛死我了！"三妹巴忍痛解释，说完又直咬牙，疼痛使她的脸色都显得苍白了。

"我看你是想偷懒，以为受了伤就不用割禾了。"荣贞还是半认真半开玩笑地取笑她，不等她答话，又换了个命令式口气，"出门口去，这里光线不好！"

三妹巴走到门口的矮凳上坐下，荣贞拿了碘酒帮她消毒，说："都能看到骨头了，干吗不索性斩下一块煲，也尝尝人爪的滋味。"

"我用了力，好在菜刀不快，哎哟，疼死我了！莫以为是别人的老婆就可以下手那么重，你不会小心一点吗？"

"嘿嘿，想偷懒就要重手重脚，再说，你又不是我老婆，我干吗要小心？"荣贞嬉皮笑脸，一副坏样。

"要真有好命做你老婆就好了，今朝日子也就不用辛苦做吃了！"三妹巴也是善谈之人，和荣贞打口水仗，没几下怎么行？

"那你跟你老公离婚，我们搭伙过日子吧，保证合合适适①。"为了病人好，荣贞惯于说些转移他们注意力的言语。

"这生世人就算了吧，你还有几年活头？后生世人如不嫌弃，再来找我。"

"嫌什么弃，你又不丑，后生时就一直对你有好感，你勤劳能干，理家有

---

① 合合适适：和和美美。

方，最难得的是性格开朗，说酸话①一点不输男人，和我对脾气，哪像我家那老太婆，一点幽默感都没有，整天板着一副臭脸，好像世上的人都欠她一笔债。和这样的女人搭伙过日子，气氛活跃不起来，我最喜欢的就是你这种女人，说好了啊，后生世人我就做'等妹郎'了！"荣贞足足大了她两个生肖，所以说"等妹郎"。

"你等得了吗？像你这种男人，色绝②，腚一硬，猪嬷③都不放过，怎么等，你腚硬了，我还没投胎呢？"

他们两个一碰面，总是互相取笑，谁也不想服输，算是棋逢对手。每次她身体欠佳，来诊室看病拿药，荣贞都笑话她准是又让老公弄坏了。

"我老公瘦猴一个，又要做辛苦水④，哪有能耐弄坏我？哪像你，天天了死佬、了猪狗⑤，又是医生懂得调理，所以老婆都怕了你，早早和你分开铺⑥。"

"你要不要试一下我的功力？"荣贞装一副厚颜无耻的嘴脸，还说让她验证一下他比她老公的功力高多少。

"算了算了，这有什么好试的，又不是买衫裤鞋袜，这一试就试坏了我的名声，老公和子女都会把我扫地出门，还是留给后生世人再试吧。"

三妹巴和荣贞说酸话，一点胆怯也没有，总是水来土掩、兵来将挡。有时荣贞都甘拜下风，所以特别喜欢和她开暧昧荤腥的玩笑，能够陶冶心情。

荣贞因为心情好了，动作轻了许多，语气也温柔了许多，加上这是个和他有了"约定"的女人，无论有无下辈子，无论离下辈子还有多久，都要给对方留下一个好印象，现在，荣贞满脑子都是些一厢情愿的幻想。

口中说着笑话，三妹巴也不觉得疼了，她又哪里晓得，这是荣贞手下留了情？

包扎好，他又叮嘱："你这伤不轻，千万不要让伤口着水，一着水容易发炎，一发炎就更麻烦了。不要喝酒，酒走皮，也不要吃辛辣食物，这段时间要天天来换药，我会叫秀秀用双氧水给你清洗，趁这个机会偷懒几天。嘿，你也

---

① 酸话：下流话。
② 色绝：很好色。
③ 猪嬷：母猪。
④ 辛苦水：重活。
⑤ 了死佬、了猪狗：意思和死鬼、猪狗一样闲。
⑥ 分开铺：分居。

真够精的，等伤好了，紧工也就过了，连谷都差不多晒干进仓了。"

荣贞对那些紧工时的伤病患者都会献上几句挖苦，男女老少都不放过。没办法，有求于他，乐不乐意都敢怒不敢言。

听他提起月秀，三妹巴这才想起问："咦，月秀怎么不见，她的摩托车都在，刚才我喊了几句没人应答，还以为你们又上山采药了。"

"我刚才上楼看草药晒干了没，你喊了也没听到。秀秀昨天家里割禾，累了一天，加上肚子疼，吃了芬必得后有点反应，就去午睡了。"荣贞人是老了，但脑子比一般人还灵活，即使说漏了嘴，也不在乎，眉都不皱就立马应付裕如。

见她不再问，荣贞就说为了预防万一，打一支破伤风的针，不然万一她先死了先投胎，后生世人他就成了她老弟，就结不成婚了，说完嘿嘿笑了起来。

三妹巴同意打针，并做好了忍痛准备，打针再痛也痛不过刀斩手指。让她纳闷的是，这次他打的针不怎么痛，以前他打针鬼都会吓走。

"奇了怪了，这回你打针不痛了，难道秀秀教了你？"三妹巴睁大眼睛问。

"可能是很久没有用针筒的原因，也可能是因为你和我有了约定。"荣贞停了一下，嘿嘿两声，又开起了玩笑，"我那个'大针头'打针更不会疼呢！"说完用邪邪的目光看着她，好像在试探她。

"鬼才信，不疼你老婆怎么会怕了你？不跟你扯了，我要回去了，要是排骨汤烧煳了，他们回来没的吃，又会挨骂了。"话音甫落，人影风似的飘远。

荣贞笑笑，哼着小曲，一个人坐在厅堂里，把前面的事又想象了几个来回。感情的事不回味咀嚼，实在是一种严重的资源浪费，而这一生荣贞最不想浪费的就是感情资源。

月秀睡了个自然醒，精神焕发，一看手机都下午三点了，马上整衣下楼，只见荣贞坐在客厅里傻乎乎地笑，不晓得因何而生。

荣贞见她下楼来，温和地招呼："死佬嫲，都三点了，饿死了吧？我不晓得你要睡到什么时候，只好自己先吃了，你想吃什么，自己去煮，冰箱里有鸡蛋。"

月秀脸红了一下，荣贞温和怜惜的口气，犹如对自己的爱人。她"嗯"了声，转身去了厨房。她的确饿了，从早饭到现在，都六七个钟头了。

她一共煮了四个鸡蛋，分了两个给荣贞端去。荣贞看了一眼又异常亲切地说："你吃吧，吃了有精神，我没有半昼半夜①吃东西的习惯。"

月秀听罢，脸又红了，想到刚才他偷窥，心里挺不自在。这老头子，还真不是善类，七老八十了还色胆包天，偷看女人睡目，事过境迁了还在那里回味无穷！她断定，荣贞刚才的傻笑一定和自己有关，她一点都不晓得三妹巴来过，和荣贞打了一场口水仗，还有了来生之约。

月秀被一个老男人喜欢，还真是大姑娘上花轿——头一回。她从不曾想过要背叛婚姻背叛家庭，就算哪天鬼迷心窍或神志不清违犯交通把火车开到了马路上，也绝不会开上这种即将废弃或正待重修的马路。

闲来无事扎堆谈荤话时，她曾听人说老男人入"鸡店"的各种传言，她怎么也不愿相信，七老八十的男人还会有那种兴趣和需求？现在看到荣贞那色眯眯的眼神，才知道自己低估了他们。看来，和丈夫之外的男人都要保持一定的距离，注意言行举止，否则稍有不慎便会招来是非。

荣贞有女人缘，资金和能力都可以让那些女人满意。他曾大言不惭地说："这一生我最有兴趣的就是探索女人，一个女人一个味，我百尝不厌！"他还对那些女人说，趁年轻抓紧时间和机会施展魅力，再过几年，年长色衰，就别指望了，女人的身体本身就是发财的渠道，而那些有姿色的女人就是摇钱树神！

有人大胆问探索者，自发育以来共探索过多少女人，次数累计多少回，损失资力和精力各有多少？他嘿嘿一笑：次数无法统计，至于资力和精力，根本不值一提，也不算损失，探索成功了就是人生的最大收获，怎么能说是损失呢？对荣贞的这些奇谈怪论，大家无法反驳，也自叹弗如。

月秀在时，荣贞开玩笑大为收敛，他得注意自己的形象，毕竟是外村人，接触时间不长，又不了解她的性格，万一人家听不惯，吓跑了，那才是最大的损失。后来发现月秀似乎并无忌讳，偶尔也谈几句荤语，也就渐无顾忌了。

这天，月秀因事请假。一个同房兄弟的儿子带着老婆来诊室，荣贞一看侄媳面红耳赤，就嘿嘿两声："脸上红彤彤，晚上想老公。"

"人家都快烧糊涂了，你还开人家玩笑！"侄媳一副难受样，听了荣贞的取笑，含嗔道。

---

① 半昼半夜：一段时间的半中间。

"英子，是不是华生又把性病带给你了，以后莫应付他了，这么害人！"

正在帮他泡茶的惹脚，听了荣贞的话，就说："做人家大伯，却开小辈的玩笑，也不晓得你这大伯是怎么当的，一点不正经！华生、英子，以后你们莫喊他大伯了，就叫他老死佬^①。"

"就是，开谁的玩笑也不能开自家侄媳的玩笑，老不正经。"英子娇嗔道。

"这老家伙，一天不开人家玩笑，就像活不过天光日子，他命这么长，身体还这么雄健，就是因为经常拿人开心。"

听人这么一说，英子赶紧嗔上一句："好在我老公老实，不然真以为他把性病带给了我。"

荣贞一边来拿体温计，一边说："你又没跟在他屁股后面，哪里晓得？他经常来找我医性病，还对我说看在喊我大伯的分上，不能把这事说出去，我答应了。可他经常入发廊，还把性病带给了你，我能不管吗？我警告他说要是再得性病我就不给他治了，烂腚都不给他治。那些年，你们俩公婆不是经常来我这里打针，华生的家伙差点都冇掌哩，你难道忘了？"

"大伯，开玩笑也要有分寸吧，好在英子不是那种见风就是雨的人，你怎么说她都不会生气，要是换成其他女人，回去准会找老公算账。你说说，你一共唆弄了多少女人，害了多少对公婆闹离婚？"华生笑道。

"也不是唆弄，前几年本来就有不少公婆一同来我诊室治性病，做老婆的把老公骂了个狗血淋头。有个女人更可笑，骂老公时问，你老婆我又从没小气过，你想时哪次抓紧过裤头不让你好过，为什么还要进发廊，那些蛇嬷婊子什么样的男人都接，能干净吗？以后再把性病带回家来，我不把你家伙斩来喂鸡鸭，我就不是爷娭养的！后来，那个男人就再也没来找我医性病了。不过，有些男人还是照样我行我素。"

说了这么多，荣贞喉咙有点干涩，把体温计递给英子后却又不忘取笑："你晓得夹吗，不晓得叫华生帮忙。"说完嘿嘿地笑个不停。

惹脚也凑热闹接上几句："人家下面都晓得夹紧，上面做什么就不会，英子又不是吃屎大的，我看你这老家伙是想趁机打劫。我们男人量体温，就从未得到过你的这种关心。"

大家一听惹脚的话，都哈哈大笑，说荣贞就是关心女人。

---

① 老死佬：老死鬼。

311

众人说说笑笑，十分钟就过去了，荣贞叫英子把体温计拿出来，看了后说："三十九度二，后生子人夜晡睡目小心点，莫乱化被①。"这句带荤的玩笑，众人听了又是一阵大笑。只要听到有人感冒发烧，大家最喜欢开的就是这句玩笑，半真半假带着酸意，大家都听多不怪，只是笑。

华生这时又接上了话："她这几年身体一直很差，像是开过几年的拖拉机，所有的零件都有了问题，要是可以，我真想舍了血本把她的零件全部换过新的。大伯，你有没有绝招让她的身体强壮起来？"老婆身体不好，直接连累了他，所有的辛苦钱都花在了她治病"工程"上，实在冤枉，他真是希望荣贞有功夫治好她。

"你少撩她，她自然就会好起来，你一夜撩她几次，她又怎么强壮起来？"荣贞说完，又嘿嘿起来。

"嗨，命好都做公呆、娭毑的人了，还以为是毛头小伙子？现在是上头有想法，下头没办法了，有时想大干一场，可是又总像蜻蜓点水。"华生见老人家都喜欢开这不文明却又不得罪人还可以让人捧腹的玩笑，也就捧起场来。

"你莫骗我，我也是从后生过来的，像你这种年龄，我做得再累，一夜晡还要两次呢，你怎么就那样差板？"

"哪能和你比，你是医生，晓得养生。"惹脚白了荣贞一眼，带着羡慕与嫉妒的目光看着他，"身体不好的确伤脑筋，以前我老婆也是经常半夜来找荣贞叔，人家做得半死想睡目，她又在那儿哼哼唧唧，特别是想和她亲热时，因为她有病，想了又不敢动，害我英雄无用武之地，只能泻火。"

惹脚说完，荣贞又接过来说："后生时没分寸，有力尽用，日子头做重活夜里还要'加班'，身体搞坏了又不珍惜，把钱看得比命重要，死做烂做不说还省生省死，身体能好才怪！我劝你们把身体摆在第一位，莫身体好时用身体去赚钱，身体垮了就用钱去买命，平时劳逸结合，调理好身体才是最重要的。"

"话是这么说，可能走能动时就又忘了，总是忙起来没完没了，到了白被盖身，才会无可奈何在医院躺着，不然，只要还有一口气，就舍不得花钱买保健品，也放不下田地里的事。"惹脚说。

荣贞说："身体好，就是人生最大的幸福，不是说无病的乞丐比有病的国王更幸福吗，没了健康，哪有幸福可言？世上赚钱世上用，生命只有一次，莫

———————
① 化被：踢被子。

让自己辛苦赚来的钱变成了遗产。"

"大伯说得有理，以后我也要注重自己了，做一个健康的幸福人，可是怎样的身体才是健康的，健康的标志是什么呢？"

英子边说边看着荣贞，大家也用期待的眼神望向他。

"吃得快，说得快，拉得快，跑得快，睡得快，就算健康。"

荣贞不假思索地说了"五快"，大家暗自惊叹，这是从未听过的健康理念。

从人们的眼神里可知，有人认为是瞎说。华生也大惑不解："吃得快也是健康的标志之一，我就难以理解了，不是说吃饭要细嚼慢咽最好？"

"吃得快，说明肠胃功能好，食欲旺盛，消化系统强。说得快，说明中气充足。拉得快，说明大肠蠕动功能好。跑得快，说明精力充沛，肌肉有力。睡得快，说明心脑功能协调。"

荣贞说罢，惹脚忍不住向他竖起了大拇指，啧啧夸道："名医就是名医，这么哲学这么深奥的道理，说起来一溜边，一点也不含糊。"

"这个道理我都记落肚①，怎么可能含糊！"荣贞一边和大家说笑，一边给英子开药方，配好了药水，叫英子进治疗室打针。

英子一向怕打针，见荣贞提着针筒走过来就更怕了，东张西望一番后问："怎么不见你的小工？"

"她今朝嫁侄女，去喝大桌酒②了，天光才能来，你要是能等，就等她来了再打吧。"荣贞面带微笑地嘲弄。

"鬼话，等到天光日子，我都烧成脑膜炎了，连大伯你都认不出来了，打吧，你小心点就是了。"

"这么小的针头怕成这样，华生的'大针头'你会怕吗？"

"死话，那个针头要是怕了，就不是正常的女人了，华生还会讨了我？要怕也是刚开始时怕。"

英子也是老刁根③。没办法，在黄色话语泛滥成灾的时代，你要是脸红了，就会成为人家攻击的对象，只有随波逐流，才不至于吃亏，也可以锻炼口才。

英子走进光线黑了一层的治疗室，哀求地说："看在喊你大伯的分上，你爱护一下行吗？我最怕打针了。"

---

① 记落肚：记在心里。

② 大桌酒：大酒席。

③ 老刁根：大胆的人。

"怕打针就不要得病！"荣贞吼道，"三岁小孩都不会怕成这样，要不要买几个糖拐你？"

见英子不再回话，荣贞语气又暖和了一些安慰道："莫怕，勇敢一些，顶多就像蚁公①叮②一下，要是打死了你，大伯陪葬就是了。"荣贞占尽了便宜。

"鬼才要你陪葬，要不是华生辈分大，你都可以做我公呆了。"

一切准备就绪，荣贞还不忘回头取笑华生："华生，你要是不放心，就进来监督，说实话，我看到你老婆雪白的屁股，难保不起邪念。"

荣贞那副色眯眯的样子，令英子尴尬万分，暗骂他老不正经。

"裤子解开来，褪下去！"荣贞又是一顿断喝。外头的人听罢，差点笑得喷水，什么话都敢说，就不怕把大家笑死！

在诊所里闲聊，除了包你有茶喝，还包你笑够。笑一笑，十年少，大家都想十年少，所以一有空都来这里寻开心。都说这里是个开心站，别说本组村民，就是外组村民都喜欢来凑热闹。有些家里闹了别扭心情欠佳的人，说来这里待上十几分钟，一肚子怨气就都化为乌有了。有些精明的人，天气热时，只要有空，日夜都往这边凑，连小孩子都带上，拿他的悄悄话说，这样可以省下一些电。

听荣贞这么说，华生也笑得泪涕交流，还抬起了轿子："大伯要是看得起，英子又情愿，你就选最白最有肉的地方咬一口吧，她后生，很快就会长肉的。"

大家听了，又是一阵哄堂大笑。

英子咬了咬牙，忍着打针的疼："拿一万块钱来，我就让你咬一口，遇上你这个色鬼大伯，我也只好舍命陪小人了。"

"这么贵！你的屁股难道是金子镶的？你以为我买了印钞机吗？狮子大开口，天国银行的你要不要？我送你一汽车！"

"我要是比你先死，你送我一汽车，我也要！"英子听荣贞这么说，并不生气，什么时代了，图什么吉利？

荣贞见英子这么能说笑，对她的欣赏不觉扩大了好几倍，口气也变得温和体贴，像慈父一样地问："疼吗？"

"你打针不疼那才怪呢，你看我下巴都咬破了。"

---

① 蚁公：一种黑色的蚂蚁。

② 叮：蜇。

"我这次已够小心了，要不是你嘴巴甜，一见面就叫大伯，我说什么也不会手下留情的。"

"你就这么爱大，你是房长叔公，已经够大了，还在乎大伯的称谓？"

"有大哪个不爱，你叫我太公我都爱听。讲个故事给你听，可能你会不相信。"荣贞边说边往外走，"从前有个人很在乎输赢得失，每次看到娘舅来，隔远就迎上去甜面笑鼻打招呼，看到姑丈却隔远闪开，从不主动打招呼。"

"什么意思，是不是姑丈比舅舅小气？"英子不解，都是至亲，怎么就厚此薄彼？

荣贞在茶座落座后，幽幽地说："娭哩是从外娭毑^①那边嫁来的，姑姑是从自家嫁出的，其中的亏赢得失你也清楚。"

"神经病，竟有这种算法，真是不可理喻。"英子笑骂。

惹脚接话说："据说我爷哩也这样，见到我娭哩那边的人来了好像自己就是赢家，热情得很，姑丈来了，站在门口也马上转角^②进屋。"

"那你爷哩也是神经病！"英子转头笑惹脚。

"英子问大伯要多少钱，别老是卖膣夹，我们还要回去做事呢。"华生微皱眉头。

荣贞拿过算盘，打得噼啪响，说："总共十八块八角。"看了英子一眼，笑眯眯地说："看在你口乖舌甜喊我大伯的分上，那八角钱就当给你买糖吃了。"

英子还没言谢，惹脚不觉已感叹起来："老叔这里就是便宜。前次我老婆也发烧，正逢你不在，听说上山采药了，我只好带她去别人诊室，打了一针，拿了点药，就花了三十九块四。那个短命医生，比教书先生还小气，连尾数也不肯省。"说完吐口唾沫，颇有那种鄙视小气包的意味。

大家听了，也觉得这种人不可理喻，在水果摊买水果，少个块儿八角的也可以免了。四角钱还收，实在令人鄙夷，大家说像这样小气的人，发财也发不了一汤匙。

荣贞见大家都对这个医生很不理解，就心平气和地说："这也没奇怪，可能是他家的生活还很艰苦，以前我拖儿带女时，一分钱我都要收，现在孤老头子一个，才可以免了大家的尾数。"

---

① 外娭毑：外婆。

② 转角：转身。

华生说:"大伯天生就不是个小气包,听我爷哩说,你以前也常免大家的药费。"

"那是因为草药系自己采的,没花本钱。西药中药花了本钱的,我照样一五一十地收,那时我要是跟钱过不去,怎么赡养老人,又怎么养大一斗子女?所以那时我连亲人都不客气,没办法,人穷有六亲。"荣贞心里还想,有钱能了天上事,这些年,我要是缺钱,哪个寡妇会让我探索?

荣贞所说不无道理,不过大家心里都晓得他并非那种见钱眼开之徒,无论生活多么艰辛,却始终不改助人为乐的秉性。邻里乡亲哪个不曾得过他的帮助?他重色,但更重情!大家当着他的面也这么说。

"一日不见,如隔三秋",针对的是恋爱中的年轻人,可用在荣贞这时的状态,也很恰当。虽然只能雾里看花,却总希望每时每刻都能看到月秀。

白天还好些,诊室几乎不断人,等夜幕降临,大家一离开,天地静穆下来,他的一颗心就悬挂在半空没有着落。

一天不见月秀,他很想给她打个电话,见不到人,听听声音也是一种享受。只是,无缘无故地打电话,就算她不厌烦、不笑话,自己又该说什么,难道无话找话问她家的侄女办了什么嫁妆,男方办的酒席排不排场,有几桌客人?这样的问题,等她上班时再问也不迟,而且,这样的关心,似乎也不是他的意愿。那么,问她明天会不会来?这也不对,她昨天请假时已明确,明天一定会来,此时再问,显得太没说服力,连自己都觉神经。

纠结了好一阵,荣贞握着手机的左手无力地垂下。他很烦躁,心里乱成一团麻,猫挠似的难受。走到客厅里坐在茶几前,沏了一壶茶,自饮起来,然后打开电视看新闻。

夜里,有梦翩然而至。月秀骑着摩托来到诊室,带了包糖果花生,笑眯眯地递上,从不吃糖的荣贞喜不自禁地接过,剥了一颗入嘴,还没舔出味来,就连声说"好吃,好吃"。月秀则套用了那句广告词:"好吃你就多吃点!"其实,能梦到月秀,荣贞的心里比吃了糖还甜上一百倍,他在梦中张开双臂想搂住她,结果毋庸置疑,是一场空欢喜,失落又像潮水般迅速淹没了他。

人有时就这般脆弱,像鱼一样,只要钓者撒点饵料,就能够被往事钓上钩。荣贞胡思乱想起来,鸡啼三遍了,还无法消解心中的失落,仍像牛反刍一样不停地咀嚼梦中的情景,痛并快乐着。

才几个月工夫,月秀就匪夷所思地让这里的人都喜欢上了,而且都有和荣贞大同小异的思念，一日不见，都会问一句，今朝日子月秀怎么没来？问得荣贞很是烦恼，荣贞觉得她就是狐狸精变的，才会让他总是身不由己。

都是红包惹的祸

本来说好了的，荣贞所借之钱，每月从月秀的工资上扣，但一直都未执行。月秀就问原因，荣贞说，只那点工钱，扣了你怎么过？还是等你宽裕了一次性给我吧，反正我也不缺钱。

月秀也只好不再坚持，等以后有了一次性还他。身体是绝不可能用来报恩的，那就从他的饮食起居上照顾他。她现在完全掌握了他的生活习惯和饮食起居，开始买他喜欢吃的东西，还特意投其所好地学会了煲狗肉绝招。那天吃上她亲手煲的狗肉后，荣贞满嘴喷香，赞不绝口，说从未吃过这么好吃的狗肉，还夸张地说，此物只应天上有。

月秀家有好吃的，也会带到诊所来。更让荣贞暖心的是，她还帮他买了两套秋衣和鞋袜。当她把这些贴身衣物交到他手里时，他欣喜若狂，许久才反应过来，道："秀秀，你真有心，多谢你！"

这一举动，让荣贞更加觉得，月秀就像他衬衣上的扣子，贴布贴肉又贴心，他也相信，爱情这东西若用一个词形容，那就是"等价交换"。女人嘛，身体是最好的报恩砝码。若用一个字表示，那就是"等"，等到天荒地老也在所不惜。这么一想，他又是沙瓤西瓜吃到嘴里——甜到了心里，和月秀的好事只是寒冬腊月捞红鱼——时辰不到。

有了这样的关心，荣贞心里高兴，简直就是今年的竹子来年的笋——无穷无尽。他的念想，也是歪嘴和尚念经，越念越歪，常常捧着金碗当叫化，高兴得发傻。嘿嘿，既然有了希望，我也得有所表示。

于是，荣贞又是一番策划。为了今后的好事，也只好不到十岁买棺材，早做打算了。色迷心窍的他，现在举止都不免失常了，每天都像皇后娘娘盼吃蒿饭菜，尽想野味。

荣贞向来不注重衣着，以前子女多，生活困难，天气暖时，他就一直穿既省钱又省布的短裤，以至每次烟叶下烤上烤时，下面接手的人们都可以看到他叉开双脚后的那条萝卜干。每当这时，下面的女人都不敢抬头，他却不忘笑骂她们一句："没什么好怕的，和你老公一样的东西！"那些后生妹子①，烤烟时是打死也不会做这样的接手的，大人们也理解，从不强迫她们。直到冷天，大家才看不到他裸露的手臂和腿脚，身上的着装却还是补上补下，甚至一边裤脚长一边裤脚短。那时候，每次开社员大会，他都是泥头板糕②，上下不搭调。有人笑话，他总满不在乎，农民伯伯，全身都散发着汗臭和泥土味，穿着再靓也还是农民一个，又何必花那个闲钱去打扮，胡里花哨的有什么意思？他还说，把钱花在打扮上，还不如打酒喝，喝酒可以强身健体、通筋活血。

在家如此，出门做客亦然。每次招玉叫他换干净或完好点的衫裤时，他又说，穿得再靓也不能先吃。招玉拿这种邋遢牯一点办法也没有，也就不再管他，荣贞又岂是那种服管的角色？

待生活好转，子女事业有成，他和招玉的关系却到了水火不容的地步。子女们虽说时有关照，也多次劝他注意形象，注意影响，他心里很不舒畅，加上三个儿子害他在族谱上无法延续，又都不肯离婚再娶，他心生怨恨，对来自他们的关心越发地不以为然，有次喝高了竟借酒发疯："面子都冇哩，着那样靓板有屁用，我现在唯一不缺的就是钱，要买衫裤我自己会选！"如此一来，儿女们也就恭敬不如从命了，可他又哪里会为自己这副皮囊置办新装呢？

招玉一点也不关注他的衣食住行，最关心的是他的作风问题。她也不担心他在采野花时劳筋伤骨，而是怕他虚掷钱财，到时候人财两空，得不偿失。

让她恼火的是，自己也因此成了大家的笑料，说没了利用价值，老鬼才会沾腥偷吃。她天天都在想，却始终想不明白，这老鬼的精力怎么就那么旺盛，村里村外七老八十的男人哪个像他？任凭她想破了脑壳，还是百思不得其解。有心想问一下那些老男人，可又像哑子见面，开不了口。有时几个老梓老嫂③扎堆闲聊，她故意旁敲侧击想探个明白，但她们也都是保守派，总是把南瓜地里的豆角儿绕过来扯过去。招玉捏着拳头过日子，心里很憋气，那些老梓老嫂个个精明得很，都晓得她心中的小算盘。想到自己泥菩萨洗脸——失（湿）了面子，却收获全无，她能不憋屈吗？

月秀的知冷知热，撬动了荣贞的感情短板，心海深处荡漾着甜甜的波浪。嘿嘿，贞节布娘就怕哝哝鬼，我不相信，世上还会有和钱过不去的女人。为了

---

① 后生妹子：没结婚的姑娘。

② 泥头板糕：意思满身是泥。

③ 老梓老嫂：老乡邻。

尽快和月秀达成好事，他又给提了工资，还时常送上些补品和香烟好酒。月秀要是拒收，他就黑下脸来，说你这么关心我，难道我就不该关心你？何况补品是批发价买来的，香烟好酒是人家送的。月秀无奈，只好收下，她晓得，荣贞的关心，多少带着卖布不带尺——存心不量（良）的味道。

月秀以为，在一个老男人的诊室做助手，安稳得很，和梁守福的故事不可能再发生，自己守节的决心，如巍巍大山，永不动摇。但招玉不比雨欣老师宽宏大量、明察秋毫，她是个疑心生暗鬼且"死乌搭瞎"的女人，更不会为老公遮风挡丑。虽说大家都相信自己，但招玉要是扮起了孙悟空的角色，闲言碎语也会将自己砸个粉身碎骨，看来自己确实要捂着屁股过河，多加一分小心了。

时间不紧不慢、有情无情地走着，荣贞的"家丑"，终于像上天而进的热气球，无可避免地爆发到最大不可收拾的程度上了。

所谓家丑不可外扬，原先这份家丑也只是在村里村外徘徊，而且也只是猜测和传说，这回却跑到派出所去了，荣贞和老婆、月秀都去了派出所。很多人听说这事后，啼笑皆非，半信半疑，也互相猜测和传播，一时议论鹊起。

家丑爆发的导火线，竟是人人梦寐以求，愿为之生愿为之死，绞尽脑汁想拥有的万能和万恶之首：钞票。

癸巳和甲午交接完不及两周，便是招玉七十六岁生日。每年文招和文秀、文星都会特意为她过生日，外面的子女孙女也都会打个电话祝她生日快乐。她也的确快乐，文星每年也尽可能带着老婆回家一聚，以前女儿在身边时，也一并带回。

这年的生日，是招玉最不快乐、最恨心的一个生日。她说，即便到了另一个世界，也没齿难忘。

这天，荣贞被文星的朋友，一个饲料店的小老板接去为其父看病。他的饲料店和文星的超市相邻，于是乎，家人有个头疼脑热的都舍近求远慕名来找荣贞。这次他父亲发高烧说胡话，吓得家人以为要到阎王爷那里报到了。老人不肯出门，怕死在外面进不了屋，做儿子的只好开车来接荣贞上门看病。

听了心跳打了脉，荣贞说："不怕，死不了。"又量体温，打退烧针，开了药方配好药，然后趁着大好心情，破天荒地拐进了隔壁文星的超市。文星大喜过望，放下手中的活，陪父亲喝茶聊天。无奈生意太好，店里人手不够，老被客人使唤。荣贞觉得有一句没一句地聊，也没啥意思，就想着走。文星拿出一个红包递给父亲："今朝是姨婭的生日，我抽不了空回去，帮我把这个红包带给她，到时我再打个电话问候一下。"

荣贞迟疑着接过，掂了掂，觉得红包很厚，就问："几百？"

"姨婭就喜欢钱，她说想买一身新衫新裤，就多给了一些，再说我这段时间赚了些钱，就包了一千。"

"我生日你给五百，她生日给一千，这不是排挤我吗？还说爷嬭有两样心，子女原来也有两样心。"

文星忙陪着笑脸说："爸您又不缺钱，更不贪钱，姨婭没地方来钱，完全靠子女给，一年到头人情世故也要不少，有时我们冇空去的地方，也要劳她先搭适①。"

"你们就是站在她那边，好了，我走了。"

荣贞不等文星再开口，就又折身回到饲料店老板那里，要他送他回诊所。饲料店老板热情挽留："老叔多坐一会吧，我泡壶好茶。"

"不坐了，说不定现在又有病人在诊室等着呢。你是晓得的，有时半天也没一只鬼来，可要真走个一天半工，病人就来了，跟你做生意差不多。"

"恭敬不如从命，那就送您回去，改天来了文星那里一定过来坐坐。"

刚上摩托，手机就响了，荣贞按了接听键喂了声，传来月秀急促的声音："荣贞医生，你快点回来，有个娬娬②翻地时不小心被脚头③划伤了一大块皮，用烟丝和蜘蛛网都止不住血。"

"我在路上了，很快就到，你莫急，先用云南白药止血。"言下之意，他是在关心月秀，好像受伤的是她。

回到诊室，荣贞也不先喘口气，马上为伤者清洗伤口，包扎好后又打了支破伤风的针。伤者是个七十来岁的女人，痛得直流泪。

"这么不小心，痛死你！咁扎手④种菜，菜值什么钱？这下好了，有得了⑤了。病手过家，病脚绣花，可你不晓得绣花，老家伙又不在了，你那里单门独户，会害怕吗？夜晡头睡目要是会怕，可以打电话给我，我来陪你。"荣贞又

---

① 搭适：包礼。
② 娬娬：婶婶。
③ 脚头：锄头。
④ 咁扎手：这么勤快。
⑤ 了：玩。

开始开女人玩笑了，从女人身上占点口头便宜，他也觉得快乐。

老妪显然是个老实本分、爱惜名声之人，荣贞的玩笑开得她肉跳心惊，旁边有个外村人呢，要是她把这样的玩笑当真，给说出去，人家会怎么看？于是慌忙制止荣贞说下去："荣贞医生，莫咁有搭煞①，这样的玩笑怎么可以开，让人听了会怎么想？我都上七十岁，从没做过跌人跌股②的事。"

她一脸的不自在和略带羞恼的责怪，令荣贞和月秀心底发笑，真是个跟不上时代的人，连玩笑都不会开。

荣贞见她这样，就更想捉弄一番："我有老婆都不怕，你冇老公了怕什么？反正子女都不搭理你了，正好我来搭理。怕什么呀，现在时代不同了，我们来往不会受人管制了，我把电话号码抄给你，你想通了可以随时打，我随叫随到。"荣贞嘿嘿地笑，装模作样找了张纸，要把电话号码抄给她。

老妪慌得连忙站起来："你莫抄，抄了我也会撕掉。"

月秀见她双手乱挥，而荣贞则还是笑嘻嘻的，觉得这玩笑开得过火了些。

老妪担心荣贞再当着外村人月秀的面开她玩笑，就急着要回去，好像诊室是个不可久留的是非之地。她从裤兜里掏出一个黑色的食品袋，颤巍巍地一层层打开，头也不抬地问："要多少钱？"

荣贞和月秀相视一笑："你有多少给多少。"

老妪说："我这有三十多块，还是前天去信用社取的。共产党这么好，今年六十岁以上的老人有八十五块了，好在有这笔钱，让我们老人家好过些。"说完，不太情愿地一张一张拿零钱，希望点到第三张五元票时荣贞就说够了，可荣贞却眯着眼，一声不吭，也不说出要多少钱。

"够了吗？"又点了几张一元面值的，她似乎不情愿再掏了，又问。

荣贞还是默不作声，倒是月秀开了口："你不是还有吗？"

一直把袋里皱巴巴的三十四块钱全算完，她抬起头来："够不够？不够的话只好先欠着了，过两天我再叫孙媳去取。"

"算了，算了，才差十几块钱，不要你给了，我天光日子就少买一斤猪头皮好了。秀，你骑摩托送她回去吧，让她自己行③的话，没到家伤口又要出血了。哎，你可记住了，千万不要着冷水。要是发炎，那一个月都好不了啦，天

---

① 莫咁有搭煞：别这样没意思。

② 跌人跌股：丢人现眼。

③ 行：走。

光日子叫你孙辈载你来换药。"

老妪轻轻地"嗯"一声，也不说句谢谢，就一拐一拐地走出门，仿佛多待一分钟，荣贞又会拿她开涮，并改变免药费的主意。十几块钱对一个孤老婆子来说，是笔可观之数。

月秀完成任务回到诊室后说："如果都不要钱，今天免这个明天免那个，您喝西北风啊！"

"你不晓得她有多可怜，老公死后，几个子哩生娓都不管她，七十岁了还要自食其力。我们随便都能从什么地方省省，这点小钱，就当是捐给灾区人民吧。"

在荣贞的心目中，医生的职责，就是救死扶伤。以前生活困难，再想做救世主，却心有余而力不足，现在有条件了，总要做点好事，留点功德，指望后生世人顺利投胎，可以儿孙绕膝，享受天伦，最好还能遇上月秀。

月秀理解荣贞，他的心胸确实宽广、慈善，即使有恶意，也只是针对现在的招玉。他的幽默风趣、插科打诨，让月秀心情舒畅，无论他言语中的水分有多少，真诚有多少，对月秀来说也是一种享受。荣贞若不贪色，还真可以成圣了，可人都是吃五谷杂粮长大的，世上又哪有圣人？不说老牛吃嫩草，在他这里，她到底还学到了不少做人的道理，起码有了一个进步思想，做好事可以让自己快乐。

午饭前，文招来诊所请荣贞回家一块吃饭，还说："姨娅迟了花鸭公和大鸡公，我们还买了些菜、带了酒来。"

荣贞说："最近肠胃不好，怕吃油腻的东西，你回去吧，你们吃好就行。"那边再有山珍海味，也不如在这里陪月秀豆腐乳和榨菜下饭。

文招当然清楚父亲和母亲之间早已隔着一条跨不过去的鸿沟，而且，她也晓得父亲更情愿陪月秀吃饭，她狠狠地白了月秀一眼。月秀装傻，走开后，反白几眼文招。

荣贞忽然想起什么，从裤兜里掏出红包递给文招："这是文星给你娭哩的，他说没空回来，叫你们不要等。"

下午四点多，劳累了大半天的荣贞，刚歇下手来，和各色人等闲聊，寿星招玉忽然一脸怒气地杀上门来，人在门口，声音已飘进了屋："老短命鬼，凭什么把子哩给我的生日钱扣走五百？好哇事，说出去都会笑死人，自家有钱

322

搞女人，还要把子哩给嫂哩的生日钱扣走一半。拿出来，你给我拿出来，我的生日钱做什么要给你？"

一看到招玉的身影，月秀心里就咯噔了一下，一听荣贞扣押了她的生日礼金，心想这下麻烦大了，这母老虎定然要发虎威，她要是还能忍下，那就不是招玉了。月秀暗自责怪荣贞做事缺乏考虑，刚平静了几日，现在又要大动干戈了。

原来午饭前，文星打电话祝母亲生日快乐，招玉就问他包了多少生日礼金。

"你子哩又不是小气包，我包了一千，您不会嫌少吧？"文星嘴里笑着说，心里却想，母亲真是个钱钻子！

"我不是这个意思，你包多包少我都高兴，我问一下，是怕你爷哩打雷公①，想不到他真的打了雷公！"

"不会吧，他又不缺钱，怎会这样？"文星心里担心，如果父亲果真截留，那母亲势必向他发动一场舌战，自己夹在中间可就受罪了，早晓得这样，就不该多包五百元进去，母亲买冬衣的钱改天再给。文星真有点后悔厚此薄彼了，心里打起小鼓来，连顾客是谁都忘了。他更怕因为这种小事而闹得尽人皆知，忙劝招玉说："姨娅，您就不要去那里闹了，改天您来赴圩时，我再给您，以后您要是缺钱用，就跟我说一声，我包您有钱用行吗！只要您乐意，以后我们五姐妹每月都给您二百，您就花不完了。"

"好，不过，以后你们教精学精，千万不要把给我的钱过那个老短命的手，人心隔肚包，他现在心里除了那个逍嫲，连子女都不要了，而那个逍嫲，只要有钱，什么面皮也可以不要。"

文招他们得知情况，也劝招玉别闹，说以后一定不会让她吃亏。招玉当面答应了，可等她们回家后，静下来一想，就觉得万般不是滋味，心里也越来越不平衡。这个老短命鬼，狗胆加上色胆真可以包天了，竟敢把儿子给我的生日礼金掏走五张，莫非是给了那个荡妇？不去找他理论理论，他准笑我是软柿子，一捏就烂，以后就会更加胡作非为骑在我头上拉屎，不行，一定不能惯了他！

看她一上门就骂，荣贞气就上来了，但他习惯了心平气和，只是厌恶地

---

① 打雷公：私自扣押钱财。

瞪了她一眼说："我早就跟你没关系了，你还来找我，看到你比看到狗屎还臭！"荣贞清楚招玉兴师问罪之因，但他不怕，他有心理准备。

"如果不是你扣了我的钱，我也不想来找你，我看到你比狗屎堆上泼大肥①更臭！"招玉损起人来是可以令人叹服的，她骂人往往不按套路，日长月久了，乡下人什么样的骂法她没学到？荣贞把她当作狗屎已经够损了，未承想，她竟然把他骂成臭狗屎堆上泼大粪，这不是臭上加臭吗？

荣贞不禁佩服起她的骂功来，这还是第一次耳闻这样的骂法，一个文盲竟然有如此创造力，真是滑稽。当着月秀的面，他不想把事情闹大，说话也尽量温和些，虽然也带着些许的不耐烦和赖皮："子哩是两个人造出来的，子哩给的钱，做父母的平分也理所当然，以后过生日时，他要是给我一千块，我也分一半给你，你就莫目火闪天②，让大家听了笑话！"自知理亏，也只能低声下气了，荣贞真后悔鬼迷心窍，做事不够地道，又不缺钱，何必在乎那五百块钱而犯贱？这下说不定又会闹出一场笑话了，他心里那个悔啊，真是无法用言语来形容，我难道吃到了屎吗，非要没事找事，自己给自己找不痛快？

难得见他如此低声下气，招玉哪肯见好就收，她就是要荣贞尢地自容，斯文扫地。

"我不要你的臭钱，我只要儿子给我的那份！"的确，如今子孙们都事业有成了，就算不用荣贞的一分一厘，她也不愁没钱花，光过年时的压岁钱就一年花不完，何况还有人民政府给的每月八十五块钱呢！

见招玉气势汹汹，得理不饶人，似乎要置人于死地，退守招架中的荣贞不禁生气起来，要他把那五百元钱交出来，岂不是自己打自己的嘴巴？这样的傻事绝不能做！可看她这副嘴脸，哪是善罢甘休之样，他现在是猴子抓住一把姜，丢了可惜，吃下辣死。

"子哩身上我花的心血会比你少吗，他给的钱各一半天经地义，何况又是我带回来的，总要给我辛苦费。你再鬼喔，我用屎杆扫③赶你出去，冇分相个妇人家④，碓钱死⑤！"荣贞有点不耐烦，声调变了，后面的三个字他压低着声

①　大肥：大粪。
②　目火闪天：眼中喷火。
③　屎杆扫：扫把。
④　冇分相个妇人家：不通情理的女人。
⑤　碓钱死：死在钱下。

324

音说。

招玉耳朵不太灵通了，有时对她大声叫喊，也莫明所以，荣贞以为这次她也听不明白的，没料，像是顺风顺耳似的，她竟一字不漏地听清楚了。她觉得这死鬼真是一点道德都没有，明明是自己做了丢脸事，还要骂人家，这个无论如何要叫大家来评评理。

"我就碓钱死，你呢？好哇事，不碓钱死的人却扣压了碓钱死的生日礼金。我说得响当，子女给你的钱交到我手里，从来不曾扣压过一分一厘，这种事我做不来！你有钱，却还要扣压我的钱，还不是为了填那个填不满的窟窿！"招玉的声音一声赛过一声，似乎要让全世界的人都听到。

"滚回你的狗斗^①里去，别在这里鬼喔乓天^②！"荣贞气急败坏地怒吼。

"自己做了跌股事，还怕人听到吗？你有面子做跌股事，我也有面子骂街，昼边^③我吃的都是好料，精神很好，有力气骂你和逍嬷、婊子嬷、蛇嬷^④、大面嬷^⑤，黄泥都埋脖子的老家伙也要的下贱货。为了钱，连面皮都不要了，也不买个鬼壳戴，爱钱也要找后生，天下后生又没死绝，屌你几过瘾^⑥？找个这样的老家伙，对得起爷娭为你做的那张膣吗？"

你无情我无义，我现在不愁吃不愁穿了，再也不必巴结你、依靠你了，要骂就要骂个痛快淋漓，让大家都晓得，这里有个大面嬷和一个大面牯^⑦，看他们还要不要出门见人？

周围不少人听到她那震天价地、不同凡响的骂法，不约而同地纷纷竖起了耳朵。听不太清楚的，脚不着地就朝这边拐了过来，边走还边说："那个骂人大王肯定又怀疑老公搭小工了，娘个^⑧妇人家，就是疑心重，前面几个小工都被她赶走了，这个要是再走，荣贞这辈子就莫想再找小工了！"

"是啊，自我晓得，月秀这个小工最好，脾气最好，手脚也最麻利，对病人总是轻声细语，从不嫌贫爱富、嫌老爱少。讲实话，如果荣贞叔真的和她有

---

① 狗斗：狗窝。

② 鬼喔乓天：鬼叫喧天。

③ 昼边：中午。

④ 逍嬷、婊子嬷、蛇嬷：放荡的女人。

⑤ 大面嬷：厚脸皮的女人。

⑥ 几过瘾：多过瘾。

⑦ 大面牯：厚脸皮的男人。

⑧ 娘个：这个。

那么一回事，我都感到高兴，这样好的女人，睡上一回，死而无憾。"

三天两头聚一起喝茶的几位茶友更没闲着。一个说："别说荣贞，我和月秀在一块说笑，都觉得是件幸福事。他们经常在一块，不动那心思，就不是正常的男人了，何况他一向有女人缘，又肯对女人花钱，更有色胆，有那回事，我一点都不惊讶。"

"我也不奇怪。自月秀来后，荣贞的面色不知红润了多少，笑容也灿烂了起来，脾气也好转了，月秀要是家里有事请假一工半日，他就魂不守舍。一看就有那回事，这老家伙精神也真好，我比他小十多岁都觉得心有余而力不足了。"

这个茶友说完，一伙人都会意地笑起来。

"荣贞叔是个会享受的老头，加上和老婆都十多年没感情了，赚了那么多钱又带不进窟，当然要另外找个窟窿快乐快乐。"

说笑间就到了诊室门口，招玉隔远看到有人来了，骂得就更起劲了，什么脏话都倾泻而出，把荣贞和月秀骂得体无完肤。拿老人们的话说，狗吐不出的她都吐出来了。

月秀一直躲在诊室里听舌战，咬紧牙关不发火，尽量让他们鬼打鬼，有荣贞出头，她犯不着自己去着铳①，骂不过你，躲还不行吗！像招玉这般年纪的女人，骂起人来一溜边，也不喘息，好像是经过特意培训的。月秀想不明白，这个老文盲，怎么能出口成章，骂起人来怎么就有那么多恶语脏词？

招玉见来人渐众，就要大家给评评理，说儿子给的生日金，让荣贞这个老骚客扣压了五百，拿去填那个填不满的窟窿，她该不该来讨回？她要是就这样服软，那以后这对狗男女会不会骑在她头上拉屎撒尿？

清官本就难断家务事，因为得了荣贞的照顾和帮助，因为月秀平日对大家的好，多数人都心向他们。而招玉一向骂人骂世，荣贞以前帮助过的人没少遭她数落，而且分田到户后，每每引水灌溉稻田，她仗着老公是医生，大家有求于他，总是骄横无理，成为有名的水霸，因此也有些积怨。因此，大家听了招玉的投诉后，并不来护，却带着责备的口气说："冇证冇据的事，你也莫乱说，说出去会影响人家的形象，人家还要过日子，还要出门交朋结友呢！"

"就是，饭可以多吃，话可不能乱说，就算你当场抓到了，也要息事宁

---

① 着铳：中弹。

人，荣贞叔的名声坏了，对你也没什么好处，还是少说几句吧。别冇事话事，别猪哥骂绝，这样对谁都是伤害，又何必自寻烦恼、浪费精神呢？"

招玉见自己的数落、怒骂，在大家面前就像穿着靴子搔痒，无济于事，心里像是打翻了五味瓶，不知酸甜苦辣，也只能像长坂坡前的赵子龙，孤军奋战了。目前的形势对她非常不利，大家根本不看好她。以前，荣贞和她没闹翻时，大家心里对她有再多的不满和怨恨，当面也不敢明白表达和流露，毕竟是房长叔婆，再怎么样，也得看荣贞的面子，都要对她说那些拜年时的好听话，现在再说好，那就是和荣贞唱反调了，谁都不会那么傻。

招玉的威风，很快就像脆瓜打驴——去了一半，现在的她就像尿壶，掉了把，光剩一张嘴了。既然是孤军奋战，就是狗掀门帘，全仗那张嘴，招玉就得把世上骂人的语言都搬个空。

人的忍耐是有限度的，招玉当着那么多人的面，毫无顾忌，口无遮拦地把世上最脏最烂的字眼，一古脑儿赏给了荣贞和月秀。月秀听着，先是无动于衷，接着脸红心跳，继而火冒三丈，终于，丧失了平日里的耐心和良好素养，脱下鞋子，举在手中冲出门来，直向招玉扑去。"啪啪啪"，月秀手中的鞋子毫不迟疑地对着招玉的嘴左右开弓。就是这张令人生厌的嘴，制造了不计其数的语言暴力，伤害了不少邻里乡亲的心灵。

招玉猝不及防中被扇得眼冒金星，大叫一声，也不顾一切地扑向月秀，撕扯着她的头发，抓她的胸脯，踢她的下身。她们扭作一团，拳脚并用，荣贞看了，既不相劝，也不制止，只叫大家进客厅喝茶。但他心里却在不断地骂，"娘个老短命嬷，嘴鼻咁歪①，什么话都骂得出，早就该让人修理修理"。他还在心里希望月秀多批她几个耳光。

有两人随着荣贞进去喝茶了，一干好事者却不想放过如此精彩的场面。月秀年轻，当然占了上风，招玉虽有老虎嬷之称，奈何年老体弱，手脚不便，不到几个回合，就被扇得嘴角流血，鼻青脸肿了。

惹脚见月秀样子疯狂而野蛮，生怕弄出人命，进去喊荣贞出来喝止。荣贞头也不回地说："这样的女人，早就该有人扇醒她了，不管她，我们喝茶。"

惹脚晓得文招的电话，就赶紧掏出手机打过去："喂，文招，你赶紧来你爷哩这，你娭哩都快让人打死了。"

---

①　嘴鼻咁歪：嘴巴刁钻。

不待文招问话，他就挂了电话，冒险上前劝架："月秀，莫打了，莫打了，快停手，你的气出得也差不多了，不能太过火了，老人不经打，再打就出人命了！"

马上有人跟着劝："是啊，就算是她血口喷人冤枉了你，你出出气就够了，万一弄出个人命，你也不抵得①，赶快住手。"

月秀想停手，可招玉却困兽犹斗。那人又进去喊荣贞，荣贞默然不语，只挥了挥手，表示不管女人打架。

"老短命相不会来救我的，还巴不得我被逍嬷、蛇嬷、婊子打死，打死了我，他们就可以快快活活了。"招玉到底是法盲，真要打死了人，法律怎么允许他们快活？

招玉的假牙被打落了两颗，接着很快被月秀压在身下。她努力挣扎，企图翻身，却无济于事，只好继续用污言脏语侮辱对方。

"看来今朝日子不撕烂你的臭嘴，你也不会招思②！"月秀说着，丢了鞋子改用手去撕她的嘴。招玉也拼了命地抓她的头发、胸脯和下身，还把嘴里的血吐到她的脸上、身上。

"叭、叭、叭……"摩托声刚停，一人已飞快地冲到她们面前，动作之快，令人眼花缭乱。

来人正是文招！文招的作风及性格，都像极了招玉，和人吵架、打架从不服输。她一冲上前，对着月秀就是一顿拳打脚踢，加一串怒骂："逍嬷，面皮八尺厚，胆子也真大，竟敢在我们家的地盘上打我娭哩。我娭哩七八十了，打不过你，跟我试试？我踢死你就像踢死一只黄毛鸡子。"

看到大女儿出现在眼前，招玉像看到救星似的，心情振奋，趁月秀手忙脚乱之际，也奋起反击。月秀一人难敌四手，何况文招如此强悍，她很快就落了下风，渐渐地也只有招架之力了，一边躲闪一边发出声声惊叫。

荣贞听到文招的声音，暗叫糟糕，这妞从小胆大泼辣，敢作敢为，若不出面制止，月秀肯定吃亏，但他又不好意思公然相救，母女同心，气火头上，她们也不见得会停手。文招的加入，终于牵动了他的神经，他无心再泡茶，置身事外，脸色严峻地出门。看她们那个欲置月秀于死地之样，荣贞既着急，又

---

① 抵得：值得。

② 招思：服气。

心疼，都是自己惹的祸，害她受这么大的伤害，真对不起！一时间，他心里充满了愧疚。

叹了一口气，荣贞回头，很是无奈地拨通了一个电话，竟是打到岩前镇派出所，叫他们快来，说女人在打群架，都快出人命了。放下电话，他又走出门口，对那几个已然头毛瓦洒①的"好战分子"说："你们不怕跌股就继续打吧，我已打了电话到派出所，他们马上就到，到时候把你们都铐起来，拍个照登在网络上，你们就全国出名了。"说毕，摇摇头，又进茶座落座。

大家见他这样，心里明镜似的，如果文招不参战，他是不会出面的，理由简单明了，一老一少单打，无论如何都是月秀赢局，招玉除非佘太君附体才有机会翻盘。

丢人丢大了

诊所离镇里不远，很快，派出所的车子就呜呜呜到了，从车上下来几身警服。大家见状，自觉地让开了一条路。说来奇怪，看见警察，大家的心里都会莫名地涌上一丝惊惧，其实他们也是从娘胎肚子里钻出来的，也是吃五谷杂粮、食人间烟火的，并没长三头六臂，可是，大家都晓得，他们身上带着手铐和警棍，如果哪个触犯了法律，他们有权将他铐起来送进关房。

一位警察看到她们一个个衣衫不整，有的还脸上挂彩，忍住笑问："你们打够了吗，是不是电视看多了，也想出名上电视了？"

三个女人谁都不先开口，月秀从未和人动过手，此番在外村人的地盘出此洋相，实在是被逼上梁山，她心里感到了前所未有的羞辱，脸上不觉泛红。

"是谁先动手打人的？"为首那个年纪稍大的警察声音虽大，语气却不甚严厉，如果不是发现招玉嘴角流血，他兴许还会冷笑一声，女人也打群架！

招玉一听这么个问法，马上用松树皮一样乌黑干枯的手指着月秀臭骂："是这个蛇嫲婊子先动手打我的，把我刚镶不久的牙齿都打掉了两个！"她多么希望这些警察会把月秀铐起来送进关房，让她一生都抬不起头，做不起人。

---

① 头毛瓦洒：蓬头垢面。

听了招玉的话，警察们立时明白了这场战斗的来由，他们交换了一下眼神。为首那个警察问月秀："是你先动手打人的吗，为什么要打老人家？看你年龄也不大，怎么就不懂得尊重老人？你不晓得打人是犯法的吗，就凭你把老人家的牙齿打掉了两个，就可以把你铐起来。"

月秀壮起胆子说："如果有人一直恶言恶语骂你，三番五次污辱你，侵犯你的声誉，你能一直忍下去吗？我不相信你能忍，除非你脑袋有问题，除非……"

不等月秀再说一个"除非"的理由，一位年轻的协警猛然喝住了她："放肆！你这个女人真是太胆大了，不但把老人家打得口鼻流血，还敢这样对我们副所长说话。"

"我不管什么长，我只晓得，被人冤枉，被人辱骂，任何人都受不了，任何人都会脱下鞋子扇她嘴角，除非他是神经病。"月秀咬着牙，坚持道出刚才被打断的话。

"娘个逍嫲婊子、浪人嫲，面皮比泥墙还厚，自家做了跌股事还有面子说人家冤枉你，如果不是搭上了我家老短命相，你有钱去香港旅游吗？你为什么不去工业区打工，为什么非要让人家冤枉，说明你就是专门躺在床上轻松赚钱的。"招玉不亏是骂人精，这般年纪了，嘴巴又被打痛流血了，可骂起人来还是嗓音不变，气也不喘。

警察们对老牛吃嫩草的事已见多不怪，只是不太理解荣贞怎么也会做这苟且之事。

"娘个老短命嫲，真个唔①怕死，连我都想脱下皮鞋扇她几嘴角！"荣贞从客厅走出，阴沉着脸指着招玉说，"自得我意，把你一嘴假牙都扇掉，省得你胡说八道，无中生有，跌人跌股！"

"老短命相，敢做要敢当，有本事搭布娘②冇本事承认，算什么男人！你敢当众发誓没动过她吗？怕跌股就不要贪吃嫩草，你就不怕贪吃了这头③嫩草跌死了你这头老牛吗？！"

大家一听，不由得哄堂大笑，听她老短命相老短命鬼地骂，想不笑都难。所谓短命，是指还没上寿的，荣贞都奔八十了，怎么还算短命鬼呢？

---

① 唔：不。

② 搭布娘：勾搭女人。

③ 这头：这棵。

荣贞遭她当众炮轰，气得七窍生烟，三步并作两步就跳到她面前，迅雷不及掩耳地甩了两巴掌。文招急忙上前拦阻，可已来不及了，招玉的脸上已显红印。

"莫打了，再打会出人命的！"

警察忙着制止荣贞，却没想到，月秀趁机上前狂扇了招玉几下。招玉两次突遭袭击，又惊又气又痛，瞬间晕倒在地。

那个副所长对着月秀大喝一声："你这么狠心，真要打死了人才肯罢手吗，你就不怕做陪葬？"

大家手忙脚乱地扶起招玉，掐人中的掐人中，捶背的捶背，紧急施救。

文招号哭着扑向月秀，要和她拼命，被惹脚、小灵通等几个人死命拦住。惹脚还说："七十多岁的老人家了，搞摊不得①，得马上送医院急救！"

副所长厉声地指示手下把招玉抱上警车，还要荣贞和月秀一起去派出所做笔录。

荣贞哼哼，月秀也摇头不去。

"事情出在你们身上，又是你们害得老人家晕倒，去不去也由不得你们，走吧，别让我们动手。"一个协警说罢，还故意把手中的手铐弄得哗啦啦作响。

有个认识荣贞的协警，把荣贞拉到一旁，压低声音说："只是去做做笔录，只要不出人命，也就是罚罚款，要是出了命案，那就麻烦大了。不管怎么样，请配合我们，快走吧，还得救人呢！"

荣贞点点头，心里边一万个不愿又怎么样？要是让他们动手把自己铐走，那就更出洋相了。于是，他走到月秀身边，低声说："秀秀，莫怕，现在是法治社会，他们不敢乱来！"

看到荣贞被带上了警车，围观者都叹了一口气。

"唉，荣贞叔一生世人都行善积德，治病救人，做事谨慎小心，遵纪守法，连村里的调解员都不曾找过，想不到到了这种年纪，倒闹出这么一件事，让派出所的叫了去。这对他才是件跌股事。搭布娘算什么？是男人哪个不想家外有花？"小灵通叹口气，很为荣贞担心。

一个五十左右的女人笑着说："你既然想家外养花，就养，不过得小心点，莫紧也闹出风流事，让派出所的抓了去。"

_____
① 搞摊不得：大意不得。

"我一没钱，二没胆，三没精力，日日都做得精疲力竭，哪还有精力去家外养花，家中那只'猪嫲'都冇糠吃呢！"

小灵通一副底气不足又极度伤感的样子，令大家忍俊不禁。

"县里不是有专门医院可以让你重振男人雄风吗？这么后生就养一只'猪嫲'都冇糠吃，绝对是你那方面出了问题，赶紧上医院看去！"

"听梅芝这么一说，小灵通，改天你真要去看看了，要不，就请梅芝带你去好了，她熟门熟路呢。"惹脚一脸诡笑。

那个叫梅芝的女人笑道："我带他去，人家看到会怎么想，他老婆看到还不跟我拼命！"

大家一下就让他们的对话逗乐了，一时从担心中走了出来，帮荣贞关好大门，嘻嘻哈哈作鸟兽散。

招玉并无大碍，年纪大了，又经一番肉搏，急火攻心，暂时昏厥而已，在去医院的路上就已醒了。文星接到文招的告急电话后，匆匆赶到。荣贞和月秀则被带去派出所了。

派出所的小练和小罗一见荣贞和月秀那副不自在之状，就晓得是怎么一回事了。小练泡好茶，倒一杯给荣贞，接着递上一杯给月秀。月秀不太喜欢喝茶。她最怕和派出所打交道，偏偏今天被叫了来，这让她感到耻辱，生怕这事传出去，心里直后悔一小时前自己的冲动。如果时间可以倒流，她可以做到一忍再忍，不让自己成为一个泼妇。她甚至悲哀自己已经沦为一个自己向来憎恨也最看不起的泼妇。她脸上挂不住，坐立不安，为了掩饰内心的紧张和害怕，她在出于礼貌接过茶杯后，还装模作样地呷了一口。

副所长端过自己专用的茶杯，喝了几口，才把那双威严的眼光落在了荣贞身上，语气不急不慢："今天叫你来，没别的意思，因为是你打的电话，我们又亲眼看到了你这位助手把老人家打昏在地。说实话，我觉得无论发生了什么事，这位助手也不应该将老人家打进医院，你一开始也应该出面制止，七十多岁的人了，经得起打吗？万一将她打死了，就不好办了。所以，以后做事千万不可意气用事，别让自己后悔！你说呢？"

荣贞不自在地点头后，副所长又把目光移向了月秀。月秀的脸更红了，也更为不安起来，不晓得等下他会对自己抛出什么问题。

"刚才在你家里看了，我知道了个大概，想必是你老伴怀疑你们之间有暧

332

昧关系吧。我们不想干涉别人的私生活，现在捕风捉影的事多了，而且可以把道听途说的事说得有下有四①，不管你们之间有没有那种关系，我还是要劝你们几句，如果有，尽早悬崖勒马，如果你们之间清白，那么，大可不必为这些流言蜚语大动肝火。身正不怕影子斜，只要走好自己的人生之路，时间会还给你们一个公道。"副所长说罢，拿起桌上的一张报纸，展开后轻轻指了指，"你们瞧，今天的报纸有句话说得可真好，'棍棒石头能够击伤我的肌骨，可语言无法伤害我'，聒噪不如沉默，止谤得于无言，嘴长在别人身上，就让别人说去吧，只要自己无愧于天地，无愧于心就行，你们说对不对啊？"

荣贞和月秀听了，自惭形秽，尊严很快消失殆尽。他们低着头，像做错了事的小孩，在接受老师的批评。他们感到，那些协警一直都用嘲笑和轻蔑的目光射向自己，令他们面红耳赤，无地自容。是的，谁的名声都重要，名声的好坏往往毁于人言，不是说人言可畏吗，不是说做人做名气吗？

为了撇清自己与奸恶的关系，为了申述自己做错事的情有可原，荣贞抬起头来，微微叹了一口气说："到今天这地步，我也很无奈，也许，说了你们也不信，我和月秀是清白的，只是那老太婆一直怀疑……"

屋里鸦雀无声，只听到沙沙沙的笔录声。

喝了一杯茶后，荣贞接着说："月秀手脚勤快，头脑灵活，脾气又好，病人打针都找她，她不在时，等都要等她回来。这么好的小工，病人都那么喜欢，我当然也喜欢，但喜欢归喜欢，就算我有那种念头，月秀也不会看上我这老鬼。那老太婆，她和我十多年前就有名无实了，见我日子过得好，就一门心思要我回到解放前，每次都要把我请的小工赶走，她死乌搭瞎，总是无中生有，你们千万别信她的鬼话！"

荣贞这么说，完全是为月秀着想。当着这么多警察的面，他把老短命嫲改为老太婆，把秀秀改为月秀，月秀在世上的日子还很多，而他在世上的日子，是过了一天算一天了，人家怎么说他，他也不在乎了，他现在只在乎月秀，因此一定要保护她。

"这个老太婆骂人从不留余地，说得出骂得出就是她的性格。我听惯了都忍不住想扇她耳光，月秀这次打她，确实是被她侮辱得心头火起。我相信，换作其他人，或许老太婆就没命了。"荣贞言下之意，招玉没死，是因为月秀手

---

① 有下有四：有鼻子有眼。

下留了情。

月秀听懂了，不禁从心底涌起一股感激之情。

副所长不好问事问到尿桶底，眼前这风烛残年的男人和风韵犹存的女人，看样子也不太可能做出苟且之事，他们之间的年龄悬殊明摆着。

月秀先前在任何人面前都怡然自得，和人说笑总是和颜悦色，大家即便听到了流言蜚语，也从未在心中排挤她，照样把她往清白那头挂，认定是那些不安好心喜欢嚼舌根之流的恶语中伤。月秀起先认为，嘴长在人家身上，说什么鬼话都别管。但派出所的滋味着实不好受！她低下头，目光看着刚才打架时被踩痛了的脚尖，心里乱糟糟的。他们会问什么呢，如果他们发神经地问他们之间到底有没有那回事，光自己否定，他们相信吗？唉，真是不见棺材不落泪，如果自己再忍忍，何至于落到现在这地步？如果那老太婆心胸宽阔些，三个人也就相安无事了。月秀一会儿怪自己感情冲动，一会儿又怪招玉心胸狭隘，害她和荣贞双双都进了派出所，一会儿也觉得荣贞脑子进了水，为什么不惜用所有的家产连同老命勾引她，如果自己意志稍不坚定，也就上了他这条贼船。

"发生这样的事，你认为该怎么处理？"一个问话抛过来了，把月秀从万千思绪中唤回到眼前。

"该怎么处理？是她三番五次地血口喷人，恶语中伤，我的名声都被她搞臭了，得叫她赔偿名誉损失费、精神损失费！"月秀在派出所撂下的第一句话，语气激愤。在她看来，以前怎么着，也没被请到派出所来，现在大家都会晓得她进过派出所了，她必然成新闻人物了，一传十，十传百，她的亲戚朋友，连同她在外的儿女，也很快就会听到。

"人都被你打进了医院，是死是活都不晓得，你倒好，还想叫她出名誉损失费，这也太说不过去了吧！我在派出所干了二十多年，还是头一回听过。"副所长耐着性子说，就差没有冷笑一声。

"那你要怎么处理？"荣贞的问话有点心虚。在他眼里，月秀的名声比自己的性命还重要，他已经老了，无所谓了，着实不该扰乱并妨碍她的生活。

"这样吧，这是你们的家事，属于你们三个人的情感纠纷，我们也不好怎么管。但既然你打了报警电话，我们就得出勤，这类事尽量不要再闹大，否则对谁都不好。依我看，如果老人家没什么大碍，你们把所有的医疗费用都付了，另外再罚三千元。同意就在这上面签字，改天把钱送来，然后回去，该做什么还做什么。不过，这类事莫再发生，打人不是解决问题的办法，意气用事害己害人。"

见半晌没见回答，副所长想了想，又说："你们回去吧，回去前最好去趟医院，出于人道，你们也要去看看。"

荣贞起身，刚想迈步，却感到腿脚沉重，像灌了铅似的，趔趄了两下，站在原地不敢动了，前所未有的心力交瘁不由分说地向他袭来。他不想再在这里待一分钟，警察们的目光像六月的骄阳，照射得他全身灼热，热汗涌流。平生最怕与大盖帽打交道的他，只在这里待了半个时辰，却似待了半生，这样的洋相哪怕再多出一刻钟，他保准精神崩溃。他定定神，咬咬牙，终于努力地向外迈开了步子，示意月秀跟上。

走出派出所大门后，荣贞像是离开了是非之地，回头，不无疼惜地对月秀说："秀，你放心，所有的钱我会出，你也莫害怕，无论什么时候我都会保护你。你今天回去休息，天光日子还要来……"

"不，我不会再来了，我要是再来，就是太贱了！天无绝人之路，我情愿去工业区打工，也不能再冒这个险了。您是好人，您对我的好，我记在心里了，后生世人再来报答吧，祝您晚年幸福，长命百岁，再见！"月秀一口气说完，抢先一步而去，头也不回。

是的，必须决绝，再不能赖在他身边了，否则势必有新的故事发生，少不了要被人添枝加叶传为笑话。自从来到诊室，她就让招玉闹得心神不宁。自己尚年轻，还要在这个世上待上几十年，笑话闹大了，迟早会传到子女们耳里，让他们难堪乃至愤怒，以后找对象都难。钱赚了再多，也买不回一个好名声。她和荣贞的事虽然只是招玉空口胡说，大家也相信他们的清白，但她实在不想再作践自己了。在刚才接受"审问"时，她就咬着牙发了誓，远离这个是非之地，今后一定小心做人，靠双手创造幸福生活，让下半生过得平静，无怨无悔。

呆呆地望着月秀娉婷的背影在视线中消失，荣贞不禁重重地叹了一口气。夕阳寂照，一袭蹒跚的身子被沉重的脚步拖向街头。我要喝酒，我要醉一回，醉到能忘记世间的一切，曾经的幸福与伤痛，我都要忘记，从现在开始，秀秀就要在我的生活中消失，也许永不再见了！见不到她的日子是何等的枯燥和痛苦，他很清楚，往后的日子该怎么过，他不知道。他多么希望有生之年能够拥有月秀，哪怕是朝拥夕死，也无所谓了，不，不，哪怕是从精神上和心眼中拥有，也是一种至高无上的享受。但，这显然已是明日黄花，没有月秀的日子犹如行尸走肉，荣贞于心感到绝望，一股寒流从脚底涌起，泪眼居然婆娑起来，一时模糊了视线，魂魄好像也丢了。

走不动了，实在走不动了，就近叫来一个摩的，也不问价钱，便艰难地抬腿坐了上去。到了家门口，司机伸手要钱，他抖抖索索地从钱包里抽出了一张十元票。从镇上到诊室，也就千米之距，一般情况下六元钱就够了。摩的司机见他神思恍惚，给钱后又一声不吭，也就没了找零的心思，拿了钱就走。

荣贞脑子还不糊涂，晓得这家伙宰他，就算柴油涨了，也涨不了那么多吧。但钱算什么呢，反正我也是从别人那里赚来的，摩的司机从我身上赚钱，天经地义，谁叫我不会骑摩托呢？他有朝一日要是找我看病，那，对不起，我也得宰他一些，这叫一报还一报。

摩托的呜呜声还在耳畔，他已然在哐啷声中重重地关上了大门，今天谁来了也不管，谁要病死也不管了。老泪纵横中，他从酒钵里舀了一大杯自配的"荣贞牌"药酒，咕咚咕咚三下五除二喝个底朝天，不过瘾，又舀了一大杯。空心肚，喝得又急，很快就觉得头重脚轻了，拍拍脑瓜，伸出一只颤巍巍的手来扶楼梯扶手，艰难地爬上楼，摸到床边倒头便睡，躺在床上万无一失，管他什么时候醒来。

昏昏沉沉地睡到凌晨三时许，才梦醒。月秀骑着摩托入梦，停好车，摘下头盔，直接进了客厅，荣贞看到她的笑脸，心里头就涌上一股股的柔情蜜语："秀，早！辛苦了，歇会儿吧！"走近，想摸摸她那红扑扑的脸蛋，她笑着躲开了。他摸了个空，就惊醒了，努力睁开双眼，想看看她躲哪了，却发现四周还是一片黑暗，才知在梦中，忙又闭上双目，希望倩影能再现梦中。苦苦的等待换来了懊恼，如果不急着去摸月秀的脸，她就不会惊跑，就可以一直看着她，就算撑死眼睛，饿死"老腚根"[1]也值得。

便又起床找酒浇愁。

往昔每年，他都要买回几塑料桶白酒，亲手调制补药，当归、党参、枸杞，再有就是壮阳药。他说喝酒不但可以强身健体，通筋活血，喝了他的酒，更能壮阳，每天都生龙活虎，夜生活不至于蜻蜓点水，保准要让老婆举手投降。如此精彩，惹脚他们就慕名来讨，事后也就说："难怪你这么大岁数了还这么雄板，难怪招玉娘不合作，原来是服了你。我喝了你的酒后，整个人都精

---

[1] 腚根：男根。

336

神了，不再头晕眼花，心慌气短，疲倦乏力，老婆也满意了。哈哈，改天也请你配几种补药浸酒。"再后来，好酒者就纷纷从食品店买回些白酒，请荣贞配药，既实惠又好喝。以此酒待远客，客人喝得顺口，又见酒色艳目，便问何酒。荣贞如实相告，美其名曰"荣贞酒"。后来，远乡近邻依样画葫芦，到如今，几乎每家每户都有此君了。

酒水穿肠过，醉意蒙眬中，荣贞想着那些得逞和未得逞的算盘，不由得失笑，伴有一种灼热的成就感。奔八十的老家伙了，还有这么多缠绵的想法，也确实非同一般。心里一激动，不由得狠狠地拍了几下胯下那条不净根，心里骂道，都是因为你，要不是你总惹是生非，我会活得这么累，会让派出所的叫了去，会让大家笑话吗？你再不安分，我切了你喂花鸭！骂完，又自嘲地说，可是没有你，人生的快乐何在，意义何在？于是，他又庆幸自己有那条不安分的老色根。

心情糟糕透顶，荣贞一睡就是两天，不吃不喝，屎尿憋得实在受不了时，才起床解决，然后倒头又睡。就这样睡了醒，醒了再睡，睡着了就梦中会佳人，在梦乡里快活似神仙，醒后却怅然若失，痛哭流涕，他多么希望一直处在梦乡里，永远不要醒来。

有人来诊室看病，不理。电话打来了，不接。人家砰砰砰地捶门，他也耐着性子蒙头诈睡。

这两天闲着也是闲着，他就把婚后的事回忆了一遍又一遍，酸甜苦辣像芥末一样直冲脑门。为了生他养他的那个家，他情愿入赘做人家的撑门棍，为了这个家，为了接二连三出生的子女，他胼手胝足，筚路蓝缕。人民公社那阵子，他专拣重活，不放弃每一个能赚的工分。有了点喘息的机会，还要跟岳父上山采草药，钻研医药，随同出诊，经常半夜回到家，累得连上楼的力气都没有，倒头便睡。拖男带女的家庭队伍壮大后，他连长衫长裤都不穿，为的是省下那一点布钱，为子女们做的确良、地确卡和花呢布、喇叭裤。他们一个接一个长大，虽说能帮上家里忙，但也是最花钱的时候，别人小孩有的，他们也围着要，而他，又是个情愿自己受累也不想让子女寒酸的人。

子女们一个个从学校步入社会，一个个成了家立了业，自认为可以安度晚年了，却始终没有孙子抱，过着灰头土脸的日子，泄气得连每年一次的祠堂祭祖活动都懒得露面，更别说主事。那几年，空虚复空虚中，他想都没想会涉足那件至今只能烂在肚子里的糗事。当有人问他愿不愿意做"鸡公头"时，不知是为了验证自己的能力，还是寻求刺激，或是报复儿子，他立马应承，并和对方签下字据，此事绝不外泄，所出无论男女，都只能跟那家魏姓，他不得相认，而且也不能再纠缠女方，如有违反，天诛地灭。那家女人生下男孩后，他一度欣喜，待其长大结婚，若生男孩，岂不是也是自己的血脉！果然，那男孩婚后头胎便是儿子，他既喜又悲，心情复杂，但有字据在身，又能提什么要求呢，连相认的资格都没有！

天灭我也，荣贞的心里非常不平衡，为什么文招、文秀都有儿子，而文星他们兄弟三个就没有，思前想后，究其原因，归根结底就是招玉家的风水问题。招玉说，我不是生了三个儿子吗？他就说，那是我带来的好运。这样的埋怨话说多了，夫妻间的感情裂痕越来越大，渐渐就到了水火不容的地步，再后来索性开铺。他开始破罐子破摔，把钱花在其他女人身上。秋香的温柔体贴使他尝到了人间的快乐。秋香善良、老实、怕事，她和他好，并不是为了钱，他好几次主动相送，她都不收呢。即便她和他走近，真是跪着养猪——看在钱的分上，但他乐意，花得开心，老牛有嫩草吃，跌死撑死也甘心。如果招玉不在世上眼睁睁看着，他是可以和她走完剩下的人生之路的，他失去秋香，一直觉得是自己没那个福气。

秋香和月秀都是他愿意付出一切的女人，可都让招玉给搅黄了，他恨透了她，有时真想把她大卸八块，或者在她的饭碗里下砒霜。这个死老太，把我心仪的女人都赶尽杀绝，她要是睁只眼闭只眼多好！我快乐了，自然不会怠慢你，有病我会帮你治，要钱我不会小气，想吃补品由你挑，死后还可以墓穴同寝，既然你这么恶心，死后休想和我埋一块！荣贞越想越气，越气就越怪招玉命太长，怪老天不长眼，不早早让她服侍阎罗王。

这下半生，不，应该是一生最幸福的时光，就是和秋香一起度过的。月秀虽然守身如玉，但和她在一起的日子也是诗情画意的。相比之下，以前那些所谓的幸福和快乐，根本不值一提。月秀就是自己晚年生活中的一缕阳光，可惜，这缕阳光居然也被收了去！

荣贞无精打采，四肢倦怠，五内积郁，也不思饮食，几天下来就老了许多。来诊室闲聊和看病的人以为他病了，就说："都可以把别人的病看好，自己有病为什么会拖这么久，您不是说病越拖越严重吗？"

月秀连着几天都不见踪影，知情人就明白他所害乃心病，任何一种药物都治不好的，只有月秀，才是他的良药。

见他精神恍惚，有些病人就上别家诊室了，他的医术再高明，药费再便宜，可万一配错了药，把自己给医死了，那可就衰了，生命只有一次，好死不如赖活，谁不想好好地活着？

病人少了，他也乐得轻松，失去了最爱，赚钱有何意义？这辈子的所有花费，他早已存够，就是不再赚分毫，也不愁吃穿了。

第五章　谁守望谁

父子交锋

　　招玉在医院住了三天。出院时，医生吩咐文招和闻讯赶来的文星，千万别让她再受刺激，要照顾好。知道彼此关系却不明就里的医生，还特别叮嘱，让荣贞配些补品做营养，有情况随时打脉。

　　姐弟俩送母亲到家后，文星嘱文招煮两个鸡蛋给母亲吃，自己则径直去父亲诊室，转知医生的话。荣贞听罢，一句话也不说，面无表情地拿了几盒脑心舒口服液，噼里啪啦打了下算盘，就要文星付钱。

　　文星心里生气，这老头太过分了，难道对老婆真是一点情义都没了？摸一摸口袋，才知身上没带钱，就说："我没现钱，改天给您，这脑心舒让姨娅先吃着吧。"

　　"不行，东西拿走了，万一你不给钱，怎办？这东西我也是花钱买的，可不是上山采的草药，我按批发价给她，又没赚一分钱。"荣贞说话时脸上还是像糊了糯糊一样。

　　"您平时都可以给困难户免费，为什么就对姨娅例外呢？纵然有千错万错，你们毕竟也是同甘共苦了几十年的夫妻，您这里的东西还要她付钱，说出去会让人笑死。"文星大着胆子说了这些，本来是想说，如果不是你有错在先，母亲也不会做出那些事的，她也犯不着把那些女人一个个赶走，说起来她的肚量也够大，换着其他女人，或许早就闹出人命来了。但酝酿中的这些话语胎死腹中，老虎的胡须他到底不敢捋。

　　"我都给她免费了几十年，现在成了仇人，我要是给仇人免费，自己都会笑话自己没原则。你要是不给钱，就别拿走，去别人那里买贵的！"荣贞说着，就要把那些脑心舒放回原处。

文星连忙制止："既然这样，我叫大阿把钱送过来就是，但这事千万别让姨娅听到，医生说她有心脏病，受不了刺激。"文星说完，心里涌上一股悲哀，父母走到今天这地步，谁对谁错？

文招从文星的电话里得知父亲的绝情，一下子像掉进了万丈深渊，差点当场落泪。她躲进卫生间调整好心态，出来拿钱包时，眼睛里的那片红还是被招玉发现了，就问："怎么了？"

"刚才一只蚊子活得不耐烦了，撞进眼睛里找死，我用冷水把它冲洗出来了。"文招说完，还故作轻松地笑了笑。

招玉信了，无缘无故的，文招也不是那种爱流泪的人。得知文招要去荣贞那，她立马生气地说："去他那里做什么？不要去！"

"我去问问药费的事，要不是他这么护着，那逍嫲①敢把你打进医院吗？这医药费一定要让他出，不然，他又把钱花在那些逍嫲身上！"

听文招狠狠道来，招玉觉得有理，还加上一句，要她同老家伙算营养费、护理费和误工费。文招说好，一定算回来，心里却像打翻了五味瓶，还算这费那费，几盒脑心舒都要你付费呢！

文招一路愤怒步行来诊室，路上就下了决心要和父亲理论一番，冒着和他断绝父女关系的危险，也要为老母亲讨回一个公道。亏他还是一个房长叔公呢，亏他有文化，在部队待过，我看还不如大字不识的老太太！

气鼓鼓的她，进门马上毫不客气地出气："娭哩是被您的小工打进医院的，现在她吃几盒脑心舒，您也要算钱，就不怕人家笑话？按理您不但要负责医药费，连营养费和护理费也要出。护理费也就算了，才几天时间，有我和文星在，但这些营养品，你要是真收钱，就太说不过去了！"

"笑话，她不血口喷人、胡言乱语，秀秀会打她吗？要不，你让人这样骂骂试试？说我们有关系，你看到了吗？她是我的助手，难道我不应该关心她？她来后，没人不喜欢，难道喜欢她就是有私情？我是请她去旅游了，可那又不要几个钱，何况她帮我赚了不少钱，也把我照顾得长了几斤肉，她是我所请小工中最勤快、技术最好、脾气最好的一个，我能不对她好？可你们的娭哩又把

---

① 逍嫲：荡妇。

她给赶跑了，病人都跑到别家诊室去了，我没了生意，以后难道叫你们给我养老费？从今开始，无论是谁我都要收费！自己人算便宜一点就是。看在几十年公婆的情面上，也看在你们的公呆、娣驰的分上，我按批发价给她就算有情有义了。"

荣贞一向不待见文招，因为她的性格像极了招玉。家中这位长女，当年待字闺中时为这个家可真是付出不少，可就因为她是女的，又像招玉泼辣，藏不住事，有点什么就要说出来，有时几句话就像扔了个石头进湖沟，弄得水花飞溅的，所以一直以来在荣贞心里就没个像样的位置。

文秀就不同。文秀的性格比较接近荣贞，拿捏得住分寸，能说的和不能说的分得清清楚楚。她是个深潭，可以让自己深藏不露，当然，要是认为无关痛痒的，她也会和大家说说笑笑，共同分享快乐。她也从不指责父母哪一方，她认为，父母闹成这样，错不在一人，两者皆有份，作为子女，只有劝和而没有批评长辈的权利，上辈人有上辈人的恩怨情仇，后辈人无力化解。

文招文化程度最低，又最不讲情理，最会顶嘴，从小荣贞就不太在意她。文招没出嫁前曾多次和人说："我做生做死，也博不来爷哩的喜欢，好像我不是他亲生的。"出嫁后和妹妹回娘家，看到父亲对文秀笑容可掬，几月不见就嘘寒问暖，软声细语，文招实在伤心。好在母亲对她好，在她最困难的时候曾多次偷偷地塞给她钱，帮她渡过难关。

说话间，眼见文招要伸手去拿那包补品，荣贞疾手按住，断然道："钱不付，东西不准拿走！"

"大阿给钱吧，改天我还给你。"

听文星这么一说，文招和父亲对视约莫半分钟后，只好付钱，不忘奚落："就爱钱，还骂娣哩碓钱死，你自家不也一样？也不怕人家笑话！"

文招付完钱，提着东西，狠狠地离开了诊室，文星则坐下来，泡起了茶。他和文招在医院时就商量过，想方设法打通父母的思想，让他们住一块，这样，他们也省心些。但刚才那令人寒心的一幕，让他对说通父亲一点把握都没有，而且，眼前的父亲像是得了狂犬病，正在风头上，和他说这事，无疑是救火踢倒煤油罐——火上浇油。文星再有心让母亲晚有所依，也是掉下井里的牛犊——有劲使不上。

几次想开口劝说，但话到唇边又咽了回去。毕竟是长子，荣贞没有对他吼，好歹文星是个小超市的老板，也算是这一带呼风唤雨的人物，不少朋友都有头有面，而且三个女儿，个个都是重点大学毕业，荣贞多少要给他面子。

"有什么话你就说，没事就走，超市里离不开你。"荣贞看着文星说。

"老爷哩，您可不可以……"

"莫说这个！我晓得你想说什么，这是不可能的事，让她来我这里住，让我把她当老佛爷一样服侍，想都莫想，你这是求雨走到了火神庙——认错了菩萨！"

话没说完，就在灰堆里打了一喷嚏——碰了一鼻子灰，文星认定自己是背着磨盘唱京剧——自讨苦吃。这老头真不是吃素的，连我想什么都猜得准。文星郁闷之余又心里佩服，父亲虽老，并不痴呆。既然想撮合两老的希望如肥皂沫当镜子——成了泡影，那么就转换话题吧。

"爷哩，嫂哩年纪大了，身体一向又差，经过这事，一时半会儿也好不起来，医生说需要静养，还要尽量免受刺激，还要给她挂几天营养瓶。她走得了时，我就叫她来您这里挂，看在子女们的分上，您就给她挂吧！"

文星怯怯地看着荣贞，样子一点都不像个老板，在荣贞面前，他永远是个孩子，永远不敢大声说话。

"好吧！"只吐出这两个字，荣贞就转身走开了，似乎担心文星又提出什么棘手的问题来。

这下，文星坐也不是，站也不是，担着苦瓜忘本——没谱儿了，只好灰溜溜地回到老家。

那边厢，文招放下行将撑破的受气包，强作欢颜说这些药是父亲精挑赠送的，进而试探道："姨娅，您身体还没完全康复，日子头还好些，夜晡头一个人住一栋房，我们也不放心。您还是放下架子，去爷哩那里住吧，他怎么说您，您也当狗放屁。他不敢再对您怎么样，那逍嫲不在他那里，他自然就会想到您的好。他以前也没少称道过您，说您每次在他半夜回家，累得骨头散架时，都会煮上两个鸡蛋给他补身体，还说你们一块出门做水，回家后您都叫他先去休息，而您一个人忙前忙后，还要为他找衫裤，为他提洗身水①等。当然，您以后别再提那些陈芝麻烂谷子的事了，免得又惹火了他。"

"那老短命相会让我住？以前都不让，现在就更不会了。不去，死我都要死在这儿！你放心，一时半会儿我也死不了，再说，这么多鸡鸭，我不看着，

———————
① 洗身水：洗澡水。

让贼牯偷了去就衰死了。有事件①时我会打电话给你，反正不远，你又会骑摩托。回去吧，你也有个家，不能老是丢下家里的事来照顾我。这几天好在有你在身边，不然我都不晓得是死是活。文秀在厦门，每天一个电话也只是问问情况。"

"照顾你、孝顺您是应该的。对了，以后您不要一开口就骂老短命相，爷哩都快八十大寿了，怎么还骂这样的话呢？尽量不要骂了，好吗？"有时，文招也觉得母亲过火了些，一开口就是老短命鬼，是男人都讨厌女人这样骂。

招玉身子骨自感稍好些，听从文星和文招的建议，主动上诊室挂了几天点滴，都是增强体质的营养剂。荣贞算了算，一共四百多块，当他向她要钱时，她懵了，睁大眼睛问："凭什么要收费？"

"笑话，你是我驰驰还是我娣哩？这些药又不是我制造的，我也是花了钱从药店买回来的，你不给难道让我做亏本生意？看在你曾经是我老婆的分上，手续费我就免了，那几十块的零头，我也不收了，这样够不错了吧？"荣贞面无表情，语气冷得如冰窖里冒出的冷气。

招玉生气加伤心，这老……老家伙在别的女人身上，再多的钱都不心疼，却要我付这四百块钱，这是什么道理？会不会那天文招拿回的几盒补品也付了钱？那天文星和文招的样子怪怪的，可能就是因为这事。招玉想到这，全身骤然发冷，犹如掉进了冰窟里。

"你认为我会给你吗？"

"不给我也没办法，毕竟公婆一场，就当是我送给你的香钱②吧，以后你病死都与我无关了，请你自重，从今朝日子开始，莫再在我面前出现。"

荣贞的绝情令招玉愤怒，如果稍有力气，真想和他再拼个你死我活，或者同归于尽！可现在的她，连洗衣服都觉手软，和他拼，如飞蛾扑火。

招玉怀着悲怆的心情跟跄回到家里，歇了好一会儿，才觉来了点精神，拿起话筒，一个接一个打，把刚才的事原原本本地向儿女们投诉一番。儿女们都觉得事情闹大了，父亲真的不理母亲了，以前再怎么吵闹，母亲去他那里看病都还是免费的，看来这下他是吃了秤砣铁了心了。父亲花岗岩般的固执，做

---

① 有事件：有事情。

② 香钱：生者给死者的香仪钱。

子女的无数次地领教过，因此，对于母亲的痛诉，大家都只能给予安慰，却找不出更好的语言去责备父亲的做法。至于父母之间十多年来的恩怨情仇，他们已不感兴趣并失去了劝和的信心，两头斗怨了的牛牯，想让他们和好，简直是搬了梯子上天，两人都是乱坟堆里的人——一对死硬货。

文招接到电话时，面对母亲的刨根问底，只好如实地抖出那天的事。文星则半晌无语，最后才憋出一句安慰话："姨娅，有关系的，以后您哪里不舒服了，还去他那里看，他要是叫您付钱，您就说先记着，到时我统一付。您放心，我们几个不会让您缺钱，更不会不管，您也莫生气，更不要动不动就骂他，您越骂，他就越恨心。听到了吗？我看爷哩这段时间也老了许多，走路都有点抬不起脚了，你们东一个西一个，让我们很不放心。姨娅，您自己要注意身体，有空时我们会多回来。走得动时多找梓嫂叔媚了了①，过去的事就不要多想了，越想越伤心，好吗？"文星带着哀求的口气说了这些话，父母的那些恩怨让他烦透了，也伤心透了。

在文星心里，母亲虽然骂功一流，但不管是骂老公还是骂子女，都是被逼的，如果不惹她生气，她怎么会舍得出口伤人呢。她不知有多爱这个家，那些年她从早做到晚，有时全家人都睡了，她一个人还不辞辛苦，不是在灶头锅尾搞卫生，就是在十五支光的灯泡下为大家补衣缝裤，早晨天还没大亮，她又提着一满桶的脏衣物去溪里洗了。为了五个子女，为了这个家，她真是呕心沥血、功勋卓著啊！她从未有过私心，不但勤劳节俭，还安守本分，而且，十多年前，她也原谅过父亲的出轨之过，是父亲色令智昏，一错再错，才惹怒了她，才分裂了她的神经，搞乱了这个家。虽然母亲在夫妻店里有种种不合作，但不管怎么说，父亲的过错都远甚于母亲！

文星也耳闻了那个和自己同父异母的弟弟之事，但大家都心照不宣，从没提及，连招玉都忍下了。以前，村里不是没有借"鸡公头"下蛋②的情况，而且，还是成人之美呢！

招玉这么恨荣贞，全因为他这些年用情不专，还到处花心，连累她成了别人肆意说笑的对象，说没本事留住自己的男人，说和老公上床也要钱开路啊。这次药费事件，让她的恨更深一度，不过，这次她把这份恨埋藏在了心

---

① 了了：玩玩，互相串门之意。

② 借"鸡公头"下蛋：代为受精。

里，除了几个子女，不对任何人说，她觉得自己够没面子了，再向他人诉苦，除了博些不痛不痒的同情，再多就是笑话。家丑不可外扬，她终于懂了。

夜深人静，在蛙声四扬中，她忽然为老久没听过老家伙的如雷鼾声而怅然若失，莫名地，脑里一闪念，这老家伙为什么就不病上一场呢?！届时她当努力说服自己放弃前嫌，尽心尽力照料他，让他真正看到她的作用，让他见识见识以前的那些相好，会不会可怜他，会不会来病床前看一眼。

真的，招玉为了向世人证明自己的大度和宽容，盼着上天赐给他一场大病，哪怕是让她床前床后、送茶端水、端屎倒尿，也心甘情愿!

文招之家

文招、文秀、文星……五个儿女相继走出了家门，对家中这位当权长老每一位都多少不服，甚至怨恨。那三个外来人①，就更不消说了，在她们眼里，这个公公简直就是个不通情理、世上少有的大老粗。每到过年，她们事先互通电话，要回一起回，有哪个不想回，就约好都不回。

每个儿媳都不爱回婆家，都想在娘家过年，更何况公公摆的总是那一副臭脸。七个孙女回到家，爷爷奶奶叫得亲热，可他总装耳聋，不依不饶地连叫几次，才好像刚听到似的，无奈地回应一句。她们问："爷爷，你怎么要我们叫几声后才回答呢?"

荣贞说："我老了，耳朵背。"

可孙女们觉得，荣贞并不老，他吃饭喝酒都不像老的人。做父母的看到自己的女儿热脸贴在冷屁股上，清楚个中原因，对荣贞的这个做法甚为反感。

文招的意见就更深了。先不说父亲那重男轻女的思想害她只读了两年书，单说她辍学回来跟着母亲朝加班夜加班，还换不来父亲的一丝笑，她就禁不住生气。面对他的无理指责，她顶撞，据理力争，由此就惹怒了房长叔公、当权长老。但文招也仗着有母亲撑腰，自己又是家中的强劳力，不畏权势，有时毫不领情，故意对着干。

文招初为人母后，老公平生骑着自行车上门报喜。招玉听了，高兴地说：

---

① 外来人：荣贞这样说儿媳。

"生女也有三两福，只要母女平安，男女都一样。"可，荣贞却说："生个膣逼嫌也这么得意，以为有本事，我看还是丢到小溪里让水打走①算了。"平生听了心里一沉，不悦地说："怎么可以这样说，您不喜欢我喜欢，妹子人懂事、贴心！"荣贞板着脸说："你要是喜欢，那就多生几个吧，反正与我无关。"招玉听了，骂了他几句，荣贞板着机关枪都打不进的臭脸进了房间，再不出来。

平生闷闷不乐、灰头土脸地回到家，文招得悉情由，当时就火冒三丈："等我们妹子长大了，臭蛋都不给他吃！莫生气了，只要你不嫌弃就行。"平生觉得有理，也就平息了气火。

文招的第二胎，又是女儿。荣贞听说后，硬邦邦扔给招玉一句话："你妹子遗传你的基因，也是做孤老的命。"

文招听后非常伤心，想不到生身父亲竟这么作践自己，决心再生，于是和平生商量，获得平生一家的支持。四个月后，文招就把第二个女儿的奶断了，和平生带着大女儿开始逃计划生育。

计生队特地到荣贞家找人，说："你是党员，要起带头作用，一定要把你妹子、婿郎找出来，她们已生两胎，要去结扎了。"

荣贞说："嫁出去的妹子泼出去的水，这事与我无关，她不会在我这，我也不会让她在我家，你们放心，以后不用再辛苦来我家找。"

文招如愿以偿生下儿子后，认为父亲这下会高兴了，可是，荣贞却说："外孙和家孙有区别，外孙就像江西狗，来有时归有日，养不驯的。"

文招和平生又是一阵子伤心。招玉安慰他们说："莫听他的鬼话，他这人就是死话多，其实他心里也很高兴，保佑外孙健健康康，快长快大！"

荣贞心里确实还是为文招高兴的，生了两个丫头后能够再生到一个儿子，在当时并非易事。且不说罚款，光东逃西躲的苦有人就受不了，想家时，偷偷回家看一下，吓得割肉都不知痛。按计生政策规定，农村夫妻也只能生二胎，要是公家的人，就要开除公职和党籍。他们都是作田佬，没公职和党籍可除，只有罚款。在荣贞心中，千金难买亲生子，只要有人，钱是可以赚到的。

文招的这个儿子，被称为野人。在第二次土地调整时，他和许多超生的小孩一样，分不到一厘田地。没田没地的人，就是野人。

文招性子急，人又泼辣，做事和说话风风火火，那副女汉子的作风，很

---

① 打走：冲走。

令荣贞反感。让他看不惯的，还有女婿平生唯命是从的卑微奴才相，他觉得男人就要有男人样，男人就不该什么都听老婆的，怕老婆的男人就不是好男人。

可平生偏偏乐意让文招支使，她说什么，他都觉得是为了这个家，她做什么样的决定，他二话不说就照办。有时文招征求他的意见，他总是用那句"你办事，我放心"来回答。平生觉得，男人让着点老婆完全应该，一来可以让家庭正常运转，团结一致，二来也可以激发女人的积极性，女人比男人更爱家，更会理家，男人不必对女人苛刻，更不能摆大男子主义。于他而言，家中倘若一个礼拜没有老婆，他就会没主意。

每当文招做得半死，心情不好想发火时，平生总是好言好语地说："老婆老婆，你要是累了，就休息休息，你要是有气没地方消，尽管来，哥哥我这里强壮着呢！"这样的话，当然不敢当着别人和父母的面说，只有在房间里头二人世界时出声。要是让别人或父母听到了，保不准会笑死。那时候，乡下人连"老婆"都要背着喊，不能让人家听到，特别是在老一辈人面前，更不能这么叫，否则他们总会撇着嘴数落你一两句："老婆老婆叫得这么亲热，听着就想吐，你以为天下只有你的老婆靓，只有你的老婆亲，只有你才有老婆？"看到有些年轻夫妻勾肩搭背、牵手打脉、亲热甜蜜样，上一代人就更看不惯了，鼻腔和喉咙会同时发出一声哼："现在的后生子人面皮真厚，光天化日之下当着大家的面这般出洋相，爱合适①也要进了房间关上门来。这般不顾廉耻，成何体统？"

在老一代人眼里，夫妻间的一切亲热动作，都只能发生在房间里头，上床夫妻，下床君子！

平生当众叫文招名字，私下里大部分时候都叫她老婆。文招特喜欢他叫老婆，俩人还未曾订婚时，他就这样叫她，遭她笑骂："谁是你老婆，成你老婆时再叫，让你叫个够。"

文招有个特性，就是当平生叫她老婆、自称哥哥时，就通体舒畅，怨恨顿消，再苦再累都觉得心里头甜。平生掌握了这一特点，看到她累了或心情欠佳时，就会不断地叫，"老"字前面还加一个"亲"字，有时还比手画脚地唱一段流行歌曲，总能让文招笑逐颜开甚至破涕为笑。如此见效，他就不厌其烦用尽一切办法哄她开心。那唯唯诺诺又滑稽风趣的样子，惹得文招既好气又好

---

① 爱合适：就是要亲热。

笑，说他一点不老实。

的确，在别人眼里，平生是个怕老婆的老实人，但在文招眼里，他和老实挂不上钩，不然，她也不会那么喜欢他。

有一次，文招做小月，肚子里翻江倒海地痛，手脚和腰也像抽筋一样赛痛，头昏脑涨，全身乏力，吃下两个止痛片后感觉好多了，却又要下田种地。到了晚上，全身就像散了架。平生见和她说话她也不理，就和子女们开起了玩笑："今朝日子我看到了一个哑嫲①。"

子女们不知其意，说："看到哑嫲有什么大惊小怪的，我们在上学路上，还经常看到不着衫裤的癫嫲、癫牯呢。"

"可这个哑嫲就在我们家。"他看了文招一眼，见文招黑着个脸，只顾往嘴里扒饭，就又说，"坏了，坏了，你好像真的哑了。"

文招身体不适，又因放水时和村人吵了一架，心情糟上加糟，一听这话，眼一瞪，把饭碗往桌上重重一放。这么一用力，碗就成了块片，粥汤流到桌上。她拿起菜碗，还想继续撒泼，但看到儿女们惊诧中带有可怜巴巴的目光，心就软了下来，又轻轻地放下。平生当时也呆了，家中从未发生过这样的事，而在别人家，也只有男人才有这种权利，女人发这样的癫，真是闻所未闻。

平生为了抑止她以后再犯类似的错，就发起了火："你发什么癫，竟然学坏样摔东摔西了！开句玩笑值得你这样吗？就算我得罪了你，你也不可以把东西当出气筒，你可以冲着我来，东西又没得罪你，真不知你哪里学来的坏样！"

"再说，再说我把桌子都掀了！"文招想不到他竟敢这样对她说话，而且还当着子女们的面。

"再说就再说！哦，我心情不好不想说话时，你骂我哑牯、死木头都可以，甚至还骂我大番薯②，我都不发火，可是我笑你哑嫲时，你就捉到东西来出气。你怎么对我都可以，但我就不能惯着你这种歪样。我们家几代人都没这种摔东摔西的坏样，我不允许这类事再在我们家发生！再说，我都四十出头了，还不曾听过有女人摔东西的。你还说要把桌子掀了，你掀给我看看！"

"爸，不要说了，妈也是心情不好才会这样的，你就原谅她一次吧。妈不

---

① 哑嫲：哑女。

② 大番薯：大笨蛋。

过是说说而已。"大女儿初中毕业了，从未看过父母吵过，生怕父亲激怒母亲，于是明着劝他少说几句，心里却为父亲喝彩。她认为，男人就应该有胆略，敢于向恶势力挑战，在老婆面前唯命是从的男人，在别人面前也绝对是软蛋一个，她最讨厌软蛋，发誓长大后决不找软蛋。

平生惊呆了。结婚至今，他从未用这种口气指责过她，以前那些喜欢搞恶作剧的年轻人见他这么顺老婆，曾故意用激将法要他凶文招一顿，他笑了笑说："等我有钱了，买了熊心豹子胆吃后再凶她。"平生认为，自己是男子汉大丈夫，没必要为老婆那点小毛病闹得夫妻失和，鸡飞狗跳。现在见她敢摔东西了，怕她养成了习惯后一发不可收拾，从小到大，损害家中财产，才给她一个下马威的。

文招也惊呆了。难道他已买了熊心豹子胆吃？震惊之余又暗自高兴，其实，有时她也觉得男人该有男儿气，在任何人面前都充好人的男人不一定是好男人，连老婆都没胆量呵斥的男人，在别人面前就更怕死了，今天他有胆量叫板自己，再加以培养，以后就有胆量面对那些欺负者，自己就可以退居二线，让他冲锋陷阵了。一直以来，他都是做好人，家里家外的大事小事几乎都是她摆平的，他一副吃闲饭的样，所以大家当面和背后都笑他是灶头上的后锅——做不了主。乡下人把灶头上的两个锅分成主锅、次锅，把炒菜、煮饭的那个大锅说成主锅，把另一个锅说成是次锅。乡下人说的背锅头就是次锅之意，也就是说只能热热洗脚水而无法煮饭菜，家中当权者才是主锅，之下就是次锅了。

平生一向怕麻烦，贪轻松，乐意当次锅。他说吃粮不管事最清闲，因此，家中事宜、人情世故、子女教育，都是文招一手抓。她也很在行，样样都难不倒她，她还开玩笑说："嫁了一个老实头，这一辈子都只有做得罪人的生意了，他却在那里做好人。"

和邻里乡亲吵架、争放水之类的事，文招倒是可以搞定，她也不指望他参与或协助，更不希望他和自己站在同一条战线上和人家作对。她理解他那老好人的作风，但有一次，他这种作风却让她伤透了心，开始汹涌澎湃地恨他。

北京奥运会开过的那年秋天，稻田里的谷子已经黄灿灿沉甸甸的，不久就可以考虑收割入仓了。大家就想着买些小鸡小鸭回来养着，稻子收割时，田里总会有不少谷粒掉下，掉下的谷粒大都是比较成熟的，正好可以把家里的鸡鸭或挑或赶弄到稻田里，让它们自由觅食，十天半月的就可长膘。

文招家里养有几只母鸡，每只都争气地拖儿带女，可养到半斤左右，一场鸡瘟毫无商量地把鸡窝一洗而空，一伙一伙的大鸡小鸡几日间就成了虫子和蚂蚁的营养品。心痛之后，平生安慰她："财去人安乐！"乡下人每逢鸡鸭遭殃，总是这般自我安慰一番，不然又能怎样？天亏人一把骨，鸡鸭死绝了，人要是再伤心死，就更划不来了！

鸡瘟不期而至，文招当然伤心，但总不能为鸡鸭殉情吧。过了段时间，她去农药店买了消毒液，把鸡窝消毒一番，几天后就约了隔壁大嫂一同赴圩买鸡。鸡贩子见她们量要的多，就主动说下午四点左右装几笼小鸡送上门，供挑选。她们觉得很好，不然这下买了，带回家也麻烦，乃叮嘱他把好看、健壮的鸡装来，多装一些，好让她们有挑头。鸡贩子爽快地答应了，请她们多邀几个人买鸡，末了还给了她们各一张名片，说以后买鸡打个电话，送货上门，免得辛苦跑脚板。得知她们的地址后，鸡贩子说自己经常送鸡去那，还一口气说出了几个经常买他鸡的村里人。文招回去后，问了那几个人，都说此人的鸡好养，她也就放心了。

到了约定时间，鸡贩子用摩托车载了几笼鸡来。文招见他送来的鸡，毛色漂亮，屁股上也干净，没见屙白，就挑了六只四斤左右的鸡公、九只上斤的雌鸡，还说："你这鸡要包养一个星期，如果一个星期都养不到，死一只赔一只。"

鸡贩子连连点头："这个当然，不过，我的鸡你放一百个心，都打过疫苗的，包你好养。"

听他信誓旦旦的，文招和几位买鸡人也满心欢喜，说如果真是这样，以后要买鸡的话就都打电话让他送来。

才过三天，文招买回的公鸡就死了一只，有一只耷拉着脑袋不吃谷，文招急忙找出名片，把告急电话打过去。鸡贩子不相信，说怎么会这样呢？停了一下，叮嘱她把死鸡留着，他抽空过来看看。

文招刚放下电话，隔壁大嫂来诉说，买来的鸡死了三只，其余的都不吃不喝，耷拉着脑袋。一会儿，那些买了鸡的左邻右居也前脚赶着后脚过来投诉，有人还责备文招，怎么能把有问题的鸡介绍给他们呢？这下新买的鸡死光了不说，连家里的鸡鸭都传染上，要是都死翘翘了，损失可就大了。有人气呼呼地表示，死了的鸡叫鸡贩子赔，不死的鸡全退给他。

文招听了，心里猫挠似的难受，自己受损不说，还牵累了那么多人。她窝了一肚子火，发誓以后再不约人一起买鸡，省得别人怨怪。在众人的七嘴八

351

舌中，她铁青着脸再次打电话，催鸡贩子快来。

鸡贩子得知每家都死了些鸡，没死的估计也保不住，听文招的口气又很气愤，就胆怯了，说没空过来。几个买鸡人都气红了脸，大声说："他敢耍赖，后圩我们就把死鸡提到他面前，看他还怎么做生意了？"

文招又打电话把大家的意思说与他听。他连声说对不起，请文招把各家的死鸡都记下，说到了圩天时再赔给他们，绝不会言而无信的，说好包养一七①就一七。

到了圩天，文招约了受害者一起去老地方找鸡贩子。鸡贩子如数赔给了活鸡，有个女人说："那些没死的鸡还是退给你吧，别把病传染上我家的鸡鸭。"

鸡贩子皱着眉，不悦地说："如果都像你这样，我还怎么做生意，将心比心，换着你，你会这么笨吗？"

"谁叫你把有问题的鸡卖给我们？"

"我的鸡怎么会有问题呢？当时也是你们看过了自己挑选的，你们还夸我的鸡靓板，这下又说我的鸡有问题了！"

"如果没问题，怎么会一七都养不到就死了？以前我也经常买鸡，从来就不会像这次一样，以后谁还会买你的鸡？"

文招说话风风火火，嗓门又大，一下子就引起了周围鸡贩子的注意。刚才他们还以为这些女人和鸡贩子熟悉而去捧他的生意呢，现在才听出问题来。几个相互挖顾客的鸡贩子心里就幸灾乐祸起来，有人还对文招说："我的鸡很靓板，买我的吧，保准不出问题，我的鸡都是在山上散养的，喂的都是米糠，你看，只只赛过凤凰。"

文招说："当时他也是这么说的，可现在怎么样？一七都不到，就死了一半多。你们卖鸡的当然都说自己的鸡好，就像媒人说花靓，谁信谁就是傻瓜。"

文招她们谁也不想再买鸡，这阵子买的鸡都不好养，再买不是照样提心吊胆？

鸡是补了，但退鸡却没门。其他人没退的鸡倒也没再死，只是文招家的第二天还躺倒一只，她打电话给那鸡贩子时，对方说，昨天已补给你了，再死的不能再补。

文招说："买的时候就说好了的，包一七，现在还没超过一七呢，怎么能

———————
① 一七：一个星期。

352

不补呢？"

鸡贩子说："谁晓得你的鸡是真死还是假死！"

文招说："那你过来看看？"

"我吃了健药吗，你以为我没事做？"

"你要是不答应，我后圩 ① 就把这只死鸡提到你面前，让大家都晓得你这人说话不算数，看你面子往哪搁，看你还要不要做生意！"

听文招这么一说狠话，对方赶紧说："算我服了你，补就补吧。"

到了圩日，平生载着文招去捉鸡。鸡贩子怕她再大声嚷嚷，也不多说，就捉只公鸡给她，还叫她快走，显得极不耐烦，当初向文招兜售时的热情和笑脸全然不见了。

文招一接过公鸡，就不乐意了，说："当时我买的都是四斤以上的，而你这只三斤都不到，你这人怎么可以这样？做人要凭良心。"说完就要自己来捉鸡笼里的大公鸡。

鸡贩子见状，气急败坏："这样我会亏死！你说了几只就补给你几只，我都相信你，但我不能捉大的给你。都这样的话，我还做什么生意，这下我都已经够亏了！"

文招不禁也生气起来："听你口气，好像我讹你了？"

"我没这样说，反正我没见到你的那些死鸡，你说了几只就几只，我已经够义气了，换着别人不可能由你说了算。"

文招气鼓鼓地回击："早晓得这样，就应该把那些死鸡提到你面前！"

一直臭脸闷声的鸡贩子老婆这时也叫嚷起来："我们已经够随便的了，你说几只都信，都补给了你，做人也得讲良心，别得寸进尺！"

"你说我买了六只鸡公共二十四斤八两，是不是平均四斤多一只？现在你捉一只细鸡公 ② 补给我，还说够随便。你们读过书没有，'随便'两个字是什么意思，你们解释给我听听？我们的鸡刚买两天就死了，打电话给你们，你们不来看，现在却怀疑我们讹诈，这也太不讲理了吧！四斤多的鸡补三斤多一点的，还说自己够义气，也不怕跌股！"

文招最恨人家怀疑自己，仗着平生在身边，也不用怕他们，所以就提高

---

① 后圩：下一个圩日。

② 细鸡公：小公鸡。

了音量，就是要让大家都听到，给评评理。理论间，已有不少人围了过来，那些提着鸡笼的人，听到这番话，都暗自庆幸没在这个摊点买鸡。

鸡贩子见她成心闹事，模样和语气越发汹汹："你这个女人，声音大得跟放炮一样，不要以为我们会怕了你，我们已经够可以了，你还想怎么样？"

"是你自己说的，包一七，还说可以随时来补捉，熟人熟事。你把不好的鸡卖给熟人，还说够可以！我听信了你的鬼话，打电话约大家来捧你的场子，现在大家都怪我了。有些人家养了不少鸡鸭，如果被你的病鸡给传染，你说损失多大，我还不被人怨怪死？你们要是再死乌搭瞎，我连这只鸡都不要了，就圩圩来这儿，叫大家都不来买你的鸡！"文招火气一上来，嗓门也就更大。

平生见她当众像个泼妇，心里不禁开起了拖拉机，怕人家笑话他老婆这么厉害，就拉着文招的衫袖说："算了，一只鸡也不算什么，小就小一点吧，我们回去吧。"

鸡贩子夫妇没有见好就收，反而你一言我一句地说文招就是想讹诈，男的还威胁道："你再在这里妨碍我做生意，我就不客气了，你去打听打听我是谁，不怕你笑话，以前我可是个二流子头头，讨老婆后才正规起来，但那些弟兄和我一直有联系，不信，我打个电话，你站在这里不要走，不到二十分钟，你就可以见识见识他们。"边说边掏出手机来。

文招一听，稍压的气火又上来了："你以为我会吓！由你叫谁我也不怕，现在的二流子头头还是我子哩的同学呢，他们来了，看打死你还是打死我，你以为我是吓大的吗？"

"好了，好了，回家吧，不要再在这里出洋相了，小一点就小一点，有什么要紧，大不了多养一二个月，你花的精神都不止一斤鸡的损失呢！"平生最怕在街上和人争吵，让那么多熟人看到就更丢份了，为了那一斤鸡花那么多口舌，还遭人恐吓，实在不值，他想尽快离开这个是非之地。

文招见他这样，很是生气，转身就走，也不坐他的摩托了。平生哄了几次，她黑着脸就是不理睬，走得咚咚作响，地下的水泥路都震动了。平生既无奈，更不想在大庭广众面前丢乖露丑，只好载着那只鸡先行回家了。

见他远去，文招就租了辆摩托回娘家，把事情的经过一五一十告诉了母亲，说着说着还流下了泪。招玉安慰加劝说："为一只鸡闹成这样，也确实不值得，算了，小一点就小一点，只要他能补，也算可以了，做生意的八九是奸商，犯不着为他们生大气。你来这里，平生不晓得，他会着急的，打个电话给

354

他吧，子女都这么大了，还跟他怄这样的气？”

"不打，就是要让他着着急，真没见过他这样的男人，老婆让人欺负了，他不仅一句话不帮，还说我出洋相。"文招伤心透了，想起鸡贩子夫妇你一言我一句地攻击自己，而老公站在身边却啥都不帮，她就来气。

趁着文招上厕所，招玉还是悄悄地打了个电话给平生，让他下午来家等她，回去后多说几句好话，千万莫再伤她的心了，以后再遇类似的事，也要多帮着自己的老婆，哪个女人不希望自己的男人护着自己呢。平生听了，心里也惭愧不已，说自己确实对不起她。

日暮时分，门口响起"呜呜呜"的声音，平生来了，文招心里忽地暖了一下，之前还在生闷气呢，以为他不在乎自己，见她没回家也不着急寻找，原来是有人背着把她给出卖了，他才不着急。但心里的气到底没消，一见他来母亲的房间，她就转身跑到楼上的闲屋去了。这间屋子，曾是她的闺房，她再熟悉不过，她出嫁后，随着生活好过，荣贞请人把几间房子重新粉刷一新，把床铺也换新了，给文书住。文书出来工作后，就成了闲屋，文招文秀姐妹偶尔回来陪母亲过一两夜，就住这间。

平生看她不高兴，脸拉得比苏东坡的还长，就晓得她还在生气。招玉见他没了主意，就说："真是个老实大伯①，还不快去拐她？"

好在文招没把门反锁，平生一推就进去了，看她蒙头而卧，就走到床前，掀开被子说："老婆，对不起！"

文招一下子把被子踢开，像个刚结婚的女人，泪流泉涌："软蛋，真正的软蛋！"

平生好一阵愧疚，调整了一下心态，又嬉皮笑脸地说："本来就是软蛋，现在连腚都是软的了。"

"鬼跟你开玩笑！嫁给你真是行衰运，不指望你维护，连一句平心话也不说，你看他们俩公婆多有商同，合起伙来欺负你老婆，你站在旁边，却在看我的笑话，真是个冇用的男人。"

说完这些，泪水像雨点一样沿着两腮吧嗒吧嗒下落。平生很少看到她个样，心里好生难过，呆立床边，不知如何是好。

文招一边流泪，一边数落："女人嫁老公，不图吃好穿好，不图穿金戴银，

---

① 老实大伯：老实人。

只图平安健康，相亲相爱，关键时刻有老公遮风挡雨，外人欺负时老公能站出来维护，可今朝日子我算是看透了，无论风再大雨再密，无论是在家里还是在外头，我都指望不上你，只能靠自己单打独斗。你走吧，我想在这里住上几天！"说完又倒床，蒙头装睡。

平生在床前呆站了好一阵，叹了一口大气，只好垂头丧气地下楼。招玉见他那一副狼狈相，就晓得让文招数落了，心想，不懂得讨老婆欢心的人就是要让他吃点苦头。

"平生，你先回去吧，现在文招正在气头上，我也不好劝她跟你回去，你就回去把家里的事情打理好，等我慢慢地劝说她。她气消了，我打电话给你，你一定要亲自过来等①。"

同是女人，招玉理解女儿此刻的心情，她一定要护着自己的女儿，帮她想办法，不然，以后平生就会更加不维护她，不重视她的感受。

"那好，姨婭②，那就拜托您了，您一定要尽快说服她回家。"

"放心，晚上我就和她睡一床，好好劝说她，子女都这么大了，怎么有点事就往外家跑呢，说出去也不好听。"

平生听罢，心里对她产生了敬意，心想，做娘的这么明白事理，做女儿的也赖不到那里去，她在这里肯定住不久，可能明天就有电话叫他过来接她回家。

一天过去了，两天过去了，文招还没回来，招玉也没来电话，平生可有点急了，于是就打电话过去。那天招玉和文招下城赴圩，然后去文星店里了，接电话的是荣贞。那时荣贞还没闹"独立"，起先也不晓得文招和平生闹了脾气，还以为是招玉叫她来帮几天忙的。听了平生的话才知内情，就说："她回来我就叫她回去，以后她有点膣毛般大的事③就跑来外家，我就轰她回去，我绝对不会惯着她，让她养成这样的臭毛病。"放下电话，荣贞呆呆地坐在独凳上，心想，当初是你自己看中的，现在哪怕是堆狗屎，你也要自己吃，你要是敢丢我的脸，我就不认你这个妹子，当我白屌④。

傍晚，母女俩回来后，荣贞先责问招玉："为什么不叫文招回去，你这样

---

① 等：接。

② 姨婭：母亲，这里指岳母。

③ 膣毛般大的事：屁大一点的事。

④ 白屌：白生，白养。

不是在怂恿她有事就来投外家吗？这样下去，让人家知道了，还不是笑话我教女无方？让人家告状，你让我有什么面子见人？"再说文招："回去，现在就回去！以后莫有点屁大的事就来投外家，自己的问题自己解决！"说完，黑着脸去诊所了。

荣贞下了逐客令，文招再不回去，那就是自找不快了，但她又下不了面子自己回去。招玉看出了她的心思，就打电话给平生，叫他过来接人，还要他过来吃晚饭，说文星给买了一些肉和菜。平生高兴应承，这两三天，他忙前忙后，又要去巡田管水，连衣服都要自己洗，真不是滋味。

见平生来接自己，文招就想一定是母亲的主张，她晓得母亲是偏向自己的，也记住了那晚母亲说的话："当男人不在乎你的时候，就是要离开他几天，让他吃点苦头，这样他才晓得老婆的重要性。"文招认为母亲说得在理，但又怕父亲知情后赶她回去，就要母亲保密。母女俩订下攻守同盟，如果荣贞问起，招玉就说是她叫文招来帮忙几天的。荣贞果然就问了，文招来住两三天了，怎么还不回去，是不是他们俩公婆吵架了？招玉就说，是我叫她来帮忙几天的，反正她家的事都做完了，平生也答应了的。

农家到稻子快收割时，就要把所有稻田周围的草都割干净，一是为了割稻时方便，二也是为了不让杂草妨碍稻子的长势。招玉这样说，荣贞当然完全相信，而且，文招确实帮母亲割了两天的杂草。

平生当时听招玉说会劝文招，也就信了她。文招两三天没回，他还以为是文招固执，不听母亲劝说，压根就想不到做母亲的还有一手，好人坏人一起做。

平生来后，主动和文招打招呼，但文招就是不给好脸色，这也是招玉教的：不给他一点颜色瞧瞧，以后还会不重视你，现在新时代了，女人也不能太软弱。

而招玉对平生，却是甜面笑鼻，说吃了晚饭就叫文招跟他回去，她要是不听话，骂也要把她骂回去，夫妻间哪有不赌气的，床头打架床尾和，牙齿和舌头都有相碰的时候，都说夫妻没有隔夜仇。平生心里很是感激岳母，心想日后一定要对她更好一点，当作自己的亲母那般孝敬。

晚饭后，文招收拾碗筷，招玉一旁催促："你快和平生回去，碗筷我来洗。"

见文招还在磨磨蹭蹭，她就走过去抢下她手中的碗，推开她："快点回去，再不回去，我可要发火了。以后有什么事，自己俩公婆关了房门好好解决，不要老往外家躲，这样会让人说我们做爷娘的冇分相①，怂恿自家的妹子。"

文招就装着很伤心很不情愿的样子和平生回家。一路上，平生无话找话，问她吃没吃饱，会不会太凉。路过食杂店，又问她要不要买东西。文招一声不吭，坐在摩托车上，也不再像以前那样前胸贴后背，不让平生的后背有拔罐的感觉。

连着两天，文招都不和他说话，也不出门，连衣服也不帮他洗。他主动搭讪，她却黑着脸不理睬。那几只买回来的鸡，她也不喂，她一看到那几只鸡，心里就涌上一股怨气，如果不是它们，她何至于受到这么大的伤害！

看到她像换了一个人似的闷闷不乐，平生深度自责中，只好努力地做好一切家务，连平时不扫的地，不喂的猪，都有板有眼地做了，碗筷也亲自动手洗好。如此表现，文招却还是不领情，似乎一千一万的功劳也抵不掉那天的罪过，她连房间都不让他进，每天晚饭后就提前进房，反锁房门。平生在门口把好话说上天也没用，只好睡儿子房，好在儿子读高中了，在学校寄宿。

就这样赌了一七的气，刚好到了文招生日。平生去信用社取了五千元，买了条金项链，再加一个蛋糕，回家毕恭毕敬地送上礼物，笑容可掬地说："老婆，生日快乐！"

文招心动了一下，但还是没有开口。

"老婆，你嫁给我时，我穷，别说戒指项链，连手表都买不起，但我一直想着，这辈子一定要给你补上。今朝你生日，我就有了机会，等明年生日时，我就买戒指。后年是我们结婚二十五周年纪念，我再为你买耳环。反正其他女人有的，我也要为你实现。"言罢，不管三七二十一，亲手为她戴上项链。

"花这个钱做什么，我又不稀罕。戴着这些玩意儿又冇饱②，还嫌麻烦，总怕一不小心弄丢了，出了门又怕二流子抢。"

不说则已，一说就说了几句，平生心里挺高兴的，只要她开了这个口，还怕她不说话吗？只要是两人世界时，再腻再动听的话他都说得出口，他就是怕在人前说那些甜言蜜语，更怕在外人面前帮着老婆吆喝，最怕和人发生口角。

---

① 冇分相：不明事理。

② 又冇饱：又当不了饭吃。

"要不是我们多生了一个细鬼子，生活艰苦，我早就给你买了。现在两个妹子读出来了，老弟的学费和生活费她们会负责，我们做的钱可以自己花了，也总算能了却我的心愿了。"说完这些，平生露出了欣慰的笑容，脉脉含情地看着文招，好像一不小心又让她跑了。

文招几天来被大雪封住的心，让平生诚恳的言行给灼热了，一点一点开始融化，紧锁的眉头紧绷的脸，总算松弛下来，精诚所至，金石为开。平生见她不再糗脸，不再装哑巴，心中的一块石头落了地，就上前抓她的手，抚摸她，亲吻她。她不再愤怒，不再反抗。她心里清楚，平生是非常爱她的，只是不喜欢和人产生过节，记得他以前就曾说过，你要是和人吵架，莫指望我做你的帮凶，最好自己搞定，搞不定就退让点，我的老师只教我加减乘除列公式、写作文组词之类的，并没教我去骂人。当时，文招就笑他，老师也没教屌老婆，你怎么就会？平生笑着说，这是人的天性，无师能自通。在配合着接受平生抚摸和拥抱中，文招油然想起了那次对话，不由自主地笑了。这一笑泯千仇，夫妻俩重归于好，恩爱如初。

买鸡风波总算告了一个段落，在平生和别人面前，文招也不再提起，但内心深处从此却有了一道阴影，害怕自己孤立无援，到老都一直孤军奋战。以前和婆婆吵嘴，平生不说公道话，从不维护她，她多少是可以理解的，因为他是个孝子，他不想让父母伤心，他们即使有错，他也不敢批评他们。每次文招伤痕累累地躲在被窝里哭泣时，平生只能说："和老人家计较那么多做什么？"

平生的优点多于缺点，对她几乎言听计从，她有时累得脾气一上来，就冲他发火，他也从不对抗，让她尽情发泄。待她哼哼唧唧气消后，才笑着问："癫狗一样，就不怕老公被咬死？"

文招说："咬死了你，我可以再嫁，嫁个比你好的。"

"像你这样的癫狗，也只有我才受得了，人家一听你那叫法，就躲之不及，还会把你养在身边，除非他比你更癫。"

以前，只要听到文招和人吵架，平生就逃之夭夭，似乎相信文招完全能够独当一面。每次文招获胜而归，自鸣得意地大吹大擂时，平生也不责备，还总是竖起大拇指，"不愧是常胜将军！"他晓得，邻里乡亲间的争吵，莫不是为了自家的利益，自己既然没有胆量和人说理，如果文招再老实巴交，那么，人家就真的会骑在自己头上屙尿拉屎了。

隔壁的狗子，自己死古老实，被人卖了还要帮人家叠钱，又讨了个门当户对、性格相投的老婆。结果呢，大家的稻田都有满满的水，他们的却干得裂开了缝，禾苗让骄阳烤成了焦叶，软耷耷的，点火就能烧着。大家地里的黄豆、番豆①都不会成为牛羊的盘中餐，偏偏他们的就例外，常常是白忙活。更可恶的是，大家的地都不会让人占去，他们的总是让人一点一点地蚕食。骂又骂不过人家，打又打不过人家，你有什么佛法，还不是自认倒霉？所以呀，讨老婆不能讨老实的，一定要讨个有性格、野蛮些的，自己才可以放心做好人。

文招却希望平生能和自己并肩作战。可一次又一次，他只会坐山观虎斗，从来就不曾站出来为自己挡风遮雨，也不为自己辩护，不由她从心底涌起一股恨意和寒意。她不敢把那些怨气带回娘家，有一次忍不住说起，母亲倒是打抱不平，说几句维护她的话，而荣贞听后却说："你自家这么了得，还用得着谁来维护？"言下之意，无论发生什么事，文招都可以以一当十，一一搞定，似乎她天生就有水来土掩、兵来将挡的超强能力。

听到父亲那句带有讽刺的刻薄话，文招的不满就不断升起，开始有选择性地回忆父亲轻视、怠慢她的细节。两个女儿出生时说的那些话暂且放下，那次，几个孩子读书还差几十元，文招开口借钱，他却说，我又不会印钞票；再有，有一年因为生活困难，文招在大年初二回娘家时，只带了一个小小的鸡腿和几枚鸡蛋送礼，他虽未说什么，但脸上却显现出不满的神情……她每想起一件，心里就像刀割一样阵阵发痛。有时她想，也许我真不是他亲生的。她为此不止一次地问过母亲，但母亲却生气地说，难道你认为我作风有问题？母亲那恨不得扇她一巴掌的恼怒样子，又让她对母亲的清白和自己的身世坚信不疑，可她就是想不明白，自己为什么就不讨父亲的半点喜欢呢？！

相思成病

月秀的决然离去，让荣贞一直郁郁寡欢，茶饭不思，酒便成了他消愁解闷的伙伴。但是，酒只能暂时麻醉他的各路神经，却不能带来快乐，酒醒后，更是备感孤独。无边的孤独让他度日如年，他觉得自己一无所有，心也空落落

---

① 番豆：花生。

的，不知飘向了何方。

什么拉登，什么卡扎菲，什么美军的斩首行动……世界上所有的一切都提不起他的兴趣，连下棋、说笑话也索然无味。大家在他那里喝茶聊天，故意大声说黄，想以此分散他的注意力，缓解他的愁思苦想，但他还是无动于衷，像是个聋子。大家便不无叹息，坏了坏了，这老家伙行医治病一生，医治好了各种疑难杂症，连晚期癌症病人都妙手回春过几个，到头来却医不好自己的"相思癌"，看来得死在相思癌上了，难怪把女人比着那要命的灯，把男人比着那没出息却又不怕死的飞蛾，荣贞这老飞蛾难道也要扑在这要命的灯上，死在火海里？

月秀走后，诊室顿时冷静了许多。荣贞眼力不济，手脚又不麻利，大家多少还是会怕他失误，还有那些本就醉翁之意不在酒的男人，现在见不到月秀阳光的笑脸了，也就很少登门了，有病也跑别的诊室，不想贪一点便宜而让神志显然有些失常的荣贞摆布自己。

荣贞和月秀一时成了大家饭后茶余的热门话题，还不出月，全美溪便都轰动了。多数男人是照镜自怜的，为荣贞同情并惋惜着：一个男人快到阎王那里报到时能够拥有善解人意又灵活可心的女人，何等幸福，完全值得炫耀，别说什么可耻可羞，心里充塞着成就感、满足感呢！

正如男人理解荣贞、为他惋惜是正常的，女人为招玉打抱不平也大可理解。许多女人听说这事后，就去招玉那里嚼舌根，论是非，虽然她们也曾得到过荣贞的帮助，但站在女人的角度上，她们还是认理不认恩的："这老头也太出洋相了，太无情无义了，几十年的公婆了，子孙都一大斗①了，还要找女人？""听说你去看病还要叫你付钱？他赚的钱早就用不完了，老婆看病还要付钱，我长这么大，还真是第一次听说过。他要了你的钱还不是给那个道嫌，七老八十了，还好那门子事，真是跌股！"

招玉听了几个老梓老嫂的话，心里堵得慌，一句话也不想说，走到今天这地步，或许自己也真有错，人家老夫老妻不也照样过得很好吗，为什么我们就会水火不容？或许夫妻好不好，不单是床上那点事，还有生活中的那点事，或许钱多也会害人，或许他真的是与众不同，有特异功能，他就是一个皇帝命，可以拥有那么多女人，可有时看他说话走路都慢条斯理、底气不足的样

---

① 一大斗：一大窝。

子，哪有特异功能？

招玉想到自己自从过了更年期，就对那事了无兴趣，甚至厌恶，总是拒他于千里之外，也许根源就出在这。可又想，农村妇女天天日见天光做到暗，不到更年期就对夫妻生活充满了厌恶，甚至有了恐惧感，腰酸背痛手脚都发软了，哪还有精神接受老公的挑战？年轻时，有孩子睡身旁，担心做那事会被鬼头鬼脑诈睡的孩子逮个正着，不免瞻前顾后，可荣贞一有想法就要马上解决，哪管孩子不孩子，又哪还顾得了面子？他曾公开说："顾了面子急死命根子，你说哪个重要？"

以前比较封建，也因生活困难不允许，荣贞也不敢太出格，改革开放后他的思想才越来越解放，竟然色胆包天了，招玉不理会，他也不怕了，挑衅性地说："你这池里没水了，养不活鱼，难道我这条鱼就得渴死？放心吧，其他池里的水正想养我这条鱼呢。"

荣贞的女人缘是众所周知的，大家笑他主要是有酸性，再就是下得了血本，肯花钱花力气，让那些个女人得到满足。

一次在别人家喝酒，一个年轻小伙趁着酒意，问："老叔，你老实交代，这一生搞过多少女人？"

荣贞嘿嘿一笑："多了去了，我都算不出来了，反正你娭哩是其中一个。好好的，你问我这个干什么，是不是想拜我为师？"

年轻小伙尴尬地说："就是想拜你为师，不然来这世上一趟，就碰过老婆一个女人，也实在太不抵得了，你愿意收我为徒吗？"

"当然愿意，要不，下次我和你娭哩亲热时，就手把手教你？"荣贞说完，又是嘿嘿连着笑。

年轻小伙想不到他会这么说，脸上有点挂不住了，本想耍弄他一番，没料反遭戏弄，还连累了母亲，这老家伙真够厉害！和他开这种玩笑肯定是强盗打官司——场场输，于是话锋一转："老叔，大家都说我们那片有一个人是你的种，是借你这只'鸡公头'下的蛋，我那片的人都说他特像你。"

荣贞又是一笑："说给你听也不怕了，这个人就是你，你就是借我这只'鸡公头'下的蛋！你不叫声阿爸也就算了，还敢来取笑我，真是个冇上冇下的拗豹子①，你就不怕让雷公寻到吗？"

---

① 冇上冇下的拗豹子：没上没下的忤逆子。

年轻小伙心里又暗呼一声厉害，可话题是自己挑出来的，哪敢发作，只好跟着笑笑，说："说我是你的种就没人相信了，因为所有认识我爷哩的人，一见我就说我是爷哩的印子印出来的。其实，你也不必辩护，以前那种时代，借鸡公头下蛋多的是，就我所知就有十几个。你那子哩，实在太像你了，不仅相貌，连动作和声音都像极了你，你想抵赖都抵不掉的。对了，他见到你会不会喊你一声阿爸，你看到他会是什么感受，他小时你给买过书包吗？"

胆大妄为的家伙，竟敢在那么多人面前如此取笑，荣贞真想甩他两巴掌，代他父亲教育教育他，让他以后有点规矩。"你是我子哩，还细时^①我经常给你钱买糖吃，书包嘛，小学读到出都是我买的，难道你忘了，真冇用^②！"荣贞脸露微笑，从容回答，自然得好像说的是真话，一点玩笑的意思都没有。他就是有一套硬功夫，无论人家怎样取笑，他都能反唇相讥，反败为胜。一个连爷爷都没做过的人就想捉弄我这个做了几次太公^③的人，嘿嘿，多吃几十年饭吧！

有人还这样问过荣贞："在所有和你有关系的女人中，哪个最让你神魂颠倒，哪个花钱最多，哪个时间最长？"

荣贞一出口后就是："当然是你的嫂哩了，因为我和你嫂哩有了你，所以心里一直忘不了，每年的六一儿童节，我都会给你买糖买书包买衫裤，还会捐钱给学校，难道你都忘了？"

如果有哪个男人想寻他开心，问他哪个女人最有意思时，他也会厚颜无耻地嘿嘿两声说："谁都比不过你的老婆和生娌有味道！"

如此这般，那些怕受其辱的人，就不敢再逗他开心了，害怕反受其辱。

回到问话本身，最让荣贞忘不掉的，当然是月秀了。月秀从她身边消失，是他的最痛，现在，看不到她的笑容和倩影，听不到她欢快爽朗的笑声，天都要塌下来了。如果她可以一直陪着他度过余生，那么，现在他可以立下遗嘱，把名下的一切都留给她，作为一种补偿。

月秀的音容笑貌，无时无刻不在荣贞脑海中浮现，严重失控时，他总是丢三落四，神志不清。荣生等一些不怕死的老人有病依旧认他们，见面总会调侃地说笑："认真一点啊，可得看准了对症下药，我还不想死呢，还要多活几

_____

① 细时：小时。

② 真冇用：真是不孝。

③ 太公：曾祖父。

年多享享福呢！"

荣贞一边开药方一边回答："死了就安乐了！"

"你比我老都不想死，还要在这个世上占位置，既然死了就安乐了，你为什么不死？"

"那是因为阎罗王想让我多救世上几条命，要是我死了，今日你有病就得行远路了。阎罗王要是看上了我，我也不会拒绝他的邀请，活着也有很多烦心事。"

大家心知肚明，荣贞的烦心事是因为身边没了心爱的女人。如果月秀还在，那他就是活到像蛇一样蜕壳，也不会嫌命长。在荣贞的内心，他是希望自己再活五百年的。

广州亚运会闭幕后的一个星期天上午，那些闲得发慌的人又早早来到诊室喝茶聊天，在相互传播和打听新闻中，听到了一个号外。

十组的村民小组长魏锦飞因为关节痛，来荣贞诊室拿风湿痛贴或活络油。他晓得诊室每天都少不了有人喝茶聊天，有了新闻当然要让大家晓得，也可听听群众的呼声。

前几天村两委评低保，把各小组组长召集在村部开会。低保名额一公布，很多人不服，纷纷打电话给村干部和小组长。溪对面有个男人竟然跑到村部大吵大闹，村主任好言好语解释，他以为村两委理亏，第二天竟然用板车载了两桶大粪，泼到村部会议室。村主任很生气，但为了息事宁人，只批评了几句，要他别把事情做得太绝，得给自己留点余地。

村主任叫了两个小工，把会议室弄干净后，没料第三天早晨，那男人又用板车载来三桶大粪，再次如法炮制。更为恶劣的是，这次连窗户、走廊和楼梯、房门都泼上了。一时间，整个村部都臭不可闻，熏天臭气还殃及周围住户。村干部们就要他把村部弄干净，不然后果自负。

那人说："你们也别吓我，我不是吓大的，你们办事不公，我就是不服。"

村干部好言相劝，但他一意孤行，根本听不进规劝，还恶语中伤，骂了许多脏话粗话。村干部见他蛮不讲理，莫不生气，如果任其撒野，以后工作就更难做了，必须坚决镇压这种歪风邪气。几个村主干商量后，打电话报案。派出所民警马上来村部查看，脏得他们都没法上楼，于是戴上手铐，由村干部领着把那个蛮牛抓到派出所拘留。

听锦飞说到"派出所"三个字，荣贞心里抽搐了几下，他对这个字眼甚为敏感，觉得让派出所出面干涉的就是坏事、丑事、龌龊事。他进过派出所，这对他来说是莫大的耻辱，他为此更是怨恨着招玉，不然他也不会要她付药费。

"那人为什么要弄大肥到村部？"荣生问。

"前几天不是评低保嘛……"

大家随着锦飞的娓娓叙谈走回到了历史的现场。

那个叫天生的蛮牛牯家有七人，父亲已过古稀，半身瘫痪，卧床已有五六年，母亲严重高血压，还得有产后病，他自己又是残疾人，二十年前因为和人去美溪炸鱼，炸飞一手，家里所有的重活都靠老婆，三个子女又都在读书。政府出台低保政策后，村两委决定给他父母和他本人给予扶助，因此，他一直享受着一家三口有低保的待遇。今年评低保时，他还要村里给他老婆一份，说她身体不好，药罐子。村干部没答应，说：你一家已有三份，再给你一份，我们都会受大家攻击，全村三四千人，比你家困难的还有不少，何况今年你的三个子女都没再读书，出门打工了。他不满意，和村干部吵。各个村民小组长都说，越吵越不给，再吵把他的那份都撤掉。今年评低保有所改革，除了残疾人和精神病，一家死了两个儿子，还有家有重大疾病的，得优先考虑，不用投票评选，至于其他的困难户，则要村委和各小组组长投票产生。名额张榜公布后，他见老婆没名字，就跑到村部责问村书记和村主任，他们耐心解释，他根本不听，断定是他们走了人情。

"你们要是不把我老婆的名字写上去，我就去投诉，说你们徇私舞弊。投票投票，又不是选干部，我从来没听过，低保也要投票。我家是特殊情况，根本不用投票。"

天生好像是吃了炸药，喷出的气息都闻得出火药味。那天，锦飞正找村主任谈事，坐的位置刚好离天生最近，唯恐自己被他炸着，赶紧换了一个地方。

"名额是根据上面的文件精神，经村干部和各小组长投票产生的，不是谁说了就能算的，也不是你想要就给的。你不服，可以去投诉，但是，我告诉你，我们在这方面根本没走人情，你投诉也没用。"村主任有点生气了。

听到吵闹声，周围的群众都来看热闹。天生为争得大家的同情，就把评低保也用选票的事告诉大家，说村干部和小组长们一定是做了人情，希望大家给评评理。大家听后，心里多少对村干部有了看法，但当村主任和盘托出真相后，又把矛头指向了天生：

"你一家有三个人享受低保，怎么还好意思要，也太贪了吧！现在你的三个小鬼都出来赚钱了，家里的日子也好过了，没叫你们让出一个名额已经够可以了，怎么还想把老婆也评上去？做人不能这么自私，全村比你困难的人多了去，要是由着你，所有的低保都给了你家，你还会嫌少。共产党是大家的，又不是爷哩，只是你一个人的，大家有困难都有权享受，光顾自己不顾别人，能不感到惭愧吗？"

　　"就是，低保又不是固定的，哪能开头享受了就可以终生享受。困难困难，赌博从来不说困难，看你赌博时把钱扔到桌面上就像扔下一把荷树叶，你还吹大炮说，你什么都不多，就是钱多，这下怎么又说你家困难了，连一个月几十块都要这么出洋相？"

　　见那么多人都用鄙视的目光看着自己，各种难听、刻薄的语言像秋天的松针，围绕自己纷纷落下，天生的脸红一阵白一阵。他不再说话，狠狠地扫视了一下大家，灰溜溜地走了，边走还边骂："猪狗六畜，不把我老婆评上去，就走着瞧！"

　　锦飞说到这里，呷口茶，又接着说："那天我们评低保，其实也是说好了的，一定要按实际困难评。不过，有人走人情也正常，可以理解，大家都有比较合适①的，你平时群众基础差，人家不投你，也不能怪人家。比如，如果把荣贞叔的名字写上去申请，就算他有钱，大家也会选他，因为全村百分之七八十的人都晓得他人好，医术又高，经常为困难户免费治疗，大家都说世上要多几个像他一样的人就好了，不过……"

　　锦飞故意突然停下，想吊吊大家的胃口。荣贞也急着想知道他那"不过"以后的话，于是也盯着他看。

　　"不过，他就是风流了点，搞女人搞出意思来了。"

　　"死飞牯，竟敢开我们房长叔公的玩笑，胆子真够大的，你就不怕我们把你杀了煲汤喝？"惹脚笑骂。

　　"嗻！我全身一把骨，你看得起就杀吧，煲的煲，炒的炒，焖的焖，全照你的意思来。不过，我也是实话实说，荣贞叔本来就是个风流人物，当然，风流也不是什么跌股事，是男人哪个不想风流，我要是有本事，我也想。"

　　"飞牯，你晓得你什么地方最像我吗？"

---

① 合适：要好。

荣贞阴险的笑引起了锦飞的警惕，他以为荣贞会说自己是他的种子，于是先入为主，先攻后守："喊，我全身没一样像你，你可莫开我的玩笑，千万莫侮辱我娭哩，她可是最老实最本分的人！"

荣贞微笑着嘿嘿两声后，用手指着锦飞的胯下说："你那条乌螺赖①最像我。"

大家听罢，莫不大笑起来，他们听出了荣贞的言下之意，锦飞和他一样风流，依然笑他是其种子。

见大家笑得泪水四溢，锦飞白了荣贞一眼，自认倒霉："老家伙，说不过你，你都和人打了几十年的嘴仗了，早晓得这样，我就去报考嘴仗培训班，今日就不至于做你的嘴下败将。"斗嘴能够获胜，对于大家都是一种胜利。

"天生做出这样的事，现在怎么样了？"惹脚很想知道后事，因为天生是他的表兄弟。

"当时我没跟去，只听说被派出所铐走了，还听说要拘留。"

"这样的人就是要捉去拘留，敢和政府来斗，行为也太恶劣了，再不服也不能把大肥泼到村部。困难困难，他还把爷娭的低保和子女的生活费都当作赌资，这样的人有什么用？"惹脚曾多次听姑姑说起天生的忤逆，对他向无好感，常为有这样的老表而感羞耻。

"听说天生当时是用坏扫把涂的，害得村主任喊了几个女人，戴着口罩足足搞了一天，还喷了几瓶花露水。一个小工发一百，三个小工共花了三百块。"

"人上一百，什么花样的人都有，现在法律齐全，大家又略懂一点法，动不动就说投诉，可却不从自身找原因，不想想在用法律维护自身利益时，自己有没有触犯法律，这种人到底是聪明还是愚昧？"惹脚叹道。

"现在老百姓的法律意识强了，动辄投诉，干部越来越难做了。"锦飞说完也叹了一口气，还说，"前两天接到本组一个女人的电话，也说要投诉我们。唉，投诉投诉，有点什么不服就以投诉吓人。"

"又是谁要投诉，投诉什么？"惹脚又来了兴趣。

"我本组不是有个神经不正常的女人吗，她家里看到今年被取消了低保就打电话问我，我解释说，今年政策和以往有所不同，她家里还是不信，咬定是我们走了人情。其实，当时我还是为她争取了的，我在会上说，水秀娭十多年

---

① 乌螺赖：男根。

来都不会做事了，应该先考虑低保。可是，有人说她是信邪教走火入魔了，才变成'巡逻队长'①的，这样的人不抓来坐关房②已够宽恕了，还想让她继续享受低保，做梦！"锦飞说完，为没给本组人争取低保反而让人乱说一通而感沮丧，他认为有神经病症状的水秀嫲享受低保是不争之事，而说她信邪教走火入魔的人纯粹胡说。还有人说她没有群众基础，大家想想，一个十多年的精神病人，还晓得什么事？要说群众基础，除了她不会巴结不会奉承人，也该没伤害到大家吧，可有人就是要从鸡蛋里挑骨头，他一个村民小组长又有什么办法？

惹脚说："低保低保，低保应该是让那些有实际困难的人享受的，钱额虽不多，但对那些困难户，也是雪中送炭。要是我，我想都不会去想，行衰运的人才要享受低保。某些人一家都几个享受了，还想全家人你有我有全都有，真是人心不足蛇吞象！"

"一样米养百样人，有些人就是想坐享其成，总想天上掉馅饼。"锦飞说完，大摇其头，停了一下又接着说，"像天生狗这样的人，好嫖好赌，游手好闲，正事唔做傻打怪③，最大的银行送给他也填不满他的窟。赌博有赢有输，要是不大赌，倒也输不了几个钱，要是搭货嫲④，可就不同了，再多的钱也会掏空。"

"鬼说的，搭到一个倒贴的就不会了。听说有人搭货嫲就不用钱，要钱也很便宜。你不是说，去鸡店也可讨价还价。"惹脚笑着说。

一人就说："你真想吃野食，改天我请你去鸡店。"

惹脚说："如果有白屌⑤的就好了。"

"哼，真是白日做梦，没油脱得了锅吗？偷捉鸡子也要一把米。"

荣贞的心怦怦直跳，以前他对这样的话题特感兴趣，只要有人挑起，他也会热情洋溢津津乐道地发表高论，可今非昔比了，他现在的心理承受能力也属于"低保"，对这类话题既敏感，也厌烦，这些人说七说八都是有针对性的，他怕和他们那显然带有嘲笑讽刺和幸灾乐祸意味的目光甚至微笑相碰，更

---

① 巡逻队长：意思每天都东溜西走。
② 关房：班房。
③ 唔做傻打怪：不务正业。
④ 搭货嫲：搞婚外情。
⑤ 白屌：白搞。

怕"击鼓传花"式地接过话题。因此，他一直在做聆听者，他希望这类话题赶快结束，更希望这些人赶紧从他眼前消失，再不要来诊室，他们搅得他心烦意乱，如坐针毡。他恨恨地想，谁要是敢直接嘲笑我，惹怒我，下次他得了病一定让他受点苦！

由低保引发的新闻和涉黄议论终于结束了，在大家的起哄声中，好久没开过口的荣贞总算也抖出了一条新闻："十二组的来生前两天被一只牛嫲^①斗断^②了手骨和肋骨，去福州驳骨头了。"

"你听谁说的？"锦飞问。

"十二组的永牯昨天来拿西洋参蒸水鸭时告诉我的……"

那天，来生骑了摩托去接小孩，突然从左边窜过来一头黄牛，后面还跟着一头小的，似有身孕的黄牛不知吃了什么药，竟然就向假想敌猛撞上来。来生猝不及防，连人带车倒地，额头和手脚比赛出血。永牯刚好经过，见这副惨状，马上下车将他扶起，把他送到镇医院，然后打电话给他老婆。医院说他的手骨断了，肋骨也断了两条，建议送福州驳骨。

荣贞情况还没介绍完，惹脚就急急地问："来生不会残废或有生命危险吧？他是好人，前几天我还去他家买了两只花鸭，他少算了十块钱，说反正是自己养的，这么好的人，怎么运气就这么背呢。"

"少收你十块钱就说他是好人，你也太贪财了吧。"锦飞轻蔑地说。

"来生本来就是个好人，他和他爷哩一样，宁愿自己吃亏也不亏待别人。"荣贞接话了。他和来生的父亲只差两岁，因医患而成交，他每次去十二组出诊，都会到他家喝上一会儿茶，哪怕是白开水。

荣贞还说，来生前两年装修新房，装修师傅贴瓷砖时不小心踩空，从竹架上跌下，手骨脚骨都断了，身上到处是伤，额头缝了七八针，害来生花了四五万块的医药费，营养费误工费还另外花了一万多，要不是他人好，装修师傅也不会让他省下赔偿费。"俩公婆扎扎手手^③做了一年，刚把债还清，现在他又让牛撞得这么重，真是行衰运时挡都挡不住，就这么一斗，可能又要好几万，虽说有医疗保险，能报一部分，可也捡来痛了，又浪费工日，煤矿一个月好几千块呢，这下没几个月也好不了，他老婆可就惨了，里里外外都得自家辛

---

① 牛嫲：母牛。

② 斗断：撞断。

③ 扎扎手手：勤勤恳恳。

苦。"荣贞最体谅女人之苦，想想一个家庭离不开女人，心里油然就有怜香惜玉之感。

"接连出这等大事，会不会是他的屋场不好，或者是他做屋时还有金钵①没移开？要真是这样，那可是件麻烦事，住在那里整天冇安冇乐②，担心这担心那，小毛病倒也没太大关系，但大疾大病大事故就会打倒天下的英雄汉了。"锦飞说。

"不会是他上代作了什么恶吧？"惹脚见人家有什么大事故，总不免怀疑其上代人生前作了恶。

"别乱说！我连他的公呆都接触过，也听很多人说他家几代都行善积德。"荣贞摇头否定，立即得到荣生和其他几位老人的赞同。

"俗话说善有善报恶有恶报，他几代人都这么善良，为什么一家还有这么多不幸？嫂哩瘫痪，子哩又弱智，现在自己再遭重罪，天公没眼，这善有善报还有谁信？"惹脚说完，大摇其头，"我就不懂了，都说好人一生平安，可很多好人不但不平安，命也不长，而那些大奸大恶之徒，反而活得轻松自在，命也特长。"

"人无千日好，花无百日红，世上哪有一帆风顺的人生旅途？再善良的人也会遇到坎坷曲折。"锦飞尤其不赞同人逢不顺，就怨天尤人，甚至怀疑上代祖宗，这对祖宗何其不敬。

看看时间，不觉已过十一点，很快就要吃午饭了，大家见没人再播新闻，就都流露出想回家的神情了。锦飞说："把这壶茶喝完就回去，不然可惜了荣贞医生的好茶。"

人去楼空，人走茶凉，无名的空虚和惆怅顿时涌上荣贞心头，一个人呆呆地坐着，不知所措，午饭该吃什么也不晓得。这些天，他总是有一餐没一餐地度过了一天又一天，有时就用榨菜下酒，喝下二三杯"荣贞牌"药酒，算是解决了一餐。月秀不在身边，纵有山珍海味，他也觉没有滋味。

枯坐在空落落的客厅里，不知过了多久，当肚子不断咕咕咕地冒酸时，他才"唉"了一声，像一头修炼不成精怪的老蜘蛛，挣扎着从沉浸了好久的孤独网里出来觅食。头重脚轻走到厨房，浑浊无力的目光扫向液化气炉灶边，好

---

① 金钵：装殓骷髅的盆钵。
② 冇安冇乐：没有安乐。

像月秀就在那里炒菜。他慢慢地走近，幻影消失了，他眨了眨眼，然后又慢慢地张开，四处搜寻，还是不见玉影玉踪，一种难言的悲凉从心底升起，随着那个比前一次更为沉重的"唉"字，化为浊泪一行。又呆立一会，才去冰箱旁的桌上取出一筒饼，拿了一块，再添了杯水，就这样一口水一口饼地吃起来，平时觉得清脆可口的饼，今日里味同嚼蜡。

月秀在时，餐桌上从不落肉类和蔬菜。月秀买的和做的菜，都能对上他的胃口，他曾笑说："傍你的风①，我都肥起来了，最近长了五六斤，睡眠也好多了。我一个人时总是随随便便，凑合着吃，通常是榨菜和豆腐芋下饭。有你在，我就不再作孽②了，要是到死都能吃到你做的饭菜，可就太幸福了。"

越是憧憬、期盼这样的日子能长长久久，越是担心失去，终于，在这甜酸苦辣、百味杂陈中，他为之祈祷的好日子终结了，成为一段只能珍藏心底的历史，今后看来只能在梦的心空飞翔，伴着他在另一个世界飞翔。

他艰难地吞下最后一口饼，再把杯中水一饮而尽。水把哽在喉咙里的饼渣冲下去后，他把杯子不重不轻地随处一放，躺倒在靠背椅上闭目养神，浮现在脑海中的还是月秀的音容笑貌，莫名其妙地，一会儿，竟被调包成了招玉的那一张老脸。

还在老家同住一栋房时，不管怎么说，有招玉操持一切，子女也常回家看看。不管哪个子女回来，招玉都少不得杀上一头自家养的鸡鸭改善，然后叫荣贞配上些煲汤的药材。荣贞虽然和招玉难以沟通，吃饭也是各吃各，但在子女回来时，他还是会说上几句话。骂归骂，赌气归赌气，招玉也还得帮他洗衣服，有时肚里实在怨气冲天，就用洗衣棒在荣贞的衣服上练手力，荣贞上衣的纽扣和裤上的拉链，最是成为她的出气筒。

一次，荣贞终于责问了："我衫裤上的扣子和拉链为什么老是坏掉？"

"质量不好，我有什么办法。"

荣贞狐疑地看一眼她那一张横七竖八爬满了皱纹的脸，再翻看总觉不对头的物证，面有愠色："为什么以前都不会这样？现在我的衫裤几乎没一件完整的，一定是你故意用棒子捶坏的。你有什么不满可以找我，为什么要背后搞鬼？"

① 傍你的风：托你的福。

② 作孽：可怜。

"怕我捶坏你就自己洗，我又没有收你的工钱，你不是有货嫲吗，以后可以让她帮你洗呀，我省下精神来。"

此后，荣贞洗完澡，就把自己的脏衣服放一边，招玉心里高兴，觉得惬意轻松，哼，看你能硬气多久？

荣贞哪里会被难倒。大热天时，他不用头顶骄阳出门下地，坐在药房里有风扇，一点拿手活不至于弄得满身汗臭，而且也就二三件短衫短裤，容易洗。到了冷天，他几天洗一次澡，然后里里外外一齐换下，特意买来的洗衣机可以帮他解决这一大难题。

有了洗衣机，招玉要洗大件衣物时，也叫他放机器里。荣贞心情好时，也就不声不响把它们丢进了洗衣筒里转。为了自力更生，招玉特地叫文招教会自己使用。荣贞受气时，就趁她不注意，把洗衣机的电源拔掉，招玉又没辙了。哼，跟我斗，死醒一点来！

洗衣机不让她用，她煮的饭菜也就不让他吃。有时她吃饱了，就把饭菜倒给狗吃。

如此这般，荣贞就自己买了一副厨具，自开伙食。

招玉又生一阵子闷气，这老家伙，也真是犟牛一头。

那是他们斗争的开始。一斗就没完没了，一斗就花样百出，层出不穷，变本加厉。

村里人见他们这模样，晓得斗怨了的牛难和好，也不劝他们，只在自家有好吃或有客人来时，叫上荣贞，省得他自己动手做饭，这也是报恩的一种方式。招玉知道后，简直要气炸了肺，直言不讳地阻止。大家都不理解，请不请他吃饭，关你什么事？

后来，夫妻间越闹越僵，形同水火，荣贞就决绝地另筑新巢了。新巢离大家远了些，有时人家打电话来请，他也懒得去，自忖吃肉不如养肉。当然，如果会骑摩托，他也许就会说，养肉不如吃肉了。

招玉把秋香赶跑后，荣贞对饮食就不太重视，现在又把月秀赶走，使他刚正常不久的生活重新跌落低谷，更使他丧失了生活的乐趣和信心。

每天愁绪万千，借酒浇愁一段时间下来，整个人就有了脱胎换骨的变化。又因为懒得刮脸，胡须马叉的，眼珠深陷，乍一看，让人心跳异常，不敢正视。

现在，来他诊室的人，一般都是关心他，想帮他摆脱愁思苦闷、恢复健康生活的人，当然，也不乏想积累新闻故事之徒。大小乡民虽然还照常生病，但大都前脚跟后脚转移阵地了。一个患了"相思癌"的老人，医术再高明，都不能放心地把只此一条的生命交到他手里，万一出了错，又要等二十年后再做一条好汉，这时间太久不说，二十年后变成什么，鬼晓得！

几个月后，荣贞好像正常了许多，说笑话也大致恢复了以前的兴趣和功力，大家便都高兴他活过来了。在他心情好时，惹脚几个年轻人又开始笑说："这下又可以找妹条①了，又有探索女人的精力和信心了。"荣贞嘿嘿两声，笑而不答。

一日，有个动辄感冒的老人来求诊，把这几天一直咳嗽的事说了。荣贞说，你经常感冒，一感冒就转支气管炎，建议你打一支白蛋白，可保你这一两年之间少感冒甚至不感冒。

老人感冒怕了，以前虽也听说过打白蛋白之事，但心疼一次性要付几百块钱，就一直不想打。随着抵抗力一年不如一年，感冒一次便要住几天院，辛苦子女不说，自己也辛苦，而且，住一次院起码要花费上千，除了报销那部分，自付的费用也不止打白蛋白的钱，于是就一次次说服自己，等病好了，就去打一支试试，如果真可以保一两年不感冒，就算赚了。和老婆一合计，马上获批，还说她的压岁钱没用完，这钱她来出。老人感冒一好，就来找荣贞。荣贞给他做皮试后，说可以打，接着就开始操作，叮嘱他有什么不对劲，就说。

打到一半后，老人觉得有点头昏脑涨，嘴里灼热，认为这有可能是正常反应，也就没有说，以前他也有过此类反应呢。又再坚持了一会儿，他感到心跳都加快了，嘴里也起泡了，才向荣贞报告状况。

荣贞走过去看了一下他的嘴巴，竟然满嘴起泡，就骂："死老头，你干吗不早说，你想害死我啊？"

"奇怪，你做了皮试，说可以打，为什么会这样呢？是你想害死我，还说我想害死你，你怎么可以倒打擂锤②？我为什么打不得，会不会你这白蛋白是假的？"

"怎么会，我几十年行医，什么时候进过假药？你不能乱说。"

---

① 妹条：女人。

② 倒打擂锤：倒打一耙。

一瓶白蛋白要五百多元，现在才打了一半多一点，不但荣贞感到可惜，连老人也觉太浪费，可他现在实在不能再打了，怎么办？荣贞建议把剩下的白蛋白给他的老伴打，老人问，要是老太婆打了也像我一样那怎么办？荣贞说，不会的，各人的身体素质不同，你会出这情况，不一定她也会。老头听了，觉得有道理，就同意转移给他老婆用。

荣贞见对方气色很糟，说话也有点吊舌，怕出意外，就叫人把他送到县医院。一个钟头后，老太太也到了县医院。原来，老太太打完白蛋白不到二十分钟，就出现了和老公一样的症状，马上叫停，荣贞赶紧打电话叫她儿子和他一起把她送到县医院。

医生把荣贞带去的白蛋白拿过来一看，发现是过期物。荣贞因为心情欠佳，忘了查看日期，因此犯下了行医几十年从未有过的错，险些害了两条人命。

老人和全家念在荣贞平时对邻里乡亲积下的功德上，并没有找麻烦，还安慰说："人没事就好，你也不是故意的，过去了的就让它过去吧，你也不要自责。"

但荣贞没有顺水推舟，不但把他们的一切医药费给付了，还另外包了个大红包，既是对他们的慰问，也是对自己的惩罚。这事传开后，大家几乎都众口一词，认为荣贞因为情场失意导致头脑不清，而犯下这等低级错误。

心情本就不爽，偏偏晚节不保，险些犯下医疗事故，连着自责和懊恼，让荣贞更是魂不守舍，烦躁不安，有时拿东西时双手都在发抖。他口中呼出的气味，向明白人泄露了他饮酒过量引起的神经性损害。

荣贞自己就曾总结饮酒过量引起的五种危害：加速脑部老化，损伤智力，情绪不稳定，注意力分散，导致错误判断；引起急性酒精肝炎、脂肪肝、肝硬化等；引起慢性胃炎、胃溃疡、十二指肠溃疡，急性胰腺炎，食道静脉曲张，食道出血等；引起心血管病和心脏病；损害神经，如手足颤抖。这五种损害，最常见最主要的是对肝脏的损害，从酒精肝到肝硬化，再到肝癌变。

既无法忘记心中所爱，又无力抹去内心阴影，与一次又一次艳遇如影随形的扼杀，让他的自尊心受到空前绝后的摧残，使他身心俱疲。他的每一份来之不易的浪漫，都在招玉的恶骂中化成一杯杯苦酒，让他自酿自饮，无言的痛苦植入他的每一寸肌肤、每一缕白发，他把自己送进了一座无形的监牢，自认所剩的日子将陷入情感的死寂，老死在这座监牢里。心有所思的他，在和大家见面时总是心不在焉，答非所问，对进嘴的食物也不知其味，大家不禁又多了份担心。

听了好心人的最新情况反映后，文星甚为自责，心想为了生意，自己都有两个月没回家看看了，只是偶尔打电话。但荣贞不比招玉什么都藏不住，文星问他身体好不好，他就说好；问他需要什么，他说什么都有，还叫他别担心，自己还没到要人服侍的程度。是的，他什么都不需要，他只需要一个喜爱的女人在身边陪伴，只要他的眼睛能看见，他就知足，就开心。

文星知道父亲报喜不报忧的秉性，感觉情况可能比人们反映的还严重，就打电话向所有兄弟姐妹通报，并约好文招当晚就回家看看，和老父亲好好地聊一聊天，关心关心他。

这些年父亲闹了一出出桃色事件，子女们同情母亲，对父亲的不满和怨恨日积月累，加上和他也缺乏沟通，不觉便都忽略了他。而父亲，由着对三个儿子都不给他制造一个孙子的怨恨，也从心底里疏远了他们，什么事都不和他们说，好像也无话可说，所有不快他都深埋心里，让其自生自灭。

因为怨恨三个儿子都没给他传种，荣贞曾多次和同龄人开玩笑："如果我再讨一个老婆，你以为我还能不能生子哩？"

"你是医生，这个问题比谁都清楚。"

那时，他年不及花甲，身体和想法都很饱满，只欠东风而已，除了那次厚颜无耻地做"鸡公头"，到哪找可以和他生儿子的女人呢？

听文星一说父亲的情况，文招也有点担心，再怎么着，她身上流淌着他的血液，他再不爱她，她也是他的种，这是铁打的事实，任何一件事都有可能改变，但这个事实却任凭刀砍斧削甚至雷打火烧都改变不了。父亲对自己有看法，不疼自己，也并非空穴来风。自己脾气不好，性格太过泼辣、太过固执，很多时候连她自己都觉得太像母亲，一个女人过于强势过于精明绝非好事，不值得炫耀和得意。别以为自己天不怕地不怕，人不怕鬼不怕，用自己的强悍和精明征服或镇压了别人就是一个胜利者，就算每次你都成了胜利者，但大家都和你离心离德，看到你避之唯恐不及，做人做到这种程度还自称强者的话，也太可悲了点。

人怕出名猪怕壮，文招确实能干，农活样样不输别人，可就是不讨大伙喜欢，连昔日闺蜜都很少有人和她拉家常，赴圩出入也鲜有人与她为伍。大家一提到文招，就东看西看，凑近前压低声音说她像娭不像爷①，说完还大摇其头。不少人在争执中让着她，也是看荣贞的面子，但也有不留情面的，总要跟她一决胜负，虽屡战屡败，却也屡败屡战。文招的那些手下败将只要一见荣贞，就不失时机地告状，把她贬得一文不值。每次听完投诉，荣贞果然脸色难看，骂文招丢人现眼。

最不给情面的，是平生的母亲。她和文招是前世修来的冤家，可谓针尖对麦芒，每次相骂总是旗鼓相当。不管在什么场合，只要遇着文招老家的人，不管男女老少，她总是无休止地投诉。自然有人会把文招的"罪行"转知荣贞，荣贞听了颜面尽失，气恨交加。这样的糗事听多了，他不胜其烦，也不问青红皂白，道："她的事以后你们不要跟我说，一听到她的名字我就恨上心头，莫害得我半个月吃不下饭，喝不下酒，晚上睡目做噩梦，嫁出去的妹子泼出去的水，她的事与我无关！"

好不容易媳妇熬成了婆，文招到底有了点变化，觉得自己以前的确没做好，如今稍微不受自己的儿媳尊重，自己就不舒服，觉得难以接受，何况儿媳的不是和当年自己的不是还差孙猴子的一个筋斗呢！看来确实如平生所指，是个性影响了自己的形象，今后得改，得贴近群众，否则到死都要做臭屎鸡。文招进而幡然醒悟，父亲不看重自己，是因为自己没替他脸上抹金，削了他的须菇②，他不来自己家，也是觉得无脸见亲家，更怕有人说他教女无方。

在平生的帮助下，文招的思想觉悟提高了不少。奶奶级的人，终于懂得了"爷娭爱子路般长"的道理，自己没做好榜样，后代学样是一个报应，应及时刹车，对长辈尊重孝敬，这样才能让自己往后的日子少些悔恨委屈，多些阳光雨露。

子女劝和

文招接文星电话相约这天，刚好是周末，孙子不要去幼儿园，就带他一起骑摩托去见太公。

---

① 像娭不像爷：像母亲不像父亲。
② 须菇：胡须。

到了诊室，但见父亲比上回见时老了许多，发白如雪，看不到一丝黑色，目光无神，走路也蹒跚起来，好像走快一点就会摔倒似的，从药房进客厅就得花三分钟，以前他可是一分钟不要就能到的。看到这一幕，文招心头一酸，差点掉下了泪。

她的脚好像钉在了地上，怎么也迈不开步，嗫嚅了许久，终于叫出了"爷哩"两个字，却连自己都不相信那是她的声音，缥缈且遥远，甚至有点气若游丝。文招已经很久没有用这样的口气叫他了。

荣贞没有应声，也没有任何表情，眼睛看都不看她，只低头和曾外孙说话。文招甚是尴尬，像犯了大错的小孩一样，垂下了脑袋。她晓得，固有的父女情分早已变淡，他们之间有着那么大的隔膜，甚至怨恨！

"爷哩！您身体不好吗，我看您气色这么差，而且老了许多，您怎么这样不珍惜呢，您这样让我们做子女的怎么放心得下？"

文招从来就没有用这样的语气和荣贞说话，她一向都是火气十足，盛气凌人，今天，连她都不相信自己也会这样温柔。

荣贞显然有点惊讶了，她发了什么神经，竟然会这样温柔、关切地和我说话？他心里掠过一丝温暖，勉强笑了一下。但文招看出来了，这难得的一笑还是很牵强，好像是别人拿着枪逼他笑的。

"安安，要不要吃鸡蛋？"荣贞牵着小家伙坐下。

"不用，朝晨刚吃过一个。"文招赶忙替小孙子回答。

"太公，有什么比鸡蛋更好吃的？"五岁的安安仰起头天真地问。虽然眼前这个老头满头白发，胡子拉碴，但他一点也不害怕，都说骨头亲，就是这个味。

"你想吃什么，太公给你钱，让奶奶给你买好不好？"

"好！"荣贞和蔼可亲的神情和语气让小安安兴奋不已。

"安安，你想吃什么就跟奶奶说，不能让太公出钱。"

文招看到父亲要站起来去药房拿钱，就上前制止并要安安牵住他，但荣贞执意要去拿。很快，他就把两张红鲤鱼放到安安手里。

文招拿过钱又往荣贞手里塞，荣贞双眼一瞪："这是我给安安的，又不是给你的，你塞什么塞？"

文招就停住了，可是拿着两张红鲤鱼，却像拿着两个烧红了的火球，一时不知所措。

"装好吧，就当我买了东西给安安吃，最近生意淡了，赚钱少了，你也不要嫌少。"

话既然到这份上，文招还能说什么呢，只好对安安说："安安，快谢谢太公。"

"谢谢太公！"

安安嗲声嗲气地说，荣贞乐开了怀，很久没和这么小的孩子相处了，原来这小子还挺听话的。

"今朝怎么有空过来，去过那边吗？"

文招听出父亲的语气比以往温和了许多，心里一阵激动，终于找到了做女儿的感觉，她晓得父亲话里的那边就是母亲那个家。

"我是直接来这儿的。早就想来看您了，但最近一直很忙，朝晨接到文星电话，约好晚上一起来，可我实在忍不住，刚好安安又不用上幼儿园，就带着他先来了。"

荣贞听了，心里像是阳光照进了一般，暖意油生。原来子女们还是牵挂自己的，文宝文书文秀在外地，听不到什么，文星一定是听赴圩的乡亲说了自己的近况，才约文招一同回来的。他心里清楚，自己这段时间实在过于压抑，心事太重，饮食起居又乱了套，看来肝脏出了问题，才让自己变老变丑了。他虽然没有闲情照镜子，但感觉尊容肯定是既老又黑，了无生气。

"老爷哩！您总对别人说，身体不好一定要及时治疗，可为什么就不珍惜自己的身体呢？看您这样子，一定有什么地方不对劲，天光日子一定要让文星带您去县医院检查检查！"

文招看到父亲脸色黑得可怕，心想八成是又患肝病了，以前他曾患过酒精肝，医生要他少喝酒，他自己是医生，当然清楚喝酒过量的后果，可当一个人感情受挫折时，总要想个办法麻醉自己，而本来就沾酒的男人，最好的麻醉莫过于此了。

"不用文星带，等有空了，我自己去就是，县医院我熟得很。我还不想死，还想多活几年呢！如果没什么事，你就去那边看看你娭哩吧，她更需要你。"

荣贞后面的那句话，催发了文招的眼泪，止不住像雨点一样滚滚而落。她多么激动啊，几十年了，父亲既没有用这样的语气和自己说话，更没有在她面前提起过"你娭哩"三个字，她想都不敢想，这辈子，父亲还会和自己这样说话！一定要告诉兄弟姐妹，一定要最快速度把这个好消息告诉受了数十年委屈的母亲！

"好，我现在就去，您一定要注意自己的身体，对了，不如叫……唉，算了，改天再说吧。"

文招很想说，"不如叫姨娅和您住一块吧，这样也好有个照应"，但话到嘴边她忍住了，刚缓和的关系，又怕被自己的一句话、一个建议搅乱，还是再观察吧。荣贞当然晓得她的意思，他还没成糊涂虫呢。

"安安，跟太公说声拜拜。"

"太公，拜拜！"安安举起胖嘟嘟的小手朝荣贞挥了挥，然后双手做了个要文招抱他坐摩托的姿势。

文招把安安抱上摩托后，对荣贞说："那我去看姨娅了。"

"去吧，去吧！"荣贞挥了挥手，一直看到文招骑摩托车走远了，才又坐到客厅里喝茶。他也想不到今天自己的表现这么好，他是难得这么和蔼这么有耐心地和文招对话的，他看得出文招的关切和担心，也看得出她的高兴和幸福，几句对话就拉近了父女间的距离，还是骨肉情深啊！

文招见了母亲后，寒暄了几句，就说了父亲的情况："老爷哩老了许多，手脚都不灵便了，双手抖抖索索，气色也很糟糕，真让人担心。"

招玉气恼地说："担心他做什么，他会有什么事？狐狸精不在身边，他当然无精打采，娘个老短命相，七老八十了还这么花心，这么作践我，他死了我也不会流一滴泪！"

文招听罢，心里一痛，像是被一把利剑刺中了心窝。父母之间隔一堵墙，于子女来说真是大不幸，他们左右为难，无计可施，劝解了十多年，却还是劝不出个子丑寅卯来，不但没有扭转乾坤，反而越劝越冤，这么老的人了，怎么脾气一个比一个犟，真是伤脑筋！她多么希望父母能尽快化解一切仇恨，过完这为数不多的时光啊！

"姨娅，算了吧，过去的事就让它过去吧，就当没发生过……"

"这可能吗？我死都不会忘记！那道嫌把我打得进了医院，他连句劝阻的话都没有，他要是出面拦住，我至于让她打成那样吗？他以为出了钱我就会原谅他，后生世人都休想我原谅！"招玉说得咬牙切齿，恨心恨肺。那天让月秀打得满嘴流血的情景又浮现在眼前，令她羞愤交加，难以自持，还有荣贞要她付药费的一幕，她怎么就可以忘了呢，下辈子都要找他算账！

"姨婭，我曉得您這些年來受了很多很多委屈，我又何嘗不是？現在連我這麼死板倔強的人都想通了，您也就大度一些，寬恕他吧。這樣斗來斗去，有什麼意思，大家都不得安生，還是別讓自己和子女都活得這麼累吧，大家都有許多煩心事。男人很多時候也像細人子一樣需要拐的，我相信，只要你放下心中的恨，爺哩也會心軟的。到了這種年紀，只要你當軟，他也會回心轉意的。剛才我去他那裡，他問我有沒有來這裡看你，還說你更需要我，這就說明他心裡一直有你，只是被人精迷住了眼睛，一時找不到方向了。現在他迷途知返了，你不能再把他拒之千里，不然，你們自己鬧心，我們做子女的也擔心。爺哩真的老了許多，看樣子身體也有問題，而且問題不小。我想讓文星或平生抽個空帶他去縣醫院查查。我懷疑他的肝病又犯了，他這段時間一定是飲食起居都不好，心裡又壓抑。他一向是樂觀的人，看他愁眉苦臉失魂落魄的樣子，我都心疼！"話到這裡，文招心裡一酸，喉嚨哽咽，眼淚抑制不住地像珍珠一樣往下掉，想到幾十年來的慪氣，使得父女之間也隔著一堵牆，想到不久的將來，突然就會失去父親，她心裡不覺裝滿了內疚與惶恐。

　　招玉和榮貞斗了半輩子，把診室的女工趕走了一個又一個，所有的恨話、髒話、絕情話也罵盡了，已找不到一句新鮮的了，到頭來卻要主動投降，低首下心去照顧他，這也太好笑，太損自尊了吧！不行，絕對不行，絕不能讓步，我已經輸不起了，以前低三下四是要他來維持家庭，要他養兒育女，現在我色麻子①都有了，還求他做什麼，指望病了、起不了床時有他來照顧，那是狗想豆腐骨吃②，現在看個病都要我付錢，哼！對這老鬼就是不能當軟，就是要讓他受受苦，看沒能力了還怎麼刁？！

　　招玉臉上的表情不斷變化，一忽兒晴天，一忽兒烏雲密布、電閃雷鳴。文招看在眼裡，就猜到母親積怨難消。

　　文星到來後，幾句話下來，情知一時半會兒也勸不了母親，只好作罷。趁母親做飯時，他嘆了口氣，對文招說："老祖宗說得真沒錯，斗冤了的牛牯難和好。也許，只有時間才最有說服力。"

　　"可是，他們又還剩多少時間呢？"

　　回到家，文招把父親的情況說給平生聽，也告知了自己的想法，擔心父

---

① 色麻子：曾孫。

② 狗想豆腐骨吃：痴心妄想之意。

母进棺材了都不能握手言和。

平生安慰说:"你莫担心,我相信只要那女工不再出现,会有转机的。爸也不可能一直帮人看病,他自己都泥菩萨过河自身难保了,谁还放心把命交给他?"

"是啊,听说前段时间就差点出了人命。"

"怎么回事?"平生急忙追问。

听罢详情,平生感慨万端:"善有善报应验了吧,看来人就是要多行善积德。要是爸平时不咋的,人家能不找上门来闹?他那么爱面子的人,行医几十年都没出事故,肯定会更加自责。看来他也真是老糊涂了,怎么会把过期的白蛋白给人注射?还没及时警觉,让人家的老婆再打,幸亏没出大事。"

文星早就不止一次叫父亲退出江湖,安度晚年,可荣贞认为病人需要自己,不能轻言退出,他也还有那个能力,哪能就吃闲饭呢。这次回家,文星和父亲坐谈良久,看他行路都不稳当,拿东西的手在发抖,说话也有点含糊不清,就更是担心。第二天一早,专门去镇医院咨询,医生说这可能是肝癌的表现。

文星吃了一惊,马上折回头,和颜悦色地劝父亲去做个肝功化验。荣贞说,我今天感觉很好,你们放心吧。文星又说要送他去县医院检查,荣贞说你先忙,过几天再看吧。荣贞固执,文星是清楚的,他如果不愿意,你就是把他送到了医院,也是枉然。

看到父亲一拖再拖,文星赶紧把此番情况打电话告诉在外的兄弟姐妹。文秀文书几个一听,慌了神,不约而同地说,下个星期就是国庆长假了,大家都回来,一起劝父亲上医院检查。

国庆那天,文秀文书他们果然回来了,约好先去父亲那儿,一定要把他哄回老屋吃顿饭。可要怎么哄他才能回去呢,大家心中没底,犯了愁。思来想去,这个艰巨任务就落到了文书头上。谁叫他从小就深得父亲疼爱,谁叫他现在荣升处长了更值得父亲骄傲了呢!

文星事先并没告知他们几个回家过国庆的事,看到他们突然出现在眼前,荣贞大感意外,以为是在梦乡。当他们一个个甜甜叫时,他才醒悟过来,乐呵呵地应着,还说:"怎么不事先打个电话,也好让我准备准备呀。"

其实,他并没什么好准备的,每次子女们回来,都是招玉在忙碌。他除了给病人看病,就是和人喝茶聊天说酸话。还把水桶当喇叭!他要准备也就是思想准备，准备怎么和子女们交谈。说来他和子女们也没什么好交谈的，能有什么好交谈的呢？工作生活他都不想过问，那些丫头片子他就更懒得搭讪了，他没有兴趣也没有精力，如果是带把的，嘿嘿，那就另当别论。

"我们就想给您个惊喜！"

诊室里的几个闲人，见荣贞的子女们一齐回来了，都笑着说："你们回来了，多和爷哩说说话，我们天天在这里，现在回去了。"

"多玩一会儿吧，不耽误的，我们在家要玩好几天，有的是时间和爷哩说话。"文书说着，从包里拿出一条中华烟，各发一包给那几个烟鬼。看到这么好的烟，他们都不敢接，说抽一支就行了。

文书说："烟是朋友送的，我不会抽，你们不要的话，我也是送给其他人，你们就当作是我爸发给你们的吧。"

听他这么一说，烟也就收下了。有个不抽烟的分到后说："这么好的烟，我留到年初一给拜年的人抽，几有①面子！"大家听他这么一说，就笑了。

屋里两个女人跟着笑完后说："也不能重男轻女吧，男人有烟发，我们女人总得有其他东西吧，糖子②也行。"

"有，有，有，我带了几包糖果回来，我去车上拿。"

两个女人各得一包糖，就和几个男人一路说笑着回家了。兄弟姐妹几个这才坐下和荣贞聊天。文星泡茶，文宝无话找话地问荣贞："他们天天都来？"

"差不多吧，常常能赴到我的三餐③呢，有时还真烦。"

好一段时间，荣贞什么都无所谓，也不讲究，可以一周不洗澡、半月不刮胡子，饮食也随便应付，饼吃完了就去买，一买就是几盒几罐，一杯水几块饼往往就能解决一餐。有时几天不进一粒米，人家送来两条熟地瓜，他也可以当饭吃。一日，惹脚他们趁荣贞蹲马桶时，走到他的厨房，揭开锅盖一看，发现锅都生卤④了，冰箱也唱空城计了，就说："这老家伙，都不晓得什么时候煮过菜，这样下去怎么了得，大家一定要多关心关心他，家里有点好吃的，一定叫上他。"大家都说一定一定，他对大家这么好，我们也要对他好，叫上他一起吃饭，不过就是多发一双筷子一个碗。大家分别人前人后努力劝过荣贞，过

---

① 几有：多有。

② 糖子：糖果。

③ 赴到我的三餐：意思一日三餐都能见上。

④ 生卤：生锈。

去了的事不要太上心，就当做了个梦，往后的日子还要过，得注意身体，三餐的粥饭千万不能马虎了事，就算一个人不可能鱼鱼肉肉，也要把肚子填饱。荣贞的回答几乎千篇一律："一个人过，煮菜很麻烦，有时煮了一碗头菜吃二三餐，煮一杯米的粥也吃一天。"他还说，现在都有一个多月没买肉了。惹脚他们就问他是不是很久没吃肉了，他像是怕他们担心似的，马上说："那倒不会，兄弟梓叔经常会叫我去他们家吃，有时我走不开，他们还会端过来。"他这一说，惹脚他们当然信。

这次亲人相聚，文星见父亲面有喜色，心情不错，就不失时机地说："我们刚才先回了老屋下①，姨娅要我们叫您一起回去吃饭，她说她养的老鸡公都快生角②了，再不杀，就成鸡精了。"

"你不用骗我，你娭哩恨死我了，还会叫我回去吃鸡公？再说了，那么老的鸡公我也嚼不烂，还是你们多吃两块吧，你们出门的人难得吃上土鸡肉。"

荣贞心中有数，这几个家伙是想当说客，让自己和老太婆和好。

"您不信？那就问问文宝和文书吧，姨娅真个这样吩咐的。"

文宝立马附和："我们真没骗您，姨娅都跟我们几个说了，只要你今朝日子肯回老屋下吃饭，她既往不咎，热烈欢迎。她说，都快见阎王了，还有几年春光③？她还说想通了，不再记您的仇，让外人看笑话。"

"老爷哩，姨娅一个文盲都能想通，您总比她强吧！姨娅是有错，但您对大家都那么宽容，难道就不能宽容宽容她？不管怎么说，她都是和您风雨同舟几十年的人，想当年我们还细时，她做生做死，日子不够夜子凑，经常累得腰酸背痛脚抽筋，头毛瓦洒，可还是咬紧牙关坚持到底，家里有点好吃的总要留给您吃，说您辛苦，要我们尽量帮着做事，不惹您生气。我印象最深的就是有一次您用牛，又要放水④，没办法回家吃饭，我放学回来，姨娅就煮了两个鸡蛋，装到碗头底下，让我送到田里让您吃，还叫我不能偷吃。可我实在忍不住，走到半路见没人，就偷偷地用筷子挟了一块吃。回到家，姨娅发现我牙缝里有蛋黄，责备我不该偷吃，我死不认账，还说她冤枉好人。姨娅竟然流着泪骂我，说您怎么怎么的辛苦，为了一大家子，经常熬夜放水、烤烟，想不到煮

---

① 老屋下：老家。

② 生角：长角。

③ 春光：光景。

④ 放水：引水灌溉。

了两个鸡蛋，还让我偷吃了……"文书说到这里，哽咽起来。

"老爷哩，姨娅后生时也是个数一数二的精明人，虽然没文化，但做什么事情都不输人，性格是泼辣了点，却也循规蹈矩，安守本分，有时骂人是过头了点，但也是对外，那时她从来都舍不得骂您，总说您是火车头。后来跟您怄气，也是在乎您，当然她也有许多不是，不过，总的说来，优点还是比缺点多，她是属于刀子嘴豆腐心的好人。"文秀也上阵加入了劝说队伍。

"你们都这么大岁数了，总是斗来斗去，我们做子女的都很难过，也不放心，看在我们的分上，您就不要记恨她了吧。她都想通了，您再放不下仇恨，那就是心胸太狭隘了。"文招见父亲没发火，能静下心来听他劝说，说明他的心已开始软化，便壮起胆子说起了重话。

"你们几个加起来还说服不了我，那我真是老顽固了，要让你们冤一辈子了。好吧，看在你们有商有量一片孝心的分上，我就听你们的！"荣贞说着说着，眼眶里漾动着晶莹的泪水。

此话一出，兄弟姐妹你看我我看你，谁不流下激动的热泪呢！几十年的恩怨情仇终于化解了，这对他们来说比什么都高兴。

"那您再在这里坐一会，我和大阿、细阿、文宝先回去帮帮忙，等有吃了再打电话来。文书，你帮不上忙，就在这里陪爷哩聊天、喝茶，说说外面的精彩故事。"

"好嘞！说故事是我的强项，你们快回去吧。"文书理解文星的苦心，还说，"鸡髀①一定要斩大一些，你们不能偷吃，爷哩最爱吃鸡屁股，你们也得留着。"他从小就对鸡腿鸭腿情有独钟，以前生活困难，难得吃上鸡肉，即使一年到头有几次杀鸡宰鸭，不是把腿给踩小了，就是要让给祖辈吃，说鸡腿鸭腿上的肉比较嫩滑，老人家容易嚼烂。一只鸡鸭留下四个腿后，还剩多少？家里人多，该如何安排？因此，除非过年过节，家里杀鸡宰鸭一般都不留腿，文书再想吃也只能独吞口水，生活好后，他说要把以前的损失补回来，所以每次杀鸡宰鸭，都要吃上两个腿。

"你就晓得鸡髀，有鸡髀吃，自己姓什么都忘了。"文秀笑骂。

这嘻嘻哈哈、热闹融和的氛围，像阳光般沾染上了荣贞。

———————
① 鸡髀：鸡腿。

各自反思

在回老屋的路上，姐弟四个商量着做母亲思想工作的对策。父亲有文化，又因为错在其身，而且一个老男人单过要比一个老女人过日子艰辛，到了这种地步，不服输都不行，他只是需要一个台阶。如果这次还说服不了母亲，别说这顿饭吃不成，后果将变得相当严峻。

"不用怕，人多力量大，我们能把爷哩这座碉堡攻下来，就可以过娭哩这关。女人心肠软，等下我们在她面前多说好话。对了，哥，到时你可以把姨婭那次斩番薯藤伤了手，爷哩帮她洗衫裤的事提一提，在那个封建年代，爷哩这个封建人物能这样做真不容易。我记得那回他一天帮娭哩洗两次伤口，娭哩那幸福的笑脸至今还印在我脑海里。这些年他们的关系闹得这么僵，姨婭也许早忘了这事。我们耐心一点，相信她也会不计前嫌的。"文宝信心十足，只要父母和好，于他们这些远方的游子就是一种幸福、一种解脱。

"爷哩会给娭哩洗衬衫，我怎么不知道这事，这是真的吗？"文秀惊讶地问。

"是真的，那次你刚生孩子，等你坐完月子出来，娭哩的伤已好了，所以就不再提起，她左手食指上的那条伤疤就是那回不小心斩伤的。"

"哦，我还以为是她上岭作樵不小心弄伤的。"

文秀说得也是，农村女人，十个手指头哪个没一点伤疤！

姐弟四人回到老屋，见母亲一个人在忙着杀鸡，就都上前搬了几张父亲当年做的木矮凳，一边帮忙，一边和她说笑。

招玉不久前就接到了他们快到家的电话，哪晓得他们会先去荣贞那边活动。

他们如法炮制，在母亲面前说了父亲的许多好话，当然也有严肃批评，说他生活作风确实不好，还怒骂了那些狐狸精，说如果没有狐狸精诱惑，父亲也许就不会做出伤风败俗对不起母亲的话。四个人还说群口相声一般，一个接一个地夸母亲，夸她勤劳能干，把一个大家庭操持得井井有条，如果不是她这么能干，父亲也不会那么轻松地成为乡村名医，子女们也不可能长得这么健康，更没有今天的成就。四个人一唱一和，把母亲夸得心花怒放。

看招玉面带微笑，文星才开口说他们刚才路过先去看了父亲。招玉听罢并无任何不满，子女看父亲天经地义，无可厚非，任何人都无权剥夺这个权利。

"他说这生世人最对不起的就是您，他说如果有后辈子一定补偿您，他说如果能得到您的原谅，今后保证不再做对不起您的事。刚才我们劝他回来吃饭，他说有面子来见您。"

文星说完，忐忑地看着母亲，姐弟四个同时对视了一下，眼神里传递着信心。

"想得天真，我是破烂王吗，人家不要了又来找我！以后我把他服侍得雄雄旺旺了，他又去找别的女人，又把我贬得一文不值，当不得一堆狗屎。不行，这生世人我都不会再当傻瓜，要不是我这么善良，一直当软，我也不会被他看得这么衰！等下他要回来和你们一起吃饭，我不赶他走就是，但要我和他说话，不可能！他面皮厚，我就当施舍叫花子，反正吃不完的，我经常也倒来喂狗，喂喂他又有什么要紧！"招玉说话的火气足可以点燃蜡烛。

说话间，招玉脑海中又浮现了荣贞闹离婚、对她见死不救的情景，那天要不是文招及时赶到，她就有可能被月秀打死；接着又浮现叫她付药费的情景，以及她后来去别人诊室看病时遭遇的那些嘲笑："招子娓你怎么找别人看病，是不是荣贞医生也要你付钱？"

想起这些，她的心就如刀绞般疼痛，多年来积压于胸的怨恨就噌的一声，像是划着了一根火柴，然后又点燃了一捆柴，从她的心底烧到头顶。她有点控制不住了，停下手里的活儿，用衣袖擦拭着眼泪。这样的人怎能原谅？！

是的，她受了太多的委屈，如果他不那么绝情，仅仅是为了探索女人，也许，到了这种地步，她还会网开一面。她也听人说过，男人和女人不同，只要身体好，就有那种要求。她不赶走那些女人，难道做独眼龙？明知老公有外遇，还要忍气吞声，睁只眼闭只眼，那她成什么了？难道对老公拈花惹草不闻不问不管装聋作哑的女人就是好女人？这是什么狗屁逻辑啊！她不觉哀矜起来，其实，她也做过这样的女人，当听说他曾让人借"鸡公头"在外面生了一个儿子时，心中难过、恼怒，但为了家庭团结，不也曾忍声吞气、佯装不知吗？这老鬼还一直以为我不知情，结果呢，他得寸进尺，勾搭女人上瘾，到后来竟还闹离婚，这不是天大的笑话吗？！再后来，老婆看病也要付钱了，这……招玉不敢再深想，再往下想，只怕眼前这四个子女都会让她的泪水冲走。她用双手捂着嘴，努力抑制自己哭出声，但泪水还是不争气地像雨点一样争先恐后地往下落。

儿女们见状，眼神里都表示了理解，谁都不再开口，只是每人都伸出一只手搂着她的肩膀，两个女儿还陪着扑簌簌落泪。

几分钟后，招玉才抬起头来，干涩的脸上艰难地挤出一丝笑容："好了，我没事了，你们不用难过。这些年，因为他，我流了多少泪，你们无法想象，可我不也挺过来了吗！放心，我不会喝农药，更不会上吊，为这种人作践自己，不值得！"

子女们的那一副副黯然神伤样，让招玉于心不忍，他们难得回来一次，不应该让他们伤心，再大的委屈我都要自己一个人承担，也好让他们放心。她轻叹了一口气，强压心头的怨愤，进一步展示了她的和颜悦色："好了，你们也莫闹，只要他先开口，我就把以往所有的恨都埋在心底。不过，我先声明，我不跟他吵，并不代表我已经原谅了他，还有，如果他以后再带女人，再作践我，我到死也不会原谅他了，莫说你们，就是皇帝出面，我也不会再心软！"

"好的，莫说您，如果他再鬼形鬼相①，我们也不理他了，我们绝对站在您这边。"文宝嬉皮笑脸，拍了拍母亲的肩膀，其实，他一直也都是站在母亲的角度上看问题的。

听了母亲那番表白，文星心里波涛翻滚，父亲疑似肝癌的事能不能说，说了会怎么样？如果不说，她又要跟他斗气、不原谅不接纳他可怎么办？难道就让他们这样不尴不尬地过下去，要真这样，旁人会怎么看，会怎样评论我们这些做子女的？不行！迟早都要知道的事，不如早让她知道，也好有个思想准备，起码可以让她不再和他斗气。想到刚才所见父亲那衰老、无精打采、满脸病容之状，文星的心就像打翻了五味瓶，猫抓似的难受。

文星和姐弟们迅速交换了一下眼光，在得到他们的默默点头后，开了口："姨娅，我跟你说件事，不过，这只是我们的猜测，您听了一定要镇静，不要担心，好吗？"

"什么事这么神秘？说吧，我现在还有什么承受不了的！"

"爷哩可能患了肝癌。我问过当医生的朋友，也听爷哩讲过，像他这种情况，百分之九十是患了肝癌……"

招玉瞪大双眼，久久说不出一句话来。

---

① 鬼形鬼相：乱七八糟。

"姨娅您不用担心，我们天光日子就带爷哩去检查，真要是得了这种病，您还得配合我们瞒着他，也希望您忘记以往所有的仇恨，看在多年的夫妻情分上，也看在他是我们的爷哩分上，照顾好他，好吗？"

文星语气沉重，心在抽搐，说完，见母亲还在惊愕中，也不等她表白，嘱咐文宝他们帮忙做事，自己则又去了诊室。

荣贞正在给病人看咽喉，他把手电筒放下后说："扁桃体发炎，很严重了，要打几天消炎针，再吃几天药，这几天不吃辛辣的东西。"

"要打针啊？一说打针我就尿都吓得出，你打针跟兽医没两样，根本不把病人当人看，要是月……"这个中年病人突然结舌，想起不能再提月秀的名字了。

趁他们在那斗嘴，文星走到在客厅喝茶的文书面前。文书低声问："政治工作做得怎样？"

文星坐下，喝一杯茶，低声相告："比想象中的好，但还是要见机行事，千万莫把事情搞砸了，一定要有耐心。爷哩答应回去，娘哩又答应不赶他走，就是意料之外的事。"

正说着，文宝打来电话说，如果诊室没病人，就请父亲早点回来，大家在一块说说话多好。文星答应了。

荣贞送走病人后，慢慢走到兄弟俩面前，问文星："你们回老屋下说服了你们的娘哩吗，她真不会拿屎秆扫①赶我？"

"莫把娘哩说得那么死乌，既然她请您回去，又怎么会赶您走？她要是有这个意思，我们都不答应！"文星担心父亲变卦，赶忙打气。

"你莫骗我了，你爷哩还没糊涂到那个程度。我晓得是你们几个商量好了先说服我，然后再说服你们的娘哩，不过，看你们这么好心，我就冒险回去，我晓得你会带菜回来，我不吃她的鸡肉就是。"

"您老人家就不要这么记恨了，大人大量，宰相肚里好撑船，要记就记她的好，无论您怎么对她，她除了骂，对你还是不离不弃的嘛！"文星尽量把语气说得婉和些。

她要是离弃就好了，我也不会走到今天这地步！荣贞心里这样想着，脸上又布满了怨愤。他们之间虽早已没有感情可言，也都分开住了，但只要还有

---

① 屎秆扫：扫把。

那一张婚约，他就不是个自由身，就会受到她和社会的干预。他做尽坏事，说尽狠话，就是希望她能弃他而去，可这个土包子死活要从一而终，非在他这棵树上吊死。

荣贞到底顺了子女的意愿，回老屋和大家共进晚餐，也尽量和他们说笑，和他们碰杯。他已经很久没和子女碰杯了，也许，今后会越来越少，甚至不再可能，这样想着时，他伸出去舀汤的手不由自主地抖了几下，勺里的汤又都倒回了盆里。文书见状，忙帮他舀汤舀肉。

"爷哩，您的手怎么了？以前从来不会这样的。"

文书关切地问，其他家庭成员也都关切地看着他，等待他的解释。

"我也不晓得，可能是老了的原因吧。"荣贞轻描淡写，他一个医生，怎会不知饮酒过量的后果。

"什么时候开始的，怎么不告诉我们，怎么不叫我们带您去大医院检查？"文书略带责备的语气中充满了担忧。

"一点小问题，不用大惊小怪，死不了。你们姑丈的手都抖了十多年了，现在不是照样吃饭照样做事吗，他还比我大两岁呢。"荣贞嘴里说得轻松，心里却也着急。他还想为病人服务，当然，现在诊室多了，没有他，病人也会另求高明。他更担心的是自己，万一得了绝症，生活不能自理，那么就只有坐在马桶上——等屎（死）了，招玉会来照顾他吗？自己曾把她伤得这么深！他偷偷地用眼角的余光瞄了一眼对面的招玉，发现她也正在用怜悯的眼光看着自己，不觉心虚起来，环顾左右，对坐在她身边的文秀说："你莫看着我，我还吃得下两碗饭，喝得下两杯白酒。"

文秀心领神会，但瞅父亲这个样，心里更为难受，泪水很快就溢出眼眶。

招玉知道荣贞在掩饰自己，心想，你不看我，怎么晓得我在看你？她一直都在偷偷地观察他，一段时间不见，他龙钟老态毕现，黑得像蒸熟了的黄糖板子，手也抖颤了，刚才看到他脚步也蹒跚了，这老家伙的威风哪去了？

文星直截了当地说："老爷哩，我是听说了您的情况后打电话告诉他们的，他们听说后，马上决定回来看您。看到您这样子，大家心里都难受，都觉得太不关心您了。在我们心里，您一直都很健康、很坚强，是一座屹立不倒、富于生命力的大山，我们忙于各自的事，没想到您也会渐渐老去。请原谅我们的不孝！我们……"

见文星哽咽着，说不下去了，文书接过话茬儿："我这次回来，除了看望您和姨娅，最主要的是想带您去福州的大医院检查，国庆过后，您就跟我去福州好吗？"

"不去！那么远，坐车过日子啊，我受不了！"荣贞一口回绝。他可不想在这种情况下去那么远的医院，大医院挂号排队他就烦透了，没病都会折磨出病来，"要检查也去县医院，县医院也有先进的设备。"

"也行，就先去县医院检查吧，天光日子我陪爷哩去！"文星赞同先去县医院检查，父亲一向怕出远门，曾开玩笑说，出远门万一遇上什么事故，就成野鬼了。

"我也去。"文宝说。

"文星，你超市忙，我和文书、文宝陪就行了。"文秀说。

"不行，你们不会开车，我去的话，不用搭车，方便很多。超市再忙也有她在照看，照看不来大不了少赚几块钱，爷哩的身体比什么都要紧！"文星语气不容置疑。

荣贞不想兴师动众，道："这么多人去做什么？一点小问题，莫搞得过分紧张，大家都不用去，有文星陪我就行。"

文书说："反正我闲着也没事，我也去，好久没见县城了，看看大路上有冇鸡髀捡①。"

荣贞见他坚持，就不再反对，有文书和他一起出门，他感到更有面子，毕竟他是一个国家干部，和这个县的最高党政长官一个级别，而且，在三个儿子当中，他最有风度也最有口才。

大家听到荣贞肯去医院检查，不禁高兴起来，但愿他并没有他们所想的那么脆弱，那么严重。大家边吃边想着心事。荣贞想多喝一杯酒，但被文星制止了，文星还说："如果检查没问题，您从今开始也不能再喝高度白酒了，最多少量喝些红酒。"

"那人活着还有什么意义？"荣贞刚说完，裤袋里的手机响了。他接过，说你等一下，我还在吃饭呢。

"谁呀？"文招问，她真不想这时有人来打扰一家人的生活，这么安静，没有一个小孩吵闹，是一个多么难得的沟通机会呀！

"叫他去别人诊室吧。"文秀和大姐想的一样，父母还没说上一句话呢，

---

① 有冇鸡髀捡：能不能捡到宝贝。鸡髀，鸡腿。戏谑语。

390

那个讨厌的家伙怎么这样不懂事，他病得也太不是时候了吧。

"是荣生牯发高烧，他已经在那里等着了，我得赶快过去。"

"哦，那我用小车送您过去，然后再带您回来！"文星不假思索地说。

在前往诊室的路上，文星旧话重提："以后不要再这么辛苦了，反正现在生意也不太好，不如就此盘点，安安心心过日子吧。您又不缺钱用，就算缺钱，我们也可以百分百地满足您。"

"这怎么可以？不是钱的问题，是做人的问题。作为医生，职责就是治病救人，方便病人。后生子人是不太来我这里看病了，但还有很多老人需要我，只要我还有能力，就不能关门。"荣贞话语坚决，他不敢想象，如果自己不再和病人打交道，还能做什么，就每天喝茶看电视虚度余生吗？

"可是，毕竟人一上年纪，目珠和手脚都不太好使，脑子也迟钝，您又一个人住，不注意饮食起居，万一出个事情，可怎么办？还是好好休养吧！"

听文星这一说，荣贞心里也不轻松。这么些年，他和几个儿子没少怄气，从心里排挤他们，疏远他们，直到后来玩世不恭放浪形骸，他认为祸根都在他们身上。在他看来，事业再辉煌也抵不过没有香火的不足。没想到，儿女们心里还是装着他，不然，这次他们也不会相约回来，文秀回来也就几个钟头，但文宝和文书路途遥远且辛劳，要回来确实要打个大主意。

为了和父亲多交流，尽可能交流到位，文星尽量把车开慢，再开慢。

"您心里总装着病人，可曾想过自己想过家人？不是我说假话，我们虽然很少回家，但心里一直都在担心您和姨娅。你们都这么大年纪了，叫你们和我们一块住，你们不习惯，也离不开家，可你们两个又各住一栋房，我们有多担心和难过您知道吗？万一你们有了点意外，叫我们怎么面对，心里怎会安生？爷哩，看在子女的分上，明天的检查不管有没有问题，您和姨娅都不要再分开了好吗？姨娅虽然有很多不是，但毕竟和您有了我们，毕竟您风雨同舟了几十年，她骂您也是出于无奈，出于怨愤，到了那种地步，我想即使哑巴，也会咿咿呀呀比手画脚的。换个角度想问题，我也可以理解她，正是因为她在乎您，才会把那些小工赶走。所以说，她的那些错都出于本能，情有可原，您说对吗？爷哩，答应我，从今往后，你们就不要再斗来斗去了，住到一块吧，这样，我们大家也放心。您来决定，是放下工作回到老屋下，还是让姨娅来诊室照顾您？"

"谁照顾谁还不晓得呢，她一个长年病号，经常半夜闹病，害得我睡目都不安心。"

招玉更年期的确这样，那时他们之间尚未形同水火，那时他还开玩笑说："你好在找了个做医生的老公，不然半夜病死都没人晓得。"

文星赶紧说："我说错了，应该是互相照顾。你们住一块，万一有个头疼脑热的，端茶送饭就解决了，何况还可以经常说说话，解解闷。"

"再说吧，再说吧。如果检查出我得了癌症或什么重病，她愿不愿和我住一块，就不是你我说了算，说不定她还会吊目光呢！"

荣贞早就预感自己的肝有问题，身为医生，能不清楚饮酒过量、饮食不当造成的后果？他只是需要酒来帮助自己，麻醉自己，不然，他就控制不住自己，就会无休止地想月秀。他只有借酒的力量，让月秀在他的意识中消失，再消失。

"莫说这么衰的话，您可能是因为这段时间心情不好，又不注意饮食起居，才会变成那样。静养一段，调整一下心情，注意饮食起居，精神肯定会好起来。"文星知道，父亲向来是个乐天派，平时是不会说丧气话的，今天却把一个可怕的"癌"字和自己联系起来，而且语气这么消沉，这么有气无力，他一定知道自己的病情了。他好不心痛，明知自欺欺人，却还是要高调打气，像是给父亲打进强心剂。

病魔重聚一个家

次日早饭后，兄弟仨带上荣贞驱车上县医院。院长是荣贞战友之子，因为当年曾医治过他的父亲，加上两人又都是医生，荣贞每次去县医院，都要去他那里坐坐，平时还不时电话联系。昨晚，荣贞就打去了电话，说明天要去他那里喝茶。院长说，喝酒都可以。

父子一行四人，来到院长办公室时，沏好的一壶香茶已然在恭候他们了。见文星三兄弟一同护送，院长就开了句玩笑："老钟叔你多幸福，来看我一个小院长都有三个保镖跟着。"

文星他们听了，都大笑起来，看这阵势，的确有点像。

嘘寒问暖了好一会儿，院长问："先做肝功能化验还是 CT？"

荣贞说："就做肝功能化验，其他的都不用做。"

文星提议："既然来了，就一篮子都做一做，这样也放心些，省得今后再跑。"

文宝和文书连忙接话："就是就是，一定要全面检查。"

荣贞讨厌做各项检查，认为无此必要，他说他每年做体检时，除了肝和胃有点问题，其余一切正常，今年体检也是和往年一样。

"那么，就做肝功能化验和胃镜吧。"院长也劝兄弟仨，他见荣贞的状况大不如前，怕如此折腾受不了，还加重心理负担。

院长亲自带他们到化验室，叮嘱化验员务必认真。化验员说："我一向都是认真的，但院长亲自带来的，一定更要认真。"

到了抽血的地方，一看排满了人，文星就叫荣贞找个凳子坐，他自己先去排队。院长见状，说："老钟叔这么大年纪了，我去跟前面的人打声招呼，先照顾一下老人，相信他们会同意的，坐公交车都可以，难道医院就不行？"说完径自走到最前面，和颜悦色地对一位中年妇女说："这位大姐，等下可不可以让那位老人家先抽血？"

中年妇女顺着这位白大褂的手指，看到坐在凳子上的荣贞脸色难看，马上涌起恻隐之心，面带微笑地说："可以，怎么不可以呢，迟一点早一点没关系，你叫他过来吧，马上就到了。"

"谢谢您！"院长说。

"谢什么，照顾一下老人是应该的。"中年妇女担心排在她身后的人有异议，故意这样大声说。

院长就招呼文星扶荣贞过来。抽完血，又做 CT 和胃镜，荣贞说："做了这三样就可以了，再做其他，我都受不了了。"

文星他们就带荣贞离开医院，他们也觉得在医院多待一分钟，都难受，没病都会弄出病来。走前，荣贞打了个电话给院长，院长说："不要急着回去，中午我请你们父子喝酒呀。"

"不用，我要回去，你也没空，就不打扰你了！"荣贞强打精神说。

文书对文星说："大哥，你们先回去吧，下午要拿化验单和片子，我就留在这儿，等拿了东西再回去。"

"也好，我们就先带爷哩回去休息。还有这么长时间，你去哪里呢？"

文书说："这个你不用担心。我去高中同学那儿，他在县城开了个酒店，我得约上邻近几个同学去蹭他一顿饭。难得回来一次，他要是晓得我到了县城不去找他，非骂死我不可。"

下午三点多，文书才和当了酒店老板的同学话别。另一同学开车送他去医院取片子和化验单时，医生明确告知，荣贞的肝已经硬化，跟石头一样了。文书如五雷轰顶，心凉手冰，脚也软了，一屁股跌坐在身后的板凳上，一句话也说不出来。

同学拍着他的肩膀说："事已至此，伤心难过也无济于事，这样的结果，我们做子女的都不想碰上，但既然碰上了，就要正确面对。你爷哩还好些，都活到七十九了，我爷哩才五十六就离开了我们呢，唉，生死由天定。"

医生一旁嘱咐："为了减轻病人的思想负担，你最好装着没事一样，一旦让病人晓得病情，再乐观的人也不免有思想负担。"

"好，好，这个我晓得。"文书说着，泪水不由自主地溢了出来。

同学赶紧从医生的办公桌上抽出两张纸巾递给他。

医生好心地提醒："化验单怎么办？你爸肯定会叫你给他看化验单的。"

"是啊，他一看就露馅了，我再怎么装都不顶用。"

"不如这样吧，你把那份化验单藏好，不要让他发现，我再搞一张假化验单。他要是问起，你就可以把这张给他看。不过，这事得请示院领导，如果违反纪律，就不能做。"

文书说："你莫怕，万一有什么，我们家属不会来闹的，我们不是那种人。"

"还是请示一下为好。"

打完电话，医生说："院长批准了，他还说，上午他一看你爸的脸色就觉得情况不妙，他还要你们回去后代他问好。"

文书致谢并告别了同学，怀揣两份化验单回到家里，大家都围了上来，荣贞急切地问："医生怎么说？"

"CT室的医生说有点脑萎缩和脑梗死，透视室的医生说患了胃溃疡，化验室的医生说患有酒精肝，他们都说问题不大，您自己就可以搞定。"

"把化验单给我看！"

见文书二话不说，就把化验单递给了父亲，文星和文宝都用责备的目光看了他一眼。文书眨一下眼，示意不用担心。

荣贞看完，狐疑地看着文书，说："怎么只是酒精肝，他们不会搞错吧？"

"没事不是很好吗，没事我们就都放心了！"文星说。

文宝也说："就是，院长亲自带您去化验室，医生怎么会不认真呢？"

荣贞把化验单看了又看，又看看文书，纳闷地说："你不会和医生串通一气来糊弄我吧？"

"上午您也看到了，化验室的医生我又不熟，我哪来这本事？何况，不是也查出了几样问题嘛，不过，医生说了，从今往后只要戒酒烟，不接触辛辣食物，注意饮食起居，就会没事。爷哩啊爷哩，为了早日康复，您最好别去操劳诊室了，尽量休息吧！"文书嘴上说得轻松，心里却如刀绞般难受。医生说了，父亲病情严重，多则半年，少则三二个月。他想，如果可以熬上半年，那么就还有机会为他做八十大寿，得想法实现这个心愿！

荣贞对文书的话虽然满腹疑惑，但又觉得有点道理，也许是自己老了，扛不住各种病痛，才会显得这般憔悴、这般苍老。放下吧，黄忠也得服老，别再逞强，毕竟是人命关天的事，自己老了病了，心有余而力不足了，万一误诊，既害了病人，也毁了自己的一世英名。前年不是有个年轻人被老医生给医死了吗，听说赔得都家破人亡。要是自己也碰上一次，可就衰死了，那真的是煎了三年硝不够一铳火①！行医几十年，尝尽了酸甜苦辣，要说辛苦的确辛苦，现在是该安度晚年了，每天和人下下棋、喝喝茶、聊聊天，这样过日子就如穿平底鞋走平路，稳上加稳，一点风险都没有。

荣贞终于做出了决定！

文星高兴之余，背地里特意交代母亲："爷哩已经确诊是肝癌晚期，多则半年，少则几十天，为了让他挨到八十大寿，您一定要尽释前嫌，让他所剩不多的日子开开心心、轻轻松松。"

招玉没有应声，悲戚中有点走神，忽地就想到了不久前的那个怪念头。这老鬼怎么还不回心转意呢，要不让他得一场病，她一定不计前嫌好好照顾，让他和世人都看看自己怎么待他，好唤醒他早日回到家庭回到身边来，怎么居然就灵验了？难道真是自己的诅咒所为？老天，你该不会怪我狠毒妇人心，你要让他生病，也不该是这种绝症呀！

"姨娅……"

文星的叫声让招玉从恍惚中回过神来，她咬一咬牙："好，我会照顾他，一定不给他气受。"

荣贞果然得了恶病，招玉一肚子的怨气顷刻间烟消云散，代之以怜惜，

---

① 煎了三年硝不够一铳火：意思是前功尽弃。

不管怎么说，他都是自己的男人，以后死了还要埋在一起的人。

文书竖起拇指赞许有加："我就晓得您大量！"

"你就莫拍我马屁了，我不吃你这一套。"

"姨娅，您要把医院带回来的药藏好，莫让叔看到，每次要亲自把药和开水送到他面前，监督他吃下去，以后可要辛苦您了。"文书说完，搂住母亲亲了一口。

"你这家伙，怎么亲起老娭哩来了，要亲也是亲老婆。"很久没被男人亲的招玉，这下让自己的儿子亲了一下额头，心里既甜又酸。

第二天，全家人在诊所聚餐。姐妹俩下厨，招玉打下手，做儿子和女婿的或陪荣贞喝茶、聊天，或帮助清点医疗用品、打扫诊所。荣贞因为高兴，显得特别来神。南来北往的邻里乡亲，也为荣贞重新回到温暖的家庭而高兴。

对所有的来人，兄弟姐妹们或敬烟，或敬茶，或敬酒，莫不热情。文书还文绉绉地说："今天我们从外头回来，就是要一起庆祝爷哩的从医生涯完美收官！"接着他又用土话做了番解释，让大伙把父亲息医的消息传出去。

长假结束前一天，文书、文宝和大家依依惜别，各自回到了福州和深圳。文秀在离开前，已和文招牵着母亲的手，来到诊室，看到他们住在了一起。招玉白天回老屋喂喂鸡鸭后，便来到诊所。尽管荣贞已公开表明停医了，但个别病人贪近，又见他还有不少药材没用完，有时还会来找他拿药。荣贞对招玉说："不再进药就是了，这些药总不能可惜了吧。"

老来伴

招玉的声音，是在荣贞确诊不治之症后变柔和的。从早到晚，她布满皱纹的脸上交替堆满着笑和悲伤，除了悉心照顾丈夫，不再想过去的事。还要再想的话，她就笑不起来，就会拂袖而去，对他不闻不问，他死了臭了都不管了。但她做不到，她不能给子女们增加思想负担和精神压力，更何况百年修来一张床，她心里实际上还装着这个曾经一度恨透的男人，所有的委屈，所有的怨恨，她都得往肚里咽。

荣贞见她不提旧恨，也就不再斗气，尽量用温和的语气同她说话。到这时，他也想得透彻了，所有的露水夫妻都长不了，只有糟糠之妻才永远属于自己，打不跑骂不走，你讨吃她挽筒，患难与共，风雨同舟。荣贞越想就越觉得这一生最对不起的就是这个骂人精老婆了，是啊，我可以对大家好，为什么就对她苛刻乃至绝情！

他想起了那个一直以来被大家传说的故事。一个男人在外头养了一个情妇，还生了儿子，总认为情妇对他百依百顺，于是心甘情愿地把钱财相送，对家中的老婆和子女却不闻不顾。后来，为了证实那句"露水夫妻长不了"的说法，他买了几斤猪大肠放床底，然后在床上装病连躺数天，直到猪大肠发臭。家人得悉后痛哭流涕，结发妻子更是肝肠寸断。情妇得知消息，也来探望，在大门口闻到臭味后就不再进门，马上捂鼻远去。男子看清了真相，从此真心实意地爱自己的老婆，再不拈花惹草。

想起这个故事，荣贞痛定思痛，把几十年过的日子像牛反刍一样，想了一遍又一遍。他做出了一个重大决定，趁头脑还清醒，把所有的积蓄都交给招玉，也算是对亏欠她的一个补偿，万一哪天自己头一偏脚一伸不会说话了，存折就不晓得落谁手里。再者，存折一交，等于斩断了烦恼丝，手头没钱了，就不会再思淫欲邪念。

一天早饭后，眼见荣贞抬脚想出门，招玉忙说："药还没吃呢，你想去哪？"

"我想去荣生牯家走走。"

"先吃药吧。等下碗筷洗好了，我陪你一起去。"

"不用你陪，我又不是细人子，一会儿就回来。"

"那也要把药吃了，我去帮你倒水。"

荣贞只好回头坐下。见招玉去房间里拿药，便说："每日都要吃的药，就放到客厅里的电视柜或抽屉里吧，这样也方便些，不用每次都麻烦你。"

"我怕细人子来了，会搞乱，还是放我房间里保险。"

招玉早就想好了对策，回答起来也尽在情理中。

"奇怪，以前我们家细人子还细时，你总是粗心大意，什么药物都东放西放，这下家里没细人子了，你倒细心起来。"

"以前不是累嘛，哪有时间和精力收拾？再说那时细人子多，又蛮，收拾得再好，三下两下又让他们掏出来搞了，所以索性就听之任之了。"

招玉的解释再恰当不过，荣贞找不到反驳的言辞。

看着荣贞把药吞下，招玉松了一口气。每次把药递到他手上，她都担心他会看，直到他把药吞落肚，她悬着的心才安放回原来的位置。

"真不用我陪，你真行？"招玉这下不想强制跟着他了。他不乐意的事就不勉强，哪怕是对他有利的事，她后悔以前没有这等认识。

"真不用，莫把我当细人子，就那么一段路，还不至于那么不中用。"

荣贞说完，故意昂首挺胸，大踏步前行。招玉看了，满腹的心酸涌上心头，情不自禁地掉下泪来。

荣贞雄赳赳气昂昂地快步走出几步后，回头不见招玉的身影，这才放慢脚步，身体和年纪都不允许他逞强。

不料，刚慢走一小段，又有个声音快速地追上来："冇事早点回来，不要东走西走搭脚头。"

"好！"荣贞回答得很干脆，心里边蓦然涌起一股暖流，对老太婆的关心不再有一丝丝反感。

不知从什么时候开始，他听到她的任何一种关怀，都是充耳不闻，置若罔闻，即便应承，语气中也充满了厌烦和无奈，眉头也会变成一个"川"字形。

很久不来荣生家了，荣贞都觉得有点怀疑，这是他的家吗，有没有走错？也难怪，他是一个忙人，总离不开诊室，有时也想去邻居家坐坐，可刚走出门，就有病人或闲人及"新闻记者"不期而至，只好又转身回屋。有时他开玩笑说："你们别有事没事总往我这边跑，搞得我想去街坊邻居家坐坐都没办法。"大家就说："大家来你这里不是一样，您这里才是新闻联播站，又有好烟好酒，也省得你辛苦走脚板。"荣贞说："我一年到头都被你们缠得脱不开身，你们不怪我冇人事①就好。"他相信大家能理解，也相信大家来他这里是快乐、开心的。

荣生看到他来，莫不惊讶，这老家伙大概有一年没来了，今天刮了什么风，把他刮来了？

看到他惊讶的目光，荣贞笑问："怎么，不欢迎啊？"

"怎能不欢迎呢，只是感到突然。"

"唉，平时总忙，再想找你说说话都没机会，现在退出江湖了，又闲得发慌，就想着来看你。"

"看你气色不好，是不是身体出了状况？"

---

① 冇人事：没礼貌。

"可能快和你分阵①了。"

"怎么这样说！这段时间究竟怎么个情况？"

荣生近来血压高，一直不敢出门，又怕吵，所以静待家中。听说荣贞被叫到派出所了，心里很是担心，这老头自尊心超强，向来害怕和派出所挂钩，这回因为女人而被叫到所里，肯定恼火，加上月秀又从眼前消失，双重打击之下，能不丧失生活勇气？！荣生深知他的底细，在备受打击后，任何人的劝告都听不进，甚至认为人家别有用心，存心嘲笑，因此荣生就不加安慰，相信时间是最好的良药，他很快又会嘿嘿连声，和大家嬉戏打闹的。岂料这老头对月秀如此动情，竟连自己的身体都自暴自弃了。这可不是他的作为，荣生曾听他开过这样的玩笑："天下女人多的是，这个不肯有人肯。"曾有两个寡妇为争宠而吵，让招玉坚决镇压后，荣贞也不生气，说男人要拿得起放得下。秋香的离去，才让他伤透了心，直到月秀出现。荣生初次接触月秀，就断定荣贞又将坠入情海，但只能一厢情愿，因为月秀身上看不到半点邪欲和轻浮。招玉屡屡闹事，月秀受辱含恨离开，以及荣贞满腹悲伤借酒浇愁，这一切都在荣生意料之中，可病中的他自身难保，又认为荣贞终能克服种种挑战，哪会想到，这回竟像是无臂的老人掉进了沼泽地，无法自拔了！

荣生又是端凳，又是泡茶，费了一会儿劲才端端正正坐在荣贞面前，注视一会儿，关切地问："去医院检查后晓得是什么原因吗？"

荣贞就把国庆期间文星他们带他去县医院检查的事说了一遍，也道出了子女们的那番好意："他们兄弟怕我受不了就和医生串通一气，弄了个假检验结果给我看。我行医几十年，怎会不清楚自己的病情。但为了让他们安心些，我只好装傻，都到这地步了，也只能是七尺汉子六尺门，不低头不行。"

"老家伙，你能想得开就好，其实很多事情我们是左右不了的，要是越强求就会让自己越痛苦，属于自己的赶都赶不跑，不属于自己的怎么强求都留不住。算了，过去了的就把它当作一个梦吧，不要再沉浸在往事的追忆中。"

唉，不然又能怎么样呢？荣贞叹了一口气，心情很是压抑。荣生说得很有道理，他也很清楚，事实证明了一切，自己和老太婆斗了几十年，什么狠话都说尽了，再丢脸的事也做尽了，可最终她还是不记前仇，对自己不离不弃，她和自己脱不了干系，是拴在一条绳上的蚂蚱，自己做了那么多对不起她的

① 分阵：永别。

事，到头来还是她来照顾自己，想起来真是滑稽可笑又无奈。上天真是太捉弄人了！

荣贞苦笑着，一时找不出什么话，来时自认为有一肚子的苦水要倒。

得知荣贞的病情不容乐观，荣生很是担心难过，让他欣慰的是，宰相肚里能撑船，谁说斗冤了的"牛牯"就难和好呢？

彼此的心情都沉重，只能有一搭没一搭地东聊西聊，很快就到了午饭时间，荣贞谢绝了荣生的挽留，说："不行，老太婆会等！"

刚把铅重的双腿搬回家，招玉就说："饭菜都准备好了，我正要打个电话给你呢。快去洗手，吃饭吧。"

"好，我先去卫生间，你先吃吧。"荣贞现在和招玉说话，尽量表现得雄健，底气十足，为的是减轻她的心理负担。他知道，现在她是真关心他，所以每次和她说话也都温和体贴。

饭桌上，招玉盛好了西红柿蛋汤，温和地说："以后出门要早点回家，别和人一搭脚头就忘了回家吃饭。"

"我不回来吃饭不是更好吗，又可以省下两碗饭来喂鸡鸭，反正人家都不会让我饿着。"

"问题是你要吃药，再说你不回来吃饭，我也吃不下，又不晓得去哪儿等你。"

"等什么，我又不会趟走 ①，一个美溪村就鼻屎点大，我闭上眼睛都能找回家。"

"这么老了，还总爱把水桶当喇叭，也不怕跌股。"

一听"跌股"，荣贞便浑身不自在起来，之前，他从她口中不知听过多少次这个字眼。

见荣贞只喝了一碗汤、吃了半碗饭就说饱了，招玉劝说道"多吃点吧，吃饱了才有精神去搭脚头。"招玉明白，只要荣贞还能自如行动，他就不可能老实待着，要是没人上门来，他就必定去找人谈天说地。

"吃不下了，想躺下睡目，难道我会死了吗？"

"呸，衰嘴，莫话乌话白 ②！"

---

① 趟走：迷路。

② 莫话乌话白：别胡说八道。

"人都会死，我也不可能蜕壳①，最终还是要归于黄土的。"

"我是说你不会那么快就死的。"

"这个你说了不算，说不定夜晡②一睡下，天光就起不来了，就和你分阵了。"

"别说这样的话好吗，吓得人家心里冇安冇乐③。"

荣贞的每一句话都如针尖般戳向招玉的心窝，而她的话却如蜂蜜一样甜在他的心头。荣贞听她这么一说，也就不再如此出言了。

数日不进药房，蜘蛛都毫不忌惮地在那里四处结网，好像要彻底霸占这个地盘。这天，荣贞拿起门角头的扫帚，稍微摆动了几下，就觉吃力，于是在靠背椅上落座，环顾四周，觉得格外亲切。不由自主地，眼前又浮现出自己坐诊的情景，在和病人一问一答之后，偶尔也开开带荤的玩笑。对男病人，他通常都是那句："莫咁好④，这事要有分寸。"对女病人，他就会说："是不是被老公弄坏了？"

如果女病人说："老公都半年不上我身了，怎么会被他弄坏？"他说那就是阴阳失调导致发病，说完，有时还会嘿嘿地笑问："你老公是不是不行了，如果是，你尽可以找我，我绝对包你满意。"

大胆的女病人有时也会开他的玩笑："我这不是来找你了吗，你现在就可以让我满满意意呀！"

"你现在是找我看病的，不是来找我快乐的。"

上了年纪的人，开起玩笑说起酸话来脸都不红一下，但对那些年轻女子，他就不会随意开这种玩笑。把人家吓走的话，就连眼福也享受不到了，更不用说在听筒的掩护下浑水摸鱼了。

他常常警告那些过来人："夜晡头的'工作'时间千万不能太长，搞出病来就麻烦了，再快乐的事也不能不顾身体，一次就把自己搞趴下了，以后还怎么做？"

---

① 蜕壳：返老还童。

② 夜晡：晚上。

③ 冇安冇乐：忐忑不安。

④ 莫咁好：别太热衷。好，去音。

401

"越老越酸夹①。"大家都笑骂他，还说，"您不要有嘴说别人，冇嘴话自家②。"

"人要是不酸③，怎么生儿育女，你不酸，讨老婆嫁老公做什么？"

他还说："男女结婚不单是为了有个伴，可以生儿育女，互相照顾，也是为了做那酸夹'生意'。公婆之间，如果有一方不能做'生意'，那么另一方迟早要散伙。俗话说'池里没水养不活鱼'，就是这个理。"

漂亮点的女性，无论老嫩大细④，他都要大饱眼福，还振振有词地说："动不了看是可以看的，爷娭造就了一对目珠给我，就是要让我把世上的美好收入眼中。权力再大，谁也不能阻止人家使用目珠的权利是吧，法院也没有那条规定不让人家看美好的东西是吧。"

知情人都笑话他："有医德没口德，有双贼眼和一双撩刁手⑤。"

唉，如今，我不能再救死扶伤了，自己都要人家救了，以后，不能和大家无忧无虑地说笑打趣逗乐子了。时间飞快，人生苦短，孩提往事还历历在目，一转眼，所有的痛苦所有的幸福快乐随风而逝，现在自己成了个行路头拉奋、打屁打出屎、屙尿淋湿鞋的老弱病残了。唉，难怪说人一老就跟三四岁的小孩一个样。这一段时间，自己总是新事记不住，老事忘不掉，坐着打瞌睡，躺下睡不着，人老了，心也跳不准了。往事不堪回首，回首便是往事，阎王爷的请帖也不晓得寄没寄出？

荣贞坐在原来就诊的位置上，闭目想了一阵往事后，起身进睡房，从裤头上摘下钥匙，打开抽屉，抖抖索索地从一个盒子里翻出存折。存折一共三本，还有一张卡，卡和其中一本存折是信用社的，一本是农行的，还有一本过了期。他把存折和卡看了一遍又一遍，心想，这里面的钱今后花向何方就不管了，总之我把它们都交给招玉，以后就由着她花好了，现钱我就留着，身上没钱心里空，这些年用钱大手大脚惯了，没个三五千在身，就觉得自己是穷光蛋，他才不在乎那点利息被浪费了呢。自己平日要花钱不说，有人有急用来借，也给得方便。于是，村里人只要一说身上没个刮痧钱，就马上会有人帮

---

① 酸夹：下流之意。

② 有嘴说别人，冇嘴话自家：意思不要只提醒人家却放任自己。

③ 酸：下流。

④ 老嫩大细：老少。

⑤ 撩刁手：不安分的手。

腔："没钱怕什么，荣贞叔那边百呼百应呢。"

荣贞揣好存折。这天午饭后等招玉收拾停当，叫她来到床前，示意坐在床沿。招玉疑惑地看着他，她已经不习惯坐到他身旁了。

"有什么事吗？"她有点像小姑娘，怯怯地不敢看他。

"哎呀，都七老八十了，还像细妹子一样，你怕我吃了你吗？"荣贞温和的目光让招玉更加招架不住，以为他要像以前那样抚摸她了。

见她坐下，荣贞这才摸索着从外套的内袋里拿出存折和卡来："这些我都交给你了，你不要怕我会干涉你用钱，世上赚钱世上用，子女们的日子都好过了，不用留给他们，你自己把日子过好就行。以前生活艰难，让你受了很多苦，后来条件好了，又让你受了那么多委屈，我很对不起你，这点钱，就算是我对你的弥补。"

"你说这些话做什么，过去了的就过去了，只要你不再犯那些错，我就乐意了。以前我也有不对的地方，是乌鸦落在猪身上——光看别人黑了，文秀文招说你是让我骂走的，如果我对你包容些，也不至于闹得鸡飞狗跳、伤筋动骨。现在想想，也真是不值，我们毕竟过了几十年，别人再好，也比不上公婆；子女再孝，也不可能放下事来专门照顾我们。我早就想通了，也向子女们做了保证，以后再不骂人了。这些钱还是你留着，只要你和我好好地过日子，我就心满意足了。"

荣贞心里一热，把身子往她这边挪近了些，动情地捉住她的手说："老太婆，多谢你肯原谅我，以后我保证对你好，也保证不再犯那些错了。"

招玉心里波涛翻滚，说："老头子，不说这些了，我们好好过日子吧，只要不吵不闹，就是让我三餐吃糠咽菜，我都心甘情愿。"

"剩下的日子不管还有多久，我们一起好好地过，以后见了阎王爷也好汇报。"

两人紧紧握住对方布满老茧、粗糙砺人的手，一度麻木不仁的心让理解和宽容给激活了。依偎中，又想起了遥远的过去，那时他们也曾花前月下，生活也曾浪漫美丽、和谐温馨。也不知何时，这些浪漫美丽让位给了尴尬无奈，膝下无孙之愤，再加上步入更年期后的心理之疾、生理之困，使得荣贞一而再而三地做出种种荒诞、令人费解之事。生活的富裕，三个儿子的成功，都丝毫缓解不了他心中的困窘与不满，反而越发感到亲人间的沟通之难。不如意事常八九，可与人言无二三，他已经看不到天上的太阳和月亮了，即使看到，也无法灼热他的心，无法照明他前行的路。寒冷与黑暗夹带着无边无际的孤寂，像多重挤压，简直要让他窒息、疯狂，他觉得自己站在了悬崖边，再无退路，只要一松劲，就将掉落深渊，粉身碎骨。生命力极强的他，哪甘心就此枯萎？家庭不能带来快乐，老婆拒绝合作，就在外面找，离婚何所惧，而子女，无论怎样改朝换代，那都是铁打的事实，永远都是他的产品。当然，如果不是那次让人借"鸡公头"下蛋，让他尝到了刺激，膨胀了探索女人的欲望，也许他后来也还不敢这么胆大妄为。民间流传并在生活中大行其是的"打傍①大开放，嫖赌不用吓"，滋生滋长了他探头探脑的病菌，给他原以为因循守旧、无关风月的生命围城硬是凿开了一个孔，进而无可遏制地打开了一扇通向花花草草的窗门。如艳丽的罂粟一样，病毒之花诱惑得他无力自拔，只觉自己从阴暗潮湿的室内走到了春色无边的户外，阳光明媚得能够穿透衣物皮肉直抵五内，融解抚平他心中的一个个褶皱，带着他回到意气风发的青葱时代。他又惊又喜，嘿嘿，人老珠黄的招玉竟然主动要求开铺，就更方便他把火车开到马路上了，总有合作者，总有在他得心应手的探索下发出的一声声呻吟，恢复了他的自信不说，那份快乐简直妙不可言。精神恍惚中，他充实又空虚，空虚又充实，在夫妻反目、家庭失修以及接二连三的狼狈遭遇和闲言碎语中，他有时也感到自己病了、疯了，成了为老不尊的堕落天使，却愿意这样病下去，把已有的开头继续前进到生命的终点。

终于把相思不可救药地病成癌症，天作孽犹可恕，自作孽不可活，怪谁呢？在长时间的紧紧相握中，荣贞从一个尘封已久、充满罪戾的往事中苏醒，老婆就是老婆，无论把她伤得多深，到最后还是会和自己坐上同一列火车，陪伴身旁，不离不弃，想到自己以往的所作所为，他内心第一次感到内疚与羞愧。

亲情无价

病魔仿佛总在妒忌人间的千恩万爱，它比那些风情的女子还过分，还寡恩薄义，非把它曾经缠身的对象从家庭温馨中残忍地拉走，毫无商量地一步步

---

① 打傍：沾光。

拉到深渊。在病魔乱舞中，荣贞的病况一天一天彰显，脸色蜡黄，肚子胀大，肝部疼痛，乏味无力。

一天，招玉趁荣贞睡着了，偷偷地打电话告诉文招和文星。文星说晚上回来，你不要着急。招玉嘴上应着，泪水却像珍珠一样直掉。荣贞醒来，见她双目红红的，就问："你为什么要喔？"

"谁喔了，是一只蚊家①跑到我目珠里自杀，我揉了几下就好了。"招玉掩饰道。

荣贞疼在肝区，并没把大脑烧昏、烧坏，招玉这过时的解释岂能瞒过他的法眼？何况他早已趁她不注意，偷偷查看了那些药物，一个行医几十年的人，对那些药物的用途能不了然？他理解子女们的良苦用心，也不想戳破，他们瞒他是再正常不过的事，自己已到这种地步，也只有在谎言中过日子了。

荣贞关切地对招玉说："看你目珠这么红，快拿目药水②来，我帮你点。"

"不用不用，我自己能点。"

文星回家，几天不见，父亲又苍老了许多，精神状况也差多了，心里好不难过。父亲一直不肯去医院治疗，说不想死在外面，要死也死在自己花钱建造的新房子里，这样踏实，不麻烦人，也不讨人嫌。文星他们也清楚，父亲对自己的病情其实是心中有数的，只是不说出来而已，彼此心照不宣罢了。

眼见父亲的病情不断恶化，文星急忙和兄弟姐妹们商量，母亲也已年迈体弱，再这样没日没夜地照顾，也会倒下的，当今之计，必须有一个强壮得力的亲人专门服侍。文秀的女儿晓玲听后，毛遂自荐，说她是唯一合格的护理。大家听了都高兴，的确，晓玲的职业和性格，担此重任都最合适不过。于是，晓玲毅然辞掉了医院的护士工作，连年终奖也不要了，她说："我回去照顾好了外公，就是我的年终奖。"

晓玲在龙岩卫校读书时，每个暑假都会来荣贞诊所帮忙见习。即使重男轻女，在众多的内外孙辈中，荣贞还是独怜她。她不但漂亮，而且善良懂事嘴巴甜，肯学能干，又有共同语言，荣贞时加传授经验，特别叮嘱她多钻研中草药。

当面若桃花的晓玲出现在眼前，说要陪外公到过年边时，荣贞不无讶然：

---

① 蚊家：蚊子。
② 目药水：眼药水。

"那怎么行，你吃了人家的饭，怎可如此散漫，不负责任？"

"我在那家医院待厌了，想换换空气。"

"我不信，你不是一直说喜欢那家医院吗？"荣贞上半年还听她说那家医院怎么怎么好，而且，她男朋友也在这家医院工作呢。看来，她在用一个善意的谎言来行孝道。唉！他在心里叹了口气，这个整天让谎言孝敬和安慰的乡村名医，再无回天之术了，有什么办法呢？善意的欺骗连上帝都会宽恕。

晓玲带回许多治肝良药，但她清楚，再好的药也只能拖延外公的时间，无法从根本上挽救他日薄西山的生命。她为此难过，但每天仍一丝不苟、笑容可掬地为他挂瓶，亲自把药和温开水送到他手里，还学他的口气说话："听医生的话，吃药！"那副天真又严肃的样子，常常能逗笑荣贞。

晓玲是带着欢声笑语来的。晓玲是天使。晓玲几乎每天都要坐在荣贞床前给他按摩，说笑话，讲外面有趣的事。有晓玲陪着、照顾着，荣贞整天都挂着笑，甚至忘记病痛。他想不到晓玲会放弃工作回来照顾他这么个糟老头，有些年轻女孩看到老人会皱眉翻眼，犯胃酸，捂鼻吐舌，可晓玲对老人却这般体贴入微。以前在这里实习时，就博得村里老少病人的夸赞，参加工作这么多年，本色仍不变，是个好女孩，是我的好外孙。

一天，荣贞忽问："玲玲，要是哪天呆呆①死了，你会喔吗，会害怕吗？"

"呆，莫说这样不吉利的话。只要安心静养，按时吃药，病很快就会好的。您看您的耳朵这么长这么大，这是长寿的象征，一定可以活过一百岁！"晓玲强按心头之痛，还故意装出一副娇嗔样。

"嘿嘿，你们就莫再合伙来骗我了，我是当事人，又是医生，早就晓得自己的病。是人都难免一死，好人坏人都逃不掉的，你们放心，我都快八十了，看得开，也不再去想什么了，有一天过一天吧。你们大家都这么孝敬我，我很知足，我死后，你们还要孝敬你驰驰②，我伤她这么重，这辈子最对不起的就是她，我不希望她再受苦、受委屈。"说完这些，荣贞闭上双眼，不再言语，愧疚之情溢于言表。

"人一辈子谁会没个错，就莫提那些陈芝麻烂谷子的事了，以后也不许您再说死。我一听到这个字，心就抽搐，您不是说药物治疗要配合精神治

---

① 呆呆：爷爷，这里指外公。

② 驰驰：奶奶，这里指外婆。

疗吗？"

荣贞没有应声。他已经在外孙女吹气如兰的声息里睡着了，微弱且毫无节奏的呼噜声，映衬了他体质的衰老。

荣贞肝癌晚期的消息传开，村里村外都震撼了，每天都有络绎不绝的人挈妇将雏，提着鸡鸭或补品上门看望。王贵生、刘永祥等一干被他从死神手里抢回的病人，还一个个流下了难过的泪水。面对大家由衷的厚爱，荣贞心里有说不出的感动，哽咽着说："多谢多谢，我一个将死的老头能得到大家的看重，实在幸福。"

"您一直以来都这么关心我们，现在您病了，我们当然要来看望，您一定要安心养病，争取早日康复，我们病了离不开您。"

"我可能再也没法为大家看病了，现在都不晓得是哪天的客了①。"

"不会的，现在医学这么高明，您都可以把人家从鬼门关抢救过来，您也可以逃过这一关的。"

无论是真心话还是客套话、安慰话，对荣贞来说都是胜过金钱的美好语言。虽然他知道，像自己这种情况，奇迹要是会发生，那就是奇迹中的奇迹了，而这种可能，完全是个零，莫说他连去争取奇迹的信心都没有，就是去争取了，也只是拖延时间。

荣贞在病得出不了门时，家里还不缺热闹。男男女女，老老少少，干部群众，约了一批一批来探望，安慰和劝导的话，重复了一遍又一遍，还责备他不该自己作践自己，等到病情这么严重了才去检查。荣贞当众不敢说出自己那段灰暗的日子，没有了月秀，他觉得活着也失去了意义，他无法承受这份痛苦，于是整天用酒来麻醉自己，如果不是这样，或许还可以多活几年。

惹脚和小灵通来看望时，荣贞告诉他们："我的肝已经像石头一样硬了。"

他们问，为什么不去大医院治疗？荣贞黯然地说，不想治了，也治不好了，早死早投胎。

他们莫不感到惋惜，却又无能为力。一天，趁晓玲不在身边，惹脚忽问："老家伙，你还有未了的心愿吗？"

荣贞"唉"了一声，说："人都快死了，还提心愿做什么？"

惹脚当然明白，荣贞未了的心愿无非是女人，他现在一定想见月秀一面，

---

① 不晓得是哪天的客了：意思是快去天堂做客了。

只是不敢说出口而已，说出来也许会让大家笑话。

"你想不想见月秀一面？"惹脚真不愧是朋友，连这样的问题都敢直接问。

"她怎么敢来，莫又惹出事来……"荣贞瞟了门口一下，压低声音说。

"要是想见，就想个办法把老太婆支开，然后打个电话，就说要把草药本给她，说不定她就会来。"在惹脚眼里，荣贞最想见的一定是月秀，而秋香早已被时间尘封在记忆里，自从她嫁到广东，荣贞就不再提她。

"不行，我不能再伤害老太婆了。"荣贞和招玉刚刚重归于好，如果为了满足自己的私欲，连他都会骂自己不是人，他也不想披蓑衣救火——惹火上身。

"我晓得你特别想见她，只是怕老太婆生气不理你，所以下不了决心。"惹脚最理解荣贞此时的心愿。

小灵通一旁也劝道："叔公莫假正经了，如果想见她，就大胆说一声，她有良心乐意来最好，不来也莫伤心，货嫲不像老婆，看到你现在没油水了，八成会远离你，这点你应该比我们更清楚。"

小灵通一直以为荣贞和月秀确有那么一回事，平时他看她的眼神就非同一般。

荣贞比自己受到了玷污还急，怒目横眉："你怎么能这样说她？！她怎么会是货嫲，我们没有你们想的那些腌臜事！"

小灵通吐了一下舌头，惹脚接过话来："行没行动不重要，关键是你心里肯定有想法，不然不至于如此痛苦。"

荣贞沉默不语。

惹脚又道："要不还是试试吧，我想和你打最后一个赌，她不会来的！"

小灵通却说："我赌她会来。"

听他们这样一唱一和，荣贞的那一份思念被激活了，难以忍耐，第二天抑制住了，三天后却更为浓烈，觉得不见月秀一面死不瞑目。他瞄了个空子，抖颤着手掏出手机，真的把电话拨出去了，却又心虚起来，紧张得心都快跳出来了。她会接电话吗？知道我得了绝症后会难过吗，会来看我吗？

在内心无比紧张的这一刻，话筒里传来月秀的声音。很有礼貌地叫了声荣贞医生后，问有什么事，如果叫她再回诊室帮忙就免谈，因为她已去厦门打工了。

荣贞压低声音告诉月秀，自己得了肝癌，没几天活头了，想见她一面并送草药本给她。

月秀先是一惊："不会吧？"继而说，"荣贞医生你放宽心养病，真心祝你战胜病魔，恢复健康，但很抱歉，我不能来看你，也不能要你的草药本。"

荣贞还想说什么，口艰难地刚张开，却听对方挂断了。

荣贞虽说让病魔折磨得不成人形，脸都成了乐果瓶，身上的肉拆下来都配不了一盘菜，但脑子还好使，不像其他农村老人那样容易被忽悠。月秀说去厦门打工了，他一点都不信，这边工业区有的是工种，干吗要舍近求远？她老公那么爱她，能让她离开？再说她的手机号没变，去外地打工能不换个卡？他试着重新拨打了一次，对方却已关机，他在心里重重地"唉"了一声，无比失落地把手机往床头一扔。

他心里酸溜溜的，像是刚喝下一大瓶醋。他在她身上花了最多的钱，当初说是借，日后从工资上扣，她是说了扣，但他却一直没有采取行动，说等以后她宽裕了一块还。他从未给助手开过这么高的工资，对她是例外的例外了，都提到二千五了，同行都说这是特价，还责备他不该带这个坏样。原来，她对我好，是跪着养猪——看钱的分上，现在我病得快死了想见她一面，她却一点感恩心都没有。"唉，无情无义！"荣贞不知不觉说出了那四个字。

"呆，您叹什么气啊，说好了不准胡思乱想的，这样对身体不好。您以前晓得教人，现在为什么还明知故犯。身体有毛病，就更要放宽心，这是您自己说的。"

晓玲一进门就听荣贞大声叹气，又说了"无情无义"四个字，这个聪明的人，明白他保准是在说一个人。说谁呢？她不好问。她看了看点滴瓶，又伸手摸了摸他的额头，有点烫，再摸摸自己的额头，说："量一下体温好吗，您可能发烧了。"

"我刚刚量过体温，正常，你放心。"

"真的量过了？真的正常？您不会把昨天的事放到今朝了吧？"晓玲不放心，因为荣贞曾多次把昨日事说成今朝事。

"哎呀，晓玲，你怎么也像你驰驰一样唠叨了。"

招玉端了碗熬好的药汤进来，听到这句话，忙插一句："你怎么这样说晓玲，她还不是关心你吗！"

"呆呆是和我开玩笑的，驰，您放心，我不会介意的，嗯？"晓玲冲招玉做了一个鬼脸。

有晓玲照顾，大家都放心，所有的子孙隔三岔五都会打个电话向荣贞请安，也私下里问晓玲。晓玲如实相告，他先前的状况一直良好，后来不知是什么事，总闷闷不乐，问也不说。

"可能是大家经常打电话，让他觉得和亲人在一起的日子不多了，舍不得，所以心情不好。"

"有可能。"晓玲想，人无论年纪再大，也舍不得和亲人永别，一旦得知自己身患绝症，再乐观的人也会心有不甘，像外祖父这么好这么受人敬重的人，更是留恋这个万花筒般的世界。

一日，荣贞睡着了，晓玲就守在屋子里，拿了本草药本看起来。这本草药本，她曾经看过，认识不少常见的草药。荣贞在本上记着：蛇莓，叶子和草莓叶差不多，黄花，满地爬，能治拦腰蛇[1]，洗净晒干后，烧成灰，拌茶油，敷于患处，效果很好；紫色花地灯，也叫紫花地灯，主治无名中毒，乌泡，捶黄糖敷于患处；大水泉，治喉痛、感冒，捶水，喝下，效果奇佳；地将草，土话伏勾酸，治黄疸，捶水喝一点点，也可用来洗面；鹅不吃草，治小孩不思饮食，用来煎鸡蛋；白头翁，除湿、治头痛；马鞭草，土话狗咬草，治全身酸痛、感冒，单方；野麻子根，主治女人月子里受风寒，夫妻行房时受风，单方；松树皮，要新鲜的第二层，可治夫妻行房时受风，煎水喝，单方；紫苏草[2]，治肚痛、腹泻，把叶子洗干净后用开水冲一下，然后捶水喝，也可煮了喝，效果奇佳，小孩大人都可以，农家人还会割了晒干，在冬天煎了水拌米糠喂鸡鸭，可治鸡鸭腹胀、屙痢，紫苏草在乡下到处都是，刚长嫩叶时，有人还会摘了叶片儿当菜吃。这些草药，都是周围常见的，但要上春天和夏天才有，松树皮则一年四季都有。上述几种病症，也最普遍，如果掌握了这些草药方和用途，居家过日子就方便多了。以前，晓玲曾多次跟随荣贞去田头地尾找过这些草药，也都记了下来。

正看得入神，突然听到荣贞在梦呓，晓玲没听清，就放下药书认真听了起来。

"秋香，秀秀，秋香、秀秀……"荣贞反复叫着这两个人的名字，梦乡里

---

① 拦腰蛇：单纯带状疱疹。

② 紫苏草：土话大臭草。

声音显得微弱，遥远，像是从天边飘来。

晓玲没听过秋香和秀秀的名字，不知是何方神圣，但清楚他们间一定有过不同寻常的关系，也清楚她们在他心目中的分量，不然他不会在梦境中忘情呼唤。她不敢对招玉说这事，只在母亲文秀打电话询问病情时说了。文秀就告知大概意思。当大姨文招和大舅文星回家探病时，她也偷偷地把外公梦呓之事相告。听了文招的解释，她非但没笑话祖父，反而生了同情之心，心想，外公这把年纪了，竟然还会有这么年轻的阿姨喜欢他，真有艳福，现在他病了，人生走进倒计时，她们晓得吗，她们的心里还有他吗，如果她们晓得他得了绝症，她们会难过会来看望他吗？

细心的招玉也发现丈夫最近一段时间精神状态不佳，闷闷不乐，魂不守舍，担心他撑不到春节，就把忧虑告知了文星和文招。文招不敢说出其中原因，只是建议送到医院观察。但荣贞坚决反对，说死也不去医院。

他这么强烈反对，大家就不再坚持了，这个时候送到医院，除了加速死亡还会有什么效果？荣贞在家疗养，每天都有不少乡亲远远近近来看望，他和大家说说笑笑，时间也容易打发，只是大家一走，他又安静得近乎呆板。

这个星期天是圩日，晓玲手脚娴熟地为荣贞挂好点滴后，骑摩托去圩上买菜和水果，走前吩咐招玉一定放下所有的事，守在荣贞床前，和他说说话，也好让他忘记病痛，忘记往事。

招玉和荣贞说了一会儿闲话，发现他的上下眼皮都在打架了，就说："想睡就睡吧，我不会走开。"

荣贞很快就入睡了，很快又做起了美梦，有气无力地呼唤："秋……秋香、秀……秀秀。"

起初招玉没听清，静静谛听了好一会儿才弄明白，甚是生气，起身就想走开，可想了一会儿，还是坐回原处。看着他的病容，听着他含糊不清地叫着那两个女人的名字，她内心充满了愤怒和不甘。这老家伙都到这地步了，心窝窝还装着那两个女人，做梦都黏着她们，当着我的面还敢叫她们的名字，由着我的性子，真不理他了，想以前，他什么过分的事没做尽、什么过分的话没骂尽，还说死都不死在我面前，也不要我掉眼泪，可现在……招玉想到自己所受的委屈，忍不住又吧嗒吧嗒掉眼泪，满腹的怨愤无处发泄。

又有一阵微弱的声音传出，床上那个人好像动了动身，他在说什么呀？

"玉……玉子，你在哪里？我……我一生最……最对不起的就是你，我……我向你道歉！请……请你原谅。"

声若游丝，说得艰难，如泣似诉。招玉一听，心头一热，泪如泉涌，忙上前俯下身子，温柔地说："老头子，不要说这些话了，安心养病吧，只要你心里还有我这个老太婆，我就心满意足了。你好好养病，以后我们好好过日子，我再也不会干涉你的事了。"

"我不行了，我的……日子不……不多了，我死后，你莫闹，也莫……恨我。"

"不会的，你不会就这样死的，你要让我原谅你，你就要坚强，就不要想那么多，把以往的事都忘了。再过半个月，就过年了，到时，所有的子孙都会回来看你。"招玉说着说着又流下了泪。

荣贞双目紧闭，但感觉到她在流泪，她在伤心，他从她的语气中感觉出来了。

看他眼睛始终没有睁开，身子又几乎一动不动，招玉猜不透他刚才的话是在梦中还是现实中，但无论如何，她毕竟听到了最想听的呼唤和忏悔，他的心里还有一个位置属于她。招玉心理平衡了许多，那些女人不管和他走得多近，打得多火热，也是偷偷摸摸像地下工作一样要遮人耳目的，更不能长久，鬼迷心窍的男人迟早都会迷途知返回到老婆身边，死后也是和老婆同一个墓穴，招玉想到这里，心里涌起一阵胜利者才有的快感。

连着几天，荣贞在似睡非睡中都在喊秋香和月秀的名字，连清醒时都会不由自主地说起她们。晓玲和招玉都很着急，怕他受不了如此煎熬。晓玲大着胆子对招玉说："馺，我想，由您打个电话给她们，让她们看在呆呆那么在乎她们的分上，请她们来见上一面，不然呆呆极有可能在年前或新年就撑不住，他的脉象越来越虚弱了。"

"让我打电话给她们，这叫什么事啊，我做不到！再说就算我大度，她们会来吗？以前骂得那么凶，月秀那狐狸精还把我打到了医院，害你公呆①还罚了几千块，我恨死了她，死后还要去找她理论一番！"

这段时间，招玉尽现温和慈祥一面，气急败坏原形毕露后的面目竟是那样狰狞可怕，令晓玲不敢多看一眼。

"馺，您也相信有后生世人，不过，我提醒您后生世人一定要看住呆呆，

---

① 公呆：外公。

也要对他温柔、百依百顺，不然其他女人又会乘虚而入。"

"死妹子，你也这样说，晓得这样我就不怕了，结了婚你就对你老公百依百顺吧，看你能顺几年能依几年？"招玉说完白了她一眼，心想，生活中的酸甜苦辣你还没有开始尝，就来教吃盐比你吃米多、过桥比你走路多的老前辈了，最好你的婚后生活能一帆风顺、甜甜美美，不然……不然又能怎样呢，难道我还能看得到？唉！

招玉把荣贞的手机拿给晓玲查看，很快就找到了月秀的电话。电话拨通后，对方很快喂了一句："你找谁？"

晓玲说："月秀阿姨，我就找你，你现在方便吗？"

"你是谁，找我有什么事？"

"月秀阿姨，我驰驰想和你说几句话，好吗？"

"好呀！"一个声音清脆的女孩这么有礼貌，月秀心里高兴，立马答应，只是，那个"驰驰"是谁，想和自己说什么，怎么有种神秘感？

"月秀，我是荣贞医生的老婆，请你千万别挂电话，我想和你说几句话。"招玉心里忐忑不安，猜不透对方会怎么想，更担心对方不听。

"月秀，你在听吗？我家老头得了癌症，日子不多了，这段时间老在睡梦中喊你的名字，我想，他一定想再见你一面，不然死不瞑目。不管以前有多大的仇恨，我现在也不去计较了，我希望你也忘了所有的不快。很快就要过年了，我怕他撑不下去，所以，就厚着这张老脸给你打电话，请你看在他对你好过的情分上，来见他一面，让他高兴高兴，也算是我求你原谅了。如果你肯来，我送一本草药本给你，这也是他的意思。"以草药本作礼相送，其实是招玉自己的意思，只是和荣贞想的殊途同归而已。

她如此低声下气地求昔日情仇来看望老公，心胸肚量确实不小，晓玲不禁投去钦服的眼光，同时怦怦心跳着静听话筒那头的分解，一切决定权在那头！

"哼，你也真够大量，居然能打电话，还会送草药本给我，你认为我会为了一本草药本来看一个将死的老头吗？我又不想做医生，要草药本做什么，名誉和草药本哪个重要？我要是来了，又让你用木棍乱砸，不死也得脱层皮，还让你们那里的人看笑话。你也想得太天真了，以为我是吃屎大的呀？"

"月秀月秀，你听我说，就算是我伤害过你，我也放下自尊打了这个电话，看在我家老头子往日对你那么好的分上，你就抽个空来看他一眼吧，算我全家求你了。电视上那些好人为了救人都可以舍掉自己的性命，难道你就忍心让我家老头带着遗憾离开世界，就不能花点时间让他高高兴兴再过上一个年？"

招玉见许久都没听到月秀的声音，就连叫两声"月秀"，但没有回音，疑惑着把话筒递给晓玲。晓玲接过，话筒里急促的嘟嘟声告诉她，对方已挂机，不想再听她的诉求。她无奈地看着招玉，摇了摇头。

你看，这种妇人家就是认钱不认情，跟婊子店的没两样，亏老头对她那么好，不惜出钱让她旅游！招玉一肚子气很想在晓玲面前发泄，但到底忍下了，她怕损坏丈夫在晓玲心目中的形象，如果一股脑儿把他们的事抖搂出来，那么，晓玲也会认为自己可怜且失败，何况自己确实只是凭空想象。

"我相信她会来的，改天我再请。"晓玲说完，又催促招玉打电话给秋香。

招玉说："我听人说这边的电话打到广东是跨省的，电话费很贵。"

晓玲不禁笑了："您真了不得，连这个都懂。不过，您还差钱吗，您说呆呆把所有的存折都交给你了，还愁付不起这点话费？您莫那样抠门了。"

"'抠门'是什么意思？"招玉瞪着双眼问晓玲。现在的年轻人就是新词多，让老人家捉摸不透，像鸭子听雷公。

"小气呀！"

"我才不小气，你快打。"

晓玲按荣贞电话簿上的联系人号码拨了过去，却听到一个声音说："对不起，你拨打的号码是空号。"

"空号，怎么回事，难道你呆呆记错了？"招玉愣了。

"有可能这是秋香阿姨的老号码，她到广东就改号了，没告诉呆呆呢。"

"那怎么办，没她的号码怎么让她来看？"

招玉很着急，凭着女人的直觉，她相信秋香不比月秀，听到她的请求，听到荣贞得了绝症，一定会来看望的。

"秋香阿姨在这里还有没有亲人？"晓玲问，从招玉的口中，她已知晓秋香的所有不幸。

"她子哩死后不久，生娓就带着一子一女回到了外家，过了一年半，听说和一个死了老婆的男人结了婚，把这里的田地都租给别人耕种了。我想，这个租田地的人肯定会有她的电话，我去找他。"

"好吧，现在就去，为了呆呆，辛苦您委屈您了。呆呆清醒时，我一定跟他说，下辈子他就不会再做对不起您的事了。"

晓玲又奉承又开玩笑，招玉笑骂一句"死妹子，不正经"，就出门找人了。

一个钟头工夫，招玉兴冲冲回来，摇着一张写有数字的纸条高兴地对晓玲说："有了，有了，我就晓得他有秋香的号码。"招玉走了一段路，又因激动，脸都红了，气也有点喘。

"您真聪明！"晓玲的夸奖，算是对她辛苦的一种补偿。

"尽拍马屁，快打快打。"

"好。"晓玲就按字条上的那个号码拨过去。

"喂！"一接通电话，那个从更远更远地方传出的语气，要比月秀的热情亲切许多。

"秋香……"招玉按压住内心的激动，喉咙哽咽着。

秋香听了话筒里的诉说，久不能语，胸中积满了酸甜苦辣。

"秋香，看在我们曾经是梓嫂叔媚的分上，你就忘了以前的事吧，也请你原谅我。他天天都念叨着你，能不能请你抽个空，或者回外家送年时来看他一眼，好吗？"招玉说着说着，哭腔加重了几分。

听到荣贞在重病中还念着自己，秋香心里万分难过："招子媚，要说原谅也是应该由我说，是我对不起你。我答应你，只要你不赶我走，我一定回来看荣贞叔一眼。不过，这事不要说出去，我怕人家笑话我。"

"放心，我绝不会说出去。"招玉何尝想让人听了又把这事当笑话议论，从今以后，她都将不再给人提供笑话材料。

秋香如遇大赦，感激涕零："招子媚，多谢你宽宏大量，我会尽快过来。"毕竟是曾经的梓嫂叔媚，几年一过仇恨就随着时间的推移而烟消云散。

"好，好，我先多谢你了。不过，你老公那边该怎么说？"

"你放心，我找个适当的理由，他对我很好，从不曾吼过我，所有的事都放手让我做主，他的子女也都孝顺，把我当成亲妈看待。"秋香语气中充满了幸福知足的味道，好像自出了世都未曾过上这么幸福舒心的日子。

"那就好，我们女人嫁老公就是要嫁个对自己好的，我们又不图吃好穿好，日子过得去就行。"招玉借着这番对话，给秋香送上了迟到的祝福，内心还充满了羡慕，看来刚才那个租田人说得不错，秋香真是交了狗屎运。

秋香不寡情

秋香真的会来！荣贞两眼放光，精神为之一振，晚饭也多吃了半碗。他在心里开始了倒计时，一遍又一遍地盼望着这一天快点过去。他在心里想象着她的模样，胖了还是瘦了，老了还是年轻了，那广东佬对她好不好？他心里一直是关心她的，他们不是一夜情，是两年的情分，当时，招玉如果肯妥协，他们就拿到"合同书"了。

当晚，秋香笑吟吟地出现在梦乡里，荣贞大声叫出了她的名字。要是守夜人不是晓玲而是招玉，听了八成又要喝酸醋了。不论肚量有多大，听到自己的老公忘乎所以地叫其他女人，谁都会打翻醋缸，要是荣贞不得绝症，要是回到年轻时，他敢这样，招玉也许就会挥棒砸下，让他头破血流，邪念顿消。可是，招玉现在不想和他较真了。

两天后，一个贵夫人挎着个坤包站在病床前，喉咙哽咽，泪水涟涟地叫着荣贞叔时，荣贞都傻了，连应答都忘了，只一个劲地瞪着无力的双目望着对方。这就是秋香吗？他怀疑自己的双眼。

秋香被他看得不自在了，白他一眼说："荣贞叔不认得我了吗，我是秋香呀！"

"秋……秋香，你……你真的是秋……秋香？"

荣贞还是不敢相信自己的眼睛，眼前这个气质不凡的女人，就是秋香？

相貌不像，声音没变，荣贞是熟悉她的声音的。他不由得不信，他也为她高兴了，看她的样子，过得滋润、幸福，无须他再担心。

"我不是秋香，难道会是夜来香？"秋香开起了玩笑。

"秋香，你过得很好吧，你的老公肯定对你很好。"荣贞因为高兴，话也说得不再断断续续了，不过，说完这些却有点气喘。

秋香怕他多说话很辛苦，马上接过话来："好，我过得很好，他们一家都对我很好。"停了一下，又关切地问，"你是什么时候得的病？自己是医生，怎么不注意身体？"

听到这番充满关切和温情的话，荣贞鼻子一酸，差点就流下泪来，但房间里有三双眼睛在注视，他不能这么没出息，男人有泪不轻弹。

"当时有点感觉，也没太注意，以为没多大关系。"说话的声音变了调。

"你一直晓得关心别人，说身体不舒服了就要及时检查治疗，不要小病不医医大病，小钱不出出大钱，这些话难道你忘了吗？"

秋香永远不会忘记荣贞的救命之恩，在她最痛苦最无助的时候他是怎样开导她、帮助她的。如果不是他，她早就不在这个世界上了，又怎么能过上今天这般惬意的日子。

在荣贞心里，秋香现在就像"夜来香"，身上有种令人神往的韵味。他这样想时，心里不禁掠上一丝丝苦笑，如今就是嫦娥下凡，他也力不从心、无从探索了。

秋香的变化，秋香的气质，让荣贞瞠目结舌。过去那个在生活重压下死了老公、再死儿子的苦命村姑，如今戴上"三金"，染了头发，圆圆的脸白里透红，一副福相，原来的瘦弱和病态连影儿都不见了。在广东的那些日子，她忘记了一切伤痛，每天夫唱妇随，天天笑语欢歌，体重很快增了近二十斤。但生活质量的提高，改变不了她的善良和体贴。

"荣贞叔，您是名医，都能治好别人的癌症，怎么就不注意自己的身体呢，让大家这么担心您。"

听着秋香再次带着关心和责备的语气，荣贞后悔莫及，又幸福无限。早晓得秋香还会这么关心自己，就不该自暴自弃，借酒消愁。可是，我不得绝症秋香会回来看吗，老太婆会宽容相待，会亲自打电话叫死对头回来看我一眼吗？还有，晓玲会一直陪在我床前吗？

"秋香，你能回来看我，我也甘心了，你老公对你好，我就更放心了。"

秋香一听荣贞的话，又感动了，原来他一直都在担心自己啊，难怪当初他会不顾一切不辞辛苦找到广东来。

"荣贞叔，您一向都是乐观、坚强的人，您要相信医学，要按时吃药，放宽心，莫多想，肯定会很快好起来的。只要招子娓不赶我走，我会经常来看您，等您身体好转后，我请您和招子娓上我家住几天。我从今后把您当亲叔哩，您不嫌弃吧？"

一旁的招玉听出来了，秋香这样说，完全是为了让荣贞高兴。

"不嫌弃，不嫌弃！"荣贞赶紧回答，像是担心秋香反悔似的。

"荣贞叔，您想吃什么？"

"我想吃狗嫲蛇煲粥。"

"半夜讨黄瓜，这时候怎么能找到狗嫲蛇，它们都冬眠了。"秋香扑哧一声笑了。

狗嫲蛇是种无毒蛇，四足，夏天常见，有时翻地也能见到。把它的内脏去掉，切成小块煲粥，味道甜美，吃了可清热润肺。荣贞特喜欢这种吃法，以前放出话来，谁捉到了狗嫲蛇，再多他都会收购。大家就都把看到的狗嫲蛇捉了卖给他，小孩子在暑假也乐此不疲，他也不食言，一角钱一只，童叟无欺。但对秋香却例外，有次她在翻地时捉到了两只，装在盒里卖给荣贞，荣贞见她生活艰苦，就给了她一块钱，再三交代不能说出去，以免人家有异议。后来，荣贞又主动把买价由一角升到二角，再升到五角钱一只。农村人鬼精灵，晓得他是医生，又喜欢吃狗嫲蛇煲粥，自己捉到狗嫲蛇后，也试着煲粥，果然好吃极了，在夏天晒了再大的太阳，嘴里都不再起泡，也不长痱子了。如此这般，就自家享受了。于是乎，荣贞就把价钱提到一块钱一只。个别小孩子为了得到一块钱买糖吃，捉到狗嫲蛇后又送上门来了，荣贞又可以享受美味了。这事，连同"狗嫲蛇四只脚，冇被盖①，岸作恶②"那句谚语，一直被传为笑谈。

现在，荣贞重提往事，不但秋香，连他都感到好笑。

沉默了一会，荣贞无限留恋地看着秋香说："等过年你再转外家时，也许我就走了。"

"莫说不吉利的话，不会的，叔哩，您一定会好起来的。"

刚刚还称荣贞叔，现在就称叔哩了，荣贞很高兴，笑得很开心。

有了秋香的承诺，荣贞当然想好起来，但也清楚，自己已被判死刑，华佗再世也救不了，阎王爷是不会手下留情的。他不想让秋香难过，想转话题，一时却不知说什么好。

秋香担心荣贞受累，又说了几句劝解话，就起身告别了。不知什么时候悄悄溜出门的招玉和晓玲见状，马上迎上前。

"秋香，多坐一会儿吧。"招玉真心实意地说。

"留下来吃饭吧，秋香阿姨。"晓玲彬彬有礼地挽留。

"不了，我还要去外家那儿，也不方便在这里多坐，等下有人看到，又会笑话。"

---

① 冇被盖：没被子盖。

② 岸作恶：好可怜。

招玉不由分说便来攘秋香的手："秋香，多谢你来看我家老头子。"

"招子娓，您再这样说，我就真无地自容了。您能让我来看叔哩，就是对我最大的宽容。你们的恩德，我这辈子都不会忘记。"秋香说着，从坤包里拿过一个大红包，塞到招玉的手里，"这一点意思，就当是我孝敬叔哩的，他有病，辛苦您了，您自己也要保重身体，我走了。"

"秋香，你人来了，就是最好的礼物，这红包我不能收，我们也不缺钱用。"

招玉推辞着，把红包又要往秋香手里塞，秋香挡住了："招子娓，我晓得你们不缺钱，但这是我孝敬叔哩的心意，您要是不嫌少，就收下吧。"秋香按住招玉的手后，马上转身快步离开。

招玉望着秋香的背影呆立了一会儿，忽然想起什么似的，吩咐晓玲："晓玲，赶上她，送她去她外家。"

晓玲应一声，骑上摩托三下五除二就赶上了秋香："秋香阿姨，我送您去。"

"不用，你要照顾你呆呆，我走路好了，我外家不远，半个多钟头就能到。"

"您半个多钟头到得的地方，我不消十分钟就够了，上来吧，我呆呆有我驰驰看着呢，您要是再推辞就更浪费时间了。"

秋香听她这么一说，只好上了车。

"阿姨，您这么年轻这么漂亮，有气质有福相，脾气又好，难怪我呆呆会喜欢您。如果我是男人，保准也会喜欢您这样的女人。"

秋香好不高兴，心想这小姑娘嘴巴甜会夸人，说话也直接，接过话来说："你不晓得我过去的样子，病恹恹的，面黄肌瘦，一点威风都没有，在大家面前总觉得低人七分，说话不敢大声，走路头都不敢抬起来。"

"真的吗？"晓玲不太相信。

"以前我和老公因为生活困难，每天做生做死 ① 还只能解决温饱。讨生娓后，负担就更重了，老公累病了，吃药打针只能治标不治本，还要咬紧牙关坚持做，营养又跟不上……我老公死后，生娓就要我一个人过，我身体不好，经常半夜闹病，有次我实在想不开，想一死了之，想不到命不该绝，让你呆呆及

---

① 做生做死：拼命干活。

时救下，并为我治好了病，没有他就没有我今天。"

"阿姨，像您这么好的人，我呆呆喜欢上您，一点都不奇怪，您也不必太自责。那时他们老两口又经常相骂，我理解我呆呆，也理解您，您值得我呆呆爱。"

"你真这样认为，真不责怪我笑话我？"

"有什么好笑话的，至于责怪就更谈不上了。男女相爱，两相情愿，老人和后生都有爱人和被人爱的权利。我呆呆那时要不是有您，日子就很寂寞，怕还熬不到今天呢。"

秋香觉得晓玲是个有孝心、懂礼貌的姑娘，从心里信任并喜欢她，也不想隐瞒自己和荣贞的事，听了她的话后，心里更踏实了，想不到她这么理解爱。

"当初我狠下心来，无论如何都不能破坏人家的家庭，去广东后，认为这辈子都不会再踏进美溪一步了，没想到……"秋香不觉动了情，语声又有些哽咽了。

"秋香阿姨，不管呆呆在不在，我们都欢迎您再来。"

说话间，已到娘家门口，目送晓玲掉头远去，秋香心里好生感慨。这辈子能再见荣贞，她心里既满足又难过，他这么重情，在病床上还呼唤自己，看见自己竟那么兴高采烈，像小孩子一般。而且，刚才听晓玲说，得知自己会去看他，他饭也能多吃一些了，见面后说话都流利了。她相信晓玲不会编故事，对此她欣慰无比，自己还能起到这么重要的作用，这是她想都不敢想的。她更不敢想，招玉会亲自打电话央求她回来看望荣贞，原先她以为，这一生她再也不会和他们说话了，再也不会叫他们荣贞叔、招子娓了，谁知上天到底成人之美，竟然用这种方式让他们三个化解仇恨，冰释前嫌。有这样的结果，秋香连梦都不敢做，她一直以为自己是罪人、贱人，现在他们老两口还有晓玲的谅解和理解，让她轻松了许多，仿佛卸下了枷锁，平了反，拿到了重获心灵自由的赦免书。

富生死后，丽花带着超超改嫁，秋香就认为不会再来这里了。秋香不是薄情寡义之人，有时，她还是会想到荣贞的，他是个好人，是个好医生，与他二十多年乡邻，她和家人得了他多少关照啊。当然，乡邻们都或多或少地得过他的好，只不过像她这样的困难户多一些而已。秋香之所以心甘情愿地以身报答，就是心里一直装着他的恩。她当然不是那种肤浅、随便的女人，老公在世时，她连那种念头都不曾有过，也从来就不曾想过，自己会和老公之外的男人有肌肤之亲，肉体交融。

说实话，后来和荣贞相好后，她也不想占有他的全部感情，如果招玉不大闹天宫，能够息事宁人，她愿意和平相处，也不会离开这个生活了二十多年的地方，也许会一直和荣贞走下去，并愿意和招玉一起照顾他。尽管每次和荣贞单独相处时心里都充满了犯罪感，但她实在不想离开他，不想离开儿子一家，以及相处了这么多年的邻里乡亲。虽说以前困难，遭到不少人的歧视和伤害，但这样的事哪里没有，何况同情她、关照她的乡亲也不少，单就荣贞一个，就足以让她留恋，要是没有招玉，她就会毫无顾忌地和荣贞共度余生的。

想着往事的秋香，也想到了荣贞的病情，不觉心就痛起来，泪水盈满了眼眶。

"咦，香香回来了，怎么也没事先打个电话，老戴呢，他没一起来？"

从厨房走出来的老母亲，看到秋香，生怕自己眼花，就用双手揉了揉眼睛，确定不是做梦时，高兴地上前牵着女儿的手。她见秋香神色异常，眼里含泪，忙又问："怎么了，是不是那个广东拐欺负你了，还是他的子女对你不好？告诉我，我去和他说理，为你做主。"

"哈，老妈神通广大，能伸张正义，化解一切感情纠纷呀！"见老母亲护女心切，这么高估自己，秋香一边笑，一边来挽母亲的胳膊。

"那刚才你闹①什么？"

"不是，不是，是因为……因为见到老妈高兴得很，想在您面前再做做娇②。"

见她这么一说，老人也就信了。秋香每次说谎都这么成功，心想，看来做人还真的要像飞行员的降落伞——随机应变。

"老戴为什么不来，是你不要他来吗？他和子女都对你好吗？他身体好吗？"老人说话总是喜欢用问号，不过嘴里的"广东拐"变为"老戴"，转变之快让秋香都感到滑稽。

老人当初是反对秋香嫁广东的，她感到别扭，女婿比自己小几岁，怎么想怎么不对劲。秋香跟她说了老戴的条件和种种好后，她也想通了，反正女婿

---

① 闹：伤心。

② 做做娇：撒撒娇。

421

做鬼了，秋香改嫁一个有退休工资的老头，比再嫁作田佬好得多，像三古头那样的，没日没夜地做，还只能解决温饱，年轻一点又怎么样，没本事还不是粥都啜①得精光？年龄不是问题，这话有道理，老戴条件好，并不显老，跟秋香很般配。她现在是非常喜欢这个女婿了，他每次来都带吃的用的，还常给生活费，连老公都说比亲生儿子还孝顺。

秋香其实很乐意老戴跟着，喜欢听嘴甜的他当面对父母亲说，"能够和秋香共度余生，是我这辈子最大的福分"，喜欢听他亲口对亲朋好友说，"自从有了秋香，我都胖了十来斤，事事如意，睡着了也会笑出声"，更喜欢他在娘家人面前的表现，所有的家务事都会帮着做，根本不像个领工资的。但这次非同一般，她编了一个借口，只能狠心撇下这个跟屁虫。

"老戴有个同学生日，叫他去喝酒了，也叫我去，可我想还是来看自己的老妈好。你放心，他不会欺负我的，要欺负也是我欺负他。"一说起老戴，秋香就眉飞色舞，心潮澎湃，全身每个细胞都洋溢着幸福。

落座后，秋香从坤包里掏出五张百元大钞，塞到母亲手中："送年我就给钱了，您自己养了那么多鸡，我给钱更实用，想买什么就买什么。"

老人乐得合不拢嘴，以前秋香哪有这个能力，最好时也就捉一只自家养的鸡公或鸭嫲，遇上鸡鸭发瘟死精光了，也只有买上几斤水果和糖果，算是送了年，现在一出手就是五百，要不是嫁了个有钱的老公，可能吗？

老人叫秋香坐一会儿，她先把水煮了，抓一只老鸡公来杀，再叫秋香的大侄子去买些菜，叫秋香的哥哥嫂嫂、侄子侄媳们一块吃顿饭。秋香说您去煮水吧，我去叫，顺便去哥嫂家坐一坐。

老人说："也好，转外家冇几时②，应该去坐一坐。"

秋香包了两个一百元的红包，分别给了两个哥哥。哥哥嫂嫂们就放下手中的事，一块随秋香回祖屋帮忙。秋香还给了大侄子两百元，让他去买菜。

大侄子说："大姑，这怎么行，又不是去广东您家，转外家还要您买菜，说出去我们都不好意思。"

"不好意思你就不要说，我出钱也是一样的，就当我请大家吃顿饭。你们现在还比较辛苦，我的钱反正都是他给的，没流一滴汗，你别推辞了，去吧，

---

① 啜：吃。

② 冇几时：次数少。

尽量买好吃的。"

哥哥嫂嫂们对秋香早也另眼相看了。以前秋香穷困潦倒、多灾多难时，莫说送年，就连年初二回娘家做客，不是买几个饲料蛋，就是包一包自做的花生糖做礼物，给几个侄子的压岁钱从没超过五元。一年到头，秋香也不叫娘家亲戚上家做客，也并非小气，而是确实困难，有钱才能做救世主，没钱说屁话有何用。今昔对比，简直是天差地别，不可同日而语。

吃过午饭后，秋香又和亲人们说笑了一下，到三点左右，就叫侄子送她去车站搭车。大家留她住一宿，她说不行啊，老戴出门前就吩咐了要我回去，不然他一个人在家很不习惯。大家也就不再挽留，只说年初二早点回来，秋香说："好好，我们和秋兰约好一起来。"

最后一个生日

风烛残年的荣贞看到风姿绰约的秋香，思绪如潮，浮生若梦，和秋香一起的欢乐时光历历在目。一经想起，他嘴角含笑，心满意足，曾经拥有，死何足惜！

当招玉告知秋香给了五百元红包，要她买补品给他吃时，荣贞就更激动了。她心里一直保留着那份情义呢！他敢肯定，一向穷苦的秋香，之前绝对没付出过这样一份重礼，而他收到了，他并不在乎这笔钱，五百元对他来说是小小钱，但这笔小小钱却可以称出他在她心中的分量。她那关切的目光，温柔朴实的语言，让荣贞心情大好，几天来吃得香睡得好，脸上总是阳光灿烂。

晓玲又一次震惊了，爱的力量真是伟大，外公不愧是个情种。见他精神欠佳或茫然若失时，她就故意问起或说起秋香的事，荣贞常常便又眉开眼笑。

招玉虽然已不再吃醋，也不再追究往事，但看到荣贞不识好歹，命都快没了还念念不忘其他女人，想着那些风流韵事，不禁又有了怨恨和醋意。晓玲看出来了，就说："您不要生闷气，也别怨怪，其实他心里最重视的还是您。您就像扑克牌中的'正司令'①，是呆呆保底的'司令'，其他女人再好，也只能是逢场作戏，不能和您争高低。您就把她们当作解放前的小老婆，小老婆怎

---

① 正司令：正鬼。大王。

么有大老婆威风？大老婆可以当家作主，小老婆哪行！呆呆把所有的家产存折交给您，就可以说明您的权威，您说对不对？"

晓玲其实清楚，钱不能代表一切，在外婆身上，她只能看到外公的亏欠和病重时的依赖，难以看到他表达或流露的真爱。但她只能这样安慰招玉，不然又能怎样？她要是对他撒手不管，可就麻烦了，很多事情还得靠她，比如擦洗身子、换衣服，这些哪是一个未婚女子做的？

年的脚步越来越近了，要是几年前，都能闻到左邻右舍炸粄子的味道了。以前还未进年关，各家各户就做好了准备，买糖买油，碾糯米。二十世纪八九十年代，美溪村的碾磨机还比较少，而每家每户都有几斗米的糯米要碾，为了解决这一大难题，有人一过腊月二十就开始先炸粄子。为了节省时间和柴火，起码买它两桶油近二十斤放锅里，一次性可油炸两簸箕的粄子。人多的五六斗米，人少的也不下三斗米，五六斗米的要整整一天才能炸完。

炸粄子这天，全家人都忙得不可开交。小孩子揉搓做粄子做得手累，实在做不动了，就责备父母别炸那么多，害得人家手都累得握不紧拳头了。做父母的就批评小家伙："有做就怕多，有吃就嫌少！"的确如此，小时，哪个不希望自家的粄缸满满的，到了五月节都还有，这样不但可以和小朋友比粄子多，还可以用来馋他们，让他们跟在自己的屁股后面流口水，从而巴结自己，听从吩咐，叫他们跟谁作对就跟谁作对。那些小馋猫自然抵抗不住美食的诱惑，一个个沦为"叛徒"。

世易时移，不知受了什么污染还是因了什么启发，一入二十一世纪的门槛，在凉茶满天领跑中，炸粄子的越来越少，原先的粄客，一个比一个怕上火了。

少了炸粄子这项大工程，但仍有很多事要做，起码卫生是要搞的。招玉对晓玲说："我要开始搞卫生了，你会更辛苦了，不然过几天他们一回来，连卫生都没搞好，就更乱了。"

"不用您搞，您这么老了，搞卫生很辛苦的，您看看有没有人肯帮忙，一百块钱一工，我来出这个钱。"

"这怎么行，你回来照顾呆呆就已经很孝顺了，怎么还可以叫你出钱请小工搞卫生？"

"您听我的，去请小工吧，莫把钱看得那么重要，最重要的是身体。您想想，您要是累坏了，损失才叫重，大家过年欢欢喜喜，像呆呆一样躺在床上多苦啊，自己痛苦还让亲人担心。您累了一辈子了，就享享福吧，快去问问，周围有没有人肯来搞卫生，如果有，就请天光日子来，我看了天气预报，天光是晴天。"

"好，好，我这就去问那几个专门帮人做小工的，她们帮人做辛苦水一天才八十块呢。"

"莫去省这几十块钱，人家肯来就阿弥陀佛了！"

"好，好，好，一百就一百，大不了少买一次水果。"

招玉很快就找来了两个女人。她们把所有的床铺都搬出来清洗，把被褥床罩什么的都放到洗衣机洗了风干后晾在阳台上。只花了一整天时间，就把窗户、大门、小门、马桶等清理了一遍。

晓玲把工钱递给她们时，她们脸一沉，生气地说："如果要钱，我们是不来的，赚荣贞叔、招子娓的钱良心上过不去。我们事先商量好了，只在你们家吃饭，但绝不收钱。"

晓玲一听，不知如何是好，转头来看招玉。

招玉想了想，说："那就不给吧，我看舅娓 ① 她们是真心实意的。"

见晓玲收好了钱，两个小工才笑着说："这就对了，以后有什么事尽管来找我们，我们一定尽力而为，不过千万别提工钱的事。"

她们走后，晓玲对招玉说："累了一整天，还不收一分钱，我总感到过意不去，换着我，三百块钱一工我都干不了。"

"放心，你别过意不去，我会处理好的，保证不会让她们白辛苦。"

晓玲猜不透外婆还有什么更好的解决办法："您这么老了，难道还可以和她们交换工日？"

"这你不懂，很多事情不只是钱和工日可以解决的。"

见她还是用疑惑的目光看着自己，招玉就说："等你舅舅他们回来，我让他们送她们家一条烟或两瓶酒不就还人情了嘛。以前你呆呆老免人家的欠账，人家见我们没鸡公过年，还送鸡公鸭嫲过来呢。"

"对呀，我这么笨，怎么就想不到这种礼尚往来的好办法呢！"晓玲一拍大腿，骂了自己一声。

十二月二十八，子孙们就都归齐了。大家一回来，家就热闹了。

---

① 舅娓：舅妈。按辈分，文招、文秀的子女都要叫村里女人舅妈。

文招、文秀两家在荣贞家吃过午饭后就回去了。晓玲说，到年三十晚上我才能回去和你们一起吃年夜饭，这两天我还得留这里照顾外公，文秀答应了。

　　众多子孙，只有晓玲继承了荣贞的事业，照顾他也就非她莫属了。

　　看到儿孙们这次回来得这么齐，荣贞前所未有地高兴。以前，儿媳和孙女们在他面前都要小小心心，生怕自己的一句话或一个动作惹怒了他，因此，她们都怕回家过年。而今，他看到青春亮丽、光鲜活泼的孙女们，真有日月如梭之感，她们银铃般快乐无忧的笑声，是人世间最美妙动听的音乐。每天被她们围绕是一种愉悦，听她们轮流说外面的趣事是一种超级享受。他已经乐在其中，有点舍不得她们了。想到春节一过，她们便要各奔东西，自己有可能再也见不到了，心里不觉黯然神伤。

　　二十九晚饭后，文星三兄弟到荣贞房里陪他聊天。荣贞说："我如果能撑到初九，就给我做寿吧，有这么多子孙陪我过最后一个生日，也可以瞑目了。"

　　荣贞离生日还差三个多月，不过，农村人做好事大都可以提前，庆生也一样，就是不可推后。文星他们本有此意，私下里也曾商量过，没想到父亲先行提出。是呀，他这两天享受天伦之乐、团圆之乐，心情不错，过几天大家一走，说不定又萎靡不振了。大家就决定在年初九做八十大寿，选上初九表示长久，能过上年天已垂怜，要是能多活几个月，那就格外开恩了。

　　因为"七生八死"的说法，农村老人大多不愿做八十寿辰。虽说这是狗屁逻辑，但事实摆你面前，又不得不信。不少村民刚做八十大寿，就和阳间的一切绝了关系。当然，也有依然活蹦乱跳到九十的，但人们又说，世上凡事都没绝对，皆因人而异。人嘴两面皮，圆扁长短都会说，且大多能自圆其说。但不管怎的，就有老人想过八十大寿，又怕过了遭阎王爷妒忌被招了去，子女们也有顾忌，便想出了一个办法，那就是在饭店里请客，也不买生日蛋糕，连鞭炮也不放，甚至一句生日快乐的祝福也省略了，说在外请客为老人过生日，就跟做客一样，阎罗王不会派喽啰来调查。

　　荣贞是今年必死之人，不必考虑"七生八死"之说，热热闹闹地为他过一个大生日，是子孙们的最大心愿，他本人也非常渴望，他要向世间表明自己已是高寿之人，而非招玉以前骂的那个"短命子[①]"。

---

① 短命子：短命鬼。

荣贞平时也常把短命子当笑料，和那些说惯了笑话的人，几天不见就开人家玩笑："你这个短命子几天不见，我还以为你作古了呢，正后悔没去烧香祝你一路走好，怎么又翻生了？"

当然，这样的玩笑很过火，并非人人都受得了，有些作利是①的人听了，特别是在上午时分，非把你骂个狗血淋头、入地无门不可。但荣贞是医生，大家有求于他，也知道他这个鬼性，往往就敢怒不敢言了。

有一次，荣贞去八组出诊，看到人家门口的鸡笼里笼了三只公鸡，就说："呦，这么排场，一次就杀三只，有贵客来啊，我也可以蹭一顿吃了。"

主家女人看在有病求他的分上，嘴里说："好，好，好，看得起我们欢迎。"

荣贞笑道："我这人，有吃大家都看得起。"

荣贞一走，女主人马上打开鸡笼门，把鸡全放出来，嘴里连声道："那张衰嘴，莫紧让他说中了，节②了留来过年的雄鸡莫真的给节死了。"

当阉鸡者上门时，她死活要改天处理。

"原先说好的，怎么又不做了，改天谁还会特意过来节你这三只雄鸡啊！"

"那不劳你走脚板，我送到你家里来节。"

问明原因后，阉鸡者摇头叹了一口气说："真有这么作利是的人，一句玩笑话就吓得半死，情愿自己辛苦。"

荣贞开玩笑不分场合，有时说黄色笑话也一样，当着老人和孩子的面唾沫乱飞，胡须乱颤。有人说，有老人孩子在，请注意影响。他说，老人自己先做过，还装什么正经，至于孩子嘛，嘿嘿，提前给他们传授经验。荣贞自己也经常遭人开涮，再过分的玩笑，只要没有恶意，他都不去计较。他说，做人就要随便，如果计较这计较那，活着还有什么意思？

寿庆日子定在了正月初九，要上班的子孙提前向单位多请了几天假。

大年初一这天，文星兄弟三家一同去给邻里乡亲拜年，村中老少也三五成群上他们家拜年。这天，大家相见都喜气洋洋，互相祝福。拜年拜年，大家一般都只坐十来分钟，接着又赶去另一家，但在荣贞家，大家都超过了半小

---

① 作利是：图吉利。

② 节：阉。

时，不独因为茶几上摆满了各种高级糖果、水果、香烟和茶叶，更因为要去祝福荣贞，尽管早日康复的祝愿纯属多余，但还是少不了要说的。

这天，荣贞没再挂点滴，看到本组的人几乎都来了，甚是高兴，精神特别好，还起来在门口溜达了几圈。

文书悄悄问文星："老爷哩精神这么好，会不会是回光返照？"

文星说不准，但希望不是，也认为不是，父亲一心想和子孙们过八十大寿，肯定会有一股气撑着。

年初二，晓玲跟随父母一同来，为荣贞打脉后，告诉大伙一切正常。

荣贞嘿嘿笑着："我都想和你们下棋了，会不正常吗？今朝也不要挂瓶，新年大头 ① 挂瓶不好看，也不利是 ②。"

晓玲同意了，但说："不过，您不能太激动，客人来了也不要多说话，更不能来客厅陪喝茶，得躺床休息。"

荣贞点点头："我听医生的话。"

大家都笑了，觉得他这时特像个乖孩子。

客人们来后，都到房间里问候荣贞。晓玲事先做了吩咐，别待太久，以免影响休息，波动他的情绪。可这天，客人络绎不绝，连荣贞哥哥元贞、华贞的子孙们都赶来问候，他一上午几乎没合眼。

接下来的几天，文星他们一边做客，一边准备生日。名单列好了，还提前请了大厨，开好了菜单。名单上光亲戚朋友就有二十桌，本组人要是听到荣贞生日，一定也会前来。于是，文星就多准备了六桌，以防万一。

荣贞就这样一天一天盼望初九快点到来。每天他都要问一下家人，今天是什么日子，离初九还要几天，都告诉亲戚朋友了吗，东西准备好了吗？得知一切都安排妥当，他才高兴地说："那就好，那我就放心了。"

这一天，不急不慢地终于跟着初升的太阳来到！初八，大厨就先来把红烧肉烧好了。见大厨到位，荣贞就嘿嘿笑了，说总算挨到了这一天。

亲朋好友纷至沓来，左邻右舍、远近乡亲听说后，也不邀自来。惹脚把红包递到荣贞手里时说："这是一张红纸，祝您生日快乐，红红顺顺，做了大生日，身体就日见日好！"

———————

① 新年大头：新年里。

② 不利是：不吉利。

荣贞说："不可能好了，说不定晚上睡下就看不到天子光①的日头了。"

不待惹脚说话，就有一位老人"呸"了一声，接过话："不会不会，您是个大好人、活菩萨，玉皇大帝不会让您这么快就和我们分阵的，您要是走了，我们病了找谁，想茶喝了又找谁？您不能只图一个人安乐。"

"我也不想，但病了无奈何，神仙也治不好了，我的时间不多了。"荣贞说着，觉得这个话题太沉重，便开起了玩笑，"反正迟早都得死，早死早投胎。活到八十也赚了，共产党员哪能怕死，今朝日子你们一起来为我做生日，我心满意足了，先去那边摸摸情况，打好关系，到时你们来了，我为你们接风洗尘。"他很久没当众这么开玩笑，说完又嘿嘿起来。

那个斩地瓜藤时差点把手指砍断的三妹巴听罢，差点掉下泪来，她强忍着走出房门，悲悲戚戚地对文秀说："受不了了，你爸一直说那些令人伤心的话。"

"别以为我病重受不了，这段时间我一直很雄②，你们尽可多陪我说说话，过了这村我就做菩萨③了。"

"好，好，好，后生世人我们继续做邻居，没聊完的事接着聊。"大家听荣贞这一说，也就放下心来，没急着拔腿了。

"后生世人我要是还做医生，就专门研究治癌症，再请几个高级医师，办个癌症研究所，让所有的癌症病人都能够恢复健康。"荣贞说出心头愿望后，感到无比兴奋。

"好，我们相信您，这世上也太差板了，说科学发达，却连癌症都对付不了，看来还得靠我们的荣贞医生！"

这一天，荣贞的精神出奇地好，坚持要和大家同桌吃饭，说这样才有意思，不然算什么生日？

文星他们只好顺着他的意，扶他到客厅里和大家一起吃午餐。担心他肠胃不好，劝他莫吃炒面，他说，做生日不吃长寿面怎么行？吃后连声道好。他还想吃粑子，得知家里没炸，还微微叹了口气。小灵通连忙给老婆打电话，让她装了一大碗粑子送来。荣贞津津有味地吃完，对大伙说，这么好的传统手艺可不能丢了。

大伙一拨拨前来敬酒，说着祝福的话。荣贞说："谢谢大家来给我过生日，

---

① 天子光：明天。

② 很雄：精神很好。

③ 菩萨：意指哑巴，做鬼。

你们慢慢吃，如有招待不周的地方，请莫见怪。我也不能再陪大家喝酒了，后生世人见面时，我自罚两大碗行不行？"话毕，掌声如雷，笑声和议论声此起彼落。

今天，伴着不绝于耳的祝福声飘来的，还有大大小小的红包。荣贞的床头柜都塞满了。他不在乎这些钱，在乎的是儿孙们的孝心和大家的祝福。这些红包，这声声祝福，表明了亲人的爱、乡亲的尊重，一个将死之人仍能得到大家的爱戴，难道还不感到幸福？现在，钱堆得比房子一样高，也救不了他了，自己再留恋这个世界，再舍不得大家，也只有含泪作别了。他对晓玲说过，也对文星他们说过，"我已经想透了①，把生离死别就当作服兵役，这次不过是第二次当兵。记得第一次当兵时，也是满眼泪花，与爷娭、兄弟抱头痛哭，依依惜别。人生小站既然注定要有一次分阵，舍不得又如何？"

话是这么说，但把生死置之度外的荣贞，却有一样不甘，那就是临走没能再见上月秀一面。秋香走后，他几乎每天都在心中把月秀思念一番，夜里还经常梦见她，梦见她骑了摩托来看他，他乐得叫出了声。

在床前照顾的晓玲听了，难过之余，打抱不平，外公对她那么好，他现在天天与病魔作斗争，为的是能够和她再见一面，她怎么这般无情！秋香都从外省赶来了，回去后还打过几个电话问候，不但尽了心意还流了泪，她才是个有情有义的人！晓玲多希望月秀也能来看望，这样就可以让外公毫无遗憾，在生命的最后一刻含笑而去。

她不敢把外公的这次梦呓告诉因感冒发烧睡在另一间的外婆，却蓦然升起一个念头，不由自主地向病床上昏昏睡去的外公投去目光，他的脸上呈现出一种幸福满足的微笑，也许正在梦中鹊桥会呢！她不忍打破这一美好的时刻，就这样屏声息气地看着这张熟悉、满是皱纹和老年斑的脸，心里不觉难过起来，不由得又想起初十那天文宝、文书两家告别时的一幕。荣贞恋恋不舍地拉着他们的手，哽咽着说："你们这一……一走，我就见不到了。"几个孙女不由得放声大哭："爷爷，您不会离开我们的，一定要坚强地活下去，到了五一节，我们大家又会回来看您的！"从未在孙女们面前流过泪的荣贞，听了这话，深陷的眼眶里热流汩汩，晓玲赶紧抽出纸巾为他擦拭。那一刻，大家都止不住泪流满面。

---

① 想透了：想清楚了。

得见见那个让外公爱得疯狂，甚至不惜赠送草药本的女人！这个念头一经在晓玲心头升起，就不再放下。

还得月秀了心愿

子孙们一走，家里又只剩下他们仨。新年里头，每家每户不是出门做客，就是在家接客，而且，一年之计在于春，大量的农活还等着干呢，上荣贞家喝茶聊天的人就少了。

骤然冷清下来，荣贞心如死灰的样子就出来了。在外的子孙们虽不时电话问候，但他不是心不在焉就是答非所问，有时甚至只听不答。晓玲和招玉看了，心如火焚，却又心余力绌。

一天，荣贞精神好像好了些，对晓玲说："晓玲，你和姐姐她们会记恨我吗？"

"记恨？为什么记恨？"

"呆呆当初做事太绝……重男轻女……"

"呆，您别这样说，我知道，您是在鞭策我们，女儿当自强！我跟着您实习那段，您教给了我好多东西呢！"

"玲玲，所有草药书都在抽屉里的那个铁皮盒里，本来准备送一本给秀秀，可现在……现在不……不用了，都送给你吧。你是学医的，一定要……要多花心思，刻苦……钻研，多为病人……解除……痛苦！"

"呆，我晓得，我一定向您学习，您就放心吧。"

荣贞艰难地露出了一丝笑容，然后又疲倦地闭上了眼睛。那一刻，晓玲怕他的眼睛再不能睁开。

荣贞的内心深处，还有一个不为周知更不被晓玲了解的遗憾和牵挂，那就是他生在别人家、不敢也不能相认的儿子。尽管他的状况很不好，可他是个唯一为他生了孙子的儿子。当年他鬼使神差答应了那家人，无论生儿生女，与他一点关系都没有，言之凿凿，又立字为据，岂能反悔？他一度曾冒出相认的冲动，认为那个儿子一定可以为他延续香火，一定可以让他在祠堂里再现风光。但思前想后，斟酌再三，也试探过那家男人的口气以及荣生牯的看法，都认为太不地道，不仅会使自己不容于世，也会使那个儿子无法做人，进而酿成两个家庭的惨剧。荣贞只得放弃，其实这种想法连他自己都认为不该冒出头。

当年，他是在几分刺激、几分怜悯中，为帮助那男人解决困难、延续香火而义无反顾地代为播种的，他当然拒绝了一切报酬。当年，那个被父母和老婆骂为只耕地不播种的男人，也是无奈而羞愧的，自己没用，这种事还要请人帮忙，真是祖宗前世作了恶！老婆骂他不是男人他能忍，但没有后代，往后的日子就会更糟糕，老婆待不下去，这个家就会不像家。权衡再三，在咬碎了一颗牙齿后他才决定请人帮忙。那日刚好碰上荣贞，便扯住荣贞诉苦，还说如果有什么办法帮他治好，他下辈子都会报答。荣贞说，你最好带老婆先去大医院检查，查出不孕不育原因后再考虑其他。那人听从了建议，回来还把检查结果拿给荣贞看。

荣贞说："你的鸟蛋发育不全，导致不能生育。"

"医院也这么说……那，你能不能帮我？"

"怎么帮，难道你真的要请我，就不怕别人晓得了笑话你？"

"这事你知我知我老婆知，只要我们三个不说出去，谁会晓得？"

"那你老婆怎么想？"

"她说，有后代总比没有强，只要我们不说，别人又哪会晓得，这事又冇火烟出。"

如是这般，小孩出生后，越大越像荣贞。不少明眼人都看出来了，当面不敢说，只在背后窃窃私语。那女人也越看越觉得儿子像荣贞，夫妻之间说起时，他说："像他怕什么，反正说好了他不能认，总之儿子是我养大的，他只有叫我阿爸，世上人多，借'鸡公头'下蛋的又不是我们家一个。你看玉生家的几个兄弟姐妹哪个像爷哩，还不都是借'鸡公头'下的蛋，他们赚了钱还不是养身边的爷哩！"

后来，那男人又请了本队一个男人，和老婆连下两个蛋，都是儿子，更让他高兴的是，那两个儿子都像母亲，大家就不晓得他们是谁的种了，只能在心中猜测。

荣贞去那一带出诊时，经常要从那家经过，希望能够遇上那个特别像他的儿子，也希望能够再次遇上那个和他有肌肤相亲的女人。也真奇了怪了，每次都归于失望，仿佛那男人事先把儿子和老婆给藏起来了。

外面有个儿子，而且这个儿子好歹生了带把的，却不敢相认，这是荣贞一直以来的隐痛。年纪一年年增长，身体一天天差劲，这种痛就一天天加剧。

荣贞日见消瘦，饭量餐餐减少，睡眠的质量越来越差，说话越发地有气无力，有时还语无伦次，丢三落四。

一天，招玉问他为什么又不乐意了，他却反问，怎么又落雨了？问他想不想吃苹果，他说，我不要穿棉袄。问他要不要洗面，他说，我不要水面，水面吃了会走肚①。

招玉听了，哭笑不得，说："耳朵咁②聋狗屎好。"

荣贞一听，瞪大了眼睛："狗子好？哪有狗子，我真……真想吃狗子了，好……好久都没……没吃狗肉了。"

没吃上狗肉，他一整夜都没睡。晓玲问怎么老不睡，他说："你们骗……骗我，说好给……给我狗子吃，又不给……"晓玲恍然大悟，外公对狗肉真是情有独钟！只好像哄小孩一样好说歹说，荣贞这才好好地睡了一觉，他现在最听晓玲的。

次日，晓玲给荣贞挂好瓶，吩咐招玉照看，就骑上摩托去圩上买狗肉。荣贞的气色一天比一天差，有时连半碗饭都要花半个钟头才能下肚，她想，在他生命的最后时刻，当尽量满足所需。

狗肉解决后，晓玲还对回家看望的文书和文招说："呆呆的心愿未了，一直想见那个月秀阿姨一次，我不想让他带着遗憾离开。他一生行善积德，应该毫无牵挂地走。我想亲自去请，就是花重金也要把她请来。姨，舅，你们说呢？"

晓玲说着说着就哽咽起来，泪珠顺着桃花似的脸爬行，她生怕哭出声吵着荣贞，赶紧捂住嘴。

"你又不认识她，要找她就让姨姨和你一起去。"文星说。

还未等晓玲开口，文招就赶紧摆手："不行，不行，我和她火拼过，她见了我说不定狠揍我一顿，还怎么会来？"别说上门请，文招见都不想见她，这样掉份儿的事她也不想做。

"不用陪，路在嘴上，只要姨告诉我她住那个村，我就一定能找到。为了呆呆，我就是跪也要把她跪来，我就不信她的心是铁打的。"

---

① 走肚：拉肚子。

② 咁：这么。

"好，难得你这么孝顺，这事就交给你了，不过，你得尽快，我看呆呆一天不如一天，别让他再受煎熬。驰驰的思想我来做，你尽管去请。还有，你一定要注意呆呆的一切，有点不对，就立刻打电话给我们。你自己也要注意身体，这么长时间了，要不是你，呆呆早就熬不到今天了。"

晓玲点点头，换下最后一瓶点滴，说："不如趁你们回来了，我现在就去找她。如果点滴挂完了我还没回来，大舅就把点滴瓶给撤了。"

文星说："这个你放心，以前我也做过帮手呢。你呆呆本来是要我学医的，可我实在……不感兴趣。"

根据文招的描绘和村人的指点，晓玲不费吹灰之力就找上了门，并不失时机把一位刚要出门的村妇礼貌地拦下："您就是月秀阿姨吧？"

"是呀，你是……？"月秀疑惑的目光注视着眼前这个像一阵风飘过来的妹子。

晓玲反问："怎么，阿姨您有急事要出门？"

"急事倒没有，家里的油和洗衣粉快没了，我想去店里逛逛。哎，我们好像不认识呀，你找我有事？"月秀反复打量，脑海里有似曾相识之感。

"进屋里说好吗，门外太冷了。"

晓玲一见月秀，也喜欢上了她。月秀比秋香小几岁，皮肤细嫩，白里透红，不像其他农村妇女，脸上皱纹纵横，黑斑密布，而且她的脸上带着微笑，让人感到亲切。

"哦，对不起，我一时转不过弯来，快进屋里坐。"

进屋后，月秀便要去泡茶，晓玲忙说："月秀阿姨，我不喝茶，要喝就喝白开水好了。"

"好，那我就倒一杯白开水给你暖暖身子。"

接过月秀递过的热气腾腾的白开水，晓玲道谢后，说："阿姨，看到您这么漂亮，一点都不像农村妇女，又这么善良、热情、亲切、大方，我心里的石头落了地。"

月秀听到夸奖，心中一喜，心想这妹子真会说话，但马上又听出了弦外之音，这个妹子一定有什么要紧事来找，乃启齿道："说吧，你有什么事找我，只要我做得到，一定帮忙。"

"那我先谢您了！"晓玲高兴地说。

"先不说谢，要是我帮不上忙，你岂不是白谢了？"月秀坐下，笑着开了句玩笑。

"阿姨，我叫晓玲，您先耐心听我把话说完，到时如果认为我很无知很冒昧，再责备我好吗？"

"您到底想说什么？"月秀这时心里有点不安，难道这也是被自己的儿子抛弃的女友？可像这么礼貌又漂亮的妹子，儿子怎么会看不上呢！

"阿姨，我是荣贞医生的外孙女，是文秀的妹子。"晓玲鼓起勇气自报家门，她把文秀的名字说出来，是为了月秀不起反感，文招和她有过节，而文秀没有，如果让她误以为自己是文招的女儿，她们之间就会无法交谈。

"哦，你找我做什么？我早就不在荣贞医生那里了。"月秀瞬间变了脸色，口气也变了，变得很僵硬，很冷淡。

"阿姨，今朝日子能够认识您，是我的好运气，要是再迟几分钟，我就错过了这个机会，那就太可惜了。像您这么靓板这么有气质的农村妇女真是少见，要不是在您家，打死我都不信您也种过田。"晓玲在路上就做好了马屁精角色，把人家拍得晕头转向了，工作就好做了。

月秀一听，果然粲然一笑："被你这么一夸，我都有点不好意思了，不过我现在不用再作田了。"说话间，月秀的脸上已经阳光灿烂，平添了几分妩媚。

"难怪我的呆呆……"

"你呆呆最近怎么样，有冇好转？"月秀不太自在地问。现在她已经明白晓玲的来意了，也想起来刚才为什么会有似曾相识之感，原来在荣贞诊所客厅里挂着的那张全家福上，那时晓玲还没毕业，也没这么成熟，她天真地竖起两个手指做成"V"的动作，笑得非常阳光。

想到那个遭人怀疑的子虚乌有的暧昧关系，又冲动地把招玉打进医院，弄得自己和荣贞双双进了派出所，月秀觉得脸颊发烫，颇不自在，不清楚这妹子会怎样看自己。

"阿姨，我呆呆身体越来越差了。说实话，如果不是秋香阿姨来见了他一面，他年都过不了，哪还能过上八十岁生日！之前，我呆呆做梦都一直喊您和秋香阿姨的名字，秋香阿姨来过后，他就不常喊了，只喊您一人。看到他这么痛苦，我心里很难过，一直都想来认识您，也很想恳求您辛苦一趟，去见一见我呆呆。阿姨，您能答应我的这个不情之请吗？我呆呆的时间不多了，说不定哪天就突然走了。我看得出您是个善良的人，相信您不会忍心让他带着天大的遗憾痛苦地离开人世，您只是心有顾虑，对吧？"说完这些，晓玲已是泪流满面。

月秀很不解，一个外孙女竟然会为外公这么辛苦地寻找一个毫不相识的人，还要担着被那个外公特别想见的人怒骂或被赶出门的风险，这对于一个还未结婚的女子来说是很难做到的，换了她，也许都不愿意去担这个风险。

"晓玲，不是我心肠硬不懂人情，说实话，我也想去见荣贞医生，只是，让人家看到了会怎么议论？本来这事就让你那个老虎嫲一样的嫉妒闹得满城风雨，让我冇面子见人，现在好不容易风平浪静下来，可你又要让我……要是再掀起一股闲话热潮，你让我怎么过日子？说实话，如果不是看在你的孝心上，我早赶你出门了，又怎会和你说这么多话？所以，请你也谅解我的难处，从离开诊所那刻起，我就发誓绝不再回头。"

只有月秀知道，她不但是看在晓玲的孝心上，还看在她的礼貌和诚恳上，像这样的姑娘，完全用得上那句"打着灯笼也难找"。

"阿姨，一看您就不像硬心肠的人，我不会看错的，您善良，又富有同情心，您肯定不会让我无功而返，更不会让我呆呆死不瞑目的。"

晓玲锲而不舍地赞美，让心有所动的月秀再无力拒绝，不由得想起荣贞的好。在得与失之间，还是得到的多吧。他都能拿生命来保护自己，自己所受伤害与他相比岂可同日而语？他助自己渡过了多少难关？秋香可以跨省来看他，平常还打电话问候，我怎么就做不到，我是那种无情无义的人吗？

月秀拢一拢头发，终于松了口："晓玲，我答应你。不过，白天我是不会去的，我不想再出一番笑话。你回去吧，我晚上抽个空来，到时你最好看住你们家那只老癫狗，可别让她咬着了我。我先声明，万一让她咬伤了我，我是一定要打血清①，不管咬伤了哪个部位，我都不会客气。"月秀的意思，如果招玉伤了她一根毫发，她都要让她出血。

"阿姨，您放心，我呆呆家的那条会咬人的狗早就卖掉了。"

晓玲被高兴冲昏了头脑，没听出月秀的弦外之音，真以为月秀口中的狗就是那条老咬人的母狗。

晓玲听招玉说过，那条狗咬过三个人，害荣贞花去三千元，本来也不要那么多，一般情况下肢二百元就够了，可荣贞不管下肢上身，只要是被他的狗咬伤了的人，就当场给人家一千，人家不愿收，他就用激将法，"你这是嫌

---

① 血清：一种高价狂犬疫苗。

少！"人家真心不想收这么多，也就说，"真是太少，要给就拿一万来吧。"他晓得人家这是反过来激他，就沉下脸说，"不收，以后，不要再踏进我家门。"在荣贞看来，钱再重要也重不过人情、生命，不管下肢上身，不幸让狗咬了，打好一点的疫苗就保险得多。见那狗老咬人，荣贞就叫人买了去，人家上家来套狗时，他不忍心看。那只狗忠心耿耿，像个称职的警卫员，无数次的白天黑夜陪着他翻山越岭东家出西家进的，而荣贞每次去做客，总要叫主人家拿出食品袋装上一袋骨肉带回家犒劳它，家里有骨头和肉，他更是忘不了贴身"警卫"，曾不止一次地爱抚着它的头说，"阿发，你一定要陪着我到死，死了我也要让你跟着我"。连招玉看了都很生气，"对狗这么好，都胜过了对老婆几十倍"。狗贩子走后，荣贞犹感心痛，"阿发啊阿发，你要是不咬人我怎么舍得把你卖给贩子呢"。荣贞把卖狗的钱都买了学习用具，在六一儿童节那天送到了小学校。

月秀见晓玲并不曾听出她的意思，心里苦笑了一下。

从月秀家出来，晓玲心情愉悦，骑着摩托还唱起了歌，一刻钟工夫就回来了。

文星看她那样子，笑着说："又解决了一个难题？"

"我办事大舅还不放心吗？"晓玲自鸣得意。

"花了多少钱？"在文招眼里，月秀就是一个"有钱亲哥哥，没钱馋死哥"的女人。

"一分不要，不过她说不能让家里那只老狗嫲咬她，否则不客气，一定要我们赔大钱，我叫她不要怕，那只狗早就卖了。"

"傻瓜蛋，她是在骂你驰驰呢，亏你还自吹什么冰雪聪明，连这点都没想到。"文招白她一眼说。

晓玲恍然大悟，难怪月秀的笑有点诡秘，她想不到这么漂亮的女人也会指桑骂槐，红着脸用右手拍了一下脑袋，"想不到她还有这一招。"继而又说："不过，只要她肯来，被她耍弄一次也抵得，被她卖了大不了自己再买票搭车回来。本来我就有花重金的打算，想不到连说几句好话就省下了，其实，我看她不是贪钱的人，大姨您也莫把她想得那么坏。"

文星一旁也说："事情都过去了，只要能了爷哩的心愿，我们也就没必要再戴着有色眼镜看人了。世道如此，人家就是贪钱也可以理解，再说她又没向我们要钱。"

文星这般理解，文招也就不再说什么了。

到了第三天，月秀下定决心，吃过晚饭后，对老公说："我'表叔'又来了，我去买包卫生巾，然后去打麻将。"

老公说："爱去哪儿去哪儿，不用向我汇报。"

月秀说："那我去野男人家了，拿顶乌龟帽子给你戴。"

"你会的话我日子倒是好过了。老婆成了摇钱树，我把你当神奉！"

这样的"开通"令月秀很气愤，见他坐在沙发上漫不经心地换着电视频道，就猛瞪一眼，戴上头盔，发动摩托，呜的一声走了。

到那个熟悉的门口时，月秀还犹豫了几分钟。既来之则安之，当她从摩托车下来时，心跳就不正常了，眼前突然出现了这样一个画面，一只老狗看见她马上汪汪狂吠，咧嘴龇牙，面目狰狞，就要扑过来，月秀吓得大叫一声，好像已经让狗咬着了，血流如注！

晓玲听出月秀的声音，马上从病房冲出，看到月秀惊慌失措之状，忙问："阿姨怎么了？"

月秀看到晓玲，马上从幻觉中醒来，镇静地回答："我以为你呆呆家还养了狗呢。"

晓玲听了，忙安慰说："自那只狗卖了后，呆呆就不养狗了，他说伤了人总是过意不去，和狗有了感情又不舍得卖掉。您放心，我们家没有狗。"说完，亲热地牵着月秀的手走进客厅。

这天，刚好文招文星又在家，文招和招玉听到晓玲喊月秀阿姨，就马上躲进了另一间电视室。文星则迎出门，热情地邀请月秀坐下喝茶，他比月秀大，只能叫她的名字。月秀看文星也是个儒雅随和之人，心也就安定了下来。

接过文星递过的茶呷了一口，月秀说："晓玲，我们去看你呆呆吧，我不能待太久，等下还有事呢。"

"好吧。"晓玲牵着月秀的手，进了房间。

荣贞身体好时，住在楼上，得病后就住楼下。刚才的摩托声音他听到了，也听到了那熟悉的惊叫声，他的耳朵灵着呢！他平时听错话完全是精神不集中，心不在焉，自从听晓玲说月秀会来看他，他又有了好心情，一切器官都好像恢复了正常。

看到眼前的影子，他的心里甭提有多高兴，虽然还忍受着肝痛，却还是主动打起了招呼："秀秀，肯……肯来看……看我了，我就晓得你……不会这么狠心的，不会……让我带……带着遗憾……走的，现在我……死也甘愿了……"

"荣贞医生，您不要多说话，我来看您是应该的，您是好人，更是好医生，应该我来多谢您。您不要想太多，安心养身体，等您好了，我再陪您上山挖草药。"

月秀说完这句话，连自己都吓了一跳，这不是自欺欺人吗？可不这样说，她又觉得对不起荣贞。

荣贞那苍老、满是皱纹的脸勉强挤出一丝笑容。月秀看了，又好像看到了幻觉中那条面目狰狞的狗，心里又悸动了一下。

"冇机会了，我都……接到阎……阎王爷的……通知了，如果不是等……等你来，我早去火葬场了。"荣贞声音不大，又有气无力，语无伦次。

月秀听了，很是难受。

晓玲不知什么时候退出了，荣贞试着伸出左手想去拉月秀的手，但月秀躲开了，只是为他掖了掖被角。

正不知如何是好，手机响了，她的心马上活跃起来，高兴地说："及时雨！"

荣贞问："又落雨了吗？"

月秀说："荣贞叔，我朋友催我去跳舞呢。"

"等一会儿，我……我……快叫玲玲过来。"

月秀就叫了一声晓玲。

晓玲走到荣贞面前问："呆，您有什么吩咐？"她看了看月秀，月秀摇了摇头。

"玲玲，送……送一本草药书给……给秀……"荣贞用手指了指月秀。

"不用，不用……"月秀连忙摆手，她已不想花精力再去研究花花草草，有空和麻友们研究研究麻将，岂不更轻闲？刚才麻友们就是催她上阵的，她怕荣贞反感，就称去跳舞。

"荣贞叔，这药书还是留给晓玲吧，送给我只怕还会让我老公当垃圾丢掉，那就太可惜了。您安心养病吧，我走了。"

不等荣贞开口，月秀那娉婷的身影已经飘向了门口。

荣贞在床头摸索的手无力地松弛。一个三千元的红包，早早就夹在药书里头，等着月秀来时就给她呢，他记着她还欠着人家装修的工钱。她头也不回地走了，他连叫数声，连自己都不晓得是嘴巴在叫还是心在呼唤。

听到摩托的发动声和呜呜声，荣贞心里空落落的。

晓玲和文星送人后进屋，发现他一副失魂落魄的样子，无神的眼珠看着他们转动都失灵了，不禁双双吓了一跳，以为他也说走就走了。晓玲忙上前打了打脉，听了心跳，才松了一口气，回头对文星说："只是太累了，让他休息一下吧。"

"刚才月秀说了，只要您能好起来，她还会来看您的。"文星说完，心里很难过，看样子，父亲也就十头八工①的时间了。月秀来见面，让他痛苦地挣扎了几天，如今心愿已了，他就不会再和死神拼搏了。

荣贞无力地摇了一下头，心里明白，无论哪一个，对他说的都是安慰话。他的病是好不了了，要是能好，早就好了，可大家怎么一直这样骗我呢，难道忘了我是医生？

遗嘱和余音

月秀走了，荣贞就不想睁开双眼，他闭目把那个打电话的人诅咒了一番，诅咒她在跳舞（他完全相信月秀）时扭伤脚。他从来都没这么恶毒过，临死恶毒一次，也许阎罗王都会原谅。

才过三天，早晨的太阳迟迟升起，照进阴沉沉的病室，荣贞在艰难地咽下半碗稀粥后，对文星说："我坚持不下了，我要……要走了，我……我走后，你一……一定要……要叫……叫大家……孝敬……你们的……媄哩，她……受了……不少苦，你……你们……也要互相……照顾。"

文星哽咽道："您放心吧，我们会孝敬老媄哩的，我们兄弟姐妹也会合合适适的。"

荣贞微笑着点了点头，看着晓玲："玲……玲，辛……辛苦你了，呆呆没什么送，就……就把所有的……草药本……送给你。"艰难地把这些话说完后，无力的左手指了指床头柜。

"呆，照顾您是应该的，您放心，我会以您为榜样，做一个好护士。"晓

---

① 十头八工：十天左右。

玲呜咽出声。

"不要喔，一喔就……就成丑……丑小鸭了。"

"招子，对……对不起。"荣贞无神的目光转向招玉。

招玉赶紧凑到他嘴边，泪水滴到了那张惨白的老脸上："老头子，你这么难受，受不了就走吧，在那边等着我。要是你不嫌弃，后生世人我们还一块搭伙过日子，不过，我们不能把这一生的怨恨带到那边去，我们好好过日子，好吗？"

荣贞努力地挤出一丝微笑，无比吃力地伸出枯树枝般的手，招玉握住了手，感到冰冷冰冷，就晓得他挨不过今天了。

"老爷哩，您坚持住，我已打电话叫大家回来，他们都在路上了。"文星刚说到这儿，手机响了，是文书的，说他们已经出发，要文星把电话拿给父亲听。文星就把电话拿到荣贞耳边，"老爷哩，文书说要和您说话。"

荣贞眉头一颤，笑了一下。

"爷哩，我是文书，我们很快就会回到您身边，您要坚持住，我们有许多话要和您说呢！"

"好，好……"

继而，文宝也通过电话说了几句，让妻子和女儿都叫了荣贞几句。荣贞听到了他们带着哭音的呼喊。

他们有孝心，是会来自己墓前祭扫的，荣贞着实高兴，可是，他坚持不住了，握着招玉的手慢慢地松开垂落了。文招闻讯赶来时，荣贞还听到了她的哭喊，可他已经没有力气睁开眼睛最后看女儿一眼了。

大家一齐失声恸哭，招玉扑在荣贞身上，呼唤着老头子，涕泪交流。晓玲怕她伤心过度，把她扶到沙发上。

下午，子孙们一回来，放下行李就扑通跪在荣贞的遗体前失声恸哭。此时，家里已经人头攒动，本组每家一至二个，都来帮忙料理后事。在荣贞子孙们哀号连天中，他们想着荣贞的音容笑貌，也都控制不住内心的悲痛，陪着流泪。主事者见各位子孙算是见了荣贞最后一眼，就打电话给殡仪馆，还和文星几兄弟商量，说骨灰烧好后，还是运到老家设灵堂，那边房间多，禾坪宽，好办事。

华灯初掌，殡仪馆送回了骨灰盒。帮忙的人七手八脚做好一切，摆好灵堂，点上香纸蜡烛。荣贞遗像面前的香炉香火不断，惹脚、小灵通等人还自愿留下来陪荣贞亲人一起守灵。

消息传出，远乡近邻都有人前来吊唁。禾坪里站满了人，摆满了花圈。人来人往，帮忙斟茶的都要好几人，记香仪钱的也要好几人。灵堂里香火浓浓，哭声震撼，子孙们忙着接应烧香吊唁者。人太多，他们只能不停地接应，农村习惯和风俗，但凡有人来上香，子孙们必须跪地哭着接应，如果灵堂冰冷肃静，就会让人议论子孙不孝，来人也不会进去烧冷香。多数人都体谅死者家属，前往烧香吊唁时，往往约上一群人同去，一来免得死者家属重复接应，二来可以壮壮胆。

儿女们在清理父亲的遗物时，在抽屉一个装活络丸的盒子里看到了一本存折，存折里夹着一张字条。

文书把字条打开，上面写着"遗嘱"两字，扫一眼，马上交到文星手里。文星轻声地念起来：

"当你们发现这张字条时，我已经去阎王爷那报到了，我自信你们看到这张遗嘱时，心里还会难过。我这个人，文化不高，脾气却不小，以前说过许多错话，做过许多错事，让大家伤了不少心，但我毕竟是你们的'家委书记'，而且，我的一切行为都是为了自己的子孙好，传宗接代、望子成龙是每个家庭的期望，请你们理解！

"在这里，我真诚地向三个生娅道歉，对不起了！以前过分注重传宗接代的风俗，重男轻女的思想太严重了，说话做事缺乏考虑，伤害了你们，希望你们不要记恨。每年回来都来我墓前烧上一炷香，我会保佑你们的。

"自从得了病，晓玲放下工作回来照料，让我开心无限。我认识到了，只要有孝心，孙女孙子、家孙外孙都一样，在这里，我也向所有的孙辈说句对不起。

"说实话，如果不是晓玲，我也许早就和你们分阵了，也挨不到八十大寿。所以，这本五万块的存折和那些草药书都留给她，她答应回来开诊所，这些钱和这栋房子也算是我留给她的本钱，相信大家也同意。晓玲不在这儿开诊所时，长兄当父，长姐当母，一切听文招和文星的，相信他们能处理好。

"晓玲，你一定要记住，作为医护人员，一定要刻苦钻研，为病人解除痛苦是我们的职责和骄傲！千万不要为了赚钱，就乱配药、乱收费、乱挂瓶。医者父母心，心里要真正装着病人，处处为病人的健康着想。对于那些贫困的病人，一定要多一份关爱，伸出援助之手，我相信你会成为一个好医生！

"还有，你们大家一定要孝敬家里的老太婆，最好能把她接到身边，这样我也放心些。她一生受了很多苦，我让她受了很多委屈，我也说声对不起！招子，如果有来生，我还来找你，我也一定好好待你，以此弥补我今生对你的亏欠。你一定要好好地活着，多享几年福，不要急着来找我，让我好好地反省反省，我留给你的钱，也不要去省，想吃什么就去买来吃。我在那个世界抓紧努力。等以后你来了，我们一起享福……"

读着读着，文星不觉放声大哭起来，大家也都泪飞如雨。

文宝接过遗嘱，哽咽着往下念，时而抹泪，时而闭眼调整情绪，心里和大家一样，充满了内疚和懊悔，更多的是对父亲的怀念。父亲啊，你一生勤勤恳恳、治病救人、行善积德，白天像牛一样，风吹日晒雨淋，晚上困得躺在床上连锅铲都翻不过来，却还经常让病人家属摇醒接走。文宝永远不会忘记，不知有多少回，家人半夜起来方便，发现父亲手里紧紧抱着药箱，躺在潮湿的地板上睡得跟猪一样，呼噜打得比猪还响，让人听了倍觉怜惜。事后和他说起，他却笑着说："当时连吃奶的力气都没了，上下眼皮都拉不住，非密切联合不可。"邻里得知这些事，都笑他说迟早会掉粪坑里淹死，他笑着说："要死就一定死在酒上或女人肚皮上，绝不可能让大肥淹死！"有一次，他出诊出来，上完厕所，竟睡在粪坑板上。那时日子还过得紧巴，为防他真的掉粪坑，家人曾一齐动手，从山上扛了几截杂树，因陋就简制作了一个特别的"卫生间"。

想起往事，儿孙们都心如刀绞，失声恸哭，负疚与伤心的泪水像泉水一样汩汩冒出。

子欲孝而亲不待！父亲啊父亲，如果可以从头再来，我们一定要让你和母亲活得开心，也让自己活得无怨无悔！文星他们都这样想。

骨灰盒在家里放了三天，第四天是落葬的日子。唢呐班的人来做好一切法事后，就吹吹打打地把骨灰盒送到了他出生之地。荣贞生前说过，死后必须把他安葬在父母身边，要和上代祖宗相聚一堂，和两个哥哥一起孝敬上代祖宗，子孙们岂能掠了他的心愿！

虽说是同一个村，但路弯走起来花时间。送葬的人多，花圈又有上百，鞭炮装了两辆工具车，一路鸣放，唢呐班的也很卖力，可谓浩浩荡荡，浓烟滚滚，好比战场，看不清人，大家都哈欠连天，让烟火熏得睁不开眼睛。

据小灵通统计，扛花圈九十六人，举香火送葬二百零五人，八仙和唢呐班十七人。送葬队伍排成了一条长龙，因为路远，又被香火熏得眼睛生疼，喉咙干燥，大家都觉头昏眼花，手脚乏力，却也尽力支撑。

荣贞落土为安后，吃饭时小灵通又有统计，共四十五桌，创全村纪录，香仪钱在全村更是遥遥领先。

当晚还得谢厨。本组所有帮了忙的，孝家都还要请吃晚饭，名曰谢厨。文星三兄弟又一一敬酒，感谢的话说了不少。大家几乎都众口一词："不用谢不用谢，荣贞叔平时做人好，从不挑肥拣瘦看衰人，我们当然要一起把他的后事办得隆重些！"

农村礼节繁多，白事跟红事一样隆重，甚至远比红事难于操办。大凡红事，若主家不请，很少人会不请自去，而丧事就不同，一听到这事都会不请自去。如果升仙者一家平时深入群众，像荣贞一样行善积德，扶贫济困，乐于助人，他就死得重如泰山，值得全村哀悼。

追悼会由村主任主持，村支书致辞称："荣贞同志几十年如一日，守护着美溪全村及邻村百姓的健康。他的行医准则，他良好的医德和医术，赢得了大家的称赞，也得到了医学界的好评。他的一生是光荣的一生，他的死，是全村村民的最大损失，是亲人和朋友的最大不幸……荣贞同志永远离开了我们，但他的精神还活着……"

荣生拖着久病之体，也到会讲话追思，称这个老弟叔①一直受着岳父钟秀贤的影响，立志从医救人，曾无数次和岳父栉风沐雨为病人解除痛苦。他特别提到，一次下大雨，翁婿俩上门出诊时路滑，老岳父结结实实地摔了一跤，痛得龇牙咧嘴，都迈不开步了。年轻体壮的荣贞挎好药箱，让岳父撑伞，把他背回了家。两人都被雨水淋湿了，但药箱还是干干的，雨伞只保护好了药箱。那时药物奇缺呢，老岳父说，人淋湿了回家可以换下衫裤，而药不行。

话到这里，现场唏嘘一片，这样的医生，这样的人，这样的翁婿，现在到哪去找呢?！

荣生擦了擦泪花，最后说："我这个老弟叔在几十年的行医中，坚持自学，了解现代医学技术，一边搜罗民间秘方、偏方，治好了不少疑难杂症，也教会不少村民用土方子治好常见的普通疾病，方便了大家。我们曾经的房长叔

---

① 老弟叔：年纪比自己小的叔辈。

公，我永远的老弟叔荣贞走了，于我，于我招玉叔娓^①家，于本村，都是一大损失，于子孙更是。如果他还健在，那该多好！"

呜咽声声，余音袅袅。

曲终雅奏，惹脚在回家的路上，对小灵通说："荣贞死了，会行医，能助人，又会比赛讲酸话，七老八十了还能拐到^②细妹子，一辈子本色做人、风流做事的人，还没在美溪出生呢！"

"这样的人怕是绝种了！"

话刚出口，就听得嘿嘿两声笑。

那是多么熟悉的笑声啊，惹脚倏地一惊，定睛看着小灵通。

小灵通也睁大了眼睛，怔怔地看着他，又转头看着四周。

天地茫茫，冷月无声。

惹脚急忙弯腰，向天地作揖："荣贞叔，菩萨叔，我们都念着您的好，绝无坏心坏意，您就放心好走！"

小灵通擦擦额头沁出的冷汗，也急忙有样学样："荣贞叔公菩萨，一路走好！"

风吹过，雀儿飞，落叶舞。早春泥土的芬芳正随着无边夜色弥漫开来。

2014 年 10 月 25 日上午一稿

2015 年 6 月 30 日晚二稿

2015 年 7 月 16 日晨定稿

---

① 叔娓：婶母。

② 拐到：哄骗到。

【附一】

客家往事三部曲

书评

一部久违的厚重而地道的农村小说

——读钟兆云、钟巧云合著长篇小说《乡亲们》

傅　翔

这是一部地地道道的农村小说，是近二十年来我所看过的最地道的一部。我真的没想到，它的雏形竟会出自一个乡村农民之手。说实话，我一直在期盼着这样一部作品的出现，现在它出现了，出现得如此偶然与奇特，真是让我格外吃惊！它注定要填补多项空白，这些空白是近二十年来中国小说创作遗留下来的。中国小说家们没有完成的事，如今，一个地地道道的农民把它完成了。想到这，我还是忍不住激动。

这个农民就是钟巧云，她是作家钟兆云的姐姐。钟兆云以传记文学创作成名，在中国文坛已是小有名气。钟巧云却是一直生活在农村的农民，谁又能想到，这样一部无比厚实与鲜活的农村小说竟源自她辛勤的手！她在劳作之余，日复一日地沉浸于自己的世界里，用学生作业簿慢慢腾腾地写，一写就是几十万字。当我看到那厚厚一摞作业簿密密麻麻地写满了工工整整的方格字时，我的心中只有钦佩与震撼。

更让我吃惊的是，它并不是自传，而是村庄里一个个人物的故事与命运，是那个村庄的传记与传奇。她的作家弟弟立志要为生活过的村庄立一块厚厚的碑，她积极响应并率先动作，就这一点，她就轻易地站在弟弟的肩膀上了。如果没有她，我不相信久居城市的钟兆云会写出这么好的作品，因为这是当下中国小说家都没有完成的。

你瞧，她写的是多么农村的小说啊！它就像一位农村妇女，事无巨细，唠唠叨叨地讲述着村庄的家长里短、是是非非。一个个人物向我们走了过来，一件件琐事在我们面前逶迤展开，是那么鲜活与生动，那么地道与家常，它牵动着我们灵魂深处的记忆，让我们无比亲切地看见了自己，看见了过去与现在，以及对将来的忧虑。

其间有"父亲"的"正传"，有"大伯母"的风尘往事，有婆媳之间的恩怨，有宝哥、发哥、"土皇帝"、"牛皮舅"、"四类分子"和"光棍司令"们的传奇，也有赌博、婚外情、铺路、征地拆迁、扶贫款、村选等事件的众生相……真可谓林林总总，应有尽有，让人如入其境，如见其人，如闻其声。

小说以作者生活的乡村为舞台，描写了中华人民共和国成立六十年来中国乡村农民曲折离奇的命运与遭遇，揭开了农民大众的悲欢离合与喜怒哀乐，特别是改革开放以来他们所遭遇到的种种困惑与变故，以及新时代农村建设中不容回避的矛盾与问题。作者从血肉相连的故乡出发，以几十年的亲身经历和深切同情，真实地反映了农民的苦难与不幸，堕落与抗争。在这个小小的村庄，一个个人物与故事相继展开，它们单独出现，又相互关联，共同演绎着人间的冲突与情感的纠葛，从而汇成了一幅浓墨重彩的乡村风情的斑斓画卷。

这真是一个对农村了如指掌的人，如果不是长期生活在农村，又怎会有如此杰出的表现呢？

我不得不说，这个传统是当前中国小说家们没有继承下来的。我太久没有看到这么优秀与地道的农村小说了！这个传统来自老舍、赵树理、孙犁们，在20世纪80年代还可见它的踪迹，可到了90年代以及21世纪，这个传统便出了问题。因为作家都太像作家了，都生活在城市与高高的象牙塔里面，与农村的血肉联结断了。他们写的农村不是真正的农村，是想象中的农村，是诗意的农村，是隔膜的农村。他们写的农民也不是真正的农民，因为他们说的不是农民的话，做的也不是农民的事。他们只不过是道听途说，敷衍成文，所以他们根本就经不起推敲，总是捉襟见肘，漏洞百出。

我欣喜的是，《乡亲们》终于让我看到了真正的农村，真正的农民。这个看似非常简单的事情其实非常重要，特别是在看了那么多虚假的农村小说之后。虽然《乡亲们》还算不上尽善尽美，技巧上也还略显稚嫩，但它是绿色的，是真实的，是鲜活的，它就像是一道地地道道的纯天然的乡村野菜，征服我的正是这种原汁原味的乡野气息。

除了地道的农村故事与人物，小说的语言也格外新鲜与神奇。在小说中，作者大量使用了地方方言，这是一种流行不算太广但却很有影响力的语言，这种方言就是著名的客家话。对这种方言，使用得较好的是台湾作家钟理和，因为他就是地道的客家人。在他的作品中大量使用了这种方言，为他小说的风格与魅力奠定了坚实的基础。后来，项小米的长篇小说《英雄无语》也有较大的篇幅追寻了这种方言与客家文化的魔力，但因为项小米对这种方言不是非常熟悉，她使用得不是很多。而今，我终于看到了更为彻底与大胆的客家话，它遍布了小说的角角落落，带给我们无限的惊喜与享受。随便摘一段：

　　正当两人打得精疲力尽、快撑不住时，贤古的老婆芳芳和有富的兄嫂来了，看到他们一脸鲜血，衣裤被撕个破烂，两边的家人都像枪头上的麻雀，吓破了胆。

　　"两个神经病，吃饱了撑的，是不是武打片看多了，也想上电影了，有力冇地方消，就去上山砍柴，在这打生打死好看相（雅观、体面）吗？！"芳芳开口大骂。

　　"曼人（谁）叫他笑我东西冇用，骂我断子绝孙，我将话驳话，要他老婆借我试试，难道错了？"

　　"娘个细短命子（你这个短命鬼），还说，老婆有借的吗？如果你行狗屎运讨到了老婆，难道你可以借给各类人（别人）睡，那你肚子里真能撑船了。我只骂了你一个，你却骂了我子女和老婆，骂我乌龟头，现在我老婆在这里，你问她有没有搭过男人？"

　　"你好哇事（好意思）说只骂了我一个？你更狠，连我未见面的老婆和未出世的儿女都骂了！"有富也不是盏省油的灯，他这一句话一出，让在场的人哭笑不得。

　　芳芳一脸愠色手指有富："尿桶古，话不能乱讲，饭不能乱吃，我嫁给他后，安分守己，没做过丢人的事，你凭什么骂他乌龟头？"

　　"好了，好了，相骂冇好言，相打冇好拳，一个巴掌拍唔响。爱相打相骂，两个都有错，都是自家人，打生打死都唔值得（不值得），让人笑话，到此为止吧，又不是杀父之仇，不共戴天，都回家洗干净把衣服换了，看成什么样子了！"

　　有富古的嫂子美华读过几年书，说起话来让人无法反驳，她连劝带骂，中止了这场大有置生死于度外的搏斗。两只公鸡也斗得精疲力尽了，就坡下驴，头也不回地回了家，换下衣裤，擦洗伤口。

两人都是能拖住老虎尾巴的年龄，功力不相上下，只打了个两败俱伤，各人负责各人的药费。自此结怨，怎么也入告唔到（意即和不来），见了面就像见到了鬼。（《光棍司令有富古》）

可以看到，这是何等到位何等生动的语言啊！虽然土得掉渣，对外地人也有些阅读上的障碍，但它是活生生的，鲜活得如见其人，如闻其声。就凭这一点拿捏语言的功夫，作者的语言功力就非同小可，这哪是一个农民能够写出来的呢？可除了农民，哪位作家又能写出如此地道的对话呢？这正是出道多年、乡村情结缠绕不去的作家钟兆云，和他始终怀揣文学梦想的农民姐姐钟巧云珠联璧合的成果。

我已经陶醉于如此美妙的语言之中，更为那些名不见经传的小人物的命运而嘘唏感叹。我想起了过去，也想起了身边的亲人，为那一个个真实而鲜活的农民，为那一个个善良、勤劳而又有着各种各样缺点的人们，其间的悲悯，其间的疾苦，其间的眼泪，其间的欢笑，我都亲切地感受到了。为此，我就想，看见《乡亲们》的人是幸福的，也是不幸的。幸福是因为阅读带来的快乐，不幸则因为你想写的东西被别人写掉了。

《文艺报》2010 年 12 月 24 日

贴近地气的踏实

——读《乡亲们》有感

郭 鹰

近来，一部名为《乡亲们》的长篇小说在文坛引起极大的反响，这是福州市作协主席钟兆云和他只有初中文化水平的农民姐姐钟巧云合作，累积数年完成的第一部长篇小说。它由若干个中短篇小说组成，以闽西客家乡村为背景，以逼真的现实，提出了中国南方乡村农民群体的命运遭际和心灵秘密，以及新农村建设中不容回避的现实矛盾，令人深思，发人深省。它扎根于青山黑土的闽西大地上，贴近质朴生活的人群中，与大地无缝对接的姿态从当下作品中凸显出来，让我们在品味农民大众的疼痛和卑微的时候，从灵魂深处感受到贴近地气的踏实。

记得有一位从农村走出来的文友面对一望无际的金色稻田说："我最痛恨赞美劳动的文章和人，这是因为他们根本就没有劳动过，他们根本就不知道劳动的艰辛和苦痛。"当我们沉湎于乡村清新的空气、如画的风景而感慨道："如果能住在这里，远离尘嚣那该多好。"一位曾经当过五年乡村小学教师的朋友说："如果你常年生活在这里，就会迫切地想要逃离了。"是的，每道靓丽风景的背后都蕴含生命付出的酸辛苦累。我们看到劳动者的勤劳，却不曾真切领会到劳动的艰辛；我们赞美乡村的清新和美丽，却看不到乡村生活的单调和闭塞；我们印象中淳朴善良的乡亲们，却很难在短时间内看到他们热情笑容下的自私和狭隘。当这些来自乡村底层的生活，被一位几乎没有多少写作经验的作者和一位已是著作等身的作家用天然的真实呈现给我们时，让我们几乎忽略了小说本身，一下子就进入到生活自然流淌的原生状态，甚至能感知到生活在这个状态的人物心态的颤动和眼波的流转。小说清淡到几乎找不到几个形容词，却能处处感知人物命运的跌宕起伏和故事的一波三折。这部作品与近年来陆续出现的《抚摸岁月》《一座楼的客家》，堪称客家乡土文学的三大著作。

血脉深情的关切与温情，是这本书的灵魂所在。"为什么我的眼里常含泪水，因为我对这土地爱得深沉。"无论是仅有初中文化，生活在乡村的姐姐，还是早已著作等身，名望过人的弟弟，他们都对这片生养自己的土地饱含深情。他们对乡村生活有刻骨铭心的体验，对父老乡亲深为牵挂和关切，他们用数十年的精细体察，从眼到心，从心到笔，用朴素的语言，从容地叙述着这片故土和故土上的人们。正因为如此，从他们笔下走出来的乡亲们，不只是浮于表层的质朴和善良，更触及人性深处的善恶。他们的追求与抗争，堕落与尊严，美与丑、善与恶，一幕一幕真实地展现给我们，令人读来既沉重又酸涩。在书中，我们既看到《如此婆媳》中婆媳之间水火不相容的矛盾，也读到《旋转人生》中血溶于水的骨肉深情；既读到《大伯母的风尘往事》中人性的丑陋，也看到《村妇的名节》中的美好品质；既读到《王晃子的婚外情》中的丑恶，也读到《夫妻之道》中的良善。书中大胆真实触及农民群体中的性困惑与性追求，尤其是触及变性的《两性人》，作者用平等同情的笔触描写了两性人不为人知的强烈苦痛。整本书充满对底层生活的别样表达和悲悯，充满对人性的深刻挖掘和关怀。

米兰·昆德拉说："小说应该像音乐。"西蒙宣称："写作是一种文字探险。"而阿斯图里亚斯更有感触地说："一部小说就是一桩语言的壮举。"如果说《乡亲们》的故事显得沉重而酸涩的话，那么它的语言则是如此生动活泼，令人忍俊不禁。正如书中所写："说粗痞话是最有力量的语言，也是语言中最重要的瑰宝。一位中国作家'心有戚戚焉'地说，骂粗痞话的人，一定是在重重的语言假面那里行将窒息，才生出骂骂娘的歹意……"是啊，小说就是文字语言的艺术，是艺术就要有节奏韵律感，有你那个地域语言的独特味道。可是，我们现在很难看到用原汁原味方言的文字语言了。因此，《乡亲们》随处可见的乡村俚语方言歇后语，尤其是那些吵架的话语，行云流水，一气呵成，让人读来如此惊喜亲切。如"过了筛子的黄豆，有大有小；狐狸唔知尾下臭；真是好碗打掉歪碗在，命苦不能怨政府；九子十三孙，临死打单身……"又如那些脱口而出，不加雕饰的，充满乡间风情的灵动的文字信手拈来，简直是一座客家语言瑰宝殿堂："尿桶古，抓紧讨老婆啊，不然你的'小老弟'都有意见了，发起火来床板都会捅个窟窿";"听说生了个带把的,笑得嘴都合不拢,屙屎对墙笑,鞭炮都要买大点"……能把狭小的、原始形态的方言变成如此美妙、有力的现代文学语言,让全书异彩纷呈,生动活泼,这让我突然想到有一句话:"方言才是真正的语言。"

在拜读这部小说的过程中,时常被钟兆云的农民姐姐钟巧云所感动。这位因为家境贫寒,为确保兄弟读书而自愿辍学务农的姐姐,在沉重的生活压力下,始终钟情于读书写作。在这个电脑时代,她用笔一字一句码成三十多万字的手稿,让我们看到文学的神奇力量在一位农妇身上的体现。此外,我更被钟兆云感动,这位迄今已有一千多万字作品在海内外问世,出版《刘亚楼上将》《农民知己邓子恢》《辜鸿铭全传》等三十部传记专著,曾获多项国家级奖项的著名青年作家,开始俯下身姿,将关注的目光从将军伟人身上转移到底层的人们。他跟随姐姐的脚步一起,回到乡村,贴近父老乡亲,用强烈的悲悯情怀和忧患意识,透视底层百姓的疾苦和内心世界,更显得难能可贵。我时常面对这些至情至性的有血有肉的文字会陷入深思:当我们沉湎于玩味文字和技巧,甚至思想和精神时,我们是不是开始浮泛于大地之上,疏离了生活的本质?当我们苦于无文可写可读时,我们的生活方式是不是早已脱离了生存的地平线?当我们长期沉湎于小说技巧的尝试和探索之后,面对这本天然去雕饰的,贴近地气的小说集,是不是感到应有的惊喜?

当然,这部小说也有不尽完美之处,比如有些地方稍显拖沓,有些主次不分,喧宾夺主;书中揭露丑恶的东西太多,人性中美好温暖的期许偏少了;乐此不疲的争吵和粗鄙的语言动作偏多了,而反映乡村发展进步的文明偏少了;方言俗语偏多,对于外地读者会有一定的阅读障碍……但是这些丝毫不能掩饰这部小说集贴近地气的温暖和灵气,丝毫不能掩饰这部长篇小说的不同凡响。

《光明日报》2011 年 8 月 15 日(刊载时略有删节)

一曲客家农民的"草根"叙事

——读长篇小说《乡亲们》

钟红英

在精英文学与草根文学的二元分离中,《乡亲们》无疑是一部原汁原味的"草根"作品,尽管作为福州市作协主席的钟兆云早已脱离"草根"身份且堪以"著作等身"来形容,但其合著者胞姐钟巧云却是一个只上过初中二年级、至今仍在闽粤赣边界的一个客家小山村里、终日脸朝黄土背朝天的地地道道的农妇——那照片中看起来已有四十几岁,眼角眉梢间因岁月风霜而爬上皱纹、穿着普通的客家妇人,就是她用沾满草根与泥土气息的笔,写出让当今文坛多少作家专欲难成的大文章——一个关于客家村落客家人(农民)百年来的命运遭际和心灵轨迹:围屋里的鸡毛蒜皮、家长里短;原生态的客家方言、风土人情;情与理的纠缠离合;男与女的爱恨情仇;新与旧的时代反观;以及始终渗透其中的对真、善、美的深情呼喊,无不颠覆着我们庸常的阅读神经,原来,农村小说是可以这样书写的!

这就是我们本真的农村,我们本色的农民,我们内心深处热切渴望却又貌似不屑一顾的"草根"文学!多少年了,当都市代替田园,温情被欲望消解,痞子文学、性色文学、跨文体写作你方唱罢我登场,伪精英、伪民间、伪乡村创作喧闹出镜纷纷扰扰的时候,有多少作家真正把心放在当下,真心关心起我们有着九亿之众的农民来——他们的生存状态、精神诉求和心灵隐秘?与农村被遗忘,农民被疏离一样,那些居高临下所谓的农村小说早已与生活的真实相距太遥,貌合神离。由是读着读着,对同样来自客家地区,对客家生活一样有着深切的感知,却远未有本书两作者钟家姐弟深入骨髓的体验和洞悉的我来说，其对客家乡村、客家人、客家事唾手可得行云流水般的"草根"叙事，让我深深震撼之余，心里亦油然而生敬意！

与客家方言一样，客家围屋是客家村落的一个显现特征。小说《乡亲们》中的围屋是钟家姐弟儿时生活的温暖之家，就在闽西武平的美溪村。围屋里有知书达理、出口成章的父亲；有乐善好施、谦和大度的母亲；有鸡肠小肚、自私自利的宝哥和干瘪瘦小、脑子迟钝的兰子嫂；还有风流成性的大伯母、偷盗成性的二伯母；当然也还有一群终日叽叽喳喳最爱凑热闹并惹是生非的孩子。父与子、男与女、老与少、弟兄之间、婆媳之间、妯娌之间，围屋里的鸡毛蒜皮事就这样周而复始一天一天一年一年地上演，如一幕幕百看不厌的情景剧，而事实上，周遭的人、周遭的事却在似水流年中悄无声息地改变着……

应该说，《乡亲们》信手拈来的方言、谚语，和叙事中渗透其里的如伯公信仰、婚嫁习俗、丧葬习俗，甚至等郎妹陋习、重男轻女思想、迷信之风等，都给我们尤其是有过客家生活经验的人以强烈的在场感，这是只有如农妇钟巧云而非当下诸多自诩为农民作家的人所能给予我们的一种独特意境。"月光光、树头背；鸡公砻谷狗踏碓，狐狸烧火猫炒菜；猴哥送饭用背背，田鸡婆婆抢老妹。"这首有着纯净透明气息如风般在客家孩童心中轻抚的童谣是如此真切地唱出了只属于客家山寨那如梦般的陈年往事。如今，这样的往事是否还能寻觅：集体劳作时田里躬背插秧的人群？天未亮时村子上空催促出工的喇叭筒？馋嘴孩子翻仓掏缸偷吃母亲东藏西挪的油炸粄子？夜半林间偷砍偷伐猫捉老鼠的游戏？以及发生在村巷田间山头不无狠毒却溜顺的对骂，令人忍俊不禁的"酸夹话"，和那些公开半公开的男女情事？

这是无处不在的细节的、真实的乡村，也是无不宏大的、历史的乡村。"大跃进""四类分子""工分""人民公社""生产队""分田到户""联产承包"……，如此等等早已隐没于记忆深处的关键词在这里被再次激活；"高速公路""村选""打工""煤窑老板""发廊""手机短信"……等如此等鲜活的生活情境，亦在这里水乳交融。中国农村百年来尤其是改革开放前后转型期农民的生存状况和心灵隐秘，在这个名叫美溪村的客家小山村得到淋漓尽致的生动反映，百年来客家风情、客家民俗亦在这个名叫美溪村的客家小山村里得到最为原生态的生动演绎。

为长篇小说新作《乡亲们》喝彩吧！

《福建日报》2011年7月21日

深情的回望与文学的注视

——读钟兆云、钟巧云的《乡亲们》

吴新斌

苦乐斋主、知名作家兆云兄在他的博客首页上有一段颇具张力的话：

> 物质时代在文学和历史景象迷茫的交叉地带行走，决绝与虚妄、谰言和假话同谋，以温情和热血为阳光开道，为时代和小我记录自然状态、真实感受、良知证言，这是我的写作态度和做人尊严，是我的《圣经》，是我在此领域永不怯场也坚不退场的最正当理由。

这是他发自内心的文学格言，也是他多年来的文学注视与文学憬悟，更是他多年来身体力行的座右铭。

兆云兄和我们许多乡亲、文友一样，从故乡的梁野山走出，长期的漂泊在外，让我们都成了梁野游子。文学天分极高、创作成果丰硕的兆云兄到底是生活的有心人。多年的学养修为，多年的顽强笔耕，多年的美丽坚守，多年的登高望远，多年的厚积薄发，终于让他邂逅客家乡土文学的幽情奇趣。那是心灵深处的胜景，那是作家最初的印记，也是永远的梦想与寄托。

作为客家人，我读了兆云兄和他的农民姐姐钟巧云合著的《乡亲们》，有一种从未有过的亲切和感动袭上心头。这份亲切，缘于小说所反映的现实就是我们遥远而真切的闽西故里，缘乡土气息、人情世故、风俗民情的真实还原和艺术再现。这份感动，来自作家扎根生活、艰苦思考，来自姐弟俩的精诚合作。

乡土题材的创作，对长期撰写传记文学为主的兆云兄来说，是一次"转身"。时下，人们习惯用"华丽的转身"来形容和赞美某个人的"转身"。但我觉得兆云兄这次"转身"不需要"华丽"，因为自然、质朴、本真远比华丽来得珍贵和从容。

小说中的题材，是创作者十分熟悉的、可以把握的题材。

创作是欲望燃情，灵感是火花。《乡亲们》中触动作家姐弟的许多人，许多新鲜的传说和有趣的往事，一旦与表现意图不期而遇，就会激动，就会燃烧；作家心灵一旦接通"乡亲们"的情感和客家生活底蕴的脉络，曾经的思量和今天的许多灵感都会如约而至。它接地气，更接作家的文韵。因为，有文学的品格和高贵的精神气质附着其中。

创作者对客家这一方神奇故土深情的回望与文学的注视，极大地诱惑和感染着我。

这部颇具分量的长篇小说，由二十九个中短篇构成，它们各自成章，相互间又隐隐约约存在内在的某些联系。通篇质朴自然，色彩明快，它是作家姐弟共同用心血浇灌出的一丛丛颇具生命底色的山茶花，给人带来灿然的缤纷和馨香。

说实在的，要想在纷纭芜杂的客家乡土素材里淘出金子，炼出属于文学的精彩来，并非易事。所幸作者眼光独特，举重若轻，从大量乡村生活库存中汰选出具有乡土文学价值的种种生活片段，那是一些属于美学的、文化的记忆。许多逼真的细节，入木三分的人物性格刻画，耳目一新的乡间新传奇，娓娓道来，绘声绘色，无不令人感到乡土生活的鲜活。

小说几乎消解了常规意义的小说叙事策略，逃离了某些文学思维的逻辑惯性，情节随意展开，不以曲折、跌宕取胜，甚至通常的悬念、冲突和那些"意料之外而情理之中"的故事性似乎也不太重视，但是，这些并不影响它与读者的心灵交流、情感互动。它建构的小说语境、文化氛围、审美空间，展现的乡村生活的质感、乡土文学的质地，依然给阅读者时时带来意外的惊喜，以及会心会意的审美愉悦。这是因为，透过作者精心描画、略带"拙美"的浮世绘卷，让我们看到的，是世道人心的真切。在司空见惯的生活表象之下，轻轻拨动读者心弦的，是作家的不拘一格的真情投入，是一股静水流深的内蕴。那是一种直抵心灵的力量，不断招引着阅读者渐入文学的佳境。

最打动我的，是小说对客家人命运的关注。

客家是五代以后在我国南方出现的新兴民系。客家人辗转迁徙，披荆斩棘，筚路蓝缕，在辛酸血雨中创造了顽强的客家精神和文化。客家人的性格命运与大山连在一起，与土楼、围屋连在一起，与火辣辣的山歌连在一起，与浓重的方言俗语连在一起，与独特的民俗、礼仪、信仰连在一起……小说中的美溪村作为闽西客家乡村的一个缩影，仿佛一个巨大的年轮，镌刻着客家民系世世代代、生生不息的历史足迹。在这里，封建宗法观念、家长意识、保守心理曾经有着牢固的地位，重男轻女等思想根深蒂固，非人性非人道的怪影在游荡肆虐。乡民为了最基本的生存要求，出让女儿，包办婚姻，出现了"童养媳""等郎妹""换亲"等陋俗。尽管当下农村生活已相对文明，改革开放带来了物质生活的改善，观念的更新，但是，这片土地上的人们，一方面依然或多或少地被那些世代相传因袭的某些思想束缚着；另一方面，又难以抵挡因后工业化和商品经济大潮冲击下各种诱惑，使得各种复杂的问题、矛盾、困惑层出不穷，使得世道人心发生了根本性变化。今天，农村许多消失的文化、生活方式和美丽的大自然无不让人忧心忡忡。河流的污染，环境的破坏，道德的滑坡，乡风的变化……已经让昔日的乡村光景不再那么美丽，不少人丧失了做人做事的基本良心准则、底线，不少人早已不由自主地甘与堕落、龌龊为邻。

阅读小说，客家人尤其"哺娘子人"（妇女）的命运和平生遭际着实令人同情、感叹和感伤。像《王晃子的婚外情》《无主题婚姻变奏》里讲述的故事，那种扭曲的心灵，那种辛酸血泪，就是当下农村的真实记录。《屠者》中的冬玉，明知丈夫一次一次违心出轨，然而她想反抗又无力反抗，想感化又无法实现，无奈中暗暗把心里的苦往下咽。这种多少出于捍卫的反抗，出于人性之善的坚忍，让我们内心感到丝丝悲凉和隐隐作痛的同时，复又看到了一线因坚守而难得的光明。

由于受客家人聚居地特定的环境、独有的历史文化影响，客家人与人之间存在着某些性格上的共同点，带有群体文化心理。然而，一个作家仅仅注意到这一点，对于刻画作为文学、艺术形象的"人物"来说是远远不够的。所幸小说《乡亲们》里写的父亲、大伯母、宝哥、牛皮舅、虎腚、王晃子等，形色各异，性情有别，其复杂性、排他性远远超过我们的想象。

《如此婆媳》中讲述了典型而普遍的婆媳之间的关系，生动的笔触令人击节叹赏。引起矛盾的，起初其实都是一些生活琐事。婆婆时时居高临下，媳妇丝毫不肯谦让，她们从不注意忘人之过，记人之善，导致婆媳俩冤家到头，一辈子过得很不轻松。《大伯母的风尘往事》对生命情态的准确描摹，反映了作家忧戚于主人公的喜怒哀乐。《村妇的名节》让人们看到了物质时代传统道德教化在今天的现实意义。《屠者》中的主人公水牯头也是一个颇有"意思"的人物。颇让人玩味和寻思的是，促使他彻底痛改前非的，不是国法家规，不是老丈人、老婆的苦口婆心的相劝，不是众人的议论，而是一场意外的车祸，让他感觉冥冥之中举头三尺有神明，善恶皆有因果报应。

小说语言鲜活、生动。人物对话大量运用客家武平方言，颇具文化意味的方言，活脱脱地传递出最微妙的、事物内部最曲折的意味，贴切地刻画和传递出美溪村的世态人情，再现一幕幕日常的、原生态的生活场景。书中缓缓道来的民俗生活连同方言俚语、谚语、歇后语，一道成了构成作品特色的重要元素。

由于作者心里始终关注着客家乡村众生的生存状态和心灵境界，关注着现实人生的境遇、命运，使得笔下的作品有一种充分的现实感，并且跃动着时代的脉息。可以说，扎根客家文化的《乡亲们》生动记录着新中国六十多年来客家乡村农民的生存的历史——心灵的历史。作者以悲悯情怀和独到眼光，在充满温情的叙事语境中，以写实的笔触，勾勒特定生存境况下的人物形象，写活人情世故，倾注伦理关怀与理性洞察。

农民作为这个社会生活在最底层、相对缺少"尊严"的弱势群体，他们的生存现状，是我们每一个有良知的作家艺术家必须面对和关注的。小说中，有现实的追求和所面临的种种矛盾，有难以走出的命定以及为此所做的种种抗争，有新旧观念的激烈碰撞，有对传统道义、名节的执念与坚守，有对时代底层百姓心灵的烛照与人性的抉微，有对农民兄弟最卑微的生活追求和生活满足的真切描述等等；记录着农民的喜怒哀乐，更有客家人世事沧桑、精神的苦难与痛楚，充满了挣扎、呼唤，流露出作家深深的怜悯、反思。作者力透纸背，笔墨所至，千花竞艳，丰沛淋漓，让人掩卷难释。

客家是河流，小说《乡亲们》也是河流。河流终归要流向大海。书中一个个都是沉重的命题，一份份都是乡土生活的个性化书写。它鲜活，它深沉，它真淳，它厚实，它内省，它一同汇向恒久与博大。

《闽西日报》2012 年 6 月 26 日

客家大地的泥土芬芳

——浅议长篇小说《乡亲们》

练建安

看完《乡亲们》，我沉浸在小说所营造的浓郁的乡土氛围之中，我呼吸到了久违的客家大地的泥土芬芳，很长久的时间里还在发愣。著名评论家傅翔说，读到《乡亲们》是幸运的，因为小说是如此的精彩；也是不幸运的，"因为，我们想写的，被写掉了"。对此，我深有同感。

正如《乡亲们》首版责任编辑懿翎所说："小说以地处闽粤赣三省交界的客家乡村为创作舞台，揭示解放六十年来特别是改革开放前后中国南方乡村农民群体的命运遭际和心灵秘密，尤其是转型时期他们所遇到的种种问题，以及新农村建设中不容回避的现实矛盾。"懿翎认为："作者从血脉深情的感受出发，浸润数十年的精细体察和温情关切，真实地勾勒出农民大众的生存境况……作者以忧患意识、悲悯情怀和独到眼光，展露真实人性，透视底层百姓的疾苦和内心世界，刻写其对美好生活的向往与追求，并艺术地展现这一深切的体验。""乡土"是《乡亲们》的主题词，色彩斑斓的乡土意象、浓郁的客家民俗和田园风光、原生态的客家方言及俗语、生活在客家乡村的读者心领神会的生计方式和亲缘关系。《乡亲们》生动形象地展示了 20 世纪下半叶到 21 世纪初闽粤赣边客家乡村生活的生动画卷。

《乡亲们》由二十多个中短篇小说合成，各自成篇，又互为映带，形成"互文"现象。有评论者认为这是一种创新，其实，我更愿意理解为作者向我国传统的古典文学致以敬礼。我们在《乡亲们》中很容易看到《水浒传》等古典名著的影子。有资料表明，作者的家学渊源的重要组成部分，正是传统的古典文学。或许，作者在写作时，"说书人"绘声绘色的场景已经淡忘，但深入他们骨髓中的文化因子，被适时地唤醒了、激活了，随物赋形，摇曳多姿，因而满卷烟霞，妙笔生花，若有神助。

《乡亲们》的客家语言特色被读者广泛注意。生动活泼的、具有客家地区特有的泥土气息的语言、俚语、俗语的大量运用，既使相关地区的读者具有绵延不绝的亲切感，也赋予了文本强烈而鲜明的客家文学特色。《乡亲们》一开篇，就引用了客家经典童谣《月光光》："月光光，照岭背，鹅揩水，鸭洗菜，鸡公磨谷狗踏碓。亲家来，姐姐到，天上星宿摘唔到。糯米粉，白砂糖，做得伲们尝一尝，唔话涯们冇排场。"尽管《月光光》在客家地区不同乡村的流传中有些微的变异，但这是客家风情风物的特殊符号却毫无疑义。通读《乡亲们》，读者可以发现，小说中引用客家山歌、谚语、歌谣、俗语恰到好处，乡土味、客家味赖以凸显，形成客家乡村特有的人文场域，书中人物由此变得立体、丰满起来。

小说中运用了大量的客家方言词、词组或短句，如"霸坑鸟""后日""有食有嬲""火头""嬲耍""布娘子人""洗裙汤衫""闪狗不是呆子""禾笔子飞过""过桥兜匾""真个咁吹过"等，比比皆是。客家人是汉族南迁的一支民系，大致形成于唐宋时期，是以客家话为唐音，同时融合了百越族的一些语言要素。"霸坑鸟"系指独霸山坑的恶鸟，比喻社会生活中独霸一方的恶棍；"后日"即"大后天"；"火头"与古汉语相同，如《水浒传》中常提及的"火头"，现代汉语指"炊事人员"；"嬲耍"即"玩耍"；"布娘子人"即"妇女"；"洗裙汤衫"即"洗衣服"，更有动感；"闪狗不是呆子"是客家俗谚，即"躲闪恶狗的人不是呆子"；"禾笔子飞过"，"禾笔子"为麻雀；"过桥兜匾"即"过河拆桥"；"真个咁吹过"即"真是太可怜了"。"吹过"即"可怜"，在客家话的语境中，说某人"咁吹过"，说话者充满了悲悯的情怀。

犹如锋利刀刃的两面，《乡亲们》运用了大量的客家方言词、词组或短句，对于客家读者而言如饮甘露，认为是简洁、生动、传神，意蕴丰厚；相对于非客家地区读者而言，则可能形成一些阅读障碍，以至于作者不得不在小说中不断地添加最为直截了当的注释。这样，读者的阅读节奏或情绪被时时阻断，小说图像可能由此变得有些破碎。如何在乡土叙事间适当引用地方方言要素，已经成为乡土小说创作中不得不面对的一大难题。从这个角度来说，《乡亲们》作出了可贵的探索。

"贴着人物写。"是我国著名作家汪曾祺先生的经验之谈。《乡亲们》正是贴着人物写的客家小说。父亲、宝哥、发哥、虎腚、大伯母、霸坑鸟、有富古、牛皮舅、发贵狗、两性人、广播筒、王晃子、屠者、赌徒、花心男、倒贴女等，一系列栩栩如生、个性各异的形象，丰富了中国农村小说或者说客家小说的人物长廊。小说中的"父亲"，正直、慈祥、善良、勤劳、有文化、自尊自重、灵活机变、通情达理。这一人物，可以说是客家乡村社会得以正常有序运转的脊梁，是客家"耕读文化"的传承者、儒家传统道德规范的维护者，是客家乡土知识分子的优秀代表。笔者认为，"父亲"是《乡亲们》人物群像中最为成功、最为精彩的神来之笔。

　　《乡亲们》是钟兆云、钟巧云同胞弟姐合著的心血之作。弟钟兆云是中国作家协会会员、福建省传记文学学会会长、福州市作家协会主席，著有《刘亚楼上将》《辜鸿铭全传》《国之大殇》《商道和人道》等三十多部著作。姐钟巧云因家境贫寒、为让弟弟读书而自愿辍学务农后，仍然钟情于读书写作。数年前，著述丰硕的钟兆云觉得应该"为父老乡亲立传"了，其创作应该适当"转型"。对于闽粤赣边的客家乡土，姐弟俩生于斯、长于斯。长大成人后，一个走向城市，身怀绝技却对乡土熟悉而又陌生，因为成长而熟悉，因为远离而陌生；另一个坚守乡土对乡村社会生活了如指掌、爱好文学而力有不逮。于是，心息相通的姐弟俩通力合作，累积数年心血，推出了洋洋巨著《乡亲们》。

　　或许是长期的人物传记著述实践的影响，《乡亲们》许多章节的真实性甚至逼近了纪实文学。作者在《后记》中写道："需要提及的是，书中人物和事件虽然其来有自，但都是经过艺术化处理了的，本书体裁是小说，综合了诸多原型，切勿对号入座，如因巧合雷同对一些乡亲有不恭或冒犯之处，敬请见谅。"

　　要较为客观、全面地评论《乡亲们》是很困难的。在笔者看来，《乡亲们》不仅是闽粤赣边客家大本营范围内继粤东作家长篇小说《围龙》之后的又一力作，也应该是闽西客家作家《大山寨》《海峡情缘》等长篇小说的先声，其"原生态"文本范式的意义或许将远远超过小说所描述的社会生活本身，而《乡亲们》的文化社会学的意义，也可能远远大于小说的文学探索。

　　钟兆云有"文坛赵子龙"之称，白马银枪驰骋传记文坛多年，"九万里风鹏正举"，复有"直捣黄龙"之势。此番"转型"写作长篇小说《乡亲们》，誉者以为是"华丽转身"。可以预见，这一"华丽转身"是一种必要的探索和实践，当他娴熟的传记文学创作手法及深厚的历史功底和客家乡土文化及小说创作技巧有机结合在一起的时候，类似于"原子裂变"的现象即将产生，真正意义上的厚重的、经典的、大气磅礴的作品将应运而生。我们期待着。

《石帆》第 15 辑（海峡文艺出版社）

《乡亲们》：用客家语汇照亮乡村的创伤与梦想

简福海

乡村，乡村。自古以来的文学版图中，这称得上是一个宏大而又充满魅惑的词语。与之发生关联的，除了百姓、田野、江流、锄头这些具象，它还常常和风俗、习惯、民约、节庆等世象，以及苦难、坚忍、善良、开阔等诸多意象一起，构成一部又一部历史的、文化的甚至艺术的史实逸闻。

《乡亲们》的作者钟兆云、钟巧云是我真正的客家乡亲。因此，他们笔下的景致和故事，一切都显得那么熟悉，富古、宝哥、富莲嫂、福招、发贵狗……一个个名字土得掉渣儿、乡野气息浓厚的人物，以闽粤赣三省交界的客家乡村为舞台，用心力和智慧演绎着人生的多彩图景和多舛命运，他们的悲欢、他们的苦难、他们的期盼以及在不同生存环境中与命运的抗争，紧紧牵动我的心。阅读过程中，因为过于熟悉场景和人物，那些人物几乎可在我的乡村和邻居中找到影子，甚至"对号入座"，于是新奇感与亲切感便油然而生，无声地淹没我。就这样，浸染在《乡亲们》客家语汇流淌的字里行间，我一次又一次完成对逝去乡村生活的打捞和遥远故乡的张望。

钟氏姐弟一个是地地道道的农民，一个是机关公务员和久负盛名的作家。我敬佩他们！——姐姐，一个为同胞兄弟读书早早辍学无私奉献的农家女；一个在田头地尾、锅头灶尾、针头线尾忙碌之余，仍能以笔为犁，伸向养育自己那块土地的客家女，其人生本身就是精彩的小说，就是锦绣的诗行。我熟识弟弟，不认识姐姐，但以照片看，姐姐从身材、面容到气质，与弟弟均很相像，唯一不同的是她没读几年书，这也正是她的伟大奇崛之处——与其在别处叹息仰望，不如与文字并肩前行。而弟弟，身居省城，有多个闪耀的头衔，难能可贵的是，在万丈红尘里，依然拥有一颗真挚之心，在城市和乡村的两极热烈地跳动。他著作等身，但我却想说，他最大作品就是培养了姐姐成为或说即将成为"乡土作家"，那份孜孜不倦和耿耿专心，估计只有姐姐能够体会。我可以想见，姐姐借助丰厚的生活底子，加上弟弟有序的引导，佐之信仰的力量，结合多年的文字磨砺，混入无数个台灯下绞尽脑汁的夜晚，才用笔头和本子共同交汇出一道独特的风景。

这部作家弟弟与农民姐姐的心血之作，书名通俗朴素，却富有意思，看起来是描述各色乡亲，事实也是如此。这本用客家方言创作的小说，不仅没有妨碍和减损作品绵长厚重的滋味，反倒将感性与自信的能量灌注其中，让它成为开启客家方言小说之先的卓独文本。他们不是不识汉字，而是要用客家语汇的青砖搭盖一座客家的标志性建筑，书页下方那圈圈点点、密密麻麻的注脚，连缀铺排起来就是一条指向客家文化的清晰路径。时光悄然转身，作为福州作协主席的钟兆云也不断转身，从不停留，每一次转身都骎骎日上，这本书就是他最华丽最陡然的转身，给人以惊喜。

钟氏姐弟来自乡间陌野，植根民间民众，一旦将目光和激情投向熟悉的乡村以及乡村里生息起伏的底层民众，便将智慧和文字献给了一个难以忘却的时代。可以毫不夸张地说，《乡亲们》这部作品，无论在美学方面，还是在社会学、伦理学、民俗学方面都具有不可小觑的价值和意义。

我喜欢小说的坦然和真实。细节，未必没有作者的影子。读完小说，我似乎更加了解了兆云乡贤，特别是在他的头衔之外、形象之外，还有他的经历和不曾裸露的内心，以及从头到尾隐藏在文字背后的态度：忧患意识、悲悯情怀和善意的婉讽。姐弟俩之所以兴致高昂而耐心刻苦地撰述，是不是内心急切地想要告诉我们：他们看到的乡村如何走向城市？那些人命运如何？遭际怎样？他们可爱的乡亲是如何相爱，是怎么生活……我也从乡村走来，故乡的一些人和事犹如雕刻，在记忆最深处铭镂，摆在面前的小说故事，隔着岁月却无隔膜，隔着空间却能共鸣，那些人物和话语似乎一直就未曾离开过自己。

作品看似平常却苦心经营，散顿开看，是独立成篇的一个个故事，往整体上读，是关于闽西某个乡村生存时空的一次集中打量，是关于田野历史与文化的一场阅读盛宴。匠心独具的谋篇、舒缓有致的叙述、灵动简洁的方言、错综复杂的纠葛、大量涌入的细节，共同构成一幅鲜活立体的底层风俗画，让人充分感受到生生不息的生命与源源不绝的生存，这种绵延浩荡的不息不绝与乡村更辽阔的空间紧紧捆绑，与訇訇向前的时代轨迹相互勾连，与我内心深处的悸动，与我夹杂乡音的普通话，与我忙碌奔波的生活以及隐秘的梦想紧紧联系在一起了。

作者笔下或多或少也关涉男女情愫，一些段落也若隐若现地闪露出风花雪月的味道。夜色能融化一切，但隐蔽不了物质匮乏和精神贫乏，在那些个村远人声稀的漫漫长夜，除了性生活，还能有什么娱乐呢？在那些个一滴汗水摔八瓣高强度劳作的日子，不说点荤话，还能有更多的笑声吗？这些带点颜色的描写，我觉得不是为了炫奇和猎艳，而是当时生活场景的再现。

岁月嶙峋，如果没有"一线"的亲历，那些描写哪能如同慢镜头，无穷无尽地展开？如果没有"在现场"的努力，哪有笔下人物的血肉丰满和故事的精彩多叠？姐弟俩将敬畏乡亲的热度、认识乡村的深度和生活积累的厚度，一并融合并生动呈现。他们的创作也再次告诉我们，中国农村这片活力充沛激情勃发的广阔天地，依然是一个民族生生不息的命脉和家园，是一座鲜活而丰厚的文学矿藏。

转身照样露峥嵘

——钟兆云和他的小说

秦 岭

猛一转身，竟是如此的峥嵘毕露，焕然一新。

以传记文学蜚声中国文坛的福建作家钟兆云，三年前电话中闲聊，声称正在写一部反映闽西乡村的小说，我道貌岸然地嗯啊应对。我毫不怀疑他过人的才华和胆识，吃不准的是他转身的速度、节奏和准备，弄不好会扭伤腰椎，赔了乡村的"夫人"事小，折了传记的"兵"那就得不偿失。

真就转身了，江南才子以长篇小说《乡亲们》的姿态，猛回头，亮相，定格，一声长啸，吊眼白额。呈现给粉丝们的不再是人物传记，而是以闽粤赣三省交界的客家农村社会为背景，通过解剖解放六十年来，特别是改革开放社会转型时期闽西乡亲们与土地、权力、传统、民风、伦理、情感之间的关系和心灵挣扎，展示了一副回肠荡气的家族风云，俗世图景。鲁院同窗时，某出版社请兆云喝酒，我作陪，宾客里有他的京城粉丝，好像还是将军、大校什么的。大家频频对钟兆云敬酒，左一口"钟老师"，右一口"兆云兄"。兆云可谓风光占尽。某编辑朝钟兆云举起杯："我不知道你们鲁院藏什么龙卧什么虎，您就是我们出版人眼里的一只华南虎。"直言不讳，分明是说给我等听的，也刁，也牛。刁，牛，亦适合形容他的转身。

长期以来，有谁知道该给文学的乡亲们绘制一幅嘛样儿的图谱？用不着抢答，这个问题已被《乡亲们》破解。《乡亲们》皇皇然七十万言，作者：钟兆云，钟巧云。一弟，一姐，恰似站在福建闽西的村口拉家常，这一拉就拉出了乡村的经纬和边角。专家和读者像受到某种牵引，闻风而至。牵引力何来？

在我看来，一个是作者托出的地气，一个是作者描绘的乡气。不是我挑剔，我看上的能写出中国一方地气、乡气的作家并不多。写好了，必是异数。我书房里的几百本作家赠书中，就有这部让我一言难尽的《乡亲们》。

文人堆儿里玩转身，够得着漂亮的，必是异数，钟兆云算一个。

要说异数，姐姐钟巧云不能不算，初二就辍学，至今务农。

钟兆云貌不惊人，身架子像农业社时代的大队饲养员：沧桑、质朴。但目光却不像饲养员的，像生产队记工员的：锐利、机敏。具体长嘛样儿？看官不妨想象一下老电影里惯演社员的赵子岳。压一压，缩一缩，就是钟兆云啦。而今刚逾不惑的钟兆云鹞子大翻身，在官场，轻取个省直机关的七品乌纱；在文坛，成为福建省传记文学学会、福州作协最年轻的"双料"掌门人。为官为文，可谓风生水起，众星捧月。

我是先见其文后见其人。上鲁院之前，《天津日报》轮番连载他的长篇大作《刘亚楼上将》诸文。刘亚楼乃钟兆云的前辈老乡，当年作为解放天津的前线总指挥，仅仅用了二十九小时就让国军警备司令陈长捷束手就擒。天津卫至今对刘亚楼仍然有着特殊的情结，我周围同事以一睹钟兆云笔下的刘亚楼为幸。去了鲁院，乖乖！传说中的钟兆云代表福建作家，成为我的同窗。我俩都生得三棱暴翘，初次长聊却是在鲁院花园的六角亭，其时惠风和畅，细竹亲昵，话题全部是我们共同的乡村：我的陇右和他的闽西。我西北，他华南，却是一样的炊烟摇曳，一样的鸡鸣狗吠，一样的山道弯弯。当时同学们刚刚推举我当了班长，肯定有他的一票。

我欣赏出马一条枪的作家，血路上能够高举属于自己的文学大旗，而钟兆云已经成为鲁院的钟兆云，福建的钟兆云，中国的钟兆云，他以传记文学的名义，在专家和读者那里成为一个无法替代的标志。标志就是标志，定位在那里，就区别于庸常和大流。他从十四岁披挂上阵，已在中国文坛左冲右突厮杀了二十八年，俨然少壮派老将。发表、出版的《刘亚楼上将》《叶飞传》《贺敏学传》《父子侨领》《项南在福建》《落日》《国之大殇》《一生求真》《商道和人道》等三十多部长篇传记和《辜鸿铭全传》等长篇历史小说以及电视剧本，均是土砖一样厚的大部头，竟然达一千两百多万字。几乎每部都是全国省市报刊争相转载的"香饽饽"，有的小说转载达五十多次。至少在我的视野里，这样的转载率是一个不小的传奇。有天津的传记文学爱好者告诉我："你信不信？福建的钟兆云是获奖专业户，光人民解放军图书奖、中国传记文学优秀作品奖等等，一揽子就是三十多项。"我当然信，班里头发最少的就算他，这使他的大脑门儿无时不闪烁着智慧的锃亮。智慧和褒奖本一母所生，就像钟兆云和他姐姐钟巧云。

　　乡土文学，接地气不易，接乡气更难。闽西我并不陌生，当年借《小说月报》笔会之机，曾在那里的零山碎水里饮茶，放歌，荡舟，留住记忆的仅仅是观光意味的表象，要说由表及里的探寻，多亏了《乡亲们》的牵引。姐弟俩胆子不小，开题一声"乡亲们"，先声夺人，开篇从闽西乡村"围屋里的鸡毛蒜皮"起笔，整体结构决然打破惯常模式，以宝哥、大伯母、牛皮舅、两性人、王晃子等几十个"乡亲"人物为点，以诡异曲折的乡村秘史为线，点抛洒开去，线来凝结，即可单独论篇，也可浑然天成，构成乡亲人物的大辞典。艺术手法上借重地域文化特质和民间立场，尽力发挥新写实主义的强势，既有中国明清小说的畅晓、明快和跌宕，也有现代小说理念主导下烘托而出的含蓄、诗性和多蕴。叙事语言和人物语言更是锦上添花，通篇洋溢着闽西客家世情、民俗、小曲、乡风、方言、俚语、歇后语等语言载体独特的、排他性的、指向精准的地方文化氛围和特质，引领读者心灵的触角探入闽西乡亲和泥土的幽微、柔软和温情，感受到了他人难以企及、无从复制的具有钟氏姐弟风格的客家小村，以及小村的地气和乡气。

　　我习惯了观察和书写乡村，经验和审美告诉我，《乡亲们》在当下中国的乡土叙事中，当属一种门类，一个高度。我给身边的作家推荐了这本书，我说："也可以看乡村，也可以学转身。"我要一语道破的阅读秘密是：《乡亲们》是钟兆云另一种人物传记。这是钟兆云的狡黠，也是他的老道。

　　读书人是相信辞典的，就像我相信钟兆云笔下的乡亲们。

　　难以预料的是他是否还想转身，于是我无从丈量他文学的远方。

《福建文艺界》2011 年第 3 期

《闽西日报》2011 年 9 月 2 日

兆云兄和他的乡亲们

薛　舒

　　读钟兆云的《乡亲们》第一感觉，仿佛回到了 2008 年的鲁院生活。记得有一次联欢会，我们第五组排演小品《逼婚》。角色分配倒也颇对性格，喜儿由"80 后"女生赵剑云扮演，帅哥诗人杨勇扮演大春，张九鹏颇有几分地主的福相，当仁不让黄世仁，李晋瑞扮演穆仁智，因为要与喜儿有几个搂抱动作，让我女扮男装，演杨白劳。剩下的几位同学，高安侠扮演黄世仁母亲，卓慧身兼两角，大春母亲及地主家的丫鬟，南飞雁演家丁甲，钟兆云演的是地主家的账房先生。年龄最小的胡坚，本想让他演个家丁乙，后来发现大帅哥实在没有个家丁样，便请他担任音响师。就这样，每个组员都有了任务。

　　演出效果自然是相当的好，人人都很入戏。出乎意料的出彩处，竟是钟兆云演的地主家的账房先生。西装革履的账房先生手捏一把巴掌大粉红色塑料玩具算盘（没有真算盘，去玩具店买的道具），用他那双写过几百万字的手"踢踢踏踏"一阵拨拉，对着杨白劳，把欠地主家的租子一件件朗朗道来，竟是一口客家话，当场把同学们笑翻。可他却一脸严峻，俨然一副不苟言笑谨小慎微的账房先生样儿，令我这个苦大仇深的杨白劳差一点笑场。

　　假如没有穆仁智在一旁一句一句地翻译，兴许我们谁也没法听懂钟兆云说的那些客家话，可是那个声调，那个口吻，那个喜感的发音，实在是令人忍俊不禁，由此，该小品便格外地出了效果。

　　啰唆那么多，主要是想说，在读到兆云兄的《乡亲们》时，那些客家话，再次在我耳畔脆生生、亮朗朗地流淌起来。我从未在某一部小说中看到过如此之密集、如此之纯粹的客家话，这样的阅读，近乎是走进了那个一条美溪环绕的闽西村庄，走进了那所生息灵动的土楼围屋，那里的鸡鸭对唱、人雀共鸣，在我眼前演绎着，恍然而真实。

兆云兄以传记文学为长，他的著作，早已可用"等身"之喻，百度上查钟兆云的名字即可显示著名的《辜鸿铭全传》《刘亚楼上将》等作品。此部长篇小说，却是他的转型之作，并且令人讶异的是，竟还是与他的二姐钟巧云合著。许是对兆云兄的文字略有了解，因此在阅读此部长篇时，我差不多能区分哪些部分是兆云写的，那些是巧云姐的杰作。总体而言，兆云兄的文字更加风趣跃动，巧云姐的文字文雅沉静一些，毕竟男女有别，然而，倒无甚隔阂，通篇下来，竟也如天成一般地契合。窃以为，两个作者的合著，能达到这样的效果，客家话的应用，起到了极其重要的纽带作用。甚至书页下面的客家话注解，也让我读来津津有味，不可抑制地产生了想去探究这种听而不懂、读而神秘的，颇有文儒古风的语言。

记得王安忆说过这样的话，写一部小说，就是织一件毛衣，文字语言，即是毛线的质量。兆云兄在《乡亲们》中的语言，可以说，就是农人自家纺机上捻出来的手工棉线，质朴、天然、有着青山靛水的色泽，亦有着菜蔬果草的香气，当属"绿色环保"的文字语言。读《乡亲们》，让我想起扎染土布做的农家衣，舒适、大方、耐用，适合劳动穿着。

在阅读这部长篇时，我有一种错觉，好像，我并没有在读小说，而是在看一部纪录片，片中人的父辈、兄姐、邻舍、村人，男男女女的日常生活，平凡而耐人寻味。最好的纪录片，就是毫无修饰地去记录，最真实的，也是最艺术的，因为，艺术本就来源于生活。

兆云兄的这部小说，与他的传记最大的区别就是，百分百来源于生活。以往他写那些历史名人故事，虽是从不缺少最细微的情感与人性底色，但毕竟不是他的生活，想必，他需要通过大量的阅读和采访，以及充分的想象力，其中的辛劳可想而知。然而在写《乡亲们》的时候，我不知道兆云兄是不是会有一种信手拈来、如鱼得水的感觉？因为，对于一个小说作者来说，倘若写他的家乡，写他的生活，那简直就是老鼠跌进米缸的好事，身心的享受呢。我这个读者都觉得是一种享受，何况创作者，更是有着对故乡的一份难以割舍的情感，当生命中的最爱成为我们的创作源泉时，那份快感，无以言喻。因此我想，闽西的美溪村，无疑，就是兆云兄的文学故乡了。

最后想说，这并不是一部有着通篇连贯故事的长篇小说，翻开任何一个章节，都可以从这里看起，绝不会有前不着村后不着店的感觉。在我眼里，每一章都是一个中篇，每一篇都是一个民俗传说。这些中篇的集成，可以统称为"美溪村的故事"，甚至在这些故事里，我还看到了兆云兄，他闪动的眼光和调皮的笑容，在美溪村群像里活脱脱跃然纸上。

祝贺兆云兄首部长篇小说的成功出版，也祝贺兆云兄淡定而不失华丽的转型，更是高兴，小说家行列里又多了一位极具实力的战友。

2011 年 8 月 31 日凌晨于辰凯

《闽都文化》2011 年文学专号

人贵树志，文重创新

——刍议小说《乡亲们》及其作者

温明山

　　欣悉钟兆云出了部名为《乡亲们》的新书，它像盛夏一股强劲的凉风，令我这位来自乡村的老者顿生快意。此前我曾读过他的作品，在他就读的中学执过教鞭，素知他幼少便广读诗书，学生时代就有佳作问世，大学毕业已是洽博多闻，下笔有神，其志从文，咬定青山，不为他动，迄今已有三十余部著作和电视连续剧问世，蜚声文坛。现任福州市作协主席，年纪尚轻，文笔老练，功底深厚，著作等身，堪称文坛猛将。那新作我未涉津涯，尚不可妄论良窳，然自忖度，那将又是一部佳作。越想拜读之念越重，次日便辗转几家书店，却因不谙世故，未呼尊号咨诹，自叹在文海书山中竟难得一本心仪之书，无果而返。因之横梗于胸，数日涸迹家中。孰料上周有机会与作者会晤，启齿索书，便如愿以偿，真是"踏破铁鞋无觅处，得来全不费工夫"。

　　书到手，便捷读。乍看数页，果然妙趣横生，几次被作者妙笔挑逗得大笑不已，险把口中茶水喷出，还显出老人那种痛哭无泪、喜笑有泪的怪症，满眼泪花。由是书瘾越浓，且受猎奇之心驱使，连日不失晨昏，像着了迷似的看个不够，恨不得把那七十余万字之鸿篇——这特具风味的"酒席"一口吞下。直至头昏眼花，仍意犹未尽，不甘释卷。它之所以使我那般如痴如醉，确因其字字如闪光金子，处处蕴含创新奇招，难见疵颣。然本人文功菲薄，难概全貌，仅择几点聊摘俚语。

　　首看合作者，堪称奇人。小说《乡亲们》是由钟兆云及其同胞二姐巧云合作而成。据作品"后记"所述，巧云"是一个初中仅读二年便因家贫辍学的客乡农妇"。几年来，在胞弟的文气熏陶下，"做起了文学梦"。树立大志，恒定目标，犹万匹马力的内燃机爆发出惊人的动力。长期以来，在承负侍候公婆、养儿育女、田头地尾、灶前锅尾的繁重家务农活之余，在贫病交加的窘境中，仍"身虽劳，犹苦卓"，自知底子薄，须用功，不用扬鞭自奋蹄，常矻矻终日，勤奋读写。后曾有"豆腐块"陆续见报，但不满此状，竟偷偷写起了长篇。四年前，写成一篇六万字手稿，压成二万字后，被省内一家文学刊物看中，只惜该刊在整顿中寿终正寝。但她毫不气馁，持之以恒，日复一日，年复一年，把所写的三十余万字断简零篇汇成今日巨著之雏形。后经其弟兆云赓续增补润色，终使新作问世。由此我不禁回想巧云那读初中的年份。过来人都深知，那时有的农村中学"烧香少，咳嗽多"，劳动课取代文化课，教学质量低下。有些初中生识字是"有限公司"，作文更是尺幅难宣。毕业后在农村混上几年，早把原"资本""完璧归赵"了，何见像她那样写出洋洋数十万言文稿者矣！相形之下，超凡与平庸自见。对她树大志、成大事之奇迹，不禁既生敬意又生恶感。由是还想起古时出身官宦之家，有良好教育资源的蔡文姬、谢道韫，因一个能辨琴，一个能咏吟之才艺，彼二女子被彪炳史册，千古传颂。而这自幼穷苦，学历低下，却成就这般异常业绩之农妇，她又将如何？引人遐想。

非但作者奇特，作品的取材立意亦有新异之处。小说《乡亲们》是兆云的转型之作。往年以写人物传记见长的他，近年来在寻觅如何延续今后的文学道路中，从对客乡满怀血脉深情出发，把艺术的镜头转向闽粤赣三省交界的客家乡村作为创作的舞台。以其间的父老乡亲为演员，以这些底层百姓在百年来，特别是改革开放后各自的生存方式、命运遭际，和在城乡巨大差距中的疾苦、追求、抗争，以及他们特别是主人公对美好、健康、文明生活的向往追求作为创作的素材。把通过作者个人情感辐射大众，以期引起广大读者对农民群体命运的关注，以及对农村中存在的人民内部矛盾的重视，呼应促进社会和谐，推进新农村建设的诉求作为作品厥旨。多年来反映"三农"问题之作虽不乏其例，然对故土有如此深情，尤其把刻意为父老乡亲树碑立传，并引导大众对农民命运深切关注视为责无可诿者，以我囿见，寥若晨星，为数戋戋。对《乡亲们》的问世，或许故乡的青山会肃然起敬，溪流将掀波欢唱，父老乡亲会同声致谢。

再说作品在语言运用上亦别具一格。作品在语言表达方式上颇具特色，文中人物对话、独白、旁白全用客家方言，百分百原生态，无半句官腔或"之乎者也"之类艰涩的文言，土味十足，极为通俗。但通俗而不粗俗，土气而无臭气。再加上文中无数用得精当的歇后语、箴言、谚语，使作品平字见奇，语言趣味盎然，给人以清新、高雅的艺术享受。然而这种效果来之不易。其实用方言比用普通话表达更增加写作的难度。给文中无数土语寻找替代的同音字已颇为艰辛，矧务必还须为方言作注释，以便非客家的"局外人士"阅读，由此增花多少心思不言而喻。但作者并未因此而怠惰，出于表达之需，迎难而上。试想若不纯用客语，夹杂异族语言，洋不洋，土不土，必将怪味丛生，其语言就会像阎王的话，只有作古的先人——鬼才能听懂读懂。一部连语意都把读者搞得一头雾水，不知所云之作品，读者何来兴趣，纵有"误入歧途"者，也会看不上几页就拜拜！浅尝辄止。

还有作者在谋篇布局上也匠心独运。小说乍看像故事汇编，但经一番探赜，方知非也，乃为一部地地道道小说。作品在叙述家乡百年时空中发生的众多事件时不狃陈套，未遵章回小说叙事之法，也不似那种把毫无内在联系的各种故事聚集成的故事汇编，而是采用独立性和整体性相结合的方法，即使各个故事的开端结局、前因后果叙述清楚，各自有很强的独立性，又使它们前后彼此间不截然分开，内有瓜葛，丝丝相扣，再以时序为线索，把各个故事串联起来，从而形成统一不可分割的有机整体。如此，故称为小说而非故事汇编。

把现实中众多人事原型植入作品，这是作者又一新招。小说中所叙述的好些地点、人物、事件都是实实在在的，丝毫不假。如在武平客乡确有岩前镇、美溪村这两个地方，在闽粤赣交界处也确有大坝子。昔时每逢圩天，真有岩前乡民为求好价深夜摸黑挑着松香、烟叶等农产品舍近求远去邻省大坝子赶集，"走资本主义道路"。还有那个当年的公社书记汤思农，其任职地点、官职、姓名等一毫不假。作品中"我"的父亲就是那样前额宽亮，眼大有神，待人处世，法天则地，中庸尚和，被乡民称为能写会唱的才子。还有那乡亲西去时唢呐班的演奏，神婆哭唱折腾的样子等也是切实的。把如此之多真实的东西写入作品，出了如此"怪招"，为免歧义，难怪作者在《后记》中特意提及"书中人物和事件虽然其来有自。但都是经过艺术处理了的。本书体裁是小说，综合了诸多原型，切勿对号入座。如因巧合雷同，对一些乡亲如有不恭冒犯之处，敬请原谅"。就正因书中有那极高"含金量"作垫，尽管其他很多人事是"孙悟空"变出来的，但读者也会确信无疑，读之甚感真切、亲切、可感、可读，从而与作者产生共鸣。特别是作品中众多的人物，视不同对象采用了不同笔法。有的重于侧面描写，有的着重正面刻画，一般人物用写意，简笔勾勒，一笔掠过，对主要人物则从多角度以工笔重彩精雕细刻。使小说中的綦多人物，如"我"的父亲、"土皇帝"虎腚、"光棍司令"有富古，以及那不识"赧"字的"牛皮舅"、身心特异的两性人，还有那两个"地下尖兵"花心男和倒贴女、赏冤而没的"四类分子"六芝古等，个个形象荦荦，跃然纸上，犹呼之欲出，触手可及。

百闻不如一见，请君亲阅，可乎？

《福建乡土》2011 年第 6 期

一部真实反映农村生活的力作

——读长篇小说《乡亲们》

王桓基

　　读完福州市作协主席钟兆云携其农民胞姐钟巧云合著的《乡亲们》(作家出版社 2011 年 5 月版),掩卷沉思,感到这是一部少见的真实反映"三农"问题和真实描写农村面貌及农民生活的长篇巨著。小说通过一个个原生态故事和一个个鲜活人物,深刻揭示了当代农村改革开放前后的社会矛盾、山乡习俗和干群关系。

　　改革开放之前,由于政府照搬苏联农业集体化模式,进而创建了超越历史进程的人民公社行政模式,强力推行"左"倾农业政策,大搞亩产"放卫星",层层虚报粮食产量;大办公共食堂,放任糟蹋浪费粮食;大建小高炉,开展全民炼钢运动。结果是进入三年困难时期,国民经济遇到严重困难,农村发生饥荒,有人吃树叶、观音土了。一些农民便偷偷地开荒种瓜菜豆,偷偷地添养鸡鸭兔。但乡村干部不准,要割"资本主义尾巴",拔掉瓜菜豆,摔死"超三"的鸡鸭兔(政府的量化规定:户养家禽不过三)。而乡村干部是不会断粮的,因为官虽小,权却很大,有"土皇帝"之称。书中的生产队长虎腔,天天拿着广播筒催出工、派农活、严监管,自己不下田,工分却满分。他催工催得紧,迟到扣工分,但他老婆迟到不扣分;他监工监得严,农妇脱的秧把有大有小,他专挑小的过秤,给她打折计分;有人偷砍了队里的三根甘蔗,被他撞见了,偷者奉送上二根,和平分赃,也就不点名扣分了;生产队仓库失窃,仓管员暗查结果是队长监守自盗,但不敢告发,老虎屁股摸不得。农民们在田间受劳累之苦,在家里受缺粮之忧,在会场上(特别是"四类分子"家属),又受干部责骂欺压之辱，他们无处发泄，于是婆媳之间、妯娌之间、父子之间经常为一点鸡毛蒜皮小事"大吵三六九，小吵天天有"；邻里之间因一点蝇头小利而互骂相打的事件也时有发生。但穷归穷，骂归骂，农民们也有苦中作乐的时候，那就是打口水仗。不管会场内外，还是田头地尾，乡亲们除了传递小道消息之外，更多的集中话题是把男根女阴作笑料来攻击对方，引得哄堂大笑，参战者大多是男性青壮年，但时有泼辣的农妇披挂上阵，这时一般是男性败下阵来，因为农妇的语言更加直白裸露，笑骂技巧更加娴熟，这样就更博得观众的喝彩。

改革开放之后，农村经济发展了，村民生活好过了，看彩电、骑摩托、盖新房的人也多了，一派欣欣向荣的景象。但乡村干部没有很好抓住这个大好时机率领村民致富奔小康、建设新农村，而是只顾自己钻营捞钱，自家先富起来。结果交通闭塞、山塘水库失修，干旱来时，村民争抢水源灌田，吵架斗殴之事接连发生。只有到改选村官时，才见大小干部忙碌的身影，走村串户到村民家送烟送酒送红包。干部们既然忙于自己发财，忙于拉票贿选，没有心思抓农村基础设施建设，更没有心思抓农村精神文明建设，于是好些农民"温饱思淫欲"，旧社会的恶习又在新社会死灰复燃了，他们不奔小康奔发廊了。有些有妇之夫，也在外面租房子养情妇了。由此夫妻矛盾升级，离婚案日增，破坏了家庭和睦，又抛荒了农田菜地，有的家庭又返贫过穷日子了。而近十来年，农村又迎来了"六叔公"，六合彩走进了千家万户，遇到一周三期六合彩开奖之时，乡镇商店几乎关门歇业，街道行人稀少，人们在热切祈祷中盼望中奖的喜讯。当然结果是"十赌九输"。

这就是真实的农村生活和鲜活的农民形象。作者没有在"弘扬主旋律"上下功夫，而是真实尖锐地暴露复杂的社会矛盾和农民沾染的社会恶习，揭露农村基层干部欺压百姓、徇私舞弊、拉票贿选和账目不清等种种腐败行为。真是"上正中歪下腐败"，群众的评价一语中的。现在矛盾揭露了，问题提出了，摆在政府面前的，就是拿出解决矛盾与问题的具体有效的办法了。其实，每年的中央一号文件，就是解决"三农"问题的最高指示，关键是谁来执行，谁来当农村转型时期焦裕禄、陈浩式的县官与村官。农村基层组织建设搞好之时，也就是文明、富裕的新农村之花在中华大地上盛开之日。

以上就是《乡亲们》留给我的思考与期盼。这也是一部文学作品书写的关怀和力量。

最后附带谈一下《乡亲们》的结构特色。这部作品，按照传统格式，似乎不好纳入长篇小说之列，因为它没有长篇小说所要求的开头、发展、高潮与结尾四个必要环节，也没有贯串始终的故事情节与主要人物。但它是二十九个动人故事的汇编，篇与篇之间有暗线联系，各类人物的活动场所也基本没有离开美溪山村，且都在"我"的视线和接触范围，故事语言的表达，也一直保留着客家方言的浓郁韵味。这种分散来看，人物、故事各自独立成篇，汇集来看，人物、故事之间又有暗线联系的长篇著作，该是长篇小说之创新吧。

《福州日报》2011 年 10 月 14 日

野 趣

——评长篇小说《乡亲们》

李林萍

很久没有静心地读一部长篇小说了，案头上摆放的《乡亲们》却是一个例外。在一个解构一切，虚拟与仿像取代真实的时代，我却读到了一篇很接地气、带有浓重的乡野趣味的小说，那就是知名传记作家钟兆云和他的农民姐姐钟巧云为我们奉上的这部《乡亲们》。

《乡亲们》是一部二十几个中短篇小说的合集。各个中短篇虽然各自成篇，但又互相牵连映照，主要人物在多篇小说中出现，笔墨或浓或淡，通篇小说读完，一个个人物形象活灵活现，性格鲜明，这种或许是作者无意的尝试，却形成了同一文类中的"互文"现象，读起来别有一番趣味。

一

《乡亲们》最大的特色就在于原汁原味的客家乡野土味。这或许是传记作家钟兆云在长期写作中形成的写实传统，抑或是至今仍在田间劳作的农民姐姐钟巧云的细微体察和切身感受，这对客家姐弟怀着对那片客家的苍天厚土的血脉深情，状摩出一曲客家民系六十年来生存发展的血泪之歌。

作者将笔力聚焦于"美溪村"——闽粤赣三省交界的一个客家小山村。众所周知，客家先祖自西晋末年开始南迁，最主要的聚居地就是闽西、粤东和赣南，由此可见作者的选址别有一番文化意味，小说中经常出现的三地通婚现象，也是一个客观现实。小说中的主要人物，不管是"我"的父亲母亲、大伯母、二伯母，还是宝哥、兰子嫲、发哥、有富古等，无一例外都是底层的小人物。作者没有用史诗性的笔法描写六十几年来美溪村的历史变迁，完成一个客家乡村的宏大叙事，而是用散点式勾勒的方法聚焦于"围屋里的鸡毛蒜皮"，透过一个个乡野民夫在时代变迁中的命运遭际来反映中国乡村社会发展的艰难历程。在传记领域耕耘了二十年的钟兆云，十年前虽有过一百五十万字的长篇历史小说《辜鸿铭全传》问世，但总觉得受着条条框框的限制，不能充分表达自己的思想和情怀，于是尝试着创作转型，开局就决定以小说形式为自己生活的乡村、熟悉的乡亲们立传，并鼓动他那位据说还怀着文学梦想的农民姐姐合作。这是一部实验性、尝试性的农村题材长篇小说，从小说创作的角度来看，故事既讲得不够"惊奇"，叙事链条也不够缜密完整，而这部小说的意义恰恰就在这里，作者抓住了最鲜活的生活碎片，甚至没有去除"毛边"，却反映了生命的本真。正如本雅明说："思想碎片与其基础观点的关系越不直接，其价值就越大，而表征的光彩取决于这种价值，就如同马赛克的光彩取决于玻璃彩釉的质量一样。作品的细部准确性与雕塑或知识整体的比例之间的关系表明，真理——内容只有通过沉浸于题材的最微小细节之中才能掌握。"如小说中写到一对水火不容的婆媳——大伯母和兰子嫲，却因兰子嫲生了个儿子而地位发生了改变，字里行间对传统客家社会里重男轻女的思想刻画得入木三分。

二

《乡亲们》最突出的亮点就是客家方言的运用。纯客家方言写作的小说在大陆并不多见，在这里，语言不但是个表达工具，更重要的是一个文化标签，将《乡亲们》与其他小说作了一个区隔，形成了自己的创作特色。作者之一的钟巧云由于长期生活在农村，又没有经过大学中文系之类的学院式教育洗礼，讲客家话就像呼吸空气一样轻松自然，将带着浓重乡野气息的客家方言运用在小说创作中，不但用俭省形象的方式完成了叙事，同时也成就了自己的一方文学世界。《围屋里的鸡毛蒜皮》篇首出现的客家童谣中"鸡公砻谷狗踏碓"一语显然预示了全篇的主题。"鸡公砻谷狗踏碓"在客家语中是不讲章法、事情弄得一团糟的寓意，暗示了围屋里的妯娌们在贫穷时代里为了生计把鸡毛蒜皮的事情不断放大，矛盾迭出，乃至亲戚反目，最终以桂花伯母的出走与死亡作结。《父亲正传》中提到的客家民谚"唔（不）做灶下鸡""唔在屋下捏泥卵""情愿在外讨饭吃，莫要在家掌灶炉""鹞婆子（老鹰）飞上天，癞蛤蟆蹲缸脚""唔怕路长，只怕志短"等非常生动形象地反映了客家人崇尚先祖精神血脉，鼓励好男儿外出创业、志在四方的精神品质。还有随处可见，俗中见雅，令人拍案叫绝的客语行文，如《光棍司令有富古》中对德贵的一段心理描写："有食笑咪咪，冇食打冤家。德贵当初是跪着养猪，看钱分上，还经常有酒喝，自家只好像老鼠替猫刮胡子，死巴结。可现在好了，得罪人的生意做了（指为贤古夫妻得罪了有富古），如今他俩公婆见了自己却像老鼠见着猫，躲之唯恐不及。当初求自己时，嘴皮子就像抹了白糖——说得甜，没承想他是马褂上穿背心——隔（格）外一套。哼，一个人拜把子，你算老几，你不理我，我还不理你个冇良心的！"

三

《乡亲们》中对大量的客家民俗的描写又使小说增加了人类学上的文化价值。如小说中对客家人神明信仰、婚丧节庆等的描写，在浓化乡土气息的同时又大大增加了小说的内涵。

《围屋里的鸡毛蒜皮》中写道："村中有座伯公庙。庙前有棵伯公树，高过五六丈，树上迎风飘扬着无数红布条。伯公庙和伯公树平时并不需要被特别照看，乡亲们有好事时尽可以对它们熟视无睹，倒霉或不幸降临时，却随时可以找它们祈求保佑。经人提醒，二伯母也去那儿上过香磕过头，哭着跟树神庙神要孩子。但听说很灵验的树神庙神，在二伯母的肚子问题上，却打了最大的折扣。据说，因二伯母曾不止一次在庙前解手，亵渎了神灵，怀不上孩子是她的过错，一点也不能怪神灵。"

这段话的描写便很直接地写到了客家地区无处不在的"伯公"信仰。据专家考证，伯公信仰就是土地信仰，伯公神就是土地神，是中原南迁汉民族带来的一种信仰，也是客家人来源的一个重要明证。伯公神（土地神）虽在神祇中地位较低，但却给了老百姓看得见、摸得着的丰收和富足，颇受客家社会的尊崇。客家人过年过节、出门办事、求婚问子一般都要带着祭品前往祭拜祈福。

小说中写到二伯母曾经不止一次在伯公庙前解手，犯了对神明亵渎的大忌，因而无子。这种说法虽没有科学依据，但却相当契合传统客家社会的精神逻辑。

另外，在《光棍司令有富古》中提到的客家婚嫁习俗，在《宝哥》中提到的客家丧葬习俗，以及在多个篇什中可见的客家节庆风俗等，都是具有人类学价值的一种小说内涵的增值。

我想，钟兆云、钟巧云的客语长篇小说《乡亲们》一定会在客家世界引起强烈共鸣，除了小说中与自己生活中听到的一样的语言外，还有通过语言所建构起的客家人的家园记忆和心路历程。当然，我相信《乡亲们》同样也会引起非客属世界的广泛关注，因为虽然一开始在阅读中可能会有一定的障碍，但小说中操持语言的人是和广大读者一样平凡、质朴的人。毕竟，在这个时代，喜欢小说的人精神世界是相通的。

《福建文学》2011 年第 9 期

细碎的光影与历史的图谱

——评钟兆云的《乡亲们》

刘小新　卞友江

近年来，关于底层的问题曾引发理论界持续的讨论，底层写作也成为中国当下社会文化语境中一种重要文学现象而备受关注。当然，现今还有很多人对底层文学持保留态度：一方面，人们认为作家本身的文化修养与底层之间有着明显的界限，即使某个作家曾经长时间地在"底层"生活过，也只是部分地传达了底层的生活现状和精神状态；另一方面，当底层的生活成为叙事作品的题材时，就不可避免地夹杂了各种意识形态的形塑，最终使作品脱离了底层的原味生活，成为作家精神的一种自我表述。因此就有可能出现这样的情形：很多底层的读者对这种知识分子表述的底层作品表示"看不懂"，而知识分子之间也存在很多对彼此的底层写作的质疑，总觉得底层的生活被作家进行了简单化的处理，相关的底层文学作品没有真实地反映底层真正的生活与精神状态，也并没有揭示出底层真正面临的各种血淋淋的现实。普通作家不能很好地传达底层经验，那么作为真正来自底层的作家是否就能真切地反映底层的经验呢？很多时候，我们对后者的怀疑是源于其作品历史维度的缺失，作品只叙述琐碎的日常生活，却缺少了富有质感的反思性视角。

当然，关于底层问题的思考远比这样的质疑要复杂得多。事实上，底层是一个先于概念而存在的群体，但是这个群体的身份并不是明确的，很多时候底层的身份极具模糊。农民工相对于中产、小资阶级是底层，但是，难道农民工内部就没有差异吗？年龄、性别、文化、地域、语言、姓氏（村里）、家族等这些区别往往也界定着底层内部的差异。因此，底层这个概念并没有一个固定的所指，关于何为底层也就从来没有一个确切的定义，我们只能在一种历史的发展过程中、在各阶层对话的结构中更好地理解底层的状况。正如南帆所说："与其想象某种独立的、纯正的、不折不扣的底层经验，不如在社会阶层的比较、对话、互动之中测定底层的状态。"①从这个角度而言，钟兆云的转型之作《乡亲们》让我们看到了当下底层写作的某种可能性与新的尝试。

《乡亲们》这部作品描写的是新中国成立六十多年来特别是改革开放前后，中国南方乡村农民群体的生存状态。关于农村生活的描写与体验，人们在张贤亮、张承志、史铁生、韩少功、张炜等作家的笔下，已经一再熟读，并不陌生。知青的经历尽管在他们每个人身上有着刻骨铭心的"创伤"，但是生命转折之后，他们对那段生活的沉重历史反思反而化作了日后源源不断的甘甜泉水，从而成为标定他们身份的厚重筹码。那段农村公社生活，成了他们日后审美和信仰的来源。从他们的作品里，我们看到了农村和农民朴实善良憨厚和美丽的一面，在极端困难的时候，是那些底层的人们救助了"我们"，从而使"我们"坚定地活下去。当然这也只是从知青的视角反映当时农村的生活，可是农民生活内部又是怎样一番景象？这却是我们难以通过这些知青作家的作品窥探到的。尽管在当时的社会环境中，地主阶级、土匪与军阀等压迫势力被消灭了，但看似平等的无产阶级内部却孕育着更多的矛盾与冲突。而这些矛盾与冲突正是《乡亲们》通过一个仅有百余口的客家小村的生活状态所要展现的。它让读者在阅读中触摸到了那段历史，那段原本没有知青作家或者一些乡土作家讲述得那么美好的历史，充满了各种日常生活的争执与冲突以及随之产生的种种悲剧。

作为一名来自农村的作家，钟兆云通过追述那个时代本村各种人物的生活，为我们充分地展现了与革命时代主流符号完全脱节的另一种农村生活风貌。值得注意的是，作者在表现本村内部家长里短的各种矛盾与冲突时，运用了许多生动鲜活的客家方言，通过客家方言对底层百姓生活进行细腻把握和有力表现，彰显了其在方言写作方面的艺术才赋。运用方言写作本身就是一种极大的冒险，因为这很大程度上会受到普通读者的规避，进而会影响作品艺术价值的实现。而且，方言多数是一种口头上的语言，书面的表述往往难以真切地表达到口语本身所要表达的人物内心的感受。可是，钟兆云在克服语言障碍这方面并没有显现出任何的退缩。他不仅给方言做了注释，更重要的是他

---

① 南帆：《五种形象——底层表述：曲折的突围》，上海：复旦大学出版社，2007，第64页。

将客家方言和一种客家长久以来形成的文化传统十分契合地统一起来，从而使客家方言复活了它本身的表现力和穿透力。事实上，随着作家对方言与普通话之间的关系有了越来越深刻的现实认识，方言写作也已经不是什么新鲜事，韩少功、陈忠实、张炜、莫言、沈从文、赵树理等这些乡土作家都曾尝试过方言写作。而钟兆云运用方言写作也不仅仅是因为故事发生的背景与自己家乡的关系，更重要的是他感受到相对于普通话写作而言，客家方言存在为其打开那段客家小村生活的各种历史想象的可能性。记忆与想象因为一个关于底层群体如何"活着"的主题最终汇集在一起，形成了一个早已被大历史遗忘却又源源不断在作者内心流淌的关于客家小村的叙事。正因此，作者能够做到对每一个有体温的生命和心理的细腻把握，在故事的架构中融入当下或过去的人生百态，发掘每个人内心生活的复杂面。方言的体温与粗粝使《乡亲们》获得了一种历史的质感和"存在的密度"。

《乡亲们》中的方言书写不仅粗粝甚而粗痞，人物之间的争吵夹杂着大段大段的方言"脏话"。当然，这些客家"脏话"是经过了作者审美化处理的。客家"脏话"的大量运用不仅仅是为了便于表现人物形象，更多的是它能使作者感受到故事中这些小人物真实的生命气息，一种生存的原生态。客家"脏话"，在作者看来，不仅不是对农村封建礼仪的冒犯，相反，恰恰是对每一个具体生命的尊重。相对于现今普通话中充斥着如此多的道貌岸然的用语，作者觉得，客家方言恰恰是对这种姿态的一种反讽。过多地讲究儒家伦理道德真的能够换来各种矛盾的解决吗？绅士的背后难道就没有充斥太多的矫饰？死板的语言会不会扼杀生活本身丰富的信息？所有这些问题集结在一起，从而加深了作者对客家方言的审美性感悟。作者也曾在《乡亲们——大伯母的风尘往事》中通过转述别人的话表达自己对粗痞话的看法："一位外国作家曾经盛赞粗痞话，说粗痞话是最有力的语言，也是语言中最重要的瑰宝。一位中国作家'心有戚戚焉'地说，骂粗痞话的人，一定是在重重的语言假面那里行将窒息，才生出骂骂娘的歹意，就像一把脱去大家的裤子，让大家看见语言的肛门；肛门同鼻子、耳朵、手一样，无所谓好看或者不好看，不是一开始就好看或者不好看的，只有在充斥虚假的世界里，肛门才成为通向真实的最后出路，成为了集聚和存留生命活力的判营。"① 在这里，作者主要表达的是作家在写作过程运用

---

① 钟兆云：《乡亲们》，北京：作家出版社，2011，第179页。

粗痞话的内在动机，而没有考虑到农民这样的底层群体说粗痞话的乡土根源。作为沉默的大多数，农民没有发声的机会和表达的权利，他们很少拥有一种真正属于自己的纯粹的表达方式。在大多数底层文学作品中，农民生活的状态和内心世界很大程度上只是表现在一些简单的口语符号上，我们很少能够感受到他们内心丰富的一面，而更多的是农民的愚昧或者无知。就像鲁迅在《闰土》中所描写的，成家立业之后的闰土，与少年的伙伴重逢，憋了半天才吐出的一句话竟然是"老爷"这两个身份等级界定清晰的字眼。相对而言，方言粗痞话尽管表面上听起来使人感到粗鲁蛮横不讲理，事实上不仅没有给人一种上下等级的意识，而且它还能够让你感受到一种力量的存在，这种力量是对自我身份的肯定。

露丝·韦津利曾在《脏亦有道》这篇文章中说道："人们对咒骂所持的态度，作为文化建构如禁忌、教会规定或俗世法律，都藏有一个公分母——那就是相信，某些情况下以某些方式说出的某些字词具有象征力量，这种象征力量有时被视为'魔法'。是这些文化态度，使该文化具有特有的咒骂词具备了危险性。这是一种反身关系：认为某些字词有力量的这种看法，给了那些字词力量；而这股显现出来的力量，又强化了这些字词有力量的看法。"① 正因为这些粗痞话具备一种象征力量，才使得这些底层的小人物真正觉得这些语言是属于自己的文化财产，具备属于自己的真实身份。这种语言备的一种神秘的"危险性"，一种生存的本真性，反过来使表达者自身感觉到一种自我的保护意识和求生的本能。而这也正是作者认为粗痞话具有一种生命力量的内在原因。尽管通用语言、伦理道德、法律、经济、政治并没有赋予粗痞话在各种关系结构中应有的位置，但是，恰恰因为这样，方言粗痞话依然保持自身的语言活力，得到了越来越多作家的喜爱。不管我们对粗痞话存在多大的偏见，至少有一点在很多作家看来是一致的，即底层农民的粗痞话中镌刻着农民的身体与生命状态。《乡亲们》突出的地方也正是这样的语言风格，充满了鲜明的特色与粗粝的乡土味。当然，方言粗痞话也不宜过多运用，否则也会产生负面的审美效果。

与大历史题材的作品相比，《乡亲们》里那么多琐细纷扰的人和事无疑是历史沙漏中的一颗颗细沙。仅仅拥有百余户的小村落，无时无刻不充满着矛盾

---

① 露丝·韦津利:《脏话文化史》，颜韵译，上海：文汇出版社，2008 年，第 56 页。

和冲突，家族内部、邻里之间、朋友之间等等都在为各种鸡毛蒜皮的小事斤斤计较，在你不让我我不让你的语言冲突中上演一个小村落的人生百态。在保守封建、男尊女卑、婆媳父子关系、邻里关系、性压抑、财产纠纷、婚姻爱情、吃喝嫖赌、贫穷与富裕、社会与自然、城市与乡村等各种主题的交相辉映下，一个人口虽少的深山客家小村却上演了那么多琐碎的故事。通过这些小故事的相互交织，我们看到大伯母的泼辣花心、看到宝哥的窝囊堕落、看到命运多舛的发哥、看到蛮横无理而自私自利的"土皇帝"虎腚、看到被命运捉弄的六芝谷、看到趋炎附势霸里霸道的"霸坑鸟"守财、看到光棍司令有富谷，还有各种婆媳像等等。这些形象和性格各异的个体，有如互相交错的光影，他们通过各种关系串联在一起，并最终形成了一幅完整的图谱故事，勾画出了一个客家乡村的小历史。相对于"我"父母和姐妹的故事，作者似乎更感兴趣于村里处于两个极端的人物故事。作者对这两类人，既有对其保守愚昧一面的无奈，又有对其坎坷落魄一面的同情，但是，作者更多的是站在一个理性或反思的立场上看待那一段历史中的人物。不管是命运多舛的发哥、六芝谷，还是自私自利的守财、虎腚，作者都没有将其定格在一个形容词的简单描述上。作者从这些人物身上看到了命运的反复无常，历史的飘忽不定，不管乡亲们过去是怎么评价这些人物，作者觉得他们都是受命运摆布的一颗颗小棋子。

让人略感欣慰的是，无论命运存在何种不可知的因素和变数，这个底层群体的每个人都通过各自的方式坚强地活着，向读者传递出他们坚定的生活与生命气息。这是《乡亲们》带给读者的最大感受。当然，作者并没有从精英的立场刻意表露这一意图，他只是通过对故事简单的叙述不厌其烦地复现着这个村子每天发生的日常生活。作者这种放低自己视角的叙述方法不仅没有削弱作品本身的历史感，反而使整部作品在叙述的节奏、人物的描写和故事情节等方面都显得灵活而生动起来。很大程度上，这要归结于作者对底层内部群体差异性的深刻洞察，归结于作者对乡村的理解和感受——一种内在于我们身体与灵魂的乡村，我们同时也看到了作者由传记写作向"复调式"写作的转变。叙述者喜欢通过两个或者两个以上的人物对话和冲突展开对人物的塑造；叙述者并没有单纯地从道德伦理的视角来叙述一个人物的历史，而是更多地从客观而理性的全知视角展开论述。钟兆云与钟巧云姐弟对本村人物的交叉叙事更加丰满地凸显了各种人物形象的性格。方言与书面语的对话，叙事视角的交叉，使这部主要描写二十世纪六七十年代的农村家长里短琐碎日常生活的作品不仅没有失去历史的厚度，反而在整体的故事把握上显得游刃有余自由从容，增加了作品的艺术立面，也给描写底层的当代文学创作提供了一种独特的美学方式。

如果说《乡亲们》是作者由以往的传记式写作向小说写作的转型，那么这样的转型与尝试无疑是值得肯定的。在《乡亲们》中，作者以细腻的笔触绘写了底层农民生活的细碎光影，并以此勾连起了那段特定历史的多维图谱。透过整部作品，我们能够感受到作者写作过程中的努力与思考。这些思考包括：如何能够恰当而不失偏见地将乡村小历史通过艺术的方式表达出来？如何去表现这个小村庄里的生命百态？如何展现农村底层人物的具体生存状态和底层群体的内部差异？如何处理这些人物命运的故事与大历史之间的关系？如何在当下的社会历史语境中描写底层生活？如何将生活碎片织成叙事整体？如何在方言与书面语之间切换自如？如何表述我们的乡村和我们时代的"乡愁"？如何将客家文化资源导入当代文学创作？等等。而这些问题在作品中通过诸多情节和表现形式都得到了较为恰当的处理。可以肯定的是，钟兆云的《乡亲们》为我们提供了认识解放以来中国乡村历史的另一种视角，也使我们深切感受到，农村底层群体生存的不易以及坚定活着的生命信念。

《语言与文化研究》第四辑（光明日报出版社 2016 年）

乡土文学的传统
——读钟兆云、钟巧云的小说《邻里》

傅　翔

读《邻里》是愉悦的，因为它就像一首田园诗，轻轻地勾起曾经的过往与记忆，悄悄地诉说着逝去的似水流年。它是那么温馨与温暖，又是那么质朴与真挚！它事无巨细，娓娓道来，无论家长里短，还是街谈巷议，或是乡间传闻，都一一落入笔端，向我们诉说着一个个熟悉而又陌生的乡土故事。

这是确确实实发生在当下的故事，是中国农村最鲜活的写照。在《邻里》中，随处可见今日乡村生活的细腻书写。不论是《细狗的好事歪事》《村妇传奇》，还是《赌博风云》《迷惘乡事》，它们对乡土与日常生活都倾注了极大的热情。

正是这些琐碎得掉渣的讲述，我们看到当下农村真实的面貌。正是这些家长里短式的细腻而逼真的写实，农村的生活活灵活现地出现在我们眼前。读着《邻里》，我再一次感受到初读《乡亲们》时的那种冲击！也让我想起了《山乡巨变》《暴风骤雨》《三里湾》《小二黑结婚》等名作留给我的深刻印象。我想，这种讲述并没有过时，也不会过时，恰恰相反，是该到了回归乡土的时候了，乡土文学的传统不该也不能被遗忘！

曾几何时，我们多么热爱赵树理笔下的一个个人物，也多么喜爱周立波、孙犁、路遥、贾平凹、莫言们笔下的农村。那里的人物是我们熟悉的，那里的生活是我们熟知的。可随着时代的变迁，城市化的进程，我们渐渐地拉开了与农村的距离，农村的面貌开始模糊，农民的生活变得越来越陌生。这一去就是二十来年，其间多少变化，多少故事，都从小说家的眼中渐渐消逝了，模糊了。我们再没有看见乡土的热情与温暖，没有看见"小二黑"与"巧珍"，没有看见一部真正意义上的乡土小说。

确实，如此乡村原生态的写法在今天的小说界看来是不可思议的，可正是这些家长里短、街谈巷议以及细微平常的生活却让我们看得津津有味，因为我们在其中看到了民风民情，看到了人情人性，看到了主人公的生活与情感世界，从而给予我们无比亲切无比温馨的记忆。这正是一种民间的鲜活的生活，是一种下里巴人与市井风情，它紧贴着平民百姓的柴米油盐与日常所需，从而为他们所喜爱与乐道。

这样的故事常常单纯而朴素，也往往传奇多于复杂，但一种生活的情趣与意趣却自然流露出来。它也许没有过多人性与思想的挖掘和追求，但它在朴实无华的生活中给予了我们更多的轻松与感动。这点与我们小说的传统正好是吻合的。如"三言""二拍"，如《水浒传》《金瓶梅》等，它们的故事往往单纯，节奏张弛有度，看起来也格外放松。它们对当时日常生活的描摹更是精微传神，无不准确地传达出了那个时代的气息与精神。

当然，乡土文学之所以有如此大的魅力，这还得归功于语言的魅力。在《邻里》中，大量客家方言的运用为其增色不少，也堪称客家方言运用成功的代表作品。虽然有些方言俚语生僻难懂，使外乡人无法完全体会其中的妙处，但正是因为有如此鲜活的坊间俚语，观众亲切地感受到了小说的感染力。正是方言俚语的魅力，拉近了人们与人物的距离，小说中的一切由此就宛若发生在身边一样。

作为乡土小说，这一点无疑至关重要，因为说到底，它的生存土壤正是深深扎根于当地民间的。在《水牯买"牛"》与《王桃花们的开心果》中，这点都有出色的体现。在此，人物的语言便显得格外幽默与生动，从而让人在诙谐有趣的情节中感受到了一种天然的机趣，人物也因此显得格外华彩。可以肯定，这些鲜活的语言无不深深根植于民间，作者正是善于吸收地方与民间的养料，小说的语言才如此鲜活生动，才如此诙谐幽默，才如此让人捧腹不禁。

是否注重语言的地方民间色彩，能否熟练地使用方言俚语，这些都是衡量一个小说家能否写好乡土小说的关键。只有真正源于民间，源于生活，深入地掌握这些最有生命力的语言，我们的小说才能更加鲜活，更加生动，从而真正达到妙趣横生，机趣天成。

在《邻里》中，还有一点不该被忽视，那就是小说字里行间对真情真性、至善至美的坚守与歌颂。正是这些平凡的坚守，这些来自我们内心深处的追求与渴望，让小说有了一种单纯而朴素的力量。如《天平上的亲情》《问世间情为何物》《依依婆媳情》等，它们都善于从平凡的生活中发现人情人性的美，从日常中提炼出为人处世的道理，在细微的触摸与回忆中给人感动，给人教益与正能量。

兄弟情，婆媳情，母子情，夫妻情……小说写得极其动情与感恩，其中的良心、孝心令人动容。讴歌人情人性与持守伦理纲常，这种朴素的主题正是老百姓乐意接受的，而这种朴素的力量不仅不会过时，而且必定常写常新。随着时代的步伐与社会的进程，我们眼前的一切事物都在变。表面上看，一切皆日新月异，面目全非，但只要安静下来，进入内心，你就会发现，变的是外在，内心依然，内心渴望与追求的依然是真情真性，至善至美。这种朴素的需求与愿望虽然有些小小的波动与变化，但依然存在，依然巨大。

读完《邻里》，掩卷沉思，我更加坚信，乡土文学的传统不是别的，它正是源自民间的一种力量。因为来自民间，来自生活，来自鲜活与真实，来自纯朴天然与率真自由，所以才有那么大的魅力，那么令人感动与难忘。

《光明日报》2013 年 11 月 12 日

城市化进程中的乡村语境

——评《乡亲们》姊妹篇《邻里》

李迎春

钟兆云在与二姐钟巧云合作的新著《邻里》后记里写道："这是一个乡村的传记，一群村民的传记，一部乡亲人物的大辞典，大凡传记和辞典，真实是生命力。"作为《乡亲们》的姊妹篇，时隔两年之后，钟巧云、钟兆云姐弟再度合作，捧出面目一新的六十六万字传记体小说《邻里》，让我们再次将关注的目光投向中国广袤的乡村。对于大多数作家来说，乡村是我们的童年记忆，是作家走向人生道路的原点。而对于农家妇女钟巧云来说，乡村不仅存在于成长的记忆中，而且是每天鲜活的现实。因此，以正在蜕变中的乡村生活作为写作基础的创作，无疑是《邻里》最大的特色与优势。翻开厚厚的小说，我再次跟随作家来到闽粤边界的武平小山村，向那片深情的土地和它的乡亲们致敬。

要想归纳小说的特点，至少有四点是值得关注的：一是小说体现了中国乡村最真实的生存范本，作家所说的"真实"就是这种剥开了乡村外衣之下的真实境况；二是在中国城市化进程中，传统乡村的结构在快速地消解，新的秩序尚未建立，基于人性的探索思考良多；三是小说中客家题材与客家语言的高度融合，向我们描绘了一幅美丽的乡村民情风俗画卷；四是从真实的描摹到艺术手法的使用，使《邻里》这部作品的小说叙事技巧日臻成熟。

如果要想认识真正的中国乡村，那么《邻里》和上一部《乡亲们》一样，依然是中国乡村最真实的生存范本。《邻里》所叙述的美溪村是南中国客家地区的一个普通乡村，位于闽南金三角和珠江三角洲的中间地带，在很长一段时间内，偏僻和贫困成为它的代名词。美溪因为小说使得它成为读者眼中美丽而伤感的乡村，成为作家创作的地域场。《邻里》不是一种完整的长篇结构，但每一个中短篇的叙事语境大都与作家成长的时期相近，可能毫不夸张地说，相对于大多作家对乡村的想象描写，《邻里》是乡村小说里最真实的乡村状态。钟巧云在劳作之余将思索的目光投向她身边的亲人、邻里叔伯，随时记录下他们的言谈举止，作为小说的原型。作家在写作中坚持"踏在生存的地平线上"，"努力透视底层百姓的疾苦和内心世界，由表及里探寻，揭示这一生命群体的存在形式"（钟兆云《后记》）。小说的农村是缓慢流淌的时光河流，它不像城市那么张扬，那么剧烈地变幻，它通过一个个人物的命运揭示乡村的变迁；与此同时，通过一件件典型的事例来反映农村的"新""奇"。《赌博风云》里的赌博风气，《养猪及其他》里大规模养殖业的兴起，《水牯买"牛"》里婚姻传统的消失……小说正是以横的事件、纵的人物成长历程，构成乡村变迁的坐标。从外表看，乡村的生活改善了，建起了新房新舍，但垃圾增多了，环境污染了；从内部看，乡村的善良淳朴依然沿袭，乡村的愚昧落后也同样沿袭，再加上赌博风气的弥漫、乡村管理的缺失，乡村的精神生活空虚而迷茫。《邻里》向我们展示的正是这种矛盾交织下的乡村生活。

当乡村的孩子离开乡村，回头寻找出发的地方，却发现乡村早已不是我们记忆中的模样。这就是每一个中国人成长的困境。城市化进程带给我们的是陌生化，乡村的多样性正在消失，代替的是千篇一律的所谓城市生活。《邻里》正是揭示了城市化进程中乡村的人性探索。美溪村的发展中不可阻挡地遇到了这股城市化潮流，一是打工潮，二是赌博风，三是征地拆迁。地处两省交界的美溪村，经历了两次大的经济转变，打工使村民们脱离贫困，征地拆迁使村民获得一笔可观补偿，然而更多的是村民思想和社会风气的转变。人性，就在乡村的变迁中凸显出来。小说紧紧抓住人性的闪光点和丑陋之处，向读者诉说乡村的精神困局。就编排来看，开篇是《天平上的亲情》，结尾是《父亲在天堂》，向我们讲述了一个完整的以子云、子龙家族为主的亲情故事，还有周围邻里间的家庭关系，承袭着古老的乡村传统，人性中的善良、质朴、无私，恪守家庭、重情重义得以彰显。《依依婆媳情》《母和子》《这样一个家》《王桃花们的开心果》都洋溢着这种温暖的情怀，让人留恋与感动。当然，人性中的丑陋也在此粉墨登场。好吃懒做的泥公、自私自利的菊花、守财奴细狗、忤逆媳妇菊招、无理取闹的菊英、赌博头子陈发贵、赌亏了的老板娘……甚至还有为一点钱财不惜铤而走险杀人害命的，上丰一个村的人争请庄家到自己家赌博。为钱财逐利，失去善良本真，失去亲情友情的事例在文中比比皆是。这是触目惊心的现实，也是人性丑恶的释放。城市化进程中的乡村，正遭遇着这种好与坏、善与恶交织的困境，令人感慨，令人深思。

近几年，客家题材的写作渐成风气，也有不少精品问世。《邻里》带给我们的惊喜是，这部作品题材与语言的高度融合，将客家元素做到无缝对接，而不是勉强将客家风俗风情贴上，使内容与表达成为两张皮。可以说，《邻里》中的客家民情风俗是渗透到语言里的。翻开全书，我们看不到纯粹的客家民俗的描述，而是在人物的叙述中自然展现这种风俗。客家定亲、过生日、葬礼等的风俗并没有大段大段描写，更没有对扛菩萨打醮之类的浓抹重彩，只有像流水一样自然流淌，穿插在事件和人物中的讲述。而客家语言也在顺其自然中写出，如"酸夹女王"（形容很会说酸话的女人），"雪白的大脚髀"（雪白的大腿）、"鬼喔般"（鬼叫一般），形象而生动。更有那些诙谐的客家语言让小说增色不少。如说"目珠乌三寸"，"目珠"就是眼睛，意思说看了让人讨厌；"穷人不消多，有两甲米就会唱歌"，表示容易得到满足；"爷哩娭哩惜满子"，表示父母亲最疼小儿子。这些客家语言俯拾即是，可以说是客家语言的活词典。客家题材与客家语言的巧妙结合，形成了《邻里》这幅美丽的客乡乡村风情画卷。

作为小说，与第一部《乡亲们》相比，叙事技巧更加成熟。对于创作，钟兆云说："写作来源于生活而高于生活。过于虚构，或过于现实，往往就不是文学，难以牵引人，因此，这两者之间的桥梁，还就是文学。"从现实出发的虚构，不是简单地记录生活，而是对生活的重新梳理，起到拨开迷雾见真山真水的效果。《邻里》的小说叙事风格依然是写实的，但在篇章结构、心理描写、人物塑造上都下了很大的功夫。像《赌博风云》《养猪及其他》《泥公的前半生》《牛腱根》《逆子》等都是很精彩的短篇。《赌博风云》从不同的人群拥向细狗家开始写起，先抑后扬，一步步将赌博的兴起做了交代，然后通过爱英、玉珍、香玉的亲身体验，细狗家因招揽赌博场地发生的纠纷，两个老板娘的赌博经历，最后引出赌王陈发贵，将乡村的赌博演绎得妙趣横生、风生水起。在小说中，还插入家庭纠纷、夫妻感情等，使作品更加充实厚重。在人物的篇章里，泥公、牛腱根、胖清等都是通过主人公的成长经历，抓住几件事情进行叙述，展示人物的性格及命运。人物个性各有不同，角色塑造立体丰满，特别是通过对话推动情节发展，使人物形象更加鲜活。整部小说没有独立的主人公，邻里乡亲都是小说中的主人公，以美溪村为中心，人物关系构成一个网状，慢慢地向读者娓娓道来，有时看似漫不经心，其实大有深意。这种叙事方式沿袭了我国古代明清以来小说的叙事传统，往往被很多当代作家所忽视，然而《邻里》的实践证明它仍具有很强的生命力。

《乡亲们》和《邻里》是客家乡村的大书，也是为千千万万个美溪村和它的乡亲们立传的大书。它们既是小说，更是现实；既是现状，更是精神探究。《邻里》这部小说里，我们看到了作家一如既往的努力，看到了他们永远不变的乡村情怀。我们期待钟巧云、钟兆云姐弟俩的乡村系列第三部更加精彩、更加有味、更加经典。

《福建文学》2014 年第 1 期

触及灵魂深处的战栗

——读钟兆云、钟巧云《邻里》有感

郭 鹰

　　故乡，这是个从一出发就充满力量的地方，是许多作家不约而同把目光和笔触集中的地方，是文学作品取之不尽用之不竭的宝库：鲁迅写绍兴，沈从文写湘西，莫言写高密东北乡，贾平凹写商州，福克纳写自己那像邮票一样大小的家乡……钟巧云、钟兆云姐弟也将故乡作为自己写作的原点，他们笔下书写的故乡是闽西客家那个名叫美溪的偏远山村。父老乡亲，血脉亲情，山山水水，刻骨铭心，是他们永远咀嚼不尽、书写不完的宝库。因此，一部《乡亲们》还余音缭绕，又一部力作《邻里》问世了。姐弟俩说，要再写一部，构成"乡亲们三部曲"。如果说《乡亲们》是一片尚未开发的处女地，未经雕琢的文字散发着乡间泥土的清新芳香，未曾掩饰的欢喜憎恶透明如一面明镜，那么《邻里》可喜的进步在于，不再是原版的现实生活，有了源于生活又高于生活的呈现，这些呈现更多的是反省、是剖析、是认清、是完善，是促使人向真善美的目标迈进，是灵魂深处的战栗。可贵的是，这些呈现依然建立在真实的基础上，不拔高，不丑化，是天然朴实的自由创作。

　　努力去透视底层百姓的疾苦和内心世界，去由表及里地探寻揭示这一生命群体的存在形式，以及他们在历史前进的车辙中的抗争和奋斗，幸福或疑惑，是钟氏姐弟创作的出发点。在书中，我们不仅看到《天平上的亲情》中母亲博大善良的胸襟，《问世间情为何物》中感人肺腑的爱情，《依依婆媳情》中婆媳夫妻之间的体谅与包容，同时，也看到很多农村生活的贫穷、刻薄、丑陋和不公。比如《逆子》中的胖清对父母的给予心安理得，却嫌弃父母的丑陋贫

499

穷，不愿意赡养年迈的母亲。这是农村生活的真实写照，很多农村老人在丧失劳动力后，被儿女遗弃，老无所依，晚境凄凉。比如《养猪及其他》中，写出农村养猪的酸甜苦辣，家家户户将猪当宝贝一般，一旦猪有个三长两短，如丧考妣，比死了亲娘亲爹还伤心。还有赌博、拆迁、男女关系等众生相，展现了乡亲们在历史前进车辙中遭遇的迷茫和困惑。它是袅袅炊烟，金色田野掩盖下的污浊与黑暗，又是乡村生活最真实最重要的部分。写美，写善，写感恩，很好写，但是要把伤疤剜出来，将丑陋写出来，需要勇气，更需要责任。若非如此，又怎能挖出脓带出血，又怎能有触及灵魂深处的战栗，又怎能展示生活的本来面目呢？

在钟氏姐弟的小说创作中，一直尊崇"真实"的原则，但文学的"真实"不是社会现实生活的简单再现，它通过呈现生命的真相，揭示心灵的隐秘，探讨人类存在的本质。《邻里》延续《乡亲们》的写作风格，写的都是身边熟悉的琐碎平凡的人和物，叙述的是小人物的喜怒哀乐悲欢离合，展示着普通人的情感心灵。在这幅活色生香的乡村人物画卷中，我们看到母亲的善良宽容，子云的忍辱负重，子龙的责任感恩，泥公的自私小气，牛腚根的青春躁动，细狗的大度豁达，胖清的不肖无良等等，你简直可以在这里找到每一种乡村人物的原型，善良的，小气的，勤劳的，懒惰的，恶劣的。千人千面，形色各异。但是作者并没有单纯地写他们的善或恶，而是写出他们如何由纯真的孩童长成变化成今天的样子，是教育的缺失和偏颇，是经济的困窘和艰难，是精神的匮乏和贫困……通过一个个人物的成长变化，挖掘人性中阴暗的一面，正视问题的症结所在，把心灵的隐秘昭白天下，触及灵魂深处的战栗，引发对人性和人生的深层次思考，可以说，在以文学探究人性的道路上，钟氏姐弟达到了一定的深度。

语言的活泼爽利生动，散发着浓浓的乡土气息和浓郁的地方色彩，不刻板，少匠气，充满谐趣，是《邻里》无可替代的魅力之一。在这本书中，我们读到最多的语言，是乡村田野的一草一木，是辛苦劳作的一镐一锹，是村头田埂的鸡鸭牛狗，是凝聚着生活智慧和劳动积累的丰富语言，令人读来又笑又叹，感同身受又拍案叫好。如写年老体衰的农村妇女："三媚的脸看起来就像一个被摔扁的搪瓷脸盆，盆上掉了许多块搪瓷，现出了锈迹斑斑的冷铁。"写细狗的健壮，八十多岁的老人"走起路来衫尾还能打死狗的架势"……

当然，由于经验的限制，小说个别情节有相似之处，一些素材重复使用；

其次客家语言对非客家读者的阅读挑战依然存在，这见仁见智的争论将再次引人注目。但是作为一位仅有初中文化的农民作家，能从繁重农事的缝隙中搜罗时间坚持笔耕，描摹出一幅幅乡村生活的浮世画卷，挖掘乡村生活的本质，触及灵魂深处的战栗，正说明钟巧云的潜质与天赋，还有对文学的热爱和信心；而作为一位早已著述等身、功成名就的青年才俊，没有在熙来攘往的世界里迷失本性，钟兆云依然保留对父老乡亲的深切挂念，对生养之地的无限热爱，这更足以让我们对姐弟俩接下来的乡亲系列小说充满信心！

《福州日报》2014 年 1 月 14 日

文学的天平

——读《乡亲们》《邻里》有感

唐宝洪

文学的天平该倾向哪里？作为一个农业大国，农民占中国人口的绝大多数，是中国最大的社会群体。从文化层面上看，农村文化是解读中国这块土地的钥匙。可以这么说，农民意识是中华民族的根性，渗透在政治、经济、文化、军事等各个方面，流淌在工农兵学商等各个阶层人们的血液里。曾几何时，农村、农民被作家忽视、漠视，都市题材压倒农村题材，小资情调泛滥成灾，"个人写作""商品化写作""零度写作""女性写作"乃至"用身体写作"充斥文坛，放逐思想和理想而追求时尚的作品，及人生体验和想象力双重匮乏的作品，戴着"解构主义""无厘头主义""女性主义""达达主义""现代主义""新历史主义""非理性主义""先锋主义"等桂冠，占据了文学期刊大量版面。难能可贵的是，著名作家钟兆云并没有被琳琅满目的文学表象所惑，更没有去追逐所谓的时尚，而是潜下心来，去关注农村、农民，把文学的天平倾向农村、农民，把笔触伸进农民的生活和心理，与农民姐姐钟巧云携手合作，于2011年推出长达四十万字的乡土小说《乡亲们》。

《乡亲们》以地处闽、粤、赣三省交界的客家乡村为创作舞台，揭示新中国成立六十余年来特别是改革开放前后中国南方乡村农民群体的命运遭际和心灵秘密，尤其是转型时期他们所遇到的种种问题，以及新农村建设中不容回避的现实矛盾。该书由作家出版社出版发行后，好评如潮，被誉为为乡村为农民立传、带有浓郁乡土野味的优秀作品。

钟兆云在中学时代就发表处女作，早期创作以纪实文学闻名，三十岁加入中国作协，是当时福建省最年轻的中国作协会员。年届不惑之后，他的创作来了个华丽大转身，在小说的天地里施展才华。

在文学的天平上，小说，特别是长篇小说的分量很重。长篇小说，顾名思义，就是篇幅很长的小说。长篇小说，篇幅当然长。长篇小说的篇幅，不是事件的简单罗列，不是字数的机械累加。如果长篇小说变成事件的简单罗列和字数的机械累加，那么，这样的长篇小说，不能称之为真正意义上的小说，充其量，要么是资料的整理，要么是某种符号的解读，要么是出于某种需要而连串起来的流水账。这种小说，是注水，是吹气球，是泡沫，是纸老虎，不能体现小说的分量，当然也就无法体现小说的尊严和难度。

《乡亲们》堪称厚重之作。这本书，虽然没有宏大叙事，也没有跌宕起伏的情节，然而，作者的笔触从血脉深情的感受出发，浸润几十年的精细观察和温情关切，以忧患意识、悲悯情怀和独到眼光，展露真实人性，原汁原味地透视底层百姓的疾苦和内心世界，书写其对美好生活的向往与追求，并艺术地展现这一深切的体验，真实地勾勒出农民大众的生存境况：在城乡巨大差距中的追求与抗争、堕落与尊严，新与旧、闯与留、官与民、情与法的冲突，老与少、男与女的情感纠葛，以及美与丑、善与恶的浮世绘卷。字里行间，流淌着"乡亲们"的爱恨情仇以及热爱生活热爱家园崇尚真善美的性灵底纹；字里行间，"父亲"、"发哥"、土皇帝"虎腔"、"广播筒"等"乡亲"鲜活而各有标识地走进读者的视野，让人难忘，让人回味。

继《乡亲们》之后，作家出版社于2013年8月再次推出钟兆云、钟巧云姐弟俩长达六十六万字的乡土小说《邻里》。《邻里》是《乡亲们》的姊妹篇，笔墨聚焦在地处闽粤赣边一个名叫美溪的客家村庄，写了一个村庄与一个个人的命运变迁，其中有泪与笑的纠缠，有灵与肉的碰撞，所写的人和事，堪称客家原生态乡村乡情世俗的"现场直播"，因而，《邻里》也就具有了客家原生态乡村写作范本的特质：虽然不事雕琢，但一切是那么真实，那么亲切，那么值得玩味，值得深思，值得借鉴，值得警醒。

从"情"和"义"的天平上考量，《邻里》的文本给社会带来了正能量。书中，对亲情、爱情、友情、道义的至真至美的追求，对势利、刻薄、淫乱、赌博、卖死猪病猪肉牟取暴利、拨弄是非、六亲不认、算计等不良现象的入木三分的鞭挞，无不让人产生深深的共鸣。书中，既鲜活着子云、子龙、母亲、婆婆、父亲、弟媳、大姐、水古等正能量的人物，也给水霸、细狗、圣古、泥公、牛腱根、胖清等灰色人物打上鲜明的烙印。书中，乡间小人物的平平凡凡的话比司空见惯的"名言警句"更让我拍手称好，如："不要对某一件事耿耿于怀，得饶人处且饶人，身上流着同一家血脉，什么都有可能改变，唯有亲情血脉是无法改变的，那是铁的事实。"又如："只要你对我好，生活上困难一点，对于苦出身的我，根本不是大问题，我对物质生活没有太高的要求，看重的是精神生活，我要夫妻恩爱，我要一家平安，我要一生享受家庭的和和美美。如果老公不爱我，儿子们又不听话，我会看不到阳光，丧失生活的信心，每天山珍海味我也会感到淡然无味。这样的黑白人生，活一百年又有什么意义呢？苟且偷生而已！"再如："亲情能给人生活的勇气和动力，亲情就好比客家人自己酿造的糯米酒，既香甜顺口，又让人醉在其中。"

与《乡亲们》一脉相承的是，《邻里》全书用纯粹的客家方言写作，但并没有阅读上的障碍。"分分相相"（清清楚楚）、"跌鼓"（丢脸）、"等路"（礼物）、"搭傍客"（沾客人的光）、"最差板"（再不济）、"酿般做"（这样做）、"鬼喔"（鬼叫）、"大面嬷"（厚脸皮的女人）、"过嘴"（非议）、"精布娘"（聪明女人）、"走起路来衫尾还能打死狗"（走路风风火火有力度）等不胜枚举的村言俚语，让叙述生动有趣。不过，个别地方，作者没有节制，语言上略显粗俗。

小说，特别是长篇小说，其分量不仅仅体现在篇幅上，更主要体现在思想性和艺术性。这种分量，是长江黄河般的波澜壮阔，是长城泰山般的巍峨博大，展现出作者胸襟的大气象，展示出作者匠心的大营造。《乡亲们》由二十九篇中短篇小说组合而成，《邻里》由十八篇中短篇小说组合而成。书中，各个中短篇各自成篇，但又互相牵连映照，主要人物"子云"在多篇小说中出现。有些评论文章把《乡亲们》《邻里》看成长篇小说。如果从文学的天平上考究，《乡亲们》和《邻里》都不是严格意义上的长篇小说，准确的提法应该是小说集，如同我们把《天方夜谭》不当作是一部长篇小说而是故事集，如同我们不把《十日谈》当作一部长篇小说而是小说集。再从结构、人物、故事来看，《乡亲们》《邻里》都没有一个完整的结构，都没有一个能贯穿全书的灵魂式的人物（主人公），也没有一个贯穿全书的故事，书里所写的人和事，是珠串式的，是一颗颗"珠子"。再者，这两部小说的叙述耽溺于家长里短的叙述，而没有超脱其上，缺乏一种大抱负、大精神、大感悟、大苦闷。我这样说，可能有点苛求，毕竟，太阳虽然光芒万丈，可太阳里也有黑子，任何作品，都很难达到完美。瑕不掩瑜，《乡亲们》《邻里》接地气，贴近生活，贴近真实，"清水出芙蓉"，给当下文坛刮来一股清新活泼的风，在当下乡土文学领域里引领着原生态乡村乡情世俗写作的路。

　　受客家"耕读文化"和嗜书父亲的影响，钟巧云、钟兆云姐弟俩从小就怀揣文学梦。弟弟钟兆云迄今已有《辜鸿铭》（三卷本）、《刘亚楼上将》、《国之大殇》、《商道和人道》等三十多部著作和电视连续剧共计一千三百万字作品在海内外问世，现为福州市作协主席，而姐姐钟巧云因家境贫寒、为确保兄弟读书为减轻父母压力毅然辍学务农，在农活家务之余沉醉于读书写作。姐弟俩立志要用真实的文字为中国"三农"写书立传，《乡亲们》《邻里》即为姐弟俩同心合力的心血之作。当今，中国梦风靡神州大地，我相信，钟家姐弟俩的文学梦一定会实现！我还相信，钟家姐弟俩的乡土小说创作，在文学的天平上将占有应有的分量。

《福建乡土》2014 年第 4 期

打开重新认知传统之门

——长篇小说《客乡风月》读后

傅　翔

当我贪婪地读完电脑屏幕上的最后一个字时，页码定格在第 361 页的页面上，心中不觉怅然若失，久久无法平静。我急切地想要向同行宣告：这是一部多么优秀与难得的长篇小说，它的出现，注定要掀起福建长篇小说创作的新高潮。这绝对是一个里程碑，无论对于福建的小说创作，还是对于中国农村题材的小说创作而言，它的存在，都具有标杆性的意义。

我一直在想，这部《客乡风月》之所以令我欲罢不能，并在电脑上一字一句地读完，其中必有奥妙。说实话，我已经多年不曾细细读过一本书或一篇小说，更别说一部三百多页的电子文本，这真是破天荒的事！我不得不说，小说真的深深地切入了当下乡村的肌肤，它是那么鲜活，那么原生态，又是那么亲切，几乎就是我们每个人身边发生的一样。特别是在七十年代以及之前出生的读者身上，这种感同身受的亲切，这种鲜活生动的切肤之感注定要陪伴他读《客乡风月》的全过程，并因此回味悠长，久久难忘。

不管怎么说，《客乡风月》的出现还是大大出乎了我的意料。从《乡亲们》到《邻里》，再到现在的《客乡风月》，作者以三部曲的形式完结了对乡村的细致描摹与对父老乡亲的树碑立传。这是一项多么宏大的工程啊！如今再去回顾这些创作，我才深深体会到作者的良苦用心与文学理想，那就是至死不渝的文学信念与对"三农"问题的深切关注。十年如一日，没有动摇，没有更改，只为那份深沉的承诺与执着的情感。为此，我就要献上我由衷的敬意。

我们都知道，如今的小说作者与农村是隔膜的，他们对农村与农民的生活是不熟悉的，甚至是完全陌生的，脱节的。但《客乡风月》却以无比熟稔与鲜活的农村生活为我们打开了一扇门，这是一扇重新认知小说传统之门，也是一扇我们行将废弃但又不得不重拾的小说技艺之门。这扇门曾经从茅盾、赵树理、周立波、周克芹、孙犁、汪曾祺、路遥、陈忠实、莫言、贾平凹等作家身上一路走来，绵延不绝，但却在二十一世纪遭遇了空前的困境与尴尬。特别是在城市化进程飞速发展与村庄以惊人的速度消失的今天，我们的作家却以集体失语与语焉不详的姿态出现在读者面前。这不能不说是时代的悲哀！

所以，我不得不隆重推荐《客乡风月》与其作者。特别是钟巧云这位地地道道的农民作家，如果没有她，小说不会有如此地道如此本色的书写，小说里的人物和语言也不可能如此生动与鲜活，如此准确与传神。当然，钟兆云的功劳也不可忽视，正是因为他对故事、语言的精细组织与把握，这一切才更加完善与完美。姐弟俩对农村生活不可谓不熟稔，对身边的人更是信手拈来，丰富饱满的人物，鲜活古老的方言，共同刻画出多姿多彩的农村生活，也活脱脱地把当代农民的形象矗立起来。这堪称一幅当下农村的《清明上河图》！

小说重点刻画了乡村医生荣贞传奇的一生，从出生到死亡，特别是改革开放以后开诊所以来的遭遇，其中又以他的风月之事为重点展开故事的叙述。故事脉络相当清晰，人物也不复杂，除了荣贞与他的妻子招玉，就是他的情人秋香，还有就是助手月秀。其他人物与故事也都围绕着这几个人物展开，并没有太多的旁枝末节。如此干净的讲述就像电视剧一样，故事明了，家长里短，邻里纠纷，嬉笑怒骂，皆成文章。在我看来，小说里的一切都是那么家常，那么亲切，那么自然，仿佛就像自己身边刚刚发生的一样。故事是身边琐碎平常的故事，是当下农村天天都在上演的"活话剧"；语言是无比地道、鲜活的客家方言，是下里巴人的粗言俗语。

招玉见大家脸露难色，干坐着一言不发，不由得气恼起来："刚刚还有说有笑的，怎么一下子却成了哑巴？我忙了整整一个下昼，又宰鸡又杀鸭，怎么都喂了你们这些白眼狼？"

听她这么一奚落，子女们莫不如坐针毡，脸上发烧，心里喊苦，如果可以，他们都愿意把肚子里的那些美食吐出来还给她，只要不让他们参加这场批斗会。又是一阵难挨的沉默，谁都不想先开这个口，谁都不愿让第一束烈火烧到自己身上，枪打出头鸟，这个危险谁都晓得。

……

"老短命子，你说我都不值五十块钱了，一头鸡公都不止五十呢，一个会吃会做、会养鸡养鸭的大活人倒不如一头鸡公，你，你怎么这般恶毒呀！"招玉气得全身发抖，一边回击一边抹泪。

父亲说得确实太过分了，子女们都为母亲打抱不平，但也有人劝说不能骂人。

荣贞黑着脸，瓮声瓮气地说："画了面就要做戏，既然你们的娭哩已把事情在你们做子女的面前摊开，我又何必再刻意去遮掩呢，该说的就说出来，大家都轻松。"

……

招玉一旁听得恨心恨肺，眼泪汪汪地说："老短命相，出门戴个鬼壳吧，为了那个寡妇嫲，你就连我这个为你生了五个子女的老婆都可以不要，你要是不和她断绝关系，以后就不要再回这个家，不要让我再看到你！"

"谢天谢地谢你招子嫲，你不让我回这个家，我真是万分多谢。这一生我最痛苦的事，便是'嫁'给了你，要不是看在你好心的爷娭分上，我早就和你各奔东西了。今朝日子你说出这样的话，我很宽心，我就怕你不肯让我走。你也不要说为我生养了五个子女，其实应该说是我为你们家里生养了五个子女。这样吧，这五个子女就算是我送给你的礼物，权当我将功补过。你也行行好，放我一马吧。我真的离不开秋香，让我离开她，情愿让我死！"荣贞说完，还双手向招玉连作数揖。

……

"妈，你也有很多不是，比如骂人总是'短命相'先出口，这让人很讨厌。这几年来你确实变了不少，和人相骂总是一溜边，好像是从骂人大学毕业的，连我们做子女的都受不了……"

文秀说到这，偷瞧了一下母亲，这一瞧让她倒抽了一口寒气，良久不置一词的母亲两只眼睛都快出火了！文秀和文招又对视了一下，吐了一下舌头，就不敢再批评下去了。

"在你们的目珠根下，我一直都是个死乌搭瞎、没一点世情道理的人，你们就晓得为老鬼说好话，却不知道我才是冒着生命危险生下你们，一把尿一把屎带大的。自你们呆呆、驰驰过身后，我连着几年都没一日清闲。那时文宝和文书还小，晚上都要和我睡，不是这个哭就是那个闹，经常害我睡不好，日子头又要做事，这老鬼倒可以猪一样地睡饱目。我啰唆还不是因为你们，你们要是听话，我会骂你们？你们看看到别人家的细人子，哪个不是被爷娭打骂大的？可在你们身上，我连软竹梢都不曾打过。你们就晓得批评我，对这个家，难道我就没一点功劳？"招玉边说边用衫袖拭眼泪，这回她真是伤心透了，这些子女，除了文星，都是白眼狼，老鬼面前一句话不敢说，都成哑巴了，老鬼抬脚一走，却马上把矛头指向自己，好像我才是做错了事的人。

文招从桌上抽了一张纸递给招玉擦眼泪，她生气地用力抢过来。

如"家庭文攻"这一节，一家人轮番游说父亲，为父母吵架说和这一出就堪称经典，言里言外都无比妥帖，无比生动，此种炉火纯青的功力，绝非一般熟悉者可为。毫无疑问，这如果不是一个生在农村、泡在农村的人，谁有如此火候？正是因为耳濡目染，浸淫日久，才会有如此出彩的语言才华。

我以为，这便是《客乡风月》最突出的贡献之一。相比三部曲的前两部小说，《客乡风月》的语言无疑更成熟，更老到，不刻意，不生涩，方言俚语的运用堪称炉火纯青，信手拈来，比比皆是，毫无阻隔。就以这一点来说，《客乡风月》的语言技巧就堪称独树一帜，同类作品无出其右。

当然，《客乡风月》更重大的贡献还在于它反映出来的现实，特别是对当前农村准确深入的刻画与揭示。作者用写实的手法详尽地讲述了发生在故乡一个村庄里的风月之事，以及由风月之事带出来的一系列情感纠葛与事故纠纷。作者由主人公的家庭身世出发，到他的事业追求与思想变化，以及一系列的寻欢作乐，生动地展示了当下农村的巨变与社会的变迁，以及传统思想伦理的解体与溃散。作者饱含激情，虽有批判与担忧，但更多的是温情与热泪。对主人公的人格不仅充分尊重与敬仰，也充满了同情与体谅，字里行间有着浓浓的温情与人情味。从这意义上，这也可说是一曲当下乡村变迁的挽歌。

小说倾注了作者的所爱所恨，写身边人身边事，有故土情怀与乡村情结，也有深厚的亲情与深沉的乡情，这是一部有温度的小说。我喜欢这样的作品，它无比亲切，无比温馨，给人温暖，给人感动。当我看到秋香的儿子富生因为狗咬不治身亡时，我为秋香的悲痛而泪眼蒙眬；当我看到荣贞弥留之际终于得到秋香和月秀等众多乡亲的宽慰与理解时，我亦是热泪盈眶。当然，更多的时候，我为他们身上的小农意识与传统思想而慨叹，也为他们的封建思想与落后观念而顿足，有时喜笑欢乐，有时悲叹难过，这一切皆源于小说的引人入胜。特别是从荣贞与秋香的故事开始，小说便水到渠成，一环扣一环，充满悬念，令人爱不释手。一部长篇，这点无疑是很紧要的。好看，好读，这又可谓《客乡风月》的一大优点。

按惯例，如果一定要我说些美中不足的话，那我以为，《客乡风月》的局限还是在角度与叙述上。作者的视角如果能够适当拉开，更全面地刻画出村庄里发生的一切，同时以一种拉开距离与更主观的角度去讲述这个故事，那肯定更完整，更有时代感与艺术性，也更现代。当前的角度与叙述还是聚焦的，传统的，现实主义的。当然，就像《平凡的世界》一样，路遥最终选择了现实主义的手法，这也许就是因人而异，也无可厚非。我认为，只要作品是好的，能够打动人，感染人，什么技法并不太重要，重要的是你是否表达了你的所思所想，你的感动与心声。

《光明日报》2016 年 12 月 12 日

从生活语言到写作语言，从心之所向到言之所至

——评钟兆云、钟巧云的方言写作

谢建娘

（武夷学院人文与教师教育学院）

引　言

在地域文学中，"故乡"作为地方的符号，具有极强的情感性和指向性。段义孚在《恋地情结》中指出："更为持久和难以表达的情感则是对某个地方的依恋，因为那个地方是他家园和记忆储藏之地，也是生计的来源。"[①] 于是"当这种情感变得很强烈的时候……地方与环境其实已经成为了情感事件的载体，成为了符号"[②]。由此看来，故乡对于每一个人而言，不论是"在他乡"抑或是"在家乡"，就成为了承载情感意义和生命意义的重要符号。在当代闽籍作家中，出生于闽西武平的钟兆云、钟巧云姐弟俩，历经八年笔耕，联袂创作出闽西"客乡三部曲"——《乡亲们》《邻里》《客乡风月》，聚焦闽西故乡，以自我真实的生活观察、体验和思考，回望乡村改革过程中故乡的人和事，将文学纪实和文学虚构巧妙融合在一起，以蕴含生命体验的闽西客家方言凝聚乡音、乡情，从容、不拘地书写那些被忽视、遮蔽的声音，以此抵达那混沌而真实的乡土大地。

---

① ［美］段义孚：《恋地情结》，志丞、刘苏译，商务印书馆 2018 年版，第 136 页。

② 同上。

一、新尝试与新挑战：纪实性的方言写作

"客乡三部曲"——《乡亲们》《邻里》《客乡风月》是长期深耕传记文学领域的资深作家钟兆云的转型之作，是他纪实性文学创作的新尝试与新挑战，在《乡亲们》后记中钟兆云坦陈："在写了十多年传记后，开始思考如何延续今后的文学道路。我考虑转型，有意为平凡的父老乡亲树碑立传"[①]，"本书是我年入不惑后的转型之作，是文学旅途中一次尝试性的跋涉"[②]。生长在客家农村的钟兆云，"对乡村生活有着刻骨铭心的体验，熟悉农民大众，对父老乡亲的命运深为牵挂和关切"[③]。为此，钟兆云将身边的乡亲、邻里作为叙述对象和视点，承继其纪实性文学的笔法，在大量现实与历史基础上勾勒人物的血肉，同时作品在纪实基础上又营造出虚构的感觉，正如钟兆云在《乡亲们》的后记中所说："书中人物和事件虽然其来有自，但都是经过艺术化处理了的，本书体裁是小说，综合了诸多原型。"[④]

由此可知，《乡亲们》《邻里》《客乡风月》确实是区别于钟兆云以往的创作，体现了作者从传记写作向小说写作的重要转变和自我突破。需注意的是，"客乡三部曲"也是钟兆云纪实性文学艺术特征的延续。钟兆云在与《福建人》记者的对谈中曾说过："我的创作建立在多年的研究以及史料的积累基础之上，书中的人物，像李友邦、严秀峰等人的塑造，都和他们真实的人生轨迹相符，包括郑中原等这类虚构的人物，也是义勇队队员的一个集中体。"[⑤]《我的国籍我的血》中的郑中原如此，《乡亲们》《邻里》中的父亲、大伯母、邻里叔伯也是如此，这些邻里乡亲虽有文学的虚构，但都具有很大程度的真实性。

钟巧云，一位对人生不断探寻与书写的文学爱好者，一位长期生活在农村的女性，以细腻的视角，捕捉现实生活的细微褶皱，在日常生活的一地鸡毛中感悟生活之难尽滋味。与弟弟钟兆云合著的《乡亲们》《邻里》《客乡风月》

---

① 钟兆云、钟巧云：《乡亲们》，作家出版社 2011 年版，第 517 页。

② 同上，第 519 页。

③ 同上，第 518 页。

④ 同上。

⑤ 陈旖旎：《钟兆云：李友邦他也傻》，《福建人》2016 年第 3 期。

"客乡三部曲"，正是她以"在场"亲历，触摸感受，以纪实的文学意义，折射乡亲邻里的精神生活和情感困境，在文学"非虚构"叙事中完成人与自然、社会的密切结合。

小说是语言艺术，作为文学重要文体的小说，其语言决定着它的表达效能，小说现实价值、社会影响的产生与审美功能的实现很大程度上依靠语言，为此，作家必须了解小说书写对象的语言表达及语言习惯。与此同时，文学作品从某种程度上都是特定地域、时代的产物，而每一地域、时代都有其语言风格，那么，产生于特定地域及时代的小说语言必然沾染上这个地域、时代的风格。

语言问题由此被牵引出来。钟兆云、钟巧云的"客乡三部曲"不仅体现了钟兆云对纪实性创作的新思考，而且意味着纪实性创作在进行艺术处理时面临的新的挑战。关于纪实性题材文学创作的讨论，"语言的真实"是核心问题之一。从这个意义上讲，《乡亲们》《邻里》《客乡风月》是具有典型意义的，它显示出纪实性题材写作的某种尝试以及试图在艺术上进行新突破的探索——以近乎原生态的方言描写客家农村的人与事，在"语言真实"的场域中将人物的真实、语言的真实、环境的真实三维度合一，通过寻找真实的故乡来展现农业、农村、农民这一大众关心的社会问题。这种创作策略既体现了钟兆云对纪实性小说创作的某种深化改造，亦是其以往创作理念在乡土文学的实践。

毋庸置疑，方言作为乡土文学最常被征用的语言，在构建地方性文化、呈现人物身份立场、唤醒家园记忆等方面有着极高的价值，"方言所承担的功能是地域文化色彩、民间立场的建构，以本土化抵抗全球化，通过方言构造独异的文化生态、精神资源与思想历史"[①]。钟兆云、钟巧云姐弟俩的闽西"客乡三部曲"不仅承续了传统乡土文学的语言路向——使用方言，记录和描写最贴近农村生活的人物和事件，更实现了个人创作的转型和突破，标志着当代纪实文学创作的新尝试：即方言不再只是叙事的手段和方式，方言不仅仅是方言本身，而更侧重展示在习常的方言口语中寻找力量，农言农语之间，闪耀着韵致与精神。

作为初涉方言写作的作家，生长于闽西客家乡村的钟兆云、钟巧云姐弟俩有着自觉而清醒的语言意识，尽管钟兆云大学之后长期在城市工作，但作为

---

① 王春林：《二十世纪九十年代以来的方言小说》，《文艺研究》2005 年第 8 期。

其幼年习得的闽西客家方言——一种先在的语言和文化，对其产生了终身的影响。刘绍棠指出："一个作家走向哪条路，跟他的出身、经历、教养、学识、气质、情趣六个方面有密切的关系。我是农村长大的，我的整个伦理道德观念、感情是农村的。农民是中华民族的主体，中华民族的精神、美德及缺陷都表现在农民身上。"[①] 为此，当与长期生活在农村的姐姐合作时，在选择作品语言表达方式时，客家方言成为姐弟二人文学创作激情、灵感的源泉和载体，姐弟俩在乡土中找寻到了小说语言的根——里汀江上的客家方言。

> 在此书的写作中我们深切感到，丰富多彩的客家语言是座极具开采价值的民族文化资源富矿，是写作者耕耘的天堂。因此，本书在原生态的描写和叙事中，渲染客家民俗、田园风光的生活画面，人物对话全用贴切的客家方言和俗语，着力弘扬客家文化，以乡情乡音唤乡亲，冀望引起世界客属乡亲的家园记忆和精神共鸣。[②]

从《乡亲们》到《客乡风月》，钟兆云、钟巧云完成了一段艰难而坚定的语言"返乡"之旅，他们让养育他们的闽西土地的"生活语言"上升为"写作语言"，母语方言以强有力的精神文化支撑始终回响在这段路程中。

二、真与实：一种语言与一种生活

"想象一种语言，就是想象一种生活"，维特根斯坦的论断直指语言与生活的紧密关系，语言如镜子般的投射出人类生活的变迁。由此观之，对某种语言（方言）的体验可以将被忽视、遗忘的历史重新敞开，在语言这一时空通道中，与当代发生对话。对于文学而言，语言不仅仅是工具，更是作者回归语言的来源处，引领读者进入语言所书写的生活伦理体系，体验历史与现实，感悟思想与文化的重要途径。

对于中国当代文学而言，文学写作能攀缘的高度，很大程度上与语言有

---

① 秦牧汇编：《当代作家谈创作》，中央广播电视大学出版社 1984 年版，第 27 页。
② 钟兆云、钟巧云：《乡亲们》，作家出版社 2011 年版，第 518 页。

关。语言于作家而言，是其文学经验与生命体验的效能性表达。而无法忽视的是，新时期以来，在文学创作中，方言写作已然受到许多作家的青睐，方言常常被委以重任，关联着"返乡"与"乡土记忆"，抑或是实现对传统乡土叙事结构及语言的突围。

钟兆云、钟巧云对故乡的感知途径直接来自语言，对他们而言，方言才是真正生活的声音，是家乡的声音，方言写作不单是那入文的一瞬间视觉上的陌生化、异质化体验，而是为了在充满挑战的书写过程中感受眼耳鼻舌身意的深沉回归，为的是"心之所在，心之所向"。在"客乡三部曲"中，我们读出了作者对方言写作纯粹而简单的目的，对乡音土语的自觉认同。《乡亲们》《邻里》《客乡风月》这三部以地域方言为载体的纪实性小说诞生在闽西客家——这片寂静、山居稻作文化浓郁的质朴大地。对于生活在这大地上的农民而言，每一个方言词汇都蕴含着不同生命的体验。为了更好地倾听和传达这种声音，钟兆云、钟巧云选择以不除"毛边"，充满乡间土味的言语来书写"咀嚼不尽"的乡村生活。在与钟兆云的访谈中，他谈到小说中采用方言口语来写作的主要原因在于："一是源于深厚的乡情，在写作中深深感到对这片生养之土地饱含感情，对父老乡亲深为牵挂。二姐亦然。这样的情感，成为我们生命中相同且不可分割的重要组成部分，深入骨髓，水乳交融；二是方言口语中保留了语言最丰富、最自由、最淳朴的状态，这与我要传达的情感是契合的。"

钟兆云、钟巧云是极熟知方言的，无论是那些颇具生活智慧的俗语谚语，还是那些辣性野性十足的脏话野话，皆成为文本极具辨识度的书写风格。作者大范围颠覆那些习以为常的、规规矩矩、文气十足的现代性书面语，以一种极具冲击力、破坏力的"土气"语言建构文本世界，尝试沟通方言记忆与家乡世界，呈现真实的生活与生命。在《邻里》的后记中，钟兆云坦露："这是一个乡村的传记，一群村民的传记，一部乡亲人物的大辞典，大凡传记和辞典，真实是生命力。"[①] 从情感归依到艺术追求可谓亦步亦趋，紧密追随。于是，一个带着江水的清澈、土地的气息的世界在吱吱呀呀的方言土语中向我们打开。

（一）方言特征词：触动人心的情感符号

李如龙指出："由于地理环境、历史条件、经济发展状况、民族关系、内外交往等情况的不同，中华文化在不同的地区都会发生一定的变异，形成不同

---

① 钟兆云、钟巧云：《邻里》，作家出版社 2011 年版，第 474 页。

的地域文化。地域文化与民族文化有同有异，都可以从语言状况的考察得到重要的启发。"① 由此看来，语言是生活中无所不在的符号系统，是沟通现在与过去的媒介，是"历史文化的图景"，是"存在的家"。

"客乡三部曲"中客家方言特征词，是表现力十足的"显眼包"，是最触动人心的语言情感符号，穿插在行文里，是闽西客家独特的声音，诉说着底蕴悠长的客家历史文化图景，如"嫲"，"嫲"② 被认为是客家方言里最常见也最具代表性的词，指雌性动物，与"牯""公"相对，指雌性动物时多指已生育的动物，如"猪嫲（母猪）""狗嫲（母狗）""鸡嫲（母鸡）""鸭嫲（母鸭）"等，除此常义用法外，"嫲"还可用在指女性的词上，带有贬义色彩，如《客乡风月》中称"淫妇"为"逍嫲"："丽花就是要看秋香如何撅屁股，她恨极了秋香那口口声声的逍嫲（淫妇），知道这里就包含自己的母亲，她更晓得婆婆是故意骂给她听的。"《乡亲们》称爱传递消息的女人为"报事嫲"："报事嫲，我又不怕，你告诉他，我也会告诉他，看谁的错更多。"《邻里》中金招子骂媳妇梅绣是"短命嫲（短命的女人）""大面嫲（厚脸皮的女人）"："短命嫲，大面嫲，傻瓜，跌人跌鼓个，把我家的鼓都跌尽了！"除了这些，小说中还有诸如"膣逼嫲（丫头片子）""矮膣嫲（矮女人）""火了嫲（不孝之女）""打流嫲（不正经，东走西窜的女人）""老虎嫲（很凶的女人）""时嫲（反应迟钝的女人）""癫嫲（疯婆子）""浪人嫲（勾搭男人的女人）""孤老嫲（寡妇）""绝家嫲鸭家嫲（绝种的女人）""懒尸嫲（懒女人）""壁嫲（胸脯扁平的妇女）""死佬嫲（蠢女人）""猴吃嫲（贪吃的女人）""狐狸嫲（泼辣、精明厉害的女人）""挡子嫲（土婊）""货嫲（二奶）"等，这些描写女性品性的"嫲"类词，不仅透出浓浓的闽西客味，而且反映出闽西客家乡村品评女性的标准。在客家方言中，"嫲"是一个意义丰富的词，除上述两种用法外，还内涵"内藏不外露""凹下"义，如：舌嫲（舌头）③、笠嫲（斗笠）④。"笠麻"

---

① 李如龙:《关于方言与地域文化的研究》,《泉州师范学院学报》2005 年第 1 期。

② 关于"嫲"的语源，有多种看法，罗美珍、邓晓华《客家方言》在注释中认为本字是"嬷"或"膜"，刘纶鑫《客赣方言比较研究》也认为本字应是"嬷"，温昌衍《论客家方言"嫲"的语源》认为"嫲"来自中古称母亲的"摩"，本字则是鱼部平声的"母"。

③ 人的舌头是不外露的，只有张嘴时才能看见，即使张嘴也只能看见前端部分，因此称之为"舌嫲"。

④ 斗笠称说时加"嫲"是因为其有一个明显特征即"凹下"。

即为"斗笠",早期客家文献就有记载,清武平客家人林宝树在《年初一》(又名《一年使用杂字文》)记载客家农事农活写道:"春间日日去耕作,身穿蓑衣并笠麻。"①"笠麻"是典型的客家方言词汇,是闽西客家农耕文化的产物,其他方言未见此说。

颇有意味的是,在"客乡三部曲"中,乡土语言与一个个人紧密联系在一起,在语言与人的身份、命运之间结成了一种深刻的同源关系。"娭"在客家方言中指的是"母亲",如:"禾滴子转转开,你冇子来我冇娭,头个娭子吃鸡髀,后来娭子吃鸡肠,吃个鸡肠臭鸡屎,留我亲妈唔要死。"②"想当初我每天跟着爷娭风里来雨里去,朝加班夜加班,做牛做马,还换不来爷娭的重视,如今害得自己一身病根。"③《广韵》:"娭,妇人贱称,出《仓颉篇》。"《集韵》:平声咍韵,于开切,"婎也。"三国张揖《广雅·释诂四》载:"娭,婎也。"该词俗写作"嬭"。清武平客家人林宝树在《年初一》对此有记载:"爷称显考嬭称妣,安起灵牌等外家。"温昌衍认为,客家方言称母亲为"娭"反映的是"客家先民南下后不少男子娶奴婢或土著妇女为妻的史实"④。

(二)方言俗语:经验与智慧的文化符号

如果说方言特征词的"返乡"构成叙事的历史底蕴,那么,方言俗语随处可见的呈现则成为乡土叙事最鲜明的姿态。作为地域文化载体的方言俗语,不但记录着地域民俗事象,且本身也是构成民俗文化的一个有机部分,并作用于人们的思想意识。正如方言学家李如龙所指出的:"方言和地域文化不但是互为表里的:方言体现文化,文化决定方言;而且是相互作用的:风俗和观念凝固于方言词语,方言词语则影响着人们的思想观念。"⑤

方言俗语植根于地域文化土壤,蕴含着深厚的文化底蕴,承载着丰富的文化信息,充满着智慧的生活经验,体现着地域人民的人生态度、道德走向和价值取向,展示着地域的民俗事象。这些日常的生活经验,人生态度、道德取向、民俗事象等在长期的发展中形成固定的形式,并因方言俗语的记载、传承

① 林宝树:《年初一》手抄本。
② 钟兆云、钟巧云:《乡亲们》,作家出版社2011年版,第55页。
③ 钟兆云、钟巧云:《客乡风月》,花城出版社2016年版,第248页。
④ 温昌衍:《客家方言特征词研究》,商务印书馆2012年版,第34页。
⑤ 邱尚仁《方言特殊语汇与民族传统文化——南城方言特殊语汇研究》,江西省语言学会2004年版,第2—3页。

而具有特殊的韵味及意义。进入钟兆云、钟巧云的乡村图景，大量丰富、朗朗上口的方言俗语是一个醒目而亮眼的存在，传递着浓浓的客家乡音，在《乡亲们》《邻里》《客乡风月》的文本中处处都是。这些方言俗语以地域文化和家庭族群为核心要素铺展开来，触须伸向生活的方方面面，描绘着闽粤赣三省交界处一个叫美溪的客属乡村。据不完全统计（扣除重复出现），《乡亲们》有方言俗语200多条，《邻里》有100余条方言俗语，《客乡风月》融入了120多条方言俗语。如《乡亲们》中关于宝哥和桂花伯母两家难解恩怨的一段描写：

> 常言道"斗冤了的牛牯难和解"，宝哥和桂花伯两家就像斗冤了的牛牯，要想他们和好，就像搬起石头打天，是办不到的事。尽管父母亲一直在调解他们两家的关系，可还是白笔写白墙——原样，真是霸王别姬——无可奈何。
>
> 父亲吸了两口手卷纸烟后，叹道："想让他们和解，那是对牛弹琴，白费功夫！"后来他们吵生打死，父母只好打靶眯眼睛——睁只眼闭只眼了。
>
> 有人议论说："桂花也真个咁吹过，老公一死，连亲嫂子亲侄子都欺负她。"也有人说："像她这种禾笔子飞过，也爱拔一根毛的人，根本就不值得人尊重，活该让亲侄子一家欺负，虽说现在招了个勾古，可他也是塘里的泥鳅，翻不起大浪。"还有人说："荣宝现在几个孩子越来越大，房子又那么挤，只要赶走了她，所有的一切就都是他的了，套个鸽子舍个豆，有利可图。"①

以上这段话，用了9条方言俗语，"斗冤了的牛牯难和解""搬起石头打天，是办不到的事""禾笔子飞过，也爱拔一根毛""塘里的泥鳅，翻不起大浪""套个鸽子舍个豆，有利可图""白笔写白墙——原样""霸王别姬——无可奈何""对牛弹琴——白费功夫""打靶眯眼睛——睁只眼闭只眼"。这些方言俗语取材于生活，融比喻、夸张等修辞手法，表述性、经验性、知识性极强：总结生活经验，精准科学，意味深长；评判道德品行，言简意赅，形象生动。充满生活气息的语言，将宝哥和桂花伯母两家难解的恩怨，桂花伯母贪小便宜的

---

① 钟兆云、钟巧云:《乡亲们》，作家出版社2011年版，第35页。

劣根性，勾古的软弱无能，荣宝的小心机，描写得含蓄而生动，深入人心。

再来看看阐述客家妇女"妇功"的一段话：

> 大姐年纪不大，干起活来却不含糊，深得祖母的称赞。也正因
> 为能干，致使她连小学没毕业就辍学了。祖母能简单地识文断字，
> 恪守传统，闲时常向大姐灌输"田头地尾""灶头锅尾""针头线
> 尾""家头教尾"这类"妇功"。按客家习俗，只有熟悉了这些"妇功"，
> 才算是能干的女子，日后才能嫁个好丈夫。[①]

方言俗语来源于民间，是民间真实生活状态的反映。"田头地尾""灶头锅
尾""针头线尾""家头教尾"，这"四头四尾"是客家文化关于妇女家庭地位
及分工最好的阐释。闽西地处福建内陆，山多地贫，交通不便，男子为谋生大
多常年在外，由此固守家庭的女性便承担起丈夫与妻子的双重角色，形成了客
家社会对女性妇德妇功的要求：内外兼具。在闽西客家方言中，称已婚妇女为
"辅娘"，从字面意思上明显看出客家已婚妇女在辅助丈夫，治理家庭中的作
用。她们生活的空间既在广袤的田野间，也在厨房的方寸中。客家民谚云："一
代系无好妻，三代都无好儿"，由此再次表明在客家文化中，女性对家庭、家
族的兴旺及延续的重要性。

除此以外，《乡亲们》中类似的方言俗语比比皆是，如"土皇帝"虎腔的
老婆常念的紧箍咒是"食唔穷用唔穷，冇划冇算一世穷"，简单的语言中阐述
生产活动要有计划才不会受穷的事理；虎腔面对不争气的儿子叹气"唔怕穷唔
怕穷，就怕屋家出个烂狗古"，哀叹穷苦不要紧，就怕家里出败家子；形容孩
子不在多，有一个出类拔萃的就行了是"泥蛇一箩担都冇用，青竹蛇一条就
够"；形容势利之徒则说"有钱三伯公，冇钱三斤狗"；说一个人打肿脸充胖子
是"瘦猪嫲屙硬屎"；阐述随时间的推移，亲疏关系的变化哲理则说"一代亲，
二代表，三代一过闲了了"；描写王晃子比上不足，比下有余的乐观生活态度
是"比起刘玄德，夜夜睡唔得；比起叫花子，俺又还较得"；揭示在农村各人
自扫门前雪，公共事业没人管的现象是"众家砻众家碓，众家姑婆冇人爱"。
类似的方言俗语在《乡亲们》的每一篇章都有，客家人读来亲切易懂，即使是

---

① 钟兆云、钟巧云：《乡亲们》，作家出版社 2011 年版，第 45 页。

外方言区的人，也能从中感悟生活哲理的形象与精妙，带来陌生化的审美体验，让人仿佛置身于汀江两岸鸡犬相闻、炊烟袅袅的乡村。

《客乡风月》从篇名就可看出是一部典型的反映客家乡村生活的小说。从这样一个题材小说来看文本中大量方言俗语的运用，当是作者继续推进他的客家文化、客家精神的求索。言语是社会意识最直接、最朴素的外部表现形式，《客乡风月》中大量歇后语的运用是其特色之一，诉说着美溪村人和事的方方面面，营造着自然而浓郁的乡村生活。

表一 《客乡风月》歇后语（部分）

序号	歇后语	序号	歇后语
1	捏紧拳头过日子——心里憋气	2	头发上贴膏药——有点毛病
3	跌落米缸的耗子——好景不长	4	掂着猪下水过独木桥——提心吊胆
5	黄羊跑到虎穴里——凶多吉少	6	救火踢倒煤油罐——火上浇油
7	贴错的门神——反（翻）了脸	8	吊车干活——拿得起放得下
9	吊扇底下说话——自个儿凉爽	10	暗室里穿针——难过
11	蛤蟆跳到蝎子上——欢乐一时是一时	12	鼓肚的蛤蟆钻喇叭——忍气吞声
13	石头扔粪坑——引起了公粪（愤）	14	八仙桌上放盏灯——明摆着的
15	打着半夜里头做皇帝——快活一时是一时	16	七老八十还梦中摘牡丹——临老更贪花
17	跑进聊斋谈恋爱——鬼迷心窍	18	给死人送医——枉费工夫
19	苞谷面做元宵——无法捏合	20	瘫子掉进烂泥塘里——不能自拔
21	蚊子肚里找肝胆——有意为难	22	狗咬粽子——解不开
23	赶着绵羊过火焰山——往死里逼	24	鸡屎比酱——没得比
25	案板上切西瓜——来得干脆	26	七八月的南瓜——皮老心不老
27	肥皂沫当镜子——成了泡影	28	寒冬腊月捞红鱼——时辰不到
29	喇叭匠扬脖子——又起高调	30	短柄锄头——没把握
31	灯笼里点蜡烛——肚里明	32	丢了邮包——失信
33	八尺的河沟六尺的跳板——搭不上边了	34	绿叶遭火烤——非黄不可
35	玻璃瓶装清水——看得透	36	阿斗的江山——白送了
37	盖房不请墨师——冇规冇矩	38	跪着养猪——看在钱的分上

序号	歇后语	序号	歇后语
39	火车拉长笛——越响（想）越有气	40	八十老太吃苦瓜——苦口婆心
41	瘫子掉进了烂泥塘——不能自拔	42	七斤面粉调三斤糨糊——糊里糊涂
43	卖布不带尺——存心不量（良）	44	脆瓜打驴——去了一半
45	灰堆里打了一个喷嚏——碰了一鼻子灰	46	背着磨盘唱京剧——自讨苦吃
47	担着苦瓜忘本——没谱了	48	乱坟堆里的人——对死硬货
49	灶头上的后锅——做不了主	50	坐在马桶上——等屎（死）了
51	乌鸦落在猪上——光看别人黑了	52	披蓑衣救火——惹火上身
53	狗咬太阳——不知天多高地多厚	54	广东人唱京剧——南腔北调
55	窗户上吹喇叭——名声在外	56	铃铛掉了舌头——没响（想）头了

在长期的生产活动中，地处闽赣粤三省交界的闽西客家逐渐形成具有地域特色的方言俗语，这些方言俗语不仅仅是民间话语的形体外壳，更是地域精神、文化的外现。方言俗语以民间再简单不过的口语形式，将深刻的生活经验智慧简单化、具象化，从而使人们能从这些简单而具象的物象性话语中体悟千头万绪、变幻莫测的人生真谛。这些融地域方言、风俗人情、生活经验于一体的富有深刻智慧及历史古韵的客家俗语，构成了一幅绚烂多姿的乡村画卷，深入到读者的心里，刻下了鲜明的"客家"印记。钟兆云、钟巧云在运用这些方言俗语时，也在为文学乡土中以方言俗语所蕴含的乡村传统文化的遗忘与消逝而惋惜，希望借助方言文字将他们对客家文化的记忆留存下来，同时他们也依托方言文学对闽西客家文化进行寻根式再现与重塑。阿莱达·阿斯曼认为："文字不仅是永生的媒介，而且是记忆的支撑。文字既是记忆的媒介又是它的引喻。"[1] 在城镇化的进程中，农民进城、村庄衰敝正在使曾经鲜活的方言渐趋衰弱，甚至消亡。钟兆云、钟巧云两位"60后"地道的农村人对此深有感触，他们有意识地以方言来抗拒"衰弱""消亡"，尝试为客家文化塑形，以乡音唤乡亲触乡情。

---

① ［德］阿莱达·阿斯曼：《回忆空间：文化记忆的形式和变迁》，潘璐译，北京大学出版社 2016 年版，第 206 页。

三、传统与现代：民俗画面中的时代变迁

在地域文学的书写与表达中，返归乡土与文化认同是密不可分的。在这样的视角下，写作者们能否从容坦然地将个人经验的"真实性"付诸言语书写，能否创造性地践行文化认同，就显得尤为重要了。对于钟兆云、钟巧云而言，"真实性"与"文化认同"的表达路径，在民俗书写中得以抵达。

所谓的民俗"即民间风俗，指的是一个国家或民族中广大民众所创作、享用和传承的生活文化"①。民俗在长期的发展与传承中逐渐沉淀为一个国家或民族的文化基因，是一个国家或民族独特的文化印记。生活中独特的民俗文化能够为作家书写地域文化提供丰富的素材，激发他们的创作灵感。一直以来，中国乡土文学与民俗有着密切的关系，众多乡土作家把风俗看作是增添地方色彩的重要方法之一，这其中当属鲁迅最为典型，鲁迅对文学创作中民俗书写的重要性是有自觉认识的，其作品常将民风习俗与小说情节、人物、主旨相结合，以此揭露、批判国民弊病，他在给陈烟桥的信中提到文学中地方民俗书写的意义："我的主张杂入静物，风景，各地方的风俗，街头风景，就是如此。现在的文学也一样，有地方色彩的，倒容易成为世界的，即为别国所注意。"②与此同时，地域民俗对作家创作的影响也是全方位的，是相当深刻的，陈勤建指出："作家艺术思维的活动脉搏和思维导向大多数时候会受到自身深处民俗心理结构的影响和控制，小说的主题选择、情节安排、人物刻画、氛围营造都暗暗受到自身内在民俗机制支配。"③而无论是情节安排、人物刻画，还是氛围营造、主题选择等诸要素的呈现，都将直接作用于作家的小说语言选择。

出生成长在客家，沐浴在浓郁客家乡土文化中的钟兆云、钟巧云姐弟俩，将乡土记忆还原为乡土语言和乡土民俗，在传统与现代、儿时与当下之间，以乡村民俗为依托铺设情节、塑造人物，用民俗的丝线将个人经验、生存现实和民族历史串联在一起，从历史文化深层观照社会与人生，借民俗书写来表现乡村风貌、社会变革。

---

① 钟敬文主编：《民俗学概论》，高等教育出版社 2010 年版，第 3 页。

② 鲁迅：《致陈烟桥》，《鲁迅全集》，第 12 卷，人民文学出版社 1981 年版，第 391 页。

③ 陈建勤：《文艺民俗学导论》，上海文艺出版社 1991 年版，第 272 页。

语言和文化的发展是相互促进的，"语言是文化的产生和发展的关键，文化的发展也促使语言更加丰富和细密"①，作为地域变体的方言"在地域上的区别还能反映不同地方文化之间的差异，这一点更加明显。一般而言操同一种方言的人，他们的社会生活、风俗习惯都有其一致之处。因此方言研究对于了解民俗往往有很大的帮助"②。事实上，民间语言（方言），"不仅自身就是一种民俗，而且它还记载和传承着其他民俗事象"③。索绪尔指出："一个民族的风俗习惯常会在它的语言中有所反映，另一方面，在很大程度上，构成民族的也正是语言。"④

钟兆云、钟巧云笔下的闽西客家乡村寄托着作家对悠韵质朴乡土的回忆与观照，以集体性的"群言"叙述着具有厚重历史底蕴的故乡，以方言话语的方式书写闽西客家山区的岁时节日、交往礼仪、宗教信仰等，以此呈现作品生动而独特的内涵和厚重的地方文化色彩。"拖青"是一个婚嫁类方言词，是当地一种婚嫁风俗，"拖青是客家女人出嫁时一个必不可少的环节，算是避邪。青是一株茶树，要一刀砍下，在茶树上系一个红包，这是给男家接青之人的，接青之人接下红包后，就把茶树丢上厨房顶。拖青的一般都是亲人，最好是小男孩，而且要走前面，到了男家，也有红包发"⑤。《客乡风月》中对"拖青"的叙述带有浓郁的客家山区特色，在生活的表象下展现客家的婚嫁习俗。

僻处三省交界的闽西客家，"耕读文化"根深蒂固，往往重耕读、轻商贾，这在客家语言中也有体现：

> 以至日常生活中经常避开"买"字。买肉说"称"好理解，在闽西客家话中，大凡按称重来计价买东西的，"买"通常说成"称"。为何也说"吊"呢？大概是因为以前买的肉都用稻草绳子绑定，提在手上，自然是"吊"着，不像现在的超市里，买肉都用塑料袋装着。
>
> 母亲还说："称肉就称肉，不要有什么搭头。"

---

① 周振鹤、游汝杰：《方言与中国文化》，上海人民出版社 2006 年版，第 1 页。

② 同上，第 173 页。

③ 钟敬文主编：《民俗学概论》，高等教育出版社 2010 年版，第 233 页。

④ ［瑞士］费尔迪南·德·索绪尔（Ferdinand de Saussure）：《普通语言学教程》，高明凯译，商务印书馆 1980 年版，第 43 页。

⑤ 钟兆云、钟巧云：《客乡风月》，花城出版社 2016 年版，第 175 页。

这里说的"搭头",指搭配的东西,当然,一般是说和好货或主货搭一起,强加于人的物什。记得以前在农村,去圩上买肉时,常会被配上"搭头","搭"的一般是肥肉或小肠、花肠之类,以凑成一个整数斤两,比较好"算数"。①

在关注民俗书写渲染、增添地方色彩的功能的同时,钟兆云、钟巧云更注重挖掘地域民俗在历史与现实之间的文化特征与价值。"吊""搭头"两个方言词,是传统农村经济生活的反映,一个"吊"字将农村生活的闲适、简单展现得淋漓尽致,"搭头"则是略带粗鲁的小农思想的准确展现。小说借这两个方言词揭示城镇化过程给传统农村经济带来的冲击与改变。从总体上看,方言词汇的型式和文化的型式是平行发展的,但也需注意,"方言词汇的消长和民间习俗并不总是平行的。有的民间习俗早已绝迹了,但是反映这些习俗的词汇依然活在口语里。通过这些词汇可以了解方言区已经消失的民风民俗"②。强买性质的"搭头"现象虽已消失,但熟悉而陌生的方言词汇间包含的是浓浓的"乡情"。

时移世易,社会的发展通常会引起民俗生活的改变,"传统村庄的衰败与消解必然导致其所承载的传统民俗文化的解体"③。作为出生成长在农村,长期工作在城市的钟兆云,敏锐地捕捉到了这种变化。他们把社会变革与风俗的嬗变融合在一起,通过民俗风情的变化折射更革的时代,反映时代精神。

《客乡风月》在对闽西客家乡村的民俗叙事中,揭示市场经济、现代化生活方式对乡村传统价值观念、生活观念的冲击。小说对客家特色米食"粄子"民俗兴衰起伏现实状况的描写,真实地呈现了这一冲击下的变化:

年的脚步越来越近了,要是几年前,都能闻到左邻右舍炸粄子的味道了。以前还未进年关,各家各户就做好了准备,买糖买油,碾糯米。二十世纪八九十年代,美溪村的碾磨机还比较少,而每家每户都有几斗米的糯米要碾,为了解决这一大难题,有人一过腊

---

① 钟兆云、钟巧云:《乡亲们》,作家出版社 2011 年版,第 67 页。

② 周振鹤、游汝杰:《方言与中国文化》,上海人民出版社 2006 年版,第 186 页。

③ 周鹏:《新世纪乡土小说中的民俗书写与乡村文化变迁》,《扬子江文学评论》,2021 年第 5 期。

月二十就开始先炸粄子。为了节省时间和柴火，起码买它两桶油近二十斤放锅里，一次性可油炸两簸箕的粄子。人多的五六斗米，人少的也不下三斗米，五六斗米的要整整一天才能炸完。

炸粄子这天，全家人都忙得不可开交。小孩子揉搓做粄子做得手累，实在做不动了，就责备父母别炸那么多，害得人家手累得握不紧拳头了。做父母的就批评小家伙："有做就怕多，有吃就嫌少！"的确如此，小时，哪个不希望自家的粄缸满满的，到了五月节（端午节）都还有，这样不但可以和小朋友比粄子多，还可以用来馋他们，让他们跟在自己的屁股后面流口水，从而巴结自己，听从吩咐，叫他们跟谁作对就跟谁作对。那些小馋猫自然抵抗不住美食的诱惑，一个个沦为"叛徒"。

世易时移，不知受了什么污染还是因了什么启发，一入二十一世纪的门槛，在凉茶满天跑中，炸粄子的越来越少，原先的粄客（嗜好吃粄子的人），一个比一个怕上火了。①

"粄"是客家族群过年时必不可少的特色食物，是客家饮食文化的代表。时代的发展带来了风俗的变化，在物质匮乏、自给自足的传统农村经济中深受欢迎的"粄子"在二十一世纪"失宠"了，过年炸粄子的人越来越少了，吃粄子的人也越来越少了，丰富的物质生活，利益至上的市场经济，改变了传统乡村的生活方式、生活观念，冲击着社会转型时期的乡村风俗与农民心理。

四、结语

钟兆云、钟巧云的"客乡三部曲"以大量闽西客家方言作为他们文学世界的基石，以纪实性的笔法和情感书写乡村中的每一个人，让他们表露自己的心迹，讲述自己的故事，在众声喧哗中，呈现一个真实、丰富的"美溪村"。在语言的实验性"返乡"中，钟兆云、钟巧云不仅绘制了如福克纳的"小小的邮票"的故乡，而且开始以故土的笔法，展开闽西客家记忆的当代书写，并且这

---

① 钟兆云、钟巧云:《客乡风月》，花城出版社 2016 年版，第 371 页。

样的书写为福建方言写作提供了材料与方案，为福建文学的客家精神与文化提供了样板，为福建文学的多样性样态提供了可能。在全球化语境下，《乡亲们》《邻里》《客乡风月》"三部曲"为福建文学和中国文学提供了客家的地方性标识和地方性知识。

《中国当代文学研究》2024 年第 5 期

访谈

钟兆云：我们互为文学路上的"恩人"

钟巧云是二姐，初二因家贫而辍学，甘心做农家妇女至今。她也会偶尔做起久违的文学梦，抄抄写写，"豆腐块"的文章陆续见报。还曾偷偷写过五六万字的小说寄给某文学刊物。钟兆云是弟弟，1988年成为村里走出的唯一一个大学生，之后便留在省城。在传记领域耕耘了二十年，前后写有《辜鸿铭全传》《商道和人道》等二十多部传记，写的多是风云大事，并用微言大义表述各种"道"的命题。那会儿，他考虑到从呆板的史实回归到灵活的现实。

四年后一本名叫《乡亲们》的小说面世。书中人物对话，客家民俗，田园风光，全用贴切的客家方言和俗语，整部书有一种天然原生态的画面感。"在美溪村——闽粤赣三省交界的一个客家小山村，我们合力找到并遴选了比较完整的生活原型，二姐提供的故事毛坯很平实，我在润色和加工及增写时摒弃'主义'，也不玩技巧，也不借助春秋笔法，毫不掩饰地近乎忠实重现乡土生活原貌。"钟兆云说，"我们并不着力于宏大叙事，而是用散点式勾勒的方法聚焦于'围屋里的鸡毛蒜皮'，透过一个个乡野民夫在时代变迁中的生活碎片和命运遭际，来反映中国乡村社会发展的艰难历程。"

"我们就像围棋中的黑子与白子"

记者：很少看见两个人合写小说的。您姐弟俩，一个是农民，一个是作家，两个人的语境不同，就意味着话语体系、问题意识、价值取向有差异。要能互动合作，一开始就得考虑很多现实的问题吧。

钟兆云：作家与作家合写，存在的差异或许会更大，放于我和二姐身上倒不是十分明显。我和二姐从小一起生活，又共同有文学的爱好，小时候便常有讨论。待我离家读高中、上大学、到省城工作后，我们的联系照常密切，常有书信往来，她也时有练笔请我"指点"，因此社会分工导致相互间的语境并不存在不可调和的矛盾。而且，对乡村生活，我们都有着刻骨铭心的体验并继续体验着。就我来说，在叙述这片故土和父老乡亲时，再次深深感到对这片生养之地饱含感情，对兄弟梓嫂、父老乡亲深为牵挂和关切。二姐亦然，这样的情感，成为我们生命中相同且不可分割的重要组成部分，深入骨髓，水乳交融，是故能从眼到心，从心到笔，从容书写。

当时考虑最多的问题主要围绕于"写"。写之前，我就如老师总是在上完课后才给同学们布置作业一样。我们一开始就确定以人带故事，并通过一个个活灵活现的乡亲，来书写整个乡村历史，考虑写哪些典型人物，大致写哪几个方面，我往往是和二姐一起分析取得她的共鸣后再作"布置"的。在合作这本书时，我觉得更多的是站在福建闽西的田头地尾、灶头锅尾，在拉家常中拉出这本书的经纬和边角。有了这么一种认识，至于如何写，我就让她放开手，想怎么写想说什么都行，有我合作"掌舵"呢。

记者：现在看来，这本书对您姐弟各自意味着什么？

钟兆云：合写这本书，要把二姐从她爱好的麻将桌上拉开，多少也得诱之以物质，许诺给她多少多少报酬，为她建新房出些力气。如此一拍即合，我们在忐忑中签下口头协定。她负责提供毛坯故事，前面几篇写得磕磕绊绊没有章法，经点拨，随后有些篇章做得超出我的预料。书稿送出版社后，因为封面设计等原因拖延了几个月出版。二姐很着急，以为能出书是我在骗她。真的拿到书了那高兴劲儿，照她的话来说，不亚于喝了一瓶蜜。

刚开始，她还不好意思在书上署她的名字，一个才念初二的农家妇女，种了几十年的粮食，哪个谷粒上写有她的名字？我想说，因为文学的滋润，因为写作的相伴，农妇的人生也能精彩。至于我，进城多年浮泛于大地之上的我再次零距离地贴近了父老乡亲，悲悯情怀和忧患意识变得更强烈，以此书为始，今后将更坚实地踏在生存的地平线上，决不截断与农村的血肉连结。农民可以脱离文学，但文学永远不能不关心农民。

没有二姐，我也写不成这个样子，就像是围棋中的黑子与白子一样，无论是少了哪一子，都无法成就一盘好棋。

"方言才是真正的语言"

记者：在《乡亲们》一书中，立传的对象不再是非凡之人。而您将这本书称为自己的转型之作。

钟兆云：我在传记领域耕耘多年。众所周知，人物传记要遵于史实，客观地看待，不能把自己的主观思想与过多情怀杂糅进去，这就有一定的局限性。我做多了纪实性文字，就想着用文字给乡村，给普通百姓作一幅画像，并从我熟悉的南方客家农村入手，这也是对我写作最大的现实诱惑。

1988年背井离乡上大学后，我就一直在省城工作，虽然时常回农村老家接触地气和乡气，但毕竟已不是以前那般地道，而且身份也确实不同——不管你再怎么声明"我是农民的儿子"。这于写作也有个好处，既深入又浅出，现在再回头，经过对生活陌生化处理，不管是"身临"还是"旁观"，都进得去出得来"此山中"。两重视角结合，我给《乡亲们》定位为：这是一个乡村的传记，一个村百姓的传记，一部乡亲人物的大辞典。大凡传记和辞典，真实是生命力，要迥异于那些闭门造车的伪农村题材作品。

如今的转向也并非一去不回头，倘若纪实和虚构这两种方式的写作兼有，且游刃有余，那才是我这个写作者的良好愿望。

记者：方言在其中起到了强化真实的作用，不知您怎么看方言作为本书特色起到的作用？

钟兆云：一些评论文章认为，拙著最突出的亮点就是客家方言的运用。丰富多彩的客家语言是一座极具开采价值的民族文化资源富矿，是写作者耕耘的天堂。在本书中，语言不但是个表达工具，更是一个文化标签。倘若能把独特的、排他性的、指向精准的地方方言变成美妙、有力的现代文学语言，既能强化内容的真实，增加作品的独特味道，又可让全书异彩纷呈，生动活泼，让人读来惊喜亲切之余，油然想到一句话：方言才是真正的语言。

"精神的家园总是明亮在太阳底下"

记者：注意到一点，在《乡亲们》一书灰色的苦难中，始终有一场场"和风"在场，就是您"父母"所代表的祖传家风。

钟兆云：就我家的"祖传家风"来说，其精髓一是"和"，二是"志"。和者，家和万事兴，敬宗睦族也。不管是父亲还是母亲，一生都以和立世，与人为善，胸怀宽阔，总说"邻里乡亲的，能帮到的帮帮，有麻斯（有啥）要紧，又不蚀肉头"。父亲不喜欢争吵，爱息事宁人，还喜欢做和事佬，人家打骂，只要他一到场，风波往往就很快平息。我父母还教育儿孙"食夹青菜要吹冷来吃"，这样的小心，这样的"和"，当然也是具有消极成分的。再说"志"，我们在《父亲正传》中，提到父亲小时教诲的客家民谚，如"唔（不）作灶下鸡""唔在屋下捏泥卵""情愿在外讨饭吃，莫要在家掌灶炉""鹞婆子（老鹰）飞上天，癞蛤蟆蹲缸脚""唔怕路长，只怕志短"，莫不化大道至理于自然言语之中，这些都非常生动形象地反映了客家人崇尚先祖精神血脉，鼓励好男儿外出创业、志在四方的精神品质。

父亲是村中少有半耕半读的"异数"，母亲虽大字不识一个却有着一般农妇所没有的豁达胸怀和识见，他们关于穷富、善恶、生死、祸福、苦乐、婚丧等系列人生命题的看法，于无形中感化并影响着我！我在待人处世上能得到周围朋友和生张熟李的普遍认可，在事业上略有所成，远远离不开父母的启蒙和言传身教。

记者：现在有很多村庄不断地衰败甚至消亡。不知您老家是何种景象？会怀着对某种乡愁的追寻，在小说中刻画这种"祖传家风"吗？

钟兆云：在后工业社会中，村庄的不断衰败甚至消亡难以避免。童年里富有诗意的山水记忆、朴实的民风乡情都一去不复返了。更可怕的是，新家建了，大家生活好了，家家响起了打麻将或打牌的声音。

鲁迅笔下的《故乡》旧事，沈从文笔下的《边城》美景，赵树理笔下的《三里湾》民俗……农村是作家笔下写不尽的题材，农村风光的恬静优美，农民性格的纯朴或愚昧，让一代一代的文人墨客咀嚼不尽，书写不完。谁想到会弄成今天这种境地呢！怀着某种乡愁去追寻，那会痛心疾首的，就如同"祖传家风"的式微乃至消亡。

记者：粗略读完这部书，感觉您不但要用自我的眼光去通读童年和乡村的历史，还要从童年和乡村的历史深处去寻找自我。

钟兆云：正如你所指那样，这种人文情怀于拙著中有明显的体现。逆着生命之河回到童年，通读乡村的历史，留住记忆的，有几分亲切，也有几分陌生。感慨之余，重要的是反思：当年从乡村一拨土里土气的顽童中一路跌跌撞撞走出的通体透明的我，今后在滚滚红尘中还能保存几分纯色，在与这片土地缱绻与决绝中将走向何方，将有怎样的人生和价值取向，这是必须思考并随时提醒自己的东西。"为什么我的眼里常含热泪，因为我对这片土地爱得深沉"，不管身在何方，精神的家园总是明亮在太阳底下。

（《贵阳日报》2011 年 12 月 13 日）